糜文開
裴普賢 著

詩經欣賞與研究（三）

三民書局印行

© 詩經欣賞與研究（三）

作者 糜文開 裴普賢
發行人 劉振強
出版者 三民書局股份有限公司
印刷所 三民書局股份有限公司
地址／臺北市重慶南路一段六十一號
郵撥／〇〇〇九九九八－五號
初版 中華民國六十八年六月
四版 中華民國七十八年八月
編號 S 84004
基本定價 柒元柒角捌分
行政院新聞局登記證局版臺業字第〇二〇〇號
著作權執照臺內著字第一三〇五二號

自序

一時興起，花了一年半時間，我們寫成了欣賞八十一篇、研究三篇輯成的詩經欣賞與研究初集，於五十三年五月出版後，得到各方鼓勵和讚許，於是我們夫婦倆就認真地撰寫續集。不料花了整整五年工夫才勉強寫成，於五十八年八月出版，却只有欣賞七十二篇、研究六篇。在友好和讀者要我們把三零五篇欣賞全部寫完的不斷催促下，我們雖繼續工作，但不如意事，十常八九，致時斷時續。文開退休後，近四年來，又因病遵醫囑輟筆；我也為照料病人及課務繁忙，又兼另寫了詩經研讀指導、集句詩研究初集、續集等書，沒有寫上幾篇。直到去年暑假，我要為所任臺大中文研究所詩經研究課增添教材，請文開幫忙蒐集詩經篇名問題的資料，發現連一篇現成資料都沒有，他答應每天只工作兩三小時來試寫這問題。雖屢次腰酸背痛而暫停數日，終於讓他寫了四五萬字，完成一篇像樣的論文，證明這樣的工作，已可不損他健康。於是我們兩人合力續寫詩經欣賞，計劃在半年間再寫三十篇，仍湊滿七十二篇，就出版這第三集。電話告知三民書局劉振強先生，他也十分高興，答應只要在二月份交稿，五六月份一定印好出版。我倆趕寫到年底，已只差七、八篇了，於是春節前後我們停寫兩星期，然後再開始趕工。不料文開休息過了再寫，反而支撐不住。寒流來襲，他竟又閃腰，又感冒嘔吐。幸不嚴重，經中醫調理後，三日卽愈，故得仍以補藥補品維持寫作能力，繼續以每日兩三小時的工作來幫我寫詩經欣賞。我雖熬夜工作，七十二篇整理修訂完成，已是三月中旬。計算離續集的完成，竟已相隔整整十年。文開說：「照這樣的進度計算，初集一年半，續集五年，三集十年，寫完那剩餘八十篇的第四集，豈非要到二十年後，我早已作古了，那裏完成得了？決心非在兩年內全部完成不可。」因此我們約定，從下月起，無特別事故，每週非寫詩經欣賞一篇不可，每月至少寫四篇，每年至少寫四十篇。但願在這兩年內，不再發生什麼意外，讓我們完成這一個小小的心願！

現在這第三集的詩經欣賞七十二篇，計包括國風二十八篇，小雅二十二篇，大雅十篇，周頌十一篇和商頌一篇。其中已在東方雜誌、幼獅月刊、中華文化復興月刊、慈航雜誌及報紙副刊發表過的，只有三十多篇。詩經研究部分長短共計十篇。文開和我，各佔五篇。短的只一千多字，長的也不過四五萬字。最長的一篇，就是文開的「詩經篇名考察四題」（首末二題載東方雜誌）。有的是專為這第三集儲備而寫，例如文開的「詩經字詞用法二則」（原載大陸雜誌）「中國謝邑所在地的研判」（為書局保留不先發表）；有的是應報刊編者的特約而撰，例如我為大華晚報副刊寫的「詩經和現代民謠」；有的受別人文章觸發而成，例如文開和我投寄中央副刊發表的「讀顏元叔析詩經的關雎」、「從此字談到引詩公式此之謂也」。而文開的「詩經朱傳本經文異字研究」（原載東方雜誌）是為他的老師錢賓四先生八秩壽慶而作；我的「孔子以前詩經學的前奏」（原載幼獅月刊）是未完稿專書「詩經學歷史概述」的第一篇；「歐陽修詩本義青蠅篇評析」（為書局保留未先發表）及「鄭玄詩譜圖表的綜合整理」（原載國立編譯館館刊）是已成初稿十二萬字專書「歐陽修詩本義研究」中的兩篇。我寫詩本義研究時，常隨文開至錢賓四先生的素書樓去請安，順便執經問難。有一次他在幼獅月刊上看到我倆合撰的何人斯篇欣賞。

他說，他看過了，寫得還不差，只是「胡逝我梁」的梁，譯做「橋上」不妥，因詩經時代的梁，決非橋。我們感激錢先生自動的指正，就照改成今譯的「河梁」。錢先生一本新書出版，要一改再改，連校清樣時還要作最後的修改。他勸我們說，有些書稿寫成了，最好冷一陣再出版，到時可能會有修正的。因此，文開的論文「詩經朱傳本經文異字研究」一篇，撰成當時曾經呈請賓四先生過目改正後才發表，現在他又自動修訂了若干處，而我詩本義研究完成初稿，就把它冷在書櫃裏，果然後來隨時會有後人受詩本義影響及對詩本義批評的新材料發現，而我也就隨時採來補充修正我的初稿。這篇詩本義青蠅篇析評，就是寫青蠅篇欣賞時補成的。

其實詩經欣賞七十二篇，也有好幾篇評解中的專論部分，可以移置於詩經研究之部，成為獨立的論文的。例如玄鳥篇中的「簡狄吞燕卵神話的研究」，由文開主稿，文長六千字，資料豐富，剖析詳明，考證嚴密，見解不凡。比他從崧高篇欣賞移置於詩經研究之部，文長四千字的「中國謝邑所在地的研判」，還要長而有價值。為讓讀者知道欣賞之部七十二篇中有些什麼特殊材料，我在此透露：除玄鳥篇的呑卵神話研究外，芄蘭篇探討章餘與民謠衆聲和唱的關係，崧高篇中有詩經伯字的考察，何人斯篇中有與泰戈爾詩的比較，我行其野篇中有對周代贅壻制的推測，下泉篇中有郇伯事蹟的考證，常武篇中有核定宣王中興史詩十篇的宣佈，破斧篇中有呂覽音初篇的討論，駟驖篇中有初用鐵器年代的討論，草蟲篇中有周代送親留馬試婚三月禮俗的說明，和詩經相同句的舉例，擊鼓篇中有詩經爰字「何處公式」用法的舉例，何彼襛矣篇中有「平王之孫，齊侯之子」句的研究，振鷺篇中有詩經客字研究，采芑篇中有周代兵制和詩經疊字的探討，韓奕篇中有詩經對句的考察，江有汜篇中有疊句形式的敘述，二子乘舟篇中有伋壽二子爭死故事的討論，南山篇中有文姜淫亂故事的描繪，……以及芄蘭、下泉、何彼襛矣等若干篇的新解。

應讀者的要求，這第三集每篇於評解之後，又加了古韻一項。詩經古音，雖不能定其每一字的正確讀音，但已可知其所屬韻部。清代江有誥分為二十一部，段玉裁分為十七部，復經今人章太炎、王力、董同龢等加以補正，已大概一致。今據董氏中國語音史之分為之、蒸、幽、中、宵、侯、東、魚、陽、佳（支）、耕、歌、脂、真、微、文、祭、元、葉、談、緝、侵二十二部，參以顧亭林詩本音三零五篇各篇所標，及江舉謙詩經韻譜各部所列，為各篇標韻。惟周頌本為無韻詩，雖若干篇進而有用韻迹象，亦有已成有韻詩者，均暫不標韻。初續集各篇，擬待第四集再行補加標韻，列為附錄。

本書初集自序，由文開執筆，續集則兩人合撰，今第三集文開服藥支持合作，完稿後需休養若干日，由我整理成書，自序的撰寫，也就成為我一人的工作。

本書承臺大同事齊教授益壽惠允撰寫跋文，在此先行致謝！

中華民國六十八年三月十五日普賢序於臺北

詩經欣賞與研究三集　目次

詩經欣賞

詩經研究

詩經欣賞

裴普賢
糜文開 著

一、芄蘭

這是一首譏諷小丈夫的民間歌謠。假借小丈夫老婆的口吻，形容小丈夫冒充大人的可笑情景，活現眼前，十足民謠風味。

原詩	今譯
芄蘭之支，❶	（男聲唱）芄蘭的枝條細又嫩，
童子佩觿。❷	童子佩了解錐裝大人。
雖則佩觿，	（女聲唱）雖則佩了解錐裝大人，
能不我知！❸	却不知我這老婆是作甚！
容兮，遂兮，❹	（衆聲和唱）只見他走起路來搖晃晃，

垂帶悸兮。❺　　　　腰帶下垂亂擺盪。

芄蘭之葉，　　　（男聲唱）芄蘭的葉兒細又柔，
童子佩韘，❻　　　　　童子佩了扳指充射手。
雖則佩韘，　　　（女聲唱）雖則佩了扳指充射手，
能不我狎！❼　　　　　却不知親暱把我摟！
容兮，遂兮，　　（衆聲和唱）只見他走起路來搖晃晃，
垂帶悸兮。　　　　　　腰帶下垂亂擺盪。

【註釋】❶芄：音丸ㄨㄢˊ，芄蘭，一種枝葉細弱的蔓生草，一名蘿摩，葉似女青。支，卽枝，魯詩作枝。❷觿：音携ㄒ一，成人所佩之飾物，錐形，其身曲而末銳，用以解結。原爲角質，後多以玉或象骨爲之，俗名解錐。❸我知：爲「知我」之倒文。能：王引之解爲「而」，能不我知，高本漢譯爲：「但是他不知道我。」❹容：謂容容，猶搖搖，義見史記淮陰侯列傳，屈萬里說。遂：放肆貌。❺悸：高本漢解爲擺動。❻韘：音攝ㄕㄜˋ射箭時所用之玦，非佩玉之玦。戴於右手大拇指，用以鈎弦而免割痛，俗名指機決，又名扳指。原以皮爲之，故字從韋，後多用玉或象骨爲之。❼狎：毛詩魯詩作甲，均訓狎；此據韓

詩逕作狎。蓋甲為狎之假借字。

【評　解】

芄蘭是衞風十篇的第六篇，分二章，章六句，句四字，共四十八字。此詩組織法與鄘風桑中篇相似，即每章以前四句為基本句，僅更換協韻之字；後二句則為附加之章餘，更無一字更換，完全相同。顧炎武謂此詩用韻，首章前四句支、觿、觿、知四字為平聲韵，後二句遂、悸二字為去聲韻。合之，則平去可通為一韻。次章則基本句改以葉、韘、韘、狎為入聲韻。

此詩歷來未得妥解。毛詩序：「芄蘭，刺惠公也。驕而無禮，大夫刺之。」鄭箋：「惠公以幼童即位，自謂有才能，而驕慢於大臣；但習威儀，不知為政以禮。」而朱熹詩集傳曰：「此詩不知所謂，不敢強解。」其辯說則云：「此詩不可考，當闕。」姚際恒通論曰：「小序謂『刺惠公』，按左傳云：『初惠公之即位也少』，序蓋本傳而意逆之耳；然未有以見其必然也。」方玉潤原始云：「惠公縱少而無禮，臣下刺君，不應直以童子呼之。此詩不過刺童子之好躐等而進，諸事驕慢無禮。」故曰：「芄蘭，諷童子以守分也。」今人多採朱子闕疑態度者，屈萬里釋義即曰：「詩序：『芄蘭，刺惠公也，驕而無禮，大夫刺之。』此說未詳是否。

查我國有小丈夫之俗，清末尤爲流行，致有育男三歲，爲娶成年媳婦的極端事件發生，而有這樣一支北方民謠流傳下來：

十八大姐三歲郎，
把尿把尿抱上床。
睡到半夜要奶吃，
吧答吧答兩巴掌：
「我是你的妻，
不是你的娘！」

這民謠只短短六句，却一針見血，活畫出小丈夫習俗的醜態來。當然，普通的小丈夫，只是未成年的童子，不會只有三歲大的。我們若把芄蘭詩解作對一般小丈夫的譏諷，却是全詩文句完全吻合的。而且「能不我知」、「能不我狎」兩句，更見其畫龍點睛之妙。問題是東周時代，是否已有小丈夫風俗的存在，我們在史料中還找不到確切的證據。所以我們只能說，在東周時代的衞國，可能有小丈夫事件的發生。因爲衞國人很任性，他們的婚姻是很混亂的。現在我們且將這芄蘭篇解作是衛人譏諷小丈夫事作爲一首歌謠，比較合情，這樣，讀起來就首尾靈活，全詩暢順而生動，而且妙趣橫生，風格顯露，便成爲一篇好詩，可以媲美鄘風的桑中。

衆聲和唱爲歌謠特色之一，詩經之有章餘，即爲合唱和聲之痕跡。其辭，或爲讚美，或爲悲歎，或爲諷刺，均爲內在强烈感情之發洩。周南麟趾章餘：「于嗟麟兮！」召南騶虞章餘：「于嗟乎騶虞！」都是簡短的讚美。王風揚之水章餘：「懷哉！懷哉！曷月予還歸哉！」周南漢廣章餘：「漢之廣矣，不可泳思；江之永矣，不可方思！」都是無可奈何的悲歎。而鄘風桑中章餘：「期我乎桑中，要我乎上宮，送我乎淇之上矣！」與此詩章餘：「容兮，遂兮，垂帶悸兮。」則都是冷言冷語的譏諷。兩詩風格相似，揶揄情調，均於最後衆聲和唱中達於頂點，將道地的民謠風味，表露無遺了。顧炎武謂：「凡章之餘，皆嗟嘆之辭」。其實乃源於和聲，而又有多樣之變化，讀三百篇時隨時留心考察分析，當更有所得。

古代民間歌謠通行的和聲，後世尚可考見者，還有逐句和聲的一種。例如漢代樂府的董逃行，每句下有「董逃」二字；上留田行每句下有「上留田」三字。蓋一人主唱，衆人逐句以簡單的二三字作相同的和聲，則衆人易和，其歌亦易於風行。此二三字或有辭無義，甚或有聲無辭。國風中此種和聲，早已湮沒無存，無可查考。惟章餘之體，每章章末附有相同之句，尚可推知其爲和聲之一種。蓋此皆和聲之有辭且有義者，其有聲無辭與有辭無義之和聲，不加記錄，就都已遺失了。

【古韻】

第一章：支、觿、觿、知，佳部平聲；

遂、悸，佳部去聲；

第二章：葉、韘、韘、狎，葉部入聲；

遂、悸，佳部去聲。

二、椒聊

這是一篇稱讚體格碩大的人，並祝他子孫衆多的詩。

原詩	今譯
椒聊之實，❶	花椒結出花椒種，

蕃衍盈升。❷　　繁多裝滿一大升。
彼其之子，❸　　他呀這個人兒喲，
碩大無朋。❹　　體大無人能比並。
椒聊且！❺　　繁多的花椒喲！
遠條且！❻　　遠長的枝條喲！

椒聊之實，　　花椒結出花椒種，
蕃衍盈匊。❼　　一取就是一大捧。
彼其之子，　　他呀這個人兒喲，
碩大且篤。❽　　體格高大又篤誠。
椒聊且！　　繁多的花椒喲！
遠條且！　　遠長的枝條喲！

【註釋】❶椒聊：卽今之花椒。❷蕃衍：繁多。❸其：音記，語助。之子：這一位。旣云彼，又云之子，正爲民謠之特色。❹朋：比。❺且：音居ㄐㄩ，語詞，下同。❻遠條：長枝。❼匊：音菊ㄐㄩˊ，

摔•⑧篤：厚。指性情言•

【評　解】

椒聊是唐風十二篇的第四篇，分兩章，章六句。每章前四句均爲四字句，後二句爲章餘三字句，全詩共四十四字。

詩序云：「椒聊，刺晉昭公也。君子見沃之盛强，能修其政，知其蕃衍盛大，子孫將有晉國焉。」晉昭公分國封沃事見桓公二年左傳。但詩中看不出有何刺意，只覺是對他人的讚美，如同螽斯之祝人多子，桃夭之祝人家族繁盛。此篇以花椒之多子來頌祝他人。（後世椒房除取其有香味外，亦有預祝此屋之人能多子之義）並稱讚他體格碩大，性情篤厚。如此之人，自應子孫繁多，而且緜遠流長。所以每章最後特別唱出「椒聊且，遠條且」的祝頌之意。

【古　韻】

第一章：升、朋（古音崩），蒸部平聲；

第二章：匊、篤，幽部入聲。

三、有女同車

這是新郎娶親，在歸途中讚美他新娘的詩。

原詩	今譯
有女同車，	有位姑娘跟我同坐在車廂裏，
顏如舜華。❶	她的容貌像木槿花一樣美麗。
將翺將翔，	車兒飛奔，好像離開了大地，
佩玉瓊琚。❷	她呀，佩帶着紅色的玉飾。
彼美孟姜，❸	她就是有名的美人兒孟姜，
洵美且都！❹	啊，她實在美麗又漂亮！
有女同行，	有位姑娘跟我一路同行，
顏如舜英。❺	她有木槿花似的美容。

將翺將翔，　　車兒疾馳像飛在半空，
佩玉將將。❻　她呀，佩帶的寶玉鏘鏘有聲。
彼美孟姜，　　她就是有名的美人兒孟姜，
德音不忘！❼　啊，她的聲譽永遠被人家讚賞！

【註釋】 ❶舜：木槿。華：同花。❷瓊：說文云：赤玉也。又，凡言玉色之美曰瓊。戴震毛鄭詩考正有說。琚：佩玉之一種。❸孟姜：姜姓之長女。❹洵：信。都：美。國策：「妻子衣服麗都。」又孔穎達曰：「都者美好閑習之言。」❺英：花。❻將將：音義均同鏘鏘，擬聲詞。❼德音：屈萬里先生曰：詩中德音之語屢見，歸納之可得二義：一謂他人之言語；一謂聲譽。此德音當指聲譽言。不忘：猶不已也。」

【評　解】

有女同車是鄭風二十一篇的第九篇，共二章，章六句，句四字，全詩合計四十八字。

詩序：「有女同車，刺忽也。鄭人刺忽之不昏于齊。太子忽嘗有功于齊，齊侯請妻之。齊女賢而不敢取。卒以無大國之助，至於見逐。故國人刺之。」朱熹詩序辯說曰：「案春秋傳齊侯欲以文姜妻鄭太子忽，忽辭。人問其故，忽曰：『人各有耦，齊大，非吾耦也。詩曰：「自求多福」，在我而已，大國何爲？』其後北戎侵齊，鄭伯使忽帥師救之，敗戎師。齊侯又請妻之，忽曰：『無事於齊，吾猶不敢；今以君命奔齊之急，而受室以歸，是以師婚也。民其謂我何？』遂辭諸鄭伯。祭仲謂忽曰：『君多內寵，子無大援，將不立。』忽又不聽。及即位，遂爲祭仲所逐。此序文所據以爲說也。然以今考之，此詩未必爲忽而作。序者但見孟姜二字，遂指以爲齊女而附之於忽耳。假如其說，則忽之辭婚，未爲不正而可刺。至其失國，則又特以勢孤援寡，不能自定，亦未有可刺之罪也。序乃以爲國人作詩以刺之，其亦誤矣。後之讀者，又襲其誤，必欲鍛鍊羅織文致其罪，而不肯赦，徒欲以徇說詩者之謬，而不知其失是非之正，害義理之公，以亂聖經之本指，而壞學者之心術，故予不可以不辯。」其集傳改釋曰：「此疑亦淫奔之詩。」姚際恆通論則曰：「小序謂『刺忽』，必不是。解者因以『同車』爲親迎，然親迎豈是同車乎？明係曲解。且忽已辭婚，安得言親迎耶？又謂『孟姜』爲文姜，文姜淫亂殺夫，幾亡魯國，何以贊其『德音不忘』乎？孔氏謂前欲以文姜妻之，後又欲以他女妻之，他女必幼于文姜，而經謂之『孟姜』者，刺忽應娶不娶，何必實賢實長也？此依大序，謂『忽有功于齊』，故又謂非文姜，其周章無定說如此。詩人之辭多有相同者，如采唐曰『美孟姜矣』，豈亦文姜乎？是必當時齊國有長女美而賢，故詩人多以『孟姜』稱之耳。若集傳謂『淫詩』，更不足辯。」屈萬里先生釋義謂：「此蓋婚者美其新婦之詩。」其「有女同車」句註云：「由此語證之，知當爲夫婦而非淫奔者。蓋淫奔之男女，不得公然同車也。」但又何以證其同車者爲其「新婦」呢？我們可爲之補充曰：「毛傳固解同車爲親迎，忽既不婚齊女，詩云同車，則斷非刺忽也。乃新婚者美其新婦之詩耳。而次章首句「有女同行」之「行」，亦指女子之出嫁也。蓋女子出嫁，謂得其歸宿，故禮運曰：「女有歸」，乃歸其夫家也。所以詩經凡言「之子于歸」，皆謂出嫁而歸其夫家。但女子出嫁同時是離其母家，故亦曰：「行」，詩經凡言「女子有行」者，都指其離母家出嫁言。邶風泉水：「女子有行，遠父母兄弟。」衞風竹竿：「女子有行，遠兄弟父母。」皆指遠嫁。而鄘風蝃蝀更明言「女子有行」爲「懷昏姻也。」所以此詩之爲新郎娶親歸途自美其新娘之詩無疑。

姚際恆評此詩「將翺將翔，佩玉將將」兩句曰：「始聞其佩玉之聲，故以『將翺將翔』先之，善于摹神者。翺翔字從羽，故上詩（女曰鷄鳴）言鳧鴈，此則借以言美人，亦如羽族之翺翔也。神女賦：『婉若游龍乘雲翔』，洛神賦：『若將飛而未翔』，又『翩若驚鴻』，又『體迅飛鳧』，又『或翔神渚』，皆從此脫出。」

【古韻】

第一章：車、華、琚、都，魚部平聲；

翔、姜，陽部平聲；

第二章：行、英、翔、將、姜、忘，陽部平聲。

四、葛屨

這是一個婢妾身分的女子，自己生活困苦，勞動的成果，卻被別人享受，因而作詩以刺，稍洩內心的怨情。

原詩	今譯
糾糾葛屨，❶	葛草編結鞋一雙，
可以履霜。	可以履踩冰霜。
摻摻女手，❷	纖細柔嫩弱女手，

可以縫裳。　　可以縫製衣裳。
要之襋之，❸　縫好腰部上好了領，
好人服之。❹　穿在貴人的身上。

好人提提，❺　貴人雍容又舒緩，
宛然左辟，❻　謙遜有禮意態閒。
佩其象揥。❼　頭上戴着象牙簪。
維是褊心，❽　只是心地太褊狹，
是以為刺。　　唱支歌兒來刺她。

【註釋】❶糾糾：編結之貌。葛屨：用葛草編結之鞋，為夏季所穿者。（意謂而今却以履霜，其苦甚矣。）❷摻摻：音義同纖纖。韓詩即作纖纖，細長貌。❸要：同腰，作動詞用，即把下裳腰部縫好。襋：音ㄐㄧˊ，衣領，此處亦作動詞用，即將上衣領子縫好。「要之襋之」，謂上衣下裳均縫好，整套衣服即完成。❹好人：蓋指所刺之人，當為長上。❺提提：安舒貌，好人着新衣，提提然安舒，從容而行。❻宛然：柔順貌。辟：當讀為便辟ㄆㄧㄢ ㄆㄧˋ之辟。左辟，謂過於恭敬也，馬瑞辰說。此句或謂詩人自謂，然觀前後兩句均指被刺之人，如其中插此一句，則破壞其統一性。蓋「宛然左辟」仍跟前句而來，是形容好人走路似甚謙遜柔順，而其內心却甚褊狹。（外貌寬容，內心狹隘）故詩人刺之。⑦揥：音替ㄊㄧˋ，搔頭簪。象揥：謂揥以象牙爲之，貴夫人之頭飾。⑧褊：音扁ㄅㄧㄢˇ，褊心：心胸狹隘。

【評　解】

葛屨是魏風七篇的第一篇，共二章，第一章六句，第二章五句，每句均爲四字，全詩計四十四字。

此篇詩序說是刺魏國國君，固是牽強之詞，即謂所刺者是「君夫人」，亦未必然。細味全詩，應該是一個女子，自己在冬天却穿夏季的葛鞋，已够委屈；纖細的兩手，本是不宜勞動，但却不得不從事女紅的工作。且做好了衣服，又給「好人」穿去，自己不得享用，內心的不平，自不待言。這個女子，可能是貴族家中的婢女或侍妾。而詩中的「好人」，就是她的「主婦」或「嫡夫人」。朱子以爲縫裳之女所作，以刺其俗之儉嗇褊急者，近是。

首章的兩用「可以」，透露了多少委屈之情。「可以」者正是不可以而不得不爲之意。「好人」二字更寓有多少諷刺之意！

二章跟定前章而來，繼續寫好人之所以「好」，走起路來閒雅舒緩，對人謙遜有禮，裝扮更是雍容華貴。這樣一位貴夫人，應該是品格高尙，待人寬厚的，然而她却是一位心胸狹隘，待人吝嗇刻薄的所謂「好人」，難怪詩人要來諷刺她一番了。詩中以「葛屨履霜」「好人服裳」的對照，來顯示這個婢妾生活的困苦，和透露「好人」的褊心，是「以偏概全」法。

【古　韻】

第一章：霜、裳，陽部平聲；

襋、服，之部入聲；

第二章：提、辟、揥、刺，佳（支）部去聲。

五、采　苓

這是勸人不要聽信人家揑造是非、挑撥離間的讒言之詩。

原　詩	今　譯
采苓，采苓！❶	採苦苓呀採苦苓！

首陽之巔。❷
人之爲言，❸
苟亦無信。❹
舍旃，舍旃！❺
苟亦無然。❻
人之爲言，
胡得焉？

首陽山頂採苦苓。
別人的一些話呀，
只管不要去信從。
不信從呀不信從！
只管不要給回應。
那末，別人的亂說話呀，
怎麼使他能得逞？

采苦，采苦！❼
首陽之下。
人之爲言，
苟亦無與。❽
舍旃，舍旃！
苟亦無然，

採苦菜呀採苦菜！
首陽山下把苦菜採。
別人的一些話呀，
只管不要去理他。
不理他呀不理他！
只管不要回應他。

人之爲言， 那末，別人的亂說話呀！
胡得焉？ 又怎麼能夠唬人家？

采葑，采葑！❾ 採蕪菁呀採蕪菁！
首陽之東。 採蕪菁在首陽東。
人之爲言， 別人的一些話呀，
苟亦無從。 只管不要去聽從。
舍旃，舍旃！ 不聽從呀不聽從！
苟亦無然。 只管不去給回應。
人之爲言， 那末，別人的亂說話呀，
胡得焉？ 又怎麼能夠起作用？

【註釋】❶苓：音零ㄌㄧㄥ，一名大苦，藥草名，苓乃蘦之借字，本草綱目李時珍引沈括筆談云：「蘦……其味極苦，故謂之大苦。」❷首陽：山名。朱熹集傳以首陽爲「首山之南。」按，首山卽蒲阪之雷首山。姚際恆以第三章有「首陽之東」句駁之。故此首陽非雷首山。舊說，首陽卽伯夷叔齊餓死地首陽山。王先謙曰：「愚案夷齊餓死之首陽，諸書皆言在洛陽東北偃師縣西北二十五里，與晉都無涉。詩人所詠，即目興懷，自以晉始封唐國晉陽，即今平陽之首陽爲合，不必果爲夷齊所隱也。」❸爲：讀作僞ㄨㄟ，正義云：「王肅諸本，皆作爲言，定本作僞言。」爲、僞、訛，古通，爲言即僞言、訛言也。❹苟：鄭箋：「且也。」亦：語詞，無義。❺舍：捨。旃：音占ㄓㄢ，「之焉」兩字之合聲字。舍旃：捨之焉。意即放置開不理他。❻苟亦無然：鄭箋：「且無答然。」意即：「只是不答應。」❼毛傳：「苦，苦菜也。」孔疏謂即荼。❽朱傳：「與，許也。」意謂贊許。❾葑：音封ㄈㄥ，蕪菁，根可食。

【評解】

采苓是唐風十二篇的最後一篇。分三章，章八句，後四句爲相同的章餘，除每章末句「胡得焉」爲三字句外，餘均四字句，全篇計共九十三字。

詩序：「采苓，刺晉獻公也。獻公好聽讒言焉。」朱熹詩序辯說曰：「獻公固喜攻戰而好讒佞，然未見此二詩（葛生、采苓）之果作於其時也。」故其集傳僅云：「此刺聽讒之詩。」

牛運震詩志評曰：「奇調婉神。只籌劃一聽言之法，而塹讒之意自見，即聽讒者亦足以戒矣。一篇惓惓，無限深情苦衷。」

【古韻】

第一章：苓、苓、巔、信，眞部平聲；

旃、旃、然、言、焉，元部平聲；

第二章：苦、苦、與，魚部上聲；

旃、旃、然、言、焉，元部平聲；

第三章：葑、葑、東、從，東部平聲；

旃、旃、然、言、焉，元部平聲。

六、晨風

這是婦人思念她那久出不歸的丈夫之詩。

原詩　　今譯

鴥彼晨風，❶　　那鸇鳥飛得眞快速，

鬱彼北林。❷	那北林一片好葱鬱。
未見君子，❸	沒有見到我良人，
憂心欽欽。❹	內心的憂愁深又深。
如何如何？❺	爲了什麼爲什麼？
忘我實多！❻	把我忘得好忍心！
山有苞櫟，❼	山上的櫟樹好茂盛，
隰有六駮。❽	低地的梓榆叢叢生。
未見君子，	沒有見到我良人，
憂心靡樂。❾	不歡不樂憂愁深。
如何如何？	爲了什麼爲什麼？
忘我實多！	把我忘得好忍心！
山有苞棣，❿	山上唐棣長得多，

隰有樹檖。⓫　低濕的地方有赤羅。
未見君子，　沒有見到我良人，
憂心如醉。　內心憂愁醉薰薰。
如何如何？　為了什麼為什麼？
忘我實多！　把我忘得好忍心！

【註釋】❶鴥：音玉ㄩ，疾飛貌。晨風：鳥名，即青黃色似鷂之鸇。❷鬱：茂盛貌。❸君子：謂其丈夫。❹欽欽：憂愁貌。❺如何如何：為婦人設詞自問其夫者為何不回來？為何不回來？❻忘我實多：謂忘我太甚也。❼苞：茂盛。櫟：音力ㄌㄧ，木名，其實謂之橡子。❽隰：音習ㄒㄧ，低濕之地。六：俞樾以為應作宍，音陸ㄌㄨ，叢生。駮：音剝ㄅㄛ，木名，即駮馬。正義引陸疏云：「駮馬，梓榆也。」❾靡樂：無樂，即鬱鬱不樂。❿棣：音弟ㄉㄧ，即唐棣，木名。⓫檖：音遂ㄙㄨㄟ，木名，即赤羅，一名楊檖。

【評解】

晨風是秦風十篇的第七篇，分三章，章六句，句四字，全詩共七十二字。各章前四句為換韻疊唱的基本形式，後二句為相同的章餘。

此詩三章都屬興體，三章所表現的情調也一樣，寫出婦人思念其夫的殷切。由於晨風、北林、櫟、駮、棣、檖，都能各遂其願，各安其位，而自己却終日憂愁，毫無生趣，眞有人不如物之感。每章「如何如何」一再追問其夫不回之故，表達了她內心的憂急之情。最後一句「忘我實多」，不但透露了她丈夫的久別不歸，更表現出這位婦人一種莫可奈何的怨情，但對其夫仍寄以能回來重聚的希望。然而這希望又是多麼渺茫！

【古韻】

第一章：風、林、欽，侵部平聲；

何、多，歌部平聲；

第二章：櫟、駮、樂，宵部入聲；

何、多，歌部平聲；

第三章：棣、檖、醉，微部去聲；

何、多，歌部平聲。

七、雄雉

這是一篇婦人懷念宦遊在外的丈夫之詩。頗有「悔敎夫壻覓封侯」的感懷。

原詩	今譯
雄雉于飛，	雄雉雄雉正在飛，
泄泄其羽。❶	慢慢展翅又擺尾。
我之懷矣，❷	我心懷念遠行人，
自詒伊阻。❸	自尋煩惱自傷神。
雄雉于飛，	雄雉雄雉正在飛，
下上其音。	上下歡叫儘徘徊。
展矣君子，❹	只爲君子久行後，
實勞我心。	使我勞神又掛懷。

瞻彼日月，　看那太陽月亮晝夜轉，
悠悠我思。　我的相思沒個完。
道之云遠，❺　道路相隔太遙遠，
曷云能來？❻　不知何時能歸還？

百爾君子，❼　敬告世上衆君子，
不知德行？　德行怎能不注意？
不忮不求，❽　只要不嫉又不貪，
何用不臧！❾　還有什麼不美善！

【註釋】❶泄：音葉一せ，唐石經作洩。朱傳：「泄泄，飛之緩也。」❷懷：思念。❸詒：音義同遺。伊：猶其。阻：宣公二年左傳引作慼。（小雅小明作戚）馬瑞辰云：「阻、慼音近，作慼爲是。」慼：憂也。❹展：誠。❺云：句中助詞，下同。❻曷：何時。❼百爾：猶凡爾，即所有之意。君子：此君子指在官者。❽忮：音至ㄓ，嫉害。求：貪求。❾臧：善。

【評解】

雄雉是邶風十九篇的第八篇。分四章，章四句，句四字。全詩共六十四字。

這是丈夫遠遊求仕不歸，其妻念之，憂思不已之詩。前四章均以雄雉于飛起興，已經暗寓男子逍遙遠方而無歸期之意。白川靜詩經研究謂：雄雉多輕薄，指專斷放浪的男子。由「自詒伊阻」句，可知當初是婦人鼓勵其夫外出尋求功名。而今日之空閨獨守，寂寞憂思，都是自惹的，言下無限悔恨！詩序謂「刺衛宣公」，朱熹集傳不採，以爲婦人思其君子從役於外之詩，今玩味詩文，改「從役」爲「宦遊」，當更貼切。

三章以日月的流轉不息，以喻她憂思之不盡，較之「問君能有幾多愁，恰似一江春水向東流」更令人有無可奈何之感。最後（第四章）以她個人的痛苦經驗，勸告世上宦遊人，不要貪圖功名富貴，不要眼紅高官厚祿，淡泊和樂的家庭生活豈不更有情趣！

【古　韻】

第一章：羽、阻，魚部入聲；

第二章：音、心，侵部平聲；

第三章：思、來，之部平聲；

第四章：行、臧，陽部平聲。

八、墓　門

這是一篇對不良執政者的警告之詩。

原詩	今譯
墓門有棘，❶	城門長有棘刺樹，
斧以斯之。❷	拿把斧頭去砍除。
夫也不良，❸	那個人呀眞不好，
國人知之。	此事國人都知道。
知而不已，❹	知道了却不去掉他，
誰昔然矣。❺	自來這樣有啥法。
墓門有梅，	城門那裏有梅樹，
有鴞萃止。❻	鴞鳥飛來上頭聚。

夫也不良，　那個人呀眞不好，
歌以訊之。❼　唱支歌兒來勸導。
訊予不顧，❽　我的勸導他不理，
顚倒思予。❾　想起我時已倒地。

【註　釋】❶墓門：有二解：一爲墓道之門；一爲陳國城門。細味詩意，以後解較勝。因墓道之門生棘，不足爲奇，且亦無砍去之必要。城門生棘，棘樹有刺，妨害行人，故必去之。鴞鳥被目爲不祥之鳥，集於墓地樹上，不足爲奇。而城門聚此惡鳥，却惹人厭，故亦必去之。以喻壞人當政，害國殃民，亟應去之。如此解釋，始與詩意相合。故應解爲陳之城門，馬瑞辰有說。❷斯：析，即今所謂劈。❸夫：指所刺之人。❹已：即孟子「士師不能治士則已之」之已，罷除。❺誰昔：朱傳：「猶言疇昔也。」馬瑞辰云：「疇、誰，一聲之轉。」然：如此。❻萃：聚集。❼訊：釋文引韓詩云：「訊，諫也。」❽訊予不顧：謂諫之亦不顧我。❾顚倒：顚覆破滅。

【評　解】

墓門是陳風十篇的第六篇。分二章，章六句，句四字，全詩共四十八字。

這應該是一篇興而兼比的詩。首章謂城門爲人們來往之通道，如果有棘樹長在那兒，不但妨礙交通，且會刺痛行人，故必砍除。而作爲一個身居要津的執政者，如果禍國殃民，亦卽如城門之棘樹，必須將他去掉。然而却因循廻護，任其所爲。詩人之憂憤可知已。

次章謂城門有梅樹，本無大礙，然却聚有令人厭惡之惡鳥；正如身居要職之惡吏之爲人厭惡。故詩人作此歌以勸諫。無奈彼等不予理睬，及至顚覆破滅之時，再思及詩人之勸告已晚矣。「顚倒思予」眞如暮鼓晨鐘，與小雅正月「載輸而載，將伯助予」同有臨危思古人之義。而詩人一片體國恤民之忱，躍然紙上。

【古韻】

第一章：斯、知，佳（支）部平聲；

已、矣，之部上聲；

第二章：萃、訊，微部去聲；

顧、予，魚部去聲。

九、何人斯

甲乙兩人，本爲親密好友，其後乙突然對甲疏離，而這時甲亦得禍失勢，甲的政敵暴某幸災樂禍地到他的門前來示威，竟發現乙就跟在暴某身後，但並不是前來慰問他，因他過門而不入。甲始知乙已附從了暴某了。甲却仍盼乙能前來有所解釋，而乙終不再來。於是乙的賣友求榮的鬼蜮伎倆，昭然若揭，甲遂作此歌以刺之。

原詩	今譯
彼何人斯？❶	他是什麼人啊？
其心孔艱。❷	他的心地實在陰狠。
胡逝我梁，	爲什麼經過我門前的河梁，
不入我門？	却不走進我的大門？
伊誰云從？❸	他是跟誰一起啊？
維暴之云。❹	說是跟那姓暴的鬼混。
二人從行，	兩人結伴相親，
誰爲此禍？	誰使禍害降臨？

胡逝我梁，
不入唁我？⑤
始者不如今，
云不我可。

彼何人斯？
胡逝我陳？⑥
我聞其聲，
不見其身。
不愧于人，
不畏于天？

彼何人斯？
其爲飄風！⑦

爲什麼經過我門前的河梁，
不進來向我慰問？
以前的情形不像如今，
如今他說我不是好人。

他是什麼人啊？
爲什麼走到我堂下？
我聽到那聲音是他，
却不見他人影在那？
對人不知羞愧，
難道連上天都不懼怕？

他是什麼人啊？
行踪不定像暴風發狂！

胡不自北？
胡不自南？
胡逝我梁？
祇攪我心。

爾之安行，⑧
亦不遑舍。⑨
爾之亟行，⑩
遑脂爾車？⑪
壹者之來，
云何其盱！⑫

爾還而入，
我心易也；⑬

爲什麼不來自北方？
爲什麼不來自南方？
爲什麼偏經過我門前河梁？
攪得我心亂難當。

說你是閒蕩無聊，
却無暇來我家歇脚。
說你是有事疾走，
那來時間停車加油？
那怕只來我家一趟，
我也多麼盼望！

你回程進入我大門，
我的心裏也會歡欣；

爾還不入，
否難知也。⑭
壹者之來，
俾我祇也。⑮

伯氏吹壎，⑯
仲氏吹篪。⑰
及爾如貫，⑱
諒不我知？⑲
出此三物，⑳
以詛爾斯！㉑

爲鬼爲蜮，㉒
則不可得。

你回程不進我大門，
就太難測你存心。
那怕只是來一趟，
也會使我喜萬分。

老大吹奏土壎，
老二吹奏立篪。
和你親如連串兄弟，
難道眞的對我不知？
擺出三牲鷄猪狗，
和你神前刺血來賭咒！

妖魔鬼怪不露面，
暗中傷人不得見。

九、何人斯

有靦面目，㉓　　你却靦然有顏面，
視人罔極。㉔　　做事無耻不要臉。
作此好歌，　　編這好歌兒高聲唱，
以極反側！㉕　　糾正你反反覆覆太無常。

【註　釋】❶斯：語助詞。❷孔：甚；艱：險。❸經傳釋詞：「云，猶是也。」從：同行之謂。此句是問：「誰是同行者？」❹舊謂暴爲暴公，無可徵信。惟周有暴國，戰國有韓將暴戴，是古有姓暴者，故屈萬里先生謂暴爲人名則無疑。之：猶是。云：已詞。此句是答：「其人乃暴也。」❺唁音彥一ㄢ。慰問。悼死爲弔，慰生爲唁。❻毛傳：「陳：堂塗也。」孔疏：「堂塗，堂下至門之徑也。」❼飄風：暴起之風。❽安行：緩行。❾遑：暇；舍：息。❿亟行：疾行。⓫脂：膏，卽油。此地作動詞用，謂塗油於車軸使潤滑。⓬盱：張目而望。⓭易：悅懌。⓮否：古與不、丕通用。此否字應作丕，太或甚之意。此句責其居心叵測。⓯祇：音奇，安。⓰壎：音熏ㄒㄩㄣ，陶製樂器名，土製而燒成，大如鵝卵，上銳而底平，週有六孔，上有一孔，口吹此孔，指按其他六孔爲音。⓱篪：音池ㄔ，竹製樂器名，似笛，長一尺四寸，圍三寸，有七孔，另上出一孔，以口橫吹，指按七孔爲音。⓲如貫：如物之串連在一起。⓳諒：誠。⓴三物：鷄、犬、豕三牲。㉑詛：音祖ㄗㄨ，刺牲血而誓。謂出此三牲祭神以詛人，使神降以殃咎也。㉒蜮：音域ㄩ，相傳蜮爲水中短狐，常含沙以射水中人影，其人輒病，而不見其形。㉓靦：音腆ㄊㄧㄢ，慚貌，有靦卽靦然。㉔古視、示通用，此言示人以不良，卽斥其公然作惡也。㉕極：正，此作動詞糾正用。反側：反覆，此作名詞，反覆之人用。

【評解】

何人斯是小雅節南山之什的第九篇，（朱傳改爲小旻之什第五篇）分八章，章六句，句四字。僅第二章「始者不如今」句爲五字，全篇共一百九十三字。

毛詩序：「何人斯，蘇公刺暴公也。暴公爲卿士，而譖蘇公焉，故蘇公作是詩以絕之。」朱傳云：「舊說於詩無明文可考，未敢信其必然。」但他仍以暴公蘇公釋詩，未另立新說。今人王靜芝氏詩經通釋斷此詩爲「傷友人趨於權勢，反覆無常，故作歌以譏之也。」王氏云：「觀詩之詞，詩人所指之人，是從暴公也，非暴公本人。是明明可見詩人所譏之人，原與詩人親近，後以趨勢而轉親於暴公，謂蘇公刺暴則不可通也。細讀此詩，名「暴」者有之，名「蘇」者無之。所譏者，從暴之人，非暴本人。是詩人傷友之趨勢附暴，反覆無常，故爲是歌耳。若云詩人爲蘇公，則無據也。」

王說憑詩篇原文解詩，最爲合情合理。蓋暴某爲作詩者之政敵，嘗互相攻訐。詩中所刺之人，原爲作詩者之好友，其後突然疏離，轉而附從暴某，而作詩者亦得禍而失勢。及其得禍也，其友非但不來慰問，且跟隨暴某，來其門前示威，來察看動靜，其行動之鬼祟，令人痛心。作詩者盼望其友仍能前來有所解釋，而其友終不再來，故斷定其爲賣友求榮，乃鬼蜮伎倆之暗算人者矣，因作歌以揭發其反覆無常。

詩篇從明知故問他是什麼人開始，始終不說出他朋友的姓名來，而讓他的朋友自知是責罵他，這是諷刺詩旁敲側擊的一貫作風。而這詩更顯得特別的是一三四各章，一而再三從問「他是什麼人」開頭，用令人難以捉摸的懸疑手法，描寫詭秘的行動，及其所引起的反應。形成了三百篇中一種獨特的風格，令人驚奇於這簡直像現代文學的傑作。

印度詩聖泰戈爾，就是善用這種手法以建立他特異風格的大詩人。我們試舉例以見一斑：

㈠頌歌集第三十首

他是誰啊？當我獨自出門走上赴約之路，他在靜寂的黑暗中尾隨我。
我走到路旁躲避他的前來，但我避不開他。
他昂首濶步地揚起地上的塵埃；他把我說的每一個字都加上他的高聲。
他是我的小我，我主，他不知羞恥；但我却羞於由他隨伴着到你門上來。

㈡採果集第五十七首三節錄第一節

她是誰啊？這位在我心中永遠孤獨的女人。

我向她求愛而沒有成就。

我用花環修飾她，又唱歌讚美她。

她的微笑在臉上閃了一會兒，又消失了。

「我並不能因你而快樂。」她叫着，這位悲哀的女人。

㈢頌歌集第二十六首

他走來坐在我身邊，而我竟沒有清醒。多麼可呪詛的睡眠啊，可憐的我！

他在靜夜中前來，手裏拿着豎琴，我的夢魂和他的琴音共鳴。

哎喲，爲什麼我的夜都這樣蹉跎了？唉，爲什麼他的呼吸已接觸了我的睡眠，而我總錯過對他的瞻仰？

㈣頌歌集第三十三首

他們到我的屋子來說，「我們只想在這裏借用最小的一點地方。」

他們說，「我們有助於你對上帝的禮拜，而且只謙恭地接受我們一份應得的恩典」，他們白天坐在屋角裏，靜默而謙冲。

可是在夜的黑暗中，我發覺他們闖進我的聖殿，强橫而喧囂，貪婪地從上帝的祭臺上攫取着供品。

(五)園丁集第十九首

你抱着裝滿的水壺在你的臂上，走過河邊的小徑。

你爲什麼迅捷地轉過臉來，透過飄揚的面紗窺視我？

你從黑暗中投到我身上的閃耀的顧盼，像微風透過粼粼水波，送來一陣顫抖而又把牠吹向蔭翳的岸邊。

你投到我身上的顧盼，像黃昏時的飛鳥急速地穿過無燈的房間，從一個開着的窗子進去，從另一窗子飛出，而消失在黑夜裏。

你隱藏着，像星星之在山嶺後面，而我是路上的一個過客。

但是爲什麼你停留片刻，透過面紗瞥視我，當你抱着裝滿的水壺在你臂上，走過河邊的小徑？

泰戈爾能把類似的手法加以變化，或問句開頭，或敍述句開頭，或爲重複的他，或爲重複的她，或爲重複的他們，甚至一變而爲重複的你；或爲對詭秘行動者的指責，或爲對詭秘行動者的仰慕與讚美。於是同一手法，同一風格，而有多樣性，而有了發展，這可見詩經中尚有可爲現代人直接學習者，我們學習詩經，並可參考泰戈爾詩的多樣性發展以爲借鏡。

至於此詩寫成時代，據鄭玄詩譜，則在幽王之世。但我們若探究毛序，何以指此詩爲蘇公之作。大約是根據暴公蘇公訟閒田事而來。淮南精神訓：「延陵季子不受吳國而訟閒田者慚矣。」高注：「訟閒田者虞芮及暴桓公蘇信公是也。」而左傳隱公十一年，載有桓王以蘇忿生之田與鄭人之事。詩中「誰爲此禍」句，或卽指此事。則此詩應作於桓王之世，朱傳以「此詩與上篇文意相似，疑出一手。」上篇巧言末章之「彼何人斯？居河之麋。」等句，與此詩風格相似，且「彼何人斯」爲兩篇之相同句，我們已據「居河之麋」句，斷巧言爲東周初年之詩，則此詩之作成於桓王之世，正與巧言年代相符。玆錄存其說，以供研究。

【古韻】

第一章：艱、門、云，文部平聲；

第二章：禍、我、可，歌部上聲；

第三章：人、陳、聲、人、天，眞部平聲。

第四章：風、南、心，侵部平聲；
第五章：舍、車、盱，魚部平聲；
第六章：易、知、祇，佳部平聲；
第七章：篪、知、斯，佳部平聲；
第八章：蜮、得、極、側，之部入聲。

一〇、鶴　鳴

這是篇用一連串隱喻的手法寫成的含蓄而玄妙的作品，意在諷諫人君求賢人之隱居不仕者。

原詩	今譯
鶴鳴于九皐，❶	白鶴在高岸下嗥叫，
聲聞于野。❷	聲音傳遍了遠郊。

魚潛在淵，❸
或在于渚。❹
樂彼之園，
爰有樹檀，❺
其下維蘀。❻
它山之石，
可以爲錯。❼

鶴鳴于九皐，
聲聞于天。
魚在于渚，
或潛在淵。
樂彼之園，
爰有樹檀，

魚兒潛游在深淵，
有時在淺渚邊出現。
喜歡那一片園地，
那兒有檀樹聳立，
下面是落葉鋪地。
別的山上的頑石，
可以用作砥礪。

白鶴在高岸下唳叫，
聲音響徹了雲霄。
魚兒在淺渚邊出現，
有時潛游在深淵。
喜歡那園地的情趣，
那兒有聳立的檀樹，

其下維穀。⑧　下面長的是楮木。

它山之石，⑨　別的山上的頑石，

可以攻玉。⑩　可以用來磨玉。

【註釋】①九：有高義。皐：猶陵、岸。九皐猶言高陵、高岸。屈萬里先生有說。②聞：原爲平聲音文ㄨㄣ，爲耳朵聽見。此處讀爲去聲，音問ㄨㄣ，謂遠達。蓋鶴聲高亮，聞八九里。③潛：沉伏。淵：水深處。④渚：音煮ㄓㄨˇ，水中高出之地，即小洲。⑤樹檀：所種之檀木。⑥蘀：音拓ㄊㄨㄛ，草木皮葉落地爲蘀。⑦錯：朱傳：「錯，礪石也。」用以磨刀劍。⑧毛傳：「穀，惡木也。」一名楮。⑨它：朱傳本作他。⑩攻：錯，即磨治。

【評　解】

鶴鳴是小雅鴻雁之什的第四篇，朱傳列爲彤弓之什的第十篇，分二章，章九句，每章除第一句爲五字句外，餘均爲四字句。全詩共計七十四字，或以爲第一句「鶴鳴于九皐」的于字爲衍文，全篇均四字句。蓋史記滑稽列傳、論衡藝增篇、漢書張衡傳注所引皆無于字。

鶴鳴一篇，毛傳標「興」，後代詩經學者，却自朱熹詩集傳以來，無論是明代標榜古義的何楷詩經世本古義，清代主張折中毛朱的傅恆等欽定詩義折中，以及獨立派的姚際恆詩經通論，都一致改標爲「比」，並認爲是比中的隱喻。鄭箋云：「興者，喻賢者雖隱居，人咸知之。」已用「比」來釋毛傳的「興」。朱傳改用比釋此詩曰：「此詩之作，不可知其所由，然必陳善納誨之辭也。蓋『鶴鳴于九皐，聲聞于野』，言誠之不可揜也；『魚潛在淵』，而『或在于渚』，言理之無定也；『園有樹檀』，而『其下維蘀』，言愛當知所惡也；『他山之石』，而『可以爲錯』，言憎當知其善也。由是四者，引而伸之，觸類而長之，天下之理，其庶幾乎？」他本以攻擊小序知名，但這篇對於小序的「鶴鳴，誨宣王也。」却不加排斥，而採其意說是「陳善納誨」，只不確定其時其事爲「誨宣王」，而發揮比意爲一章含四個隱喻，並說：「鶴鳴做得巧，含蓄意思，全不發露。」蓋孔穎達雖說「比顯與隱」，但隱喻的比，較與更隱得神秘。因爲「興」有興辭，必有應辭；比之明喻，則亦必有二者之對比。今釋爲四個隱喻的比，則只是隱約言之的象徵手法，讓人覺得玄妙而難測，而說詩者也就會流於瞎子摸象，各有所得，各是其是的路上去。於是傅恆於引朱子語後，更進一層說：「易曰：書不盡言，言不盡意。聖人立象以盡意，以爲象之所包，廣於言也。詩之比興，立象之道也。以象逆意，其中無所不有，是故切磋琢磨，不言貧富，而子貢以爲已言之也；素以爲絢，不言禮後，而子夏以爲不啻言之也。魚躍鳶飛，揭大道之要；深厲淺揭，著行藏之宜。言近旨遠，不可勝擧。鶴鳴之詩，其尤著者也。是故詩之爲教，其引典故也，通於禮；其道政事也，通於書；其設物象也，通於易；其屬辭褒貶也，通於春秋。學者不可以不盡心也。」

姚際恆就朱子之四比，評曰：「通篇皆比意，章法絕奇。」而明指鶴鳴二句爲一比，魚潛二句爲二比，樂彼三句爲三比，它山二句爲四比。但斥集傳以詩爲言理之書爲說詩之魔。他說：「蓋其意以第一比合中庸「鬼神之爲德」章；第二比合論語「仰之彌高」章；後二比合大學「修身齊家」章。以詩爲言理之書，切合大、中、論，立論腐氣不堪；此說詩之魔也。」

他對每章之四比，另作解釋說：「鄭氏（箋）謂：『教宣王求賢人之未仕者』，求賢之意，通篇亦差可通。鶴鳴二句，言賢者自有聞也；魚潛二句，言賢者進退不常也；樂彼三句，言用舍位置宜審也；他山二句，言必藉賢以成君德也。至於謂宣王之詩，未有以見其必然。」然則此詩乃諷人君求賢人之隱居未仕者也。

清人牛運震詩志評語亦可參考。他評第一章說：「幽悅動盪，起筆極高騫。雜引不倫，正自錯綜入妙。魚潛在淵二語，諷王之審幾察變也。朱傳以爲言理之無定在，失之。其下維擽單拖一筆，連下一韻，錯落。」評第二章說：「略易數字，往復咏歎，意味更深。在渚在淵顛倒，意極活妙。」而總評全篇說：「調高意遠，一篇寓言隱語，比物連類，妙得諷諫之旨。」然則非但李義山詩以獺祭而寄託深遠，是鶴鳴手法的運用；就是陸機演連珠，亦鶴鳴體的流變吧！玆舉其演連珠第四七節爲例，以見一斑：

臣聞：情見於物，雖遠猶疏；神藏於形，雖近則密，儀夷步晷，而脩短可量；臨淵撥水，而淺深難察。

以上諸人，都以鶴鳴二章皆比而不賦來解釋。但追踪姚際恆的方玉潤詩經原始，雖不標三緯，却以「實賦其景」釋之，亦言之成理，可作此詩的別解來欣賞。他說：「詩人平居必有一賢人在其意中，不肯明薦朝廷，故第即所居之園，實賦其景，使王讀之，覺其中禽魚之飛躍，樹木之蔥倩，水石之明瑟，在在可以自樂。卽園中人，令聞之清遠，出處之高超，德誼之粹然，亦一一可以並見。則卽景以思其人，因人而慕其景，不必更言其賢，而賢已躍然紙上矣。其詞意在若隱若現，不卽不離之間，並非有意安排，所以爲佳。」這樣是每章前七句詠隱者所居處之風物：園中高岸下有鶴鳥，水中有游魚，地上更有各種的樹木，樹下又是落葉鋪地。已點綴出隱者居處的高雅幽靜，也反映出隱者恬淡閑適的淸高操守和自得其樂的物外心境。然而鶴鳥鳴叫，聲聞七、八里；魚兒潛游，有時也會出現在淺水之處：賢者雖隱居幽邃，而其名聲却仍爲外人所聞知；其賢德仍爲世人所崇敬。因而詩人有最後兩句以「它山之石，可以爲錯」、「可以攻玉」，以諷示招隱之意。蓋人君若得賢者以助己，則豈個人受益，抑亦國家之福也。屈萬里先生詩經釋義，即採方解曰：「方玉潤詩經原始，以此爲招隱之詩，近是。每章前七句咏隱者所居處之風物，末二句乃招隱之意，言可以益己也。」

【古　韻】

第一章：野、渚，魚部上聲；
園、檀，元部平聲；
蘀、石、錯，魚部入聲；

第二章：天、淵，眞部平聲；
園、檀，元部平聲；
穀、玉，侯部入聲。

一一、叔于田

這是一篇贊美男子英俊仁慈、武藝高強的詩。

原詩	今譯
叔于田，❶	三爺打獵出了門，
巷無居人，	巷子裏就像沒了人。
豈無居人？	那裏是巷子沒了人？
不如叔也，	只是不及三爺呀，
洵美且仁。❷	眞正俊美又慈仁。
叔于狩，❸	三爺冬天去打獵，
巷無飲酒。	巷子裏沒人把酒喝。
豈無飲酒？	那裏是沒人把酒喝？

不如叔也，　　只是不及三爺呀，
洵美且好。　　眞正俊美又英傑。

叔適野，　　三爺打獵荒原上，
巷無服馬。❹　　巷子裏沒了趕馬郎。
豈無服馬？　　那裏是沒了趕馬郎？
不如叔也，　　只是不及三爺呀，
洵美且武。　　眞正俊美又勇壯。

【註釋】❶于：往。田：打獵。❷洵：眞正。❸狩：冬獵。❹服：駕馭。服馬卽趕馬。

【評解】

叔于田是鄭風廿一篇的第三篇。共三章，章五句，每章除第一句爲三字句外，餘皆四字句。全詩共五十七字。

本篇詩序謂刺鄭莊公，叔指共叔段。並謂：「叔處于京，繕甲治兵，以出于田，國人說而歸之。」但觀全詩文詞，只有贊美，並無刺意。朱傳則謂：「段不義而得衆，國人愛之，故作是詩。」然則段既不義，又如何能得衆？又如何能得國人之愛戴？朱夫子亦覺不能自圓其說，故又曰：「或疑此亦民間男女相悅之辭也。」然亦未見得是「男女」相悅之辭。

我們不能因此篇在鄭風，遂認「叔」即共叔段。蓋古多以「伯仲叔季」等排行之字以爲人之稱呼。如衞風伯兮篇有「自伯之東」，邶風旄丘、鄭風蘀兮，均有「叔兮伯兮」，鄭風將仲子有「仲可懷也」，魏風陟岵有「予季行役」等。故此篇中之「叔」，也只是對一位排行第三的人之稱呼，不能認爲他一定是指「共叔段」。更何況根據左傳隱公元年所載，共叔段之品德行爲與此詩所寫不符：叔段乃一驕縱不馴之人，而此詩所寫則是一勇武而仁慈的美男子。段既不得人心，又何來如此讚美之詩？故此篇只是對一位內外兼美的武夫之頌讚，與叔段似無關係也。

【古韻】

第一章：田、人、人、仁，眞部平聲；

第二章：狩、酒、酒、好，幽部上聲；

第三章：野、馬、馬、武，魚部上聲。

一二、大叔于田

這是對一位有地位的武士的讚頌之歌。對他出獵的情形，寫得十分細緻而生動。

原詩	今譯
叔于田，	三爺出門去打獵，
乘乘馬。❶	四匹大馬駕着車。
執轡如組，❷	手握繮繩好靈活，
兩驂如舞。❸	兩匹驂馬驅馳舞婆娑。
叔在藪，❹	三爺打獵在叢莽，
火烈具擧。❺	獵火齊燒熊熊光。
襢裼暴虎，❻	赤膊徒手捉猛虎，
獻于公所：❼	捉了猛虎獻公堂。
「將叔無狃，❽	公說：「三爺可別常這樣，

戒其傷女。」❾　當心猛虎把你傷。」

叔于田，　三爺打獵去圍場，
乘乘黃。❿　駕車的四馬一色黃。
兩服上襄，⓫　中間兩馬領前奔，
兩驂鴈行。⓬　旁側的馬兒似鴈陣。
叔在藪，　三爺打獵在草澤，
火烈具揚。　獵火齊燒光烈烈。
叔善射忌，⓭　三爺射箭技藝好，
又良御忌。　駕車的本領也很高。
抑磬控忌，⓮　一會兒勒住馬兒停，
抑縱送忌。⓯　一會兒放縱向前衝。

叔于田，　三爺圍場去打獵，

乘乘鴇。⑯　　四匹花馬來駕車。
兩服齊首，⑰　　中間兩馬並頭進，
兩驂如手。⑱　　旁邊兩馬像雙手伸。
叔在藪，　　三爺打獵草澤裏，
火烈具阜。⑲　　熊熊獵火都燃起。
叔馬慢忌，　　三爺勒馬慢慢走，
叔發罕忌。⑳　　三爺發箭少出手。
抑釋掤忌，㉑　　於是解開箭筩蓋，
抑鬯弓忌。㉒　　於是把弓裝進袋。

【註釋】❶第二乘字音剩ㄕㄥ，四馬曰乘。❷轡：馬韁。組：柔滑絲繩。❸驂：古者一車四馬，中間夾轅之兩馬曰服，外面兩旁二馬曰驂。驂馬在外，易見其驅馳有節奏之姿態，故曰如舞。❹藪：音叟ㄙㄡ，多草木之低地，禽獸聚居之處。❺烈：猛火。具：俱。舉：起。❻襢：音旦ㄉㄢ。裼：音錫ㄒㄧ。襢裼：裸露上身。暴虎：徒手搏虎。❼公所：即公堂，公爵之堂。鄭係伯爵，而官民亦尊其國君曰公。❽將：音槍ㄑㄧㄤ，發語詞。狃：音扭ㄋㄧㄡ，習也。謂習以爲常。❾戒：防備，女：音義同汝。此二句應爲國君對武士所說。蓋武士將獵獲之猛虎獻與國君，國君特表嘉許及關愛，頗似邶風簡兮「公曰：『錫爵』」之意。⑩乘黃：四匹皆黃馬。黃中雜赤之馬曰黃。⑪服：見註③。上：前。襄：駕。上襄猶言前駕。謂兩服馬較兩驂馬稍前，經義述聞有說。⑫鴈行：驂馬在兩旁較服馬位置稍後，如鴈之行列。亦卽下章之「兩驂如手」。⑬忌：語詞。下同。⑭抑：發語詞。下同。磬控：雙聲聯緜字，謂控止馬不使前進。⑮縱送：疊韻聯緜字，謂放馬奔馳。參馬瑞辰、俞樾之說。⑯鴇：音保ㄅㄠ，黑白雜毛之馬。本字應作駂。⑰齊首：謂馬首相並。⑱如手：左右兩驂夾兩服，如伸兩手之夾身。⑲阜：旺盛。⑳發：謂發箭，馬慢射稀，謂田獵將畢。㉑釋：解。掤：音冰ㄅㄧㄥ，箭筩之蓋。解箭筩之蓋，示射已畢，將裝箭入筩。㉒鬯：音暢ㄔㄤ，同韔，弓囊。此處作動詞用，謂將弓裝進弓囊。

【評解】

大叔于田是鄭風廿一篇的第四篇。共三章，章十句，每章一、二、五三句爲三字句，餘皆四字句，全詩共一一一字，毛詩正義本首句多一大字，則全詩爲一一二字。

本篇篇名與叔于田相同復相次，嚴粲謂因篇幅較長，故加一「大」字以別之。毛詩正義本首章第一句作「大叔于田」。陸德明經典釋文曰：「首章作大叔于田者誤。」今從朱傳本，去一大字。蘇轍曰：「二詩皆曰叔于田，故加大以別之。不知者，乃以段有大叔之號，而讀曰泰，又加大於首章，失之矣。」

這篇同前篇一樣，過去都認爲篇中之「叔」是指共叔段而言，因爲只有叔段的地位與身份，才能與詩中所寫的場面配合。但這理由並不充分，因爲段的品德行爲已如上篇評解所說，與詩中所寫並不符合。且段與其兄莊公之感情自始就不好。左隱元年傳「莊公寤生，驚姜氏，故名曰寤生，遂惡之，愛共叔段。」我們看由於姜氏的這一愛一惡，遂造成兄弟間的不合，以致演變到後來叔段的叛國，莊公之必欲置其弟於死地而甘心。本篇所寫之叔却是一位忠勇之士，君臣之間甚爲相得。而我們細味詩意，却很像邶風簡兮的情調。不過那是詩人對一位舞師的讚美，而這是對一位武士的讚美。這武士應該是一位鄭君的臣屬，出獵也是爲君上而獵，所以才有那樣盛大的場面，所以才將獵獲的猛虎「獻于公所」。由於他人品好，武藝强，深獲國君的賞識，所以當他獻上猛虎之後，國君說：「將叔無狃，戒其傷女」。這兩句與簡兮的「公曰錫爵」相似而却有其不同處：簡兮的「公曰錫爵」一個「錫」字就說明了二者只是一種普通的君臣關係，沒有什麼感情可言；而本篇的「將叔無狃，戒其傷女」，却充滿了無限的關愛之情。有了這兩句，才使我們瞭解爲什麼這位武士會如此忠勇，詩人爲何對他的出獵描寫如此細緻而生動，這兩句在全詩中有畫龍點睛之妙。

本篇所稱頌的叔（三節），可能與前篇叔于田讚美的對象爲同一人。

【古韻】

第一章：馬、組、舞、擧、虎、所、女，魚部上聲；

第二章：黃、襄、行、揚，陽部平聲；

射、御，魚部去聲；

控、送，東部去聲；

第三章：鴇、首、手、阜，幽部上聲；

慢、罕，元部去聲；

掤、弓，蒸部平聲。

一三、何彼襛矣

齊國國君以娶了周平王的女兒王姬爲榮，現在他們所生的女兒嫁到召南地方去，就用王姬嫁來時的花車去送親，來擺闊。南國詩人就做詩來諷刺說：新娘旣艷若桃李，車服之盛又眩耀生光，只可惜缺少了些肅敬雍和氣氛了啊！

原詩	今譯
何彼襛矣！❶	怎麼那樣的茂盛！
唐棣之華。❷	唐棣花兒開得濃。
曷不肅雝？❸	怎不端莊而和易？
王姬之車。❹	王姬的花車好神氣。
何彼襛矣！	怎麼那樣的茂盛！
華如桃李。	艷如桃李好姿容。
平王之孫，❺	這是平王的外孫女，
齊侯之子。❻	就是齊侯的掌上珠。
其釣維何？❼	要用什麼去釣魚？
維絲伊緡。❽	用的是絲線組成縷。

齊侯之子，　　哦！你齊侯的掌上珠，

平王之孫。　　你平王的外孫女。

【註釋】❶襛：音農ㄋㄨㄥ，石經作穠。高本漢說：「這是錯字，由說文引詩而來。太平御覽白帖和文選注引毛詩均作穠。」朱熹集傳逕作穠，韓襛作莪（音戎）。農旁之字均有厚義：濃爲露厚、醲爲酒厚、穠則植物之厚，即花葉盛多。襛爲衣厚。作襛，應爲穠之假借字。莪即茸，亦茂盛意。❷華：古花字。唐棣，即棠棣，一名雀梅，亦名薁李、郁李、車下李，各處山中皆有之，其華或白或赤，六月中實熟，大如李，可食。❸肅：敬。雝：同雍，和。❹王姬：周王之女姓姬，故稱王姬，以別於諸侯之姬姓。王姬之車：周代貴族嫁女，均以車馬相送。男家依禮留其車而將馬返還女家，王姬之車特別華貴，僅下王后一等，故詩中特表出之。❺平王：周幽王之子名宜臼。舊訓「平」爲「正」，釋平王爲「周文王」，非是。平王之孫：周平王的兒子的子女，周平王女兒的子女，都可稱平王之孫，所以這孫字，包括孫兒、孫女、外孫、外孫女在內。❻齊侯：指齊國國君而言。周封諸侯分公侯伯子男五等，例如宋，子姓公爵；魯，姬姓侯爵；秦，嬴姓伯爵；楚，羋姓子爵；許，姜姓男爵；齊國則姜姓侯爵。但諸國國君通稱曰諸侯，而本國人對其國君則稱公。齊侯之子：齊國國君的子女。所謂子，包括男子，女子子在內。衛風碩人篇「齊侯之子」，即指齊莊公之女莊姜。❼維：語詞。❽伊：是。緡：音敏ㄇㄧㄣ，毛傳：「緡，綸也。」釣竿之線，爲絲之組合成綸者。

一三、何彼襛矣

【評　解】

何彼襛矣是召南十四篇的第十三篇，分三章，章四句，句四字，全篇共三十六字。文開在「詩經基本形式及其變化」一文中，將此詩列爲詩經三環相連（卽三章疊詠）的基本形式之一。清人陳僅（餘山）更就此詩三章疊詠分析之。因其中間一章，上半章與前章配合。下半章與後章配合，特稱爲合錦體。（見所著詩誦卷一）

鄭玄詩譜，據詩序，將周南召南二十五篇列爲正風，以別於國風其他十三單位的變風，而定其年代爲文武之世。其中二十三篇作於文王之世，僅兩篇作於武王之世，武王之世兩篇均在召南，一篇是甘棠，還有一篇就是這何彼襛矣。因爲他們以爲這篇是武王嫁女王姬之詩。而詩的內容，正風都是美詩，毛鄭以爲此詩是「美王姬」。

詩序：「何彼襛矣，美王姬也。雖則王姬，亦下嫁於諸侯。車服不繫其夫，下王后一等，猶執婦道，以成其肅雝之德也。」毛傳云：「平，正也。武王女，文王孫，適齊侯之子。」

宋人始疑此爲東周之詩。朱熹詩集傳曰：「舊說：平，正也。武王女，平王孫，適齊侯之子。或曰：「平王，卽平王宜臼；齊侯，卽襄公諸兒。事見春秋。未知孰是。」蓋鄭樵已先朱子指詩中平王爲東周之平王。

至清代，則此詩爲東遷後詩，已成定論。崔述讀風偶識曰：「何彼穠矣，明言平王之孫，其東遷後詩無疑。」姚際恆詩經通論亦云：「此篇，或謂平王指文王；或謂卽春秋時平王。凡主一說者，必堅其辭，是此而非彼。然愚按主春秋時平王說者居多。亦可見人心之同然也。」

至晚清，方玉潤更看出詩中「曷不肅雝」一句，非美而爲刺。所以他在詩經原始中說：「何彼穠矣，諷王姬車服漸侈也。此詩果如集傳諸家所云『美王姬之下嫁，不敢挾貴以驕其夫家而又能敬且和』？曰未能也。詩不云乎？『何彼穠矣！』是美其色之盛極也。『曷不肅雝？』是疑其德之有未稱耳。」

王姬下嫁齊國事，春秋經凡二見：一在魯莊公元年（公元前六九三年）卽周莊王四年，齊襄公諸兒五年；一在魯莊公十一年（公元前六八三年）卽周莊王十四年，齊桓公小白三年。春秋經兩次均書曰：「冬，王姬歸于齊。」屈翼鵬先生詩經釋義注：「二者未詳孰是。」且以爲：「或別有其事，而春秋未書。」

考春秋莊公元年經曰：「夏，單伯逆王姬。秋，築王姬之館于外。王姬歸于齊。」公羊、穀梁，均以單伯爲魯大夫，奉王命去王城迎王姬來魯爲之主婚。因爲天子嫁女於諸侯，必使同姓諸侯主之。左傳則以單伯爲天子卿，單爲其采地。故經文逆字作送字。時魯莊公喪服期中，爲齊侯來親迎不便以禮接待，故築舍于城外以館王姬。竹添進一郎左傳會箋，以爲單爲王畿內地名，成王封少子臻于單邑，因氏焉，單伯爲周之世卿，王姬是周桓王之女。

又，春秋莊公十一年經曰：「冬，王姬歸于齊。」左傳：「冬，齊侯來逆恭姬。」杜注：「齊桓公也。」會箋未指此王姬爲誰之女，而僅謂恭爲其謚。莊公元年之王姬爲周桓王之女，則此王姬似爲周莊王之女。桓王之女爲平王之曾孫女，此則平王之玄孫女，按詩經用字之例，凡孫輩以下之後裔，均可稱之爲孫，如魯頌閟宮稱太王爲「后稷之孫」，稱魯僖公爲「周公之孫」等，故此平王之孫，可指平王之曾孫女或玄孫女。

那末，何彼襛矣詩中所詠，究竟是魯莊公元年即齊襄公五年前王姬歸于齊的事呢？還是魯莊公十一年即齊桓公三年後王姬歸于齊的事呢？大家說詩中齊侯指齊襄公，那末王姬下嫁於齊侯之子，據詩經原始等書明白說是春秋莊公十一年之事，應該是後王姬——即恭姬——下嫁於齊桓公的事件。

可是還有兩個問題沒有解決：第一，後王姬歸于齊，來迎恭姬的齊侯，是齊桓公。桓公雖是齊侯僖公之子而非襄公子，且莊公十一年時桓公已即位爲齊侯，究與詩中「齊侯之子」不合；當然如果說是莊公元年的前王姬歸于齊，經傳未明言歸于齊侯，也可解作歸于當時齊侯襄公諸子之一。第二，此詩旣詠王姬下嫁齊國，何以不列於齊風，也不列於王風，却會輯入召南？這姚際恆有解釋說：「東周之詩，何以在二南乎？章俊卿曰：『爲詩之時，則東周也；採詩之地，則召南也。于召南所得之詩，列于東周，此不可也。』亦爲有見。」這是說東周之詩，本應列于王風，但因此詩採自召南，所以列入召南。

以上兩個解答，都很勉强，正如毛傳解平王爲平正之王一樣不順。因爲前王姬歸于齊，大家認爲是下嫁給齊襄公，現在說是下嫁給襄公的兒子，毫無佐證。即使我們承認以詩補經傳之不足，但此詩之作者，不可能是召南之人；其腔調，不可能是召南之音。召南在王城之西南（召南地望見「詩經欣賞與研究」甘棠篇），而單伯送王姬赴魯，乃自王城東行。召南之人未見送親行列，何得而歌詠其事？最可能作詩之人是東都王畿東部百姓，或單伯的隨從，或就是周之世卿單伯本人。這些人所做的詩，都應屬王風，其腔調也當然是東部王畿之音，決無輯入召南之理。

在這樣的困惑之下，有人找到此詩另一個解釋出來了。那是儀禮士昏禮賈公彥疏云：

「何彼襛矣篇曰：『曷不肅雝，王姬之車』，言齊侯嫁女，以其母王姬始嫁之車遠送之。」下云：「鄭箴膏肓言之。」筆者按：箴膏肓爲鄭玄作品。東漢今文家公羊學大師何休，與其師羊弼，追述李育作「難左氏四十事」之意，作公羊解詁，又作公羊墨守、左氏膏肓、穀梁廢疾，以伸公羊而絀左氏穀梁二傳。於是古文學家鄭玄乃作廢墨守、箴膏肓、起廢疾以難之。鄭玄箋毛詩，於何彼襛矣篇亦遵序傳無異議。但他曾習今文，亦知三家詩義，今云此詩詠齊侯嫁女，以其母王姬始嫁之車遠送之，其義與毛詩不合，故魏源等主三家詩者，以爲此係三家詩之說。王先謙且採入其所著詩三家義集疏書中。而主毛的馬瑞辰也在他的毛詩傳箋通釋中證成其說。

馬氏之考證，可供參考。其說云：「『平王之孫，齊侯之子。』傳：『平，正也。武王女，文王孫，適齊侯之子。』瑞辰按：詩中凡叠言爲某之某者，皆指一人言，未有分指兩人者。如碩人詩：『齊侯之子，衞侯之妻，東宮之妹，邢侯之姨』，言莊姜也。韓奕詩：『汾王之甥，蹶父之子』，言韓姞也。閟宮詩：『周公之孫，莊公之子』，言僖公也。正與此詩句法相類。不應此詩獨以『平王之孫』指王姬，『齊侯之子』爲齊侯子娶王姬也。且首章『王姬之車』箋訓『之』爲『往』，則與上文『唐棣之華』『之』字異讀。又以王姬往車爲不詞，故增釋經文謂『王姬往乘車』，非詩義也。二章傳云：『王姬適齊侯之子』，三章正義又云：『齊侯之子，求平王之孫』，於經文外增一『適』字『求』字，亦非詩義。惟儀禮疏引鄭君箴膏肓曰：『齊侯嫁女，以其母始嫁之車遠送之。』謂此詩爲齊侯嫁女之詩，則詩所云：『齊侯之子』，謂齊侯之女子，猶碩人詩『齊侯之子』，韓奕詩『蹶父之子』皆謂女子也。詩所云：『平王之孫』，乃平王外孫。言平王之外孫，則於詩句不類，故省而言之曰孫。猶閟宮：『周公之孫』，不言曾孫，而但言孫也。詩二句皆指齊侯女子言，於經文正合。惟齊侯嫁女之詩，不應附召南，竊謂平王既訓爲平正之王，則齊侯亦當訓爲齊一之侯。猶易康侯之指諸侯言也。」

其言僅末段平王仍訓平正之王，齊侯改訓齊一之侯爲不足取。姚際恆之言曰：「說者曰：『平王』猶言『寧王』；按周書辭多詰曲，故其稱名亦時別；詩則凡稱人名皆顯然明白，不可以書例詩，『平正之王，齊一之侯』益不通，不辯。」

顧炎武日知錄也斷然說：「說者必欲以是西周之詩，於時未有平王，乃以平爲平正之王，齊爲齊一之侯。與書言寧王義同。此妄也。」

查宋人楊簡慈湖詩傳云：「平王，猶言寧王也。」乃承襲已失傳之王安石三經新義而來。而黃實夫在「毛詩李黃集解」中更引申王說而謂：「書稱文王爲寧王，則平王，平正之王也。易稱賢諸侯；則齊侯，齊一之侯也。」

今考尚書大誥篇寧字屢見，與下一字相連而成「寧王」、「寧武」、「寧考」等名稱，前人謂此即指「文王」、「文武」、「文考」，故以寧王爲文王之別稱。寧，安也。謂文王能安天下也。但清人吳大澂研究周代鐘鼎文，文字作[illegible]，寧字作[illegible]，字形十分相似，因而在他所著字說中斷定大誥的「寧」字，原文實係「文」字，所以「寧王」「寧武」「寧考」等詞，實在只是「文王」「文武」「文考」的誤讀。這樣，根本推翻了文王別稱寧王之說。而易晉卦卦辭「康侯」爲「賢諸侯」之說，也無所立足。王弼注「康，美之名」。近人根據周代銅器康侯鼎，及河南濬縣出土的銅器康侯斧、爵、罍，以及奇形刀上的銘文，（見雙劍誃吉金圖錄）已證知晉卦之康侯，即始封於康，後封於衞的康叔。此康爲地名，非美其爲賢諸侯也！然則引據寧王康侯以證平正之王，齊一之侯，其不能成立，自不必辯矣。

今人汪中先生之解釋更爲巧妙，他訓平爲伻（使），訓齊爲妻，平、齊均爲動詞。他說：「平王之孫，齊侯之子者，謂遣王朝之孫，妻侯國之子也。」（見所著詩經朱傳斠補）如此曲解，更勝一籌矣。

王氏詩三家義集疏發揮箴膏肓之言以詳解此詩亦多足取者，其言曰：「案如三家說是『齊侯之子』爲齊侯所嫁之女，『平王之孫』，周平王外孫女也。平王女王姬先嫁於齊，留車反馬。今所生之女嫁西都畿內諸侯之國，其所自出，故以其母王姬始嫁之車送之。詩人見此車而貴之，知其必有肅雝之德，故深美之也。魏源云：『傳以平王爲文王，王姬爲武王女文王孫，適齊侯之子。武王元妃邑姜，若女適齊侯之子，無論丁公乙公，皆違春秋傳譏取母黨之例。且詩三百篇皆稱文王，不應此獨稱平王。不見它經傳也。或謂平王崩於魯隱三年，春秋惟莊三年、十一年兩書王姬歸于齊（筆者按三年誤，應爲元年）。齊襄取王姬，立已五年；齊桓取王姬，立已三年，尙稱齊侯之子，亦乖『君薨稱世子，既葬稱子，逾年稱君』之例。唯箴膏肓得之。平王四十九年以前未入春秋，安知無王姬適齊，而所生之女別適他國者？齊女所嫁，當是西畿諸侯虞、虢之類，其詩采於西都畿內，既不可入東都王城之風，又不可入齊風，故從召南陝以西之地而錄其風爾。』」這就是鄭樵所主張：「『何彼襛矣』爲詩之時，則東周也；采詩之地，則召南也。」的證成。

魏、王二氏之言除仍以此詩爲美王姬有肅雝之德不可取外，齊侯女所嫁之地，與其說西畿，不如逕云爲召南區域異姓諸侯國（如鄧、穀之類）爲順。這樣，我們取鄭玄箴膏肓之言，鄭樵東周之時，與方玉潤刺詩之說相配合，而成何彼襛矣的新解。於是正風美詩，二南盛世的樊籠都摒除，全詩就貼切而通順，問題都圓滿地合理解決，無懈可擊了。

此詩首、次兩章都是讚美口吻，只「曷不肅雝」一句嵌骨頭話，便讓人體味出語帶有譏刺之意。因爲爲人最忌有驕氣，更何況一個新娘而有驕縱之態？「曷不肅雝」句，正微微透露出這位新娘有挾貴以驕人的氣燄。三章以絲緡喻婚姻，又微露夫婦之道以爲警告，可見全詩的一貫含蓄，詩人的忠厚之心，讀者細加玩味，當能覺察此詩的妙處。

詩中以釣到魚隱喻獲得幸福的婚姻，以兩股細絲組合成緡（釣絲）喻夫婦的和諧相處。夫婦的幸福生活，就靠這合作無間的一線之牽來尋求。這是詩人勸告新娘不要以貴盛驕其夫家的委婉表達。

清雍、乾時人牛運震，年代早於方玉潤，其所著詩志八卷（刊行於嘉慶五年），已定此篇爲刺詩。首章曰：「此以唐棣之穠，興王姬之不肅雝也。不說王姬不肅雝，說王姬之車，曷爲不肅雝，離合其詞，諷意深婉。」又曰：「後二章不更提肅雝，只將平王孫、齊侯子顚倒咏歎，言如此貴冑，而可以不肅雝乎？諷意悠然，高遠之極！」其結語曰：「二南何妨有刺！」此詩毛傳標爲興體，朱傳三章都標爲興式，姚際恆三章都標興而比。

【古韻】

第一章：穠、雝，中部平聲；

　　華、車，魚部平聲；

第二章：矣、李、子，之部上聲；

第三章：緡、孫，文部平聲。

一四、下泉

王子朝之亂，曹國人民被徵調到王畿內去勤王，戍守在成周城外狄泉地方，盼望着能早日把天子再送進京師王城中去，眼見泉流所經，只有野草叢生，一片荒涼，不禁嘆息着思念起想望重新進入的王城來，而編出這淒涼的歌兒來唱。同時勤王軍的統帥郇伯對他們的慰勞，成爲一股心頭的暖流，讓他又轉變歌調唱出讚美的詞兒來。

原詩　　**今譯**

冽彼下泉，❶
浸彼苞稂。❷
愾我寤嘆，❸
念彼周京。❹

那下流的泉水碧波清，
浸潤得那涼草叢叢生。
唉！我呀在嘆息，
思念王城那周京。

冽彼下泉，
浸彼苞蕭。❺
愾我寤嘆，
念彼京周。❻

那下流的泉水好明淨，
浸潤得那蓬蒿好茂盛。
唉！我呀在嘆息，
思念那周室大京城。

冽彼下泉，
浸彼苞蓍。❼
愾我寤嘆，
念彼京師。

那下流的泉水清瀏瀏，
浸潤那叢生的艾蓍。
唉！我呀在嘆息，
思念那王城大京師。

芃芃黍苗，❽　黍苗蓬勃長得好，
陰雨膏之。❾　又有陰雨遍地澆。
四國有王，❿　四方諸侯來勤王，
郇伯勞之，⓫　還有郇伯來慰勞。

【註　釋】❶洌：音列ㄌㄧㄝ，說文：洌，水清也。而毛傳訓寒。阮元校勘記，唐石經等均作冽。釋文：冽，音列，寒也。正義云：字從冰，相臺本據改爲冽。今以訓水清爲順，仍作從水之洌。下泉：泉自高處下流，何楷詩經世本古義以昭公二十三年「天王居狄泉」，狄泉卽此詩下泉。❷苞：豐，見爾雅釋詁疏：「苞者，草木叢生也。」馬瑞辰以爲叢生茂盛意，高本漢證實之。稂：音郎ㄌㄤ，童粱，莠草之屬。鄭箋：稂當作涼，涼草，蕭蓍之屬。何楷以稂爲狼尾草，與莠之狗尾草相類。❸愾：音慨ㄎㄞ，歎息之聲。寤：語詞。❹周京：周之京都，指王城而言。❺毛傳：蕭，蒿也。爾雅「蕭，荻。」邢疏引陸璣義疏云：「今人所謂荻蒿也，或云牛尾蒿。」❻京周：卽周京，倒文以協韻。❼蓍：音ㄕ，草，類蒿，古人以其莖爲占筮之用。❽芃：音朋ㄆㄥ，芃芃：生長茂盛之貌。❾膏：潤。❿四國：四方諸國。有王：有王事，謂王子朝作亂，諸侯勤王。⓫郇ㄒㄩㄣ，郇伯，晉卿荀躒。毛傳：「郇伯，郇侯也。諸侯有事，二伯述職。」鄭箋：「郇侯，文王之子，爲州伯，有治諸侯之功。」孔疏：「『諸侯有事，二伯述職。』謂東西大伯，分主一方，各自述省其所職之諸侯者。僖二十四年左傳說富辰稱：畢、原、酆、郇，文之昭也。知郇伯是文王之子也。時『爲州伯有治諸侯之功』，爲牧下二伯，治其當州諸侯也。以經傳考之，武王成王之時，東西大伯，唯有周公、召公、太公、畢公爲之，無郇侯者，知爲牧下二伯也。』王先謙詩三家義集疏以郇伯爲晉卿荀躒。其疏「郇伯勞之」句云：「愚案易林云：『荀伯遇時，憂念周京』者，左傳昭二十二年十月，荀躒與籍談帥師納王于王城。二十三年七月，知躒與趙鞅帥師納王。荀氏在晉爲名卿，納王之事，身著勤勞，詩美其遇王室危亂之時，能以周京爲憂念，故言黍之芃芃然盛者，以陰雨能膏澤之；今四國尙知有王事者，以郇伯能勞來之也。左桓九年傳，荀侯伐曲沃。漢志臣瓚注汲郡古文：晉武公滅荀以賜大夫原氏黯。今河東有荀城，古荀國。水經注：汾水又西逕荀城，古荀國也。又云：涑水又西逕郇城。詩云：郇伯勞之，蓋其故國也。是郇侯卽荀侯，封國在冀州之境。若爲州伯，止治其當州諸侯，未必遠及兗州之曹，曹人何由思之？然則傳箋二說，皆在疑似間。（竹書昭王六年錫郇伯命，正紀年乘間作僞處）不若齊義之信而有徵也。經云郇伯而齊作荀伯者，或齊詩本作荀，或易林讀郇作荀，皆不可知。要之，郇荀一也。說文郇下云：周武王子所封國，在晉地，从邑旬聲。新附荀下云：草也，从艸旬聲。左傳晉荀息，潛夫論氏姓篇作郇息。此詩郇伯，周書王會篇作荀伯，與易林同。荀蓋本以國爲氏，荀躒（說見前）詩稱荀伯者，晉荀氏舊以伯稱。左成十六年傳：『荀伯不復從。』謂荀林父也。後諸荀別爲知、中行二氏。昭五年傳：『中行伯、魏舒帥之。』謂荀吳與魏舒也。十五年傳以文伯宴，三十三年傳季孫從知伯乾侯，皆卽謂荀躒也。曹詩稱伯而仍繫以荀，如春秋之仍書曰荀吳、荀躒。詩亡然後春秋作，其例宜同。』蓋晉六卿中，智氏、中行氏皆自荀氏分出。荀林父旣稱荀伯，以其曾任晉國中軍主將，時中軍稱中行，故亦稱中行伯。其後代便稱中行氏。其子荀庚，孫荀偃、曾孫荀吳，亦均稱中行伯。而荀林父之弟荀首，食邑於知，故其後便以知爲氏。而知氏主腦人物，除可稱荀伯外，知氏的荀首之子荀罃、罃之孫荀躒、躒之子荀瑤，皆被稱爲知伯，荀躒或稱知躒，旣稱文伯，又稱知伯，則亦仍可稱荀伯也。至於馬瑞辰旣證何楷下泉美荀躒勤王之說，又云：「竹書紀年康王二十四年，召康公薨，昭王六年王錫郇伯命，是郇伯實繼召公爲二伯」此郇伯事迹不可考，不如敬王時荀躒勤王之斑斑可考也。

【評　解】

下泉是曹風四篇的最後一篇，共四章，章四句，句四字，全篇六十四字。前三章疊詠，僅二、四句更換用韻字，末章變調。爲詩經三章連環四十八字的基本形式，後面附加不連環的一章以爲變化者。

詩序：「下泉，思治也。曹人疾共公侵刻，下民不得其所，憂而思明王賢伯也。」此爲懷古傷今的舊說。自明人何楷詩經世本古義主此詩爲曹人美晉荀躒納敬王於成周而作，清人馬瑞辰毛詩傳箋通釋證成其說，今人屈萬里先生詩經釋義採納之，遂成新解。其實，這新解也只是三家詩的舊說。因爲何楷所本係易林蠱之歸妹文，而易林文爲齊詩之說，所以王先謙便採入詩三家義集疏之中。但馬氏仍主毛詩義，而王、屈二氏改從易林之說，前三章的注解，猶多從毛詩義，以寒泉浸害蕭蒿釋之，其意仍隔，與末章雨膏禾苗不相應。不如以釋清泉只浸潤蕭蒿，不浸潤黍苗爲長。王氏雖採下泉爲狄泉之說，而仍以周京指西京。屈氏雖改指周京爲成周，仍不順，應以指王城爲當。所以我們這裏仍稱新解。

這詩牽涉歷史有二大事：㈠政治史的：我們要問：何以此詩的美郇伯是指晉荀躒的勤王？所勤之王爲誰？回答是荀躒即郇伯，詩中說：「四國有王，郇伯勞之」，即詠周景王二十五年（公元前五二〇）王子朝作亂，到周敬王四年（公元前五一六）晉荀躒帥師納敬王入于成周，王子朝奔楚之事。所勤之王先是悼王，後爲敬王。因爲周敬王請求城成周的話中「不遑啓處，於今十年」二句，可證成易林蠱之歸妹文：「下泉苞稂，十年無王；郇伯遇時，憂念周京。」（賁之姤同）即指荀躒勤王的史事，而非詩序所云曹共公之事。㈡詩經學史的：鄭玄詩譜序云：「故孔子錄懿王夷王時詩，訖於陳靈公淫亂之事，謂之變風變雅。」刺陳靈公淫亂事的株林篇，即三百篇中有年可考的最晚之作（靈公被弒在公元前五九九年）。現在證明下泉篇爲詠荀躒帥師勤王之作（納悼王入于王城在公元前五二〇年，納敬王入于成周在公元前五一六年），則下泉取株林而代之，成爲三百篇中可考的最晚之作。這又是一個新問題，因此我們對此詩不得不予以愼重的硏討。

郇伯勤王是春秋時代最後一次勤王之擧，爲便於讀者明白王子朝之亂的來龍去脈，發展經過，及其結果，節錄春秋左氏傳，參以何楷所述，敍錄其事於下：

（魯）昭公二十二年（周景王二十五年，晉頃公六年，曹悼公四年，即公元前五二〇年）夏四月乙丑天王崩，六月（魯）叔鞅如京師（王城）葬景王。王室亂，劉子、單子以王猛居于皇。十一月，王猛卒。

先是，周景王于魯昭公十五年（景王十八年）太子壽卒後，立王子猛爲太子。昭二十二年，景王與其臣賓孟又寵愛了庶子朝，欲立爲太子而未定。夏四月，王田北山，將殺子猛之黨羽單子、劉子（單穆公旗、劉文公狄）而更立子朝，未及實行而王以心疾崩。子猛遂王，攻賓孟而殺之，盟羣王子于單氏。六月，葬景王。王子朝作亂。七月，劉子、單子以王猛居于皇。冬十月丁巳，晉籍談、荀躒帥九州之戎及焦瑕溫原之師，以納王于王城。庚申單子以王師敗績于郊。十一月乙酉，王猛卒，謚曰悼王。己丑，其同母弟王子匄即位，是爲敬王，館于子旅氏。十二月庚戌，晉籍談、荀躒等帥師軍于陰，于侯氏，次于社。

二十三年（周敬王元年，公元前五一九）正月壬寅朔，王師晉師圍郊。六月甲午王子朝入于王城，秋七月天王居于狄泉。周世卿尹氏立王子朝。

二十五年（敬王三年，公元前五一七年）春，（魯）叔孫婼如宋。夏叔詣會晉趙鞅、宋樂大心、衛北宮喜、鄭游吉、曹人、邾人、滕人、薛人、小邾人于黃父，謀王室也。趙簡子（鞅）令諸侯之大夫輸王粟，具戍人。曰：明年將納王于王城。蓋晉組十國聯軍以勤王也。宋樂大心擬不輸粟，晉士伯責之，受牒而退。箋：「牒，書出人粟之數，受牒而退言服從也。」

二十六年（敬王四年，公元前五一六年）四月，單子如晉告急，五月戊午劉人敗王城之師于尸氏。戊辰，王城人、劉人戰于施谷，劉師敗績。晉知（荀）躒、趙鞅帥師納王，使女寬守闕塞。十一月辛酉，晉師克鞏，召伯盈逐王子朝。王子朝奉周之典籍以奔楚。癸酉，王入于成周。甲戌，盟于襄宮。晉師使成公般戍周而還。這時，王子朝餘黨儋扁之徒多在京師王城，故敬王不敢入居王城。按王城在瀍水西，周公所營以朝會諸侯之地，謂之東都。成周在瀍水東，周公所營以處頑民之地，謂之下都，平王東遷，即以東都王城爲京師也。

二十七年（敬王五年，公元前五一五年）秋，晉士鞅、宋樂祁犂、衛北宮喜、曹人、邾人、滕人會于扈。令戍成周。冬十月曹伯午（悼公）卒。其弟野立，是爲聲公。

三十二年（敬王十年，公元前五一〇年）秋八月，王使富辛與石張如晉請城成周。天子曰：「天降禍于周，俾我兄弟，並有亂心，以爲伯父憂。我一、二親昵甥舅，不遑啓處，于今十年，勤戍五年。余一人無日忘之。昔成王合諸侯城成周崇文德焉。今我欲徼福假靈于成王，修成周之城，俾戍人無勤，諸侯用寧，蝥賊遠屏，晉之力也。其委諸伯父。」冬十一月，（魯）仲孫何忌會晉魏舒、韓不信、齊高張、宋仲幾、衞世叔申、鄭國參、曹人、莒人、薛人、杞人、小邾人于狄泉，尋盟，且令城成周，蓋敬王不返王城，將改以成周爲京師也。己丑營成周，凡六十二日，至翌年正月庚寅築版，城三旬而畢，乃歸諸侯之戍。

關於郇伯的非西周之郇侯，非王朝之二伯或九州的州伯，而係春秋時晉卿荀躒，前面註釋中已予說明。現在查考王子朝之亂，荀躒與籍談於亂起之年，即帥師納悼王于王城。悼王卒敬王立，荀躒更以十國聯軍統帥的身分，帥師納敬王于成周，王子朝之亂平。就軍事而言，荀躒是晉國勤王平亂的大功臣。而下泉篇齊詩義的易林歸妹文說：「十年無王」，又正與敬王使富辛如晉請城成周的話：「不遑啓處，于今十年，勤戍五年」相符。蓋亂起於昭公二十二年，亂平于二十六年，各國又派兵戍守成周五年，至三十二年城成周，放棄王城，改以成周爲京師，不多不少，剛巧是京師（王城）無王者十年。王子朝之亂的勤王之役，曹人參加到底。二十五年輸粟戍人的黃父之會，二十七年令戍成周的扈之會，三十二年的城成周的狄泉之會等，春秋經都明載有曹國參加。所以曹風下泉詩，所說的「四國有王，郇伯勞之」，的確是詠王子朝之亂諸侯勤王，荀躒爲聯軍十國統帥，對他們慰勞有加之語。可以斷定此詩爲曹人參與是役者所作。但作於何時何地？何楷說是勤王之時作於狄泉，詩中下泉，卽指狄泉。這話也言之成理。因爲敬王卽位時旣曾居于狄泉，二十五年諸侯戍人，將納王于王城，二十六年却只納王於成周，自此各國軍隊卽戍守成周。而狄泉卽在成周城郊。狄泉正是曹人勤王戍守之地。見狄泉的荒涼而起興，是最合理的解說。

這裏再提供一些有關狄泉的資料。左傳昭二十三年春秋經「天王居于狄泉」杜注：「狄泉，今洛陽城內大倉西南池水也，時在城外。」竹添光鴻左氏會箋：「狄泉此時與成周猶爲兩地。定元年城成周，乃繞之入城內也。狄泉亦曰翟泉。」水經注「穀水東流入洛陽縣之南池，卽古翟泉也。在廣莫門道東建春門路後，爲東宮池。」洛陽伽藍記：「太倉南有翟泉，周回三里，水猶澄清，洞底明淨。泉西有華林園，以泉在園東，因名蒼龍海。」資料中只說泉水澄清明淨，未及寒冷語，所以我們註釋中「洌」字，亦據以採說文水清之訓。本來，毛傳及釋文訓寒，是闡釋序旨的曲解，相臺本據以改爲從冰之冽，遂更陷入偏見。以野草童粱、蕭蒿喻曹民，已經不倫不類，更以泉水寒冽而使野草受浸而病，喻曹共公之施政敎，徒困病其民，更是牽强極了。我們現在改釋爲曹人眼前一片荒涼，見到狄泉泉水清淨，只浸潤了野草，因而觸景生情，與起思念周京王城，希望早日納敬王入王城，離開這荒涼而狹小的成周地方。最後轉換格調，再套用小雅黍苗篇首章「芃芃黍苗，陰雨膏之。悠悠南行，召伯勞之」四句，改換五字而成「芃芃黍苗，陰雨膏之。四國有王，郇伯勞之」來讚美當時的聯軍統帥荀躒，雨潤黍苗與前三章泉浸野草，成一明顯的對照，來結束全篇。就更使全詩脈絡貫通，顯得有層次，靈活而有韻味了。想來王柏如能知道這樣解下泉，也不致說：「末章與前三章不類，乃與小雅黍苗相似，疑錯簡也。」因爲下泉的妙，就妙在末章的套用小雅啊！毛傳傳箋的解下泉，實在太欠高明，所以姚際恆對末章的批評也說：「郇伯爲文王子，曹人必不遠及之。」他說：「曹人思治之詩，必謂共公時，無據。」也沒有錯。因爲曹人思念京師，希望納敬王於王城，就是思治啊！

前面我們提到此詩是興體，前三章屬於觸物起興，末章是套用小雅黍苗首章的興式。但下泉、黍苗二篇，毛傳雖都標「興也」，而朱子詩集傳却下泉四章都標「比而興也」。何楷姚際恆又都標「比而賦也。」這就是見仁見智，各有所見。最有趣的是黍苗首章與下泉末章相同，而朱傳、何義、姚論又都不標「比而興」「比而賦」，而改標爲「興也」，難怪今人都放棄三緯賦比興的加標了。

可是這詩究竟作於那一年呢？我們還得儘可能地追問下去。依我們的推斷，應該就是昭公二十六年，晉軍納敬王于成周的一年，而不在三十二年城成周的前後。因爲詩中有「郇伯勞之」句，那必是郇躒爲十國聯軍統帥之年的眼前景物，當前情事。（這也是這風詩的特色）所以我們擬定這詩的年代是魯昭公二十六年周敬王四年，曹悼公八年，卽公元前五一六年。較之陳風株林的作於魯宣公九年，周定王七年，陳靈公十四年卽公元前六〇〇年，已晚上八十多年了。這是詩經學史上一件大事，因爲下泉一詩的認定爲周敬王時詩，就詩經作詩年代，延長了八十多年，而且在季札觀周樂以後將近三十年，那時孔子也已三十多歲了。

那末，這下泉詩應該是在季札觀樂以後加入詩經的。我們推斷，此詩當時旣流行于王畿，王朝的樂官，就采爲曹風之一，魯國的樂官也就照樣加入周樂，而孔子採作敎本以敎弟子時，也就有此一篇。可是從諸侯城成周以後，各國就再無勤王的記載，朝覲天子之禮也早已消失，所以此後就再無國風采入周樂，確實是「詩亡而後春秋作」，要等孔子來作春秋以代詩了。

【古　韻】

第一章：稂、京，陽部平聲；

第二章：蕭、周，幽部平聲；

第三章：蓍、師，脂部平聲；

第四章：苗、膏、勞，宵部去聲。

一五、草　蟲

我國周朝時候，有一種類似試婚三月的禮俗流行在貴族之間。新娘嫁到婆家去，如果丈夫不滿意，在三個月之內，可以把新娘退還娘家，所以新娘要滿了三個月才正式成爲婆家的媳婦。因此做新娘的離開娘家時，常提心吊膽地懷着恐懼的心理，要見過新郎，與新郎同房過，新郎不挑剔什麼，沒有嫌棄她的表示，她才能放心。這篇草蟲，就是表現這種新娘心理的寶貴作品。

原詩

(一)

喓喓草蟲，❶
趯趯阜螽。❷
未見君子，❸
憂心忡忡；❹
亦既見止，❺
亦既覯止，❻
我心則降。❼

(二)

陟彼南山，❽
言采其蕨。❾
未見君子，

今譯

織布娘在喓喓叫，
小蝗蟲在蹦蹦跳。
還沒見到我良人，
憂心忡忡好煩神；
既已見到良人面，
既已同房過了關，
我才感到心裡安。

登呀登上那南山，
蕨菜嫩葉採呀採。
還沒見到我良人，

憂心惙惙；⑩　　心頭有結解不開；

亦既見止，　　既已見到良人面，

亦既覯止，　　既已同房過了關，

我心則說。⑪　　我的心裡才喜歡。

㈢

陟彼南山，　　登呀登上那南山頭，

言采其薇，⑫　　採呀採摘野豌豆。

未見君子，　　還沒見到良人面，

我心傷悲；　　心裡悲傷又不安；

亦既見止，　　既已見過我良人，

亦既覯止，　　既已同房過了關，

我心則夷。⑬　　我的心裡才歡欣。

【註釋】①喓：音腰一ㄠ，喓喓：蟲叫的聲音。草蟲：蝗蟲類，俗名叫織布娘，大小長短像蝗蟲，好生活在茅草中。②趯：音惕ㄊㄧ，趯是跳躍的樣子。螽：音終ㄓㄨㄥ，阜螽是沒有生翅膀的幼蝗。③君子：這詩裡的君子，是指婦人的丈夫而言。④忡：音冲ㄔㄨㄥ，忡忡：憂愁不寧的樣子。⑤亦：發語詞。止：語尾詞。⑥覯：音構ㄍㄡ，毛傳：「覯，遇。」鄭箋：「既見謂已同牢而食也；既覯，謂已昏也。易曰：『男女覯精，萬物化生。』」覯通構、媾。⑦降：放下。我心則降，意思就是：我就放下心來了。⑧陟：登。⑨言：發語詞。蕨：音厥ㄐㄩㄝ，羊齒類植物，嫩葉可以煮食。⑩惙：音啜ㄔㄨㄛ，惙惙：憂愁不解的樣子。⑪說：音月ㄩㄝ，和悅字同，快樂。⑫薇：似蕨而高，嫩葉可以煮食，就是野豌豆苗。⑬夷：毛傳訓平，平靜意；魯詩訓喜，喜悅意。高本漢謂喜悅爲平靜意的引伸：平靜→安適→高興。

【評　解】

草蟲是召南十四篇的第三篇，分三章，章七句，句四字，全詩共八十四字，首章一、二、四、七句末字蟲、螽、忡、降用韻，二三兩章首句無韻，僅以蕨、惙、說三字及薇、悲、夷三字協韻。

此詩解釋各家意見紛歧，試列舉其重要者如下：

㈠詩序云：「草蟲，大夫妻以禮自防也。」

㈡毛傳：「婦人雖適人，有歸宗之義。未見君子者，謂在塗時也。在塗而憂，憂不當君子，無以寧父母，故心衝衝然。」孔疏云：「婦雖適人，若不當夫氏，爲夫所出，還來歸宗。歸宗謂被出也。」又云：「大夫之妻既已隨從君子，行嫁在塗，未見君子之時，父母憂己，恐其見棄，己亦恐不當君子，無以寧父母之意，故憂心衝衝然。亦既見君子，與之同牢而食；亦既遇君子，與之臥息於寢，知其待己以禮，庶可以安父母，故心之憂卽降下也。」

㈢劉向說苑君道篇：「孔子對魯哀公曰：『惡惡道不能甚，則好善道亦不能甚；好善道不能甚，則百姓親之也，亦不能甚。』詩云：『未見君子，憂心惙惙；亦既見止，亦既覯止，我心則說。』詩人之好善道也如此。」王先謙曰：「是詩爲好善作，此爲魯說，與毛序異。左傳襄公二十七年，鄭七子享趙孟，子展賦草蟲。趙孟曰：『善哉！民之主也；抑武也，不足以當之。』又曰：『子展其後亡者也，在上不忘降。』與說苑好善道義合。趙孟聞子展之賦，卽美其爲民之主，又自謙不足以當君子。在民上之人好善，見君子而心降，故以不忘降爲美德。若妻見君子而心降，禮固當然，何足稱美？且與在上義亦不合。以此知魯說最古。」

㈣歐陽修云：「召南之大夫出而行役，其妻所咏。」姚際恆從之。

㈤朱熹集傳云：「南國被文王之化，諸侯大夫行役在外，其妻獨居，感時物之變，而思其君子如此，亦若周南之卷耳也。」

㈥何玄子以小雅出車篇詠南仲出征有「喓喓草蟲」六句與此篇同，故知此篇爲室家思南仲之作。

㈦豐坊僞子貢詩傳：「南國大夫聘于京師，睹召公而歸心切。」

㈧方玉潤詩經原始：「草蟲，思君念切也。蓋詩人託男女情以寫君臣念耳。夫臣子思君，未可顯言，故每假思婦情以寓其忠君愛國意。」

㈨屈萬里詩經釋義：「此婦人懷念征夫之詩。」

㈩王靜芝詩經通釋：「此詩是思婦喜勞人歸來之詠。」

以上十說，一、二、五、六、七諸說姚際恆均以爲不足取，蓋大夫妻不必以禮自防，朱子則囿於文王之化，豐坊之武斷，何玄子之鑿，所評均恰當。其評毛傳曰：「夫方嫁在塗之女，而即以未見既見君子爲憂喜，可乎?」此毛傳言之不詳，姚氏又未注意孔疏，故有此評。其餘王先謙之採說苑，左傳之引詩斷章取義以說詩，固屬牽强，方玉潤之思君念切，特引伸義耳；今人屈、王之說均從歐陽，惟不言大夫妻，僅謂征人之妻思念其夫而已。

可是我們細讀原詩，若是妻子思念丈夫之詩，只說：「亦既見止，我心則降」即可，何必連上「亦既覯止」一句？連淫婦與情人幽會，也不必說如此露骨的話。鄭風風雨篇就只說：「既見君子，云胡不夷？」小雅出車第五章詠思念南仲，就將本詩首章七句，省成六句為「喓喓草蟲，趯趯阜螽。未見君子，憂心忡忡；既見君子，我心則降。」如此看來，所以連用「亦既見止，亦既覯止」兩句，必有特別原因。

我們知道周代貴族娶妻，有反馬禮俗，男方對新娘如果不滿意，三個月之內，可以令她歸宗，退還給娘家。新娘必得等三個月廟見之後，才算完成結婚手續，而成為正式夫妻。因此女家必自備車馬，讓新娘乘坐，派遣送嫁的人陪去，在男家等候三個月，三月期滿，行過廟見禮之後，男家才遣使陪同送嫁的人，騎着送嫁的馬，奔回女家報喜，這叫做反馬。因為這馬原是預備萬一男家令新娘歸宗時，給新娘騎回去的。這時男家既留新娘，則返還其馬也。這等於試婚三月，新娘的提心吊膽，惟恐丈夫挑剔的日子是不好過的。頂大的難關是到了男家，同牢而食的正式見面，和見面以後洞房的初夜。新娘要過了這兩關，才可放心。所以詩中特別强調「未見君子，憂心忡忡！」要到「亦既見止，亦既覯止」，新郎不嫌棄她，方始「我心則降。」像石頭落地般可以安心。草蟲篇就是寫這種新嫁娘心理的詩。

對於這種試婚的禮俗，陳奐的毛詩傳疏有詳細的考證，可以給我們參考。他說：「傳云：『婦人雖適人，有歸宗之義。』以釋經未見憂心。未見君子，謂未成婦也。古者，婦人三月廟見，然後成婦。禮，未成婦，有歸宗義，故大夫妻於初至時心憂之衝衝然也。春秋宣五年：『秋九月，齊高固來逆叔姬；多，齊高固及子叔姬來。』左傳：『多來，反馬也。』杜注云：『送女留其馬，謙不敢自安，三月廟見，遣使反馬。』孔疏云：『禮，送女適於夫氏，留其所送之馬，謙不敢自安。於夫若被出棄，則將乘之以歸，故留之也。至三月廟見，夫婦之情既固，則夫家遣使，反其所留之馬，以示與之偕老，不復歸也。』案古者，諸侯以上，不取國中之女，反馬告寧，乃遣大夫行之。大夫無外交，不得取他國中女，女歲歸寧，大夫不得親自反馬，故齊高固既娶魯女而來反馬，示譏爾。然大夫禮，亦三月廟見，亦留馬，留馬之禮，即有歸宗之義。諸侯以上體尊無出，士卑，當夕成昏，皆不歸宗，故此傳亦謂大夫妻而言也。禮記曾子問篇：『孔子曰：「三月而廟見，稱來婦也。」曾子問曰：「女未廟見而死，則如之何?」孔子曰：「不遷於祖，不祔於皇姑，婿不杖，不菲，不次，歸葬於母氏之黨，示未成婦也。」此亦大夫禮也。「嫁不三月，不成婦，死則歸黨，出則可以歸宗。」這裏歸黨的新娘，出嫁不滿三月便死掉，當然包括將被歸宗而自殺及憂急而病逝者在內。這種周代的試婚歸宗，實在是由重男輕女的觀念所演化出來的不良禮俗。所以秦漢以來便不再流行（而民間反而漸流行起驗紅之俗來，即新婚之夜，如發現新娘處女膜已破，是可以退婚的），難怪後代經學家，都對草蟲篇摸索難明了。但陳奐專爲毛傳作疏，因此認爲只有大夫妻才有歸宗之憂，那也只是臆測之語。卽使如陳說諸侯與士之妻不歸宗，則大夫妻之外，還有卿之妻，也應包括在內，不能獨指大夫妻也。

毛傳以草蟲爲興體，朱傳始改爲賦，姚際恆從之。是以首章寫秋景，二三兩章寫春景。但朱傳以秋至春爲「感時物之變」，我們則解首章爲眼前實景，二三兩章爲回想前事之景，蓋詩人以新嫁娘口吻詠新嫁娘心理。新嫁娘於暮春出嫁，於夏末完成廟見之禮而成婦。故首章詠見秋蟲出現，二三章則回想暮春時陟南山而嫁於夫家，採蕨採薇不必實際去做，主要是民歌格調詩意之點綴。三章「我心傷悲」句，較一二章之「憂心」更深一層，並非難捨父母哭上轎的補筆。此乃透露出新娘的怨意，自悲其生爲女兒身之可憐。意極含蓄，而全篇詩旨，就在此一句。這樣，草蟲篇便成爲專詠新嫁娘心理以及對試婚禮俗的惟一寶貴作品，其意義之大，價値之高，也就超過他詩。

三百篇中重辭甚多。一篇之間，各章常用相同之詩句，往往僅用韻之字更換，而同一章中也往往有叠句的運用。不但如此，各篇之間，也往往有相同的詩句出現，不以互相襲用而犯忌。這種現象，非但出現於國風與國風之間，小雅與小雅之間，周頌與周頌之間，商頌與商頌之間，也出現於國風與小雅之間，小雅與大雅之間，大雅與周頌之間，而以小雅爲活動的中心；小雅與周頌商頌之間，也都有相同的詩句，相同一句的太多，不勝枚舉，略而不論。一句以上的舉例如下：

㈠國風各篇之間

⑴揚之水，不流束薪。——二句七字（王風揚之水第一章，鄭風揚之水第二章）

⑵一日不見，如三月兮。——二句八字（王風采葛第一章，鄭風子衿第三章）

㈡小雅各篇之間

⑶田車既好，四牡孔阜。——二句八字（車攻第二章，吉日第一章）

⑷曾孫來止，以其婦子，饁彼南畝，田畯至喜。——四句十六字（甫田第三章，大田末章）

㈢周頌各篇之間

⑸俶載南畝，播厥百穀。——二句八字（載芟，良耜）

⑹萬億及秭，爲酒爲醴，烝畀祖妣，以洽百禮。——四句十六字（豐年、載芟）

㈣商頌各篇之間

(7)顧予烝嘗，湯孫之將。——二句八字（那篇末，烈祖篇末）

(五)小雅與國風之間

(8)糾糾葛屨，可以履霜。——二句八字（魏風葛屨首章，小雅大東二章）

(9)毋逝我梁，毋發我笱。我躬不閱，遑恤我後。——四句十六字（邶風谷風三章，小雅小弁末章）

(六)小雅與大雅之間

(10)不自我先，不自我後。——二句八字（小雅正月二章，大雅瞻卬末章）

(七)小雅與周頌之間

(11)兕觥其觩，旨酒思柔。——二句八字（小雅桑扈末章，周頌絲衣）

(八)小雅與商頌之間

(12)約軝錯衡，八鸞鶬鶬。——二句八字（小雅采芑二章，商頌烈祖）

(九)大雅與周頌之間

(13)無競維人，四方其訓之。——二句九字（大雅抑二章，周頌烈文）

(十)其他不整齊者

以上是整句順序相同的，相同的詩句，極為整齊。其他尚有不整齊者，或兩句中有一二字不同，或三句中有兩句同，或四句中有二句同，或次序顛倒，變化多端，亦舉數例以見一斑：

(14)〔駟驖／四牡〕孔阜，六轡在手。——二句八字，同六字（秦風駟驖首章，秦風小戎二章）

(15)如彼流泉，無淪胥以〔敗／亡〕。——二句九字，同八字（小雅小旻五章，大雅抑四章）

(16)〔上帝臨汝，無貳爾心／無貳無虞，上帝臨汝〕——二句八字，顛倒同六字（大雅大明七章，魯頌閟宮二章）

(17)戰戰兢兢，〔如臨深淵〕，如履薄冰。——三句、二句，同二句八字（小雅小旻末章，小雅小宛末章）

(18)陟彼南山，言采其杞。〔偕偕士子，朝夕從事〕。王事靡盬，憂我父母。——六句、四句，同四句十六字（小雅北山首章，小雅杕杜三章）

(19)昔我往矣，〔楊柳依依／黍稷方華〕；今我來思，雨雪〔霏霏／載塗〕。——四句十六字，同十字（小雅采薇末章，小雅出車四章）

(20)〔析薪／伐柯〕如之何？匪斧不克；取妻如之何？匪媒不得。——四句十八字、十六字，同十四字（齊風南山末章，豳風伐柯首章）

而以本篇首章七句與小雅出車第五章六句之間，相同五句又二字共廿二字爲最長。出車第五章全文八句錄之於下：

喓喓草蟲，趯趯阜螽。未見君子，憂心忡忡；既見君子，我心則降。赫赫南仲，玁狁于夷。

從以上舉例，我們就可知道三百篇三頌二雅十五國風間都有相聯關係，有所貫通的。暇時當將三百篇之間相同詩句輯錄在一起，另作專題研究。（案普賢已撰「詩經相同句及其影響」一書由三民書局列入三民文庫出版）

【古韻】

第一章：蟲、螽、忡、降，中部平聲；

子、止、止，之部上聲；

第二章：蕨、惙、說，祭部入聲；

子、止、止，之部上聲；

第三章：薇、悲、夷，微部平聲；

子、止、止，之部上聲。

一六、丰

這是一篇刻劃鄭國女子待嫁春心的傑作，寫得如聞其言，如見其人，活畫出鄭國女子的特性來。

原詩	今譯
子之丰兮，❶	這人長相很豐滿喲，
俟我乎巷兮；❷	等我等在巷口站喲；
悔予不送兮。	後悔沒有相隨伴喲。
子之昌兮，❸	這人體格眞正棒喲，
俟我乎堂兮；❹	等我等在廳堂上喲；
悔予不將兮。❺	後悔沒有隨他往喲。

衣錦褧衣，❻　　錦衣外面罩薄衫，
裳錦褧裳。❼　　錦裳套着紗裙穿。
叔兮伯兮，❽　　不管是老三是老大，
駕予與行。　　車子來了我就嫁。

裳錦褧裳，　　錦裳外面紗裙套，
衣錦褧衣。　　錦衣外面薄衫罩。
叔兮伯兮，　　不管大哥或小弟，
駕予與歸。　　車子來了就嫁給你。

【註釋】❶子：之子之簡省，即此人。丰：音風ㄈㄥ，豐滿，指面貌言。❷俟：音寺ㄙ，等待。巷：門外之道。❸昌：盛壯貌。❹堂：廳堂。❺將：送。❻衣：上衣。褧：音局ㄐㄩㄥ，今所謂罩袍。❼裳：下裳，褧裳、褧衣，皆嫁者之服，意謂準備出嫁。❽郝敬曰：「叔伯，不定其人之辭。」❾歸：女子嫁曰歸。

【評解】

丰是鄭風二十一篇之第十四篇，共分四章，首二章章三句，每章首句四字，餘均五字。三四兩章章四句，句四字，全詩共六十字。

詩序謂：「刺亂也，昏姻之道缺，陽倡而陰不和，男行而女不隨。」朱傳謂：「婦人所期之男子已俟乎巷，而婦人以有異志不從，旣則悔之，而作是詩也。」而姚際恆則謂：「此女子于歸自咏之詩。」方玉潤則更謂此詩爲「悔仕進不以禮也。」

我們應從詩的本身瞭解詩意。很顯明地，這是一篇女子對男子最初矜持，終而後悔，以至無所選擇，急於出嫁的詩。

第一章寫一個面貌豐滿的男子，來到巷口對女子表示好感，等待女子的反應，然而女子却不予睬理。男子只好悵然離去。女子對之連最低限度的禮貌也沒有，心想「你走就走好了，我管你的！」

次章形容男子不但面貌豐滿，且有盛壯的體格。來到廳堂上，對女子作更進一步的表示，也顯出男子對女子的柔情。這時女子如有意，也就應該以更進一步的態度表示友誼，所謂「將」之，不只是送，更有親近的意思。然而女子並沒有這樣做。如此一再地給男子碰壁，男子只好知難而退。及至過了相當時日，那面貌豐滿，體格健壯的男子不再來了，女子才知錯過良機，再也遇不到那樣好條件的男子。如今蹉跎歲月，後悔已不及了。

三四兩章寫出這位鄭國女子，待嫁春心的大膽作風，心想：「既然够條件的男子不再來，只好不加選擇，先把嫁衣做好，管他張三李四，只要有人來娶我，我是隨時準備好的。」往日的矜持，如今都已被無情的歲月沖洗淨盡。鄭國的女子是很任性的，潑辣而大膽，像褰裳、狡童、遵大路、山有扶蘇等均屬此類。本詩則有與子衿篇相似的異曲同工之妙。

【古韻】

第一章：丰、巷、送，東部去聲；

第二章：昌、堂、將，陽部平聲；

第三章：裳、行，陽部平聲；

第四章：衣、歸，微部平聲。

一七、北山

這是一篇官吏怨勞逸不均而發爲不平之鳴的詩。

一七、北山

原詩

陟彼北山，❶
言采其杞。❷
偕偕士子，❸
朝夕從事。
王事靡盬，❹
憂我父母。❺

溥天之下，❻
莫非王土；
率土之濱，❼
莫非王臣。
大夫不均，❽

今譯

登上那北山去，
爲了採枸杞。
强壯的小官吏，
早晚趕公事。
王事沒止息，
父母心憂戚。

普天之下的土地，
無處不是王所有；
四海之內的人民，
無人不是王的臣。
大夫辦事不公平，

我從事獨賢。⑨　　單單教我忙不停。

四牡彭彭，⑩　　四馬奔跑響彭彭，
王事傍傍。⑪　　王事繁多忙匆匆。
嘉我未老，⑫　　誇我年壯還沒老，
鮮我方將，⑬　　讚我强健身體好，
旅力方剛，⑭　　看我筋骨正硬朗，
經營四方。⑮　　逼我奔跑遍四方。

或燕燕居息，⑯　　有人安逸過生活，
或盡瘁事國；　　有人爲國精力竭；
或息偃在牀，⑰　　有人高臥享淸福，
或不已于行；⑱　　有人不斷奔波苦；
或不知叫號，⑲　　有人萬事不關心，

或慘慘劬勞；⑳　　有人慘慘太勞神；
或棲遲偃仰，㉑　　有人遊息順心意，
或王事鞅掌；㉒　　有人王事一手理；
或湛樂飲酒，㉓　　有人縱酒圖歡樂，
或慘慘畏咎；㉔　　有人惶惶怕有過；
或出入風議，㉕　　有人只會出入放高論，
或靡事不爲。㉖　　有人却無事不擔任。

【註釋】❶陟：登。❷杞：音起ㄑㄧˇ，木名，卽枸杞。果實爲補品，果與根皮可入藥。嫩葉味微苦，可供食用。❸偕偕：强壯貌。士子：詩人自謂，爲有王事在身的小官吏。❹王事：周王之事。盬：音古ㄍㄨˇ。經義述聞云：「盬者，息；王事靡盬者，王事靡可止息也。」❺毋：古讀米音。憂我父母：謂父母以子之勤勞爲憂。❻溥：音義均同普。❼率：全部。濱：齊詩魯詩均作「賓」，賓服的子民，高本漢有說。❽均：平，言大夫不均者，蓋不敢直言「王」不均。❾賢：勞。經義述聞說。❿彭：音旁ㄆㄤˊ，彭彭：形容馬奔跑聲。⓫傍音崩ㄅㄥ，傍傍：盛。⓬嘉：善。⓭鮮：善。將：壯。⓮旅：通膂。⓯經：經畫。營：營造。⓰燕燕：安息貌。⓱偃：音燕ㄧㄢˇ，仰臥。⓲已：止。行：音杭ㄏㄤˊ，路。⓳不知：不聞。謂不聞人民痛苦叫號之聲。⑳慘慘：按說文慘爲毒害之義，詩言勞於王事不得休息，故云慘慘，即憔悴意，與毒害義近。㉑棲遲：遊息。偃仰：俯仰。㉒鞅掌：事多。馬瑞辰說。㉓湛：音躭ㄉㄢ，同耽。湛樂：過度之快樂。㉔咎：罪過。㉕風：猶放。放議，謂放言高論。㉖靡：無，靡事不爲，極言其勞碌。

【評　解】

北山是小雅谷風之什的第五篇，朱傳則列爲北山之什首篇。全篇共三十句，各家均分爲六章，前三章各六句，後三節各四句。唯姚際恆詩經通論謂後十二句以文法相同，應列爲一章，故改分爲四章。前三章除二章之末句五字外，餘均四字句。末十二句句五字，全詩共計一百三十三字。

孟子論此詩爲：「勞於王事而不得養父母」（萬章）不言何時何人所作。（詳見文開撰「孟子與詩經」一文）詩序云：「北山，大夫刺幽王也。役使不均，己勞於從事，而不得養其父母焉。」則從孟子之說，而更指此詩是幽王時之大夫所作。後漢楊賜傳：「賜疏云：『勞逸無別，善惡同流，北山之詩所爲作。』」此三家詩魯詩遺說，只論詩旨，而不說何時何人作。朱熹詩集傳云：「士子，詩人自謂也。」又曰：「大夫行役而作此詩。」說得較含混。而姚際恆則清楚地說：「此爲士者所作以怨大夫也。」蓋以詩中有「偕偕士子」及「大夫不均」之語，判定作者爲士子，所怨對象爲大夫。方玉潤則謂：「幽王之時，役賦不均，豈獨一士受其害，然此詩則實士者之作無疑。」於作者與時代均作肯定之交代。其「役賦不均」語係襲自宋人范處義。范氏曰：「大東言賦之不均；此詩專言役之不均。以見幽王之時，賦役皆不均平。賦不均，則以傷財而告病；役不均，則不得養其父母，尤爲可刺也。」

我們細察全詩內容，再參酌諸家之語，可斷此詩爲周朝士子所作。但指爲幽王時，則無據。故以孟子、楊賜、朱子、姚際恆不定何王爲長。詩旨則爲怨勞逸之不均。專言役，未涉賦。詩中「憂我父母」句，固有不得養其父母之意，但主題只是怨勞逸之不均。楊賜的「善惡同流」語，也從「勞逸無別」牽連出來。

此詩首先以「陟山采杞」爲全篇總冒，給讀者以「勤勞不息」的概念，是全詩引子。接着實寫所以勤勞者何事。最後一句，不直接寫自己感覺多苦，而以父母愛子之心間接寫出。短短四句，寫出忠於職守的官吏之勤勞於王事的情形，及父子之間互相體恤的心境，而充分表現出詩人忠孝之心。

次章以「獨賢」二字寫出大夫處事之不均。

三章實寫「獨賢」之情形。勾勒出一幅壯健士子奔波勞碌的畫面。「勞」而曰「賢」，是詩人措辭忠厚處。

前三章所言雖獨勤勞，尚屬臣子分內事，故不敢怨。

以下十二句合爲一章，是由二章的「不均」引申而來。連用十二個「或」字，排比寫成，氣派非凡，有如「黃河之水天上來」，一瀉千里。且每兩句一組，以「勞」「逸」對比，兩兩相形，巧妙地運用了文學上的對照律則，而且十二句寫成六組對比，彼此不同，每一對比，映出一個現象，六個現象都有差別性，絕不重複，使人讀了對「勞」「逸」雙方更有鮮明深刻的印象，而要爲「勞」者作不平之鳴。結尾雖止而未止，有欲止不休，欲罷不能之勢，似仍有若干「或」字不盡欲言，只好由讀者自己想像了，可說「餘音裊裊」「餘味無窮」，奇妙之至。姚際恆評曰：「或字作十二疊，甚奇；末處無收結，尤奇。」如果將此十二句分列三章，則氣勢就削弱多了。

通觀全詩，在寫一個忠心耿耿官吏，勤勞王事，任勞任怨的情形。詩中雖未寫出一個「怨」字，而「怨情」自深含於字裏行間。然而怨而不怒，是合乎詩人溫柔敦厚之旨。這極勞逸不均的現象，歷代都有，此詩雖寫的是二千多年前的上古時代，而又何嘗不重演之於二千多年後的今日！機關裏的小公務員往往是特別勞碌的啊！

三百篇詩句，可以互相抄襲，十五國風中多相同詩句，例如「一日不見，如三月兮」兩句，既見於王風采葛，又見於鄭風子衿。小雅與國風，也有相同詩句，例如「毋逝我梁，毋發我笱；我躬不閱，遑恤我後？」四句，既見於小雅小弁，又見於邶風谷風。此詩首章六句的前二句與後二句，與鹿鳴之什杕杜篇第三章七句的前四句相同，則爲小雅詩句互相抄襲之例。

【古韻】

第一章：杞、子、事、母，之部上聲；

第二章：下、土，魚部上聲；

濱、臣、均、賢，眞部平聲；

第三章：彭、傍、將、剛、方，陽部平聲；

第四章：息、國，之部入聲；

牀、行，陽部平聲；

號、勞，宵部平聲；

仰、掌，陽部上聲；

酒、咎，幽部上聲；
議、爲，歌部去聲。

一八、四　月

詩人遭逢亂世，傷在位者貪殘害民，不得已而流徙南方，却又無所容身，而思歸不得，難以驅遣其憂傷之懷，遂作此歌以訴哀。

原詩	今譯
四月維夏，❶	四月已經是夏天，
六月徂暑。❷	六月暑氣正炎炎。
先祖匪人？❸	祖先豈不也是人？
胡寧忍予？❹	爲何對我太忍心？

秋日淒淒，❺
百卉具腓。❻
亂離瘼矣，❼
爰其適歸？❽

冬日烈烈，❾
飄風發發。❿
民莫不穀，⓫
我獨何害？

山有嘉卉，⓬
侯栗侯梅。⓭
廢爲殘賊，⓮
莫知其尤。⓯

秋天涼風陣陣吹，
各種花草都凋萎。
遭逢亂離我病苦，
那兒才是我歸處？

冬天的氣候好凜冽，
疾風呼呼吹不歇。
世上人們都好過，
爲何我獨受折磨？

山上長着好草木，
長的栗樹和梅樹。
公侯變壞成殘賊，
不知自己是有罪。

相彼泉水，
載清載濁。⑯
我日構禍，⑰
曷云能穀？⑱

滔滔江漢，⑲
南國之紀。⑳
盡瘁以仕，㉑
寧莫我有。㉒

匪鶉匪鳶，㉓
翰飛戾天；㉔
匪鱣匪鮪，㉕
潛逃于淵。

看那流泉水滾滾，
一會兒清呀一會兒混。
我却天天遭災禍，
幾時才有好日子過？

江水漢水浩蕩蕩，
總領南國爲紀綱。
盡瘁國事負責任，
竟不把我當親信。

不是鵰也不是鳶；
可以振翅飛上天；
不是鱣也不是鮪，
可以沉潛到深水。

一八、四月

山有蕨薇，㉖
隰有杞桋。㉗
君子作歌，
維以告哀。

高高山上有蕨薇，
低濕的地方有杞桋。
君子所以作此歌，
只是爲了訴哀悽。

【註釋】❶四月：夏曆四月，爲夏季之首月。❷徂：音ㄘㄨˊ，始，謂夏曆六月始入暑天。❸匪人：不是人。❹胡寧：何乃。二句謂：難道先祖不也是人？爲何天之待我，竟忍心置予於此禍亂苦難之中耶？❺淒淒：寒凉。❻卉：草、花木。腓：音肥ㄈㄟ，病，言百卉已凋萎。❼瘼：音莫ㄇㄛ，病。謂亂離之禍使我病苦。❽爰：家語引詩爰作奚，朱傳亦作奚。奚，何也。其：語詞。適：往，謂我將何所歸往。❾烈烈：栗烈，凜冽。❿發發：疾貌。⓫穀：善，下同。⓬嘉：善。⓭侯：維，語詞。⓮廢：變壞。殘：傷。賊：害。言在位者變爲害人之人。⓯尤：過。⓰載：則。⓱構：遘之假借，遇也。馬瑞辰說。⓲曷：何。云：語詞。⓳滔滔：大水貌。江漢皆南方之大水，此二大水總領南國之水，以成巨流，是見凡物之有綱有領，始成其體制而有秩序。⓴之：是。紀：綱紀，卽總領之義。㉑瘁：病，勞。盡瘁：盡我之力以至於病。仕：事。㉒寧：乃。有：通友，親也。馬瑞辰說。謂王乃莫我親也。㉓匪：非。下同。鶉：通鷻，音團ㄊㄨㄢ，釋文：「鷻，鵰也，字或作鷲。」鳶：音淵ㄩㄢ，鷙鳥。㉔翰：羽。戾：至。㉕鱣：音占

ㄓㄢ，即鱘鰉，所謂黃魚。鮪：音尾ㄨㄟˇ，魚名，似鱣而小。此章四句謂：我不是鶉，也不是鳶，我不是鱣，也不是鮪。彼等可離此高飛至天，或深潛於淵。而我則不能，因而無所逃避此禍亂，是亦甚苦矣。匪或釋為彼，謂彼大鳥游魚可高飛深潛以避禍，而我則不能，亦通。㉖蕨：音厥ㄐㄩㄝˊ，蕨、薇皆植物名，嫩芽可食。㉗隰：音席ㄒㄧˊ，下濕之地。杞：音起ㄑㄧˇ，枸杞。桋：音夷ㄧˊ，木名，木質堅韌可為車轂。

【評解】

四月是小雅谷風之什的第四篇，朱傳列為小旻之什的第十篇，分八章，章四句，句四字。全詩共計一百二十八字。

詩序：「四月，大夫刺幽王也。在位貪殘，下國構禍，怨亂竝興焉。」其說多不符詩義。朱傳則云：「此亦遭亂自傷之詩。」蓋詩人遭逢亂世，流徙南方，而歎其無所容身也。

前三章以夏秋冬時令之變化，說明歲月之流轉：由盛暑而肅秋而嚴冬。而詩人之遭遇也正如時令之遞進：先是如盛暑之炙人難當，再如秋日之肅殺淒涼，更如嚴冬之凜冽酷寒。雖遭亂而致病，然欲歸歸不得，無處可去。自歎生不逢辰，不能享有先祖之同樣幸福，而獨受災害。

四章言山上有佳木生長，而人事却有殘賊致禍而不知其罪，眞是有知之人不如無知之物。

五章言泉水尚有清有濁，而詩人却似永處濁世而無清平之日。

六章以滔滔江漢，總領南國衆水而成巨流，說明凡物均有綱有領，有其一定之體制與秩序；而詩人曾盡瘁國事，却不獲在上者之親信，其內心之痛苦，從可知矣。因而於第七章自恨非鶉鳶，非鱣鮪，否則即可高飛天際或深潛水底，以逃避此亂政。

八章以自然界之蕨薇、杞桋尚能生得其地，而人却不能安得其所，致流徙異域，憂傷不已。再說明亂離之世，人不如物之可痛可悲。最後說出作歌之由，唯在訴哀而已。然我們細體詩意，其哀悽之情却並不因此詩之作而訴盡也。

牛運震評首章曰：「怨得無理，正自痛極。」評末章曰：「維以告哀，所謂言之者無罪也。氣怯聲縮，似回護而不盡其詞，妙！」總評曰：「流離怨傷，其詞淒幽，猶有含蓄。」

【古韻】

第一章：夏、暑、予，魚部去聲；

第二章：淒、腓、歸，微部平聲；

第三章：烈、發、害，祭部入聲；

第四章：梅、尤，之部平聲；

第五章：濁、穀，侯部入聲；

第六章：紀、仕、有，之部上聲；

第七章：天、淵，眞部平聲；

第八章：薇、桋、哀，微部平聲。

一九、青蠅

這是以污染環境，傳佈病毒的蒼蠅，必得摒之於屋外來比喻讒人，以進諫君王勿信讒言的一首小詩。

原詩	今譯
營營青蠅，❶	嗡嗡飛鳴的蒼蠅，

止于樊。❷　給我停留籬笆邊。
豈弟君子，❸　和樂平易的君子，
無信讒言。　勿信人家的讒言。

營營青蠅，　嗡嗡飛鳴的蒼蠅，
止于棘。❹　給我停留荊棘中。
讒人罔極，❺　讒人專出壞點子，
交亂四國。❻　攪亂四方各相攻。

營營青蠅，　嗡嗡飛鳴的蒼蠅，
止于榛。❼　給我停留叢樹裏。
讒人罔極，　讒人嘴裏沒好話，
構我二人。❽　挑撥我倆傷和氣。

【註釋】❶營營：往來飛聲。❷樊：籬。❸豈弟：即愷悌，讀爲ㄎㄞ　ㄊㄧ，和樂平易。君子指國君或國君之子而言。④棘：荆棘，所以爲藩籬者。⑤罔極：無良。⑥交亂：謂進讒而使彼此相疑相攻以爲亂也。四國：四方各國。⑦榛：音臻ㄓㄣ，木叢生曰榛，見廣雅釋木。⑧構：交，猶言交亂，即今語挑撥之意。二人謂作者與國君也。

【評 解】

青蠅是小雅甫田之什的第九篇，朱傳改列桑扈之什的第五篇。共三章，章四句，各章第二句三字，餘均四字句，全詩合計四十五字。

詩序：「青蠅，大夫刺幽王也。」朱傳：「詩人以王好聽讒言，故以青蠅飛聲比之，而戒王以勿聽也。」刺幽王近是，而朱說更爲貼切。

楚辭九歎：「若青蠅之僞質兮，晉驪姬之反情。」王逸注：「僞，變也。青蠅變白使黑，變黑成白，以喻讒佞。」此詩毛傳：「興也。」鄭箋亦云：「興者，蠅之爲蟲，汙白使黑，汙黑使白，喻佞人變亂善惡也。」各章以人人厭惡的蒼蠅起興，而又以蒼蠅的汚染環境，傳播病毒，必得摒之於屋外來比讒人，則皆興而比也。而樊、棘、榛，樊最近屋，榛莽最遠，層次分明，越摒越遠，惡之甚也。首章作者提出主題，諫王勿信讒言，次章申述讒人已攪亂四國，末章歸結作者本身亦在讒人構陷之列，戒王勿信也。言「我二人」，可見作者本爲王之親信。

歐陽修詩本義曰：「青蠅之爲物甚微，至其積聚而多也，營營然往來飛聲，可以亂人之聽，故人引以喻讒言漸漬之多，能致惑爾。」朱傳：「營營，往來飛聲，亂人聽也。」即本歐陽。

牛運震詩志評曰：「三止字得屏逐斥絕之義。君臣之間，不宜施二人之稱；然須如此，正有悚痛處。」

【古　韻】

第一章：樊、言，元部平聲；

第二章：棘、極、國，之部入聲；

第三章：榛、人，眞部平聲。

二〇、民　勞

厲王時小人當道，勞苦百姓，天下騷動。其同列作詩以諫之，亦所以諫厲王也。詩中痛切陳辭，其憂時感事，忠愛惓惓之情，溢於言表，風格獨特，堪稱佳作。

原詩	今譯
民亦勞止，❶	人民實在太勞苦，
汔可小康。❷	庶幾可使稍安康。
惠此中國，❸	能够加惠中原地，
以綏四方。❹	就可安撫定四方。
無縱詭隨，❺	不要縱容詭詐人，
以謹無良。❻	無良之輩要謹防。
式遏寇虐，❼	遏止寇虐侵暴者，
憯不畏明。❽	不怕正道的強粱。
柔遠能邇，❾	遠者柔順近者安；
以定我王。	安定天下保君王。
民亦勞止，	人民實在太勞苦，

汔可小休。
惠此中國，
以爲民逑。⑩
無縱詭隨，
以謹惛怓。⑪
式遏寇虐，
無俾民憂。
無棄爾勞，⑫
以爲王休。⑬

民亦勞止，
汔可小息。
惠此京師，
以綏四國。

庶幾可使得小休。
能够加惠中原地，
就和萬民成好友。
不要縱容詭詐人，
搗亂分子要戒愼。
遏止寇虐侵暴者，
不使人民受憂困。
效勞的機會勿放棄，
成就我王休美事。

人民實在太勞苦，
庶幾可使得小息。
能够加惠京師地，
撫綏四國得安逸。

無縱詭隨，
以謹罔極。⑭
式遏寇虐，
無俾作慝。⑮
敬愼威儀，
以近有德。

不要縱容詭詐人，
對那壞蛋要戒愼。
遏止寇虐侵暴者，
不使爲非又作惡。
敬謹戒愼你威儀，
戒愼威儀近有德。

民亦勞止，
汔可小愒。⑯
惠此中國，
俾民憂泄。⑰
無縱詭隨，
以謹醜厲。⑱
式遏寇虐，

人民實在太勞苦，
庶幾可使稍安歇。
能够加惠中原地，
使民無憂又無禍。
不要縱容詭詐人，
謹愼防範衆醜惡。
遏止寇虐侵暴者，

無俾正敗。⑲
戎雖小子，⑳
而式弘大。㉑

民亦勞止，
汔可小安。
惠此中國，
國無有殘。
無縱詭隨，
以謹繾綣。㉒
式遏寇虐，
無俾正反。㉓
王欲玉女，㉔
是用大諫。

勿使政事遭摧折。
你雖年輕是小子，
作用却是大又多。

人民實在太勞苦，
庶幾可使稍安閒。
能够加惠中原地，
國中無人被傷殘。
不要縱容詭詐人，
戒愼反覆又多變。
遏止寇虐侵暴者，
勿使政事被混亂。
我王對你要成全，
所以我才苦相勸。

【註　釋】❶亦：語詞。止：語尾詞。❷汔：音氣ㄑㄧ。鄭箋：「幾也」，猶言庶幾，希望之詞。❸鄭箋：「惠，愛也。」毛傳：「中國，京師也。」❹鄭箋：「康、綏，皆安也。」四方：四方之國。❺經義述聞：「詭隨，謂譎詐謾欺之人。」❻謹：愼。❼式：語詞。遏：止。寇虐：寇侵暴虐之人。❽憯：音慘ㄘㄢ，曾。明：光明，猶言正道。此句連上句讀，謂遏止寇虐而曾不畏光明正道之人。❾柔、能：皆安義，馬瑞辰說。❿屈萬里詩經釋義：「按：關雎『好逑』，猶言嘉偶；兔罝『好仇』（仇、逑通），猶言良伴。此民逑之逑，必當為名詞，意蓋謂民衆之友也。」⓫鄭箋：「惛怓，猶讙譁也。謂好爭者也。」惛音昏ㄏㄨㄣ，怓音撓ㄋㄠ。⓬勞：功勞。⓭休：美。二句謂無棄爾效勞立功之機會，以成王之美業。⓮罔極：無良，為惡無極止之人。⓯慝：音特ㄊㄜ，惡。⓰愒：音氣ㄑㄧ，息。⓱泄：散去。⓲醜：衆。厲：惡。⓳經義述聞：「正當讀為政。」敗：壞。⓴鄭箋：「戎猶女（汝）也。」㉑式：用。弘：廣。二句謂汝雖小子，然因在官位，故作用甚大，此所以不可不愼者也。㉒毛傳：「繾綣，反覆也。」繾音遣ㄑㄧㄢ，綣音權ㄑㄩㄢ，謂反覆無常之人。㉓經義述聞：「正亦當讀為政，謂政事顚覆也。」㉔朱傳：「玉，寶愛之意，言王欲以女（汝）為玉而寶愛之。」玉作動詞，女讀為汝，玉汝謂成全，重用。

【評　解】

民勞是大雅生民之什的第九篇，共五章，章十句，句四字。全篇合計二百字。

詩序：「民勞，召穆公刺厲王也。」朱傳以為「同列相戒之辭。」其言曰：「序說以此爲『召穆公刺厲王』之詩，以今考之，乃同列相戒之辭耳。未必專爲刺王而發。然其憂時感事之意，亦可見矣。」姚論謂：「云『同列相戒』，稍寬泛。今合兩家之說，當云：『召穆公刺厲王用事小人，以戒王也。』」此詩確屬借同列相戒口氣以戒王之作，可能出於善諫的召虎，但無證不立，作者是誰，仍只能闕疑。

首章言民亦勞矣，宜可使之小作安息也。當愛此京師人民，以安四方。勿縱容詭詐邪佞之人，而愼防不良份子，遏止那些侵佔暴虐不畏天命的强梁之徒，才能安近柔遠，鞏固我王的天下。

第二章換韻重述首章之意。末言勿放棄你效勞的機會，來成就我王的光榮。

第三章又換韻三唱前意。末言敬愼你的威儀，來親近有德之人。

第四章反覆再述前意。末言你雖是年輕小伙子，而關係重大，不可不愼。

末章仍重叠前數章辭意，末尾又叮囑說：「我王有意重用來成全你，所以我才苦口婆心的作此大諫來勸告你啊！」

牛運震詩志評曰：「似是風戒同官之詞，而憂時感事，忠愛惓惓，總爲規君而發，是謂善於立言。序以爲刺厲王，究得其旨。」「坦直沉摯，不作枝蔓語，中間自有委婉不盡處。」「篇中極小人之狀：一曰無良，二曰惛怓，三曰罔極，四曰醜厲，五曰繾綣，而皆曰無縱詭隨。故知詭隨者，乃小人蠹國病根。嚴氏曰：『詭隨，懷詐面從也。』沈青崖釋之，謂『以隨爲詭，以詭爲隨』，曲得其旨。」

姚際恆詩經通論曰：「開口說『民勞』，便已淒楚。『汔可小康』，亦安于時運而不敢過望之辭。曰『可』者，又見唯此時爲可，他日恐將不及也，亦危之之辭。王所用之人，必陰爲詭隨以惑上意，而實爲寇虐以害生民，戒以無縱之而式遏之。每章皆提唱此二句，則其意最重乎此可知也。各章上八句皆一意，而以承接見變換。惟末二句則每章各出一義，此則正告之，望之以遠大也。」「五章『繾綣』字妙。小人之固結其君，君之留戀此小人，被二字描摹殆盡。末二句言王雖愛女而我用大諫者，述作此詩之旨也。」

【古韻】

第一章：康、方、良、明、王，陽部平聲；

第二章：休、逑、怓、憂、勞、休，幽部平聲；

第三章：息、國、極、慝、德，之部入聲；

第四章：愒、泄、厲、敗、大，祭部去聲；

第五章：安、殘、綣、反、諫，元部平聲。

二、燕燕

這是一首衞國國君送他妹妹遠嫁到南國去的詩，詩中充滿兄妹離別之情，最後更用讚美其妹並自勉的話來結束，讀之令人感到有無限溫厚之情。

原詩	今譯
燕燕于飛，❶	飛來飛去雙雙燕，
差池其羽。❷	翅膀翩翩眞好看。
之子于歸，❸	這個女子出嫁了，
遠送于野。	送她送到郊野間。
瞻望弗及，	遠遠望去不見了人影兒，
泣涕如雨。	涕泣如雨好傷感。

燕燕于飛，
頡之頏之。❹
之子于歸，
遠于將之。❺
瞻望弗及，
佇立以泣。

燕燕于飛，
下上其音。
之子于歸，
遠送于南。❻
瞻望弗及，
實勞我心。

雙雙燕子翩翩飛，
時上時下總成對。
這個女子出嫁了，
遠道相送不嫌累。
如今不見了人影兒，
佇立哭泣不勝悲。

雙雙燕子飛不停，
上上下下歡叫聲。
這個女子出嫁了，
遠到南方來送行。
如今不見了人影兒，
內心無限思念情。

仲氏任只，❼　二妹性情最誠懇，
其心塞淵。❽　居心篤實思慮深。
終溫且惠，❾　既很溫柔又和順，
淑慎其身。❿　善良謹愼好立身。
先君之思，⓫　爲念先父的大恩德，
以勗寡人。⓬　時時勗勉我寡德人。

【註　釋】❶于飛：在飛。❷差池：猶參差，不齊。❸歸：古時女子出嫁叫歸。❹頡頏：音ㄒ一ㄝ　ㄏㄤ，鳥飛而上日頡，飛而下日頏。❺將：送。❻南：崔述謂指南國。❼仲氏：衞君稱其妹之辭。任：誠篤。只：語詞。❽塞：實。淵：深。正義云：「其心誠實而深遠也。」❾詩經凡言「終……且……」者，皆謂「既……且……」經義述聞說。溫：和。惠：順。❿淑：善。⓫之：是。⓬勗：勉。

【評　解】

燕燕是邶風十九篇的第三篇。共四章，章六句，句四字，全詩共九十六字。

詩序說這是「衞莊姜送歸妾」的詩，查左傳隱公三年及四年所載，衞莊公娶齊女曰莊姜，美而無子；又娶陳女厲嬀，幸其女弟戴嬀，生子完，莊姜以爲己子。嬖妾生子州吁，有寵而好兵。莊公卒，太子完立，是爲桓公。桓公立十六年，州吁弒桓公而自立。鄭玄就合詩序與左傳之意說：「莊公薨，完立而州吁殺之。戴嬀於是大歸。莊姜遠送之于野，作詩以見己志。」但左傳並無戴嬀大歸的話。考史記衞康叔世家云：「陳女女弟亦幸於莊公，而生子完。完母死，莊公令夫人齊女子之，立爲太子。」可見戴嬀是死於莊公卒前，而其子立爲衞桓公時，戴嬀早已不在人世，又何能於桓公立十六年爲州吁所弒之後而大歸呢？司馬貞史記索隱更依鄭箋之誤而云：「女弟，戴嬀也，子完，爲州吁所殺，戴嬀歸陳，詩燕燕于飛也。」是與史記所載不合。而詩序所云，既不見左傳，而史記又明載戴嬀早死。是此詩之作，非莊姜送戴嬀甚明。然而反詩序的朱熹詩集傳却竟襲用序意，崔述讀風偶識予以糾正說：「余按此篇之文，但有惜別之意，絕無感時悲遇之情，而詩稱『之子于歸』者，皆指女子之嫁者言之，未聞有稱「大歸」爲「于歸」者。恐係衞女嫁於南國，而其兄送之之詩，絕不類莊姜戴嬀事也。」

考以燕燕爲國君送女弟適他國之詩，始於宋人王質。詩中有「先君之思，以勗寡人」句，故王氏指明其兄爲國君；詩中有「遠送于南」句，故崔氏指明嫁於南國。屈翼鵬先生更指明國君是衞君，則此詩本事，甚爲明晰了。日人白川靜的詩經研究中也定燕燕爲送嫁的詩。他說：「燕燕寫出嫁的心情，但終究不能因憐惜而要她回來，如果這樣，就不能得到幸福了。」

查「之子于歸」是詩經時代的成語，爲對新娘出閣的專用話頭。國風桃夭、漢廣、鵲巢、東山等篇均有此相同句，連同這燕燕，五篇中共出現了十二次之多，其意義也都相同。如周南桃夭、召南鵲巢，每章有「之子于歸」句，固爲專詠嫁女的詩；就是周南漢廣的兩用「之子于歸」句，以及豳風東山詠周公東征的詩，末章「之子于歸」句，也是講女子出嫁的事。這篇燕燕詩，豈得例外？崔述開創運用詩經相同句來推斷詩篇內容的詩經研究法，他確定這是講女子出嫁，而並非指女子大歸，斷案如神，絕不含糊，無可再議。是值得我們特別讚佩而效法的（請參閱普賢著「詩經相同句及其影響」臺北三民書局出版）。

舉例言之：「我有嘉賓」是小雅鹿鳴與彤弓兩篇的相同句。兩篇均爲三章疊詠之詩。鹿鳴篇是以酒餚音樂招待賓客的詩。首章「我有嘉賓」句後，承以「鼓瑟吹笙」等句；二章承以「我有旨酒，嘉賓式燕以敖」等句；三章承以「鼓瑟鼓琴，和樂且湛。我有旨酒，以燕樂嘉賓之心。」等句。那末，彤弓各章，既有此「我有嘉賓」句，可以推測而知亦爲以酒餚音樂招待賓客之詩，驗之不爽。首章曰：「鐘鼓既設，一朝饗之。」次章曰：「鐘鼓既設，一朝右之。」三章曰：「鐘鼓既設，一朝醻之。」是以知相同句，往往有相同的含義。反之，從內容相同的詩篇中，其所用之相同句，即使意義不明，也可因詩篇內容相同，而予以明確的解釋。例如桃夭、鵲巢等詩，都是有關女子出嫁的詩，因此其相同句「之子于歸」可以得到明確的解釋，是女子出嫁的用語。同樣的，我們看小雅斯干與無羊兩篇都有一段占夢的敍述，因此可以確定其相同句「大人占之」的大人，即爲對占夢人尊敬的稱呼，正與我們稱醫生爲「大夫」相彷。

詩中前三章皆以「燕燕于飛」起興。因燕子常常成雙成對，追逐相隨，已經寓有預祝女子出嫁，夫唱婦隨，和諧相處之意。雖然女子出嫁是好事，但想到從此兄妹將分別，不能時相見面，手足之情，難免傷感，此固是人情之常。末章先稱讚其妹之品德，再期望以後仍能得其妹之勉勵，亦是送行時應有之文章。而且推尊「先君」，更有「承祖訓」「不忘本」之意，立意既很得體，感情亦甚敦厚，堪稱符合詩敎之佳作。

【古　韻】

第一章：羽、野、雨，魚部上聲；

第二章：頏、將，陽部平聲；

及、泣，緝部入聲；

第三章：音、南、心，侵部平聲；

第四章：淵、身、人，眞部平聲。

二三、擊　鼓

這是衞國的人民，被徵召遠征陳宋兩國之後，又戍守邊疆，久不得歸，思念家室之詩。

原詩	今譯
擊鼓其鏜，❶	戰鼓敲得鏜鏜響，
踊躍用兵。❷	跳跳蹦蹦練刀槍。
土國城漕，❸	漕邑築城徵土功，
我獨南行！	我獨被召往南行！

從孫子仲，❹
平陳與宋；❺
不我以歸，❻
憂心有忡！❼

爰居？爰處？❽
爰喪其馬？
于以求之？❾
于林之下。

死生契闊，❿
與子成說，⓫
執子之手：
「與子偕老」。⓬

跟隨統帥孫子仲，
平定南方陳和宋；
平定了不帶我回家轉，
從此戍邊心憂煩！

記不得那兒坐息？那兒宿？
那兒丟了我的馬？
該到那兒去尋找？
原來就在樹林下。

生死遠隔心不變，
和你早有言在先，
緊握你手發誓言：
「伴你白首到老年。」

于嗟闊兮，⑬　　可歎一經濶別喲，
不我活兮！⑭　　我倆不再相逢喲！
于嗟洵兮，⑮　　可歎悵望天涯喲，
不我信兮！⑯　　我倆信誓成了空喲！

【註　釋】❶鏜：音湯ㄊㄤ，鼓聲：其鏜，猶鏜然。❷踊：音勇，與踴通；踊躍，猶跳躍。兵，兵器。❸土國：役土功於國都，土功爲以泥土築牆之類。漕：衛邑，在今河南省滑縣。城漕：是爲漕邑築城牆。❹孫子仲：毛傳謂指公孫文仲，竹添光鴻毛詩會箋：「孫子仲，衛大夫，孫、公孫，子仲、其字，文，其謚。」姚際恆詩經通論：「衛穆公時有孫桓子良夫，良夫之子文子林父。良夫爲大夫，忠于國；林父嗣爲卿。穆公亡後，爲定公所惡，出奔。所云孫子仲者，不知卽其父若子否也？」王靜芝詩經通釋，謂係當時領兵之將。❺平：平其禍亂。陳宋均國名。陳國在今河南開封以東，至安徽北部一帶地，其都城在今河南省淮陽縣。宋國都城在今河南商邱，商邱以東至江蘇省銅山縣以西，均爲宋國土。衛國在黃河之北，邶地又爲衛之北境，衛出兵陳宋，則須渡河南行。❻以：猶與。我以：以我之倒文。不我以歸：卽不與我歸。❼忡：音冲ㄔㄨㄥ，憂貌。說文：「忡，憂也。」有忡：猶忡然，亦猶忡忡。❽爰：「於焉」之合聲，其義卽「於何處」，並可簡爲「何處」，普賢有說，見所著詩經字詞用法舉例，載東方雜誌復刊第六卷第五期。按焉字譯今語爲「那裏」，可用爲指示詞，亦可用爲疑問詞。爰字亦然。居：坐；處：臥。⑨于以，猶于何，專指「於何處」，楊樹達有說，見所著古書疑義舉例續補。按詩經無「何處」二字連用者，以一字問「於何處」，則用「爰」或「焉」，二字則用「于以」。⑩朱傳：「契濶，隔遠之意」。高本漢詩經注釋謂：契訓分隔，濶訓遠，證據最充足。⑪成說：成立誓約。屈萬里詩經釋義：「成說與離騷之成言同意，猶今語云『有言在先』，謂約誓也。」高本漢也說：「朱熹以爲說就是言：『謂成其約誓之言。』參看左傳襄公二十七年：成言。」⑫偕：俱；偕老：相伴到老。此即約誓之言。⑬于：即吁；于嗟：歎辭。⑭活：佸字的假借，會也。⑮毛傳：「洵，遠也。」韓詩作敻，亦遠義。⑯不我信：不讓我偕老的誓約有信。

【評　解】

擊鼓是邶風十九篇的第六篇，共五章，章四句，句四字，全詩計八十字。

毛序：「擊鼓，怨州吁也，衛州吁用兵暴亂，使公孫文仲將而平陳與宋，國人怨其勇而無禮也。」鄭箋：「將者，將兵以伐鄭也。平，成也。將伐鄭，先告陳與宋，以成其伐事。春秋傳曰：『宋殤公之卽位也，公子馮出奔鄭，鄭人欲納之。及衛州吁立，將修先君之怨於鄭，而求寵於諸侯以和其民，使告於宋曰：「君若伐鄭以除君害，君爲主，敝邑以賦與陳蔡從，則衞國之願也。」宋人許之，於是陳蔡方睦於衞，故宋公陳侯蔡人衞人伐鄭』是也，伐鄭在魯隱四年。」

朱熹詩集傳固已疑之，而又從之，曰：「舊說以此爲春秋隱公四年州吁自立之時，宋衞陳蔡伐鄭之事，恐或然也。」其詩序辨說亦曰：「序蓋據詩文『平陳與宋』，而引此爲說，恐或然也。」

姚際恆詩經通論則直以六事與經不合否定毛序。六事不合可歸納爲四項如下：⑴平者，平其亂，卽伐也。衞與宋、陳、蔡三國聯合伐鄭，而詩曰：「平陳與宋」，不相符合，於是鄭箋訓平爲成，謂「先告陳與宋以成其伐事」顯然是很牽强的曲解。⑵此詩名爲四國伐鄭事，何以擧陳而遺蔡？更何以連被伐的鄭國都未提到？⑶春秋隱公四年夏，衞伐鄭，左傳云：「圍其東門，五日而還。」圍鄭僅五日而歸，與詩文「不我以歸」及「居、處、喪馬」之辭，吁嗟久別之歎，絕不相類。⑷閔二年，衞懿公爲狄所滅，宋立戴公以廬于漕。廬者，野處也，故文公城楚丘而遷徙。若州吁時已城漕，戴公至漕，不必野處也。

於是姚氏斷此篇爲文公城楚丘以後之詩，而推測曰：「此乃衞穆公背淸丘之盟，救陳爲宋所伐，平陳宋之難，數興軍旅，其下怨之而作此詩也。」穆公，文公孫，其事見春秋宣公十二年。但追踪姚氏之方玉潤不採姚說，而僅曰：「擊鼓，衞戍卒思歸不得也。」「序謂『怨州吁』，鄭氏以隱四年州吁伐鄭之事實之，雖集傳不能無疑，以爲『恐或然也』，故不敢確指其事，但以爲『衞人從軍者自言其所爲』而已，至姚氏際恆始駁之云：『按此事與經不合者六。』愚謂不必推論過細，但卽『平陳與宋』，及『不我以歸』二語已不大相符。姚氏疑爲『衞穆公背淸丘之盟，救陳爲宋所伐，平陳宋之難，數興軍旅，其下怨之而作。』言頗近似。然細玩詩意，乃戍卒嗟怨之辭，非軍行勞苦之詩，當是救陳後晉宋討衞之時，不能不戍兵防隘，久而不歸，故至嗟怨，發爲詩歌。始敍南行之故，繼寫久留懈散之形。因而追憶室家敍別之盟，言此行雖遠而苦，然不久當歸，尙堪與子共期偕老，以樂承平；不意諸軍悉回，我獨久戍不歸，是曩以爲濶別者，今竟不能生還也；曩所云與子偕老者，今竟不能共中前盟也。夫國家大役無過土工城漕，然尙爲境內事，卽征伐敵國，亦尙有凱還時，惟此邊防戍遠，永斷歸期，言念室家，能不愴懷，未免咨嗟涕洟而不能自已，此戍卒思歸不得詩也，又何必沾沾據一時一事以實之哉！」

方氏說不必據一時一事以實之是對的，所以也不必確定是衞穆公救陳以後遠戍邊防之卒思歸之作，但此詩成於衞文公城楚丘之後，其作詩年代後於「定之方中」，則可以推斷的。

明人徐常吉曰：「首章言南行之事，二章本南行之故，三章陳怠慢之狀，皆自征行之苦而言也；四章追思室家之約，五章恐違室家之約，皆自思家之情而言也。」（見詩經傳說彙纂）

方玉潤評第四章云：「有此一章追敍前盟，文筆始曲，與陳琳飲馬長城窟行機局相似。」評第五章云：「連用于嗟字，反轉上意，毫不費力，此種處最宜學。」

觀此詩，可知此時衛國措置失當，以致士氣頹喪，已趨向崩潰邊緣。其第三章表現戍卒腦筋失常，描寫精神迷離恍惚之態，尤爲淋漓盡致。此點，清人鏡花緣作者李汝珍，早經指出。但舊解，爰字及「于以求之」的于字，均訓於，鄭箋：「爰，於也。」「于，於也。」則詩意難於發揮透澈。今依新解，第三章前三句都成了問句，於是其人心神喪失精神恍惚的情態，才活現讀者眼前。而且連用三個爰字，發出三問以後，接着換用于以兩字來問，義同而詞異，以求變化，便更有風致。

邢光祖在第二屆世界詩人大會席上演講，曾說：「在西洋詩裏一度風行的『何處公式』，原是中國詩人的家法，並且使用得更爲圓熟。在諸國詩人唱出：

But where are the snows of yester-year?（去年積雪何處尋？）一問的七八百年

前，中國的詩人早已把這種『公式』蔚爲風氣。」（六十二年十一月廿六日中央副刊）並舉唐詩七首中詩句以爲例證。所舉爲崔顥詩：「日暮鄉關何處是？煙波江上使人愁。」杜牧詩：「二十四橋明月夜，玉人何處敎吹簫？」等律絕名句。其實中國詩「何處公式」的流行，何祗早上西洋詩七八百年，在更前於唐詩一千數百年的詩經時代，早已風行各地。只是古人解詩，不重文學欣賞，所以沒人運用歸納分析法來探求爰字的不同用法，和于以一詞的特別意義。現在「于以」「爰」的「何處」新義已考證出來，我們便可指出「何處公式」在詩經中早已流行。學例如下：

(1)爰（何處1）居？爰（何處2）處？爰（何處3）喪其馬？于以（何處4）求之？于林之下。

（邶風擊鼓第三章——詩經一章，相當於唐詩律絕一首）

(2)于以（何處5）采蘩？于沼于沚。于以（何處6）用之？公侯之事。（召南采蘩第一章）

(3)于以（何處7）采蘩？于澗之中。于以（何處8）用之？公侯之宮。（召南采蘩第二章）

(4)于以（何處9）采蘋？南澗之濱。于以（何處10）采藻？于彼行潦。（召南采蘋第一章）

(5)于以（何處11）盛之？維筐及筥。于以（何處12）湘之？維錡及釜。（召南采蘋第二章）

(6)于以（何處13）奠之？宗室牖下。誰其尸之？有齊季女。（召南采蘋第三章）

(7)爰(何處14)采唐矣?沬之鄉矣。云誰之思?美孟姜矣。(鄘風桑中第一章)

(8)爰(何處15)采麥矣?沬之北矣。云誰之思?美孟弋矣。(鄘風桑中第二章)

(9)爰(何處16)采葑矣?沬之東矣。云誰之思?美孟庸矣。(鄘風桑中第三章)

(10)爰(何處17)有寒泉?在浚之下。(邶風凱風第三章)

(11)逝將去女,適彼樂土!——樂土!樂土!爰(何處18)得我所?(魏風碩鼠第一章)

(12)逝將去女,適彼樂國!——樂國!樂國!爰(何處19)得我直?(魏風碩鼠第二章)

(13)女執懿筐,遵彼微行,爰(何處20)求柔桑?(豳風七月第二章)

(14)亂離瘼矣,爰(何處21)其適歸?(小雅四月第二章)

(15)焉(何處22)得諼草?言樹之背。(衛風伯兮第四章)

以上諸例,其用法(11)(12)(13)三例,文開在詩經字詞用法二則(載大陸雜誌四十七卷一期)中有解釋,其餘前十例,則均在普賢「舉例」文中有所考證說明,最明顯的佐證,是(6)(7)(8)(9)四例,均係何處(于以、爰)與何人(誰)對舉的一問一答,至於問而不答的四例,則(13)(14)兩例,正如杜牧詩:「玉人何處教吹簫」的不必求答,而其妙就在不答的雅有韻致。而(11)(12)兩例的無答,正因無可答覆,其意義就更深進了一層。

其實，此擊鼓篇中三爰字的應訓何處，在鄭箋中已透露了消息。鄭玄於訓爰字爲「於也」後，續爲毛傳之「有不還者亡其馬者」箋云：「不還，謂死也、傷也、病也。今於何居乎？於何處乎？於何喪其馬乎？」這裏三個「于何」，不正是爰字的代用詞嗎？而四月篇「爰其適歸」句，孔子家語爰作奚，可證爰字之作問句，古籍中也不只見於鄭箋了。

爰字在桑中篇作何處解，就更顯露了民謠的特色，我們在桑中篇的欣賞中（見詩經欣賞與研究續集）已談過，此地不再重述。總之，一字一詞解釋得適當，可使全詩生動靈活，而得到更深的瞭解。這是值得注意的。

【古韻】

第一章：鏜、兵、行，陽部平聲；

第二章：仲、宋、忡，中部去聲；

第三章：居、處、馬、下，魚部上聲；

第四章：濶、說，祭部入聲；

手、老，幽部上聲；

第五章：濶、活，祭部入聲；

洵、信，眞部平聲。

二三、江有汜

這是長江上游的民歌。內容歌詠一男子所戀的姑娘嫁了別人，男子失戀，初時好強，說她會後悔，以安慰自己，最後却苦痛得悲歌當泣，大聲的號叫了。

原詩	今譯
江有汜。❶	江水流出又同轉。
之子歸，❷	這個女子出嫁了，
不我以；❸	不再和我一起玩；
不我以，	不再和我一起玩，
其後也悔！	總有後悔那一天！

江有渚。④　　江水中央有小洲。
之子歸，　　這個女子出嫁了，
不我與；⑤　　不肯和我常相守；
不我與！　　不肯和我常相守，
其後也處！⑥　　以後必定恨悠悠！

江有沱。⑦　　江水歧流流水多。
之子歸，　　這個女子出嫁了，
不我過；⑧　　不再回來看看我；
不我過，　　不再回來看看我，
其嘯也歌！⑨　　狂歌當哭可奈何！

【註釋】①江：古時爲長江之專名。汜：音祀ㄙ，水決復入曰汜。郭璞曰：水出去復還。②之子歸：爲「之子于歸」省于字，乃稱女子出嫁的習用語。或作「之子于歸」者，非也。③以：與，共。④渚：水中小洲。⑤與：偕，共。⑥處：共處。又：朱駿聲說文通訓定聲：「處，癙之假借。」癙訓病，亦訓憂。呂氏春秋愛士篇：『趙簡子有兩白騾而甚愛之。陽城胥渠處，廣（黃）門之官（宦）夜款門而謁曰：「主君之臣胥渠有疚，醫教之曰：得白騾之肝，病則止，不得則死。」』注：「處猶病也。」亦通。

❼沱：音駝ㄊㄨㄛ，毛傳：「沱，江之別者。」鄭箋：「岷山道江，東別爲沱。」蓋江水之別出歧而爲二者爲沱。古人以泯江爲長江上游，岷江於灌縣南，歧而爲二，東出者爲沱江，卽爾雅所謂：「水自江出爲沱。」考禹貢梁荆二州俱有沱，梁州之沱，又稱中江，卽鄭箋所稱今四川之沱江。荆州之沱，爲於華容別出之夏水，夏水首出江，尾入於沔。在今湖北江陵縣。（或以郫江爲梁沱，枝江爲荆沱，略有歧異。）陳奐詩毛氏傳疏：「說文：沱，江別流也。出岷山東別爲沱。箋亦引道江條之沱爲江沱作證。胡朏明以詩沱爲荆沱，意以南國在江漢間也。程瑤田通藝錄，又以詩沱爲梁沱。奐竊以梁沱爲近是。爲召公西陝之掌。」日人竹添光鴻毛詩會箋亦曰：「荆梁皆周之南國。梁沱在周之西南，荆沱在周之東南，詩繫淤召南之國，當爲梁之郫江。」又曰：「汜爲水決復入，渚爲小洲，皆泛稱也，非水名也。惟末章之沱是水名，見禹貢及爾雅，江之別也，故敍獨云江沱之間，謂二水間之國耳。」然荆在申之南，地域與召南區域連接，且荆沱是伴同楚國文化的發展，召南之後卽有楚辭的產生。而梁沱在成都一帶，中間交通險阻，與召南區域不相連接。故江沱應以荆沱爲是。❽過：過訪。或別解過爲絕，不取。❾鄭箋：「嘯，蹙口而出聲。」卽吹口哨。而一切經音義引韓詩：「歌無章曲曰嘯。」高本漢舉楚辭招魂的「永嘯呼些」作「長聲的號叫」講。淮南子天文訓的「虎嘯而谷風至。」作「老虎吼叫的時候，谷風就來」講等，都不能講作吹口哨，以證

韓詩之說不誣。此處「其嘯也歌」應採韓詩說，作「號叫着唱歌」講。聞一多詩經通義也說：「嘯歌卽號歌，謂哭而有言，其言又有節調也。」小雅白華篇「歗歌傷懷」，歗歌乃悲聲。馬瑞辰謂此嘯爲歗之假借。

【評　解】

江有汜是召南十四篇的第十一篇。共三章，章五句，各章前四句皆爲三字句，末句改用四字句，全詩共四十八字。

這是一篇男子失戀，傷心自己所愛的人嫁給別人的詩。前二章以江水的流動情形，以表達男子對愛人的希冀之意。第一章是說江水流出又轉回，希望愛人能像江水般總有回來和他共處的一天，否則以後必定會後悔的。第二章以江中小洲的時隱時現，（水漲時則隱，水落時則現）希望愛人也能像江水般改變心意，卽使現在不改變，也希望以後能改變而回來和他共處，否則卽會遺恨無窮，及至第三章始以江水之別出不復回，說明愛人是決定不再回來了，甚至再不肯來過訪他。於是至此才知道沒了希望，只好以狂歌當哭，來排遣痛苦的情緒。三章所敍是漸層式的，先是寄予希望，繼之以失望，最後終於絕望。漢樂府悲歌：「悲歌可以當泣，遠望可以當歸。念思故鄉，鬱鬱纍纍。欲歸家無人，欲渡河無船。心思不能言，腸中車輪轉。」所謂「悲歌可以當泣」就是此詩「其嘯也歌」的意思。全詩調促急而意纏綿。用字不多，而情意深厚。尤其每章都有疊句，不只加強了詩意的濃度，也增加了音調的旋律之美。

舊說此詩爲媵妾之作，毛詩序云：「江有汜，美媵也，勤而無怨，嫡能悔過也。文王之時，江沱之間，有嫡不以其媵備數，媵遇勞而無怨，嫡亦自悔也。」朱熹詩集傳則謂：「汜水之旁，媵有待年於國，而嫡不與之偕行者，其後嫡被后妃夫人之化，乃能自悔而迎之，故媵見江水之有汜，而因以起興。」王先謙三家義集疏亦謂：「齊說曰：江水沱汜，思附君子，伯仲爰歸，不我肯顧，姪娣恨悔。」此易林明夷之噬嗑及遯之巽文。但我們通觀全篇詩文，無一字涉及有關媵妾或嫡妻之字，而且最後還是「不我過，其嘯也歌。」既然仍是不我過，則「其後也悔」的希望沒有實現，而「其嘯也歌」就不是吹口哨唱歌的愉快情境，而是悲歌當泣的痛苦號叫。齊詩的姪娣恨悔，與詩文也不切合。

方玉潤詩經原始曰：「諸儒之必以爲媵作者，他無所據，特泥讀之子歸句作于歸解耳。」因改定此詩爲「商婦爲夫所棄而無懟也。」「此必江漢商人遠歸梓里而棄其妾，不以相從。始則不以備數；繼則不與偕行；終且望其廬舍而不之過。妾乃作此詩以自歎而自解耳。」今人王靜芝詩經通釋取其男棄女之說，又改定爲「此爲居江上之男女初相悅，而後男子棄女而歸，女子乃有所咏。」但早於王氏的屈萬里詩經釋義則曰：「此蓋男子傷其所愛者捨己而嫁人之詩。」其後馬持盈詩經今註今譯也主張「這是男子被遺棄後對女子的感慨之詩。」並說明此非男棄女的理由爲：「女子被遺棄，與男子被遺棄的口氣不同，女子被棄歎命苦，男子被棄誇大口。」我們體會經文，玩味詩意，採屈馬之說而闡述此詩寫活了男子失戀心情如上。

在此，順便談一談詩經中的叠句：

詩經中的叠句特別多，達一二一組之多。普賢因將詩經中的叠句加以彙輯作比較研究，又因研究詩經叠句對後世的影響，而寫成詩詞曲叠句欣賞研究一書，交三民書局出版。現在把該書內容擇要簡述於下：

叠句的定義：叠句是作品中前句與後句所用之字重叠之謂。

叠句的名稱：叠句因其面貌不同位置不同，爲易於區別，分別給予特定的名稱。例如本篇第一章的叠句「不我以」，第二章的叠句「不我與」，第三章的叠句「不我過」，都是三字句，所以稱爲「三字句叠」，而都在一章的中段，所以也稱「章中叠」。像小雅黃鳥三章章首都是「黃鳥，黃鳥！」二字的叠句，召南殷其靁三章章末，都是「歸哉！歸哉！」二字的疊句，則都是「二字句疊」，又分別稱爲章首疊和章末疊。小雅裳裳者華第一章的「我心寫兮。」爲四字句章中疊，第二章的「維其有章矣」則爲五字句章中疊。

疊句位置變化，相同兩句不緊接，隔一句相疊的稱隔句疊。前章末句與後章首句相疊的稱啣尾疊。例如周南芣苢三章：

采采芣苢，薄言采之。采采芣苢，薄言有之。（一章）
采采芣苢，薄言掇之。采采芣苢，薄言捋之。（二章）
采采芣苢，薄言袺之。采采芣苢，薄言襭之。（三章）

這裏各章的一三兩句，都是「采采芣苢」的相同句，就形成了三組隔句疊。

例如大雅下武前三章：

下武維周，世有哲王。三后在天，王配于京。（一章）
王配于京，世德作求。永言配命，成王之孚。（二章）
成王之孚，下土之式。永言孝思，孝思維則。（三章）

這裏一章章末與二章章首都是「王配于京」的相同句；二章章末與三章章首都是「成王之孚」的相同句，形成了兩組啣尾疊。

兩句長短相疊，便有齊頭疊、齊根疊等名稱的產生。例如王風黍離的「知我者，謂我心憂；不知我者，謂我何求！」「知我者」與「不知我者」相疊，便形成了一組隔句的齊根疊。二句相疊的稱爲二層疊。三句相疊的，便稱爲三層疊。例如魏風碩鼠的「適彼樂土。樂土！樂土！爰得我所？」前三句便形成一組齊根的三層疊。

又如小雅六月第二章的「既成我服，我服既成」兩句的四字雖相同，而其位置却倒轉，稱爲四字句倒轉疊。大雅靈臺的四章與五章：

虡業維樅，賁鼓維鏞。於論鼓鍾，於樂辟廱。（四章）

於論鼓鍾，於樂辟廱。鼉鼓逢逢，矇瞍奏公。（五章）

這裏章末與章首的「於論鼓鍾，於樂辟廱」相連兩句重疊，便稱爲雙連句啣尾疊。詩經中的疊句，已經有多樣的形態。影響及於後世的詩詞曲，遂發展而有三十五種形態的名稱，各極其妙地來供我們運用與欣賞。

在詩經中，像本篇的三字章中疊，芣苢篇的四字隔句疊，使我們誦讀起來已別有韻味。像碩鼠篇的齊根三層疊，靈臺篇的雙連句啣尾疊，更是妙趣橫生，意味深長！而後世發展出來的很令人激賞的更是不勝枚舉。玆只舉兩例作一臠之嘗：

(1)唐樂府詩戴叔倫轉應詞一首：

邊草，邊草，邊草盡來兵老。山南山北雪晴；千里萬里月明。明月，明月，胡笳一聲愁絕！

這裏連用二二六字齊頭三層疊（邊草三句），六二二字廻文三層疊（千里萬里月明，明月，明月。）各一組，讀起來便比詩經魏風碩鼠的一組三層疊同樣的抑揚頓挫，而更爲纏綿悱惻。

(2)元曲馬致遠漢宮秋第三折送別昭君後，梅花酒收江南二調：

〔梅花酒〕（略）她，她，她，傷心辭漢主；我，我，我，携手上河梁。她部從入窮荒，我鑾輿返咸陽；返咸陽，過宮牆；過宮牆，繞廻廊；繞廻廊，近椒房；近椒房，月昏黃；月昏黃，夜生涼；夜生涼，泣寒螿；泣寒螿，綠紗窗；綠紗窗，不思量。

〔收江南〕呀！不思量，除是鐵心腸；鐵心腸，也愁淚滴千行。（下略）

這裏連用一字三層疊兩組（她，她，她，和我，我，我）三字，連環疊一組（返咸陽至綠紗窗），再用三字隔句啣尾疊一組（不思量。呀！不思量。）爲兩調啣接，而承以五三字長短句齊根叠一組（除是鐵心腸；鐵心腸）。五組叠句格式雖變化多端，而其悽涼的情調却一致；而且廻腸盪氣，發揮得淋漓盡致，成爲最優美的文章。

此外，對於該書研究叠句產生的四因素，和叠句運用的八功能，略而不談。只是要補充一點，該書出版後發現詩經叠句應爲一二二組，漏列魯頌泮水第二章四五兩句「其馬蹻蹻」的四字章中叠一組，其後五十九年該書再版時，普賢身在國外，未及趕寫再版後記，加以說明，今特借此機會，追記一筆。

【古韻】

第一章：汜、以、以、悔，之部上聲；

第二章：渚、與、與、處，魚部上聲；

第三章：沱、過、過、歌，歌部平聲。

二四、魚麗

這是周代宴客時全國上下通用的樂歌。

原詩

魚麗于罶，❶
鱨鯊。❷
君子有酒，❸
旨且多。❹

魚麗于罶，
魴鱧。❺
君子有酒，
多且旨。

魚麗于罶，
鰋鯉。❻

今譯

魚兒鑽進竹簍了，
哦，有鱨又有鮀。
主人的酒啊，
味美量又多。

魚兒鑽進竹簍了，
哦，有鱧又有魴。
主人的酒啊，
又多又芳香。

魚兒鑽進竹簍了，
哦，有鯉又有鰋。

君子有酒，　主人的酒啊，
旨且有。❼　芳香又齊全。
物其多矣，　東西這麼多，
維其嘉矣。❽　而且又可口。
物其旨矣，　東西這麼美，
維其偕矣。❾　而且又齊備。
物其有矣，　東西這麼全，
維其時矣。❿　而且又新鮮。

【註釋】❶麗：罹，即遭遇。罶：音柳ㄌㄧㄡ，捕魚之竹器，以曲薄爲笱，承魚梁之空隙者。❷鱨：音嘗ㄔㄤ，黃頰魚。鯊：音沙ㄕㄚ，非海中噬人鯊魚，而係一種名鮀之小魚，常張口吹沙，故名吹沙，簡稱鯊。爾雅郭注：「今吹沙小魚。」❸君子：指宴客之主人。❹旨：美。❺魴：音房ㄈㄤ，鯿魚，身扁而腹內有肪。鱧：音禮ㄌㄧˇ，即鮦魚，俗名黑魚。❻鰋：音偃一ㄢˇ，即鮎魚，體滑無鱗，俗稱黏魚。❼有：猶多也。❽嘉：美善。❾偕：齊。謂各物皆能齊陳於前。❿時：得其時。

【評解】

魚麗是小雅鹿鳴之什的第十篇，朱傳改列白華之什的第三篇。共六章，三章四句，三章二句，前三章第二句均二字，第四句均三字。餘皆四字句，全詩合計六十三字。

詩序：「魚麗，美萬物盛多，能備禮也。文武以天保以上治內，采薇以下治外；始於憂勤，終於逸樂。故美萬物盛多，可以告於神明矣。」朱傳謂：「此燕饗通用之樂歌。即燕饗所薦之羞，而極道其美且多，見主人禮意之勤，以優賓也。」蓋儀禮載燕禮、鄉飲酒禮皆用之，以此證其爲燕饗賓客上下通用之樂。姚際恆通論謂：「序謂『文武始于憂勤，終于逸樂』，贅說失理。」然此詩製作之初，固非燕饗通用之樂歌，觀其所詠酒食之精美豐盛，應爲「王者燕饗臣工之樂歌」，其後推廣應用，遂爲一般宴會上下通用耳。

此詩六章中前三章爲同義之三疊唱，極言酒食之豐美。食之所以僅言魚，北方嘉餚以魚爲代表也。後三章又另爲同義之三疊唱，就其豐美加以稱讚，由豐富而味美，味美而又齊全，齊全而更時鮮，一層進一層的極口讚美。蘇轍所謂：「多則患其不嘉，旨則患其不齊，有則患其不時。今多而能嘉，旨而能齊，有而能時，言曲全也。」這樣雙重的三疊唱，也是三百篇中極優美的形式。

牛運震詩志評曰：「不必侈陳太平之盛，只就物產點逗自見，自是高手。」「連紆叠複，若不可了，別是一格。」

【古　韻】

第一章：罶、酒，幽部上聲；

　鯊、多，歌部平聲；

第二章：罶、酒，幽部上聲；

　鱧、旨，脂部上聲；

第三章：罶、酒，幽部上聲；

　鯉、有，之部上聲；

第四章：多、嘉，歌部平聲；

第五章：旨、偕，脂部上聲；

第六章：有、時，之部上聲。

二五、白　駒

這篇留客詩，大概是宴客時所奏樂章。主人延攬賢者出仕，而賢者却無心仕祿，終於隱遁。詩中充分表現出主人對賢者的欽慕之情，和賢者高雅的情操。

原　詩	今　譯
皎皎白駒，❶	白白的馬兒眞正好，
食我場苗。❷	到我場上吃青苗。
縶之維之，❸	把牠縶緊又拴牢，
以永今朝。❹	盡情歡樂在今朝。
所謂伊人，❺	我所中意的那個人，
於焉逍遙。❻	就可在這兒多逍遙。

皎皎白駒，
食我場藿。❼
縶之維之，
以永今夕。
所謂伊人，
於焉嘉客。❽

皎皎白駒，
賁然來思。❾
爾公爾侯，❿
逸豫無期。⓫
愼爾優游，⓬
勉爾遁思。⓭

小小馬兒白白色，
到我場上吃豆葉。
把牠繫緊又拴妥，
盡情歡樂在今夜。
我所中意的那個人，
安心在這兒做貴賓。

白白馬兒跑得快，
快快跑到我這兒來。
爲公爲侯任憑你，
安逸快樂無盡期。
勸你不要太閒適，
打消你那隱遁意。

皎皎白駒，
在彼空谷。⑭
生芻一束，⑮
其人如玉。⑯
毋金玉爾音，⑰
而有遐心。⑱

小小馬兒白淨淨，
在那深山空谷中。
餵牠生芻一大束，
那人品德美如玉。
切莫珍惜你音書，
對我疏遠不相顧。

【註釋】①皎皎：白貌。駒：少壯之馬。②場：圃。③縶：音至ㄓ，絆。維：繫，謂絆繫白駒，不使賢者離去。④永、終二字古爲聯緜字，永猶終。⑤伊人：乘白駒而來之人，卽賢者。⑥於焉：猶於是。
奐說。按：詩經中之「於」字，多爲歎詞，讀爲烏，唯此例外，並讀爲于。逍遙：遊息，逗留。⑦藿：音霍ㄏㄨㄛ，豆葉。⑧嘉客：貴賓。⑨賁：音奔ㄅㄣ，賁然卽奔然，疾然。思：語詞。⑩爾公爾侯：爾可以爲公，爾可以爲侯。⑪逸：安。豫：樂。無期：無盡期。謂爾如爲公侯，可永遠安樂。⑫愼爾優游：謂勿優遊太過。優遊指其去而隱逸，閒暇自適。⑬勉：通免。前漢薛宣傳：「宜因移書勞免之。」又谷永傳：「閔免遁樂。」師古曰：「閔免，猶黽勉也。」免爲免去免除，卽打消之意。或謂勉抑，卽抑止之意，亦通。⑭空谷：韓詩作穹谷。薛君章句云：「穹谷，深谷也。」⑮生芻：新生之草，以其鮮嫩，爲飼駒之佳物。⑯美如玉：謂其人之德美如玉。⑰毋金玉爾音：勿珍惜爾之音訊如金玉般寶貴。⑱遐：遠。遐心：謂疏遠我之心思。二句謂望賢者離去後，勿惜其音問如金玉之珍而有遠我之心。盼其常通消息也。

【評　解】

白駒是小雅鴻鴈之什的第六篇，朱傳改爲祈父之什第二篇。分四章，章六句，除第四章第五句爲五字句外，其餘均四字句。全詩共九十七字。

首二章寫賢者光臨，主人不便直言請賢者多留些時候，只好將賢者所騎來的馬拴到場上食禾苗豆葉，這樣賢者就可以安心作客，不忍遽言離去。縶馬留客，充分表現出主人對賢者無限的敬愛之情。兩個「永」字，更寫出有賢者在座，不但不覺厭煩，反而時間越久越覺光采的好賢心理。三章以尊其爵位許賢者，希望他能出仕。四章：最後終於不能留住賢者，只得退而求其次，望賢者不遺在遠，時賜教言，以匡不逮。一片慕賢之情，溫厚和煦，躍然紙上。全詩情致高雅，意致纏綿，

日人白川靜因爲篇中有與秦風蒹葭篇的相同句「所謂伊人」，而蒹葭他認爲是祭祀水神的詩，所以白駒也只是一篇水神祭祀詩。他是從楚辭九歌中湘君、湘夫人兩篇推想而來。(見所著「詩經研究」)我們却難於採取他的說法。因爲蒹葭之爲祭水神，尚有可能。白駒

篇完全與水無關，僅憑「所謂伊人」一句相同，而判斷其內容亦相同，未免太武斷了。

或謂周頌有客，其內容與白駒相仿，均有縶其白馬的情節，相傳有客篇之客爲微子，則此篇之客亦應爲殷人。蓋周朝對殷之賢者，不以臣屬視之也。殷尙白，白馬白駒，即所以表白色。詩中有「爾公爾侯」句，則非一般留客詩，作者當係西周君王或其代筆人。其說可供參考。

後漢書徐穉傳：「郭林宗有母憂，穉往弔之，置生芻一束於廬前而去。衆怪，不知其故。林宗曰：『此必南州高士徐孺子也。詩不云乎？「生芻一束，其人如玉。」吾無德以堪之。』」這是漢儒引用詩經的故事，後人稱爲生芻奠。

【古　韻】

第一章：苗、朝、遙，宵部平聲；

第二章：藿、夕、客，魚部入聲；

第三章：思、期、思，之部平聲；

第四章：駒、谷、束、玉，侯部入聲；音、心，侵部平聲。

二六、白　華

這是描寫丈夫棄家遠遊，婦人獨守空房，朝夕難忘，懷思成病的詩。她埋怨他，懷疑他，恨他，又駡他，可是，也不能不想念他，只有兀自嘯歌傷懷而已！

原詩	今譯
白華菅兮，❶	白華浸漬成菅草，
白茅束兮。	白茅纏繞來細好。
之子之遠，❷	那人離我去遠方，
俾我獨兮。	使我獨自守空房。
英英白雲，❸	白雲層層遮滿天，
露彼菅茅。❹	潤濕菅茅無私偏。
天步艱難，❺	我的時運遭災殃，

之子不猶。❻
滮池北流，❼
浸彼稻田。
嘯歌傷懷，
念彼碩人。❽
樵彼桑薪，❾
卬烘于煁。❿
維彼碩人，
實勞我心。
鼓鐘于宮，⓫
聲聞于外。

那個人兒却不這樣。
滮池流水向北邊，
一路浸漬那稻田。
長嘯高歌傷懷抱，
那碩人的影兒難撇拋。
打柴打得桑樹柴，
桑柴放進灶裏燒。
只有那個碩人喲，
憂勞我心受煎熬。
敲鐘敲在屋裏邊，
鐘聲外面也傳遍。

念子懆懆，⑫　想你想得愁悶悶，
視我邁邁。⑬　你對我呀惡狠狠。

有鶖在梁，⑭　禿鶖息在河梁上，
有鶴在林。　白鶴息在深樹林。
維彼碩人，　只有那個碩人喲，
實勞我心。　眞正憂勞傷我心。

鴛鴦在梁，　鴛鴦宿在河梁上，
戢其左翼。⑮　緊緊收斂左翅膀。
之子無良，　那人不懷好心腸，
二三其德。⑯　朝三暮四無定向。

有扁斯石，⑰　只踩扁石在脚底，

履之卑兮。　顯得人兒矮又低。
之子之遠，　那個人呀去遠方，
俾我疷兮。⑱　教我想得病在床。

【註釋】①白華：野麻，似茅而滑澤無毛。菅：音奸ㄐㄧㄢ，白華已漚謂之菅，此菅字作漚解。②之子：指遠出之男子。此句第二之字爲往義。③英英：韓詩作泱泱，盛貌。④露：動詞，謂白雲散而下降，如露之潤物。⑤朱傳：「天步，猶言時運。」天步艱難：天降災難之意。⑥猶：如。⑦滮：音標ㄅㄧㄠ，池名。在豐鎬之間。⑧碩：大，碩人：身個高大之人，此處指遠出之人。⑨樵：採樵。⑩卬：音昂，我。烘：燎。煁：音忱ㄔㄣ，無釜之灶，可燎而不可烹飪。⑪鼓：敲擊。⑫懆：音草ㄘㄠ，懆懆：愁不安也。⑬邁邁：一作怖怖，恨怒。⑭鶖：音秋ㄑㄧㄡ，禿鶖。狀如鶴而大，長頸赤目，好啗蛇。⑮戢：斂。⑯猶言三心兩意。⑰扁：卑薄。有扁，卽扁然。⑱疷：音底ㄉㄧˇ，病。

【評解】

白華是小雅魚藻之什的第九篇，朱傳改列爲都人士之什的第五篇。分八章，章四句，句四字，全詩共一百二十八字。

詩序：「白華，周人刺幽后也。幽王取申女以爲后，又得褒姒而黜申后，故下國化之，以妾爲妻，以孽代宗，而王弗能治，周人之爲作是詩也。」小雅七什，詩序於節南山以下四什，均列爲刺幽王或幽王時刺詩，不可取。朱傳以爲幽王得褒姒而黜申后，故申后作此詩，仍不脫詩序影響。體味此詩原文，乃丈夫遠出，婦人懷思之怨辭。屈萬里先生詩經釋義謂：「此蓋男子棄家遠遊，而婦人念之之詩。」最爲允當。

此詩毛傳定爲興體，而朱傳八章均標比也。姚際恆詩經通論，則八章均標比而賦也。並曰：「凡詩興比之義，大抵不能盡詳。」蓋由來比興難分，且可隨說詩者對詩意之體會不同而或興或比，或竟爲賦。故不必定其孰是孰非也。

首章言白華漚而成菅，以白茅束之，菅茅相依成事。爾我結爲婚姻，汝竟遠出，使我獨處，有失夫婦綢繆相守之道。朱公遷曰：「宜相得而反相遺，可怨者也。」

次章言英英之白雲，且能如露下而潤彼菅茅，今我時運不濟，汝竟不能如白雲之潤物也。

三章言滮池北流，浸漬稻田，使禾苗滋長，而我則失此浸潤，以致嘯歌傷懷，兀自想念着他碩大的人影啊！

四章言採樵桑柴，本可供烹飪之用，而現在我只放在無鍋的爐灶裏來燒着，那有什麼用呢？那個碩人棄我遠去，置我於無用之地，實令人歎息，我心憂勞，如桑柴的燃燒而煎熬啊！

五章言屋裏敲鐘，屋外之人都能聽到。我獨守空房，因想你而愁慘苦悶，在外之你怎會不知？而你却對我惡狠狠地毫不加以體恤。

六章言惡鳥禿鶖，棲在魚梁而得飽食；清高的白鶴則棲在深林而孤寂，那碩人離我遠去，使我似鶴棲林，實使我憂勞傷心也。

七章言鴛鴦亦棲於河梁，戢其左翼，相並成對。那個人沒有良心，竟三心兩意，棄我而去啊！劉瑾曰：「戢其左翼以相依於內，舒其右翼以防患於外，此禽鳥匹偶並棲之常也。」

末章言站在高崗上，人也就顯得高昂有神采；站在扁石之上，只顯得人兒卑微，那個人離我遠去，使我顯得卑賤無光，弄得我晝思夜想，憂鬱成病了！

此詩哀怨動人。姚際恆說：「情景淒涼，造語真率。」方玉潤說：「情詞悽惋，託恨幽深。」李迂仲曰：「此詩大抵與綠衣相類。綠衣專以綠衣取譬，反覆盡其義，而不為不足；此詩比物取譬，雜引暢其旨，而不為有餘。」陳僅曰：「白華八章，前二句皆托物為比，後二句點本意，射洪曲江感遇詩格仿始於此。」（詩誦卷三）牛運震曰：「白華白茅，稱物高貴清潔，與意亦自細貼。白雲垂露，又從菅茅推上一層，連遞生情妙。英英白雲二句，寫朝景如畫，氤氳淡蕩，微妙入神。嘯歌傷懷四字，哀樂合併得妙，寫出怨思神理。實勞我心，可怨可思，所謂亂我心曲也。語意婉厚之至。鼓鐘于宮，喻意明白婉切。念子懆懆，忠愛篤厚之旨。鴛鴦喻夫婦雅切。」又曰：「比物連類，旁引曲喻，哀而不傷，怨而不怒。幽怨苦思，却出之以閒細，而歸之於和厚，短調八摺，自有遠神。」這些話，都可供我們作欣賞的參考。

以上五人，除毛詩集解作者李迂仲爲宋人外，餘四人皆爲以文學欣賞態度評解詩經之清人。姚氏詩經通論，方氏詩經原始，牛氏詩志三書，尤爲清代圈評三百篇之代表作。

【古韻】

第一章：菅、遠，元部平聲；
束、獨，侯部入聲；
第二章：茅、猶，幽部平聲；
第三章：田、人，眞部平聲；
第四章：薪、人，眞部平聲；

熇、心，侵部平聲；
第五章：外、邁，祭部去聲；
第六章：林、心，侵部平聲；
第七章：梁、良，陽部平聲；
翼、德，之部入聲；
第八章：卑、疷，支部平聲。

二七、無將大車

這是詩人感時傷世，憂思百出，至於病容憔悴，轉而故作曠達語以自寬解之詩。

原詩	今譯
無將大車，❶	不要扶着大車前進，
祇自塵兮！❷	只惹得滿身灰塵！

無思百憂，祇自疷兮！❸　　憂思百出徒傷人，只自招病魔纏身！

無將大車，維塵冥冥！❹　　不要扶着大車前行，只揚起塵土迷濛！

無思百憂，不出于熲！❺　　憂思百出徒惹病，無從走出到光明！

無將大車，維塵雝兮！❻　　不要扶着大車前行，只被塵土擋住眼睛！

無思百憂，祇自重兮！❼　　憂思百出徒傷情，只招煩惱重重！

【註釋】❶將：扶進。大車：以牛駕之載重大車。❷祇：音支ㄓ，適也。塵：作動詞用，謂塵土撲身。❸疷：音底ㄉㄧˇ，此字當依唐石經作疷（音歧ㄑㄧˊ）說文：疷，病也。馬瑞辰謂：古音脂與眞互轉，支眞亦互轉，疷當讀如疹ㄓㄣ，故與塵韻。④冥冥：昏暗貌。⑤熲：音耿ㄍㄥ，毛傳：耿，光也。高本漢謂「出于熲」可作「自光明中出來」和「出來到達光明之中」兩種解釋，「不出于熲」應解作「不能出至於光明之中。」並否定朱熹以熲與耿同之訓小明，高本漢之說與姚際恆意見同。⑥雝：音雍ㄩㄥ，雍蔽。⑦重：累，承上句以百憂重累自身。

【評　解】

無將大車是小雅谷風之什的第六篇，朱傳列爲北山之什的第二篇，共分三章，章四句，句四字，全詩四十八字，是詩經基本形式三十篇中的一篇。興體，風格和國風諸小詩頗接近，每章二四句用韻。

自春秋時貴族賦詩，即爲斷章取義，此後諸儒引詩，亦往往如此。此詩自荀子大略以斷章取義方式引證及之，毛詩即襲荀子，曲解爲悔與小人同處之詩。

荀子大略篇云：「以友觀人，焉所疑？取友善人，不可不愼，是德之基也。詩曰：『無將大車，維塵冥冥！』言無與小人處也。」因而毛詩序亦云：「無將大車，大夫悔將小人也。」鄭箋：「周大夫悔將小人，幽王之時，小人衆多，賢者與之從事，反見譖，自悔與小人並。」

易林井之大有云：「大輿多塵，小人傷賢；皇父司徒，失君失家。」則齊詩更實指小人爲皇父司徒。陳喬樅並據易林皇父司徒句，以十月之交篇刺皇父爲厲王時詩，故定此篇亦厲王詩。王先謙則謂十月之交篇亦係幽王時詩，陳喬樅依鄭箋認十月之交爲厲王時詩實誤，故認此篇仍係幽王時詩。

朱熹集傳改定爲：「此亦行役勞苦而憂思者之作。」（此詩列北山篇之後，而北山篇爲怨行役勞苦之詩，故云「亦」。）而不提作詩時代與作者是否爲大夫。

姚際恆詩經通論則毛朱並駁，他說：「此詩以將大車而起塵興思百憂而自病，故戒其『無』。觀上下同用『無』字及『祇自』字可見。他篇若此甚多，此尤興體之最明者。自小序誤作比意，因大車用『將』字，遂曰：『大夫悔將小人』，甚迂。集傳則謂：『行役勞苦而憂思之作』。觀三章『無思百憂』二句，並無行役之意，是必以『將大車』爲行役，甚可笑！且若是則爲賦，何云興乎？其辯說又謂：『序不識興而誤爲比』何也？」而爲此詩作新解曰：「此賢者傷亂世，憂思百出；既而欲暫已，慮其甚病，無聊之至也。」

方玉潤詩經原始承襲姚說曰：「此詩人感時傷亂，搔首茫茫，百憂並集。既又知其徒憂無益，祇以自病，故作此曠達，聊以自遣之詞。」

我們採納姚方之說。

【古　韻】

第一章：塵、疷，文部平聲；

第二章：冥、熲，耕部平聲；

第三章：雝、重，東部平聲。

二八、閔予小子

這是武王既歿，其子誦，即年幼的繼承人成王，守喪七月而葬，奉其神主入祀於祖廟時所作的樂歌。

原詩	今譯
閔予小子！❶	可憐我這小子啊！
遭家不造。❷	遭逢家運不濟。

嬛嬛在疚。❸　使我孤苦無依。
於乎皇考！❹　啊呀我的皇考！
永世克孝，❺　終身克盡孝道，
念茲皇祖，❻　思念着我先祖，
陟降庭止。❼　降神往來庭戶。
維予小子，　現在我這小子，
夙夜敬止。❽　早晚恭敬戒懼。
於乎皇王！❾　啊呀我的父祖！
繼序思不忘。❿　願我永遠永遠繼續。

【註　釋】❶閔，與憫通，可憐。予小子，成王自稱。❷造：善也。不造，猶言不善，不淑。馬瑞辰說。❸嬛：音瓊，與煢同。嬛嬛，孤獨無依貌。疚：病。❹於乎，即嗚呼，歎詞。皇考，父死稱皇考，指武王。❺永世：終身。❻皇祖：指文王。❼陟：升。陟降：猶往來。止：語詞。言皇祖文王之神，往來於庭。❽敬：敬慎。❾皇王：兼指文王武王。❿序：緒。思：語詞。忘：與亡通用。言繼祖考之緒不失墜。屈萬里先生說。

閔予小子是周頌閔予小子之什的第一篇。全篇一章十一句，除末句五字外，餘皆四字句，共四十五字。

【評　解】

詩序：「閔予小子，嗣王朝於廟也。」鄭箋：「嗣王者，謂成王也，除武王之喪，將始即政，朝於廟也。」魯詩蔡邕獨斷文也說：「閔予小子一章十一句，成王除武王之喪，將始即政，朝於廟之所歌也。」朱熹詩集傳則補充說：「此成王除喪朝廟所作，疑後世遂以為嗣王朝廟之樂，後三篇放此。」那末，這閔予小子和以下訪落、敬之、小毖三篇，都是成王居父喪期滿，吉祭於武王之廟，告除喪時所作樂歌。後來成王駕崩，康王嗣位時除成王之喪，朝廟吉祭時，就沿用此樂歌。昭王除康王喪，穆王除昭王喪，也仍用之。詩中「予小子」等語，雖為幼年的成王所專用，而後代嗣王，也沿用不改。閔予小子之什的第二篇訪落，第三篇敬之，第四篇小毖也是這樣。這四篇是同一時期作品。但清姚際恆詩經通論，將這四篇再加分析，謂第一篇閔予小子首三句為方在喪之辭。故曰：「嬛嬛在疚」，第二、三篇訪落、敬之則既除喪，將始即政而朝於廟，以咨羣臣之辭。第四篇小毖，則成王懲管蔡之禍而自敬之辭。同一時期，而分為三層次以解之，較舊說更為精細，所以我們採用姚說。

姚氏云：「小序謂『嗣王朝于廟』，然不言何時。何玄子引殷大白副墨曰：『武王既葬，而祔主于廟』，似爲得之。蓋以首三句爲方在喪之辭，曰：『嬛嬛在疚』……必非除喪之辭。」方玉潤詩經原始從之，曰：「閔予小子，祔武王主于廟也。……蓋首三句方在喪中，下又將有事朝政，故知其爲既葬而祔主于廟之時耳。然詩似祝辭，非頌體，而亦列之頌者，頌之變也。」按祔，音附，祭名，奉後死者神主祭於祖廟也。說文：祔，後死者合食於先祖，从示付聲。禮記王制：天子七日而殯，七月而葬。則此詩作於死後七月也。

此詩以語意哀痛惕勵，誠摯、眞切勝。而全篇重心，在一敬字，與大雅文王篇同。文王曰：「於緝熙敬止」，此則云：「夙夜敬止。」方玉潤謂：「周家聖聖相承，家學淵源，不外一敬字。」明人朱善則合孝敬爲一理，其言曰：「自繼述而言謂之孝，自存主而言謂之敬。敬其身，即所以孝於親；孝於親，未有不敬其身者也。」

牛運震詩志對此詩評賞曰：「開口一閔字，多少愴痛！不造猶言無祿，遭家不造二語，寫得孤怯蒼涼。只歎皇考之孝，悚慕惻動。陟降庭止一語，靈怳溫切，依依如目。終以永歎慷摯之思，含蓄無限！」又云「兩於乎頓挫慷篤，語語有孤危荒懼之神。」

周頌三十一篇是無韻詩。雖間或有用韻之跡者，不強爲標韻。

二九、訪落

這是成王除喪，始卽政而朝於廟，與羣臣謀政之詩。

原詩	今譯
訪予落止，❶	我詢問最初的政事，
率時昭考。❷	當遵循昭考的法制。
於乎悠哉！	啊！那是多麼悠遠，
朕未有艾。❸	我沒那種才幹。
將予就之，❹	但我將盡量做好，
繼猶判渙。❺	繼先德圖謀完善。
維予小子，	想我這孤苦小子，
未堪家多難。	不堪家國的多災多難。

紹庭上下，❻　　請求不斷在庭戶上下，
陟降厥家。　　神靈往來於其家。
休矣皇考！　　美哉皇考！
以保明其身。❼　　保我身發揚光大。

【註釋】❶訪：問。落：開始。止：語詞。此句謂問教於羣臣有關開始之政事也。❷率：循。時：是。昭考：謂先父武王。廟制：太祖居中，左昭右穆，太王之左爲季歷，右爲文王。則武王又當昭。❸朕：我，艾：與乂通，治才。❹就：成就。❺猶：圖。判：分。渙：散。此句謂：我必將繼承先德，以圖收我所失之分散者，以成其完美。❻紹：繼。❼其身：嗣王自謂。可以大雅烝民：「既明且哲，以保其身」解此句意。

【評解】

訪落是周頌閔予小子之什的第二篇。一章十二句，二句五字，餘均四字，全篇共五十字。

詩序：「訪落，嗣王謀於廟也。」魯詩蔡邕獨斷文亦曰：「成王謀政於廟之所歌也。」姚際恆云：「此成王既除喪，將始即政而朝于廟，以咨羣臣之詩。集傳曰：『成王既朝於廟，因作此詩以道延訪羣臣之意。』何玄子曰：『此詩雖對羣臣而作，以延訪發端，而意止屬望昭考；至小毖篇始道其延訪羣臣之意耳。』如此讀詩，細甚。」方玉潤從之。

姚際恆評此詩謂：「多少宛轉曲折。」牛運震則曰：「俯仰跌頓，幽澀靈悚，數十字中，多少開合轉折。」又曰：「陡然一歎，愾動深遠。朕未有艾，作窮蹙語，是求助眞情懇結處。將予就之云云，所謂欲從末由也，寫得微至靈悅，有情有景，離合閃忽，非親歷不能道。昭庭上下倒句古，又挿入皇考，寫得精神飛越。」

三〇、敬　之

前篇訪落，成王既咨詢羣臣，接着此詩即記羣臣規戒之言及其自勵的答辭，歌以告祭於廟，以示鄭重，而垂示子孫也。

原詩	今譯
「敬之！敬之！[1]	「應恭敬呀應恭敬！

天維顯思。❷	天道眞是很顯明。
命不易哉！❸	天命保住不容易，
無曰：『高高在上。』	勿謂：『高高在上不注意。』
陟降厥士，❹	上下省察就是天的事，
日監在茲。」❺	日日監視在這裏。」
「維予小子，	「想我這小子啊，
不聰敬止？❻	能不恭聽而誠敬？
日就月將，❼	但願日有成就月有進，
學有緝熙于光明。❽	學有續進於光明。
佛時仔肩，❾	諸君有輔助的重責，
示我顯德行。」❿	指示我光明的德行。」

【註釋】❶敬：恭謹戒愼。❷顯：明。思：語詞。❸易：容易。❹士：事。❺監：視。❻聰：聽。敬：愼。❼就：成。將：進。❽緝：續。熙：明。❾佛：音弼ㄅㄧˋ，輔助。時：是。仔肩：責任。❿德行：進德之路。

【評 解】

敬之是周頌閔予小子之什的第三篇，毛詩、魯詩、朱傳，均分爲一章十二句。除七字、六字、五字各一句外，餘九句均四字，全篇共五十四字。姚際恆詩經通論分爲二章各六句，其追蹤者方玉潤的詩經原始未從之。

詩序：「敬之，羣臣進戒嗣王也。」魯詩獨斷文亦曰：「羣臣進戒嗣王之所歌也。」朱傳於前六句下謂：「成王受羣臣之戒而述其言。」後六句下云：「此乃自爲答之之言。」姚際恆本之，而更辨析曰：「此羣臣答訪落之意，而成王又答之也。小序謂：『羣臣進戒嗣王』，只說得上半。集傳于上章云：『成王受羣臣之戒而述其言』；于下章云：『此乃自爲答之之言。』愚向者，亦不敢以一詩硬作兩人語，惟此篇則宛肖。上章先以「敬之」直陳，意甚警切，下皆規戒之辭；下章則純乎成王語。故敢定爲此說。今皆以爲成王，謂其既受羣臣之戒而述其言，又述其自答之言，豈不迂而且拙乎?且凡頌詩豈必王者自作，大抵皆臣工述之耳。『日就月將，學有緝熙于光明』，此三百篇言學之始。」惟近人多主全篇均周王祭祀時自戒自勵之詩。案朱傳謂述羣臣之規戒又以自勵答之，後王又沿用之，當然成爲周王自戒自勵無疑。姚論謂此詩應爲臣工所記臣戒及成王答自勵之語，然臣工乃代成王作詩，此詩作者名義，仍可歸之成王，則朱傳之說亦仍可通也。

頌卽容，頌爲舞容，最早的周頌，理論上應該都是舞曲，但現在已難一一確指。大概大武舞曲一組六篇，是大家承認的。何楷以爲是武、酌、賚、般、時邁、桓六篇，而王國維以爲是昊天有成命（卽武宿夜）、武、酌、桓、賚、般六篇，又以酌爲勺舞，以桓、賚、般三篇爲象舞。（舊以維清爲象舞）還有被指以三篇四篇爲組曲的，有載芟、良耜、絲衣三篇爲稷田之舞，閔予小子、訪落、敬之、烈文四篇爲嗣王踐阼之舞。另外時邁被指爲肆夏舞曲，而呂叔玉以爲肆夏與執競、思文共爲一組曲。然則周頌舞曲以三篇爲一組，象舞、肆夏舞、稷田之舞皆然。大武舞則武宿夜三篇昊天有成命、武、酌一組，又加象舞三篇桓、賚、般一組合兩組曲而成。嗣王踐阼舞曲亦應爲閔予小子、訪落、敬之三篇爲一組，因烈文篇詩序也說是：「成王卽政，諸侯助祭」，故被列入。但朱傳不言成王，又辯說謂「詩中未見卽政之意」。姚論亦謂「不必卽政」，所以嗣王踐阼舞曲或僅三篇，而無烈文也。

此詩姚際恆於「命不易哉」句下評云：「直起，妙！」牛運震亦曰：「『敬之！敬之！』疊呼危悚，便覺通篇精神。」又曰：「聰敬二字連得深微，大有悟性。」

三二、小毖

武王崩，周公當國，成王中管蔡流言之毒而疑周公，終於釀成管蔡武庚叛亂的大禍。周公東征平亂後，即歸政成王。成王祭於廟而歌此詩以自儆。

原詩	今譯
予其懲，	我該戒愼自警，
而毖後患。❶	謹防着後患叢生。
莫予荓蜂，❷	不要讓它成爲毒蜂，
自求辛螫。❸	而自找辛螫的苦痛。
肇允彼桃蟲，❹	初時信它是小小的鷦鷯，
拚飛維鳥，❺	後竟翻飛成猛鷙的大鳥。
未堪家多難，	不堪家國的災難頻仍，

予又集于蓼。❻　　我又處身蓼菜的辛苦中。

【註　釋】❶毖：音必ㄅㄧ，愼防。❷荓：音乒ㄆㄧㄥ，使。❸螫：音釋ㄕ，毒蟲刺人。❹肇：始。允：信。桃蟲：鷦鷯，鳥之小者。俗謂鷦鷯生鵰，故易林云：「桃蟲生鵰。」❺拚：音翻ㄈㄢ，飛貌。初信其爲鷦鷯小鳥，後竟翻飛而爲猛鷙大鳥。牛運震詩志曰：「猶言先爲鼠，後爲虎也，不必作鷦鷯生鵰解。」❻蓼：音了ㄌㄧㄠ，水紅，水中所生苦菜，故以蓼喻辛苦。

【評　解】

小毖是周頌閔予小子之什的第四篇。一章八句，三句五字，五句四字，全篇共三十五字。

詩序：「小毖，嗣王求助也。」魯詩獨斷文亦曰：「嗣王求忠臣助己之所歌也。」鄭箋則云：「成王求忠臣早輔助己爲政，以救患難。」又云：「始者，管叔及其羣弟流言於國，成王信之，而疑周公。至後三監叛而作亂，周公以王命舉兵誅之，歷年乃已，故今周公歸政，成王受之，而求賢臣以自輔助也。」正義曰：「小毖詩者，嗣王求助之樂歌也。謂周公歸政之後，成王初始嗣位，因祭在廟而求羣臣助已，詩人述其事而作此歌焉。……毛以上三篇亦爲歸政後事，於訪落言謀於廟，則進戒求助亦在廟中，與上一時之事，鄭以上三篇居攝之前，此在歸政之後。然而頌之大列，皆由神明而興，此蓋亦因祭在廟而求助也。」姚論亦曰：「小序謂『嗣王求助』，集傳謂『亦訪落之意』，皆近混。此爲成王旣誅管蔡之後，自懲以求助羣臣之詩。」惟詩中無求助語，故近人如王靜芝詩經通釋，馬持盈詩經今註今譯均僅云：「這是成王懲管蔡之禍而自儆之詩。」

閔予小子之什的前四篇，我們可作爲一組詩來看。第一篇居喪時作，第二三篇管蔡亂時作，此詩則管蔡旣誅後作。其內容可聯貫，而其句調亦連屬。前三篇有相同句「維予小子」，這一篇小毖，亦與第二篇訪落有「未堪家多難」句相同。「維予小子」顯示是成王幼沖時詩，「未堪家多難」顯示了管蔡流言與叛亂。而貫澈四篇的則都是憂患之辭，且成爲與箴銘相近的性質，所以已是頌的變體。雖其中亦有「於乎皇王」、「休矣皇考」等頌揚祖德的話。

此詩姚際恆評云：「憤懣、蟠鬱，發爲古奧之辭；偏取草蟲作喻，以見姿致，尤奇。」方玉潤則曰：「筆意淸矯，思致纒綿，四詩實出一手。至今讀之，令人想見其憂深慮遠，道醇術正氣象。」至牛運震更一疊聲的讚美不止說：「一句一折，一聲一痛，披瀝之詞，動人惻隱。三喩錯出，奇極！語語爲親者諱，却自躍然。可想至誠深切，雖隱文諱詞，意思自然明透。不得以艱僻目之。沉痛慘切，居然鵾鶚之志，鍾惺云：『創鉅痛深，傷弓之鳴。』古拗奧闢，此爲絕調。」

至於三百篇篇名，大多摘取詩文中字名之。例如關雎之摘取首句「關關雎鳩」中兩字，騶虞摘取章末「于嗟乎騶虞」句中兩字。而本篇小毖，詩文中有毖字而無小字，詩序鄭箋曰：「毖，愼也，天下之事當愼其小。小時而不愼，後爲禍大。」孔疏卽以此釋篇名云：「箋以經文無小字而名曰小毖，故解其意。此意出於『允彼桃蟲，翻飛維鳥』而來也。」朱傳亦引蘇轍語爲釋云：「小毖者，謹之於小也。謹之於小，則大患無由至矣。」文開撰有「詩經篇名問題初探」一文，解三百篇篇名相同問題之原則，以十五國風、大小雅、三頌各爲一單位，不同一單位不避同名，同一單位則避之。例如邶鄘爲二單位，故各有柏舟篇名不避，鄭風有二「叔于田」，則後者加一大字稱「大叔于田」以避之。此則周頌有兩毖篇，此加一小字以避之，惟今另一毖篇已逸失耳。

三三、有客

這是微子來朝見於周天子祖廟的詩。

原詩

有客有客，❶
亦白其馬。❷
有萋有且，❸
敦琢其旅。❹
有客宿宿，❺
有客信信。❻
言授之縶，❼
以縶其馬。

今譯

有客遠來自宋國，
也騎白馬殷服色。
隨從衆多好壯盛，
都是精選的羣英。
客住一夜又一夜，
客住兩夜再兩夜。
快快拿過繩索來，
把他馬兒拴起來、

薄言追之，❽　　客人走了去追回，
左右綏之。❾　　客人的左右也安慰。
既有淫威，　　祝你既有大威德，
降福孔夷。⓫　　洪福天降也易得。

【註釋】❶春秋隱公三年八月庚辰宋公和卒，公羊傳云：「宋稱公者，殷後也。王者封二王之後，地方百里，爵稱公，客待之而不臣也。」周天子待宋公微子以客禮，故云有客。微子名啓，紂王之庶兄，初封於宋。周既平管蔡之亂，殺武庚，因命宋爲殷後，以祀其先王。微子既受命來朝，見於周祖廟也。❷春秋隱公三年春王二月公羊傳云：「二月三月皆有王者。二月，殷之正月也；三月，夏之正月也。王者存二王之後，使統其正朔，服其服色，行其禮樂，所以尊先聖，通三統師法之義，恭讓之禮。」殷尚白，殷後武庚來朝騎白馬。今微子亦乘白馬也。❸萋：盛貌。且：音阻，多貌。有萋有且，即萋然且然，以狀從者之盛多。❹敦：音堆，治也。敦琢：即棫樸篇之追琢，引申爲精選之意。旅：衆。❺留住一夜曰宿。❻再留住一夜曰信。魯說宿宿爲再宿，信信爲四宿。見公羊傳隱公三年何休解詁。❼縶：繫馬之索。下一句縶作動詞繫用。❽薄言二字皆語詞。追之：朱傳曰：「已去而復還之，愛之無已也。」❾綏：安。❿淫：大。威：德威。⓫孔：大。夷：易。此爲祝福語。

有客，周頌臣工之什的第九篇，一章十二句，句四字，共四十八字。朱傳分三節解之。姚論即分爲三章，章四句，今從朱傳不分章。魯詩獨斷文謂有客一章十三句，則首句以有客兩字爲一句矣。

【評　解】

詩序：「有客，微子來見祖廟也。」鄭箋：「成王旣黜殷命，殺武庚，命微子代殷後。旣受命，來朝而見也。」魯說：「有客，微子來見祖廟之所歌也。」（蔡邕獨斷文）朱傳亦云：「此微子來見祖廟之詩。」姚論曰：「小序謂：『微子來見祖廟』，向來從之。惟鄒肇敏曰：『愚以爲箕子也。書載武王十三祀，王訪于箕子，乃陳洪範。此詩之作，其因來朝而見廟乎？……』此說甚新，存之。蓋謂微子則當爲成王之朝；謂箕子，則當爲武王之朝，故此說與序說皆可通。」竹添光鴻毛詩會箋云：「序云：『來見祖廟』，則非助祭，蓋及其歸，歌諸廟送之也。助祭則歌振鷺之詩矣。」

朱傳以此詩首四句爲一節，言微子之始至；以中四句爲一節，言其將去；而末四句一節，爲留之之辭。脈絡極分明。蓋首節寫微子之來作客，所騎白馬係殷代所尙之潔白服色，隨從之盛多，皆精選之英俊；中節寫其逗留之久，欲去而又挽留之；末節寫其旣去又追之使還，並安撫其左右，挽留不成，方祝福而送別。其禮遇之隆，情意之重如此。

姚際恆評其「起得翩然。」牛運震則曰：「就白馬生情，妙！亦字艷異之甚。敦琢字新。愛其馬，美其旅，襯托入妙。」又云：「風致婉秀，絕似小雅。周家忠厚，微子高潔，此詩俱見。」

王鴻緒詩經傳說彙纂引朱公遷曰：「有客一詩，既足見微子之賢，尤足以見周家之厚。」竹添光鴻毛詩會箋引姜炳章亦曰：「晉魏以來，禪代革命之際，視故主遺育，如芒刺在身，必去後已。至有生生世世願無生帝王家者，亦可哀矣。觀振鷺有客之詩，愛敬交至，不啻若自其口出。非大公無我之聖人，何能如是哉！延祚八百，雖以秦政之暴，猶有南君之封，天道不誣也。」

三三、振　鷺

這是夏殷二王之後來周助祭的詩。

原詩

振鷺于飛，❶
于彼西雝。❷
我客戾止，❸
亦有斯容。
在彼無惡，❹
在此無斁。❺
庶幾夙夜，
以永終譽。❻

今譯

白鷺成群在飛翔，
飛在西雝水澤上。
我有貴客來駕臨，
儀表光潔有精神。
神靈對他們不嫌棄，
他們在此無倦意。
早晚勤謹不怠惰，
庶幾能够長安樂。

【註釋】❶振：羣飛貌。鷺：白鳥。于：正在。❷雝：音雍ㄩㄥ，澤。西雝：澤名，雍水停潴所成，在岐周西南。朱右曾說。❸客：指二王之後，夏後爲杞，殷後爲宋。廟祭時，二王之後助祭，待之以客而不以臣。戾：至。❹彼：指神而言。❺此：指二客而言。斁：音亦一，厭倦。謂二王助祭無厭倦。❻

屈萬里先生曰：「古以夙夜之語示敬謹之意。永終連言，終亦永也：于省吾說。譽：樂也。二句連讀，庶幾二字貫下文，言能早夜敬愼，則庶幾永安長樂也。」

【評　解】

振鷺，周頌臣工之什的第三篇。一章八句，句四字，共三十二字。

詩序：「振鷺，二王之後來助祭也。」鄭箋：「二王，夏殷也。其後，杞也，宋也。」正義：「史記杞世家云：『武王克殷，求禹之後，得東樓公封之於杞，以奉夏后氏之祀。』是杞之初封，卽爲夏之後矣。其殷後，則初封武庚於殷墟，後以叛而誅之，更命微子爲殷後，成王始命之也。……所存二王之後者，命使郊天，以天子禮祭其始祖受命之王，自行其正朔服色，此之謂通天三統，是言王者立二王後之義也。」毛傳標此詩爲興。箋云：「興者，喻杞宋之君，有絜白之德來助祭於周之廟，得禮之宜也。其至止亦有此容，言威儀之善如鷺然。」魯詩獨斷文亦曰：「振鷺，二王之後來助祭之歌也。」宋朱熹詩集傳改標此詩爲賦，而詩義仍從毛序曰：「此二王之後來助祭之詩。言鷺飛于西雝之水而我客來助祭者，其容貌脩整，亦如鷺之潔白也。或曰興也。」

至明始有異議。清姚際恆詩經通論敍之曰：「小序謂『二王之後來助祭』，宋人悉從之，無異說。自季（本）明德（詩學解頤）始不從，曰：『序似臆說。武王既有天下，封堯後于薊，封舜後于陳，封禹後于杞，而陳與杞、宋爲三恪。此來助祭，獨言二王之後，何爲不及陳耶？竊意此詩必專爲武庚而發，蓋武庚庸愚不知天命，故使之觀樂辟雝以養德，庶幾其能忠順耳。』鄒肇敏（詩傳聞）踵其意而爲說曰：『武王西雝之客，蓋指祿父，而夏之後不與。何者？鷺，白鳥也。殷人尚白。武王立受子祿父爲殷公，以撫殷餘民，而不改其色，故「亦有斯容」與「亦白其馬」皆不改色之證也。後儒見武庚以叛見誅，舉而棄之不屑道，必以「我客」屬嗣封之微子。夫由後而知鴟鴞毀室，罪存不貰。由武王之世觀之，則武庚固殷之冢嗣，亦由丹朱在虞，商均在夏，三恪莫敢望焉。周之嘉賓孰先武庚者，無問其賢否也。』較季說尤爲宛轉盡致矣。何（楷）玄子（詩經世本古義）又踵兩家之意而別爲說曰：『周成王時，微子來助祭于祖廟，周人作詩美之。此與有瞽、有客皆一時之詩，爲微子作也。何以知其爲微子也？微子之封宋也，統承先王，修其禮物，作賓于王家，故有客之詩曰：「亦白其馬」。商尚白也，鷺乃白鳥，而「我客」「有客」似之。意者其衣服、車旂之類皆用白與？此以知其爲微子也。何以知其在成王時來助祭也？書序曰：「成王既黜殷命，殺武庚，命微子啓，作微子之命，是則微子之封宋自成王始命之，此以知微子在成王時來助祭也。」

愚按，微子之命篇語乃僞古文，不足據。若以尙白爲言，則武庚亦必仍舊制，安見非武王時武庚來助祭，而必成王時微子來助祭乎?是仍與季、鄒揣摩之說無異也。總之，序說原有可疑者三：周有三恪助祭，何以獨二王後，一也。詩但言『我客』，不言『二客』，二也。此篇言有振鷺之容，白也；有客篇明言『亦白其馬』，似指殷後而不指夏後，三也。有此三者，故或以爲武庚，或以爲微子，所自來矣。以今揆之，微子之說較優于武庚；且有左傳以證：左傳皇武子曰：『宋，先代之後，于周爲客：天子有事，膰焉；有喪，拜焉。』按周之隆宋自愈于杞，蓋一近一遠，近親而遠疎，亦理勢所自然也。商頌亦稱『嘉客』，指夏後；此稱『客』，指殷後也。宋國之臣言宋事，則宜爲微子而非武庚也。『有事膰焉』，亦來助祭之證。集傳引序說者，乃引左傳『天子有事，膰焉；有喪，拜焉。』之語，然則只說得宋，遺却杞矣。」謂微子之說，較優於武庚，至方玉潤詩經原始而斷爲「振鷺，微子來助祭也。」

但現代詩經學者大多仍主夏殷二王之後助祭樂歌者。蓋三恪乃追溯前三代，不如三統之以夏商周三代之皆得用天子之禮樂，故周廟之助祭，獨以客待杞、宋二國之君，而陳國不與也。至服色言，夏尙黑，殷尙白，周尙赤。此詩以西雝之鷺，象徵我客，並未如有客之以白馬明言殷後之白色服飾。故毛傳標爲興，箋言喻杞宋之君有絜白之德，威儀之善如鷺然，不必去尙黑之杞君，亦甚妥。而魯詩亦以爲二王後也。興詩不可求甚解，所以我們也同意屈萬里詩經釋義、王靜芝詩經通釋的仍解爲二王後之助祭。

因此詩涉及客字問題，我們特把詩經中的客字再來一番研究。查詩經三百零五篇中共有十個客字，計小雅三見，爲吉日篇四章之「以御賓客」，白駒篇二章之「於焉嘉客」，及楚茨篇三章之「爲賓爲客」。周頌六見，爲有客篇之「有客有客」，「有客宿宿」，「有客信信」，及振鷺有瞽兩篇的各有「我客戾止」一句。另商頌那篇的「我有嘉客」一見。因小雅兩次賓客並見，所以又查三百零五篇中賓字出現情形。結果知賓字出現於詩經共十九次，都在大小雅詩中。是以知賓字只出現於雅樂的燕飲詩中，廟祭之頌詩中竟無賓字。則知在詩經中，賓、客之必有區別，不似今日之賓卽客，客卽賓也。查辭海：「賓，客也」；「客，賓也。」以二字互訓。查中文大辭典賓客條始有「析言之，客小於賓；渾言之則無別。」引論語公冶長篇：「子曰：『赤也束帶立於朝，可使與賓客言也。』」之疏云：「可使與鄰國之大賓小客言語應對也。」而未提詩經中用法。再查詩經各代注疏本，僅於竹添光鴻毛詩會箋楚茨篇「爲賓爲客」句之箋有云：「賓者，客中之上首一人，其餘爲客。所謂衆賓是也。賓客或單稱，或雙稱，本無別異，此獨兩以爲字間之，因其有別，或分二王之後，與衆助祭言。殆亦正義所謂對文則各有專屬，散則通者也。」因知賓大客小者有二義。若前義，意爲天子宴飲時以首席之主客一人爲賓則可，若後義意爲助祭時以二王之後爲賓，其他諸侯爲客，則不然。蓋後一義與周頌中之助祭者以夏殷後爲客不爲賓實不符也。我們覺得楚茨篇應以朱傳：「此詩述公卿有田祿者力於農事以奉其宗廟之祭」爲正解，公卿宗廟之祭，可以助祭者中尊一二人爲賓。若王者宗廟之祭，則證之周商二頌，則有客無賓。天子燕飲，則諸侯羣臣均得爲客，可尊一二人爲賓，小雅吉日之「以御賓客」句即其證也。簡單地說：在詩經的頌詩中，有客而無賓，因爲在天子祭祖的廟中，助祭者均爲臣，僅二王之後，以客禮待之。一般公卿的宗廟祭祀中，助祭人之非其臣屬者，則自可有客而亦有賓。至天子之歡宴羣臣，則均不以臣禮待之，故亦當有賓有客，或均稱嘉賓。故大小雅詩中賓字十九見，而客字僅三見也。至詩經以外，尙書益稷篇有「祖考來格，虞賓在位」之句，乃虞代禮制，不可一概而論。若即依詩例推論，則此乃夔總述樂之功，宜分別言之。上句謂此樂可用於宗廟時祭祀祖先，下句言也可用於燕享的招待賓客也。

三三、振　鷺

此詩姚際恆評其首二句云：「全在意象之間，絕不著迹。」牛運震則曰：「此與體也。

頌中特見之淸新恬雅。」

三四、有瞽

這是周公攝政六年制禮作樂，諸樂初成大合奏於祖廟時特備之歌。

原詩	今譯
有瞽有瞽，❶	瞎眼的瞽矇樂師們，
在周之庭。	聚集在周王的廟庭。
設業設虡，❷	橫木架上建鐘虡，
崇牙樹羽。❸	崇牙懸磬插彩羽。
應田縣鼓，❹	大鼓小鼓都架起，
鞉磬柷圉。❺	鞉磬柷敔也擺齊。
既備乃奏，	樂器既然全俱備，

簫管備舉。❻　　簫管也都一齊吹。

嘒嘒厥聲，　　其聲嘒嘒百樂鳴，

肅雝和鳴，　　其音和諧又肅敬，

先祖是聽。　　恭請先祖來試聽。

我客戾止，　　杞宋貴客也到臨，

永觀厥成。❼　　一直觀樂到禮成。

【註釋】❶瞽：目盲。古之樂官，以瞽人爲之。周禮春官之屬有瞽矇。注云：「凡樂之歌，必使瞽矇爲焉。命其賢知者以爲大師、小師。鄭司農云：『無目眹謂之瞽，有目眹而無見謂之矇。』」眹：音朕ㄓㄣ，眼珠，卽瞳、眸。釋名：「瞽，鼓也。瞑瞑然目平合如鼓皮也。」❷虡：音巨ㄐㄩ，懸鐘之立木。業：栒上之大板。栒：虡之橫木。參看靈台篇。❸崇牙：卽樅，業上懸鐘磬處，以彩色爲大牙，其狀隆然，故名崇牙。樹：立。樹羽：立五彩之羽於崇牙之上。❹應：小鞞，小鼓之橫懸者。田：大鼓。縣：同懸，縣鼓乃周制。❺鞉：音桃ㄊㄠ，同鼗，如鼓而小，有柄兩耳，持其柄而搖，則兩耳擊鼓有聲，如今小兒之搖鼓。磬：石製敲擊樂器。柷：音祝ㄓㄨ，木製樂器，如漆桶，方二尺四寸，深一尺八寸，中有椎柄，連底，推引而動之，令左右擊。奏之初，先擊柷以起樂者也。圉：音語ㄩ，亦作敔，狀如伏虎，背上有二十七鉏鋙（木鋸齒），以木盡擊其齒，自首至尾，其木聲連綴戛然。圉，止樂之樂器，樂終則一聲長畫，戛然而止。柷圉均於合樂時用之。❻簫：編小竹爲一排，管之長短各不同，以分音階，捧而左右移動吹奏之。管：竹製樂器，長尺圍寸，如笛形小，其孔有六八兩說，或云有底，或云無底，或云單管，或云併兩管而吹之。其器漢代已失傳。❼樂終謂之成。此句謂長觀斯樂也。

【評　解】

有瞽是周頌臣工之什的第五篇。一章十三句，句四字，全詩共五十二字。

詩序：「始作樂而合乎祖也。」鄭箋：「王者治定制禮，功成作樂。合者，大合諸樂而奏之。」孔疏：「正義曰：有瞽詩者，始作樂而合於太祖之樂歌也。謂周公攝政六年，制禮作樂，一代之樂功成而合於太祖之廟，奏之告神，以知善否。詩人述其事而爲此歌焉。」魯詩獨斷文亦曰：「有瞽一章十三句，始作樂，合諸樂而奏之所歌也。」朱傳從之。姚際恆予以糾正云：「小序謂：『始作樂而合乎祖』，近是。『祖』，文王也；成王祭也。何玄子因以爲『大祫』，祫亦合也。又曰：『序意謂成王至是始行合祖之禮，大奏諸樂云爾，非謂以新樂始成之故合乎祖也。』」方玉潤遂謂：「有瞽，成王始行祫祭也。」

案：祫音洽，大祫事見春秋公羊傳文公二年。經：「八月丁夘，大事于大廟，躋僖公。」

傳曰：「大事者何？大祫也。祫者何？合祭也。其合祭奈何？毀廟之主，陳於大祖；未毀之廟之主皆升，合食於大祖，五年而再殷祭。躋者何？升也。何言乎升僖公？譏。何譏爾？逆祀也。」鄭康成曰：「魯禮，三年喪畢而合於太祖。明年春，禘於羣廟，自此之後，五年而再殷祭，一祫一禘。」此大祫者，乃爲僖公卒於前年十二月乙巳，至此三年喪畢而合於大祖之祭也。然則魯禮非天子之禮。周禮「三歲一祫」，或即據此，故段氏以爲注也。禮記王制：「天子犆礿，祫禘、祫嘗、祫烝，諸侯礿犆，禘一犆一祫、嘗祫、烝祫。」注云：「犆，猶一也。祫，合也。天子諸侯之喪畢，合先君之主於祖廟而祭之，謂之祫。」以此知後世以周代天子與諸侯之祭禮雖不盡同，而均以三年之喪畢，合先君之主於祖廟而祭稱祫祭。

祫祭之義既明，我們再考察毛魯二家，以此詩爲周公攝政六年，制禮作樂，諸樂初成，風雅頌之四始已備時，合奏於太祖之廟以告神，因又作此歌以告成功。而何楷以爲此詩爲非「始作樂」，乃武王三年之喪畢，成王始行祫祭之樂歌。姚際恆之意，二者均近似。而方玉潤遂斷此詩爲祫祭，以爲祫祭大典才會有助祭者來，故詩云：「先祖是聽，我客戾止」也。我們覺得祫祭是常禮，而周公制禮作樂，乃周代大事，其樂成而告於祖廟，自有詩記其盛事，此詩可以當之。且此詩文字，其重點正是獨斷文所謂「合諸樂奏之」的描寫，而分毫不及祫祭之種種。不說「先祖來格」，而云「先祖來聽」，尤表此詩之特性。以始作樂之成功告於祖廟，這種大典，例亦應有稱爲客之二王後的觀禮，故詩云：「我客戾止，永觀厥成」，正記其盛爾。此詩處處切合周公作樂始成合奏於廟之義，且描寫極爲生動。結穴三句，尤爲精到。何楷何得以「合樂」與「合祖」徒有一合字之相同，而附會爲祫祭耶？所以研判之後，我們斷然站在以攻序出名而此詩仍從序之朱傳方面，而否決何楷、方玉潤的新義。

關於評論此詩技巧的，我們舉牛運震的詩志爲代表。他說：「開端有瞽云云，便有神人凝注光景。臚樂有次第，有過節。『肅雝和鳴』精深雅邕，覺樂記語繁。我客句榮幸甚厚。此初合樂爾，便以永觀厥成言之，寫得正極精神。」其總評爲：「淨鍊之極，自然濃緻，亦古韻琅琅可誦。」蓋此詩雖首二句無韻，其下亦有合於古韻之跡可尋也。至於姚際恆以商頌那篇爲此詩之藍本，這是未知商頌之年代，後於周頌之故。其實那篇的音樂描寫是有瞽篇發展出來的。「我有嘉客，亦不夷懌」兩句也是。

有瞽篇的年代，可定爲周成王六年，即公元前一一一〇年。

三五、二子乘舟

這詩舊解，都說所詠是傷悼衞宣公伋壽二子爭死事。可是詩文與史籍所載事實不符，只有作爲象徵詩來讀，才可勉强解釋。可是，我們再來一個可是，如果我們把伋壽事放開一邊不管，只就詩文本身來體味詩意，却可體味出來，這竟是一首上乘的送別詩。

原詩

二子乘舟，
汎汎其景；❶
願言思子，❷
中心養養。❸

二子乘舟，
汎汎其逝；

今譯

兩人乘船準備遠行，
水裏漂盪着他們的倒影；
令人興起思念之情，
老是擔憂心神不寧。

兩人乘船漸行漸遠，
漂漂盪盪不再看見；

願言思子，　令人興起無限思念，
不瑕有害。❹　祝福你們一路平安。

【註釋】❶汎與泛通；汎汎，漂浮貌。景：影字的古文。或謂景同憬，遠行也。❷言：語詞。願，思念。「願言思子」謂「念而思子」。或云：思，哀憐，則思念而哀憐也。❸養養：同漾漾，憂不知所定貌。❹凡不瑕（或不遐）二字用於句首者，瑕字皆語助詞，猶今語之「啊」，屈翼鵬先生說。不瑕有害句乃祝福語，祝其一路順風，一路平安，不至遭遇災害。或云：瑕爲遐之假借，不遐有害，不遠離災害也。

【評解】

二子乘舟是邶風十九篇最後一篇。分二章，章四句，句四字。兩章疊詠，全詩共三十二字。

詩序：『二子乘舟，思伋壽也。衛宣公之二子，爭相爲死，國人傷而思之，作是詩也。』事載左傳桓十六年（全文見以下姚際恆所引）及史記衛世家等書，所敘經過極爲慘烈，但與詩難於符合。我們試先將流傳下來故事的本末敘述出來，再來討論各家不同的解釋。

衛宣公是個好色之徒，他是莊公之子，桓公之弟。桓公之時，他就娶了他父親莊公遺下的妃子夷姜爲妻，生了一個兒子名叫急子，就是詩序所稱的伋。周桓王元年魯隱公四年，即西元前七一九年，州吁弒桓公，石碏殺州吁而立宣公。宣公旣卽位，立伋爲太子。太子十六歲這年，宣公張羅着給他娶媳婦，憑媒說合齊僖公的大女兒齊姜嫁給太子伋。迎親的時候，衞宣公聽說他的兒媳很漂亮，就先趕到城外來瞻仰一番。一見齊姜，驚爲天人，便在河上的賓館新台把齊姜留下成親，給太子伋另娶他女爲妻。這樣，兒媳變成了夫人，所以齊姜便被稱爲宣姜。而太子伋的母親夷姜，失寵以後便上吊自殺了。

衞宣公和宣姜生了兩個兒子，大的叫公子壽，小的叫公子朔。宣公寵愛宣姜，就改變主意，想廢掉太子伋，而傳位給公子壽。再加宣姜和公子朔常在宣公面前說太子伋的壞話。宣公因爲搶了兒子的媳婦，本來就有些心虛，這一來他就把太子伋視爲眼中釘。但公子壽却是個忠厚人，和哥哥伋很親近，經常在父親面前替太子伋說好話。而太子伋爲人也循規蹈矩，孝友自持，所以宣公總是找不出錯處來廢掉他。

這時恰遇到齊國派人約衞國出兵一起去打紀國。宣公和宣姜商量，決定採取公子朔的詭計，派太子伋去齊國報聘，約期共同出兵，而派人扮做强盜，在衞齊兩國交界的地方莘野設下埋伏，等太子伋前來，認明白色令旗，把他殺死，然後立公子壽爲太子。

太子伋奉命出發時，宣姜興奮地告訴公子壽卽可立爲太子。經公子壽一追問，她就透露了他們的計劃。公子壽急忙趕去勸哥哥出奔他國，避免一死。可是太子伋却不肯，他說：『天下那有無父之子？父親命我出使齊國，我怎能不依從呢？』說着就拿了令旗，準備前往河邊乘船出發。公子壽想：「哥哥此去必死，死了，我被立爲太子，我將蒙不仁不義之名，不如我搶在哥哥之前到莘野去替哥哥一死，以改變父母的心意。」於是連忙帶了酒菜，趕到河邊，登上哥哥的船去餞行，流淚相送。居然把哥哥灌醉了。公子壽便拿了白色令旗乘坐另一條船啓程前往。太子伋醒來，發覺兄弟偷了令旗先行，馬上着船夫加緊划船去追。

這天晚上月明如晝，船在水中像射出的箭那麼快。太子伋站在船頭，兩眼釘着前方。眼看快到莘野，忽然前面出現一隻船，船上坐了幾個人。其中一人手中捧着一個人頭。太子伋着船靠攏，上去捧着人頭大哭，責問公子壽何罪，你們要殺死他？並說：『我才是你們要殺的太子伋，你們一併把我殺了去覆命吧！』說完，他就引頸受戮。臨死，哭喊道：『兄弟，我來陪你了！』

衛宣公看到自己兩個兒子的頭顱，一時手脚冰冷，兀自流着眼淚，話也說不出來。他心頭好像給尖刀猛刺幾下，懊悔已來不及了。衛宣公飽受良心責罰，從此臥病在床，疑神疑鬼，心神不安，過了不久便病逝了。

公子朔發喪襲位，是爲惠公。衞宣公死於周桓王二十年，魯桓公十二年，即西元前七〇〇年。

史記衞世家太史公論其事曰：『余讀世家言，至於宣公之太子，以婦見誅，弟壽爭死以相讓，此與晉太子申生不敢明驪姬之過同。俱惡傷父之志，然卒死亡，何其悲也！』於伋壽，予以無限同情。

此事左傳、史記均未說兩人乘舟而往，此詩毛傳也不標「興也」，却說：『國人傷其涉危遂往，如乘舟而無所薄，汎汎然迅疾而不礙也。』則詩中乘舟汎汎之句，只是比體，以比其涉危遂往而已。孔穎達疏亦云：『伋壽爭相爲死，赴死似歸，不顧其生，如乘舟之無所薄，觀之汎汎然，見其影之去，往而不礙，猶二子爭死，往而不礙也。』歐陽修詩本義不同情伋壽二子之行。修正毛傳之言曰：『據傳言壽伋相繼而往，皆見殺，豈謂「汎汎然不礙？」引譬不類，非詩人之意也。宣公奪伋妻，爲鳥獸之行，使伋之齊而殺之，伋當逃避，使宣公無殺子之事，不陷於罪惡，乃爲得禮。若壽者，益不當先往而就死。二子擧非合理，死不得其所，聖人之所不取。但國人憐而哀其不幸，故詩人述其事以譬夫乘舟者汎汎然，無所維制，至於覆溺，可哀而不足尚，亦猶謂「暴虎馮河，死而無悔」也。詩人之意，如此而已。

「不瑕有害」，毛說是矣。』毛詩李黃集解，李樗卽否定蘇轍以二子自衞適齊，必涉河乘舟之說，而同意歐陽氏譬喩之說。我們注釋中對於「願言思子，不瑕有害」的第二義「或云」，解「思」爲「哀憐」，「瑕」爲「遠」；可將這二句講做「思念而哀憐二子的不遠離災害」，這詩的比體，就可依照歐陽修來解釋，而勉强可通順了。

但是朱子詩集傳雖採詩序舊說，而於兩章都不標「比也」，却標「賦也」，且云：『乘舟，渡河如齊也。』則又採蘇轍之說。於是只標興而不標賦比的嚴粲詩緝，也跟着朱子認定這詩是賦體，而曰：『言伋壽二子乘舟涉河以適齊。』只因毛傳不標「比也」，從此連毛傳的比義也不彰顯，而此詩只讓朱傳的賦義流行了。

屬於三家詩的則有劉向的列女傳和新序均載此事。列女傳所載與左傳史記無大異。而新序節士篇云：『壽之母與朔謀欲殺太子伋而立壽也，使人與伋乘舟於河中，將沈而殺之。壽知不能止也，因與之同舟，舟人不得殺伋。方乘舟時，伋傅母恐其死也，閔而作詩。二子乘舟之詩是也。』並謂王風黍離係公子壽所作。明代何楷世本古義採新序之說。清代范家相詩瀋更申其義云：『姜與朔謀殺伋，其事秘，有傅母在內，故知而閔之。壽與伋共舟，所以阻其沈舟之謀。其後竊旌乃代死，情事宛然，此新序勝於毛傳者。』

清代考證學發達，考證學家惠周惕、崔述和姚際恆等，都對前人所說二子乘舟的詩義，提出了異議。今摘錄於下：

惠周惕詩說曰：『左傳衛宣公烝於夷姜，生急子。注謂宣公庶母也。吾不知夷姜爲莊姜之娣邪？抑更娶于齊者耶？傳不詳也。……衛莊公之歿不見春秋，而州吁之亂，宣公尚在邢也。州吁殺而宣公立，在魯隱公四年；其卒也，在桓公十二年。則宣公在位才十九年耳。即位而烝夷姜，必踰年而後生子，及子之可妻也，計已十五六年矣。宣姜之生壽及朔，又必更歷二三年，至宣公之卒，朔猶在襁褓，而能與其母搆急子耶？壽長于朔僅一二，而能載其旌以越竟耶？計伋壽之死，當在公子朔即位之後，不然，急子之譖獨宣姜爲之，而惠公不知也。魯史記事，或得于赴告，或得于傳聞，隱公初年，未與衛親，記事容有誤者，未可知也。』文開案左傳閔二年：『初惠之即位也少。』杜注：『蓋年十五六。』則宣公之烝夷姜，必在桓公之時，而爲伋娶齊女（即宣姜）當在宣公初立時也。胡承珙毛詩後箋，顧廣譽學詩正詁均載疑及壽朔之年齡問題者始於宋洪邁容齋隨筆，而胡顧兩氏予以糾正，胡氏之結論曰：『新臺之作，當在即位之初年，烝於夷姜而生伋子，自當在兄桓公之世，左傳于此事原委分明，無不可信，諸儒皆疑其所不必疑者也。』顧氏並指出毛奇齡、全祖望、顧棟高皆有疑及此者。而其案語曰：『左氏隱二年傳疏云：急子之娶，當在宣初，是以宣之烝父妾，在桓初之時也。洪蓋失考。』他如顧鎮、沈謙等亦有辯證，見竹添光鴻毛詩會箋。

崔東壁讀風偶識曰：『二子乘舟，序云：「思伋壽也。衞宣公之二子爭相爲死，國人傷而思之，作是詩也。」其事蓋本春秋傳。然詩所言殊與傳所載者不類。何者？壽死於盜，伋始至莘。詩何以稱二子乘舟？自衞至齊，皆遵陸而行，特濟水時偶一乘舟耳。旣非於河上遇盜，何不言其乘車，而獨於其乘舟詠之思之？細玩詩詞，與傳所載伋壽之事，了不相涉，其非此事明矣。然卽傳文，亦有未可以全信者，傳稱宣公烝於夷姜生急子，謂烝於夷姜在爲公子時乎？則當莊桓之世必不敢；謂烝於夷姜在已爲君後乎？則宣公在位僅十九年，急之娶，少亦當十四五歲，早亦當在宣公十六七年之時，則宣公卒時，壽朔皆尙在襁褓，壽安能盜旌而先？卽朔亦不能搆急也。此乃必無之事，昔人固有辨之者矣。蓋緣左傳一書，采摘太廣，但有所得，卽綴於篇，不暇辨其是非虛實。況此事乃後日所追求，非若朝聘侵伐，史臣按月而書者比，固未可盡執爲實也。』關於伋壽爭死，乃遵陸而行，非乘舟而往，毛奇齡亦有考證。至崔氏所提壽朔年齡問題，前節已予解答。惟汪梧鳳謂『自衞達莘，未嘗不可取道於河，況詩又未明言渡河，若肥若淇，何不可舟者，奚以明其渡之必河邪？』

姚際恆詩經通論曰：『小序謂「思伋壽」，此有可疑，按左傳桓公十六年曰：「衞宣公烝于夷姜，生急子，屬諸右公子；爲之娶于齊而美，公取之，是爲宣姜；生壽及朔，屬壽于左公子。夷姜縊，宣姜與公子朔搆急子。公使諸齊，使盜待諸莘，將殺之。壽子告之，使之行，不可，曰：『棄父之命，惡用子矣！有無父之國則可也。』及行，飲以酒，壽子載其旌以先；盜殺之。急子至，曰：『我之求也，此何罪？請殺我乎！』又殺之。」夫殺二子于莘，當乘車往，不當乘舟。且壽先行，伋後至，二子亦未嘗並行也。又衞未渡河，莘爲衞地，渡河則齊地矣。皆不相合。毛傳則謂「待于隘而殺之」，亦與「乘舟」不合。其解則以「乘舟」爲比，謂「如乘舟而無所薄，汎汎然迅疾而不礙也」，甚牽强，不可從。集傳則直載其事，而于「乘舟」以爲賦，漫不加考，尤疏。劉向新序曰：「使人與伋乘舟于河中，將沈而殺之。壽知不能止也，因與之同舟，舟人不得殺伋。方乘舟時，伋傅母恐其死也，閔而作詩。」其後又載殺伋、壽之事，與左傳同。何玄子引之，以爲此詩之證。按向之前說，明是因與左傳不合，故造前一事以合于詩，附會顯然；謂傅母作此詩，尤牽强迂折，豈可爲據！故此詩當用闕疑。大抵小序說詩非眞有所傳授，不過影響猜度，故往往有合有不合。如邶、鄘及衞皆摭衞事以合于詩，綠衣、新臺以言莊姜、衞宣，此合者也；二子乘舟以言伋壽，此不合者也。正當分別求之；豈可漫無權衡，一例依從者哉！』

姚論較崔識周全而中肯。其謂「毛傳以乘舟爲比甚牽强」，蓋伋壽之死，國人傷之，乃傷悼，與「中心養養」之「憂不知所定」仍不符也。王靜芝詩經通釋「詩以達情」之說，實獲我心。然其情不合，以乘舟爲喻，仍甚牽强也。其謂「大抵小序說詩，非眞有所傳授，不過影響猜度，故往往有合有不合」尤爲一針見血。所採闕疑態度，亦極高明。惟謂劉向「故造一事以合于詩」，尙嫌武斷，蓋新序旁採流傳野史而成，傅母作此詩，雖不可取，大概非劉向所捏造也。正如季本詩說解頤猜度伋不得於父宣公，與其弟壽俱出亡以死，國人傷之而作此詩，無據而已，亦非捏造史事也。若劉向必造事以合詩，亦不致畫蛇添足，又以王風黍離爲公子壽所作也。

方玉潤爲姚氏之追踪者，但於此篇未從姚氏闕疑之主張，而另出新義，曰：『二子乘舟，諷衞伋壽以遠行也。』以爲『詩非賦二子死事，乃諷二子以行耳。』蓋固守小節，不達權變，非徒害身，亦且陷親於不義。宜傚舜保身以格親心，毋作申生拘節以遺傷痛也。『姚氏執事以案詩，固自不合，卽諸家曲爲之說，亦豈能得意旨！』又曰：『唯其詩之作，或諷之於未行之先，或傷之於既死之後，則難臆定。蓋二義均有可通故也。』

我們看方氏之言，非但仍只是「曲爲之說」，而且如秋蓬隨風已成無根之談，遠不如姚氏之「闕疑」爲高明。

民國以來，以小序解詩的束縛，旣經擺脫，而部分學者，以求詩旨於史事的習慣未除。於是有捕風捉影，牽强附會，較小序更爲變本加厲，以整套史事說十五國風的馬振理的詩經本事產生。馬氏說邶風二十九篇，均有周初史事爲其背景，如柏舟之爲周公居東二年，新臺之爲鹿臺，而二子乘舟乃歎管蔡監殷，如同舟而共逝者。李辰冬的詩經通釋，更以整個三百篇爲吉甫一人作品，解二子乘舟爲吉甫送別仲子及其女伴二人之詩。

其實，我們何必定要把史事和這詩連在一起呢？我們何不把史事放開一邊不管，只就經文三十二字來體味詩意呢？

我們如果這樣去做，可以體味出來，這竟是一首上乘的送別詩。有二人乘舟遠行，詩人河濱送別，卽景成詩，滿懷的離情別緒，充溢在字裏行間。最後「不瑕有害」，則是以祝福語作結。他說：『我祝福你們一路順風！一路平安！』

本來，宋代廢序解詩運動興起後，王質詩總聞於此詩已有新解，他解此詩爲女子出嫁，乘舟渡河離去，她平日相處的女伴，送別傷懷之作。當然此詩被送的二子，可指爲二男子，也可指爲二兒子或二女兒等等，只是王氏以爲被送者只一人，所以解二子爲之子，說「二當作之」，改字解經，就一向未被人重視過。但我們仍可說不求史事解此詩者實從王氏始。

牛運震詩志評此詩有曰：『孤帆遠影，凝望生憐，黯然悵然！』正道着送別情景。

【古　韻】

第一章：景、養，陽部上聲；

第二章：逝、害，祭部去聲。

三六、南　山

齊國的一羣老百姓，從通往魯國去的大道上，望見車馬侍從等一長行列，迤邐而來，到近前才看清是國君諸兒，迎接着他的親妹妹文姜和妹夫魯君到齊國來了。他們都知道這騷雄狐諸兒兄妹有染，打從文姜經由這大道上嫁到魯國去，才平靜無事。現在又從這大道迎接文姜回到娘家來，想這兄妹二人，一定不會幹出好事來。只可憐這窩囊的妹夫，不知防範妻子，竟還親自送她來會老相好，不禁編出一支歌兒來，一個個給編派了一下。歌詞如下：

原詩	今譯
南山崔崔，❶	南山崔巍高又高，
雄狐綏綏。❷	雄狐追尋騷又騷。
魯道有蕩，❸	魯道坦蕩從此去，
齊子由歸。❹	齊國女子出嫁了。
既曰歸止，	既經出嫁別再戀，
曷又懷止？❺	爲什麼還要再懷念？
葛屨五兩，❻	帽帶一對鞋五雙，
冠緌雙止，❼	新娘做了送新郎。
魯道有蕩，	魯道一路坦蕩蕩，
齊子庸止。❽	齊國女子前去做新娘。
既曰庸止，	既經前去做新娘，

曷又從止？⑨

蓺麻如之何？⑩
衡從其畝；⑪
取妻如之何？⑫
必告父母。⑬
既曰告止，
曷又鞠止？⑭

析薪如之何？⑮
匪斧不克；⑯
取妻如之何？
匪媒不得。⑰
既曰得止，

為什麼又來會舊情郎？

要種大麻怎樣種？
橫耕直耕把田土鬆。
要娶媳婦怎樣娶？
必須先要告父母。
既告父母成了親，
為什麼對她又放任？

要劈木柴怎樣劈？
舉起斧頭好着力。
要娶媳婦怎麼做？
央請媒人去撮合。
既憑媒人把親成，

曷又極止？⑱　　為什麼又要任她性？

【註釋】❶南山，即牛山，在齊都臨淄城南郊。崔崔：高大貌。❷朱傳：「狐，邪媚之獸；綏綏，求匹之貌。」馬瑞辰釋綏綏為行緩貌。❸魯道：前往魯國之大道。蕩：平坦，有蕩即坦然。❹齊子：齊國的女子，指文姜。歸：嫁，女子以出嫁而得歸宿。齊子由歸：謂文姜由此道出嫁於魯。❺曷：詩經曷字，多作何時解，此作何以解。懷：思念。謂襄公懷念文姜。止：語助詞。❻葛屨：用葛編成之鞋。五兩：五色之屨各一雙，古時結婚有送屨之禮，見說苑修文篇。周禮屨人註，以纁（淺絳）屨、黃屨、白屨、黑屨、散屨為五兩。❼緌：音甤，ㄖㄨㄟ，冠纓下端之飾，今言穗頭之類。纓為帽上同樣長短的二條絲帶，戴帽後，二帶下垂，在頷下將二帶頭相挽成結以繫帽者。纓必雙，故纓飾之緌亦成雙。屈萬里詩經釋義曰：『鄭箋云：「冠屨不宜同處，猶襄公文姜不宜為夫婦之道。」朱傳云：「屨必兩，緌必雙，物各有偶，不可亂也。」兩說恐皆非是。疑屨緌兩物，皆結婚時新娘所製以贈新郎者。』❽庸：用也，馬瑞辰曰：「用，猶由也。」❾從：相從。謂文姜既婚於魯桓，為何仍欲從齊襄也。❿蓺：即藝，種植。經典釋文：「蓺，本或作藝。」⓫衡與橫通，從與縱通。衡從其畝，言欲種麻，應縱橫耕治其田畝。齊民要術云：「凡種麻，耕不厭熟，縱橫七遍以上。」⓬取：娶之省借。⓭必告父母：謂桓公娶妻，必告父母之廟。鄭箋：「取妻之禮，議於生者，卜於死者，此謂之告。」毛傳謂「必告父母廟」者，因桓公父母惠公仲子俱歿，桓娶文姜，必卜於父母之廟以爲告也。昭元年左傳，楚公子圍云：「圍布几筵告於莊恭之廟而來。」是娶妻自有告廟之法。日人安井氏曰：「卜必於廟，不吉則止，是亦告之也。」⑭鞫：窮也。謂魯桓既依禮娶文姜，宜加以管束防閑，爲何仍放任之，得窮其慾也，鄭箋謂魯桓不應縱令文姜之齊。⑮析薪：劈柴。⑯克：能。⑰媒：古時娶妻，除告父母外，又須經媒撮合，故曰：「父母之命，媒妁之言。」周禮地官下曰：「媒氏掌萬民之制。凡男女自成名以上，皆書年、月、日、名焉。令男三十而娶，女二十而嫁。」此謂古有媒官以掌之。禮記曲禮上曰：「男女非有行媒不相知名，非受幣不交不親。」白虎通曰：「男娶女嫁何？陰卑不能自專，就陽而成之，故傳曰：『陽唱陰和，男行女隨。』男不專娶，女不專嫁，必由父母。須媒妁何？遠恥防淫佚也。」莊子曰：「親父不爲其子媒，親父譽之，不若非其父者。」淮南子曰：「女因媒而嫁，不因媒而親。」古代媒妁之理論如此。⑱極：極度。毛傳：「極，至也。」朱傳：「極，亦窮也。」鄭箋：「女既以媒得之矣，何不禁制，而恣極其邪意，令至齊乎？又非魯桓。」

【評　解】

南山是齊風十一篇的第六篇。分四章，章六句，句四字。僅三章四章的第一、三兩句多一字爲五字句，全詩共一百字。

詩序：『南山，刺襄公也，鳥獸之行，淫乎其妹。大夫遇是惡，作詩而去之。』鄭箋：

『襄公之妹，魯桓公夫人文姜也。』

朱熹詩集傳：『春秋桓公十八年，公與夫人姜氏如齊，公薨於齊。傳曰：「公將有行，遂與姜氏如齊。申繻曰：『女有家，男有室，無相瀆也，謂之有禮。易此必敗。』公會齊侯于濼，遂及文姜如齊。齊侯通焉。公謫之，以告。夏四月享公，使公子彭生乘公，公薨于車。」此詩前二章刺齊襄，後二章刺魯桓也。』

關於南山篇是刺詩，所刺事跡爲春秋所記齊襄公與其妹魯桓夫人文姜私通，魯桓公十八年帶了文姜去齊國，竟被齊襄公殺死的情節，大家是一致認可的。只有詩序說大夫作詩，朱子說前二章刺齊襄，後二章刺魯桓，則後人意見不一。擧其代表，嚴粲說是「通篇刺魯桓」，方玉潤則說首章刺襄公，次章刺文姜，後二章刺魯桓，只說作者是詩人，而不說是齊國大夫。

現在我們先來將這故事的情節，根據左傳和其他書的記載，詳細敍述出來，然後再來研究作者是誰？各章所刺對象是那一位？

齊僖公有兩個女兒，都是出名的美人。大女兒齊姜嫁給衛國的太子，她的公公衛宣公是個好色之徒，聽說齊姜很美麗，就把兒媳婦留下做了自己的妻子，因而齊姜被稱爲宣姜。邶風新台所詠即此事。齊僖公的小女兒文姜，不僅美麗，而且有才華，她被稱爲文姜，就是有文采的關係。

文姜在齊宮中做閨女的時候，就和同父異母的哥哥名諸兒的相好。諸兒也是一個美男子，兩人朝夕與共，出雙入對，好像天生的一對，就可惜是兄妹關係，不能正式結爲夫婦，等到齊僖公給諸兒娶了媳婦，倆兄妹才被迫疏遠了。

齊僖公替文姜找一個門當戶對的女壻，代她選中了鄭莊公的長子公子忽，就託媒人去鄭國說親，那知公子忽也許由於微聞文姜兄妹有染，就婉辭了。別人問他拒婚的原因，他也只是說：『人各有耦，齊大非吾耦也。』意思是說鄭是小國，齊是大國，齊大非偶，所以不敢高攀。「齊大非偶」這句成語，就是由此而來。

魯桓公因弑兄自立，要結納齊國來鞏固自己，就於西元前七〇九年即周桓王十年，魯桓公三年，齊僖公二十三年，叫公子翬向齊僖公去給他作媒，到齊國去迎娶文姜。齊僖公答應了，就擇吉成親，齊僖公親送文姜到魯境，魯桓公前往親迎返國。

諸兒知道了妹妹要遠嫁魯國，舊情重燃，就打發宮女送了一束桃花給文姜，還附了一首小詩：

桃有華，燦燦其霞。當戶不折，飄而為苴。吁嗟兮復吁嗟！

文姜收到桃花，讀了小詩，不禁黯然神傷，她也還了一首小詩：

桃有英，燁燁其靈。今茲不折，詎無來春？叮嚀兮復叮嚀！

這樣文姜訂着來春的密約，遠嫁魯國去了。但是明年春天到來，桃花開了又謝了，密約無從實踐。這樣眼看着花開花謝，一個個春天消逝，等了十二年，齊僖公逝世，諸兒繼立為齊君齊襄公，兩人才有了會面的希望。

西元前六九五年，即周莊王三年，魯桓公十八年，齊襄公四年，機會來了。魯桓公與齊襄公有事會於濼水地方（在濟南府歷城縣西），文姜就請求桓公順便帶她到齊國回娘家去一趟。本來，於禮，女嫁於他國，非大故不得返國，父母歿不得歸寧。可是魯桓公沒有拒絕文姜的請求，申繻向桓公進諫，桓公不納。於是夫妻二人就一起到齊國去了。春秋記載這事說：『正月，公會齊侯于濼，公與夫人姜氏遂如齊。』左氏傳曰：『公會齊侯于濼，遂及文姜如齊，齊侯通焉。』趙氏鵬飛曰：『如齊者，文姜志也，非公意也。故不書及而書與，若曰：公不得已而與姜如齊也。』

這時，齊襄公迎接到親妹妹文姜，就是自己所想念的情人回來了，多麼高興！連忙殷勤地招待魯桓公夫婦。他把魯桓公安頓在賓館裏，然後由宮女把文姜接進宮去。兄妹久別重逢，其恩愛可知。只是苦了魯桓公一個人孤寂地睡在賓館，乾挨了一晚，第二天日上三竿，仍不見夫人回來，心裏兀自鱉扭。派人去一打聽，才知文姜兄妹男歡女愛，正在訴說離情別緒。魯桓公怒火中燒，暴跳如雷，恨不得衝進齊宮去殺掉這一對不知廉恥的狗男女。但在他人的勢力之下，又不敢魯莽。直耐心等到傍晚，才見文姜懶洋洋的回來。追問文姜，却說昨晚喝多了酒。魯桓公禁不住大聲的斥駡，文姜却裝做沒事地不理睬。於是魯桓公便連聲命令收拾行李，叫人去向齊襄公告辭，馬上要動身回國。

齊襄公聽說妹妹和妹夫吵了架，而且妹夫就要帶了夫人回國，就死氣白賴地要留妹夫多住一天，並且約他們第二天上牛山遊覽，就在山上餞行。

次日，齊襄公率領齊國大臣在牛山大擺筵席。齊國君臣輪流向魯桓公敬酒。魯桓公因爲戴了綠帽子，心中好悶，就借酒澆愁，一杯杯地往肚子裏灌，終於大醉不起，口中喃喃而語：『同兒（魯莊公名同）不是我所生，是你齊國國君的兒子啊！』齊襄公一怒之下，便使個眼色，向公子彭生說：『扶魯君上車，送他回賓館去。』公子彭生是齊國大力士，他把魯桓公一抱，挾上車去，魯桓公肋骨斷了，就此斷了氣。

這樣，就發生了大舅子謀殺妹夫的國際命案。但齊強魯弱，魯國竟不敢興師問罪。孔子諱之，於春秋書曰：『夏四月丙子，公薨于齊。丁酉，公之喪至自齊。』左氏傳其事曰：『夏四月丙子，享公，使公子彭生乘公，公薨於車。魯人告於齊曰：「寡君畏君之威，不敢寧居，來修舊好。禮成而不反，無所歸咎，惡於諸侯，請以彭生除之。」齊人殺彭生。』結果魯桓公的屍體運回魯國，魯國只要求齊國處死兇手彭生了事。而當時齊國民間，有這篇南山詩流行着。

現在，我們來研究此詩作者及所刺的對象問題。詩序說南山詩是刺齊襄公，因爲他淫乎其妹，是鳥獸之行。作詩者是齊大夫，他遇見這種惡行，看不過去，所以做了這刺詩便棄官走了。但鄭箋却加添了些說：『齊大夫見襄公行惡如是，作詩以刺之。又非魯桓公不能禁止夫人。』所以朱子體會經文，而定「前二章刺齊襄，後二章刺魯桓。」可是嚴粲又覺齊大夫旣爲賢者，不致刺其君爲南山雄狐。所以他在詩緝中說：『大夫去國，其心蓋有大不得已者，襄公之惡，不可道矣，齊之臣子難言之，故此詩不斥其君之惡，而唯歸咎於魯桓，與畝符意同。後序以雄狐爲指齊襄，故云「鳥獸之行」，非也。』又云：『說者多以前二章刺齊襄，後二章刺魯桓。後二章皆言取妻，其爲刺魯桓明矣。但以前二章爲刺齊襄，而後二章方刺魯桓，上下章辭意不貫，兼齊人以雄狐目其君，於義有害。今解一章以雄狐喻魯桓之求匹，二章以屨緌喻魯桓之得耦，三章四章以蓺麻析薪喻魯桓以正禮取文姜。上下章辭意乃歸一。齊人不當以雄狐目其君，以目魯君則無嫌也。』

清代姚際恆贊成嚴粲之說。他在詩經通論中說：『小序謂「刺齊襄公」只似籠統語，集傳謂「前二章刺齊襄，後二章刺魯桓」，未免割裂，辭意不貫。季明德謂「通篇刺文姜」。然則「雄狐」之說爲何？何玄子謂「惟首章首二句刺齊襄，首章「懷」字刺文姜，二章「從」字刺魯桓，下二章又追原其夫婦成婚之始」，尤鑿。惟嚴氏謂「通篇刺魯桓」，似得之。蓋謂齊人不當以「雄狐」目其君也。其曰：「雄狐綏綏然求匹喻魯桓求昏于齊也。」又曰：「齊人不敢斥言其君之惡而歸咎于魯之辭也。」辭雖歸咎于魯，所以刺襄公者深矣。如此，則辭旨歸一，而意亦周匝。』

但追踪姚氏的方玉潤，不同意姚氏之論，他在詩經原始中說：『南山，刺襄公淫其妹，而魯不能禁也。此詩直刺文姜事甚顯，而解者猶紛紛不一，豈不怪哉！惟嚴氏粲謂通篇刺魯桓，姚氏取之以爲如此，則辭旨歸一，而意亦周匝。愚意殊不謂然。試問此事豈一人咎哉？魯桓文姜齊襄三人者，皆古今無恥人也。使其有一知恥，則其淫斷斷不至於此極。故此詩不可謂專刺一人也。首章言襄公縱淫，不當自淫其妹，妹既歸人而有夫矣，則亦可以已矣，而又曷「懷」之有乎？次章言文姜卽淫亦不當順從其兄。今既歸魯而成耦矣，則亦可以已矣，而又曷返而「從」兄乎？後二章言魯桓以父母命憑媒妁言而成此昏配，非苟合者比，豈不有聞其兄妹事乎？旣取而得之，則當禮以閑之，俾勿歸齊，則亦可以已矣，而又曷從其入齊至令得「窮」所欲而無止「極」，自取殺身禍乎？故欲言襄公之淫，則以雄狐起興；欲言文姜成耦，則以冠履之雙者爲興；欲言魯桓被禍，則先以蓺麻興告父母以臨之，析薪興媒妁以鼓之，而無如魯桓之懦而無志也，何哉？詩人之大不平也。故不覺發而爲詩，亦將使千秋萬世後，知有此無恥三人而已，又何暇爲之掩飾其辭而歸咎於一人哉？』

方氏之說，最爲圓通，但他對於本篇作者，自詩序嚴粲等以爲是齊大夫而改稱詩人，未加說明。蓋大夫是一國大官，而詩人則泛指一般人民。大夫礙於君臣之義，不忍直指其君爲雄狐；而一般人民，指斥其國君爲禽獸，則亦所以表露其輿情也。所以方氏易作詩者爲詩人，極有關係，應加說明。今人解詩，多合方氏者。王靜芝詩經通釋，馬持盈今註今譯，卽其例。王氏曰：『大夫作詩，則似未必。愚意此爲詩人之詩，卽事咏歎，不祇刺齊襄公，而兼實責魯桓公及文姜也。』

又姚氏評何楷世本古義說此詩失之於鑿，但他最後所說：「齊臣因此事而去國，元史傳無所見也。子貢傳申培說，則皆以爲襄公久留姜氏，魯桓不能制，齊人刺之。今味詩意，乃姜氏如齊時作，似不在留齊時也。蓋姜之通于襄，非一日矣。」論作詩時間，最爲中肯。

總結所論，南山詩是刺齊襄而兼刺魯桓文姜的，作者是齊國的無名詩人，作詩時間是在公元前六九五年，魯桓偕同文姜赴齊，已入齊境之後，魯桓被殺之前的一段日子裏。蓋齊人看見齊襄公迎接着文姜魯桓，一路由魯道返回臨淄，就覺不順眼，心中不是味道，即事咏歎，便先咏齊襄的禽獸之行，再咏文姜的舊情復燃，末咏魯桓的放任妻子，一一給編派幾句。這樣就產生了這篇南山詩。以後發生的事情，詩人還沒有料到哩！

這篇南山詩的主題是婚姻之道。男娶女歸，各有應循的規矩。而「必告父母」「匪媒不得」，即當時流行的成語，所以「匪媒不得」句，會形成豳風伐柯與本篇之間的相同句。但雖是成語，流傳在各地，往往仍有若干字句上的歧異。在伐柯篇，流行的四句成語是：『伐柯如何？匪斧不克；取妻如何？匪媒不得。』呂覽音始篇稱破斧之歌爲東音，則豳風七篇，確曾因周公東征而流行於東方魯國等地。但「伐柯如何」兩句，在齊國却成爲「析薪如之何」四句。這我們可以領會到詩經相同句的因成語而形成，但成語又隨時間與地域的轉移而有局部的差異。

南山詩最令人矚目之處是四章末二句，都用「既曰○止，曷又○止」的疊詠來嚴辭詰問。牛運震云：『四章詰問，婉切得情，齊襄魯桓，一齊閉口。』（見詩志卷二）而這詰問的方式更是各從前一句中拈出一字來發揮。這一字，分別為「歸」「庸」「告」「得」，陳餘山云：『南山詩各章末二句抽出上文一字以申說之。一二四章皆蒙上疊韻，第三章忽換韻，變化入妙。』（見詩誦卷二）而詰問的重心，却各在末句第三字，朱道行云：『譏齊襄在「懷」「從」二字，譏魯桓在「鞠」「窮」二字，通詩全以詰問法，令其難以置對。』（見詩經傳說彙纂引）這「懷」「從」「鞠」「窮」章各一字，正像直刺人心的一根長針，刺來一針見血，一字之貶，使人無所躲避，這是刺詩作法的一種，與鄘風相鼠的『相鼠有體，人而無禮；人而無禮，胡不遄死？』的用疊句來惡毒咒罵，固然不同；與陳風株林的『胡為乎株林？從夏南。匪適株林，從夏南。』的用疊句來自問自答的冷語譏諷，也大有差異。而三種方式，各極其妙。其餘像魏風碩鼠的指桑罵槐，固是一篇傑出的刺詩；而召南何彼襛矣的讚美聲中嵌上一句「曷不肅雝」的問句，只像蜻蜓點水般點到為止；鄘風桑中的全篇自吹自擂，吹豁了邊，言外之意，都讓人可以心領神會，又各成一種巧妙的刺詩。三百篇中刺詩繁多，難於列舉，讀者細心體味，都可以體味出它不同的巧妙來。

此詩毛傳首章標興體；宋嚴粲詩緝從之；朱傳前二章比，後二章興；明何楷詩經世本古義首章比而賦，次章賦，三四兩章比；清姚際恆詩經通論四章均標爲比而賦。方玉潤不標比興，而在評解中論四章均爲興。蓋比興之辨別極微，可隨解詩者觀點而轉移，認次章爲追敘過去事實，則次章卽爲賦矣。是以今人解詩，往往不標賦比興也。

【古　韻】

第一章：崔、綏、歸、歸、懷，微部平聲；

第二章：兩、蕩，陽部上聲；雙、庸、庸、從，東部平聲；

第三章：何、何，歌部平聲；畝、母，之部上聲；告、鞠，幽部入聲；

第四章：何、何，歌部平聲；克、得、得、極，之部入聲。

三七、敝　笱

齊侯之子文姜出嫁魯國，隨從如雲，齊國詩人詠其一時盛況如此：

原詩

敝笱在梁，❶
其魚魴鰥。❷
齊子歸止，
其從如雲。

敝笱在梁，
其魚魴鱮。❸
齊子歸止，
其從如雨。

敝笱在梁，
其魚唯唯。❹

今譯

破舊的魚笱在河梁，
那兒有鯿魚和大鯤。
齊國女兒出嫁了，
跟隨的護從多如雲。

破舊的魚笱在河梁，
那兒有鯿魚與大鱮。
齊國女兒出嫁了，
跟隨的護從多如雨。

破舊的魚笱在河梁，
魚兒進出好自由。

齊子歸止，　齊國女兒出嫁了，
其從如水。　跟隨的護從像水流。

【註　釋】❶笱，音苟ㄍㄡ，捕魚的竹簍，置於河梁之空處，有倒門，魚兒進入，即不能復出。梁：在河上堰石障水，便於行人過河的叫河梁，梁有空隙以流水，置笱其中以捕魚，所以也叫魚梁。❷魴：音房ㄈㄤ，鯿魚。鰥：音關ㄍㄨㄢ，即鯶魚（鯶音滾），揚州謂之鯶子魚，亦大魚，經義述聞說。鰥，一作鯤。太平御覽引作「其魚魴鯤。」❸鱮：音序ㄒㄩ，即鰱魚，亦大魚。❹唯唯：行出入之貌。此處讀上聲，音尾ㄨㄟˇ。

【評　解】

敝笱是齊風十一篇的第九篇。分三章，章四句，句四字，共四十八字，三章皆疊詠，是代表詩經基本形式的一篇。

這是公元前七〇九年即魯桓公三年，文姜出嫁給魯桓公時，齊國詩人所作。當時由齊僖公親送其女到魯境，隨從如雲，極一時之盛，詩人即景成詩。而詩人知齊強魯弱，桓公弑兄得位，魯國呈殘敝跡象，而文姜聲勢煊赫，故詩人預感魯桓難制文姜，以敝笱不能制大魚爲喻也。

本篇毛傳於首章標興也，朱傳三章皆改標比也，姚論又皆改標爲比而賦也。

【古韻】

第一章：鰥（鯤）、雲，文部平聲；

第二章：鱮、雨，魚部上聲；

第三章：唯、水，微部上聲。

三八、載驅

文姜丈夫魯桓公暴斃齊國，她無顏回魯，便在魯國邊境與齊國交界地方住下來。她的兒子同，繼立爲魯國國君，就是魯莊公。莊公不便迎母回國，因爲乃父之死，文姜脫不了干係。所以只好給她蓋一所房子，讓她住在邊境，從此文姜不斷明目張膽地去齊境和她的哥哥齊襄公幽會，車馬過處，衆人矚目，齊國詩人詠其所見如下：

原詩　　今譯

載驅薄薄，❶　　車子疾驅薄薄響，
簟茀朱鞹。❷　　簟茀朱鞹都掛上。
魯道有蕩，　　魯國大道坦蕩蕩，
齊子發夕。❸　　連夜趕路文姜忙。

四驪濟濟，❹　　黑馬四匹多美麗，
垂轡濔濔。❺　　轡繩鬆垂多又齊。
魯道有蕩，　　魯國大道坦蕩蕩，
齊子豈弟。❻　　文姜疾馳好快意。

汶水湯湯，❼　　汶河的水流嘩啦淌，
行人彭彭。❽　　岸上的行人車馬響。
魯道有蕩，　　魯國大道坦蕩蕩，
齊子翱翔。❾　　文姜出遊任翱翔。

汶水滔滔，⑩　　汶河的水流滾滔滔，
行人儦儦。⑪　　岸上的行人好熱鬧。
魯道有蕩，　　魯國大道坦蕩蕩，
齊子遊敖。⑫　　文姜出遊樂逍遙。

【註　釋】❶載：發語詞。薄薄：疾驅聲。❷簟：音店ㄉㄧㄢˋ，竹席，茀：音弗ㄈㄨˊ，車幃等障蔽物。鞹：音廓ㄎㄨㄛˋ，獸皮之去毛者。朱鞹：以朱色漆鞹，亦指車蔽而言。❸發夕：發於夕，即連夜出發，不待天明。高本漢說。❹驪：黑色馬。濟濟：盛美。❺轡：音配ㄆㄟˋ，馬韁繩。濔：音泥ㄋㄧˇ，濔濔：盛多貌。❻豈弟：愷悌假借字，和樂平易義。❼汶：音問ㄨㄣˋ，水名，在齊南魯北二國之境。湯：音傷ㄕㄤ，湯湯：水流聲。❽彭：音邦ㄅㄤ，彭彭，車馬聲。❾翱翔：猶敖遊，喻自在逍遙也。❿滔滔：盛流貌。⓫儦：音標ㄅㄧㄠ，儦儦：衆多貌。⓬遊敖：敖遊。

【評　解】

載驅是齊風十一篇的第十篇，分四章，章四句，句四字，共六十四字。四章疊詠，齊子的敖遊，以「魯道有蕩」一句為疊詠的鏈鎖。

詩序：『載驅，齊人刺襄公也，無禮義，故盛其車服，疾驅於通道大都，與文姜淫，播其惡於萬民焉。』

朱傳則曰：『齊人刺文姜乘此車而來會襄公也。』方玉潤詩經原始從之曰：『載驅，刺文姜如齊無忌也，此詩以專刺文姜爲主，不必牽涉襄公而襄公之惡自不可掩。夫人之疾驅夕發以如齊者，果誰爲乎？爲襄公也。夫人爲襄公而如齊，則刺夫人卽以刺襄公，又何必如舊說「公盛車服與文姜播淫於萬民」，而後謂之刺乎？且碩人云：「翟茀以朝」，是婦人之車，亦可言茀，不必以前二章上二句屬襄公也。案春秋魯莊公二年，夫人姜氏會齊侯于禚，四年，夫人姜氏享齊侯于祝邱；五年，夫人姜氏如齊師；七年，夫人姜氏會齊侯于防，又會齊侯于穀，蓋至是而夫人之如齊，肆無忌憚矣。詩曰：「發夕」，曰：「豈弟」，曰：「翱翔」，曰「遊敖」，正其時也。……其會兄也竟至樂而忘返，遂翱翔遠遊，宣淫於通道大都，不顧行人訕笑，豈尚知人間有羞耻事哉！至今汶水上有文姜臺與衞之新臺，可以並臭千古，雖濯盡汶、濮二水滔滔流浪，亦難洗厥羞矣。』

屈翼鵬先生詩經釋義採朱、方之說曰：『此蓋咏文姜與齊襄公聚會之詩，春秋記齊襄公與文姜之會凡五，皆在魯莊公初年。』

此詩爲賦體，首章敍文姜夕發，僅寫盛飾其車而疾驅魯道之上，牛運震詩志評曰：『極醜事敍得極雅。發夕，猶夕發也，倒用奇，婦人不夜行，發夕言犯禮而行急不能待也。微詞入妙。』

次章敍文姜一路豈弟，四驪垂轡，詩志評曰：『濟濟瀰瀰，寫得風流可掬。此何等事而以豈弟言之，二字好羞好笑。母氏聖善，令人嗚咽；齊子豈弟，令人掩鼻。』

三章敍文姜車經汶水之上，行人矚目，詩志評曰：『只二語直令齊子腆顏無地。淫樂無恥，只翶翔二字寫盡，正自多少含蓄。』

末章敍文姜遨遊汶水之上，不避衆人，此以疊詠上章作結，牛運震總論全詩曰：『簟茀朱鞹，四驪垂轡，此且齊子之車騎也。舊解以爲屬襄公，失之。曖昧事極難明斥，只寫車服都麗，道路炫曜之態，而淫邪瀆倫之失自見。得力處尤在一二微詞，蔵神欲動也。』

本篇三家詩以爲詠魯莊公二十四年如齊娶齊襄公季女哀姜，哀姜在齊留連久處事，後代詩經學者，無從之者。

【古韻】

第一章：薄、鞹、夕，魚部入聲；

第二章：濟、瀰、弟，脂部上聲；

第三章：湯、彭、蕩、翔，陽部平聲；

第四章：儦、敖，宵部平聲。

三九、猗　嗟

魯莊公是齊襄公、桓公的妹妹文姜所生，是一位身材高大，風度翩翩的美男子，而又精於射箭。他於齊桓公十四年、十五年，兩度前往齊國，曾當衆表演射技，看得齊國人民，連聲喝采。齊國詩人，就即景作詩，來歌詠一番。

原詩	今譯
猗嗟昌兮！❶	哦，他的體格好健壯喲！
頎而長兮！❷	高高的身材眞正棒喲！
抑若揚兮！❸	看他額頭好漂亮喲！
美目揚兮！❹	美妙的眼神頂有光喲！

巧趨蹌兮！❺　趨步穩重又快速喲！
射則臧兮！❻　射起箭來好風度喲！

猗嗟名兮！❼　哦，他的儀表很堂皇喲！
美目清兮！❽　眼睛美麗好明亮喲！
儀既成兮！❾　射箭的禮儀已完成喲！
終日射侯，❿　整天射靶練武功，
不出正兮！⓫　箭箭都能射得中喲！
展我甥兮！⓬　眞是我國好外甥喲！

猗嗟變兮！⓭　哦，他的容貌眞漂亮喲：
清揚婉兮！⓮　額頭光潔好模樣喲！
舞則選兮！⓯　舞蹈合拍好神氣喲！
射則貫兮！⓰　箭箭射穿好技藝喲！

四矢反兮！⑰　四箭同貫一標的喲！
以禦亂兮！⑱　足以爲國禦亂敵喲！

【註釋】❶猗嗟：讚歎詞。昌：盛壯貌。❷頎：音祈ㄑㄧˊ，長也。❸抑：通懿，美好。若：語助詞。揚：前額（名詞）高本漢說。❹此揚爲動詞，作展開講。❺蹌：音槍ㄑㄧㄤ。高本漢曰：『蹌是指端莊穩重而有節奏的行動。而這句詩是：「他靈巧的跑，動作穩。」』何楷謂巧趨蹌乃寫其升階、降階、就位、復位之時。❻臧：善。❼名：依馬瑞辰說，名通明，亦昌盛義，又有大義。❽清：猶明。❾儀：謂射儀。成：猶備。❿射：音石ㄕ，以矢射物也，以弓發矢曰射ㄕㄜ。侯：箭靶，張布或皮而射之者。⓫正：音征ㄓㄥ，侯中之的，箭靶之射擊中心，毛傳：『二尺曰正』。鄭箋：『正所以射於侯中者，天子五正，諸侯三正，大夫二正，士一正，外皆居其侯中三分之一焉。』鄭司農（衆）以爲侯方十尺，一侯之身，設四尺之鵠，二尺之正，四寸之質。後鄭（鄭玄）又以爲皮侯有鵠而無正；五彩之侯，則有正而無鵠。正有五彩：中朱、次白、次蒼、次黃、玄居外。故亦稱五正之侯。三正之侯則損玄、黃；二正去白、蒼而畫以朱綠，其外之廣皆居侯中三分之一，中二尺。賈逵則以爲四尺曰正，正五重，鵠居其內，而方二尺以爲鵠。文開案：『射義注，畫布曰正，棲皮曰鵠。』蓋賓射用采侯，畫五彩雲氣于布爲正，大射用皮侯，則以鵠毛棲皮，謂之鵠。⓬展：誠然。甥：魯莊公爲齊襄公、桓公之甥。⓭孌：好貌。⓮婉：美，高本漢解此句爲『潔淨的前額多美。』⓯舞爲射禮之一，鄉射禮三曰主皮，五曰興舞，射則貫卽主皮，合樂以弓矢舞卽興舞。選：齊也，言與樂節諧齊也。⑯貫：穿也；言射中而貫穿之。馬瑞辰說。⑰反：復；四次發矢都射中且貫穿於同一目標。⑱言善射如此，可以禦亂。

【評　解】

猗嗟是齊風十一篇的最後一篇，分三章，章六句，句四字，全詩共七十二字。三章疊詠，每句都是第三字用韻。第四字爲兮字。只有第二章「終日射侯」一句不用韻，也無兮字。

詩序：『猗嗟，刺魯莊公也，齊人傷魯莊公，有威儀技藝，然而不能以禮防閑其母，失子之道，人以爲齊侯之子焉。』三家詩無異議。

朱傳從之曰：『齊人極道魯莊公威儀技藝之美如此，所以刺其不能以防閑其母，若曰：「惜乎其獨少此耳。」』

明何楷詩經世本古義進而論其作詩時間曰：『春秋莊四年冬：「公及齊人狩于禚」此詩疑卽狩禚事。蓋公朝齊而因以狩也。古者諸侯相朝，則有賓射，故所言者皆賓射之禮。又詩曰：「展我甥兮」，自是莊公初至齊而人驟見之語。』清姚際恆詩經通論採何氏之說。孔廣森經學卮言亦云：『魯莊公工於容藝而不恤政事，酷似其舅；此爲微辭以兼刺襄公也。三章皆侈其善射。殆作於舅甥相從狩於郜之時歟！』案：莊公四年狩予禚，公羊、穀梁禚作郜，陳奐詩毛氏傳疏亦云：『傳：孌，壯好貌。疏：泉水傒人傳：孌，好貌。此云壯好貌者，莊公生於魯桓公六年，卽位四年狩禚，年十七矣，身已踰冠故也。』

可是不少清代學者，像惠周惕、胡承珙、王夫之、魏源、李惇等，却都主張此詩作於齊桓公時，不作於齊襄公時。

惠周惕詩說曰：『猗嗟之詠魯莊，親見而環觀之，是爲魯莊適齊時作可知也。按莊十三年春與齊侯會于北杏，冬又盟于柯，十五年又會于鄄，皆未至齊也。二十一年夫人姜氏薨，二十二年始如齊納幣，二十三年如齊觀社，莊公如齊惟此，以意求之，當在納幣之年，蓋文姜薨之明年也。公以嘉禮往齊，國人聚觀，固其恆情，而又親見文姜昔年淫亂，疑其類于襄公，于是注目諦觀，知其非是，而始恍然曰：「展我甥兮」，則人言藉藉，從此衰止。其詩之有關于魯莊者大矣。』

胡承珙毛詩後箋曰：『考莊公生於桓公六年，至卽位之時，才十三歲耳，固難責以防閑其母，其卽位後二年至七年，文姜屢會齊襄，莊公身已弱冠，責以不能防閑，固已無所逃罪。惟詩中歷言莊公容貌技藝之美，非齊人熟觀而審悉之，不能言之如此其詳。而莊二十二年以前，其身實未嘗至齊，詩人無由興刺。惟二十二年如齊納幣，二十三年如齊觀社，二十四年如齊逆女，猗嗟之作，當在此時。』

王夫之詩經稗疏亦云：「考魯莊當齊襄之代，未嘗如齊，二十二年如齊納幣；二十三年觀社，始兩如齊，其時襄公已殪，文姜已死，齊桓立十二年矣。其云甥者，指魯莊娶哀姜而言之也。盛其車，華其服，炫飾以惑婦人，蓋與此詩相合。則猗嗟之作，因觀社而作矣。納幣之日，哀姜已得見於公，齊故留難，復因齊觀民于社蒐軍實，炫其射御之能，趨蹌之麗，齊因喜之而終許焉。其曰展我甥者，齊人誇其誠足爲我之壻，終許其婚之詞也。』

魏源詩古微亦曰：『猗嗟，亦刺莊公婚讎詩也。甥謂壻，諸侯不越境逆女，而公則納幣親迎，兩次如齊，皆桓婚文姜時所未有也。且魯莊當齊襄之世，未嘗如齊，及二十二年始如齊納幣，二十三年復如齊觀社，其時齊桓已立十二年，文姜齊襄皆已久歿，何必如鄭箋謂非齊侯之子，廋詞追刺乎？惟莊因齊社蒐軍實之時，盛其服飾威儀，炫其射御趨蹌，以媚婦人而誇齊國，皆在所刺。且擅此才武，不以復讎而以婚讎，所婚者又非佳耦，而其患方未艾焉，惜之深，刺之深也。其後魯幾中絕，于是使高子將南陽之甲定魯者，齊桓也。誅哀姜立僖公者，齊桓也。故桓自陳其風于王朝，特詳齊襄二姜之詩，一著其多難興邦之由，一著其恤鄰存魯之績。』

李惇羣經識小亦云：『莊公忘父之讎，結婚於齊，於內則丹楹刻角，於外則觀社納幣，盛飾威儀，侈逞技藝，齊人見之，歷贊其美，以爲信足爲我之甥而刺譏之意，自在言外，此立言之妙也。然則是詩之作，或當在納幣時矣。』

他們對作詩年代的考證，理論充足，蓋此詩齊人環觀莊公，熟見其威儀射技，詳加品評，於是詠而成詩，寫此魯莊公親至齊境之盛況。此必魯莊公親臨齊境，始克有此詩也。而莊公於二十二年始如齊納幣，二十三年又如齊觀社。則此詩之作，必在此二年，即周惠王五年、六年，齊桓公十四、十五年，而西元前六七二—六七一年間也。惟彼等論詩，大多取春秋筆法，齊人作詩，未必若是之深刻，恐僅方玉潤之「猗嗟，齊人美魯莊公材藝之美也」一語合於詩旨。蓋作詩者非魯人，而係齊人，立場不同。齊國人民見魯莊之材美，以「展我甥兮」親之，情緒自然。若責其忘讎，豈其樂於自陷爲莊公之仇人乎？齊人決不若是也。或訓甥爲壻，以作詩時爲齊桓公十四五年，桓公與襄公爲兄弟，魯莊亦桓公甥，而哀姜非桓公女，（僅日人竹添光鴻以爲係桓公女）故仍採甥爲姊妹之子的通稱，並以表親切。

方玉潤詩經原始之言曰：『此齊人初見莊公而歎其威儀技藝之美，不失名門子，而又可以爲戲亂材，誠哉其爲齊侯之甥也。意本贊美，以其母不賢故，自後人觀之，而以爲刺耳！於是紛紛議論，並論「展我甥兮」一句，以爲微詞，將詩人忠厚待人本意，盡情說壞，是皆後儒深文苛刻之論，有以啓之也。愚於是詩，不以爲刺，而以爲美，非好立異，原詩人作詩，本意蓋如是耳。』

方氏之言，最爲中肯。是以今人屈萬里、王靜芝、馬持盈等，均從方氏。王氏之言曰：『此齊人美魯莊公儀容材藝之詩，細審原詩，皆讚美之詞，全無刺意。詩序大爲不妥，方玉潤謂爲美魯莊公材藝之美，是也。』

姚際恆曰：『三章皆言射，極有條理，而敍法錯綜入妙。』方玉潤亦曰：『至詩中言射，錯綜入妙，有目可以共賞。』蓋二章皆言射，每章皆先歎美其外貌之俊美，次歎其儀態之合度，最後始歎其射藝之精良。而三章均寫射，却層次分明，逐章進展。首章籠統讚其射之臧，次章始讚其箭箭皆中，誠然我甥，「展我甥兮」，親之之辭也。末章更進一步，讚其四矢同貫一處，射技絕倫，可以禦亂。「以禦亂兮」，期之之辭也。

牛運震詩志評此詩技巧曰：『三歎疊韻，得極口贊頌之神。』又曰：『畫美女難，畫美男子尤難。看他通篇寫容貌態度，十分妍動，與君子偕老篇各盡其妙。』

陳餘山詩誦論此詩用韻曰：『猗嗟三章，章六句，每句以虛字壓脚，句句用韻，極其整齊，獨「終日射侯」句無虛字，亦不入韻，以句法未定故也。詩中固有全篇連句韻，而中間一二句無韻者，特此篇較明顯耳。兩句意雖直下，而句已截斷，有欲合兩句爲一句者，殊非確論。』

【古　韻】

第一章：昌、長、揚、揚、蹌、臧，陽部平聲；

第二章：名、清、成、正、甥，耕部平聲；

第三章：孌、婉、選、貫、反、亂，元部上聲。

四〇、我行其野

這是東周時代的一首贅壻之歌，貧窮的男子，入贅於富女之家。女家虐待他，他忍受不了那些苦處，就對他的妻子說：你這樣喜新厭舊，再去找一個男子得了，我可以回到我自己的老家去的。

原詩

我行其野，
蔽芾其樗。❶
昏姻之故，
言就爾居。❷
爾不我畜，❸
復我邦家。❹

我行其野，
言采其蓫。❺
昏姻之故，
言就爾宿。
爾不我畜，

今譯

我獨自在曠野流浪，
只有樗樹成蔭可以遮擋。
爲了婚姻的緣故，
才來你家依傍。
你既容不下我，
只好回我故鄉。

我在曠野漫步，
採那羊蹄果腹。
爲了婚姻的緣故，
才來和你同宿。
你既容不下我，

言歸斯復。　就走我回家的路。

我行其野，　我在曠野亂走，
言采其葍。⑥　採那葍菜糊口。
不思舊姻，　不念往日的夫妻恩，
求爾新特。⑦　要找你的新夫君。
成不以富，⑧　並不因爲他富有，（反正，我留下也不會富有）
亦祇以異。⑨　只是你喜新又厭舊。（也只好和你離異分手）

【註釋】①蔽芾：茂盛的樣子。樗：音樞ㄕㄨ，惡木。②言：語詞。③畜：容。左傳襄公二十六年：「天下誰畜之?」註：「畜，猶容也。」④復：返。邦家：故鄉的家。⑤蓫：音逐ㄓㄨˊ，羊蹄菜。⑥葍：音福古音讀逼ㄅㄧ，正義引陸疏云：「葍，一名葍，幽州人謂之燕葍，其根正白，可着熱灰中溫噉之。飢荒之歲，可蒸以禦飢。」⑦舊訓特爲匹配。胡承珙曰：「畜之牡者曰特」，此所以喻夫壻。證之鄘風柏舟「實維我特」句可信。⑧成：論語引作誠。⑨異：新異，或謂離異。此二句謂新特之成，不以其富，亦祇以其新異耳，責其喜新厭舊。或解爲「反正我留下不會致富，也只有與你離異就算了。」

【評 解】

我行其野是小雅鴻雁之什的第八篇，朱子集傳改列爲祈父之什的第四篇。分三章，章六句，句四字，全詩共七十二字。歷來詩經學者，都以爲賦體，只有淸乾隆時傅恆等奉敕撰纂的詩義折中，三章均標爲興而比。味詩意，實爲興之兼比者也。

詩序：「我行其野，刺宣王也。」說時代爲宣王固無據，以爲刺宣王，更是小題大做。朱傳云：「民適異國，依其昏姻，而不見收卹，故作此詩。」淸姚際恆以爲於此詩固類似，但仍不能切合，故只說「未詳」。傅恆詩義折中遂另找故事以實之。以此乃申侯歸國之詩，爲申侯怨幽王也。他說：「幽王初立，申侯以申后之故，留京師以翼王室，所謂『昏姻之故，言就爾居』也。幽王三年，見褒姒而嬖之，生伯服，遂欲廢申后及太子宜臼，所謂『不思舊姻，求爾新特』也。『爾不我畜』，王令申侯歸也，爲廢后計也。『言歸思復』，申侯自欲歸也，爲救宜臼計也。幽王五年廢申后而立褒姒，宜臼奔申。十年，王求宜臼於申欲殺之，申侯不與，犬戎因是入寇，而西周亡矣。溯亂所自起，始於舍舊而圖新。原亂所從生，由於重色而輕德。關雎好德，周以之興；行野漁色，周以之滅。衽席之上，好惡一辟而禍遂至於不救，可不愼哉！」傅恆並以各章前兩句爲興，以下爲比，蓋君臣之際，有所難言，故託為民間昏姻之辭。此說固可通，但如將此詩解為入贅者之歌，則更為貼切而生動，哀怨而感人。蓋詩經國風與小雅無明顯的界限，此乃風詩之入於小雅者也。

查史記滑稽列傳載：「淳于髡者，齊之贅壻也。」則東周時代，已流行贅壻之制。漢書賈誼傳：「家貧子壯則出贅。」注：「應劭曰：『出作贅壻也。』師古曰：『言其不當出在妻家，亦猶人身體之有肬贅，非所應有也。』」因此入贅為壻，人皆恥賤之，而亦常受妻家之侮辱，有不能使人忍受者。劉知遠之入贅李家，為李三娘的贅壻，受不住李家的侮辱，不得不離別三娘而出走。劉知遠諸宮調中，就有：「勸人家少年諸子弟，願生生世世莫做人贅壻」的話。此詩說：「昏姻之故，言就爾宿」，則已非親戚之寄居，而為夫妻之同宿。「不思舊姻，求爾新特」，則為贅壻之妻，另找新夫，實非男子之有新婦也。一個男子因貧窮而入贅為人家的贅壻，降格而為女權家庭的肬贅，其本質已經讓人可憐。既為贅壻，而又為其作為主人的妻所不容，其日子的難過，可想而知。難怪他聲聲訴苦，嚷着要回他故鄉的老家去。這樣解釋，此詩便脫却政治的教訓，也不帶諷刺的意味，讀來就格外覺得親切而生動，令人賦予無限的同情了。

此詩首章前二句以獨行曠野，只有惡木樗樹可以遮蔭起興，兼以比其因貧不得已而入贅，女主人却不是善良之輩。以下四句，便以贅壻口吻，實敍其入贅而受歧視，不容於其妻，對她嚷着要回故鄉的老家去。其實他是貧無所依，才來入贅，入贅後贅壻有應該履行的條件，那能輕易離去的？

次章前二句，再以獨行曠野，不得已採集羊蹄果腹來起興，兼以比其因貧入贅，不得已而度此贅壻的苦痛生活。以下四句，重述前章之意。全章爲首章的換韻疊詠。

末章前二句疊詠（僅換用韻一字），仿次章起興。以下四句，進一層說女主人有另找新壻之意，而新壻亦非富有，只是由於她喜新厭舊。在此情形之下，他也只有到曠野去做流浪漢了。

這詩與谷風棄婦詩，恰成對比，同樣是婚姻的不和諧，這是男方的訴苦，看來似乎是怨而怒了，其實只是怨而哀，哀而不傷而已。

【古　韻】

第一章：野、樗、居、家，魚部平聲；

第二章：蓫、宿、畜、復，幽部入聲；

第三章：葍、特、富、異，之部入聲。

四一、緜

這是一篇歌唱太王遷岐，爲文王之興奠基的史詩。非但追敍了周人岐山時代的歷史，而且把太王的愛民之心，文王的仁德之政，都渲染出來了。

原詩	今譯
緜緜瓜瓞。❶	小瓜根蔓連綿綿。
民之初生，❷	人民最初到世間，
自土沮漆。❸	是從杜水遷往漆水邊。
古公亶父，❹	太王古公字亶父，
陶復陶穴，❺	造成各式洞穴挖泥土，
未有家室。	沒有宮室和房屋。

古公亶父，
來朝走馬，❻
率西水滸，❼
至于岐下。❽
爰及姜女，❾
聿來胥宇。❿

周原膴膴，⓫
堇荼如飴。⓬
爰始爰謀，⓭
爰契我龜。⓮
曰止曰時，⓯
築室于茲。

太王古公字亶父，
清早驅馬避狄侮，
沿着水邊往西去，
一直到達岐山麓。
帶了王妃太姜做輔助，
就來此地定了居。

周原的土地眞肥美，
堇菜荼菜有甜味。
這才開始定計謀，
並刻龜甲來占卜。
就此停息就安居，
就在此地蓋房屋。

迺慰迺止，⑯
迺左迺右；⑰
迺疆迺理，⑱
迺宣迺畝。⑲
自西徂東，⑳
周爰執事。㉑

乃召司空，㉒
乃召司徒，㉓
俾立室家。㉔
其繩則直，㉕
縮版以載，㉖
作廟翼翼。㉗

就在此地定了居，
左右分佈有秩序；
劃出疆界理溝洫，
開墾土地成田畝。
西邊一直到東邊，
周地的事情都齊辦。

司空之官掌營建，
工役的事情司徒管，
共同來把宮室建。
用繩量度定曲直，
又把牆版捆紮樹立起，
造成的宗廟很神氣。

捄之陾陾，㉘
度之薨薨，㉙
築之登登，㉚
削屢馮馮。㉛
百堵皆興，㉜
鼛鼓弗勝。㉝

迺立皋門，㉞
皋門有伉；㉟
迺立應門，㊱
應門將將。㊲
迺立冢土，㊳
戎醜攸行。㊴

裝土裝得聲仍仍，
投土投得響轟轟，
搗土搗得登呀登，
削牆削得砰呀砰。
百堵的城牆都興工，
大鼓敲都敲不贏。

於是郭門就立好，
郭門昂然氣象高；
於是正門也建立，
正門堂堂眞神氣。
於是大社也立好，
混夷醜類就嚇跑。

肆不殄厥慍，㊵　　雖然怒意沒全消，
亦不隕厥問。㊶　　並不斷絕慰問不通好。
柞棫拔矣，㊷　　柞棫棘刺都拔去，
行道兌矣。㊸　　道路暢通已無阻。
混夷駾矣，㊹　　混夷嚇得逃不迭，
維其喙矣。㊺　　終受困頓來服我。

虞芮質厥成，㊻　　虞芮二國來爭訴，
文王蹶厥生。㊼　　文王的德行使感悟。
予曰有疏附，㊽　　我們就有遠方之人來歸附，
予曰有先後，㊾　　我們就有先有後有次序，
予曰有奔奏，㊿　　我們就有的奔走盡忠心，
予曰有禦侮。(51)　　我們就有的禦侮殺敵人。

【註　釋】❶緜緜：連續不絕貌。瓞：音迭ㄉㄧㄝ，瓜之小者。❷民之初生：猶言生民之始，意謂周之先世，指公劉言。❸經義述聞云：「土，當從齊詩讀爲杜。……杜，水名。……沮，當爲徂；徂，往也。言自杜水往至於漆水也。」杜水，在漢杜陽縣（今陝西麟遊縣）境。今漆水，源出陝西同官縣東北大神山，西南流至耀縣與沮水合。屈萬里先生謂：「此當是古之漆沮水，古漆水疑當在今陝西邠縣附近。公劉居豳，漆水流域豳地。」❹古公亶父：即太王。古公其號，亶父其字。亶音膽ㄉㄢ。❺陶：做陶土之工作，即挖掘意，參高本漢註釋。復：𥧌通，穴。于省吾詩經新證云：「徑直而簡易者曰穴，複出而多歧者曰𥧌。」古人穴居，故云。❻來朝：來早。❼率：循。滸：水涯。西水滸：或謂豳西漆水之涯。（屈萬里詩經釋義）；或謂渭水之涯，（陳奐引程大昌說）並謂：「蓋從豳至岐，中隔梁山，詩不言山，略也。古公當日去豳踰梁，由旱路來，故云來朝趣（走）馬，踰梁入謂，循渭達岐，故云率西水滸，至于岐下。岐在豳西也。」此「率西水滸」句，向來各家均未有明確之解釋。孔穎達曰：「文王之先，古公避狄之難，循西方水厓漆沮之側，東行而至於岐山之下。」是說岐山在豳之東，未說明豳在漆水何方；朱傳則謂「滸，水厓也，漆沮之側也」，益覺含混。普賢按：據禹貢九州圖及三代都邑圖所示，漆水在豳之東，由北向南流入渭水，渭水在豳之南，由西向東流入黃河。故「率西水滸，至于岐下」應解作「循漆水之西涯南行，再沿渭水邊西行，到達岐下。」故此「水」滸之水，兼漆水渭水二者言。且由地圖所示，由豳至岐，必經水路，詩云「走馬」者，蓋開始旱路須乘馬。❽岐下：岐山之下。岐山，在今陝西岐山縣。太王避狄人之難，自漆水西涯南行踰梁山，又西行至於岐山之下。⑨姜女：姜姓之女；謂太王之妃太姜。⑩聿：音玉ㄩ，語詞。胥：等候、停留。宇：居。聿來胥宇：卽「他就停留居住。」高本漢說。⑪高平之地曰原，周原，周地之原，謂岐下之地。膴：音武ㄨˇ。膴膴：肥美貌。⑫堇：音讀ㄐㄧㄣ，菜名，一名烏頭。荼：苦菜。飴：音移ㄧˊ，餳之屬，今謂之糖漿。⑬爰：於是。⑭契：音氣ㄑㄧˋ，刻。刻龜甲爲橢圓形小孔，然後以火灼之而卜。⑮經義述聞云：「時，亦止也。」言龜卜之兆，以爲可以止居於此。⑯迺：同乃。方言、廣雅並云：「慰，居也。」⑰言乃有居左者有居右者。⑱朱傳：「疆者，定其大界也。理者，定其溝塗也。」劃分大地界曰疆，細分每區界址曰理。⑲馬瑞辰云：「宣者，以耜發田之謂。」卽開墾意，毛鄭詩考正云：「畝，謂因水地之宜而畝之。」卽做成田畝。⑳徂：音ㄘㄨˊ，往。㉑周：周地。爰：於是。周爰執事：卽「於是在周地執行事務。」㉒司空：官名，掌營建事務。㉓司徒：官名，掌工役事務。㉔俾：使。㉕營建宮室，必以繩度其地基之直否。其繩則直，謂既以繩度之而直。㉖縮版，以繩捆縮築牆之版。載，讀爲栽ㄗㄞ，築牆長版。以載謂樹立築牆長版。並馬瑞辰、高本漢說。㉗翼翼：朱傳「翼翼，嚴正也。」㉘捄：音俱ㄐㄩ，說文：「盛土於梩也」按：梩：爲運土之車。陾：音仍ㄖㄥˊ，陾陾：聲也。此處係指倒泥土之聲音。㉙度：投，謂投土於版。薨：音轟ㄏㄨㄥ，薨薨：形容投土之聲音。㉚築：以杵搗土使堅。登登：搗土之聲音。㉛削：削去。古有婁無屢，屢卽婁；婁，僂同，謂牆面之高出處。馬瑞辰說。削屢：謂牆面有凸出不平之處，削之使平。馮：音平ㄆㄧㄥˊ，古讀重脣音，猶今言砰砰，形容削牆之聲音。㉜堵：城牆一方丈曰一堵。百堵為一小城。（說詳拙著詩經欣賞與研究初集一一九頁。）㉝鼛：音高ㄍㄠ，大鼓，擊鼓所以動衆，故陳奐以為「不勝」是「不勝任」。馬瑞辰以為是「弗勝其擊」，高本漢釋此句謂：「鼓聲不能跟上他們的工作。」故此句言赴工者多，工作快速，鼓不勝擊。張以仁先生謂「勝」有「凌駕、超過」意，鼛鼓弗勝謂敲鼓的聲音蓋不過「薨薨、登登……」等聲音，亦通。㉞王之郭（宮外之郭）門曰皐門。㉟伉：音抗ㄎㄤ，高貌。有伉：伉然。㊱王之正門（朝門）曰應門。㊲將將：嚴正貌。㊳冢土：大社。王為羣姓立社曰大社，王自為立社曰王社，見禮記祭法篇。㊴戎：西戎。醜：惡類。戎醜，當指混夷言。攸：語中助詞。行：音杭ㄏㄤ，謂離去。㊵肆：發語詞。殄：音忝ㄊㄧㄢ，絕。厥：其，指混夷言。慍：怒。㊶隕：墜。問：恤問。二語謂雖不能息絕混夷之怒，但亦不失墜對混夷之恤問。此孟子所謂文王事混夷之意。㊷棫：音域ㄩ，白桵，小木叢生有刺。拔：拔去。㊸兌：通。㊹混：音昆ㄎㄨㄣ，混夷即鬼方，西北之戎。駾：音兌ㄉㄨㄟ，奔突貌。㊺喙：音會ㄏㄨㄟ，困。㊻虞、芮：二國名，虞，在今山西解縣；芮，在今山西芮城縣。質：正。成：平。言虞芮爭田，往求質正於周；至，則見耕者讓畔，仕者讓位，乃慚而平息其爭端。㊼蹶：動。古性字但作生。馬瑞辰云：「言文王有以感動其性也。」㊽予：我們，詩人自謂。曰，魯詩作「聿」，語詞。疏附：謂疏遠者來親附。㊾先後：先親附者率導後者來親附。㊿奏：一作走。奔奏：謂奔走侍奉之臣。(51)禦侮：謂抵禦外侮之臣。

【評　解】

緜是大雅文王之什的第三篇。分九章，章六句。前八章除第八章首二句爲五字句外，餘均四字句。第九章全章六句爲五字句。全詩共計二百二十四字。

詩序云：「文王之興，本由太王也。」朱傳謂：「周公戒成王之詩。」姚際恆評爲臆測。並引孫文融言曰：「若周公戒成王詩，豈應稱古公耶！」而范處義則曰：「序言文王之興，本由太王。故此詩補敍去豳遷岐，建國立社；與待夷狄、懷諸侯之事，皆太王始之，文王終之。九章次第可考也。非出周公之手，它人豈能知周家創立之始，若是其纖悉哉！」

我們由詩的本身看，不一定只是「戒成王」，也不一定就是出自周公之手，我們可以說是周初史官或詩人記載下來的一篇歌唱太王遷岐，並涉及文王功業的詩。使周之子孫讀了此詩，不但瞭解祖先的愛民之政，更要善自繼承偉業而予以發揚光大，以維護大統於不墜。詩中自有一種「勸勉鼓勵」的意義在。

首章言在豳時之情形。並以綿延不絕的瓜瓞以喻周室之綿延不絕。朱傳云：「言瓜之先小後大，以此周人始生於漆沮之上，而古公之時，居於窰竈土室之中，其國甚小至文王而後大也。」

或謂公劉詩中已有「于時廬旅」「于豳斯館」，此詩又言「陶復陶穴，未有家室」，未免矛盾。孔穎達釋之曰：「公劉始遷於豳，比至古公將十世，公劉云于豳斯館，則豳有宮館也。此以文王在岐而興，上本太王初來之事，歎美在岐新立，故言在豳未有。下云俾立室家，故此言未有室家。其實，在豳之時，亦有宮室。七月云「入此室處」卽豳事也，豈常穴居乎！但豳近西戎，處在山谷，其俗多複穴而居，故詩人舉而言耳。」元人朱公遷曰：「厥初生民，自后稷始。入此室處，自豳公時已然，此云爾者，生民之詩，是推始祖所自出，緜詩首章，是見民人所自來，姜嫄生后稷，建邦啓土之由也……夾皇遡過，雖云已有宮室，但穴處乃豳地所不能無，謂之未有家室，何怪哉！詩意主言太王肇基王迹，文王克成厥勳，以見在豳而小，遷岐而大耳。」

次章言遷岐，並有姜女以爲賢內助。

三章言定居，先觀察周地情形，認爲滿意，尙須龜卜以定決疑，其爲民擇地，審愼如此。洪範曰：「汝則有大疑，謀及乃心，謀及卿士，謀及庶人，謀及卜筮。」此章敍太王先自相「周原膴膴，堇荼如飴」，認爲滿意，知此地可定居，是「謀及乃心」。「爰始爰謀」是「謀及卿士庶人」，「爰契我龜」則是「謀及卜筮」。明人姚舜牧曰：「公劉遷豳時，相其陰陽，觀其流泉，度其隰原。此云周原膴膴，堇荼如飴，大抵風氣之美惡，略見於山川。

而精蘊之秘藏，可徵於生物。知此理，而地不難識矣。」

四章歷敍定居伊始，按次處理所應辦之事：先立疆界劃田畝，然後再及其他瑣事。因定民之居卽所以制民之產，這是新遷一地最基本也是最緊急的工作。

五章敍召集臣下，分配職務。先定規模以立室家，至於工作進行，則以建宗廟爲先。而建造時「其繩則直」是定其基址之正；「縮版以載」是築其垣墉之堅。既正且堅，所以才能「宗廟翼翼。」

六章敍寫建造宮室的情形。好像我們已經聽到那些工人，在監工的鼓聲催促下，他們裝土、投土、搗土、削牆等乒乒乓乓的聲音，看到他們忙忙碌碌努力不懈的工作情形。寫得有聲有色，非常熱鬧使詩境達最高潮。

七章敍立皐門、應門，兼營大社。明人黃一正曰：「外門以聳觀望，故曰有伉。內門布列象魏，故曰將將。社雖非爲戎醜而立，凡出軍必先祭於社，軍歸必獻於社，故特舉以爲服昆夷之端。」

八章寫威服强敵。朱熹曰：「言太王雖不能殄絕混夷之慍怒，亦不隕墜己之聲聞。蓋雖聖賢不能必人之不怒己，但不廢其自修之實耳。」此又一說法。然孟子明言：「惟仁者爲能以大事小，是故……文王事昆夷。」是當時文王雖不能全息昆夷之怒而見侵陵，但仍不廢對彼事之之禮。孟子之言當係根據詩意而發，似較朱說可取。朱熹又曰：「然太王始至岐下之時，林木漆阻，人物鮮少，至於其後，生齒漸繁，歸附日衆，則木拔道通，混夷畏之而奔突竄伏，維其喙息而已。言德盛而混夷自服也。蓋已爲文王之時矣。」是此章兼太王文王兩代而言，所以開啓下章全敍文王事。

末章敍文王之德，感悟虞芮二君。是故周能歷久而昌大。最後四句，更能見出文王之德政，使遠方之人歸附，而賢臣輔佐之功亦不可沒。故特舉以明之。

全篇以首句瓜瓞連緜作比開始，詩亦以充分運用連緜式見長，而逐章句法變化，各有面目，形成整個連緜式之大成，音調氣勢特別好，建立此詩特有之風格，讀來令人愛不忍釋。全詩結構完美，末四句以肆筆直收，尤饒奇姿。是大雅中成熟的作品，可作爲一件上乘的藝術品來欣賞。

【古韻】

第一章：瓞、漆、穴、室，脂部入聲；

第二章：父、馬、滸、下、女、宇，魚部上聲；

第三章：膴、飴、始、謀、龜、止、時、茲，之部平聲；
第四章：止、右、理、畝、事，之部上聲；
第五章：徒、家，魚部平聲；
直、載、翼，之部入聲；
第六章：陾、薨、登、馮、興、勝，蒸部平聲；
第七章：伉、將、行，陽部平聲；
第八章：殄、隕，文部上聲；
慍、問，文部去聲；
第九章：成、生，耕部平聲；
附、後、奏、侮，侯部去聲。

四二、皇　矣

這是一篇敍述太王、太伯、王季之德以及文王伐密伐崇之事的史詩。於文王之德，敍述尤詳。

原詩

皇矣上帝，❶
臨下有赫。❷
監觀四方，
求民之莫。❸
維此二國，❹
其政不獲；❺
維彼四國，❻
爰究爰度。❼
上帝耆之，❽
憎其式廓。❾
乃眷西顧，❿

今譯

上帝光大又威嚴，
威嚴地監臨着人間。
人間四方都巡遍，
爲求人民的康安。
只因夏商這兩朝，
政治不能循正道；
於是就向四方國，
加以研求細忖度。
上帝對商已厭惡，
厭惡他治道太空虛。
於是回頭轉向西，

此維與宅。⑪　就和周人在一起。

作之屏之，⑫　把它拔掉把它除，
其菑其翳；⑬　那些死樹和枯木；
脩之平之，⑭　把它修整又剪齊，
其灌其栵；⑮　那些叢木和幼枝；
啓之辟之，⑯　把它開闢把它除，
其檉其椐；⑰　除去河柳和椐木；
攘之剔之，⑱　把它攘除又剔掉，
其檿其柘。⑲　山桑野柘都不要。
帝遷明德，⑳　帝命既遷明德君，
串夷載路。㉑　昆夷嚇得快逃奔。
天立厥配，㉒　天立賢妃做配偶，
受命既固。　受命穩固保長久。

帝省其山，㉓　上帝省視山林道，
柞棫斯拔，㉔　柞棫棘刺已除掉，
松柏斯兌。㉕　松柏長得才挺茂。
帝作邦作對，㉖　帝立周邦使顯揚，
自大伯王季。㉗　顯揚太伯王季增榮光。
維此王季，　說起這個王季，
因心則友。㉘　誠心友愛兄弟。
則友其兄，　友愛兄長是天性，
則篤其慶，㉙　益修其德增福慶，
載錫之光。㉚　太伯相讓有光榮。
受祿無喪，㉛　接受福祿不喪，
奄有四方。㉜　文武奄有四方。

維此王季，33　　這個文王了不起，
帝度其心，34　　上帝開度有心智，
貊其德音，35　　使他聲譽很隆盛，
其德克明，36　　使他德行更光明，
克明克類，37　　使他光明又善良，
克長克君。38　　能爲長上爲君王。
王此大邦，　　使他王此周大邦，
克順克比，39　　人民順從來比附，
比于文王。40　　人民順從附文王。
其德靡悔，41　　文王之德無悔恨，
既受帝祉，　　既受上帝賜福祉，
施于孫子。42　　更能傳授於子孫。

帝謂文王：　　上帝告訴文王說：

「無然畔援，㊸
無然歆羨，㊹
誕先登于岸。」㊺
密人不恭，㊻
敢距大邦，㊼
侵阮徂共。㊽
王赫斯怒，㊾
爰整其旅，㊿
以按徂旅，(51)
以篤周祜，(52)
以對于天下。(53)
依其在京，(54)
侵自阮疆，(55)

「不要見異而思遷，
不可貪得而無厭，
先把訟案公平斷。」
密人不恭好大膽，
敢和大邦來爲難，
要把阮共都侵佔。
文王赫然而震怒，
於是整軍又經武，
就把密人來制服，
增厚周邦有大福，
顯名天下遠傳佈。
依據高丘爲根基，
從那阮疆侵周地，

陟我高岡：(56)
「無矢我陵，(57)
我陵我阿；(58)
無飲我泉，
我泉我池。」
度其鮮原，(59)
居岐之陽，(60)
在渭之將。(61)
萬邦之方，(62)
下民之王。
帝謂文王：
「予懷明德，(63)
不大聲以色，(64)

登上高岡我宣揚：
「不許陳丘我山上，
我的丘陵我山岡；
不許飲我泉中水，
我的泉水我池塘。」
越過鮮原這地方，
定居岐山山之陽，
靠近渭水水一旁。
是爲萬邦所傾向，
是爲天下萬民王。
上帝告訴文王說：
我所眷念在明德，
治民不要大聲色，

不長夏以革。65　也別鞭朴示嚴格，
不識不知，66　不要故意去圖謀，
順帝之則。」67　一切自然順天則。」
帝謂文王：　上帝告訴文王說：
「詢爾仇方，68　「諮詢你的同盟國，
同爾兄弟。69　約會你的兄弟邦。
以爾鉤援，70　用你繩梯去攀援，
與爾臨衝，71　用你臨衝去攻戰，
以伐崇墉。」72　攻打崇城並不難。」

臨衝閑閑，73　臨車衝車很强固，
崇墉言言。74　崇城高大又突兀。
執訊連連，75　捉來戰俘連連問，
攸馘安安。76　斬獲敵首慢慢數。

四二、皇　矣

是類是禡，(77)　類祭禡祭都禱祝，
是致是附，(78)　招徠人民都親附，
四方以無侮。(79)　四方莫敢再輕侮。
臨衝茀茀，(80)　臨衝堅強好進攻，
崇墉仡仡，(81)　崇城突兀而高聳，
是伐是肆，(82)　攻伐突擊向前衝，
是絕是忽，(83)　斬殺誅戮消滅淨，
四方以無拂。(84)　四方沒有不服從。

【註釋】①皇：大。②有赫：赫然，威嚴之貌。③毛傳：「莫，定也。」莫爲嘆之省。爾雅：「嘆，定也。」韓詩也訓莫爲定。故此句爲「（上帝）爲人民求安定。」魯、齊詩作瘼，卽疾苦，謂「探求人民的疾苦。」亦通。④二國：毛傳：「殷、夏也。」周初言失國，必舉夏殷爲證，尙書召誥：「我不可不鑒於有夏，亦不可不鑒於有殷。」論語：「周監於二代」，皆以夏、殷並言。⑤獲：猶善，不獲謂不能得其正道。⑥四國：泛言四方之國。⑦爰：乃。朱傳：「究：尋也。度：謀也。」言尋覓謀求四方之國，俾得一可承受天命者。⑧耆：毛傳、韓詩均釋爲惡。又耆與諸（讀ㄔ或ㄑㄧ）聲義相近，訶怒也。見廣雅疏證及集韻。⑨憎：惡。式：語詞。廓：毛傳訓大。故憎其式廓謂惡其爲惡浸大。又屈萬里先生謂：「廓：空虛也；謂其無政也。」亦通。⑩眷：回顧貌。西顧：顧視西方。周在西。周書多士：「（則惟帝降格），嚮于時夏。」註：得上帝眷顧之夏。意猶此詩「乃眷西顧，此維與宅。」見屈萬里「尙書釋義」。⑪宅：居。與宅：言與周人共居，天意常在文王所。漢書匡衡傳、谷永傳並引詩作「此維予宅」言天以文王之都爲居也。⑫王引之謂「作」爲「柞」之假借。周頌載芟：「載芟載柞。」毛傳謂除木曰柞。屏：音摒ㄅㄧㄥ，除。⑬毛傳：「木立死曰菑，自斃爲翳。」說文繫傳曰：「既枯之木，側立不仆，根著於地曰菑。翳：謂其死覆蔽於地。」連上句義爲：「他們除去立着和倒下的死樹。」⑭謂修剪整齊。⑮灌：叢生木。栵：斬而復生之樹。經義述聞云：「栵，當讀烈。烈，枿也，斬而復生者也。」連上句謂：「他們修平灌木栵木。」⑯啓、辟：開闢。辟與闢音義同。⑰檉：音撑ㄔㄥ，河柳。椐：音居ㄐㄩ，靈壽木，腫節可以爲杖。⑱攘、剔，皆除去意。⑲檿：音掩ㄧㄢ，山桑。柘：音蔗ㄓㄜ，落葉灌木，葉厚而尖，稍硬於桑葉，亦可飼蠶。本章前八句，每二句均爲倒裝句法。⑳遷：徙。明德之人指太王。上帝將天命遷給明德之君。㉑鄭箋：「串夷即混夷，西戎國名。」串即毌字之隸變，毌貫古今字，昆貫雙聲，故知串夷即混夷。載：則。馬瑞辰釋路爲疲瘠。言混夷勢衰。普賢按：「路」當釋爲孟子滕文公許行章「如必自爲而後用之，是率天下而路也。」之「路」。趙岐注：「羸路」路與露通，羸露謂瘦瘠暴露。朱注：「路謂奔走道路，無時休息也。」二說可通。緜篇「混夷駾矣。」可爲此解之佐證。且既「逃跑」當必「勢衰」，故以「奔跑於道路（逃跑）」解之爲宜。㉒厥：其。配謂配偶，卽指太王之妃太姜。㉓省：音醒ㄒㄧㄥ，視。山：岐山。嚴粲說。㉔柞：櫟。棫：白桵。皆木名。拔：讀爲佩ㄆㄟ。此句謂將柞棫拔而去之使道通。㉕兌：毛傳訓「易直。」滑易而條直。二句謂亂木已去，松柏暢茂。㉖「帝作邦」謂上帝爲周立國。甲骨文以乍爲則，作从乍，當亦有則義。對：揚也。義猶顯也。則顯言則使周顯揚於天下也。見屈萬里詩經釋義。㉗大讀太，大伯卽泰伯，太王之長子，王季之長兄，適吳不返，避位讓于王季。此句謂自太伯王季起，周卽顯揚於天下也。㉘因心：出於本心，發自天性，非勉强也。友：友愛兄弟。㉙篤：厚。慶：福。㉚載：則。錫：賜。光：光顯。二句謂王季能益修其德以增厚周之福慶，如是則使其兄有讓德之光顯。蓋太伯適吳，疑於王季不友，然王季之友愛其兄，出諸自然，非勉强。既受太伯之讓，則益修其德以厚周家之慶，而予其兄以讓德之光，表示其兄有識人之明，不爲徒讓，是眞友愛其兄者也。㉛喪：失。言永遠受福而不失墜。㉜奄：覆。奄有：盡有。朱傳：「至於文武而奄有四方也。」㉝昭公二十八年左傳引此句爲「維此文王」。正義云：「今王肅注及韓詩亦作文王。」按：三家均作文王。又樂記引詩「莫其德音」十句，鄭注言文王之德皆能如此。故作文王是。㉞度：音墮ㄉㄨㄛ，心能度物判義曰度。謂使其心智能審度事物判斷義理。㉟貊：音莫ㄇㄛ，禮記樂記引此詩貊作莫，小爾雅廣詁：「莫，大也。」德音：聲譽。上帝大其聲譽，言文王聲譽之隆著也。㊱克：能。明：昭顯。㊲類：善。㊳堪爲長上，堪爲君王。㊴比：親附。謂文王之德能使人民順從親附。㊵謂人民之親附於文王。㊶靡：無。悔：遺恨。言文王之德無復遺恨。㊷施：音意ㄧˋ，延。㊸無然：不可如此。鄭箋：「畔援猶跋扈也。」朱傳：「畔，離畔，援：攀援也。言舍此而取彼也。」卽見異思遷之意。二說均可。㊹朱傳：「歆，欲動之也。羨，愛慕之也。」卽貪而羨之。㊺誕：馬瑞辰謂語詞。登：成；岸：訟。均見鄭箋。蓋此岸，同小雅小宛「宜岸宜獄」之岸•韓詩及說文等書引詩皆作犴，是岸與犴通。意爲訟獄。以上三句言上帝謂文王勿跋扈以自傲，勿貪求以侵人，但先平理國內獄訟之事可也。卽書傳所稱文王一年斷虞芮之訟也。㊻密：密須氏之國，在今甘肅靈臺縣。不恭謂不恭順。㊼距：抵拒。大邦：指周。㊽阮、共：二國名。皆在今甘肅涇川縣。徂：音ㄘㄨˊ，往。言密須氏侵此二國。竹書紀年帝辛三十二年密人侵阮，西伯帥師伐密，正與毛傳合。見五經彙解。㊾赫：赫然，盛怒貌。斯：其。見經義述聞。㊿爰：於是。旅：軍旅。(51)按：止。孟子引作遏，按、遏二字雙聲，爾雅並訓爲止。徂：往。旅：孟子引作莒，地名。朱右曾以爲卽漢書地理志安定郡之鹵縣，在今甘肅天水、伏羌之間。言文王遏止密須氏侵旅之師也。惟旅地誰屬待考。見屈萬里詩經釋義。朱傳：「徂旅，密師之往共者也。」(52)篤：厚。祜：福。(53)廣雅：「對，揚也。」以對于天下，猶言以顯於天下也。馬瑞辰說。(54)依：據。京：高丘。言密須氏據其高丘之地。(55)自阮疆而侵及周之地。(56)陟：升。陟我高岡卽我陟高岡。謂登上高岡向密須氏宣話。(57)矢：陳，謂陳兵。(58)大陵曰阿。「無矢我陵……我泉我池。」四句乃周人戒密人之辭。(59)度：越。逸周書和寤篇云：「王出圖商，至于鮮原。」孔晁注云：「近岐周之地也。」見屈萬里詩經釋義。蓋密須旣逐，文王乃度越鮮原之地。(60)岐之陽：岐山之南。朱傳謂徙都程邑，

「於漢爲扶風安陵，今京兆府咸陽縣。」陳奐以爲：「文王度鮮原，爲作下都於程邑，而國仍在岐周，故云：『居岐之陽』也。」(61)將：側。公羊成公三年經：「晉郤克、衞孫良夫伐將咎如。」穀梁經作伐「牆咎如。」釋名：「輿棺之車其旁曰牆，似屋牆。」是牆爲在旁之名。將與牆音近義同。而將、則二字雙聲，側从則聲，故將得訓側。馬瑞辰有說。(62)之：是。方：向。言爲萬邦所傾向。(63)懷：眷念。謂眷顧有明德之人。(64)聲：喜怒之聲。色：喜怒之色。以、與，古通用，聲以色猶云聲與色。中庸引此詩而釋之曰：「聲色之於以化民，末也。」以聲色對舉，是其證。(65)長：廣雅：「常也。」汪德越曰：「不大聲以色者，不道之以政也；不長夏以革者，不齊之以刑也。夏謂夏楚，革謂鞭革。」見馬瑞辰毛詩傳箋通釋。(66)高誘註呂氏春秋本生篇及淮南子原道篇皆以「不謀而當，不慮而得」釋「不識不知」。(67)則：法則。帝之法則卽天道。二語謂不必多所謀慮，但順上帝之法則而已。故鄭箋云：「此言天之道尙誠實，貴性自然。」(68)鄭箋：「詢，謀也。」毛傳：「仇，匹也。」仇方卽與國。(69)同：和協。兄弟謂同姓。後漢書伏湛言文王受命征伐五國，必先詢之同姓，然後謀於羣臣。引詩「詢爾仇方，同爾弟兄」爲證。所謂詢之同姓卽指詩「同爾弟兄」言也。古音兄讀如荒，正與仇方爲韻，今作兄弟者，乃後人誤倒耳。馬瑞辰有說。(70)毛傳：「鉤，鉤梯，所以鉤引上城者。」正義：「鉤援一物，正謂梯也。以梯倚城相鉤引而上，援卽引也。」普賢按：此或係今日之所謂繩梯，如爬陡峭山壁時所用者然。一端有鉤，投擲鉤住城垣，人則緣繩而上。蓋此較雲梯易於携帶也。(71)臨衝：毛傳：「臨，臨車也；衝，衝車也。」正義：「臨者，在上臨下之名；衝者，從旁衝突之稱。」普賢按：臨車當係可用以居高臨下以觀察敵情者。或卽六韜軍略篇之飛樓，墨子之軒車，左傳之樓車、巢車也。衝車則爲衝鋒陷陣之車。蓋作戰時必先以臨車觀察敵情，見有可攻之勢，始以衝車進攻。二者必須配合得當，始克奏功。(72)崇：國名，其國至春秋時猶存，爲秦之與國，見宣公元年左傳注。墉：城。(73)閑閑：車強盛貌。經義述聞有說。(74)言言：高大貌。(75)訊：生得之俘虜，可以詢問口供者。連連：繼續不斷，形容所獲戰俘之多。(76)經義述聞云：「攸，語助也。」馘：音國 ㄍㄨㄛˊ，殺敵而取其左耳（用以報功）。安安：陳奐謂舒徐之意。普賢按：以殺獲衆多，快數易錯，故緩慢計數以報功也。(77)類：出征祭上帝。禡：音罵 ㄇㄚˋ，於行軍所止之處祭神。(78)致：使被征地人民前來。附：使被征地人民親附。說苑：「文王伐崇，令毋殺人，毋壞室，毋塡井，毋伐樹木，毋動六畜。」何楷謂卽此詩「是致是附」。馬瑞辰有說。(79)侮：輕慢。使四方莫敢輕慢。(80)茀：音弗 ㄈㄨˊ，茀茀：車強盛貌。經義述聞有說。(81)仡：音屹 ㄧˋ，高大貌。(82)鄭箋：「肆，犯突也。」卽突擊，縱兵。謂長驅而進。(83)忽：滅，盡。絕忽謂消滅淨盡。(84)拂：違逆。

【評　解】

皇矣是大雅文王之什的第七篇，共八章，章十二句。其中第三章第四、五句，第五章第四句及末句，第七章第三、四句及第八章第七句、末句，爲五字句外，餘均四字句，全詩共計三百九十二字。

毛詩序：「皇矣，美周也。天監伐殷，莫若周。周世世修德，莫若文王。」三家魯齊之說，亦言此詩爲陳文王之德。朱傳：「此詩敍太王、太伯、王季之德，以及文王伐密伐崇之事也。」朱傳所述，爲詩中所敍之事。而詩序則陳詩之義旨，兩者可以兼採。正如姚論所云：「此篇述文王之祖太王、父王季，皆推原其所生，以見其爲聖也。」

首章述上帝惡商而眷顧周。所以然者，在求生民之安定。因夏、商二國無善政，上帝遍尋天下，唯西方之周，最爲有德，遂與岐周之太王同宅，即天命歸周，亦即老子所謂「天道無親，常與善人」之意。開頭四句即有肅穆堂皇之感，不僅表達出上帝的偉大，臨下的威嚴，更見出對生民的關愛之情。而以「皇矣上帝」發端，頗有赫赫嚴嚴之勢，令人生出無限敬畏。篇中帝遷、帝省、帝度、帝謂等字都源於此句。而「天眷西顧」是全篇主意所在。

第二章接敍太王遷岐開闢景象，眞是篳路襤褸，以啓山林，其艱難困苦，可想而知。而由此正可見太王之爲民，不畏艱苦的偉大胸懷，故能「帝遷明德」，而令昆夷奔跑。天更爲之立賢妃以爲內助。至是，周之承受天命，已鞏固矣。此章更提出「明德」二字，爲周室歷代相傳家法，以下若干「德」字，均由此二字衍出。

第三章述太伯讓位王季，而先從上帝爲周立國以顯揚於天下說起。太伯、王季雙提，然後撤過太伯，專敍王季。太伯適吳，疑於王季不友，然王季之友愛其兄，則是發自本性。從王季一面寫友愛，而太伯之德自見。爲彰太伯有識人之明，王季遂益修其德，以增厚周之福慶，於是則知其兄有讓德之光顯，而不爲徒讓也。王季之德如是，故能受天命而不失，至於文、武遂奄有四方矣。

四章接敍文王更蒙上帝之賜，開度其心，能審度事物，判斷義理。其德昭顯，足以爲長上，足以爲君王。故人民均親附於文王。至此文王之德卽無可悔恨之處，致上帝所賜之福祉更能延及其子孫。

五章敍文王伐密之事。先由上帝對文王之告誡說起，告誡文王不可跋扈自傲，貪得無厭。應先平理國內獄訟之事。內政理而後再對外用兵。而對外用兵，乃在懲處不知事大之禮亦不知恤小之義的密須氏。此天理所不容，王法所當誅，故文王赫然震怒，而阻遏了密人對阮、共、旅三小國的侵犯。文王能扶弱抑強，故使周之福祿更爲篤厚而顯揚於天下矣。

六章重敍密人伐阮之事，以啓下文。文王旣逐密人，乃度越鮮原之地，建下都於岐山之陽，渭水之側，而爲天下萬邦所傾向，而爲天下萬民之君王。章中七個「我」字，讀之令人有理直氣壯，氣燄逼人之感。

七章帝誡文王以治民之道與伐崇之術。治民不可疾言厲色，不可處以刑罰，不必故意有所謀慮，唯順應天道，誠實自然；伐崇之術要咨詢同盟之國，協同兄弟之邦，以繩梯攀援，以臨車探察敵情，以衝車衝鋒陷陣，如是伐崇必奏成功。第五章敍伐密只「按旅」一句，而此章敍伐崇則備極詳盡。同爲攻伐，敍之却有詳略之別。

末章敍伐崇之過程，並得到最後之勝利。「臨衝閑閑，崇墉言言」「臨衝茀茀，崇墉仡仡」，均見此次伐崇之艱難，而終於得到勝利，正見文王伐崇乃是順天應命。「執訊連連，攸馘安安」寫俘虜及斬獲之多。「是類是禡」寫行軍之愼重其事，終至四方歸服。此章於伐崇分兩層寫：前段寫得整暇，後段寫得嚴厲。文王一怒而安天下之民，所謂王者之師也。「四方無侮」「四方無拂」，遙應首章之「監觀四方，求民之莫」，章法頗爲整飭。

大雅中追敍周朝開國史蹟的，主要有生民、公劉、緜、皇矣、大明五篇，被稱爲詩經五史詩。生民專寫周室始祖后稷的神話；公劉寫后稷後裔公劉的遷豳；緜寫古公卽太王的自豳遷岐，兼敍古公少子季歷娶大任而生文王；大明敍武王之伐紂而得天下，而歸功於其父文王之德以受天命，並追溯及於文王母大任、武王母大姒的天作之合。兩詩都是敍及三代的史詩。這篇皇矣敍太王及其長子太伯、少子季歷之德，以及季歷子文王之德及其伐密伐崇之事，也是敍及三代的史詩，並與大明篇均以詠文王爲重心。但若以五史詩分屬開國五階段，應以此詩代表文王。五階段的人物和事蹟，則爲：⑴生民篇的后稷受封；⑵公劉篇的公劉遷豳；⑶緜篇的太王遷岐；⑷皇矣篇的文王昌盛；及⑸大明篇的武王伐商，奄有天下。

牛運震詩志評皇矣曰：「一篇周本紀。鋪敍周家世德，明劃詳密，處處提掇天命帝鑒作主，奧闢警動。長篇結構，不蔓不復，此爲大手筆。」

【古　韻】

第一章：赫、莫、獲、度、廓、宅，魚部入聲；

第二章：屏、平，耕部上聲；

翳、栵，脂部去聲；

辟、剔，佳（支）部入聲；

椐、柘、路、固，魚部去聲；

第三章：拔、兌，祭部入聲；

對、季，微部去聲；

兄、慶、光、喪、方，陽部平聲；

第四章：心、音，侵部平聲；

悔、祉、子，之部上聲；

第五章：援、羨、岸，元部去聲；

恭、邦、共，東部平聲；

怒、旅、旅、祜、下，魚部上聲；

第六章：京、疆、岡、陽、將、方、王，陽部平聲；

阿、池，歌部平聲；

第七章：王、方、兄，(今本同爾兄弟)陽部平聲；

德、色、革、則，之部入聲；

衝、墉，東部平聲；

第八章：閑、言、連、安，元部平聲；

禡、附、侮，侯部去聲；

茀、仡、肆、忽、拂，微部入聲。

四三、大　明

這是詩經中追敍周代史蹟的著名史詩之一。詩敍武王伐商經過，而以周之有天下，歸功於文王之以德受天命，並追溯及於大任大姒二母的天作之合。

原　詩	今　譯
明明在下，❶	在下有明德輝煌，
赫赫在上。❷	在上有天命昭彰。
天難忱斯，❸	上天的事情難信賴，
不易維王。❹	王業不易保久長。
天位殷適，❺	天爲殷商立強敵，
使不挾四方。❻	使他不能有四方。

摯仲氏任，❼
自彼殷商，
來嫁于周。
曰嬪于京，❽
乃及王季，❾
維德之行。❿
大任有身，⓫
生此文王。

維此文王，
小心翼翼。
昭事上帝，⓬
聿懷多福。⓭
厥德不回，⓮

摯國任家二小姐，
從那殷商遙遠處，
嫁到周國爲媳婦。
嫁來周國京師，
能够配合王季，
品德行爲一致。
大任懷胎有了喜，
文王於是就降世。

文王處世很謹慎，
做事處處都小心。
心地光明事上帝，
於是保有多福祉。
品德正直不回邪，

以受方國。⑮　承受四方來附國。

天監在下，⑯　上天觀察萬民，
有命既集。⑰　天命既已降臨。
文王初載，⑱　文王即位沒多久，
天作之合。　天意使他有配偶。
在洽之陽，⑲　在洽水的北岸，
在渭之涘。⑳　在渭河的旁邊。
文王嘉止，㉑　文王嘉美歡喜，
大邦有子。㉒　莘國有女爲妻。

大邦有子，　莘國有女眞美善，
俔天之妹。㉓　就像天上仙女般。
文定厥祥，㉔　行禮納幣定吉祥，

四三、大明

親迎于渭。
造舟爲梁，㉕
不顯其光。㉖

有命自天，
命此文王。
于周于京，㉗
纘女維莘，㉘
長子維行。㉙
篤生武王。㉚
保右命爾，㉛
燮伐大商。㉜

殷商之旅，㉝

親自迎娶渭水旁。
造舟爲梁過河來，
大大顯耀他光彩。

有命自天降，
命令這文王。
命令下達周京處，
又有莘國的好女，
能與文王相輔助。
篤生武王天賜福。
上天保佑又指令，
攻伐大商應天命。

殷商的軍隊衆紛紜，

其會如林。㉞
矢于牧野：㉟
「維予侯興，㊱
上帝臨女，㊲
無貳爾心。」

牧野洋洋，㊳
檀車煌煌。㊴
駟騵彭彭，㊵
維師尚父，㊶
時維鷹揚。㊷
涼彼武王，㊸
肆伐大商。㊹
會朝清明。㊺

會聚一起如樹林。
武王誓師在牧野：
「如今我就要興起，
上帝他會監視你，
可別三心又兩意。」

牧野地方很寬廣，
堅固的戰車也鮮亮，
四匹騵馬很盛壯。
又有太師號尙父，
勇猛精進似鷹揚。
盡心輔佐那武王，
揮軍前進伐大商。
會戰之晨天晴朗。

【註　釋】 ❶明明：謂有明德。在下：在人間。❷赫赫：顯赫。在上：在天上 。二句謂文王之明德在人間，故上天降下顯赫之命使周有天下。❸忱：音沈ㄔㄣ，漢書貢禹傳、後漢書胡廣傳引詩皆作諶。說文引詩亦作諶，大雅蕩：「其命匪諶」，說文引作忱，是忱、諶同。忱：信賴。斯：語詞。天難信賴謂天命無常，每有更易，卽周書大誥「天棐忱辭」之意。❹言保王業不容易。❺于省吾雙劍誃詩經新證謂：位、立古同字，金文位字皆作立。適、敵聲同古通。言天立殷敵。❻謂使不能挾有四方也。于省吾謂或讀挾爲浹，謂使不能浹合四方，於義亦通。❼摯：國名，殷畿內小國。仲氏：次女。任：姓。摯國任姓之次女，卽本詩中所稱之太任，爲王季之妻，文王之母。❽曰：語詞。嬪：婦。此處作動詞用，謂嫁而爲婦也。京：周京。❾王季：太王之子，文王之父，名季歷。❿行：音杭ㄏㄤ，行列，猶言齊等，謂太任之德與王季齊等。⓫有身：謂懷孕。⓬昭：明。謂心地光明（誠心誠意）敬事上帝。⓭聿：語詞。懷：保有。⓮厥：其。回：邪。⓯受：承受，保有。方國：四方來附之國。⓰監：視。⓱集：至，謂天命已到達文王。⓲載：始，又，年。唐虞曰歲，夏曰載，殷曰祀，周曰年。載卽年也。⓳洽：水名，卽郃水。朱右曾謂卽水經注之瀵水，水北曰陽。⓴渭：水名。涘：音ㄙ，水涯。㉑嘉：美。止：語詞。㉒大邦：謂莘國。子：女子，指太姒。以上二句爲倒裝語法，謂大邦有女，文王嘉美之也。㉓俔：音欠ㄑㄧㄢ，說文：「譬喻也。」妹：卽周易歸妹之妹，少女也。俞樾說。謂莘女之美好譬如天上之少女也。㉔朱傳：「文、禮；祥，吉也。言卜得吉，而以納幣之禮定其祥也 。」言以禮定卜喜事，卽今之所謂訂婚也。㉕造舟相接以爲橋梁，若今之浮橋。㉖不：丕，大。謂大顯其光彩。㉗于周之京。㉘纘：當爲嬪字之假借。嬪：好。馬瑞辰說。莘：國名，爲太姒之國。㉙長子：謂文王，爲王季之長子。行：與二章「維德之行」之行字同義，齊等也。言太姒之德與文王齊等。㉚篤：毛傳訓爲厚。厚生武王，謂天生武王很篤厚。㉛右：助。謂天保之，天助之，而又天命之。爾：謂武王。㉜燮：高本漢謂躞字之省，意爲行。燮伐大商：謂進軍攻伐大商。㉝旅：衆。指軍隊。㉞會：聚集。如林：衆多。㉟矢：誓，謂誓師。牧野：在今河南淇縣境。㊱以下三句爲誓辭。侯：乃。謂予今當興起。㊲女：音義同汝。臨謂照臨，監視之意。㊳洋洋：廣大。㊴檀：堅木，宜爲車。煌煌：鮮明。㊵騵：音元ㄩㄢ，赤身黑尾而腹部又有白毛之馬曰騵。彭彭：盛壯貌。㊶師：太師尙父。太公望爲太師而號尙父。㊷鷹揚：如鷹之飛揚，形容師尙父之勇武。㊸涼：輔佐。韓、魯詩均作亮，訓爲導右，見爾雅釋詁。導爲教導，右爲佑助，皆輔助之意。㊹肆：恣縱，言縱其兵。㊺會：合，言會戰。清明：謂天氣清朗。

【評解】

大明是大雅文王之什的第二篇，共八章，一三五七四章章六句，二四六八四章章八句，成爲六八相間的特殊章法，在三百篇中，又是一格。除第一章第六句爲五字句外，餘均四字句，全詩共計二百二十五字。

大雅中多史詩，保存了周民族興起的史跡。其中五篇敍后稷的生民、公劉的公劉、古公的緜、文王的皇矣、武王的大明爲最著。大明不啻一篇文王傳，而敍事追溯二母，並以周有天下，歸功文王，故敍文王特詳。

第一章因爲要述文武之受命，所以先言天人感應之理，再述及殷之所以亡，以爲全篇綱領。

二章至六章歷敍文王武王皆生有聖德，其中第三章敍文王之德獨詳。於王季則以「維德之行」一語點過。對於武王則只說伐商之事。王季武王未嘗無明德，但眞正受天命則自文王始。文王有此明德，必有聖父聖母，故推本於王季太任。又有此明德必有聖配，故五章、六章詳述太姒之德盛禮隆，然後篤生聖子而有天下。至於敍述武王伐商，也以「有命自天，命此文王」發端，全詩無處不歸重於文王。

至於寫王季文王兩代的婚配，二章先出太任，後出王季。而四章先出文王，再出太姒。於太任則說來嫁，太姒則曰親迎，是兩代婚配作兩樣寫法，章法錯落有致，安排得體。

二章敍太任「維德之行」而生文王，六章敍太姒也能「長子維行」而生武王。於是詩意即轉入武王。故七八兩章側重武王之伐商而有天下，結束全篇，與首章相應。其中七章的「上帝臨女」應首章的「赫赫在上」；八章末句的「會朝淸明」，與首章的「明明在下」相應。全詩最後以「會朝清明」作結，卽有應天順人，廓清六合之氣概。

本詩寫伐紂之事，「殷商之旅，其會如林」寫紂兵之衆多，然武王有必勝之心；「上帝臨女，無貳爾心」是上下一體，萬衆一心；會戰時又得清明天氣，是天時地利人和，武王已有其二，故能克服紂軍，奠定帝業。

周書牧誓：「時甲子昧爽，王朝至於商郊牧野，乃誓。」又楚辭天問：「會鼂爭盟，何踐吾期？」註：「舊說武王將伐紂，紂使膠鬲視武王師。膠鬲問曰：『欲以何日行師？』武王曰：『以甲子日。』膠鬲還報紂。會天大雨道難行，武王晝夜行。或諫曰：『雨甚，軍士苦之，請且休息。』武王曰：『吾許膠鬲以甲子日至殷，今報紂矣。吾甲子日不到，紂必殺之，吾故不敢休息，欲救賢者之死也。』遂以甲子日朝誅紂，不失期也。」是皆記武王伐紂事，可爲此詩「肆伐大商，會朝清明」之佐證。

馬瑞辰毛詩傳箋通釋，解此詩篇名云：「大明蓋對小雅有小明篇而言。」蓋大明以首句「明明在下」本名明明，小雅首句「明明上天」之詩，亦名明明。大明小明卽大雅明明與小雅明明的簡稱。

牛運震詩志評此詩曰：「平敍簡質而布置寬綽，骨法勁動。」

【古　韻】

第一章：上、王、方，陽部平聲；
第二章：商、京、行、王，陽部平聲；
第三章：翼、福、國，之部入聲；
第四章：集、合，緝部入聲；
　　涘、止、子，之部上聲；
第五章：妹、渭，微部去聲；
　　梁、光，陽部平聲；
第六章：天、莘，眞部平聲；
　　王、京、行、王、商，陽部平聲；
第七章：旅、野，魚部上聲；
　　林、興、心，侵部平聲；
第八章：洋、煌、彭、揚、王、商、明，陽部平聲。

四四、車鄰

詩人有幸見到了秦君，異常高興，唱出了他讚美秦君和樂可親的詩篇。

原詩	今譯
有車鄰鄰，❶	車子鄰鄰響不停，
有馬白顛。❷	馬兒有着白頭頂。
未見君子，❸	沒有見到君子面，
寺人之令。❹	先使寺人去傳稟。
阪有漆，❺	斜坡上面有漆樹，
隰有栗。❻	低濕地方有栗樹。
既見君子，	既已見到君子面，

竝坐鼓瑟。❼　　同坐鼓瑟共歡娛。
今者不樂，　　不趁今日快享樂，
逝者其耋。❽　　時光飛逝快老去。

阪有桑，　　斜坡上面有野桑，
隰有楊。　　低濕地方有白楊。
既見君子，　　既已見到君子面，
竝坐鼓簧。❾　　兩人同坐齊鼓簧。
今者不樂，　　不趁今日快享樂，
逝者其亡。❿　　時光飛逝快死亡。

【註釋】❶鄰鄰：衆車行聲。❷顚：額部。白顚謂額有白毛。❸君子：指秦君而言。❹寺人：內侍小臣，太監之類。之：是。令：使。❺阪：音反ㄈㄢ，陂陀不平之處。❻隰：音習ㄒㄧˊ，下濕之地。❼竝坐：黃佐曰：「竝坐者同坐，非竝肩而坐也。」❽逝：去，指日月逝去。耋：音迭ㄉㄧㄝ，老。年八十曰耋。❾簧：笙竽中之銅片，吹時鼓動作聲者。笙亦謂之簧。❿亡：死亡。

【評 解】

車鄰是秦風十篇的第一篇。分三章，一章四句，句四字。二三兩章均前加兩三字句，而成六句章，全詩共計六十字。

詩序云：「車鄰，美秦仲也。秦仲始大，有車馬禮樂侍御之好焉。」按秦仲爲周宣王大夫，未必得備寺人之官。此詩疑作於平王命襄公爲侯之後。故朱傳曰：「是時秦君始有車馬及寺人之官。將見者，必先使寺人通之，故國人創見而誇美之也。」並未坐實秦之何君。然與詩序同樣强調此詩所誇者在車馬侍御之盛；今細味詩意，雖謂車馬侍御皆爲昔日所無而今始有，值得誇美；鼓瑟鼓簧，亦非秦之舊聲，而爲創見，值得特寫，然此皆爲陪襯秦君今日之威勢地位者：於未見君子時，以車馬之盛，表現其富强；「寺人之令」，表現其尊嚴也。於既見君子後，能與詩人竝坐鼓樂，以見其和易可親，秦君之賢，於焉以見。此乃詩旨主意所在。詩中充滿一股忠愛之情與悲壯忼慨之氣，頗具覇王雄風，然「寺人之令」一語，已伏下後來趙高等內侍小臣弄權禍國之根苗。而秦興之暴亡之速，亦於此見其端倪矣。

由以下諸人之評語，亦可窺見此詩意義之一斑：

呂祖謙曰：「既見君子，竝坐鼓瑟，簡易相親之俗矣。今者不樂，逝者其耋，悲壯感歎之氣也。秦之強以此，而止於爲秦者亦以此。」

輔廣曰：「未見秦君，而覩其車馬之盛，寺人之令，而誇美之矣。則其既見秦君也，相與竝坐鼓瑟而又歎以爲苟今時而不作樂，則逝者其耋矣。蓋禮儀初備，而人情喜樂，故至如此。」

沈守正曰：「未見而傳衛之森嚴，既見而略其名分，與國中雄桀之士，慨慷悲歌，勉其及時以就功名，卽安能邑邑待數十百年之意也。讀車鄰，秦之規模定矣。」

【古　韻】

第一章：鄰、顚、令，眞部平聲；

第二章：漆、栗、瑟、耋，脂部入聲；

第三章：桑、楊、簧、亡，陽部平聲。

四五、駟　驖

這是一篇讚美秦君田獵的詩。簡單的四十八個字，透露了當時秦君之所好以及秦國寓兵於獵的尚武精神。

原詩	今譯
駟驖孔阜，❶	鐵青的四馬很高大，
六轡在手。❷	六根繮繩拿在手。
公之媚子，❸	秦公寵幸的好臣子，
從公于狩。	跟隨秦公獵野獸。
奉時辰牡，❹	趕出母獸和公獸，
辰牡孔碩。❺	母獸公獸都肥碩。
公曰：「左之！」❻	秦公命令靠左側，
舍拔則獲。❼	一箭射出就有獵獲。
遊于北園，	射罷歸來遊北園，

四馬既閑。❽　駕車的四馬很悠閑。

輶車鸞鑣，❾　輕車配着鸞鈴響，

載獫歇驕。❿　載着獵犬一齊還。

【註　釋】❶：驖音鐵ㄊㄧㄝ，一作鐵，鐵色馬，亦取其堅壯如鐵；孔：甚；阜：大。❷轡：御馬的繮繩。每馬有二轡，四馬應有八轡，但以驂馬內轡拴在車前橫木的觖上，故在手者僅六轡。❸媚：愛。媚子：所親愛之人，指左右寵信而言。❹奉：奉獻。時：是。辰：音義同麎ㄔㄣ，牝鹿，此泛指雌獸，與牡（雄獸）對言。馬瑞辰有說。此句謂虞人驅獸以供君射。❺碩：大。❻左之：命御者驅車於獸之左方以射。孔疏謂「逐獸由左，古之常法。」周禮載有御車馳驅之法。地官保氏將「逐禽左」列為五御之一。疏云：「逐禽左者，御驅逆之車，逆驅禽獸，使左當人君以射之也。」蓋周人尚右。馬瑞辰云：「儀禮特牲少牢，凡牲升鼎者皆用右胖，載俎者亦皆右體。鄉飲鄉射用右體與祭同，射必中左，自以尚右之故。」因射必有傷，射其左而右體俱整故也。按古者以中箭部位之不同，有三種殺獸之法，以為三種用途。小雅車攻篇毛傳曰：「一曰乾豆，二曰賓客，三曰充君之庖。故自左膘而射之，達于右髃為下殺。」孔疏曰：「君尊宗廟敬賓客，故先人而後己。又分別殺之三等：故自左膘而射之，達過於右肩髃為上殺，以其貫心死疾，肉最絜美，故以為乾豆也。射右耳本……亦自左射之，達右耳本而死者為次殺，以其遠心死稍遲，肉已微惡，故以為賓客也。射左股髀而達過於右脅髃為下殺，以其中脅死最遲，肉又益惡，充君之庖也。」

按秦之先爲顓頊之後，至大費（一名伯翳，尚書謂之伯益）佐禹治水有功，賜姓嬴氏。其後中潏居西戎，保有西垂之地。七世孫非子，居犬丘，好馬及畜，善養息之。周孝王召使主馬于汧渭之間，馬大蕃息。孝王分土封之爲附庸，而邑之秦，使復續嬴氏祀，號曰秦嬴。秦嬴玄孫秦仲，爲周宣王大夫，誅西戎，不克，西戎殺秦仲。犬戎與申侯伐周，殺幽王，而秦仲孫秦襄公將兵救周，戰甚力，有功。平王東遷，襄公以兵送平王，平王封襄公爲諸侯，盡有周西都畿內岐豐之地，然後始備中國之禮儀侍御，與諸侯通聘享之禮。在此詩中，詩人爲指出秦國風尚已變，夷狄之俗已去，而成爲名符其實的諸侯之國，所以特別用「公曰左之」一語。⑦舍：音捨ㄕㄜ發矢。拔：矢末。舍拔則獲謂矢發出卽有所獵獲。⑧閑：過去多釋爲熟習，然爲表示射獵之事已畢，以釋作閒暇、悠閒較妥。⑨輶：音由ㄧㄡ，輕。鑣：音標ㄅㄧㄠ，馬銜，置鸞鈴於馬銜之兩旁稱鸞鑣。⑩獫：音險ㄒㄧㄢ，獵犬之長喙者。歇驕：爾雅、說文均作猲獢。張平子西京賦：「屬車之箴，載獫猲獢。」張銑注：「獫猲獢皆狗也。」歇驕謂獵犬之短喙者。此句謂田獵已畢，將獵犬載於車上一起歸來。

【評　解】

駟驖是秦風十篇的第二篇。分三章，章四句，句四字，全詩共四十八字。

詩序曰：「美襄公也。始命有田狩之事，園囿之樂焉。」黃實夫曰：「田狩之事，園囿之樂，何足爲美？蓋以襄公有功王室，始受天子之命，人亦樂予之也。」劉瑾曰：「愚按朱子雖以此序稍平，不復辨說，然又謂秦詩時世多不可考。今據詩中言公乃臣子稱其君之詞，疑此詩亦作於襄公受命爲侯之後也。」劉氏之言，可謂持平之論。

第一章寫狩獵時駕車馬匹之壯健高大，四馬齊色又齊力，令人體會到秦國武力之强。然而古代狩獵，本爲習武，隨從人員，應該是國家干城的武臣，而今秦君所率領的却是「公之媚子」，這與車鄰篇的「寺人之令」，同樣透露出內侍便嬖之得寵，而也就決定了秦國後來之專靠武力統一六國，却又因小人之弄權而致其速亡的命運。

第二章描述秦公射技之精，且特別强調「公曰左之」，表示秦國已確實躋身於諸侯之林，故此四字寫得指揮飛動，有聲有色，而秦君射技之高超，意態之飛揚，亦躍然紙上矣。

第三章：詩人的筆鋒於前兩章氣勢雄偉，有斬釘截鐵之勢，而本章則如大江之入平流，一片緩慢悠閒的情調，十六個字所表現的完全是獵罷歸來，一種整暇自如的情態。

全詩筆勢古勁生動。茲將前人對於此詩之批評摘錄數則於下：

輔廣曰：「駟驖孔阜，言其馬之盛也；六轡在手，言其御之善也；公之媚子，從公于狩，言公有所親愛之人隨公以田獵；奉時辰牡，辰牡孔碩，虞人奉翼大獸以待公之射，禮儀之備也；公曰左之，舍拔則獲，射御之精也；遊于北園，因出狩而遊觀也；四馬既閑，車馬皆閑習也；輶車鸞鑣，載獫歇驕，雖田犬而亦處之得宜也。此皆昔無而今有，故歷敍其事而誇美之也。」

沈守正曰：「獵非先秦之所無也，威儀氣象之改觀，則今所創見耳。」

劉瑾曰：「秦本保于西戎，自非子爲附庸而邑之秦，遂入于中國。自襄公爲諸侯，盡有周西都畿內岐豐之地，然後始備中國之禮儀侍御，而詩人美之。觀其所美者如此，則其所缺者亦多矣。」

張栻曰：「讀車鄰駟驖之詩，則知秦之立國，自其始創，則不過盛其車馬奉養之事，競於射獵之爲而已，蓋不及於用賢制民也，則其流風亦習乎是而已。」

黎東方先秦史五二面第八章西周末段云：「另一件可注意的史實便是鐵器的應用。詩經上駟驖一篇，這驖字相傳爲鐵色的馬。又有『取鍛取鐵』四字，寫出了一個鐵字來。現存的石鼓，似爲中國歷史上最大的刻石，非鐵不能刻出。依照古書，這是周宣王蒐於岐陽而作。也有人說這是秦襄公在平王元年作的。倘若是平王元年作的，離開西周也僅有一年。那鐵刀決不能恰巧是那平王一年才發明的。」其中所引「取鍛取鐵」四字，是大雅公劉篇中「取厲取鍛」四字之誤。關於「鍛」不訓鐵，我們已在詩經欣賞與研究續集公劉篇詳爲說明。這篇駟驖的驖，唐石經初刻作鐵，後改驖。阮元校勘記云：「正義本當是鐵字，爲驖之借。」這正與公劉篇鍛乃碫之假借字同。但驖既訓鐵色馬，則作此詩時鐵已發現而應用。故說鐵於西周晚年已應用是合理的。至於說石鼓文，今人馬衡又以爲是秦德公以下十四世居雍時作（德公徙都雍已在周僖王五年卽西元前六七七年齊桓公稱覇時代），究作於何時，尙無定論。

【古　韻】

第一章：阜、手、狩，幽部上聲；

第二章：碩、獲，魚部入聲；

第三章：園、閑，元部平聲；

鑣、驕，宵部平聲。

四六、小　戎

這是一篇思婦想念她出征丈夫的詩歌，但卻把車馬戰具詳細敍寫，正表現了秦國的尙武精神。

原詩

小戎俴收，❶
五楘梁輈，❷
游環脅驅，❸
陰靷鋈續，❹
文茵暢轂，❺
駕我騏馵。❻
言念君子，❼
溫其如玉。❽
在其板屋，❾
亂我心曲。❿
四牡孔阜，⓫

四六、小戎

今譯

兵車輕淺又快捷，
車轅外面纏皮革，
游環皮帶驅驂馬，
白色鐵環把靷條接，
虎皮車墊長車轂，
駕我青花駿馬和白脚馵。
一心想念我君子，
溫文儒雅似美玉。
住在西戎木板屋，
擾亂我心深深處。
四匹公馬很高大，

六轡在手。⑫
騏駵是中，⑬
騧驪是驂。⑭
龍盾之合，⑮
鋈以觼軜。⑯
言念君子，
溫其在邑。⑰
方何爲期？⑱
胡然我念之？⑲

俴駟孔羣，⑳
厹矛鋈錞，㉑
蒙伐有苑，㉒
虎韔鏤膺，㉓

六根韁繩一手拿。
騏馬駵馬在當中，
兩邊黃馬和黑馬。
龍盾一雙車上載，
白色銅環觼繫軜。
一心想念我君子，
溫文儒雅在邊邑。
什麼時候才回家？
我怎麼這樣想念他？

無甲的四馬很合羣，
厹矛下端包銅錞，
雜畫的盾牌有文彩，
虎皮弓囊膺鏤文，

交韔二弓，㉔　交义二弓囊中放，
竹閉緄縢。㉕　竹製弓檠繩紮緊。
言念君子，　一心想念我君子，
載寢載興。㉖　想他起居無人問。
厭厭良人，㉗　良人安靜性情好，
秩秩德音。㉘　言談清晰條理分。

【註釋】❶小戎：兵車。羣臣所乘者。俴：音賤ㄐㄧㄢ，淺短，取其便捷。收：車箱，車後橫木及四面之木，所以收斂所載者。❷楘：音木ㄇㄨ，歷錄，交縈纏束之名。五楘謂圍繞纏束五處。輈：音舟ㄓㄡ，車轅。大車謂之轅，兵車、田車、乘車謂之輈，輈前端上曲如橋梁，故曰梁輈。梁輈纏束五處，故曰五楘梁輈。❸游環：可前後游動之皮環，在服馬背上，驂馬之外轡貫之。脅驅：在服馬脅外之兩條皮帶，前繫於衡（車前橫木）之兩端，後繫於軫（車後橫木）之兩端，所以控馭驂馬不得入內。❹靷：音引ㄧㄣ，馬引車所用之皮條，在陰板（車前軾下之板）之下。鋈：音沃ㄨㄛ，白金，古金、銀、銅、鐵，總謂之金。續：續靷。靷之長必以數條皮帶相連接而成，其接處用白色鐵環扣緊，以保牢固。故曰鋈續。❺文：虎皮。茵：車席。暢：長。轂：車輪中心車軸外之圓木。❻騏：馬青驪文如博棊者。馵：音住ㄓㄨ，馬後左足白者。⑦君子：婦人謂其夫。⑧謂其性情溫文如玉。⑨板屋：以板爲屋。西戎以板爲屋。孔穎達曰：「地理志曰：『天水隴西山多林木，民以板爲屋。』然則秦之西陲，民亦板屋。」⑩心曲：心中委屈之處，卽心靈深處。⑪⑫見秦風駟驖篇注。⑬駵：音留ㄌㄧㄡ，赤身黑鬣之馬。⑭騧：音瓜ㄍㄨㄚ，黃馬黑喙者。驪：黑馬。騧驪是驂謂以騧驪爲兩側之驂馬。⑮龍盾：盾上畫龍文者。合：合載二盾。⑯觼：音厥ㄐㄩㄝ，環之有舌者。軜：音納ㄋㄚ驂之內轡，置觼於軾前，所以繫二轡（手握者僅六轡），故曰觼軜。以白金飾觼故曰鋈。⑰在邑：在西鄙之邑。⑱方：將。期：歸期。⑲胡然：何以如此。⑳釋文引韓詩謂：「駟馬不着甲日俴駟」。管子參患篇：「兵不完利，與無操者同實；甲不緊密，與俴者同實。」註：「俴謂無甲單衣者。」孔羣：很合羣，謂步調協調。㉑厹：音求ㄑㄧㄡ，厹矛：三隅矛，卽刃有三稜角者。錞：音敦ㄉㄨㄣ，矛之下端。鋈錞：白色金屬所做之錞。㉒蒙：尨雜。伐：中干，盾之別名。苑：文彩貌。有苑：苑然。畫雜羽之文采於盾上故曰蒙伐。㉓韔：音暢ㄔㄤ，弓囊。虎韔：用虎皮做成之弓囊。鏤：雕鏤。膺：弓之前面曰膺，後面曰背。鏤膺謂雕鏤之弓面。㉔於韔中顚倒安置二弓，以備有損壞。㉕閉：古通作䩛，一作柲，弓檠，以竹爲之，縛於弓裏。緄：音滾ㄍㄨㄣ，繩。縢：音騰ㄊㄥ，捆紮。竹閉緄縢：謂以竹爲䩛，以繩捆紮於弓裏。㉖載：則。與：起。謂念君子之起居。㉗厭厭：安靜，良人指其夫言。㉘秩秩：有序。德音：指對方之語言。

【評　解】

小戎爲秦風十篇的第三篇，分三章，章十句，除次章末句爲五字句外，餘均四字句，全詩共一百二十一字。

詩序云：「小戎，美襄公也。備其甲兵，以討西戎。西戎方彊，而征伐不休，國人則矜其車甲，婦人能閔其君子焉。」據此則一詩兩義，而二者之間並無連屬之語氣，是不可通。且詩中並未見有專爲襄公之詞。細味詩意，應是武士出征，其婦念之之詞。每章先由武士出征時，婦人所見其夫車馬武器之裝備說起，然後接敍自己今日對其夫想念之情。由詩中可知此一武夫，實有儒者之風，故曰「溫其如玉」「溫其在邑」，最後更謂「厭厭良人，秩秩德音」。如此一位溫文儒雅之士，如何經得起行軍戰陣之苦？故每章有「言念君子」句，以表達其想念之私情。然出征是屬公義，故於每章首六句先敍其軍容之盛，裝備之精。蓋秦國尚武，婦人亦明公義之重於私情，是秦風之爲秦風而有異於其他國風之思婦詩者。詳敍兵車各部分結構，亦此詩特點。

首章小戎俴收五句，連說兵車之裝備，而却用「駕我騏馵」一語承住，結構始無平排鋪敍之呆板，而頗具氣勢，末句表達婦人之深情。

次章之騏駵騧驪卽應首句之四牡，前四句說馬，五六兩句仍收到駕車，是章法有所變換。末句「胡然我念之」以虛字增加句法疎宕之美。且自問自疑，正是不知如何回答而亦無須回答，此與王風君子于役「如之何勿思」句同其情致。

末章孔羣二字寫馬之德。先由馬說起而連及器械弓盾之備，是章法又有所變化。蒙伐龍盾前後相映成趣。第八句「載寢載興」，朱傳謂指婦人因思之深而起居不寧，然由前二章句法類推，此句以仍指征人爲宜。蓋思念征人在外之飲食起居，無人照料也。正是思婦之情。最後結語二句，有餘音裊裊，餘意無窮之感。蓋良人之美德，非二三語言所能盡之者也，故以不了之語作結，正是思婦情深之處。

牛運震詩志評此詩曰：「敍典制，斷連整錯有法，骨方神圓，周考工、漢鐃歌併爲一體。一篇典制繁重文字，參以二三情思語，便覺通體靈動。極鋪張處，純是一片摹想也。借婦人語氣，矜車甲而閔其君子，立意便勝。極雄武事，妙在以柔腕參之也。不必定以爲婦人之詩。」

【古　韻】

第一章：收、輈，幽部平聲；驅、續、轂、馵、玉、屋、曲，侯部入聲；

第二章：阜、手，幽部上聲；中、驂，中部平聲；

合、軜、邑，緝部入聲；期、之，之部平聲；

第三章：羣、錞、苑，文部上聲；

膺、弓、縢、興，蒸部平聲。

四七、采　綠

這是西周詩人對某一婦人思念其夫的情景之特寫鏡頭。生花妙筆，情景如畫，如見其人，如聞其聲，活現當前。

原詩	今譯
終朝采綠，❶	整個早晨採王芻，
不盈一匊；❷	王芻不滿兩隻手；
予髮曲局，❸	我的頭髮曲又亂，
薄言歸沐。❹	我要回家去洗頭。

終朝采藍，❺
不盈一襜；❻
五日爲期，
六日不詹。❼

之子于狩，
言韔其弓；❽
之子于釣，
言綸之繩。❾

其釣維何？
維魴及鱮；❿
維魴及鱮，
薄言觀者。⓫

整個早晨採草藍，
一衣兜草藍採不滿；
說好初五就相見，
初六仍不見他還。

以後那人去打獵，
我就跟着去收弓；
以後那人去釣魚，
我就跟去理絲繩。

釣魚釣的是什麼魚？
大頭鰱魚細鱗鯿；
大頭鰱魚細鱗鯿，
我在一旁守着看。

【註　釋】❶終朝：自旦至食時。綠：草本植物，一作菉，又名王芻。說文又云：「藎草也。」可用作黃色染料。❷匊：同掬，音菊，兩手承取曰掬，一掬卽一捧。亦量名。小爾雅廣量：「兩手謂之掬。」注：「半升也。」❸曲局：髮亂而鬈曲。❹薄言：語辭。沐：洗髮，歸沐：歸家洗髮。❺藍：草本植物，可用作藍色染料。❻襜：音占，衣前襟，一說指前裳。一襜：一衣兜。❼詹：音占，同瞻，見也。❽韔：音暢，盛弓之囊，此處作動詞用，言盛弓於囊也。❾綸：朱傳：「理絲曰綸。」之：猶其。❿魴：音房，扁身細鱗之魚，又名鯿魚。鱮：音敍，卽大頭鰱魚。⓫觀者：猶觀之。

【評　解】

采綠，是小雅魚藻之什的第六篇，朱傳改列爲都人士之什的第二篇，分四章，章四句，句四字，全詩共六十四字。

詩序：「采綠，刺怨曠也。幽王之時，多怨曠者也。」怨曠者，夫婦久別之謂，而詩中僅言「五日爲期，六日不詹」，何得卽言怨曠？故鄭箋强爲之釋云：「五日六日者，五月之日，六月之日也。期至五月而歸，今六月猶不至，是以憂思。」而釋怨曠之由爲：「怨曠者，君子行役，過時之所由也。」以配合序文「幽王之時」，難怪姚際恆要評鄭箋說：「鄭氏以其不近理，改爲『五月』『六月』，吁，何其固哉！」朱子解詩，就不遷就詩序的時世為「幽王之時」，詩旨為「刺怨曠」，而是玩味詩篇原文，體會出作詩的本意來，只是：「婦人思其君子」之詩。何以思之?不過「五日為期，六日不瞻」，因其「過期而不見」耳。其實這只是一篇上乘的風詩，與王政無關，所以附於小雅之末，或者是西周時采於豐鎬近畿之地的關係吧！

這詩描寫婦人思念丈夫的心理深刻而生動，極為特出。首章寫婦人終朝採綠，竟不盈一匊，便刻劃出了因思念之深，不專於事，無心採摘，故無成績可言；忽而又發覺自己的頭髮鬈曲蓬亂了，又馬上趕回去洗頭打扮。為什麼這樣緊張呢？於是第二章透露出她丈夫出門時，說好初五要回來的，而現在初六還不見人影。所以到野地裏去採綠採藍以遣懷，實在只是在丈夫歸途所經的路邊候着他，那裏會專心採摘，難怪會終朝採摘，所得無幾了。這裏，我們也就能玩味出首章採綠是初五事，而次章採藍，則為初六事。現在的寫法比直寫：「初五到約期，採綠去等你；初六不見還，路邊去採藍。」風味又不同了。

第三章描寫婦人久待其夫不歸，因自思待夫歸後，以後其夫往獵，則我為之納弓於韔中；其夫往釣，則我為之繙繩於釣竿，永遠陪伴他，不離左右。朱子曰：「言君子若歸而欲往狩耶，我則為之韔其弓；欲往釣耶，我則為之綸其繩；望之切，思之深，欲無往而不與之俱也。」牛運震曰：「預計歸後情事，虛景幻想寫來濃媚。」

第四章承上章于狩于釣，單言陪伴往釣情形而描寫之。朱子曰：「於其釣而有獲也，又將從而觀之。」鄒泉曰：「上兼言狩，此偏言釣者，因上章釣之文在下，接言之，盖亦擧此以該彼也。」姚舜牧曰：「韔弓綸繩，非婦人事，而況觀其所爲釣者乎？此蓋甚言思之至極耳。若曰：如其至也，我願爲之役，與之周旋不舍也。」牛運震曰：「單說釣一邊，便非印板詩詞。觀魚非婦人事，然紅粧臨水，正有閒情逸致，一結嫋嫋餘韻。」

觀此兩章，可推知其夫出門，或爲入山狩獵，或爲棹舟捕魚，故僅以五日爲期，今譯「說好初五就相見，初六仍不見他還。」不妨逕譯爲「說好五天就相見，六天仍不見他還。」其夫出門，並非征戍遠役，說不到「怨曠」兩字也。朱子詩序辯說批評詩序曰：「此詩怨曠者所自作，非人刺之，亦非怨曠者有所刺於上也。」稱怨曠者自作，仍是不當，蓋「五日爲期，六日不詹」，不能稱「怨曠」，此詩亦非婦人自作，乃詩人知其事而詠之耳。

沈守正曰：「通詩總是思念之情，末二章則思中之摹擬也。方采綠而忽思髮之曲局而歸沐之，情景可想。末二章總是無往而不與之俱，意中事，詩中景也。」牛運震曰：「通篇言外着筆，正有細情柔韻，無伯兮之沈摯，而婉細過之。」沈、牛之評，最爲確當。陳餘山更推此篇爲千古閨情詩壓卷。其言曰：『采綠「予髮曲局」兩句，唐詩「鉛華不可棄，莫是藁砧歸」所從出也。後二章追思往日形影不離情事，正不必說到今日而歸期杳然，相思不見，業已柔腸寸斷。末章單承互見。「維魴及鱮」叠一句，宛然數了回頭數情緒，「薄言觀者」，搖漾旖旎，無限風神，眞絕妙結法。』

文開曰：「采綠詩只是寫望夫情切耳。其高超手法，却要分兩層來欣賞，才能透澈表裏。表層欣賞，可欣賞心理描寫的深刻生動；裏層欣賞，才能欣賞到隱藏未言的情節。首章寫婦人終朝采綠，忽然發覺頭髮髒亂，便趕快回家洗頭，這隱藏着：這天正是丈夫約定的五日歸期，她出門采綠，正是去等候丈夫。所以一檢點到頭髮曲局，必得回家打扮一下，才可與丈夫見面。次章言終朝采藍，那已是另一個早晨。詩言「六日不瞻」，則是她第六天又出門去等候丈夫的情景了；三四章說以後丈夫出獵垂釣，都得伴他同去。就等於告訴我們她丈夫的出門，只是幾天工夫的漁獵，並非久戍遠役。朱子指點我們要玩味詩篇本文，不被舊說局定，他自己却仍未能擺脫詩序「怨曠」兩字。可見要玩味詩意而透澈有得，實在並非易事。」普賢曰：「婦人望夫，如此熱切，諒係新婚未久也。」

【古　韻】

第一章：綠、匊、局、沐，侯部入聲；
第二章：藍、襜、詹，談部平聲；
第三章：弓、繩，蒸部平聲；
第四章：鱮、鱮、者，魚部上聲。

四八、隰　桑

這詩是一個女子單戀私情的自白。

原　詩	今　譯
隰桑有阿，❶	低田裏的桑樹長得好，
其葉有難。❷	桑樹的葉子好繁茂。
既見君子，❸	既經見到了公子喲，
其樂如何！	眞是高興得不得了！

隰桑有阿，	低田裏的桑樹長得旺，
其葉有沃。❹	桑樹的葉子好肥亮。
既見君子，	既經見到了公子喲，
云何不樂！	怎不叫我樂洋洋！
隰桑有阿，	低田裏的桑樹長得美，
其葉有幽。❺	桑樹的葉子青又黑。
既見君子，	既經見到了公子喲，
德音孔膠。❻	高朗的語音令我醉。
心乎愛矣，	愛呀愛在心坎裏，
遐不謂矣？❼	何不告訴他我心事？
中心藏之，❽	深深珍藏在心底，
何日忘之？	那有一天會忘記？

【註　釋】❶隰：音習，低濕之地，阿：美盛，有阿卽阿然。❷難：音儺，亦美盛義，有難卽難然，阿難二字常連用，與「阿那」「阿儺」「猗那」同。都是形容物之豐盛多姿者。❸君子，國君之子，亦卽公子，詩經並以君子泛稱貴族，女子亦往往尊稱其夫爲君子，至於以品德崇高者稱君子，則爲後起之新義。❹沃：光澤而肥嫩，有沃卽沃然。❺幽：暗色，卽青黑色，此處與黝字通。有幽卽幽然。❻德音：指語言，德音孔膠，卽語音高朗。❼遐不：胡不。謂：猶告也，朱傳釋爲：「何不遂以告之。」❽中心藏之：謂珍藏之於心中，鄭箋讀藏爲臧，訓善，亦通。

【評　解】

隰桑是小雅魚藻之什的第八篇，朱傳則列爲都人士之什的第四篇，分四章，章四句，句四字，全詩共六十四字。爲前三章疊詠，第四章變調作結式。

詩序曰：「隰桑，刺幽王也。小人在位，思見君子，盡心以事之。」朱子辯說，以爲非刺詩，其集傳定爲喜見君子之詩。然又不知所謂君子何所指，毛傳標興體，朱子從之，但又疑爲比體。今人大多定此篇爲男女相悅期會之詩，文開細味詩意，這只是採桑女子單戀貴族君子之辭。而她的單戀，又只是私情，並未曾表白於君子之前。而君子對她，也並無印象，只是她看到君子經過，便一見鍾情，一往情深，卽生出無限的欣慕愛悅來，甚至只要聽到他對人說話的聲音，已經陶醉得不亦樂乎了。但她的愛，只愛在心裏，深藏在心底，永遠不忘記，終究未敢向對方表白。或者有人要問：世間那有這種神秘的愛情？回答是：在古時禮教的社會，女子不能對愛情採取主動的年代，這種尋常女子的秘密的愛，隨時隨地會發生，只是秘密沒有洩漏出來，就不為人所知而已。楚辭中也說：「思公子兮未敢言」，就是顯著的例證。這隰桑詩，一而再，再而三的强調「既見君子」，只是她見到她心目中的君子，並不等於君子見到她啊！寫女子的心理如此深刻，寫女子的癡情如此活現，的確是一篇絕妙好詩，值得我們特別來欣賞一番的。

普賢曰：七月詩女執懿筐，爰求柔桑，殆及公子同歸，而「女心傷悲」；此詩「心乎愛矣」，「中心藏之」，而「云何不樂」，兩種不同情景，有相反相成之妙，亦可見三百篇寫男女之情的多彩多姿也。

牛運震詩志評末章曰：『心乎愛矣二語與秦誓「不啻如自其口出」，楚辭「思公子兮未敢言」，相類而委婉繇邈過之。十六字有千回百折之勢，眞一語令人十日思。』

【古　韻】

第一章：阿、難、何，歌部平聲；

第二章：沃、樂，宵部入聲；
第三章：幽、膠，幽部平聲；
第四章：愛、謂，微部去聲；藏、忘，陽部平聲。

四九、載芟

這是一篇描寫農田耕耘之歌，傅斯年以為周頌禝田之舞樂章之一。

原詩	今譯
載芟載柞，❶	除去了雜草和樹木，
其耕澤澤。❷	再把土地耕鬆散。
千耦其耘，❸	千對的農夫同耕耘，
徂隰徂畛。❹	鋤遍田間和田畔。
侯主侯伯，❺	既有戶主和長子，

侯亞侯旅，❻
侯彊侯以。❼
有嗿其饁，❽
思媚其婦，❾
有依其士。❿
有略其耜，⓫
俶載南畝，⓬
播厥百穀，⓭
實函斯活。⓮
驛驛其達，⓯
有厭其傑。⓰
厭厭其苗，⓱
緜緜其麃。⓲
載穫濟濟，⓳

又有二叔和子弟，
還有幫工和傭役。
大家一同來進食，
婦送飯來喜相迎，
愛戀丈夫情意濃。
耕作的農具很銳利，
南田的工作就開始。
百穀的種子撒下地，
水土滋潤有生機。
田地漸漸生禾苗，
先出的禾苗分外好。
禾苗一片長得齊，
仔細鋤草勤清理。
收穫就會很豐盛，

有實其積，⑳　大個的穀穗高高堆起，
萬億及秭。㉑　穀穗收穫萬萬億。
爲酒爲醴，㉒　做成美酒和甜醴，
烝畀祖妣，㉓　把來祭獻給祖妣，
以洽百禮。㉔　用以擧行百般禮。
有飶其香，㉕　美好的氣味很芳香，
邦家之光。　是我邦家大榮光。
有椒其馨，㉖　馥郁的香味兒眞好聞，
胡考之寧。㉗　老人享用保安康。
匪且有且，㉘　豐收不只在此地，
匪今斯今，㉙　豐收不從今日始，
振古如茲。㉚　自古以來就如此。

【註釋】❶載：則。芟：音山ㄕㄢ，除草。柞：音作ㄗㄨㄛ，除木。❷澤澤：同釋釋，經典釋文卽讀「澤」爲「釋」，是知澤爲釋之假借。管子乘馬篇之「雪釋」，大戴禮夏小正篇卽作「雪澤」可證。

四九、載芟

釋釋：土質鬆散。❸耦：二人並耕，耕謂犂田。耘：去苗間之草，卽鋤。❹徂：音ㄘㄨˊ，往。隰：音昔ㄒㄧˊ，指田間低下之處。畛：音診ㄓㄣˇ，田間之路，卽田畔。❺侯：維。主、伯：毛傳：「主，家長也；伯，長子也。」❻亞、旅：毛傳：「亞，仲叔也；旅，子弟也。」❼彊：民之有餘力來助者。以：用，謂僱用之人，卽僱工。❽嗿：音坦ㄊㄢˇ，衆食聲。有嗿卽嗿然。饁：音葉ㄧㄝˋ，家人送至田畝之飯。❾思：語詞。媚：愛。此句謂婦人來田中送飯，其夫見之，欣然迎接，以示媚愛。❿依：愛。士：夫。此句謂婦人亦表示其愛依丈夫之情。⓫略：利。耜：音似ㄙˋ，農具。⓬俶：音處ㄔㄨˋ，朱傳：「俶：始；載：事。」⓭厥：其。⓮實：穀實。函：謂土包函之。活：生。此句謂穀種播於地中，受水土之滋潤遂有生機而發芽。⓯驛驛：繹繹之假，苗接續出生貌。達：從地生出。⓰厭：饜之省，好貌。有厭卽厭然。傑：先長出之苗。⓱厭厭：卽稽稽之假借，苗齊等之貌。⓲緜緜：詳密。麃：穮之省，音標ㄅㄧㄠ，卽耘。⓳濟濟：衆多貌。⓴實：大，有實卽實然。積：謂堆積之穗。㉑萬億及秭：萬萬曰億，萬億曰秭。秭音姊ㄗˇ。㉒醴：甜酒。㉓烝：進；畀：予。烝畀：謂祭祀享獻。畀音閉ㄅㄧˋ。祖妣：屈萬里詩經釋義小雅斯干篇注「按：古者祖母以上皆謂之妣，祖父以上皆謂之祖。」㉔洽：合。㉕飶：音必ㄅㄧˋ，芳香。有飶卽飶然。㉖椒、馨皆謂香。椒形容詞，馨名詞。㉗胡：大。考：老年。胡考卽年老大壽之意。之：是。㉘且：音居ㄐㄩ，此。匪且有且謂非此處有此豐收。㉙匪今斯今：非獨今年始有如今日之豐收。㉚振古：自古。如茲：如此。

【評　解】

載芟是周頌閔予小子之什的第五篇，一章到底，共三十一句，句四字，全詩共一百二十四字。

詩序說這是「春籍田而祈社稷」的詩。范處義曰：「月令：天子躬耕帝籍，在孟春。此詩之序，言籍田而祈社稷，皆歌此詩。」但朱傳謂「此詩未詳所用」。而姚際恆詩經通論却說「今按詩無耕籍事，亦未見有祈意。」所以他以為這只是一篇歌詠農村耕種情形的詩。但我們細味此詩上半段所詠為農田耕耘播種之歌，下半段所詠豐收而獻祭，實乃祈禱之辭，的確可能是春天籍田所用的樂章，但取籍田的用意，不必實寫籍田的典禮也。

周頌是周代的祭祀樂章，配有歌舞。傅孟眞先生周頌說，謂現存三十一章是零亂的。如大武之舞六章，現尚可見其零亂的三章，像勺舞、象舞，也有不很清楚的遺留，而以載芟、良耜、絲衣三篇為稷田之舞的樂章。他說：「稷田是當時的大事，自可附以豐長的舞容。」傅先生說：「載芟是耕耘，良耜乃收穫，絲衣則收穫後燕享，三篇合起來有如七月。絲衣一章，恰像七月之辭，不過七月是民歌，此應是稷田之舞。」

載芟詩是周頌中描寫得頗為生動活潑的詩。上半段寫砍樹除草，農夫千耦同耕，男人父子叔侄一家下田，婦女做好飯菜前來送食。一片男女老幼同心協力，從事田畝工作的情形，躍然紙上，更反映出家庭和睦，社會安康樂利太平盛世的景象來。下半段寫百穀播種後，就會有欣欣向榮大獲豐收的希望。豐收以後，就可釀酒祭祖，而且要處處年年，有此歡樂享受。就點出這是祝禱之意來了。

陸侃如在他的中國詩史中說：「就文學的技巧說，周頌價值是不高的。第一個缺點是堆砌。（例如有瞽篇樂器和潛篇魚名的堆砌）第二個缺點是頌聖的句子太多。（例如敬之、執競）這些都不能感動讀者，而予以深刻的印象。最佳之作，當推載芟與良耜敍農家的生活，較之他篇，眞有天淵之別。」

五〇、良　耜

這是一篇慶祝秋收的詩，傅斯年以爲稷田之舞樂章之二。

原　詩　　　　今　譯

畟畟良耜，❶　拿着堅利的掘土臿，
俶載南畝，❷　開始南田去掘地，
播厥百穀，　把那百穀都播種，
實函斯活。❸　水土滋潤有生機。
或來瞻女，❹　有人爲你來送飯，
載筐及筥，❺　帶了筐子和圓簍，
其饟伊黍。❻　黍米飯菜裝得滿。
其笠伊糾，❼　飯後斗笠繫戴好，
其鎛斯趙，❽　拿起鋤頭再鋤草，
以薅荼蓼。❾　各種野草都除掉。
荼蓼朽止，❿　荼草蓼草都枯槁，
黍稷茂止。　黍稷才會長得茂。
穫之挃挃，⓫　收割的聲音吱吱響，
積之栗栗。⓬　收穫的穀類堆滿場。

其崇如墉，⑬　堆得高高像城牆，
其比如櫛，⑭　接連排比似梳篦，
以開百室。⑮　打開百屋儲藏起。
百室盈止，　百間房屋裝得滿，
婦子寧止。⑯　婦孺生活才得安。
殺時犉牡，⑰　宰殺公牛來祭獻，
有捄其角。⑱　牛角長得彎又彎。
以似以續，⑲　用來繼承祖先業，
續古之人。⑳　祭祀的香火不斷絕。

【註　釋】❶畟：音測ㄘㄜ。畟畟謂農具之鋒利能深入土中者，故訓爲鋒利的。耜：音似ㄙ，耒下刺土之臿，古用木製，後世用金屬。❷❸見載芟注。❹或：或人，即有人。瞻：馬瑞辰以爲贍的假借字。或來瞻女（汝）即有人來供給你（指下文「載筐及筥」）禮記大傳篇的「無不贍」，釋文錄有或體「瞻」（食豔反）「或人瞻汝」謂有人送飯至田中，即饁。❺載：音在ㄗㄞ，攜來。筐：方形竹簍；筥：音莒ㄐㄩ，圓形竹簍。❻饟：音賞ㄕㄤ，與餉同。指所送來之食物。伊：維，是。黍：用黍所煮成之飯。❼

糾：纏結。「其笠伊糾」是說以繩糾結於項下。❽鎛：音博ㄅㄛ，鋤類。趙：毛傳：「刺也。」馬瑞辰說：「三家詩作𢯷。𢯷之言撽也。說文廣雅並曰：撽，刺也。故𢯷亦爲刺耳。」❾薅：音蒿ㄏㄠ，拔田草。荼：音塗ㄊㄨˊ，陸地之草。蓼：音聊ㄌㄧㄠ，水邊之草。❿止：語詞。⓫挃：音至ㄓ，挃挃：割禾之聲。⓬栗栗：衆多。⓭崇：高。墉：城牆。⓮比：密接。櫛：音節ㄐㄧㄝ，梳子。⓯開百室以收藏穀類。⓰寧：安。⓱時：是。犉：音淳ㄔㄨㄣ，脣黑而體黃之牛。牡：雄性。⓲：捄音求ㄑㄧㄡ，彎。有捄卽捄然，彎彎的。⓳似：嗣。故似續二字同義，皆指祭祀之事。說文：「祀祭無巳也。」祭無巳，故爲似續。⓴古之人：謂先祖。「續古之人」謂繼續古人之祭祀。

【評　解】

良耜是周頌閔予小子之什的第六篇，也是一章到底，共廿三句，句四字，全詩共九十二字。

詩序說這是「秋報社稷」的詩。所謂秋報社稷，即秋祭社稷之神。所以詩中先追述春耕之勤，繼述現在秋收之豐盛。全詩敍寫自開始耕種到收穫儲藏，井然有序。而農家不分男女老幼，終年勤奮工作，所希望的就是有豐盛的收穫。有了豐收，才能「婦子寧止」。何楷曰：「七月之詩曰『嗟我婦子，曰爲改歲，入此室處。』正此詩所謂寧止者。」李樗曰：「

百室既盈，婦子於是安寧，蓋終歲勤動，不得安寧，今農事已畢，故各享其樂也。」最後，並祭祀社稷之神以報恩。至此，全家已忘却一年的辛勞，而只享受眼前的歡樂了。

朱熹詩序辯說謂載芟、良耜兩篇，「未見有祈報之意。」陳啓源毛詩稽古編辯之曰：「夫春祈秋報，總爲農事，故歷言耕作之勤，收穫之盛，以告神明。而一則顧其將來，一則述其已往，祈報意自在不言中矣。豈句櫛字比，務與題意相配，如後世詩人較工拙於毫芒者哉？」

傅孟眞先生以此詩爲稷田之舞樂章之二。此詩中有「俶載南畝，播厥百穀，實函斯活」連着三句與載芟篇相同的詩句。而其敍農村生活也與載芟篇同樣寫得生動活潑。馮沅君在她的中國文學史中批評周頌三十一篇說：「牠們在文學上的價值是很低的。呆板的堆砌，抽象的教訓，浮淺的贊頌，充塞於字裏行間，使讀者不感興趣。其中技術較高的，要推載芟與良耜中敍農家生活的幾段。這種生動的描寫是很難得的。」

五一、絲衣

這是收穫後燕享之詩，傅斯年並以爲稷田之舞樂章之三。

原詩

絲衣其紑，❶
載弁俅俅。❷
自堂徂基，❸
自羊徂牛。
鼐鼎及鼒。❹
兕觥其觩，❺
旨酒思柔。❻
不吳不敖，❼
胡考之休。❽

今譯

祭服潔淨而清新，
祭冠莊重又恭順。
祭堂到門都查看，
祭羊祭牛也清點。
大鼎小鼎排列滿。
牛角杯兒彎又彎，
美酒柔和又香甜，
不要喧嘩不怠慢，
才能壽考才美滿。

【註　釋】❶絲衣：祭服。紑：音弗ㄈㄡˊ，鮮潔貌。❷載：語詞。弁：冠。俅：音求ㄑㄧㄡˊ，俅俅：恭順貌。❸徂：音ㄘㄨˊ，往。基：堂基。❹鼐：音乃ㄋㄞˇ，又音耐ㄋㄞˋ，大鼎。鼒：音玆ㄗ，又音才ㄘㄞˊ，小鼎。鼎類用以烹牲。❺兕：音似ㄙˋ，野牛。觥：音工ㄍㄨㄥ，酒器。兕觥：兕角的酒杯。觩：音求ㄑㄧㄡˊ，彎曲狀。❻旨：美。柔：和。❼吳：音話ㄏㄨㄚˋ，大言，喧嘩。敖：怠慢。❽胡：壽。考：老。胡考：壽考。休：美。

【評　解】

絲衣是周頌閔予小子之什的第七篇，也是一章到底，共九句，句四字，全詩共三十六字。

詩序：「絲衣，繹賓尸也。高子曰：靈星之尸也。」朱子辯說：「序誤，高子尤誤。」而其詩集傳以爲「祭而飲酒之詩。」

傅孟眞先生更明說，此篇應是收穫後燕享之樂。他並說：「絲衣一篇，尤像豳風七月末章。」但普賢却覺得更像楚茨篇的縮寫。短短九句，已將主祭之人、祭祀所用之犧牲、祭器、祭物，及祭時之態度及期望都寫出來了。而小雅楚茨共六章二百八十八字，其所表達的主要各點，可說都在此詩之中。文開以爲周頌絲衣年代較早，還只能簡敍祭祀燕享要點，而後來小雅的楚茨，則更加以詳細生動的描寫，所以說是縮寫有語病，應該補一句：看起來絲衣像楚茨的縮寫，其實楚茨是絲衣爲骨架而加以血肉來充實了的。

周頌的載芟、良耜、絲衣，是相連的三篇。周代的樂章，有三篇連奏的習慣，所以這三篇，也可視爲一套舞樂的三章。傅孟眞先生以這三篇爲稷田之舞，大約是既在春天籍田祈社稷時應用，也在秋報社稷的祭典又再表演一番的。正如周南關雎、葛覃、卷耳三詩，召南鵲巢、采蘩、采蘋三詩，既用於燕禮，亦用於鄉飲酒禮相似。至於舞容如何？在我們的想像中，大約是多人的耕耘動作的模擬等等。所用樂器則同樣是天子的禮樂，大概與大武之舞相似，至少也配有鐘鼓之類吧。

五二、臣　工

這大約是耕籍禮中所歌戒農官而祈豐年之詩。

原　詩　　　　今　譯

嗟嗟臣工，❶　　啊呀百官羣臣們，
敬爾在公。❷　　你們，公家的任務要敬愼。
王釐爾成，❸　　王對你們成就有獎賞，
來咨來茹。❹　　農事的進度來商量。
嗟嗟保介，❺　　啊呀正副農官們，
維莫之春。❻　　現在三月已暮春。
亦又何求？　　有何要求如何做？
如何新畬？❼　　新田畬田怎樣耕？
於皇來牟，❽　　美哉小麥和大麥，
將受厥明。❾　　眼看豐稔好收成。
明昭上帝，　　上帝明昭天有眼，
迄用康年。❿　　庶幾賜福得豐年。
命我衆人，　　命令我等農民們，
庤乃錢鎛，⓫　　鍤啦鋤啦準備好，

轉眼刈割揮鐮刀。
奄觀銍艾。⑫

【註釋】①嗟嗟：重歎之詞。工：官，臣工：羣臣百官，此特指農官。②敬：敬慎。公：公家，言敬愼爾在公家的職務。③釐：音離ㄌㄧˊ，賞賜。成：成功，指穀物豐熟。④咨：詢。茹：度，言商討農事之進度。⑤保介：農官之副手。陳奐以爲元日祈穀祭後，天子乃擇日親耕籍田，公卿大夫副之。此保介謂三公以下諸臣。⑥莫：讀作暮ㄇㄨˋ，夏曆三月爲暮春。⑦畬：音余ㄩˊ，田已墾二歲曰新，三歲曰畬。⑧於：音烏ㄨ，嘆詞。皇：美。於皇即美哉。來：小麥。牟：大麥。⑨明：古通成。成謂年穀豐熟。經義述聞之說。⑩迄：當讀爲汔ㄑㄧˋ，庶幾也，希冀之詞。用：以。康：樂。康年即孟子所謂樂歲。⑪庤：音峙ㄓˋ，具。錢：銚，掘土之農具。鎛：音博ㄅㄛˊ，鋤類，除草農具。⑫奄：忽，謂不久。銍：音至ㄓˋ，短鐮。艾：通刈，收穫。

【評解】

臣工是周頌臣工之什的第一篇，共一章十五句，句四字，合計六十字。

詩序：「臣工，諸侯助祭，遣於廟也。」朱子謂「序誤」，集傳以爲：「此戒農官之詩。」姚論云：「集傳謂『戒農官之詩』，則當在雅，何以列于頌乎？鄒肇敏曰：『明堂朝覲，則我將、載見諸詩是已。至耕籍，豈容無詩？「嗟臣工」，正指公、卿、大夫之屬；至

「嗟保介」，則義益顯然。其爲耕籍而戒農官，益可據矣。』其說近是。」詩中明言時在暮春，而語多祈豐收，故屈萬里詩經釋義謂：「此疑春祈穀時所歌之詩。」然則此蓋耕籍禮中所歌戒農官而祈豐年之詩也。

牛運震詩志評曰：「嚴重眞摯中間，正有閒逸生動處。」

五三、楚　茨

這是一篇描寫祭祀的詩歌。凡有關祭祀的一切，敍述得非常詳細。由此詩可看出當時周文化水準之高，而是三百篇中描寫祭祀的代表作。

原　詩	今　譯
楚楚者茨，❶	蒺藜長得很茂盛，
言抽其棘。❷	須把棘刺除乾淨。
自昔何爲？	從前爲何這樣做？

我蓺黍稷。❸　爲把黍稷來播種。
我黍與與，❹　我種的黍呀長得好，
我稷翼翼。❺　我種的稷呀也繁茂。
我倉既盈，　我的米倉已裝滿，
我庾維億。❻　我的穀囤積億萬。
以爲酒食，　做成酒來煮成飯，
以享以祀。❼　齊向神靈來奉獻。
以妥以侑，❽　請尸安坐勸尸飲，
以介景福。❾　以求宏福快降臨。

濟濟蹌蹌，❿　執事來往忙匆匆，
絜爾牛羊，⓫　忙着把牛羊快打整，
以往烝嘗。⓬　打整了獻上祭神靈。
或剝或亨，⓭　有的剝皮有的煮，

或肆或將。⑭　有的陳列有的供。
祝祭于祊，⑮　祝官祭祀廟門裡，
祀事孔明。⑯　祭祀的典禮很周密。
先祖是皇，⑰　先祖偉大又堂皇，
神保是饗。⑱　神靈來把祭品饗。
孝孫有慶，⑲　主祭的孝孫有吉慶，
報以介福，⑳　報以吉慶大福祥，
萬壽無疆。　並賜萬壽壽無疆。

執爨踖踖，㉑　掌廚的莊敬又敏捷，
爲俎孔碩。㉒　俎上的犧牲很肥碩。
或燔或炙，㉓　有的燒肉有的烤，
君婦莫莫。㉔　主婦肅穆靜悄悄。
爲豆孔庶，㉕　豆中珍羞非常多，

為賓為客。㉖　招待貴賓和衆客。
獻醻交錯，㉗　我敬你來你敬我，
禮儀卒度，㉘　禮儀法度很調合，
笑語卒獲。㉙　有說有笑好快活。
神保是格，㉚　神靈於是就來到，
報以介福，　大的福祥作回報，
萬壽攸酢。㉛　賜你萬壽壽不老。

我孔熯矣，㉜　我對神靈很恭敬，
式禮莫愆。㉝　一切都按禮儀行。
工祝致告，㉞　官祝就去告諸神，
徂賚孝孫。㉟　賞賜福祿給孝孫。
苾芬孝祀，㊱　香噴噴的食品來祭祀，
神嗜飲食。　諸神都很喜歡吃。

五三、楚　茨

卜爾百福，㊲　　各種福祉賜給你，
如幾如式。㊳　　按照正當數目和法式。
既齊既稷，㊴　　典禮齊敬又迅疾，
既匡既勑。㊵　　祭品匡正又整齊。
永錫爾極，㊶　　至善之道賜給你，
時萬時億。㊷　　善道上萬又上億。

禮儀既備，　　禮儀既然已完成，
鐘鼓既戒。㊸　　鐘鼓奏樂告事終。
孝孫徂位，㊹　　孝孫回到原來位，
工祝致告。　　官祝於是再致告，
神具醉止，㊺　　神靈已經都醉飽，
皇尸載起。㊻　　皇尸於是離位了。
鼓鐘送尸，㊼　　敲奏鐘鼓送尸行，

神保聿歸。(48)　神靈於是回天宮。
諸宰君婦，　各位執事和主婦，
廢徹不遲。(49)　徹去祭品不延誤。
諸父兄弟，　各位伯叔和兄弟，
備言燕私。(50)　於是同去赴筵席。

樂具入奏，(51)　音樂移到內寢奏，
以綏後祿。(52)　祈求福祿永遠有。
爾殽既將，(53)　你的佳餚已備齊，
莫怨具慶。(54)　沒有怨言都歡喜。
既醉既飽，　既已喝醉也吃飽，
小大稽首。(55)　大小磕頭道謝了。
神嗜飲食，　神靈喜歡你飲食，
使君壽考。　賜你長壽無盡期。

五三、楚茨

孔惠孔時，㊱　　祭典順利又合時，
維其盡之。㊲　　儀式完備都盡禮。
子子孫孫，　　子子孫孫萬萬代，
勿替引之。㊳　　永遠延續不衰敗。

【註　釋】❶楚楚：盛密貌。茨：蒺藜。❷言：語詞，抽：毛傳訓爲除去。❸蓺：種。❹黍：有黏性之小米。與與：繁盛貌。❺稷：不黏之小米，翼翼：繁盛貌。❻庾：積穀之囷，倉無屋者。維億：言其多。維：語詞。❼享：獻。❽妥：安坐。侑：音右ㄧㄡ，勸。❾介：金文作丐，求。景：大。❿濟濟：衆貌。蹌：音槍ㄑㄧㄤ，蹌蹌：趨進之貌。⓫絜：音義同潔。牛、羊皆指祭品。⓬冬祭曰烝，秋祭曰嘗。此則泛指祭祀言。⓭剝：謂解剝其皮。亨：古烹字。⓮肆：陳列。將：進奉。⓯祊：音崩ㄅㄥ，廟門內之祭。⓰明：備。⓱皇：盛大。⓲神保：祖考之異名。說見王國維與友人論詩書中成語書。饗：食。⓳孝孫：主祭之人。⓴介：大。㉑爨：音篡ㄘㄨㄢ，灶。執爨謂任烹調之事。踖：音鵲ㄑㄩㄝ，踖踖：毛傳，「踖踖言爨灶有容也。」爾雅：「踖踖：敏也。」均可。㉒俎：盛牲之器。爲俎孔碩：意謂俎中之牲體甚大。㉓燔：音煩ㄈㄢ，燒肉。炙：以物貫肉擧於火上以烤之。㉔君婦：主婦。莫莫：敬謹，馬瑞辰有說。㉕豆：盛餚之器。庶：多。爲豆孔庶：謂豆中所盛之餚類甚多。㉖謂此豆乃爲賓客而設，賓客謂助祭者。

㉗醻：音酬ㄔㄡ，導飲。先由主人酌賓爲獻，賓旣酢主人，主人又自飲酌賓曰醻。交錯：來往。獻醻交錯謂賓主互相敬酒。㉘卒：盡。度：法度。言盡合法度。㉙獲：得。謂得其所宜。㉚格：來。謂神降臨。㉛攸：以。酢：音作ㄗㄨㄛ，報。言報以萬壽。㉜熯：音漢ㄏㄢ，敬謹。㉝式：法。愆：音牽ㄑㄧㄢ，過。謂法於禮而無過失。㉞工：官。工祝：官祝。馬瑞辰有說。致告謂禱神。㉟徂：往。賚：音賴ㄌㄞ，賜予。言望諸神能往賜孝孫以福。㊱苾：音必ㄅㄧ，香。孝祀：享祀。馬瑞辰有說。㊲卜：予。㊳高本漢謂「幾」字是指數量多少，故釋此句謂：「如正當的數量，如正當的法則。」普賢按：此蓋指祭祀者所用祭品照正當之數量，所用祭典照正當之法式而言。㊴齊：讀作齋，敬。稷：疾，敏疾不怠慢。普賢按：此蓋指祭祀者之態度而言。㊵匡：正。勑：音義同勅ㄔ，整齊。此當指祭品之陳列而言。㊶錫：賜。極：中正，猶善義，蓋指善道。㊷時：是。此句謂神所賜善道有萬億之多也。㊸朱傳：「戒：告。」告祭者以事畢也。高本漢謂：「鐘鼓發出退席的信號。」㊹徂位：祭事旣畢，孝孫（主祭者）往堂下西面之位。㊺止：語詞。㊻皇：大。尊稱之詞。尸：祭時以生人（死者之孫輩）象徵所祭之祖先，以代今所設受祭之像。㊼載：則。祭祀已畢，尸則起而離其受祭之位。㊼以鐘鼓之禮送尸。㊽聿：語詞。㊾廢徹：謂徹去祭品。不遲者，蓋以疾速爲敬。㊿備：俱。言：語詞。燕私：私燕。祭畢，則與同姓私宴。(51)朱傳：「祭於廟而燕於寢，故於此將燕，而祭時之樂，皆入奏於寢也。」(52)綏：安。祿：福。以綏後祿猶言以奠後福。(53)將：進。(54)莫怨：言諸父兄弟皆無怨者。具慶：俱相慶，謂皆歡慶也。(55)小大：長幼。稽首爲拜中最重之禮，

拜謝君也。(56)惠：順。時：是。言祭祀甚順甚是。(57)盡之：謂祭祀無不盡禮。禮記祭統：「身致其誠信，誠信之謂盡，盡之謂敬。敬盡然後可以事神明，此祭之道也。」(58)替：廢。引：長。此祝子孫之綿延不絕。

【評解】

楚茨是小雅谷風之什的第九篇，朱傳列爲北山之什的第五篇。分六章，章十二句，句四字。全詩共計二百八十八字。

這是一篇歌詠周代貴族祭祀的詩。第一章先從古人墾闢之勞敍起，以見其不忘本之意。有古人的辛勤開墾，才有今日的豐盛收成；有今日的豐盛收成，才有酒食等祭品用以享神，因而神才降福。所以推本溯源，都是祖先的功勞。

次章以牛羊爲主，敍祊祭求神之事。「濟濟蹌蹌」概括敍述執事人員之衆多及忙碌的情形。四、五兩句四個「或」字更具體地寫出了忙碌的實情。

三章繼二章備言祭祀時所用犧牲之潔淨碩大，俎豆所盛祭品之豐盛，以及主婦主持烹調時態度之敬謹。更有美酒佳餚招待賓客（助祭者），賓主盡歡，神亦降福。於肅穆之中更透露了歡欣融洽的氣氛。

四章敍述祭禮都依法而行，工祝就禱告神靈降福孝孫。神很喜歡吃祭品，祭品的數目及陳列都很合宜整飭，因而神就會永遠賜給孝孫億萬的善道。

五章敍述送神徹饌之事。祭祀完成之後，鐘鼓就奏出禮成的音樂，於是主祭的孝孫回歸原位，工祝再作禱告，說神已都喝醉了，代表祖先的尸也該離位了。於是又奏送尸的音樂。神靈都回去之後，家宰和主婦迅速撤饌。諸父兄弟就相約到後寢私宴。

六章敍述因爲在後寢私宴，音樂也移至後寢演奏，並爲將來祝福。諸父兄弟醉飽之後，共同稽首拜謝君賜，並再重申神賜君福之意。

這篇詩將周代貴族祭祀大典敍述得周詳而有層次，依照祭祀的順序，一步一步敍來，讓我們讀了，好像也參加在祭典之中，親眼看到各種儀式，以及與祭人員的各種動作。更令我們體會到周代文化高度的發展，這不只增强了我們民族的自信心，更給予我們多少的鼓舞和欣快之情！

【古韻】

第一章：棘、稷、翼、億、食、祀、侑、福，之部入聲；

第二章：蹌、羊、嘗、將、祊、明、皇、饗、慶、疆，陽部平聲；

第三章：踖、碩、炙、莫、庶、客、錯、度、獲、格、酢，魚部入聲；

第四章：熯、愆、孫，元部平聲；祀、食、福、式、稷、敕、極、億，之部入聲；

第五章：備、戒、告，之部去聲；止、起，之部上聲；尸、歸、遲、弟、私，脂部平聲；

第六章：具、奏、祿，侯部去聲；將、慶，陽部平聲；飽、首、考，幽部上聲；盡、引，眞部上聲。

五四、出　車

這是一篇讚美南仲平定玁狁的詩，寥寥數行，即將征人、將帥、閨人的心理道出。而歸重於保國禦侮，是詩人主旨。

原　詩	今　譯
我出我車，❶	國家派我車，
于彼牧矣。❷	往那遠郊野。

自天子所，
謂我來矣。❸
召彼僕夫，
謂之載矣。❹
王事多難，
維其棘矣。❺

我出我車，
于彼郊矣。
設此旐矣，❻
建彼旄矣。❼
彼旟旐斯，❽
胡不旆旆！❾
憂心悄悄，❿

是從天子所，
使我來衞國。
召喚那僕夫，
軍需都載齊。
王事正多難，
情勢很緊急。

國家派我車，
往那遠郊野。
舉着龜蛇旗，
旄旗也打起。
鳥隼旗子飄蕩蕩，
好不神氣在飛揚！
我心憂悄悄，

僕夫況瘁。⓫　　僕夫也辛勞。

王命南仲，⓬　　天王命南仲，
往城于方。⓭　　方地去築城。
出車彭彭，⓮　　戰車彭彭響，
旂旐央央。⓯　　大旗飄蕩蕩。
天子命我，　　天子命令我，
城彼朔方。⓰　　北地築城防。
赫赫南仲，　　威嚴顯赫是南仲，
玁狁于襄。⓱　　玁狁於是被掃蕩。

昔我往矣，　　從前我出門去遠征，
黍稷方華；⓲　　黍稷長得正茂盛；
今我來思，⓳　　如今戰罷我歸來，

雨雪載塗。⑳
王事多難，
不遑啓居。㉑
豈不懷歸？
畏此簡書。㉒

喓喓草蟲，㉓
趯趯阜螽。㉔
未見君子，㉕
憂心忡忡；
既見君子，
我心則降。㉖
赫赫南仲，
薄伐西戎。㉗

落雪滿地路泥濘。
天王事情正多難，
沒有時間享安閑。
那裏不想回家去？
只因害怕這文書。

草蟲喓喓叫，
阜螽蹦蹦跳。
沒有見到君子面，
憂心忡忡好心煩；
既已見到君子面，
我的心裏才放寬。
威嚴顯赫是南仲，
討伐西戎建大功。

春日遲遲，
卉木萋萋。㉘
倉庚喈喈，㉙
采蘩祁祁。㉚
執訊獲醜，㉛
薄言還歸。㉜
赫赫南仲，
玁狁于夷。㉝

春天來到日漸長，
草木榮茂新氣象。
黃鶯鳥兒在歡唱，
婦女紛紛採蘩忙。
捉了魁首衆嘍囉，
高奏凱歌歸故鄉。
威嚴顯赫是南仲，
玁狁從此被平定。

【註釋】❶上「我」字指我國家，下「我」字指我之軍隊。兩「我」字，實均爲「我國」之省稱。❷于：往。牧：邑外謂之郊，郊外謂之牧。此謂郊外遠野之地。下章「于彼郊矣」同。❸廣雅：謂，使也。使我來參加戰役。❹謂：告語。告以將軍需各物載之於車。❺棘：急。謂戎事緊急。❻旐：音兆ㄓㄠ，旗上畫龜蛇者。❼旄：音毛ㄇㄠ，以犛牛尾注於旗之竿首，犛牛即旄牛，尾毛長似馬尾。史記作髦牛，亦作牦牛。❽旟：音于ㄩ，畫鳥隼之旗。斯：語詞。❾胡不：好不。旆：音沛ㄆㄟ，旆旆：飛揚貌。❿悄悄：憂貌。⓫況瘁：與殄瘁、盡瘁義同，病也。馬瑞辰說。⓬南仲：漢書人表列南仲爲宣王時人。鄭惠鼎有南中，王國維以爲卽此詩之南仲。以兮甲盤及虢季盤皆宣王時器，皆記伐玁狁事，此亦記伐玁狁事也。說詳其鬼方昆夷玁狁考。⑬城：築城。屈萬里先生謂：「方：地名，卽六月『侵鎬及方』之方。」王國維以爲卽宗周彝器習見之莽，或莽京，其地當在蒲（秦之蒲版，後之蒲州）。說詳其周莽京考。⑭彭：音幫ㄅㄤ，彭彭：車馬聲。或謂盛多貌，亦通。⑮央央：鮮明貌。⑯朔方：北方荒遠之地。⑰赫赫：威嚴貌。⑱于：是，經傳釋詞。襄：除。⑲方華：方盛。⑳思：語詞。㉑雨：音玉ㄩ，動詞，雨雪卽落雪。載：則。塗：泥。或云：塗同途，路也。載：滿。雨雪載塗：謂落雪滿路途。㉒不遑啓居：謂不暇安息。㉓簡書：策命。天子遣師之命，猶今言公文。㉔喓喓：蟲鳴聲。喓音夭ㄧㄠ。草蟲：蝗屬。俗呼紡織娘。普賢著有「詩經蝗類四名辨識」一文以辨之。㉕趯：音替ㄊㄧ。趯趯：跳躍。螽：音終ㄓㄨㄥ，蝗類總名。阜螽：草蟲同類，善跳。㉖君子：指出征之人。㉗降：心安，卽放心。㉘薄：語詞。王國維云：「薄言，迫也。」西戎：西方昆夷。㉙卉：音會ㄏㄨㄟ，草。萋萋：榮茂。㉚倉庚：黃鸝。喈喈：鳴聲。㉛蘩：白蒿，幼蠶所食。祁祁：衆多貌。㉜執訊獲醜：執：生擒。訊：可審訊之活口，卽俘虜。朱子謂訊爲其魁首當訊問者。或謂指探聽消息之間諜言。醜：醜類之衆，或訓獲爲馘。謂殺之而取其左耳。禮記王制：「出征執有罪反，釋奠于學，以訊馘告。注：獲罪人而反，則釋奠于先聖先師而告訊馘焉。訊謂其魁首當訊問者；馘，所截彼人之左耳；告者，告其多寡之數也。」㉝薄：語詞。言：語詞。還：音旋ㄒㄩㄢ，還歸：凱旋而歸。㉞于：語詞，或謂是。夷：平，于夷卽乃平。

【評　解】

出車是小雅鹿鳴之什的第八篇，分六章，章八句，句四字，全詩共計一百九十二字。屈萬里詩經釋義云：「此蓋征伐玁狁之將佐，歸來後自敍之詩（略本王質說）。漢書匈奴傳，以此爲宣王時詩（其說當本三家詩），是也。」

此詩一開頭就先從大將受命敍起，而且是由天子之處受命，更見此次出征之重要及其責任之重大。所以在第二章就接敍車旂之盛，旟旐飛揚，已將大將聲勢赫赫寫出，眞是驚心動魄，照人耳目。「憂心悄悄，僕夫況瘁」更見出征時上下一心，敬謹愼重，盡瘁國事的精神。

第三章才點出大將是爲南仲，而且兩提天子，兩「命」互寫，鄭重之至。更見其義正詞嚴，聲勢百倍。早使敵人喪膽，一戰而服玁狁，但城朔方，而邊患自除。非赫赫之南仲，上承天子威靈，下同士卒勞苦，又何能收功立效如是之速哉！其出也有名，其作也有勇，而其往也無敵，此之謂王者之師，此之謂王者之將也。

第四章前四句寫凱旋之途，回憶往事；後四句寫出征人的正常心理。當公義與私情不得兼顧時，惟棄私情而赴公義。

第五章前六句與召南草蟲首章有五句全同，其「既見君子」句，亦與召南草蟲之義近（此詩共擁有與他篇相同句十六句之多，爲三百篇相同句最多之詩，詳見普賢著「詩經相同句及其影響」一書）。此借閨人口吻，感時序之變，而其君子仍未能歸，不免有所怨思。由未見之憂而思及既見之樂，然其君子總以王事爲重，不敢顧私情而辭公義。

第六章敍凱旋之時，正值春回日暖，草長鶯飛，采蘩婦女祁祁郊外。於此大好時光，壯士歸來，執訊獲醜，獻俘天子。西戎既伐，玁狁亦服，此皆大將南仲之功也。

鄭箋曰：「……句句是大將擧止，出師尙嚴：讀首三章，便凜如秋霜；凱歸貴和：讀後三章，便藹如春露。其間有整有暇，有勤有愼，有威有斷。我出我車，責任專也；自天子所，寵命渥也；憂心悄悄，臨事懼也；執訊獲醜，恩威著也。全是專閫氣象。……」

方玉潤曰：「全詩一城玁狁，一伐西戎，一歸獻俘，皆以南仲爲束筆，不唯見功歸將帥之美，而且有製局整嚴之妙。此作者匠心獨運處，故能使繁者理而散者齊也。」

牛運震曰：「前三章意思肅重，後三章風致委婉，以整以暇，各有其妙。每章結得忠奮壯武，是待大將身分。三赫赫南仲，尤覺氣燄奪人。」

【古　韻】

第一章：車、所、夫，魚部平聲；
牧、來、載、棘，之部入聲；
第二章：郊、旐、旄、旟、悄，宵部上聲；
旆、瘁，祭部去聲；
第三章：方、彭、央、方、襄，陽部平聲；
第四章：華、塗、居、書，魚部平聲；
第五章：蟲、螽、忡、降、仲、戎，中部平聲；
第六章：遲、萋、喈、祁、歸、夷，脂部平聲。

五五、崧　高

周宣王徙封他的元舅申伯於謝邑，並命召伯為之築城建屋，以為南方的屏藩。宣王在郿地餞行，詩人吉甫卽作此詩相贈以送別。

原詩	今譯
崧高維嶽，❶	吳嶽巍峨又高聳，
駿極于天。❷	高聳一直達天庭。
維嶽降神，	吳嶽降神神有靈，
生甫及申。❸	仲山甫申伯都降生。
維申及甫，	降生了申伯和山甫；
維周之翰。❹	是爲周室大臺柱。
四國于蕃，❺	能爲四國做屏藩，
四方于宣。❻	能爲四方做牆垣。
亹亹申伯，❼	申伯勤勉又奮勵，
王纘之事。❽	王使繼承他先世。
于邑于謝，❾	徙封謝地建都城

南國是式。⑩
王命召伯，⑪
定申伯之宅。⑫
登是南邦，⑬
世執其功。⑭

王命申伯：
「式是南邦，⑮
因是謝人，
以作爾庸。」⑯
王命召伯，
徹申伯土田。⑰
王命傅御，⑱
遷其私人。⑲

作爲南國好法式。
王命召伯去負責，
去爲申伯定住宅。
使他進駐南方地，
世守功業勿墜失。

天王命令申伯說：
「要做模範在南國，
憑藉謝地人民力，
建立你的大功業。」
王命召伯去謝地，
劃分田畝定稅制。
王命申伯的傅御，
幫助遷徙他家屬。

申伯之功，
召伯是營。
有俶其城，⑳
寢廟既成，㉑
既成藐藐。㉒
王錫申伯，㉓
四牡蹻蹻，㉔
鉤膺濯濯。㉕

為成申伯大事功，
先派召伯去經營。
謝地城垣已修好，
前廟後寢也蓋成，
寢廟蓋成很完美。
王錫申伯增光輝，
四匹公馬很壯健，
馬腹帶鉤光閃閃。

王遣申伯，
路車乘馬：㉖
「我圖爾居，㉗
莫如南土。

王派申伯去謝地，
賞他高車馬四匹：
「我圖你居為你謀，
你居最好是南土。

五五、崧　高

錫爾介圭，㉘
以作爾寶。
往近王舅，㉙
南土是保。」

申伯信邁，㉚
王餞于郿。㉛
申伯還南，
謝于誠歸。㉜
王命召伯：
徹申伯土疆，㉝
以峙其粻，㉞
式遄其行。㉟

賜你大圭你收好，
大圭作爲你國寶。
去吧王舅多珍重，
珍重去把南土保。」

申伯遵命即啓程，
王在郿地爲餞行。
申伯回返南方去，
眞正回返去謝城。
王命召伯有任務：
申伯土疆收田賦，
糧食儲備才充裕，
使他安心快上路。

申伯番番，㊱
既入于謝，
徒御嘽嘽。㊲
周邦咸喜，㊳
戎有良翰。㊴
不顯申伯，㊵
王之元舅，㊶
文武是憲。㊷

申伯之德，
柔惠且直。㊸
揉此萬邦，㊹
聞于四國。
吉甫作誦，㊺

申伯勇往向前行，
既已進入了謝城，
徒御浩蕩氣勢盛。
周邦人民都欣慶，
欣慶你有好藩屏。
申伯偉大又光顯，
爲王元舅爲楨榦，
文武之德是典範。

申伯之德了不起，
溫柔和順又正直。
安撫萬邦都歸心，
聲名遠播天下聞。
吉甫作誦好歌唱，

其詩孔碩。㊻　　詩體正大義深長。
其風肆好，㊼　　詩義深長又美好，
以贈申伯。　　送給申伯把情意表。

【註釋】❶崧：音松ㄙㄨㄥ，毛傳：「山大而高曰崧。」嶽：山之尊者。舊解：嶽指東岱、南衡、西華、北恆四岳。新解：嶽指吳嶽，一名吳山，亦卽禹貢之岍山，在岐周境內，今陝西隴縣東南。馬瑞辰、屈萬里並有說。❷毛傳：「駿，大。極，至也。」❸相傳堯之時，姜姓爲四伯，掌四嶽之祀，述諸侯之職。周之申、甫、徐、許，卽四嶽之官苗裔。德當嶽神之意，故福興其子孫，而生申及甫也。朱傳：「甫，甫侯也，卽穆王時作呂刑者，或曰此是宣王時人，而作呂刑者之子孫也。申，申伯也。甫、申，皆姜姓之國。」方玉潤詩經原始辨之甚詳：「此詩與下篇烝民同爲尹吉甫贈送之作：一送申伯，一送仲山甫。以二臣位相亞，名相符，才德又相配，故於二臣之行也特贈詩以美之。於申伯則曰嶽降；於山甫則曰天生。二詩發端皆極意經營，工力亦極相敵，是二詩者，尹吉甫有意匹配之作也。蓋二臣皆爲宣王中興生色，……呂氏祖謙亦曰：『甫、申，意者皆宣王時賢諸侯，同有功於王室者……』當時仲山甫爲相，申伯亞于山甫，借山甫以大申伯也。且申伯光輔中興而遠取周道始衰之甫侯以匹之，非所以褒揚申伯也。」茲從之。❹翰：榦，屏，猶言棟梁。❺四國：四方之國。于：馬瑞辰謂當讀「爲」，下句同。蕃：屏藩。❻宣：與蕃對言，爲垣之假借。說文：垣，牆也。以上二句猶板詩之「价人維藩，大師維垣。」馬瑞辰有說。❼亹：音尾

ㄨㄟ，亹亹：黽勉，謂勤勉奮勵。申伯，卽申侯，宣王之元舅，宣王以爲南國之侯伯，故稱申伯。⑧纘：音纂ㄗㄨㄢ，繼。纘之事謂使繼其先人之職事。⑨于：助詞。邑：都城，作動詞用。于邑于謝，卽邑於謝。謝：邑名，朱傳王風揚之水、小雅黍苗，以謝在信陽；而崧高以謝在南陽。文開另文硏判，考定爲今河南省南陽縣。⑩南國：謝在周之南方，故云。式：法。以作南國之法式。⑪召伯：召穆公虎。⑫定：相定，選定。⑬登：進，往。登是南邦：使他進駐南方。⑭世世執守其功，以傳之子孫。功謂政事，功業。⑮式是南邦卽上章之南國是式，爲南邦之法式。⑯庸：功。以上二句謂憑藉謝地之民力，以成就申伯之事功。⑰毛傳：「徹，治也。」鄭箋：「治者正其井牧，定其賦稅。」屈萬里先生謂徹爲孟子「周人百畝而徹」之徹，取稅之稱。此謂定賦稅之法。⑱朱傳：「傅御，申伯家臣之長。」⑲私人：陳奐謂傅御之家人。普賢按：「其」字應指申伯而言。故私人謂申伯之家人。與上章文法用字正同。上章末句「其」字亦指申伯而言。唯私人除指家人，僕隸當亦在內。蓋徹土田王者之大法，故以命之大臣；遷私人，王者之私恩，故以命之傅御。⑳俶：音觸ㄔㄨ，善。有俶卽俶然，城修善之貌。善之言繕修，馬瑞辰說。㉑寢廟：前廟後寢。寢：人所處；廟，神所處。㉒藐：音秒ㄇㄧㄠ，藐藐：美貌。㉓錫：賜。㉔牡：雄馬。蹻：音矯ㄐㄧㄠ，蹻蹻：壯健貌。㉕鉤：帶鉤。人之帶有鉤，馬帶亦應有之。參陳奐說。膺：當馬胸之大帶。濯：音濁ㄓㄨㄛ，濯濯：光潔貌。㉖路車：大路之車，諸侯所乘者。乘：音剩ㄕㄥ，四匹。卽上章之四牡蹻蹻。㉗圖：圖謀。㉘爾雅釋詁：「介：大也。」圭：上圓下方之瑞玉。諸侯之圭，亦得稱介圭。馬瑞辰有說。㉙近：迒字之誤，音記ㄐㄧ，鄭箋：「近，辭也，聲如彼記之子之記。」語詞無義，此句言往矣王舅。申伯爲宣王之舅，故呼之。㉚信：誠。邁：行。申伯誠然啓行。㉛郿：音眉ㄇㄟ，即今陝西郿縣，在鎬京之西。曹粹中曰：「禮記祭統曰：『明君爵有德而功有功，必賜爵祿於太廟，示不敢專也。』郿鄰岐周，先王之廟在岐，申伯之受封，則冊命於先王之廟，故王在岐而飲餞於郿也。」（詩經傳說彙纂引）朱傳亦云：「郿縣在鎬京之西，岐周之東；而申在鎬京之東南，時王在岐周，故餞於郿也。」㉜即誠歸于謝之意。㉝徹：謂徹稅。㉞峙：音至ㄓ，積，準備。粻：音張ㄓㄤ，糧。二句謂：「爲申伯劃定田地，收取賦稅，以儲積糧食。」㉟式：語詞。遄：音傳ㄔㄨㄢ，速。謂一切準備就緒，申伯即可疾速前往矣。㊱番：音波ㄅㄛ，番番：勇武貌。㊲徒：徒行者。御：御車者。嘽：音貪ㄊㄢ，嘽嘽：衆盛貌，謂隨從申伯之人衆聲勢浩蕩。㊳周邦：謂周，就京師之人而言。㊴戎：汝。二句乃借周人語謝人，王國咸慶之曰汝有良翰，自此可紓南顧憂矣。此正應「維周之翰」意。見毛詩會箋。㊵不：音義同丕ㄆㄧ，大。不顯謂偉大而光顯。㊶元：長。㊷文武：毛傳：「有文有武也。」憲：法，表式。義與小雅六月「文武吉甫，萬邦爲憲」同。㊸柔惠：和順。㊹揉：同「柔遠能邇」之柔，安慰。高本漢有說。㊺毛傳：「吉甫，尹吉甫也。」誦：可誦之詩。㊻孔：甚。碩：大。言其詩之意甚美大。蓋詩中皆國家治安之計，天下重遠之任，非徒頌美之詞也。參毛詩會箋。㊼會箋云：「風，泱泱大風之風，言聲調也。」又古人於詩亦謂之風。見傅孟眞「詩經講義稿」。說文：「肆，極也。」「肆好」與「孔碩」相對成文。肆好即極好。見毛詩會箋。

【評　解】

崧高是大雅蕩之什的第五篇，共八章，章八句。除次章、三章、六章第六句均爲五字外，餘皆四字句，全篇合計二百五十九字。

詩序：「崧高，尹吉甫美宣王也。天下復平，能建國親諸侯，褒賞申伯焉。」詩中明言申伯出封於謝，吉甫作詩以贈，必曰美宣王，其意未免迂曲。故朱熹詩集傳逕解爲：「宣王之舅申伯出封于謝，而尹吉甫作詩以送之。」

此詩第一章泛稱申、甫之德，謂嶽神有靈，降生了申伯、仲山甫以爲周室之楨榦，四方之屏藩。以仲山甫陪襯申伯作起。

第二章才落實到申伯身上，敍宣王使繼其先人之業，徙封於謝，而命召伯爲之築城造屋。

第三章敍宣王命申伯遷居於謝，因謝人以建業，作爲南國的典範。

第四、五兩章敍宣王對申伯寵賜有加，寄望亦高。

第六、七兩章敍申伯出發，宣王餞行，吉甫亦祝福其一路順風，馬到成功，爲民愛戴。

第八章即以頌揚語引出吉甫自己因之而作成好詩來相贈以送行作結。

牛運震詩志評其起結云：「從山川鍾靈源頭說來，神奇高肅，撐得起，壓得住，雙起陪襯有法。嶽卽吳嶽，西周之鎭也。感風土，毓名臣，言有本據，甫指仲山甫，舊解多誤。公然自贊妙，爲其詩占身分，卽爲申伯增品目，格意高甚。古人自愛其詩文而品評之如此。司馬子長、韓退之以文章自負，猶其後來爾。」總評曰：「屢提王命、王遣、王錫云云作眼含，錯綜有法，鄭重有體。只是元舅出封一事，敍得國典主恩，莊重款洽，格體高雅，風諭皿蓄，故知是大手筆。」

在此順便一提「伯」字在詩經中之意義：

伯字之甲骨文、金文均爲白字之重文，古以白通伯，象手握拳而翹起大拇指形，表示第一之義。說文訓爲長，以指人子之長與兄弟之長而言。以所指爲人，故從人。古兄弟卽以伯仲叔季排行，伯卽長兄、老大。後來引伸而對有地位的首長也稱伯，出類拔萃者亦被尊稱爲伯，並成爲爵位的名稱之一。而一方諸侯之長的州牧也稱方伯。周代公侯伯子男的伯爵，爵位低於侯爵，但這方伯的地位就高於侯爵了，所以也稱侯伯。而地位比方伯更高的王朝二伯，則稱東西二大伯。在這篇崧高詩中，一共用了十八個伯字，其中十四個申伯，四個召伯。申伯舊解或以爲伯爵，或以爲方伯；召伯則爲王朝的二大伯之一。蓋西周時周公召公共輔王政，曾以陜邑分東西：陜東諸侯之事由周公處理；陜西則歸召公。詩中召伯即此王朝大伯召穆公虎。中國之事，卽歸他處理。大雅中江漢篇征服南方淮夷的召虎，也就是這詩的召伯。是以十五國風中南國之詩，亦分周召二南。召南中之甘棠篇卽追思這位召伯之詩。詩經三〇五篇中，凡用伯字四十五次。本詩便用了十八次，占其十分之四。所以順便在此談一談詩經伯字考察。

詩經四十五個伯字，分佈在四十五句中，卽每句一個伯字，無一句兩伯或三個伯字的。但其中有三組相同句，那便是本詩中有「王命召伯」句三次，衞風伯兮篇有「願言思伯」句兩次，和「叔兮伯兮」句在邶風旄丘篇出現了三次，鄭風蘀兮篇、丰篇各出現了兩次。共出現了七次。這三組的相同句共占了十二個伯字。其餘三十三個伯字，則都不在相同句中。例如甘棠篇的「召伯所茇」，「召伯所憩」，「召伯所說」，雖每句都有三字相同，且句中都用召伯兩字，但有一字更換，就不算相同句了。

我們統計這四十五句中四十五個伯字，兩字連用，構成人名的，共二十七句，卽召伯九句，申伯十四句。家伯一句，郇伯一句，大伯一句，程伯一句，這六個人名中的伯字意義有別：召伯的伯是王朝大伯，申伯的伯是一方的侯伯，程伯的伯是伯爵，郇伯的伯非實際的方伯或伯爵，只是尊稱，大約是從春秋齊桓、晉文之稱伯而來。大伯卽泰伯，是兄弟排行伯仲叔季的伯。十月之交的家伯，實爲其人之字，箋云：「皇父、家伯、仲允皆字。」正義云：「皇父及伯仲是字之義，故知皇父、家伯、仲允，皆字。蓋與后（褒姒）同姓。」既稱伯仲，則伯亦爲長幼之序，排行中之老大也。

詩經除詩句中有四十五個伯字，篇名亦有伯兮、巷伯兩篇用伯字的。伯兮係摘篇首兩字而得；巷伯則非詩句中字，而係別人給的詩題，實係對作詩者寺人孟子的尊稱。巷伯者，宮中永巷之長也。

其餘詩經中伯字單獨作名詞用的有蘀兮、丰、旄丘三篇中「叔兮伯兮」的伯。伯兮篇「伯兮朅兮」「伯也執殳」「自伯之東」「願言思伯」之伯，正月篇「將伯助予」的伯，何人斯篇「伯氏吹壎，仲氏吹篪」的伯，載芟篇「侯主侯伯」的伯，都是解爲老大。而泉水篇「遂及伯姊」的伯，是形容詞，伯姊卽長姊。韓奕篇「因以其伯」的伯是動詞，其伯卽伯之，意卽使爲之長。吉日篇的「既伯既禱」的伯，也是動詞，意爲祭馬神。馬神稱伯，亦猶河神稱河伯，均爲對神的尊稱。故馬神亦稱馬祖，卽天駟房星之神。

【古　韻】

第一章：天、神、申，眞部平聲；
翰、蕃、宣，元部平聲；
第二章：伯、宅，魚部入聲；
事、式，之部去聲；
邦、功，東部平聲；
第三章：邦、庸，東部平聲；
田、人，眞部平聲；
第四章：營、城、成，耕部平聲；
藐、蹻、濯，宵部入聲；
第五章：伯、馬、土，魚部上聲；
寶、舅、保，幽部上聲；
第六章：郿、歸，脂部平聲；
疆、粻、行，陽部平聲；
第七章：番、嘽、翰、憲，元部去聲；

五五、崧　高

第八章：德、直、國，之部入聲；
碩、伯，魚部入聲。

五六、黍　苗

宣王封其舅申伯於謝，命召伯率衆前往營建城邑。既成，將率衆而回，其衆作詩記其事以美之。

原詩	今譯
芃芃黍苗，❶	茁長茂盛的黍苗，
陰雨膏之。❷	有陰雨加以灑澆。
悠悠南行，❸	遙遠的南行長途，
召伯勞之。❹	有召伯加以慰勞。

我任我輦，⑤
我車我牛。⑥
我行既集，⑦
蓋云歸哉！⑧

我們裝車把車拉，
大車就用牛來駕。
我們任務已完成，
那末就好上歸程。

我徒我御，⑨
我師我旅。⑩
我行既集，
蓋云歸處！⑪

我們編成師編成旅，
有的駕車有的徒步。
我們任務已完成，
就好回家享安寧。

肅肅謝功，⑫
召伯營之；
烈烈征師，⑬
召伯成之。⑭

謝城迅速造成功，
是由召伯來經營；
威武的遠征大隊伍，
是由召伯來組成。

原隰既平，⓯　高地低地都整平，
泉流既清。⓰　泉水河流已疏清。
召伯有成，⓱　召伯大功既告成，
王心則寧。　天王心裏就安寧。

釋】❶芃：音蓬ㄆㄥ。芃芃，長大茂盛貌。❷膏：潤澤。❸悠悠：遙遠。南行：宣王徙封申伯於謝，命召伯往營城邑。謝在今河南南陽境內，周之鎬京在今陝西，謝在鎬京之南，故曰南行。❹召伯：召穆公虎，即甘棠篇之召伯，宣王時人，經營江漢一帶地並有平淮夷之功。為成王時召康公奭之後代繼承人。勞，音澇ㄌㄠ，犒勞，慰勞。❺任：裝載。輦：音捻ㄋㄧㄢ，挽車。❻此句謂我車駕於我牛。馬瑞辰、高本漢均有說。❼集：成。謂此行任務已完成。❽朱傳「蓋」字無註，作補充助語。相當於今之「那末」。「云」為無義語詞，故承接上句「任務已完成」，此句可譯為「那末我們回去吧！」馬瑞辰、陳奐以蓋為盍之假借，讀作ㄏㄜ，此句可譯為「為什麼我們不回去！」兩說皆通。高本漢採用朱說，因不必求助於假借字。❾徒：徒步之卒。御：駕車。此句意為「我們駕着車，使徒卒隨車而行。」❿五百人為一旅，五旅為一師。二句倒裝，應為「我旅我師，我御我徒。」意為我們編列成軍隊，我們駕車在前，徒卒在後。⓫歸處：回家去居住。⓬陳奐訓肅肅為疾貌。與下句連講，為：召伯經營謝城很快。⓭烈烈：威武貌。征：行。師：衆。征師：征行之衆。⑭成：組成。⑮原：高地。隰：低地。土地已治曰平。此句謂整地築城。⑯水已治曰清。此句謂引泉源開城河。⑰有成：事功有成，總結營謝成功。

【評解】

黍苗是小雅魚藻之什的第七篇，朱傳改列爲都人士之什的第三篇。共五章，章四句，句四字，合計全篇八十字。

詩序：「黍苗，刺幽王也。不能膏潤天下，卿士不能行召伯之職焉。」此依篇次，硬列爲幽王時詩。朱傳始參合大雅崧高與此詩內容比照而改定爲：「宣王封申伯於謝，命召穆公往營城邑，故將徒役南行，而行者作此。」並云：「此宣王時詩，與大雅崧高相表裏。」姚際恆通論，更指出此爲營謝成功時所作，而嫌朱傳語意不明，其言曰：「宣王命召穆公營謝，功成，徒役作此。集傳謂：『徒役南行，行者作此』，語意不明。如是，則下章何以云『歸』云『有成』乎？小序謂『刺幽王』，黃東發曰：『詩中明言美召公，而詩序乃以爲刺幽王，此類亦何訝晦菴之去序耶！』此篇與崧高同一事分大、小雅者，此爲士役美召伯之作，彼爲朝臣美申伯之作；此爲短章，彼爲大篇也。」方玉潤原始從之，亦曰：「黍苗，美召穆公營謝功成也。」而其論崧高、黍苗分屬大、小雅，乃「體異故耳。」不以詩之長短分大小，較姚論更爲中肯。當代學者，多採此說。如馬持盈今註今譯說：「這是讚美召穆公營建謝邑成功之詩。」王靜芝通釋云：「此召穆公營謝城邑，功成而士役美之也。詩之四章，明言『召伯有成，王心則寧』。故知其非將南行之作，乃成功後美成之作也。」

第一章以陰雨膏潤黍苗與召伯能布王澤以勞來遠征役夫。此自南行赴謝時追敍起。二、三兩章疊詠就眼前謝城建成準備出發時景象敍述。或御車或徒步，編成師旅裝載而行。

四、五章讚美召伯督率大衆營謝，從整地到開掘城池，很快就大功告成，足使王心安寧也。

陳僅詩誦評曰：「黍苗全詩格局嚴整。」牛運震則謂：「第四章才點營謝，有手法。寫謝功有條理，結到王心則寧，得體。」總評爲：「清晰老到。」

怨悱而不亂是小雅的特徵。詩經中多少篇傾訴着征戍勞役之苦，而此詩二、三兩章連用十個「我」字來表達親切之感，也烘托出戍謝築城完工後，登上歸程時，夫役們熱鬧愉悅的氣氛，最爲難能可貴。也足見召伯之深得人心。整篇四提召伯爲全詩綱領，讚美得有層次，也有分寸。以「王心則寧」作結，尤爲得體。

又，大雅緜篇寫太王遷岐，其六七兩章建造城邑的特寫：「捄之陾陾，度之薨薨，築之登登，削屢馮馮。……」「迺立皋門，皋門有伉；迺立應門，應門將將，……」何等鮮活而熱鬧！而靈臺篇寫文王之築靈臺，却只用：「經始靈臺，經之營之，庶民攻之，不日成之。」四句來寫其全部過程。剛提開始，緊接着便是完成。中間怎樣經營，却一筆略過，正如龍現首尾，不見其身。前者是詳摹法，後者則是省略法。所以要只提首尾，省略身段，因其另有重點在。重點放在靈臺完成後，文王欣賞園囿鐘鼓一大段上。小雅黍苗的營謝，首章剛寫南行，次章便寫完工賦歸，正採靈臺手法。而末章補寫築城經過，仍只有開始整地的「原隰既平」，和完成城河的「泉流既清」兩句，中間築城造屋，仍一字不提。寫宣王的欣賞其成功，也只「王心則寧」四字。蓋其重點又另有所在，在寫完工後首途歸程的熱鬧場面，以烘托出歡愉的氣氛，來配合對召伯的稱美。詩經美詩，各有巧妙不同如此。又靈臺的「庶民子來」，黍苗的「召伯勞之」，各以一句爲全詩關鍵，細味之，可以體會得出來的。

【古　韻】

第一章：苗、膏、勞，宵部去聲；

第二章：牛、哉，之部平聲；

第三章：御、旅、處，魚部上聲；
第四章：營、成，耕部平聲；
第五章：平、清、成、寧，耕部平聲。

五七、韓　奕

這是韓侯初立，朝見天子，娶妻而歸，詩人歌詠其盛的詩。

原詩	今譯
奕奕梁山，❶	梁山高大好神氣，
維禹甸之，❷	大禹曾經來治理，
有倬其道。❸	治理的事情了不起。
韓侯受命，❹	韓侯接受天王封，
王親命之：	天王當面賜寵命：

「纘戎祖考，⑤
無廢朕命：⑥
夙夜匪解，⑦
虔共爾位，⑧
朕命不易。⑨
榦不庭方，⑩
以佐戎辟。」⑪

「繼續你父祖大事業，
不要忘記我囑託：
早早晚晚不懈怠，
恭敬誠懇盡職責，
我的命令才不更改。
勸導不來朝的邦君，
輔佐你君王盡忠心。」

四牡奕奕，⑫
孔脩且張。⑬
韓侯入覲，⑭
以其介圭，⑮
入覲于王。
王錫韓侯，⑯

四匹公馬眞健壯，
體魄高大又修長。
韓侯京師來朝見，
帶着大圭來奉獻，
朝見天王增榮顯。
天王有命賞韓侯：

淑旂綏章，⑰
簟茀錯衡，⑱
玄袞赤舄，⑲
鉤膺鏤錫，⑳
鞹鞃淺幭，㉑
鞗革金厄。㉒
韓侯出祖，㉓
出宿于屠。㉔
顯父餞之，㉕
清酒百壺。
其殽維何？㉖
炰鼈鮮魚。㉗
其蔌維何？㉘

好看的彩旂配綏章，
竹席車簾配采衡，
黑色袞衣赤色履，
還有鉤帶和鏤錫，
光潔皮革淺毛幭，
金飾轡頭金環軛。
韓侯祭了路神就上路，
走到屠地暫歇宿。
顯父爲他來餞行，
清酒百壺表深情。
下酒的葷菜有甚麼？
蒸煮的鼈肉和鮮魚。
下酒的蔬菜是什麼？

維筍及蒲。㉙
其贈維何？
乘馬路車。㉚
籩豆有且，㉛
侯氏燕胥。㉜

美味的竹筍和嫩蒲。
又有什麼來相贈？
四匹大馬和路車。
籩豆器物排得滿。
來和韓侯共歡宴。

韓侯取妻，㉝
汾王之甥，㉞
蹶父之子。㉟
韓侯迎止，㊱
于蹶之里。
百兩彭彭，㊲
八鸞鏘鏘，㊳
不顯其光。㊴

韓侯此來是娶妻，
娶的是汾王外甥女，
就是蹶父的掌上珠。
韓侯親自來迎娶，
來到蹶父的里居。
百輛大車彭彭響，
八只鸞鈴叮叮噹，
偉大顯耀增榮光。

諸娣從之，㊵
祁祁如雲。㊶
韓侯顧之，㊷
爛其盈門。㊸

蹶父孔武，
靡國不到。
爲韓姞相攸，㊹
莫如韓樂。
孔樂韓土，㊺
川澤訏訏，㊻
魴鱮甫甫，㊼
麀鹿噳噳，㊽
有熊有羆，㊾

諸妹陪嫁來相從，
陪嫁的諸妹如雲衆。
韓侯親自來相迎，
光輝燦爛盈門庭。

蹶父勇敢武力高，
沒有那國不走到。
爲給愛女選處所，
莫如韓國更安樂。
韓國眞是安樂土，
川澤廣大又富庶，
肥大的魴魚和鱮魚，
麀鹿成羣又成伍，
既然有熊又有羆，

有貓有虎。[50]
慶既令居，[51]
韓姞燕譽。[52]

溥彼韓城，[53]
燕師所完。[54]
以先祖受命，[55]
因時百蠻。[56]
王錫韓侯，
其追其貊，[57]
奄受北國，[58]
因以其伯。[59]
實墉實壑，[60]
實畝實籍。[61]

還有山貓和老虎。
慶幸得此好居處，
韓姞安樂享大福。

韓城高大氣象宏，
燕國羣衆所造成。
爲有先祖大功德，
受命來長蠻夷國。
天王有命賜韓侯，
追貊二國也兼有，
北國的土地都接受，
封爲一方之伯好把土地守。
修築城牆鑿溝池，
治理田畝定稅制。

獻其貔皮，62　進貢貔皮作獻禮，

赤豹黃羆。　還有赤豹和黃羆。

【註釋】❶奕奕：大。梁山：韓境之山，在今河北固安縣東北，非韓、趙、魏之韓，說詳朱右曾詩地理徵。❷甸：治。毛傳：「禹治梁山除水災。」❸倬：音卓ㄓㄨㄛ，有倬卽倬然，明貌。韓詩作晫，音義同。道：謂行事之道。❹韓侯：謂封於韓國之君，侯爵。其姓名及諡號已不可考。受命：謂受王命封於韓。❺纘：音纂ㄗㄨㄢ，繼。戎：汝。祖考：祖，王父，卽祖父；考，父。❻朕：我。❼解：音義同懈。❽虔：敬。共：音義同恭。❾易：改易。按：此句應屬上讀，謂韓侯如能「纘戎祖考，無廢朕命。夙夜匪解，虔共爾位。」則王命不變更（否則卽改變命令，廢除韓侯之封爵。）。❿榦：治。不庭方：不來朝之國。王國維有說。⓫戎：汝。辟：君。⓬四牡奕奕：四匹公馬長而大。⓭脩：長。張：大。⓮覲：諸侯朝見天子曰覲。⓯介圭：大圭。⓰錫：賜。⓱淑：善。旂：旗上繪有交龍之文。綏章：染鳥羽或旄牛尾爲之，注於旗竿之首，爲表章者。⓲簟：音店，ㄉㄧㄢ，方文竹席。茀：音孚ㄈㄨˊ，車蔽。錯：朵。衡：音杭ㄏㄤ，轅前端之橫木。⓳玄衮：玄色畫有卷龍之衣。赤舄：赤色之履。⓴鉤膺：馬腹之帶，有鉤以拘之，施之於胸部。鏤：刻。鍚：音陽一ㄤ，馬額上之金屬飾物。㉑鞹：音擴ㄎㄨㄛ，去毛之皮革。鞃：音鏗ㄎㄥ，車軾蒙革。鞹鞃：卽以去毛之皮，施於軾之中央，以使車牢固。淺：謂淺毛虎皮。幭：音密ㄇㄧˋ，覆。淺幭：以淺毛虎皮覆於軾。㉒鞗：音條ㄊㄧㄠ，轡首之飾，以金爲之。革：謂轡首，以皮爲之。金：以金屬爲飾。厄：卽今之軛字，在車衡兩端扼馬頸者。㉓韓侯出祖：韓侯覲見天子之後，而首途就國。祖者，行路祭道路之神，而出發，故曰出祖。㉔屠：地名，卽杜，漢書地理志云：「古杜伯國，漢宣帝葬其地，因曰杜陵，在長安南五十里。㉕顯父：周之卿士。卿士皆地位顯達之人，故曰顯父。父音甫ㄈㄨˇ，男子之美稱。㉖殽：葷菜。㉗炰：音庖ㄆㄠ，煮。㉘蔌：音速ㄙㄨˋ，蔬菜。㉙蒲：蒲蒻，蒲之幼嫩者，可食。蒻音ㄖㄨㄛˋ。㉚乘：音ㄕㄥˋ，四馬曰乘。路車：諸侯所乘之車。㉛籩：音邊ㄅㄧㄢ，禮器，祭時盛物以獻，竹製曰籩，木製曰豆。且：音居ㄐㄩ，多貌。有字爲副詞，有且卽且然。㉜侯氏：謂韓侯。燕胥：燕樂。馬瑞辰說。㉝取：音義同娶。㉞汾王：厲王，流於彘，在汾水之上，故時人稱爲汾王，汾音墳ㄈㄣˊ。㉟蹶父：周之卿士。蹶音愧ㄎㄨㄟˋ，父音甫ㄈㄨˇ。子：兒、女。㊱止：語詞。㊲兩：音義同輛。彭彭：狀車行盛大之聲。彭音旁ㄆㄤˊ。㊳鏘鏘：車鈴之響聲。㊴不顯：卽丕顯，大顯。㊵娣：音弟ㄉㄧˋ，娣爲女弟，卽妹。妹之從姊同嫁其夫者稱娣。古時諸侯娶妻，則妻之妹及姪女亦有隨同陪嫁作妾者，謂之媵。歷史學者，稱此爲娣媵制。李宗侗中國古代社會史謂周代娣媵制只能娶嫡之若干女弟，非同時娶嫡之所有女弟。日人竹添光鴻考證並加以推斷，媵非陪嫁之妾，僅係送親之女。婚禮完畢，仍返本國。諸娣從之，只是諸妹隨行送嫁。見所著毛詩會箋江有汜及本篇。但此句旣稱「從之」，就文意看，不是「送之」，應是陪嫁。考我國淸儒已認爲媵者，只以庶出之娣姪陪嫁，現在竹添光鴻更推其意，以爲所稱娣姪，猶門人之於師自稱弟子，非眞弟子，娣姪亦然。不過母家以他女爲媵，稱爲娣姪而已。我們知道太古時代，有羣婚制之流行。傳說中舜娶堯之二女，而舜弟象，亦要求二嫂侍奉他。而到春秋時，尙有羣婚制的遺留，那是晉文公流亡到秦國，秦穆公以懷嬴等五女嫁給他。而此懷嬴又曾是文公姪懷公之妻。所以娣媵之制，必是古代曾流行過，到春秋時代已變化得幾乎僅存其名而已。㊶祁祁：盛多。㊷顧：曲顧，觀迎之禮。㊸爛其：即爛然，燦爛。㊹爲：去聲ㄨㄟ，姞：音吉ㄐㄧ，蹶父之姓，韓姞即蹶父之女，案周代習慣，男子稱氏，女子稱姓。女子未嫁時往往於姓上加孟、叔、季等以別之，例如孟姜，即姜姓長女，叔姬即姬姓第三女，出嫁後即以夫區別之，故姞姓女嫁韓侯，即稱韓姞。相：去聲ㄒㄧㄤ，視。攸：所。相攸謂擇可嫁之所。㊺孔：甚。㊻訏：音吁ㄒㄩ，訏訏：大。㊼魴、ㄈㄤ。鱮：音ㄒㄩ，皆魚名。甫甫：大。㊽麀：音憂ㄧㄡ，牝鹿。噳，音語ㄩ，噳噳：衆多。㊾羆：音皮ㄆㄧ，熊之大者。㊿貓：今之山貓。(51)慶：喜。令：善。(52)燕：安。譽：樂。(53)溥：大。(54)師：衆。燕師：燕之衆人。此韓近燕，故以燕衆城之。(55)以：因。先祖：韓之先祖，武王之子。韓侯因先祖之功德以受命。(56)因：憑藉，依靠。時：是。高本漢謂：「這裏表示一個國君以他的臣民爲依憑」，故釋此句爲「他憑那許多蠻族（做他的臣民）」。(57)追、貊，皆戎狄之國。貊音莫ㄇㄛ。(58)奄：覆。奄受：盡受。(59)因以其伯：因使其爲伯，伯：一方諸侯之長。(60)實：是。下同。墉：音庸ㄩㄥ，城。壑：溝池。此處二字皆作動詞用，謂築城挖池。(61)畝：治田畝。籍：定稅法。(62)貔：音皮ㄆㄧ，猛獸名，豹屬。

【評解】

韓奕是大雅蕩之什的第七篇，分六章，章十二句。除第五章第三句爲五字句外，其餘均爲四字句，全詩共二八九字。

詩序說這是尹吉甫美宣王能賜命諸侯的詩。但詩中並沒有那一點可證明作者必爲尹吉甫，朱熹詩集傳謂：「韓侯初立來朝，始受王命而歸，詩人作此詩以送之。」說法較爲客觀。至於此詩的時代，應屬宣王時代的作品，因詩中有「汾王之甥」句，鄭箋：「汾王，厲王也。厲王流于彘，彘在汾水之上，故時人因以號之。」汾王既爲流放以後之厲王，則詩中賜命之王，自應是共和以後之宣王。不言時王（宣王）之表妹，而言汾王之甥者，所以提高韓侯所娶妻之身份。

周宣王時代北有玁狁，南有荆蠻，東有淮徐等外夷，時常侵略中原。且宣王承厲王衰敗之後，極力想有所作爲。於是他對內安撫人民，度過了嚴重的旱災（大雅雲漢）；對外則建立藩屏，抵禦外侮，保衞國土。封申伯所以懷柔南方諸侯（大雅崧高）；命仲山甫城齊，所以懷柔東方諸侯（大雅烝民）；本篇賜命韓侯，則所以懷柔北方諸侯。而對韓侯，更是恩威並施：一方面給予嚴格的命令，一方面又賜予許多寶物，更把蹶父的女兒嫁給他以聯姻。於是韓侯成了貴戚，自當捍衞王室。這樣就鞏固了北方的邊防。宣王爲國的一片苦心，終至完成了中興大業。

首章敍韓侯來朝受天子之命；二章敍既朝後得天子之賜；三章敍韓侯將歸，卿士顯父餞送情形，場面熱鬧；四章五章敍韓侯與貴戚聯姻，韓侯親迎蹶父之女以歸，更爲顯赫，盛況空前；六章敍因韓侯祖先的封土，而更擴充了他今日的轄區，並修城池，治田畝，正稅法，貢土物，以盡其職，以完成首章賜命之意。全詩寫來一路舖張，但前後照應，脈絡貫通，主題仍很明顯。

中國語文，易成對偶，歌唱出對句來，是自然的趨勢。詩經時代，三百篇中已經出現許多對句。像本篇的「百兩彭彭，八鸞鏘鏘。」數目字百與八對，車輛與鸞鈴對，叠字彭彭與鏘鏘對。相似的數字對，本篇前一篇的烝民，就有「四牡彭彭，八鸞鏘鏘」；「四牡騤騤，八鸞喈喈」兩聯。不過周代詩人，不重逐字的詞性相對，更不講求平仄的互換，所以其中也有些只是似是而非的對仗而已。可是後世講求對句的律詩、絕句，以及駢體文、八股文和聯語等的雛形，在詩經中都已具備了。

這裏，順便談一談詩經中的對句。

（甲）單句對　文開曾說過，詩經形式的特性是聯綿體，對句就是聯綿句的一種。用叠字的單句對，可使文句在聯綿中又顯露了嚴整性。除前擧大雅烝民和本篇的三聯，是數目字兼疊字的單句對外，本篇的「川澤訏訏，魴鱮甫甫」，也是疊字單句對。其他各篇的疊字單句對，也幾乎俯拾卽是。玆就風雅頌，各擧數例於下：

(1) 喓喓草蟲，趯趯阜螽。（召南草蟲）

(2) 曀曀其陰，虺虺其靁。（邶風終風）

(3) 鶉之奔奔，鵲之彊彊。（鄘風鶉之奔奔）

(4) 汶水湯湯，行人彭彭。（齊風載驅）

(5) 伐木丁丁，鳥鳴嚶嚶。（小雅伐木）

(6) 南山烈烈，飄風發發。（小雅蓼莪）

(7) 雝雝在宮，肅肅在廟。（大雅思齊）

(8) 明明在下，赫赫在上。（大雅大明）

(9) 麀鹿濯濯，白鳥翯翯。（大雅靈臺）

(10) 威儀抑抑，德音秩秩。（大雅假樂）

(11) 菶菶萋萋，雝雝喈喈。（大雅卷阿）

⑿厭厭其苗，緜緜其麃。（周頌載芟）
⒀鍾鼓喤喤，磬筦將將。（周頌執競）
⒁龍旂陽陽，和鈴央央。（周頌載見）
⒂穫之挃挃，積之栗栗。（周頌良耜）
⒃其馬驕驕，其音昭昭。（魯頌泮水）
⒄赫赫厥聲，濯濯厥靈。（商頌殷武）

一句中相同兩字相疊，稱疊字；相同兩字重複而不相疊，稱複字。像本篇的「有熊有羆，有貓有虎」，「實墉實壑，實畝實籍」兩聯是單句對，不用疊字而用複字的，其他風雅頌各篇，也各舉例於下：

⑴是刈是濩，爲絺爲綌。（周南葛覃）
⑵飲之食之，敎之誨之。（小雅緜蠻）
⑶有孝有德，以引以翼。（大雅卷阿）
⑷匪且有且，匪今斯今。（周頌載芟）
⑸不虧不崩，不震不騰。（魯頌閟宮）

(6)不競不絿，不剛不柔。（商頌長發）

不用疊字的樸素單句對，也相當多，本篇有「汾王之甥，蹶父之子」等聯。其他風雅頌各篇的樸素單句對，也各舉兩三例於下：

(1)鸛鳴于垤，婦嘆于室。（豳風東山）
(2)東有啓明，西有長庚。（小雅大東）
(3)發彼小豝，殪此大兕。（小雅吉日）
(4)君子所履，小人所視。（小雅大東）
(5)四黃既駕，兩驂不猗。（小雅車攻）
(6)鳶飛戾天，魚躍于淵。（大雅旱麓）
(7)柔則茹之，剛則吐之。（大雅烝民）
(8)載戢干戈，載櫜弓矢。（周頌時邁）
(9)順彼長道，屈此羣醜。（魯頌泮水）
(10)徂來之松，新甫之柏。（魯頌閟宮）
(11)庸鼓有斁，萬舞有奕。（商頌那）

(12)松桷有梴，旅楹有閑。（商頌殷武）

(13)冬之夜，夏之日。（唐風葛生）

(14)投我以木瓜，報之以瓊琚。（衞風木瓜）

(15)維昔之富不如時，維今之疚不如玆。（大雅召旻）

（乙）雙句對　雙句對卽前兩句與後兩句各相對，其意境較爲複雜，而其表情也更爲深刻。舉例如下：

(1)南有喬木，不可休思；漢有游女，不可求思。（周南漢廣）

(2)于以盛之？維筐及筥；于以湘之？維錡及釜。（召南采蘋）

(3)誰謂雀無角？何以穿我屋？誰謂女無家？何以速我獄？（召南行露）

(4)我心匪石，不可轉也；我心匪席，不可卷也。（邶風柏舟）

(5)豈其食魚，必河之鯉？豈其取妻，必宋之子？（陳風衡門）

(6)糾糾葛屨，可以履霜；摻摻女手，可以縫裳。（魏風葛屨）

(7)子有衣裳，弗曳弗婁；子有車馬，弗馳弗驅。（唐風山有樞）

(8)昔我往矣，楊柳依依；今我來思，雨雪霏霏。（小雅采薇）

(9)奕奕寢廟，君子作之；秩秩大猷，聖人莫之。（小雅巧言）
(10)爾羊來思，其角戢戢；爾牛來思，其耳濕濕。（小雅無羊）
(11)誰謂爾無羊？三百維羣；誰謂爾無牛？九十其犉。（小雅無羊）
(12)溥天之下，莫非王土；率土之濱，莫非王臣。（小雅北山）
(13)曾孫之稼，如茨如粱；曾孫之庾，如坻如京。（小雅甫田）
(14)鳳凰鳴矣，于彼高岡；梧桐生矣，于彼朝陽。（大雅卷阿）
(15)無競維人，四方其訓之；不顯維德，百辟其刑之。（周頌烈文）
(16)有飶其香，邦家之光；有椒其馨，胡考之寧。（周頌載芟）
(17)念茲皇祖，陟降庭止；維予小子，夙夜敬止。（周頌閔予小子）

至於大東的「維南有箕，不可以簸揚；維北有斗，不可以挹酒漿。」下聯多一字，就是似是而非的對句。周頌清廟篇的「對越在天，駿奔走在廟。」情形相同。這也就是周代詩人的對句，並非刻意求對，是自然的趨向的例證。

（丙）排句對　雙句對連續成排，稱爲排句。三排的如：

(1)知子之來之，雜佩以贈之；知子之順之，雜佩以問之；知子之好之，雜佩以報之。（

鄭風女曰鷄鳴）

(2)其殽維何？炰鼈鮮魚；其蔌維何？維筍及蒲；其贈維何？乘馬路車。（大雅韓奕）

四排的如：

(3)東人之子，職勞不來；西人之子，粲粲衣服；舟人之子，熊羆是裘；私人之子，百僚是試。（小雅大東）

(4)作之屏之，其菑其翳；修之平之，其灌其栵；啓之辟之，其檉其椐；攘之剔之，其檿其柘。（大雅皇矣）

（丁）當句對　還有在一句的本句之中，其字詞自作對者，謂之句內對，也稱當句對。詩經中當句對很多，都是第一、二字與第三、四字相對，也就是一二兩字的詞類與三四兩字的詞類相對，例如：

(1)唐風羔裘篇的「羔裘豹袪」，衛風碩人篇的「螓首蛾眉」，竹竿篇的「檜楫松舟」，都是實物對。

(2)衛風氓篇的「夙興夜寐」，小雅鹿鳴篇的「鼓瑟吹笙」，鄭風清人篇的「左旋右抽」，都是動作對。

⑶唐風揚之水的「素衣朱襮」，鄭風出其東門的「縞衣綦巾」，魯頌閟宮的「朱英綠縢」，及本篇的「玄衮赤舄」，都是顏色對（朱傳：縞，白色；綦，蒼艾色）。

⑷鄭風清人篇的「二矛重英」和「二矛重喬」則是數字對。

不過，到六朝駢儷體發達以後，當句對除句內自爲對仗以外，又與第二句的當句對，相對成聯。所以一聯之中，有兩重的相對。例如王勃的「滕王閣詩序」一文，就有當句對組成的八聯，其第一聯與第三聯爲：

上聯——襟三江而帶五湖，（當句對）
下聯——控蠻荊而引甌越。（當句對）
單句聯三字內對式。

上聯——騰蛟起鳳，孟學士之詞宗，
下聯——紫電青霜，王將軍之武庫。
雙句聯二字內對式

像這種的當　句對成聯的兩式，在詩經中還勉强可以找到：

(5)是刈是濩　為絺為綌｝周南葛覃——單句聯二字內對式

(6)日居月諸，東方自出；父兮母兮，畜我不卒。｝邶風日月——雙句聯一字內對式

詩經中其他當句對（句內對），可參閱普賢著「駢儷體句內對研究」專文（輯入商務人人文庫中之「中印文學研究」書中）此處從略。

【古　韻】

第一章：甸、命、命、命，眞部去聲；道、考，幽部上聲；解、易、辟，佳部入聲；

第二章：張、王、章、衡、鍚，陽部平聲；舃、幭、厄，祭部入聲；

第三章：祖、屠、壺、魚、蒲、車、且、胥，魚部平聲；

第四章：子、止、里，之部上聲；彭、鏘、光，陽部平聲；

第五章：到、樂，宵部去聲；土、訏、甫、噳、虎、居、譽，魚部上聲；

第六章：完、蠻，元部平聲；貊、伯、壑、籍，魚部入聲；皮、羆，歌部平聲。

五八、采　芑

周宣王派大將方叔率領兵車三千南征荊蠻，軍容壯盛，聲勢浩蕩，又以方叔曾北伐玁狁，先聲奪人，使南蠻荊楚，一戰而服。詩人就唱出這首讚美的詩歌。

原詩	今譯
薄言采芑，❶	採個那麼採苦菜，
于彼新田，❷	去到那新墾的田裏採，
于此菑畝。❸	來到這新開的地上採。
方叔涖止，❹	大將方叔來到了，
其車三千，	開來戰車三千輛，

師干之試。⑤
方叔率止，⑥
乘其四騏，⑦
四騏翼翼。⑧
路車有奭，⑨
簟茀魚服，⑩
鉤膺鞗革。⑪

薄言采芑，
于彼新田，
于此中鄉。⑫
方叔涖止，
其車三千，
旂旐央央！⑬

操練干戈上戰場。
方叔來到是統帥，
駕着四匹青騏馬，
四馬壯健順序排。
紅色的路車好鮮亮，
竹蓆的車簾呀魚皮做箭囊，
馬帶鉤膺呀配着金飾的馬韁。

採個那麼採苦菜，
去到那新墾的田裏採，
來到這新田的當中採。
大將方叔來到了，
戰車開來三千輛，
龍龜旗子好鮮亮；

方叔率止，
約軝錯衡，⑭
八鸞瑲瑲。⑮
服其命服，⑯
朱芾斯皇，⑰
有瑲葱珩。⑱

鴥彼飛隼，⑲
其飛戾天，⑳
亦集爰止。㉑
方叔涖止，
其車三千，
師干之試。
方叔率止，

五八、采　芑

方叔來到是統帥，
車轂纏皮橫木有文彩，
八隻鸞鈴叮叮噹。
穿着他的命服好端莊，
朱黃的蔽膝好輝煌，
青蒼的佩玉叮噹響。

忽地一下子鷹隼飛，
一會兒飛得摩穹蒼，
一會兒落在樹枝上。
大將方叔來到了，
戰車開來三千輛，
操練干戈上戰場，
方叔是個大統領，

鉦人伐鼓，㉒
陳師鞠旅。㉓
顯允方叔，㉔
伐鼓淵淵，㉕
振旅闐闐。㉖

蠢爾蠻荊，㉗
大邦爲讎！㉘
方叔元老，
克壯其猶。㉙
方叔涖止，
執訊獲醜。㉚
戎車嘽嘽，
嘽嘽焞焞，㉛

鉦人鼓手輪番敲，
陳師鞠旅施號令。
顯允的方叔眞正棒，
聽啊，鼓聲敲得好宏亮，
整飭師旅時更雄壯。

荆楚南蠻你好愚蠢，
竟敢向大邦來尋釁！
方叔是個大元老，
大展計謀策略高。
大將方叔來到了，
俘獲敵衆問口供。
兵車出動聲轟轟，
聲轟轟呀響隆隆，

如霆如雷。　好像雷霆震地動。
顯允方叔，　顯赫誠信是方叔，
征伐玁狁，　北伐玁狁好威風，
蠻荊來威。32　嚇得蠻荊來服從。

【註　釋】❶薄言：語詞，芑：音起ㄑㄧˇ。正義引陸璣疏：「芑，苦菜也，莖青白色，摘其葉，白汁出，肥可生食，亦可蒸爲茹。」❷新墾二歲之田曰新田。❸菑：音緇ㄗ，新墾一歲之田曰菑畝。毛傳云：「田一歲曰菑，二歲曰新田，三歲曰畬。」❹方叔：周之卿士，宣王命爲南征之大將。西周銅器師寰𣪘考釋：「此師寰蓋卽小雅采芑之方叔。詩云『蠢爾蠻荊，……執訊獲醜』，所言事跡與此相合。寰與方蓋一名一字也。寰假爲圜，名圜而字方者，乃名字對文之例。」涖：音立ㄌㄧˋ，卽蒞，臨也。止，語尾詞。❺師：衆。干：盾。之：猶「是」。試：操練。若今之演習。師干之試，言軍士操練干戈也。❻率：統率。❼騏：馬之青蒼色如棊文者。❽翼翼：順序貌。❾路車：戎車。奭：音是ㄕ，赤貌，有奭卽奭然，蓋諸侯路車之上鋪有紅色皮革。❿簟：音店ㄉㄧㄢ竹席。茀：音弗ㄈㄨˊ，車蔽。謂以方文竹簟爲車簾。魚服：魚爲獸名，謂以魚獸之皮作成之箭袋。⓫鉤：帶鉤。鉤膺謂馬腹之帶，有鉤拘之，施之於膺。鞗：音條ㄊㄧㄠ，轡首之金飾。革：轡首，卽御馬之皮索。按鞗字應作鋚，轡首之飾，以金爲之。革爲轡首，以皮爲之。鞗革者以金屬爲飾物，飾於皮革所製之轡頭也。⓬鄉：所，卽處。中鄉謂菑田之中處，指新田之當中地方。⑬旂：音旗ㄑㄧ，旗之畫有交龍者。旐：音兆ㄓㄠ，旗之畫有龜蛇者。央央：鮮明貌。⑭約：約束。軝：音祁ㄑㄧ，長轂。戎車轂長，故以皮纏轂以保護鞏固之。錯：文采。衡：轅前端之橫木。錯衡言橫木有文彩。⑮鸞：鈴之在鑣者，馬口兩旁各一，四馬故八鸞。此鈴聲似鸞鳴，故稱鸞鈴。瑲：音槍ㄑㄧㄤ，鈴聲。⑯朱傳：「命服，天子所命之服也。」⑰芾：音弗ㄈㄨ，同韍，皮製蔽膝。天子純朱，諸侯黃朱。此朱芾指朱黃之帶，諸侯所服。斯：語詞。皇：猶燦。燦煌：鮮明貌。⑱珩：音杭ㄏㄤ，雜佩上端之橫玉。葱珩：蒼色之橫玉。有瑲猶瑲然，狀葱珩之聲。⑲鴥：音聿ㄩ，疾飛貌。疑亦即疾飛聲。隼：音準ㄓㄨㄣ，鶻屬，鷹類猛禽。⑳戾：至。馬瑞辰以爲戾厲音近；厲礪古通用。戾天，猶云摩天也。㉑亦：語詞。集：鳥落於樹木。爰止：於是休止。㉒鉦：音征ㄓㄥ，樂器名，形略似鐘，卽鐃鈸，古時軍中擊鼓以進軍，鳴鉦以止兵。鉦人伐鼓，乃鉦人鳴鉦，鼓手伐鼓之省略語。伐：擊。鉦人伐鼓，所以描寫操練時之進止有序。㉓陳：列。鞫：告。二千五百人爲師，五百人爲旅。言陳其師旅而告誓之。㉔顯允：顯赫。先王用人取其顯允。蓋顯則其心明白洞達；允則其心忠信誠慤，上不欺君，下不欺心，是無一毫可疑之處。又：顯是在上位；允是稱職。亦通。㉕淵淵：鼓聲。㉖振旅：整飭師旅以備戰。屈翼鵬詩經釋義：「此語甲骨文中卽有之。公羊傳及爾雅『出曰治兵，入曰振旅』之說，殆非古義。」闐：音田ㄊㄧㄢ，闐闐：亦鼓聲。玉篇：「嗔，盛聲也。」並引詩作嗔嗔，是知闐係嗔之假借。㉗蠢：動而無知之貌，卽愚蠢。蠻荆：當作荆蠻，荆楚之南蠻。㉘大邦：猶言中國。㉙壯：大。猶：韓魯詩作猷，謀略。㉚執：生擒。訊：可審訊之活口，卽俘虜。朱子謂訊爲其魁首當訊問者，或謂指探聽消息的間諜言。醜：醜類之衆。或訓獲爲馘，謂殺之而取其左耳。㉛嘽：音灘ㄊㄢ。焞：音ㄊㄨㄟ。嘽嘽焞焞，皆狀車聲。蓋焞焞當與王風大車之啍啍同義。而下文「如霆如雷」，亦可證其爲狀聲也。㉜來：是。威：畏。

【評　解】

采芑是小雅南有嘉魚之什的第八篇，朱熹詩集傳改列爲彤弓之什的第四篇。分四章，章十二句，句四字，全詩共一百九十二字。

詩序：「采芑，宣王南征也。」朱傳也說：「宣王之時，蠻荊背叛，王命方叔南征。軍行采芑而食，故賦其事以起興。又遂言其車馬之美，以見軍容之盛。」蓋此詩係周宣王時詩人敍方叔南征，平服蠻荊事。詩中着力描寫方叔車馬之美，師旅之衆，軍容之盛，並以北伐玁狁，武功顯赫的餘威，南征蠻荊，使其聞名畏服也。

南征北伐，乃宣王中興大業，詩人皆有詩記其事，成爲詩經中重要史詩的一部分。其中有宣王親征者，有命將討伐者；有列爲大雅者，有入於小雅者。此采芑詩卽命將討伐而列入小雅的一篇。前三章以起興的方式描寫方叔的威武，訓練士卒的成就，只是戰爭的前奏。而末一章以賦體敍及戰爭，又只說執訊獲醜的勝利結果。詩人用總括的筆墨抒寫，既不記戰陣的形勢，又不把勝利品一一說出，僅點到爲止。這正是詩人的手法。正因爲這是詩，又是頌揚方叔的詩，與軍事史大有不同的緣故。我們推想當時，方叔雖先聲奪人，足令蠻荆聞名威服，但詩中既言執訊獲醜，一定也經過一番戰陣的格鬬，然後才使其威服的。詩人予以簡略，就在强調蠻荆的威服一層也。案「執訊獲醜」爲此詩與出車篇的相同句，出車篇既言「執訊獲醜，薄言還歸」，非不戰而勝玁狁，乃殺敵致果而凱旋，則此詩亦非不戰而服荆楚也。

我們再細看，「前三章皆言車馬旂幟佩服之盛，而進退有節，秋毫無犯，禽鳥不驚，是王者師行氣象。然非大將統帥有方，曷克臻此?所以每章皆言『方叔率止』，以見節制之嚴肅」，(方玉潤語)末乃於「執訊獲醜」後大聲呼喝，如雷震懾，阻遏其對王師的反抗，再以玁狁之事懾之，於是只輕輕一句，便得以荆楚威服作結。全詩進展有序，虛實有法，寫得極爲成功。

至於此詩風格，牛運震詩志予以品評說：「前二章從容詳雅，後二章雄武沉厲。軍容將略，一一俱見。」又曰：「六月先敍玁狁，後點吉甫；此篇先寫方叔，後點蠻荆，格法變換。」這是他對采芑與前一篇六月篇法的分析比較。

詩中屢言「其車三千」，是因西周是車戰時代，軍隊的構成，以戰車爲中心，戰事的進行，以車戰來決勝負。在此，我們就得談一談周朝的兵制。

方叔南征，兵車三千乘，到底多少人，古無詳細的記載，根據舊題戰國時司馬穰苴撰的司馬法，有甲乙二說：(甲)說：兵車一乘，在車上的有甲士三人，左持弓矢，主射；右持長矛，主擊刺；中主御。隨車步卒七十二人。若此，則三千乘有二十二萬五千人。周代天子雖有六軍，但絕無一次出兵數目如此之多者。若說「其車三千」，只是詩人誇大之辭，那不會鄭重其事的連說三次的。三千之車，一定是實數。(乙)說：革車一乘，士十人，徒二十人。士十人中在車上者三人，職司如甲說。餘下七人，分配在車子左右步行。則三千乘計共九萬人。乙說與此詩所詠，數字相當。但春秋時晉國與楚交兵的城濮之戰，晉文公兵車七百乘；晉將郤克與齊交兵的鞌之戰，晉國兵車八百乘。若每乘三十人，又似太少。馬瑞辰推論說：「周官凡萬二千五百人爲軍，特平時簡閱制軍之數，至出兵則每軍所屬人數車數，必量其敵之强弱，事之緩急，初無定數。」大概周代定制，每車二十五人，另外輜重五人(金鶚求古錄軍制車乘士卒考一文中解釋，一乘三十人，戰時只用二十五人，餘五人率領輜重車)。如此則連輜重五人計之，每車三十人，「其車三千」，正是九萬人。輜重五人不計在內，則爲七萬五千人，剛好天子六軍之數。方叔所率，即天子的六軍。六軍兵車三千輛，則每軍五百輛也。如此，則周代的兵制，天子六軍，一軍兵車五百輛，一車二十五人，故一軍爲一萬二千五百人。六軍合計七萬五千人。另加輜重兵一萬五千人。但以後時代進步，人口繁殖，春秋時又戰事頻仍，所以諸侯已將兵車編制擴大至每車七十五人之多。表面上兵車數未加，而實際人數却已大增。司馬法之有二說，原因也許由此。惟魯僖公二軍，閟宮詩仍曰：「公車千乘」「公徒三萬」，則魯國仍遵原來兵制也。

至於戰車的製造，所用材料爲檀木，比較結實。所以小雅杕杜說：「檀車嘽嘽」。本詩則說：「戎車嘽嘽，嘽嘽焞焞，如霆如雷。」而玁狁蠻荆淮徐，都是徒兵。左傳隱公九年：「北戎侵鄭，鄭伯禦之，患戎師曰：『彼徒我車，懼其侵軼我也。』」可證。而且詩經中只有「執訊獲醜」等記載，金文中有關玁狁荆徐等戰爭的器銘，也只提到「俘吉金牛羊」，絕無獲得大批車輛馬匹的記敍（僅小盂鼎記載獲得少數車馬）。可見彼時周之敵方，多是徒兵，很少利用戰車。至春秋時楚吳已仿效中國，也用兵車作戰了。但到戰國時代，自趙武靈王首先實行胡服騎射，却又捨車戰而用騎兵。戰車就漸失其重要性，秦漢以來的戰爭，遂與周代不同，而又改觀了。

前面提到本篇中有「嘽嘽焞焞」之句，這是本篇以疊字為句的特色。在此，我們順便來談一談疊字。本篇疊字，首章有「四騏翼翼」的翼翼一組。次章有「旂旐央央」「八鸞瑲瑲」的央央瑲瑲兩組。三章有「伐鼓淵淵，振旅闐闐」的淵淵闐闐兩組。末章有「戎車嘽嘽，嘽嘽焞焞」的兩嘽嘽一焞焞三組。共計疊字八組之多，而「嘽嘽焞焞」又為全句以疊字組成，且又重複前句疊字的特例。

前人對詩經的多雙聲疊韻特別注意，而雙聲疊韻又與假借字的運用有密切的關係，所以寫成了連篇累牘的文章來作聯緜詞的研究。但劉勰的文心雕龍物色篇，對詩經描寫技巧的突出，舉例曰：「灼灼狀桃花之鮮，依依盡楊柳之貌，杲杲為日出之容，瀌瀌擬雨雪之狀，喈喈逐黃鳥之聲，喓喓學草蟲之韻……雖復思經千載，將何易奪？」六例皆疊字之句，已可見疊字在詩經中作用之大，地位之重要。而後世對詩經疊字作詳細的研究者很少。有之，則自清季王筠的「毛詩重言」始。近年來，才有李雲光的「毛詩重言通釋」（聯合書院學報），劉秋潮的「風詩使用疊字之藝術」（民主評論九卷十一期），黃鐵錚的「詩經疊字之研究」（華國第二期），倪志僩的「從古代詩詞中列舉重言之例」（大陸雜誌二十卷五期）等專題研究的論文發展。而盧紹昌的「詩經擬聲詞之研究」一文（南大中文學報三期），又對於疊字中的擬聲詞，有着專門的討論。

因爲詩經的叠字大多爲形容詞，而又可大別爲狀聲與狀貌的兩類。盧氏又將狀聲的叠字與單字等加以仔細的研討了。例如文心雕龍物色篇所舉六組叠字，「喈喈」「喓喓」兩組字爲狀聲詞，而「灼灼」「依依」「杲杲」「瀌瀌」則爲狀貌等非狀聲詞。而狀鳥聲鈴聲鐘聲固皆可用「喈喈」來形容，如風雨篇的「雞鳴喈喈」，出車篇的「倉庚喈喈」爲狀鳥類鳴聲；烝民篇的「八鸞喈喈」則爲狀鸞鈴聲；而鼓鐘篇的「鼓鐘喈喈」又爲狀鐘聲。而喈字又可單字以狀風聲，北風篇的「北風其喈」，卽只用一個喈字來形容風聲。伐木篇形容鳥鳴聲的叠字「嚶嚶」（鳥鳴嚶嚶）與單字「嚶」（嚶其鳴矣）且同一詩出現。此證叠字與單字可以互換應用。「北風其喈」也等於「北風喈喈」，「嚶其鳴矣」也等於「嚶嚶鳴矣」。宛丘篇「坎其擊鼓」的「坎」字，也等於伐木篇「坎坎鼓我」的「坎坎」兩字。換言之，這種叠字，可以用「其」字代替其中一字，剩下的一字，和原來叠字的作用依然相同。狀聲叠字，可以這樣縮改爲狀聲單字。非狀聲叠字亦然。例如四月篇的「秋月淒淒」和綠衣篇的「淒其以風」，都是形容風的冷涼之性的。小宛篇的「溫溫恭人」和小戎篇的「溫其如玉」，都是形容人的溫和可親的。

而詩經中的「有」字「兮」字等，也有和上述「其」字用法相似者，例如靜女篇「彤管有煒」等於「彤管煒煒」；桑柔篇「旟旐有翩」等於「旟旐翩翩」；野有蔓草篇「零露漙兮」等於「零露漙漙」；月出篇「月出皎兮」等於「月出皎皎」。而「勞心悄兮」相當於邶風柏舟的「憂心悄悄」。

可是詩經中疊字，也有少數既非狀聲，也非狀貌狀性的形容詞。例如匏有苦葉篇的「招招舟子」，疊字也作動詞用。而秦風黃鳥的「惴惴其慄」，疊字又作副詞用。北山篇的「或燕燕居息」，「燕燕」是「燕居」的意思，形容安息，應該是副詞；而邶風燕燕篇「燕燕于飛」的「燕燕」，又是名詞，相當於單字的「燕」。楚茨篇的「子子孫孫」，也相當於「子孫」，有客篇的「有客宿宿，有客信信」，傳曰：「一宿曰宿，再宿曰信」，疊字也相當於單字。這都是名詞一字衍爲兩字的。子衿篇的「青青子衿」，都人士的「狐裘黃黃」，則青青黃黃是狀貌詞的一字衍爲兩字的。公劉篇的「于時處處」，「于時言言，于時語語」，則上一處字言字語字爲動詞，而下一處言語爲名詞。蒹葭篇的「蒹葭采采」，蜉蝣篇的「采采衣服」，二「采采」是狀貌詞；而卷耳篇的「采采卷耳」，芣苢篇的「采采芣苢」，又都是動詞，訓爲採而又採。

五八、采　芑

王筠的毛詩重言三篇，上中二篇輯錄詩經疊字凡三五三組，一一註明其篇名與訓詁（但未分析詞性）。下篇則輯錄疊字縮爲一字，與「其」「有」「兮」等連用者，凡二百〇八字，及不必重而重者如燕燕、宿宿等十五組。李雲光、黃鐵錚等，又將詩經疊字，重加分類統計研究。劉秋潮注意疊字的位置，他統計出疊字位於句末者（例如風雨淒淒）比位於句首者（例如關關雎鳩）多三倍。而盧紹昌尤注意於狀聲疊字的認識，他說：「詩經中之擬聲詞多爲疊字，而詩經中疊字，去其重，約得四百，其中三分之一即爲擬聲詞。」

盧氏主張毛傳的某貌，往往是擬聲詞，例如蓼莪篇的「飄風發發」，毛傳：「發發，疾貌」。其實風疾無貌，乃疾風之聲耳。信南山「雨雪雰雰」，毛傳：「雪貌」，采薇「雨雪霏霏」，傳亦訓雪貌，也該是下雪聲。載驅的「汶水滔滔」，毛傳：「流貌」，也當是水流聲。所以他說：「傳之言貌，聲常隨之」。

他又發現擬聲詞的幾項情狀如下：(1)詩經中的擬聲詞，多爲假借字，與其本義無關。關關、膠膠擬鳥鳴聲，逢逢狀鼓之聲，薨薨擬羽聲，登登狀實土之聲是也。其從口之擬聲詞，其意符之作用，在於表明其爲擬聲之詞，而與所借之本義有別，如「呱呱」爲小兒泣聲，「呦呦」爲鹿鳴之聲。(2)擬聲詞僅代表自然聲響之某一特徵，且各憑主觀之直覺，以形似字肖之，故同擬一聲，而各異其趣。如擬畚土使堅實之聲，一曰橐橐，一曰登登；落雪之聲，一曰雰雰，一曰霏霏，一曰浮浮，一曰雱雱。而同一擬聲詞，所狀之聲可各異，如嘒嘒，既擬蟬鳴，又擬鈴聲，再擬簫聲也。⑶擬聲詞之擬天籟者，其義可兼言發生之情態，故往往轉化爲擬態詞。滔滔的轉化爲水大貌卽其例。

普賢執敎臺大中文系，主講詩經，指導同學作詩經疊字的硏究，他們所成論文，也往往能說出大家未加注意之點。例如：⑴禽鳴聲雖有關關、喈喈、交交、膠膠之不同，聲母皆屬見系；⑵鸞聲有瑲瑲、鶬鶬、鏘鏘、將將之不同，或僅音同字異，而聲母皆屬精系，古韻皆屬陽部。⑶鼓聲之坎坎、逢逢，其聲母韻母在古音均相近。咽咽、淵淵，古韻亦相同。⑷喈喈、嚶嚶、嗸嗸、嘵嘵、噦噦、嘽嘽、啍啍、咽咽、呦呦、喤喤、喓喓，均以口部爲意符，因之一望而知其爲狀聲詞。而翽翽、濊濊等，更可分別其爲羽聲水聲也。⑸平聲適於閒適喜樂的格調，入聲適於悲切的氣氛。例如關關、呦呦、喈喈均平聲；而陳風「心焉惕惕」齊風「載驅薄薄」則入聲。⑹嘒嘒是蟬鳴，亦鸞聲，亦樂器聲；喤喤是小兒哭聲，亦鐘聲。蓋僅以代表聲之特徵耳。

他們又指出詩經疊字狀聲詞的功效有⑴使景物更具體活現，⑵使音節優美，⑶使句法有變化，(4)兼具表情作用等。

他們更能留心當代的文學名著，攝取有關的資料。例如朱光潛詩論中語，被攝取者如下：「兩音相鄰時由前一音滑入後一音，有順有拗。大約雙聲而疊韻的兩音讀來最順口；由甲聲轉入性質不同的乙聲（例如由唇音轉喉音），由甲韻轉入不同性質的乙韻（例如由開口轉撮口），則比較費力。故三百篇中疊字最爲凸出。」

又如從許文雨的文論講疏中，攝取了黃侃的話如下：「文有飾詞，可以傳難言之意；文有飾詞，可以省不急之文；文有飾詞，可以摹難傳之狀；文有飾詞，可以得言外之情。」因而申述詩經疊字，即有飾詞的功能，發揮在以聲見義上，讓詩篇增加情趣，而格外顯出精神來。

現在再說本篇采芑詩中八組疊字，瑲瑲、淵淵、闐闐、焞焞和兩組嘽嘽，都是狀聲詞，只有翼翼和央央兩組是狀貌詞。而「有瑲葱珩」句，也等於「瑲瑲葱珩」。三百篇中，用兩組疊字組成的句子，還不算少，像小旻的「潝潝訿訿」「戰戰兢兢」，巷伯的「緝緝翩翩」，「捷捷幡幡」，泮水的「烝烝皇皇」，閟宮的「實實枚枚」，楚茨的「濟濟蹌蹌」「子子孫孫」，常武的「緜緜翼翼」，信南山的「苾苾芬芬」，雲漢的「赫赫炎炎」，「兢兢業業」

等句，以及本篇的「嘽嘽焞焞」都是。而以卷阿的「菶菶萋萋，雝雝喈喈」兩句連用四組疊字爲最凸出。但像本篇的「戎車嘽嘽，嘽嘽焞焞」兩句中連用三組疊字，其上句用嘽嘽兩字，而下句緊跟着重用這嘽嘽兩字，却也形成特殊的節奏，而發生特殊的韻味。

三百篇中連用許多疊字，形成優美的節奏，含有特殊韻味的，首推碩人篇末章七句。顧亭林日知錄二十一云：「詩用疊字最難，衞詩『河水洋洋，北流活活，施罛濊濊，鱣鮪發發，葭菼揭揭，庶姜孽孽』，連用六疊字，可謂複而不繁，賾而不亂矣……下此無人能繼。」其實第七句的「庶士有朅」，也等於「庶士朅朅」，詩人不用「朅朅」，而改用「有朅」，此章便不顯得刻板，而有戛然而止的效果。鱣鮪發發句，最爲鮮活，描寫魚兒掉尾所發的潑剌聲，更見窮盡體物之妙。

其他鴟鴞末章五句四用疊字，中隔一句疊韻（漂搖），則見表情之極致；緜篇登登馮馮四組疊字狀聲，讀來極其動聽，如聞各種操作之聲，眼前浮現出建築工程的一片熱鬧景象，都可稱爲生花妙筆。

至於後人效法連用疊字成句最有名的爲李清照的聲聲慢詞的七疊：「尋尋、覓覓、冷冷、清清、悽悽、慘慘、戚戚」，古詩十九首之「青青河畔草」一篇，六用疊字以起筆，是詩經碩人末章的模仿。迢迢牽牛星的疊字六句，分別以四疊起筆，二疊結尾，則又爲前後相映的變化。王實甫的散曲寫惜別的堯民歌云：「自別以遙山隱隱，更那堪遠水粼粼！見楊柳飛綿袞袞，對桃花醉臉醺醺。透內閣香風陣陣，掩重門暮雨紛紛」，用六疊組成一曲俠語，又是一種光景。他西廂記酬韻的：「側着耳朶兒聽，躡着脚步兒行，悄悄、冥冥、行行、等等，等我那齊齊、整整、嬝嬝、婷婷、姐姐鶯鶯」連用十組疊字。揚萬里水月詩：「低低橋叉低低路，小小盆栽小小花」，亦頗見巧思，別具卓絕。

【古　韻】

第一章：芑、畝、止、試、止，之部上聲；

田、千，眞部平聲；

翼、奭、服、革，之部入聲；

第二章：芑、止、止，之部上聲；

田、千，眞部平聲；

鄉、央、衡、皇、珩，陽部平聲；

第三章：天、千，眞部平聲；

止、止、試、止，之部上聲；
鼓、旅，魚部上聲；
淵、闐，眞部平聲；
第四章：雝、老、猶、醜，幽部平聲；
雷、威，微部平聲。

五九、江　漢

周宣王命召穆公虎平定淮夷，歸受上賞。召虎銘勳於器，祭祀宗廟，追孝祖先，並祝頌天子。詩人作詩記其事以美之。

原　詩	今　譯
江漢浮浮，❶	江水漢水流不停，
武夫滔滔。❷	武夫衆多又勇猛。

匪安匪遊，❸
淮夷來求。❹
既出我車，
既設我旟，❺
匪安匪舒，
淮夷來鋪。❻
江漢湯湯，❼
武夫洸洸。❽
經營四方，
告成于王。❾
四方既平，
王國庶定。❿
時靡有爭，⓫

不是玩樂不遨遊，
爲把淮夷來尋求。
我的兵車已派出，
我的旗幟已建樹，
不敢安閒不怠慢，
爲伐淮夷除禍患。
江水漢水浩蕩蕩，
武夫威嚴氣勢壯。
經營天下服四方，
就把成功報告王。
四方既然已敉平，
王國庶幾可安定。
國家安定無戰爭，

王心載寧。⑫　我王心裏才安寧。

江漢之滸，⑬　在那江水漢水邊，
王命召虎，⑭　我王就把命令頒，
式辟四方，⑮　命令召虎闢四方，
徹我疆土。⑯　又訂徹法納稅糧。
匪疚匪棘，⑰　不是病民不急困，
王國來極。⑱　是以王國做標準。
于疆于理，⑲　劃定疆界理土田，
至于南海。　一直到達南海邊。

王命召虎：　我王命令召虎說：
「來旬來宣。⑳　「巡察民情王命宣，
文武受命，㉑　文武受命受自天，

召公維翰。㉒　　曾任召公做楨榦。
無曰：『予小子』，㉓　　不要自卑稱『小子』，
召公是似。㉔　　召公事業由你繼。
肇敏戎公，㉕　　你能計謀建軍功，
用錫爾祉。㉖　　就此賞賜你福祉。

釐爾圭瓚，㉗　　賜你寶物是圭瓚，
秬鬯一卣，㉘　　賜你黍酒一大罎，
告于文人。㉙　　告祭文人衆先賢。
錫山土田，　　賜你山陵和土田，
于周受命，㉚　　你往岐周去受命，
自召祖命。」㉛　　用你祖先召公之大典。」
虎拜稽首：㉜　　召虎拜謝行叩首：
「天子萬年。」　　「恭祝天子萬年壽。」

虎拜稽首，　　召虎拜謝行叩首，

對揚王休。㉝　　答謝王命稱王休。

作召公考，㉞　　又對召公表孝思，

天子萬壽。　　並壽天子萬年期。

明明天子，㉟　　英明睿智我天子，

令聞不已；㊱　　美譽稱頌頌不止；

矢其文德，㊲　　又能廣佈其文德，

洽此四國。㊳　　普天之下受恩澤。

【註　釋】❶❷王引之經義述聞以爲此兩句猶「枕流漱石」之爲移花接木格。當作「江漢滔滔，武夫浮浮。」滔滔，水廣大貌；浮浮，武夫衆强貌。❸安：安樂；遊：遨遊。❹淮夷：淮河流域之夷。來：是。求：尋求。此句謂尋求淮夷以平定之。❺旟：音與ㄩ，旟之畫鳥隼者。❻來：是。鋪：毛傳：「病也。」屈萬里先生謂「伐」，「懲處。」見詩經釋義雨無正及江漢、常武等篇。❼湯：音傷ㄕㄤ，湯湯：大水疾流貌。❽洸：音光ㄍㄨㄤ，洸洸：武貌。❾成：成功。❿庶：幸，希冀之詞。⓫時：是。靡：無。爭：戰爭。⓬載：則。⓭滸：水邊地。⓮召虎：召穆公名虎。⓯式：語詞。辟：音義同闢，開闢。⓰徹：取。此謂取稅，卽定稅法。⑰疚：病。棘：困急。⑱來：是。極：中，正，卽標準之意。此二句謂並非使（淮夷）病痛，並非使困急，但使其取正於王國而已。⑲于：助詞。疆、理：謂畫疆界治土宜。⑳來：是。旬：通徇，巡察。馬瑞辰說。宣：示。胡承珙說。來旬來宣謂巡察民情宣達王命。㉑文武：文王武王。㉒召公：召虎之祖先召康公奭。翰：榦。二句謂昔文王武王受天命，召康公爲楨榦。㉓此句謂不必自卑而稱「予，小子也。」㉔毛傳：「似：嗣。」謂繼續。㉕肇敏戎公：屈萬里詩經釋義：「金文中亦常見此語。肇：謀。敏字金文或作勄，或作誨，于省吾讀爲謀，是也。肇敏，猶言圖謀。公字金文或作工，或作攻。戎工：兵事。王國維與友人論詩書中成語書有說。」㉖錫：賜。祉：福。㉗釐：音離ㄌㄧˊ，賜。圭瓚：祭時行祼禮之器，勺狀有柄，以圭爲柄，以黃金爲勺。（祼：音義古同灌ㄍㄨㄢˋ，謂灌鬯。祭之禮，以鬯酒獻尸，尸受酒而灌於地以降神。）㉘秬：音巨ㄐㄩˋ，鬯：音暢ㄔㄤˋ，秬鬯：黑黍酒，祭祀時用以降神。卣：音酉ㄧㄡˇ，酒器。㉙文人：有文德之人，謂祖先。㉚鄭箋：「周：岐周」。㉛鄭箋：「自：用也。」召祖：召康公奭。箋云：「宣王欲尊顯召虎，故如岐周，使虎受山川土田之賜，命其用祖召康公受封之禮。岐周，周之所起，爲其先祖之靈，故就之。」㉜稽：音啓ㄑㄧˇ，留。稽首謂頭至地稽留多時不卽起，爲至敬之禮。㉝對：答。揚：稱揚。休：美。二句謂召虎拜謝叩首以答謝並稱揚天子之美命。㉞于省吾以爲考孝金文通用，作召公孝，卽作孝召公之倒文。作孝，猶言追孝。㉟明明：英明，賢明。㊱令：善。聞：音問ㄨㄣˋ，聲聞。令聞謂美譽。㊲矢：施布。㊳此句謂和洽天下四方，使皆蒙其德澤。

【評解】

江漢是大雅蕩之什的第八篇，分六章，章八句。除四章第五句爲五字句外，餘均四字句，全詩共一九三字。

詩序云：「江漢，尹吉甫美宣王也。能興衰撥亂，命召公平淮夷。」但詩中並未言作者爲誰，故朱傳云：「宣王命召穆公平淮南之夷，詩人美之。」

第一章浮浮滔滔四字，已領起全篇精神。以水勢之奔流澎湃，與起武夫之衆多勇猛。所謂水光兵氣，聲勢浩蕩，銳不可當。然而師行有節，雍容有制，雖舒緩而非安遊，表現出王師之訓練有素，大將之穩重沉着。而兩提淮夷，說明此行目的，專在討伐淮夷，爲國除患。故次章即寫此役之成功，而仍以水勢與起武夫之勇猛。至此四方既平而無戰爭之時，王心才得安寧。可見宣王能以天下之心爲心，而召虎又能以宣王之心爲心也。

三章寫善後事宜。善後以安民爲要，而安民之要在於興復井田，淸釐賦稅。將新闢之地以王國制度爲標準，並非擾民也。

第四章以召康公之德業勗勉召虎。牛運震評之曰：「惓惓以召公爲言，令召虎不得不爲名臣。『無曰予小子』云云，篤厚謙婉，勅命中脫略形迹語。」

第五章繼以王命受賞。「于周受命，自召祖命。」更見宣王對召虎之寵渥。牛運震評此章曰：「肅重篤悃，凝然穆然，誦之有勃勃忠孝之氣，如此方許作廟堂文字。」末章揭出此詩之作在「對揚王休」並「作召公考」，祖德君恩雙收，而以銘勳於器爲主。最後更以文德規諫。蓋討伐淮夷固恃武功；然武功不可長恃，惟文德爲能久遠。忠耿之情，溢於言表。

【古　韻】

第一章：浮、滔、游、求，幽部平聲；
　車、旟、舒、鋪，魚部平聲；
第二章：湯、洸、方、王，陽部平聲；
　平、定、爭、寧，耕部平聲；
第三章：滸、虎、土，魚部上聲；
　棘、極、理、海，之部入聲；
第四章：宣、翰，元部平聲；
　子、似、祉，之部上聲；

第五章：人、田、命、命、年，眞部平聲；
第六章：首、休、考、壽，幽部上聲；
子、已，之部上聲；
德、國，之部入聲。

六〇、常　武

這是敍述周宣王親征徐國的詩。全詩結構嚴密，章法整齊，描寫生動，而句調又奇妙有變化，不失為大雅中一篇成功的好詩。

原詩	今譯
赫赫明明，❶	王命顯赫又嚴明，
王命卿士：❷	太祖廟裡頒命令：
南仲大祖，❸	命令南仲為卿士，
大師皇父。❹	命令皇父做太師。

原文	譯文
整我六師，❺	整我天子六軍，
以脩我戎。❻	脩我武庫兵器。
既敬既戒，❼	都已部署戒備好，
惠此南國。	好把南方國家保。
王謂尹氏，❽	王命尹氏去傳話，
命程伯休父，❾	程伯休父做司馬，
左右陳行，❿	左右行列排整齊，
戒我師旅：⓫	告誡軍旅來誓師：
「率彼淮浦，⓬	「沿着淮水水邊路，
省此徐土，⓭	巡視徐方的領土，
不留不處。」⓮	不停留也不久處。」
三事就緒。⓯	三卿相從都就緒。

赫赫業業，⑯
有嚴天子，⑰
王舒保作。⑱
匪紹匪遊，⑲
徐方繹騷。⑳
震驚徐方，
如雷如霆，㉑
徐方震驚。

王奮厥武，
如震如怒。㉒
進厥虎臣，
闞如虓虎。㉓
鋪敦淮濆，㉔

軍容赫赫而壯盛，
天子威嚴自帶領，
王師舒徐而安行。
不逍遙呀不遊蕩，
徐方騷動要膺懲。
王師震驚徐方，
有似雷霆震響，
徐方震動驚慌。

天王奮勇顯威武，
如雷震動如發怒，
指揮虎臣齊進攻，
咆哮之聲似猛虎。
擢殺敵人淮水濱，

仍執醜虜。㉕　屢屢擒捉衆俘虜。
截彼淮浦，㉖　淮水兩岸都平定，
王師之所。㉗　平定王師所到處。

王旅嘽嘽，㉘　王師前進軍容盛，
如飛如翰，㉙　迅疾有如鳥掠空，
如江如漢。㉚　似江似漢勢洶湧。
如山之苞，㉛　靜守有如山之固，
如川之流。㉜　衝鋒好似水奔騰。
緜緜翼翼，㉝　連緜不絕又整飭，
不測不克，㉞　不可測度不可勝，
濯征徐國。㉟　平定徐國洗穢腥。
王猶允塞，㊱　王道謀略眞有用，

徐方既來，㊲　　徐方已經來服從，
徐方既同，㊳　　徐方已經來朝貢，
天子之功。　　天子親征成大功。
四方既平，　　四方悅服天下平，
徐方來庭。㊴　　徐國覲見來王庭。
徐方不回，㊵　　徐國永遠不違背，
王曰：「還歸。」㊶　　王說：「班師奏凱歸。」

【註　釋】❶赫赫：威嚴貌。此句形容王命的嚴明。❷卿士：最廣義的用法泛指卿大夫士，一般用以指卿之執政掌事者。狹義用法，治國謂之卿，治軍謂之士，卿而有軍行者稱卿士。此處指後者。❸南仲：人名，卽出車篇的南仲，漢書人表列南仲爲宣王時人。鄦惠鼎銘文中有南中，王國維以爲卽出車常武之南仲。太祖謂太祖之廟。言告祭於太祖之廟，命南仲爲元帥。❹命皇父爲太師。十月之交篇的皇父，疑卽此皇父。蓋皇父至幽王時已成大權在握之元老重臣。❺六師：天子六軍，一軍萬二千五百人。❻戎：兵器，兵事。❼敬：警。戒：備。❽尹氏：官名，掌命卿士。或謂此詩之尹氏卽太師皇父，以竹書紀年幽王元年有「王錫太師尹氏皇父命」爲證。當存疑。蓋太師尹氏均官名也。❾命程伯休父爲大司馬。國語楚語載觀射父言程伯休父當宣王時爲司馬氏。韋注：程：國；伯：爵；休父：名。按：程故城在今河南洛陽境。又考休父卽休盤之走馬休。依周禮大司馬之屬有趣馬，卽此走馬。惟趣馬見於詩者其位頗高。十月之交篇中與卿士、司徒並列；雲漢篇中與冢宰並列。休盤之走馬休所受錫命亦甚隆，而周禮以趣馬僅爲下士，蓋休父在此詩中亦由掌命卿士之尹氏命爲卿士也。⑩陳行：陳列。⑪戒：勅。言使其士衆左右陳列而勅戒之，相當於後世之誓師。⑫率：循。淮浦：淮水之涯。⑬省：音醒ㄒㄧㄥ，巡視。徐土：徐夷之地。徐方：卽徐夷，淮夷之一，在淮水之北。⑭意謂不長久佔據其地。卽此次征徐，目的不在佔領其土地也。⑮三事謂三卿備戰之事。三卿卽指大將南仲、監軍皇父、司馬休父。王親征，故三卿從王。⑯業業：盛貌。此句形容軍容之壯盛。⑰嚴：威嚴。有嚴卽嚴然。⑱毛傳：「舒：徐也。保：安也。」鄭箋：「作：行。」言王徐緩安行也。⑲匪：非。紹：舒緩。⑳繹騷：擾動，馬瑞辰說。㉑霆：疾雷。㉒震：震動。㉓闞：音看ㄎㄢ，虎怒貌。虓：音哮ㄒㄧㄠ，虎鳴。㉔朱傳：「鋪：布也。布其師旅也。」鄭箋：「敦：當作屯。」孔疏：「敦，王(肅)申毛如字，厚也。」故朱傳：「敦：厚也，厚集其陳也。」今據屈萬里先生考證，鋪敦應爲殺伐之義。濆：音墳ㄈㄣ，涯。㉕仍：數，屢。醜虜：醜惡之虜。或：「醜：衆也」，醜虜卽衆俘虜。㉖截：治，謂平治。浦：水濱。㉗所：處。謂王師所至之處。㉘嘽：音灘ㄊㄢ。嘽嘽衆盛貌。㉙翰：羽，此作動詞用，言其疾如飛。㉚言其盛大。㉛苞：本，言其固。㉜言其暢行無阻，不可禦止。㉝緜緜：連緜不絕。翼翼：整飭。㉞不測：人不可測度之，指用兵之法。不克：人不可戰勝之，指作戰之勇。㉟濯：音酌

ㄓㄨㄛ，大。姚際恆謂濯征有洗濯其腥穢之意。㊱毛傳：「猶，謀也。」朱傳：「猶，道。」允：信。塞：實。言王之謀，誠爲切合於實行。㊲來：來歸順於王，荀子議兵篇引作「徐方其來」，「既」「其」相通。㊳同：會同，謂會同來朝。㊴來庭：來王庭。㊵回：違。㊶還歸：還音旋ㄒㄩㄢ，謂凱旋而歸。

【評　解】

常武是大雅蕩之什的第九篇，分六章，章八句。除次章「命程伯休父」句五字外，餘均四字句。全篇共一百九十三字。

詩序：「常武，召穆公美宣王也。有常德以立武事，因以爲戒然。」正義曰：「常武詩者，召穆公所作以美宣王也。經無常武之字，故又解之云：美其有常德之故，以立此武功征伐之事，故名爲常武。非直美之，又因以爲戒，戒之使常然。」朱熹詩集傳雖不採召穆公作詩說，而僅謂「詩人作此以美之」，而又隱以王道爲常德，故改釋末章首句「王猶允塞」爲「王道信實」，而追踪孟子王道之說於詩經。並於傳尾云：「言王道甚大，而遠方懷之，非獨兵威然也，序所謂『因以爲戒』者，是也。」清儒姚際恆則均以「腐儒之見」斥之。

姚氏之言曰：「小序謂『召穆公美宣王』，此臆說。大序謂『有常德以立武事，因以爲戒然』，尤屬影響之論。詩起句無常武字，必因其『赫赫明明』皆爲雙字，故不可用，名爲常武耳。武字是已；常字，作者之意不可知。大序因謂『有常德以立武事，因以爲戒然。』按詩中極誇美王之武功，無戒其黷武意。毛、鄭亦無戒王之說。然則作序者其爲腐儒之見明矣。集傳于末章云：『言王道甚大，而遠方懷之，非獨兵威然也。序所謂「因以爲戒」者是也。』又其言曰：『詩中無常武字，召穆公特名其篇。』集傳謂『詩人作此』；此又依序，謂召穆公作，何也？蓋有二義：有常德以立武則可；以武爲常則不可。此所以有美而有戒也。』故予謂侫序者莫若朱也。蓋喜其同爲腐儒之見耳。」故屈萬里先生詩經釋義常武篇僅云：「宣王親征徐方，詩人作此詩以美之。」而不釋此詩何以名常武。

至於篇名何以名常武？查詩中第四章首句「王奮厥武」有武字，是名篇者摘此一武字，以表宣王之威武，而另加一常字以爲區別，亦猶小雅小旻、小弁之摘篇首旻字弁字，另加一區別字小字爲篇名，周頌小毖則摘次句「而毖後患」之毖字，又加小字合成篇名也。惟常字之義，則近代學者，多不採常德義，姚際恆謂「常字作者之意不可知」，王靜芝謂「何以冠以常字，則議者雖多，愚意皆未敢信，臆度之辭，實浪費筆墨，不必求其義也。」鄙意方玉潤以常武爲宣王中興之樂，來比於武王大武之樂之說，可以參考。

方氏之言曰：「周之世，武功最著者二：曰武王，曰宣王。武王克商，樂曰大武；宣王中興，詩曰常武。蓋詩卽樂也。此名常武者，其宣王之樂歟？殆將以示後世子孫，不可以武爲常，而又不可暫忘武備，必如宣王之武而後爲武之常然，變而不失其正焉者耳，而豈以武爲常哉？又豈如序所云之有常德以立武事之謂哉？」以宣王中興常武之樂，比之武王克商大武之樂，其說可取。而對常武兩字之解釋，尙不中肯。鄙意武王克商，乃周代開國革命非常之大武功，故其樂曰大武；而宣王中興，則可以代表周室維繫常態守常之武功，故其樂曰常武。但三百篇中周王頌詩至宣王時已絕跡，故不再如大武樂章之編入周頌，而常武詩體亦似大雅，故卽編爲大雅樂章耳。大武樂章共六章，編爲舞曲，以首章首句「於皇武王」讚語中摘武字另加大字以表其非常之武功，常武樂章亦製成六章，以四章首句「王奮厥武」讚語中摘武字另加一常字以表其守常之武功，其後亦編爲舞曲，故墨子有「舞詩三百」之語也。

宣王中興事業，史記周本紀僅書：「宣王卽位，二相輔之脩政，法文、武、成、康之遺風，諸侯復宗周。」二十三字，其事蹟如北逐玁狁，南征荆蠻，及吉甫、方叔之倫，賴大小雅詩八篇得以流傳。崔述豐鎬考信錄以小雅六月、出車二篇爲詠宣王征西北之事；大雅崧高、蒸民、韓奕三篇爲詠宣王經略中原一帶之事；而小雅采芑、大雅江漢、常武三篇爲詠宣王經略東南之事。我們若益之以逐玁狁之采薇，與崧高相表裏之黍苗兩小雅，則大小雅各五篇，已足代表宣王中興事蹟。近人稱大雅生民、公劉、緜、皇矣、大明五篇爲詠周代先祖源流以迄建立王朝之史詩，然則此大小雅十篇者，實亦詠宣王中興之史詩也，其先後次序大概依西北、中原、東南爲三階段。蓋采芑篇稱方叔「征伐玁狁，蠻荆來威」，是玁狁之征伐，在東南用師之前。江漢篇稱「經營四方，告成于王」；常武篇稱：「四方既平，徐方來庭」。是徐淮之役，在四方略定之後。若以其理推之，西戎逼近畿甸，患在切膚，自當先務；封申城齊，皆關東之事，可以稍緩；至於淮漢荆徐，距京畿較遠，則可以緩圖也。而平徐一役，爲中興事業最後之成功，又係宣王親征，故以此詩爲代表，特命其樂章曰常武，以比美武王伐商之大武也。

常武第一章敍宣王決心出兵南征，在太廟任命將帥，採直起法，而末二句牛運震謂「敬戒以惠南國爲一篇之旨。」

第二章變換筆法，寫轉由尹氏置副，任命三卿士就緒而列隊誓師，點出進軍路線與討伐目標。

第三章敍宣王親征，一路浩浩蕩蕩，先聲奪人，使徐方未臨陣而先震驚。寫出天子威靈遠布。是稱頌天子親征應有的恭維語。牛運震謂赫赫業業「另起一頭，與赫赫明明二語兩峯對立」「震驚徐方，徐方震驚，顚倒疊頓，聲勢悚厲。」

第四章寫宣王奮勇威武，親自指揮，將士用命，虎虎有生氣，大軍壓境，克敵制勝，僅予簡敍。末二句收得住，屹然壁立。

第五章方特寫王師節制之精神，連用數如字，將兵勢盛大之概念，作成具體而予客觀化，氣呑山河，筆力千鈞，令人驚心動魄，獲致誇大得法之效果。有一路掃蕩，席捲而來之感。而緜緜翼翼，又極幽細。末句濯征徐國，姚際恆謂：「有洗濯其腥穢之意。」

第六章敍平徐凱旋，以「王猶允塞」總束前數章。中間句調再變。徐方二字連環使用，奇絕！妙絕！方玉潤謂：杜甫「卽從巴峽穿巫峽，便下襄陽向洛陽」之句，有此神理。而五「徐方」各有不同意象爲其主腦，故不嫌重複。而但見其饒有姿態，姚際恆評爲「絕奇之調」。韓愈平淮西碑，大體模仿此詩，尤以碑文結尾一段，最與此詩神似。歸功天子仍結明自將，亦得體。帶言四方，妙點徐方之後服。「徐方不回，王曰還歸」，結束全詩，最見輕快。蓋服則去之，不黷武也。亦所以呼應首章「惠此南國」及二章「不留不處」之旨。牛運震曰：「通篇屢提王命、王謂、王旅、王猶云云，而以天子之功結之，構法緊密老健。」

綜觀全詩，結構嚴密，章法整齊，描寫生動，而句調又奇妙有變化，不失爲大雅中一篇，成功的好詩。

最後一談本詩的詩旨，詩序標美宣王有常德以立武事，朱子更進而印證孟子王道主張。姚際恆雖譏其迂腐，但詩中以征徐之擧爲「惠此南國」，則實亦非無根之談。第四章「鋪敦淮濆，仍執醜虜」舊解有兵不血刃之概。而末章「王猶允塞」，朱子解爲「王道信實」，訓詁上也言之成理。所以牛運震可以發揮他的見解爲本詩作總評說：「敬戒允塞，王師無敵之本，開端拈『惠此南國』爲主，而以『王曰還歸』終之。仁人不以兵毒天下之意，隱然可見。序謂因以爲戒，深得其旨。始則揚兵以懾之，既乃據險厚陣以克之。已克，則屯兵以待其服。既服，則振旅去之。此征徐用兵次序也。挨順寫來，井井可指。雄大藏於沈渾，是軍旅詩卻無旗鼓兵戈氣。」

我們先看「王猶允塞」句猶字的訓詁。猶通猷。毛傳解猶爲謀固順，朱傳解猶爲道也有根據。小雅小旻：「匪大猶是經」，鄭箋：「不循大道之常。」小雅巧言：「秩秩大猷。」鄭箋：「猷，道也。」我們全篇註釋，多採高本漢的抉擇。而高書此句未加研判，不過，有此二例，已足證猶之可訓道。蓋道本路線意，與謀略可相通。考王道即王天下之道，典出尚書洪範：「無偏無黨，王道蕩蕩；無黨無偏，王道平平；無反無側，王道正直。」並無仁心仁術，不事殺戮之意。今朱子於三百篇中發現常武詩爲標榜孟子王道之詩，確也是經學發展史上一件可以一書之事。但今經屈萬里先生考證，「鋪敦淮濆」句，鋪敦爲殺伐義，故棄舊解而採新義。蓋孟子之王道，亦僅謂「不嗜殺人者能一之」，「國人皆曰可殺則殺之」，非絕對不殺伐之意。今日世界日見文明，已懸廢除死刑之人道目標，但也仍在不得已而用之。所以我們「王猶允塞」句的譯文，仍將朱子王道義納入。而解題則不必如詩序的轉彎抹角，直解爲美宣王的守常武功可也。

【古韻】

第一章：祖、父、武（武字今本詩經作「戎」），魚部上聲；戒、國，之部去聲；

第二章：父、旅、浦、土、處、緒，魚部上聲；

第三章：赫、作，魚部入聲；（按本章今本詩經作「赫赫業業」，江氏云：「當作業業赫赫」，故與第三句作字韻）

遊、騷，幽部平聲；

霆、驚，耕部平聲；

第四章：武、怒、虎、虜、浦、所，魚部上聲；

第五章：嘽、翰、漢，元部去聲；

芑、流，幽部平聲；

翼、克、國，之部入聲；

第六章：塞、來，之部入聲；

同、功，東部平聲；

平、庭，耕部平聲；

回、歸，微部平聲。

六一、車　攻

這是一篇贊美宣王會獵的詩，宣王能內修政事，外攘夷狄，完成中興大業，故能贏得諸侯一致的擁戴。

原　詩　　　今　譯

我車既攻，❶
我馬既同。❷
四牡龐龐，❸
駕言徂東。❹
田車既好，❺
四牡孔阜。❻
東有甫草，❼
駕言行狩。❽
之子于苗，❾
選徒囂囂。❿
建旐設旄，⓫
搏獸于敖。⓬

六一、車攻

我的車子已堅實，
我的馬兒步調齊。
四匹公馬好強壯，
駕着車子往東方。
獵車裝備眞正好，
四匹公馬大又高。
東方豐草長滿地，
駕着獵車任驅馳。
這人前往去打獵，
聲勢浩大隨員多。
打着龜旗和旄旗，
敖山地帶把獸捉。

駕彼四牡，　駕着那四匹大公馬，
四牡奕奕。⑬　四馬神氣又高大。
赤芾金舄，⑭　紅色蔽膝金飾鞋，
會同有繹。⑮　朝見天子紛紛來。

決拾既佽，⑯　扳指套袖已備齊，
弓矢既調；　備用的弓箭已調理；
射夫既同，⑰　射夫會同一齊來，
助我舉柴。⑱　獲禽衆多助我抬。

四黃既駕，⑲　四匹黃馬都駕妥，
兩驂不猗；⑳　兩匹邊馬不歪斜；
不失其馳，㉑　奔跑馳驅任操縱，
舍矢如破。㉒　箭到之處都射中。

蕭蕭馬鳴，㉓　四馬長鳴聲蕭蕭，

悠悠旆旌。㉔　旆旌招展隨風飄。

徒御不驚，㉕　徒兵御卒不喧吵，

大庖不盈。㉖　大庖不盈君德高。

之子于征，㉗　這人狩獵去遠征，

有聞無聲。㉘　隨行的人羣都肅靜。

允矣君子，㉙　眞是信實好君子，

展也大成。㉚　的確能够成大功。

【註　釋】 ❶攻：鞏字之假借，堅固。❷同：齊同，謂馬行速度相同。❸龐：音龍ㄌㄨㄥˊ。龐龐：強盛貌。❹言：語詞。徂：音ㄘㄨˊ，往。❺田車：田獵之車。❻孔：甚。阜：大。❼甫草：毛傳釋甫為大。甫草即大草原。鄭箋：「甫草者，甫田之草也。鄭有甫田。」朱傳：「今開封府中牟縣西圃田澤是也。」二說均可。❽狩：冬獵。❾之子：猶言此人，蓋指有司，亦即謂天子，但不明言，此詩人手法。于：往。苗：朱傳：「苗：狩獵之通名。」❿選：數。囂：音翱ㄠ，囂囂：人數衆多而聲盛。選徒囂囂：

謂數車徒者其聲踊踊，則車徒之衆可知。且車徒不譁，而惟數者有聲，故下云「有聞無聲」。⓫旐：龜蛇之旗。旄：以犛牛尾飾於旗竿之首。⓬搏獸：搏取野獸。敖：山名，陳奐云：「今開封府滎澤縣西北有敖山，卽此。」又：段玉裁詩經小學、胡承珙毛詩後箋皆謂搏獸應作薄狩，蓋以音近義通故。⓭奕奕：盛大貌。⓮芾：音弗ㄈㄨˊ，蔽膝。舄：音息ㄒㄧˋ，金舄：有金飾之鞋。赤芾金舄皆諸侯之服。⓯會：時見（無常期）曰會，謂諸侯無定期朝見天子。同：殷見，諸侯合其衆同時朝見天子曰殷見。有繹：繹然，盛多貌。⓰決：象骨所製之扳指，著於右手拇指，以鉤弓弦。拾：以皮爲之，著於左臂，卽射韝，類今之套袖。佽：音次ㄘˋ，助。決拾既佽謂既有決拾之助。⓱射夫：指諸侯。同：會合。⓲柴：朱傳：「柴，說文作⿱此手，謂積禽也。」此言射獲之多。⓳四黃：四匹黃色馬。又黃而雜赤之馬曰黃。⓴驂：四馬之靠外面左右二馬曰驂。猗：音倚ㄧˇ，朱傳：「猗，偏倚不正也。」㉑謂不失其驅馳之法。㉒舍：捨，放出。如：猶而。破：謂射中獸。㉓蕭蕭：聲。㉔悠悠：長貌。旆旌：謂旗子。㉕徒：徒步者。御：乘車者。不驚：不喧嘩致驚動居民。㉖大庖：君之庖厨。不盈：不滿。謂取之有度，不極欲也。蓋射獵雖多，多分與同射者，故君庖不盈滿。㉗之子：指天子。征：指東行。㉘聞：音問ㄨㄣˋ，有聞無聲：謂人們只聞打獵之事，不聞行軍喧嘩之聲。㉙允：信，允矣猶言信哉，君子：指宣王。㉚展：誠，展也猶言誠然。大成：所成者大。

【評　解】

車攻是小雅南有嘉魚之什的第九篇，朱傳改列爲彤弓之什第五篇，分八章，章四句，句四字，全詩共一百二十八字。

「周朝厲王以後，諸侯不朝，外夷侵犯，幸有宣王繼起，運用他的雄才大略，重整山河，驅逐蠻夷，威震諸侯，文武舊業，重新恢復，國人能不歡欣鼓舞?詩人親逢天子朝見諸侯，及田獵修武的盛典，眞有重見漢官威儀的感慨，因此他不惜鋪張揚厲地譜出他贊頌的謳歌，全篇詩是以嚴整二字作骨子，反映出偉大及雄武場面。」（高葆光詩經新評價）詩序朱傳均稱宣王「復會諸侯於東都」，故或主此詩亦宣王中興重要史詩之一，但詩中僅「會同有繹」一句點到，詩之重心仍爲寫田獵，與吉日爲姊妹篇，未見其爲專詠中興之成功者。

第一章泛言東行，詩主田獵，故以車馬發端。一開頭就充滿一種整飭威武的氣氛。造句酣暢淋漓，頗有大王雄風氣概，已將全詩精神提起。

次章進一層說明所駕係田車，目的在打獵，故直往東方草原進發。

三章敍述率領衆多人員，打着龜蛇之旗，浩浩蕩蕩去狩獵，並點明目的地是敖山。

前二章只說去打獵，此章更指明打獵的地點；前二章只說車馬準備情形，此章更寫出人物及旗幟的威武，都是進一層的描述。字裡行間都充滿一種欣快的情緒與嚴整的氣氛。

第四章寫諸侯從狩之盛，在嚴肅的氣氛下，流露無限贊嘆之情。寫諸侯裝備的講究，正反映周天子威望的隆盛，而諸侯來會是全詩主旨所在。「會同有繹」一句卽寫出當時諸侯朝見天子，絡繹於途的盛況。宣王之得人心，獲得四方諸侯之愛戴尊重，由此可見。

五六兩章皆言獵事，極力描寫射御之善，而獲禽之多，不言自見。會合諸侯共同射獵是多年來未曾見到的盛事。而駕御之精，射技之巧，更可看出全體人員的訓練有素。而上言四牡，旣言馬力之强，此言四黃，更言馬色之純，是詩人爲表達嚴整的氣象所作有意的安排。

七章首二句已寫出大營嚴肅氣象，平常大隊人馬出行，出發時多很整齊，事畢後則易鬆散，而今宣王的狩獵隊伍，雖是獵罷歸來，仍然保持肅靜整飭，毫不紊亂。如非宣王領導有方，士卒訓練有素，曷克臻此！馬蕭蕭而鳴，旗悠悠而飄，衆多徒御却肅靜無聲，這是如何偉大雄武，令人感奮的場面！而「大庖不盈」一句，更襯托出宣王遠大的胸懷，也提示了此次狩獵的眞正目的所在。

八章以贊美作結，莊重得體，表現了周天子的大王雄風，宣王不愧爲中興明主。

詩中「蕭蕭馬鳴，悠悠旆旌」「之子于征，有聞無聲」等氣魄雄偉的句子，更給予後代詩人多少的影響與啓發，而完成了如杜甫在後出塞中「落日照大旗，馬鳴風蕭蕭」「中天懸明月，令嚴夜寂寥」等膾炙人口的名句。這又是詩經給與後人的珍貴寶藏。

【古韻】

第一章：攻、同、龐、東，東部平聲；

第二章：好、阜、草、狩，幽部上聲；

第三章：苗、嚻、旄、敖，宵部平聲；

第四章：奕、舃、繹，魚部入聲；

第五章：佽、柴（掌），脂部去聲；

調、同，東部平聲；

第六章：駕、猗、馳、破，歌部去聲；

第七章：蕭、悠，幽部平聲；

鳴、旌、驚、盈，耕部平聲；

第八章：征、聲、成，耕部平聲。

六二、柏舟（鄘風）

一個女子已經訂了婚，後來未婚夫音訊隔絕，她母親便要逼她另嫁他人，她誓死不從，說了下面一番話，來表白她的心。

原詩	今譯
汎彼柏舟，	任那柏木船兒漂蕩蕩，
在彼中河。❶	漂在那河心無依傍。
髧彼兩髦，❷	那人劉海兒垂兩旁，
實維我儀，❸	他眞是我的好對象，
之死矢靡它。❹	我的心到死也不會有兩樣。
母也天只！❺	我的天啊我的娘！
不諒人只！❻	你啊，怎麼不把人體諒！
汎彼柏舟，	任那柏木船兒漂蕩蕩，
在彼河側。	漂在那黃河河邊上。

髧彼兩髦，　　那人劉海兒垂兩旁，

實維我特，❼　　他和我眞是天生的一雙，

之死矢靡慝。❽　　我的心到死不變樣。

母也天只！　　我的天啊我的娘！

不諒人只！　　你啊，怎麼不把人體諒！

【註釋】❶河：指黃河；中河卽河中。❷髧：音旦ㄉㄢ，髮下垂貌。髦：音毛ㄇㄠ。毛傳：「髦者，髮至眉，子事父母之飾。」儀禮既夕禮注：「兒生三月，翦髮爲鬌，長大猶爲飾以存之，謂之髦。」禮記玉藻篇：「親沒不髦。」（鬌，音墮。疏：三月翦髮，所留而不翦者謂之鬌。）陳奐曰：「子事父母，有總，有髦。總以收髮結之，髦卽髮之所結以垂爲飾。髦收取他髮爲之兩角，故兩髦無飾至眉。」留髮至眉，現代語稱「前劉海兒」。兩髦，前劉海兒中間分開，垂於兩眉之上。古禮男童兩髦，父母去世才改裝。朱傳：「兩髦者，剪髮夾囟，子事父母之飾，親死然後去之。」囟音信，腦門，夾囟是說劉海兒從腦門左右分開爲二。❸維：是，亦可與惟字通用。儀：匹配，古音讀如俄。❹之：到；矢：發誓；靡：無；它：卽他，魯詩卽作他，古音讀如拖。靡它：沒有別的。❺也、只都是語助詞。母也天只，呼母呼天，與邶風柏舟之「日居月諸」爲呼日呼月，同一格調。❻諒：諒解。❼毛傳：「特，匹也。」高本漢說：「特的本義是雄性。這裡引伸爲我的雄性配偶。而小雅我行其野的特字，却又有妻子的意思了。」文開曰：「秦風黃鳥的特字，更從『匹配』引伸而爲『匹敵』了。」❽慝：音ㄊㄜ入聲，忒的假借，靡忒，無所改變意。

【評解】

詩經裏有兩篇柏舟，其一是邶風的首篇，我們在初集中已介紹過；另一就是這鄘風的首篇，比較短些，全詩共五十八字，分兩章，每章七句。其中第五句五字，餘均四字句，僅二四五句末用韻之字不同，成換韻叠唱的連環式。首章以「河」「儀」「它」三字爲韻；次章換韻爲「側」「特」「慝」三字。第六七兩句完全相同，屬章餘形式，以第三字「天」和「人」爲韻，蓋古音「天」讀如「吞」也。

歷來解此篇爲寡婦誓不改嫁之詩。但我們仔細玩味原詩，只是女兒已有結婚對象，早經訂了婚（或定了情），後來母親要逼她另嫁他人，所以她向母親表白，說出：寧可獨身相守，非他不嫁，到死不變心的一番話來。

毛詩序：「柏舟，共姜自誓也。衞世子共伯蚤死，其妻守義，父母欲奪而嫁之，誓而弗許，故作是詩以絕之。」此說與史記所載不符。史記衞世家云：「釐侯卒，太子共伯餘立爲君，共伯弟和襲攻共伯於墓上，共伯入釐侯羨（音延，墓道也），自殺，衛人因葬之釐侯旁，謚曰共伯，而立和爲衛侯，是爲武公。」唐司馬貞史記索隱，據詩序早死之文，疑史公別采雜說，宋朱熹辨說僅云：「此事無所見於他書；序者或有所傳，今姑從之。」而清胡承珙毛詩後箋，力證史公之非，以爲序稱世子，可知共伯未及繼位爲君前已死，其於年歲部分，則引范氏詩瀋曰：「共伯長於武公，其死時必近五十，何云早死？共姜年必相仿，非少艾也，父母何尚欲奪而嫁之？」故以爲史記不合詩序早死之說，而知共伯必當早死，武公嗣爲太子，共姜無倚，而大歸於齊，其母欲奪其志，乃指共伯兩髦以自矢。此說今人屈萬里詩經釋義尚採之。

惟清人姚際恆詩經通論則以爲史記可憑，詩序無據。其言曰：「小序曰：『共姜自誓』，大序曰：『衛世子共伯蚤死，其妻守義，父母欲奪而嫁之，誓而弗許。』此皆謬也。孔氏（指孔穎達疏）曰：『世家「武公和篡共伯而立，五十五年卒。」楚語曰：「昔衛武公年九十有五矣，猶箴儆于國。」則武公即位已四十一、二以上；共伯是其兄，則長矣。』呂氏（指呂東來）見此疏，因而曰：『共伯見弑之時，其齒又加長于武公，安得謂之「蚤死」乎？髦者，子事父母之飾，諸侯既小斂則脫之，史記謂「釐侯已葬而共伯自殺」，則是時共伯已脫髦矣，詩安得謂之「髡彼兩髦」乎？是共伯未嘗有見弒之事，武公未嘗有簒弒之事也。』

愚按：史記撫述他事及義理之間或有謬誤，若本紀、世家，天子諸侯世次傳授，皆據世本無誤。詩小序乃不知作于何人，安可信詩序而疑史記耶！宋儒無識，妄爲武斷類如此。後人無不以東萊之言爲眞而確，又信東萊而疑史記，且曰：『叡聖武公必無簒弒之事』；千載而下，無故代爲武公洗過，亦可笑矣！當時『叡聖』之稱，猶今人言「聰明」之謂，古「聖」字不甚重。予別有論『聖』字說，見書多方篇。武公不過僅聰明好學耳，能保其不簒弒乎？自古聰明能文章之士，其不淑者亦多矣，寧獨武公哉！故東萊讀疏語而謂史記爲誤，愚讀疏語而知詩序爲妄。序謂『共姜自誓』，共伯已四十五、六歲，共姜爲之妻，豈有父母欲其改嫁之理？至於共伯已爲諸侯，乃爲武公攻于墓上，共伯入釐侯羨，自殺，則大序謂共伯爲『世子』及『蚤死』之言，尤悖矣，故此詩不可以事實之；當是貞婦有夫蚤死，其母欲嫁之，而誓死不願之作也。」方玉潤詩經原始從之。標爲「貞婦自誓」，曰：「婦人貞吉從一而終，無論貴賤，均可風世。序必以共姜事實之，則未免失之鑿與固。」今人王靜芝詩經通釋亦從之，標爲「節婦自誓之詩」。他說：「前人多據序以駁史，蓋以詩爲經，經可以爲據，然詩序不足全信，若史之說可信，則詩序共伯蚤卒之言自屬不可信之說，且詩中始終未言及共伯，亦未言及共姜，序史既不能一致，而詩中之言又未明言某人，則此詩何必專指某一史實？」

現在我們要更進一層追問，可是詩中亦未言及這「髧彼兩髦」者已死，只說他「實維我儀」，口氣中此人未死，不像寡婦所說的話。所以今人又有定此詩爲女戀男堅持非他不嫁的，余冠英詩經選譯就說：「一個少女自己找好結婚對象，誓死不改變主意，恨阿母不明白她的心。」

當然，衛風氓所寫，便是自由戀愛，女的不聽家人勸告而自己作主嫁人的。但細味此詩，不說要嫁他，而只說「之死矢靡它」，則身份已定，所以這只應該是女兒已訂婚，中經變故，母親要藉故解除婚約，逼迫女兒另嫁他人，或未婚夫音訊隔絕，母親便要教女兒另外嫁人，女兒反對，表明心跡，誓死不從之詩。王先謙詩三家義集疏云：「齊詩不以詩爲共伯早死，共姜守義之事。魏志陳思王植傳：『植疏云：「有不蒙施之物，有慘毒之懷，故柏舟有『天只』之怨，谷風有『棄予』之歎曰『有慘毒』，且以谷風棄予並稱，明詩爲禍亂慘變，中道分離之作。」母親的所以要女兒另嫁他人，或者就由於遭逢世亂，音訊隔絕之故。

玩味詩經原文，我們可以肯定這詩的內容是：⑴女子已有未婚夫，身份已定；⑵未婚夫並未死亡；⑶母親要她另嫁他人，她誓死不從。

【古韻】

第一章：河、儀、它，歌部平聲；

天、人，眞部平聲；

第二章：側、特、慝，之部入聲；

天、人，眞部平聲。

六三、汾沮洳

魏國地隘民貧，生活困苦。而貴族們却生活濶綽，恣意修飾，以事炫耀，刺人眼目，所以人民唱這支歌來加以嘲諷。

原詩	今譯
彼汾沮洳，❶	那汾水水邊濕漉漉，

言采其莫。❷　就到那兒採野莫。
彼其之子，❸　他呀他這個人兒喲，
美無度；❹　修飾打扮得沒節度；
美無度，　修飾打扮得沒節度喲，
殊異乎公路。❺　太不像個大夫呀，嘿！大夫公路。

彼汾一方，❻　在那汾水水一旁，
言采其桑。　就到那兒去採桑。
彼其之子，　他呀他這個人兒喲，
美如英；❼　修飾打扮得花一樣；
美如英，　修飾打扮得花一樣喲，
殊異乎公行。❽　太不像個大夫呀，嘿！大夫公行。

彼汾一曲，❾　在那汾水水灣處，

言采其藚。⑩　　就到那兒採野藚。

彼其之子，　　他呀他這個人兒喲，

美如玉；　　修飾打扮得美似玉；

美如玉，　　修飾打扮得美似玉喲，

殊異乎公族。⑪　　太不像個大夫呀，嘿！大夫公族。

【註釋】❶汾：水名，在今山西省，出太原晉陽山，西南流入黃河。沮：音居ㄐㄩ，洳：音如ㄖㄨ。沮洳：下濕之地。汾沮洳謂汾水所流經的下濕之地。❷言：語詞。莫：菜名。朱傳云：「似柳葉，厚而長，有毛刺，可為羹。」以上二句為普通起興之詞，下二章之首二句同。❸其：音記ㄐㄧ，之子：是子，即此人。彼其之子，是詩經常用語之一，意思是「他這個人」（見普賢「詩經字詞用法舉例」）。❹美無度：好美飾而無節度。❺公路：掌國君路車之官。殊異乎公路，是說其人太過修飾，不合乎自己身為公路的職位和身分。下二章之「殊異乎公行」「殊異乎公族」義同。❻一方：即一旁。❼英：花。❽行：音杭ㄏㄤ，公行即公路，主兵車之行列，故名。❾曲：水流彎曲處。❿藚：音續ㄒㄩ，一名澤蕮，葉如車前草，可食。⑪公族：掌國君宗族之官。公路、公行、公族，皆為大夫。宣公二年左傳：「及成公即位，乃宦卿之適子，而為之田，以為公族。又宦其餘子，亦為餘子。其庶子為公行。晉於是有公族、餘子、公行。」朱子遂據之而疑魏風為晉詩。屈翼鵬先生謂：「此言晉有公族、公行之始耳，非謂魏無是官也。」其說可取。

【評　解】

汾沮洳是魏風七篇的第二篇。分三章，每章前三句均爲四字句，四五兩句爲三字疊句，末句爲五字句，全詩共六十九字。

魏風多怨誹之音，本篇也是對大夫的諷刺之詩，也就是對執政者的不滿之情。每章頭兩句只是普通興體，與詩本文並無多大關連，主要在後四句的强調大夫之過分修飾，而不關心民生疾苦之意，自不待言。孟子主張要與民同樂，文王築靈臺，是文王愛民施行仁政，故民亦樂其有靈臺園囿之樂。而魏國地隘民貧，貴族貪鄙，非但不設法解除民困，而且毫不顧恤民瘼。只知重稅歛聚（碩鼠），奴役人民（陟岵），以供私人享受，自己豐食（伐檀）華衣（葛屨），生活濶綽，這樣獨樂其樂，不能與民同樂，難怪貴族打扮得漂漂亮亮，人民就覺得刺目，而做詩來加以諷刺了。

此詩每章四五兩句重疊，在音調上有抑揚頓挫之美，而在意義上也有加强諷刺的效果。

詩序謂「汾沮洳，刺儉也，」顯屬曲解。朱子詩集傳仍被詩序刺儉舊說所囿，以爲「此亦儉不中禮之詩」。今人一反過去而謂係讚美其人出衆之歌，則又未能認識整個魏風表現一貫的配合。魏風七篇中上述五篇是對貴族們不滿與怨忿的表現，餘下兩篇：園有桃是士的憂急；十畝之間則是消極的退隱。

【古韻】

一章：洳、莫、度、度、路，魚部去聲；

二章：方、桑、英（古音央）、行（古音杭），陽部平聲；

三章：曲、藚、玉、玉、族，侯部入聲。

六四、破斧

這是隨從周公東征軍士，艱苦作戰，慶幸最後勝利的詩。牧野之戰，武王克商，仍封紂子武庚於朝歌。並封管叔、蔡叔、霍叔於東方以監視之，是為三監。武王崩，成王年幼，周公攝政。管蔡製造謠言，說周公將不利於成王。武庚乘機聯合奄國與三監一起叛變。於是周公親率豳地子弟東征。二年，首腦人物武庚與管叔敗亡，叛亂敉平，周朝勢力始得東達海濱，而天下遂得眞正的安定，於是從征軍士作詩以自述作戰之艱苦與意義之重大如此。

原詩

既破我斧，❶
又缺我斨。❷
周公東征，❸
四國是皇。❹
哀我人斯，❺
亦孔之將。❻

既破我斧，
又缺我錡。❼
周公東征，
四國是吪。❽
哀我人斯，

今譯

既經用破了我的斧，
又已殘缺了我的斨。
周公東方去打仗，
四方之國不再囂張。
可憐我們出征人，
從此也可安享太康。

我的斧頭已用破，
我的鑿子也殘缺。
周公東方去打仗，
威德感化了四方。
可憐我們出征人，

亦孔之嘉。❾

也可好好過生活。

既破我斧，
又缺我銶。❿
周公東征，
四國是遒。⓫
哀我人斯，
亦孔之休。⓬

既經破損了我的斧，
又已折斷了我鑿柄。
周公東方去打仗，
威德使得天下寧。
可憐我們出征人，
從此也可樂太平。

【註　釋】❶斧：本爲伐木析薪之具，亦可作兵器用。❷斨：音槍，ㄑ一ㄤ，亦斧屬，受柄之孔橢圓者爲斧，方形者曰斨。斧破斨缺，言征戰之久。❸周公名旦，武王弟，成王叔，諡文公。東征事即平武庚管蔡之亂。❹四國：毛傳謂管、蔡、商、奄，當時叛亂之四國。姚際恒以爲乃商與管、蔡、霍，而無奄。王靜芝從之。案當時魯尚未封於奄，奄亦叛亂，叛者實不止四國。魯僖公四年公羊傳云：「古者周公東征則西國怨，西征則東國怨。」又荀子王制篇：「周公南征而北國怨，曰：何獨不來也？東征而西國怨，曰：

何獨後我也？」據此則四國當爲四方之國。朱傳即釋爲四方之國。何玄子以尚書多方篇「告爾四國多方」句，于四國下復言多方，則四國非泛指四方。案屈萬里尚書今註今譯釋四國爲「四方之國」，多方爲「衆國」，「四國多方」合譯爲「天下衆國家。」可作對何氏之解答。皇：齊詩作匡，匡，正也。馬瑞辰謂毛詩皇爲匡之假借。❺哀：可憐。我人：從征軍士自謂。斯：語詞。❻孔：甚。將：廣雅：「將，美也。」四國既匡，征人得息，故云亦孔之將。❼錡：音奇，ㄑㄧ，鑿屬之器，據高本漢考證，錡爲一種曲鑿。❽吪：音訛，ㄜ，化也。❾嘉：善。❿銶：音求，ㄑㄧㄡ，鑿柄。馬瑞辰說。一云獨頭斧。⓫遒：音酋，ㄑㄧㄡ，歛。⓬休：美。或訓休息。

【評解】

破斧是豳風七篇的第四篇。分三章，章六句，句四字，全詩共七十二字，是詩經的標準形式。賦體，鄭箋以斧比周公，斨比成王，未免穿鑿。

此詩毛序說是周大夫讚美周公之詩，朱傳說是從軍之士答周公勞己之詩，崔述豐鎬考信錄曰：「衞宏毛詩序云：『破斧，美周公也：周大夫以惡四國焉。』傳云：『四國，管、蔡、商、奄也。』『既破我斧，又缺我斨。』箋云：『四國流言，既破毀我周公，又損傷我成王。』余按：『破斧缺斨』即敍東征之事。東征三年，爲日久矣，斧破斨缺，則其人之辛勤可知。……不得以『我』屬之大夫，而謂『斧』爲周公，『斨』爲成王也。朱傳以爲從軍之士所作，『破斧缺斨』自言其勞，是已。又援『斬伐四國』之文，斥序以爲『管、蔡、商、奄』之謬，其說尤正。然謂『答前篇周公之勞已，故作此詩以美周公。』則尚似有未盡合者。詳味此詩之意，乃東征之士自述其勞苦，絕無稱美周公一語；惟其勞而不怨，由於周公勤勞王室，不自暇逸，是以其民皆悉周公之心，敵愾禦侮，不辭況瘁，至於斧破斨缺而無異言，即此見周公之美耳。以爲『美周公』淺矣！以爲『大夫所作以美周公而惡四國』尤失之遠矣！」我們更申崔氏「東征之士自述其勞苦」之意，定此篇爲東征軍士，自述作戰之艱苦，慶幸最後勝利，周公東征之任務完成，天下得以安定之詩。

小雅采薇，是北伐玁狁，勝利凱旋的詩，而其結句乃爲「我心傷悲，莫知我哀。」（豳風東山詩，也是哀調）這破斧詩亦然。我們細味詩意，總覺有種哀痛之情，隱含其間。每章首二句已經道出征戰之久，金屬的兵器和用具都已殘破不全，何況肉體之軀的戰士？其從軍之苦，不言而喻，戰爭是殘酷的，只爲達成救國的任務，非戰爭不可，所謂「兵者乃凶器，聖人不得已而用之」也。周公東征，完成安定大業，當然從征兵士，與有榮焉。然而這光榮却是由多少犧牲換取而得！所以一旦能解甲歸田，過其幸福的家庭生活，該是多麼快樂的事？每章一個「哀」字，道盡了征人久戰之苦；每章最後的一個「將」「嘉」和「休」字，又反映出戰爭結束，征人輕鬆愉快的心情。

豳風七篇，是十五國風中最早的詩。歷來說詩都認爲與周公有關。能確定豳風與周公有關的詩，當以這破斧一篇爲關鍵。這篇詩中出現了「周公東征」四字，才可確定這詩所詠周公東征，平定武庚管蔡叛亂之事。因而判斷東山篇也是詠周公東征的詩。並認可鴟鴞篇與管蔡流言有關，進而研究其他四篇是否與周公有什麼關係。

破斧詩所唱是豳地的腔調，所以可推定爲豳地子弟隨周公東征而作之詩。豳地是西方之音，但呂氏春秋音始篇所記四方之音，以周南召南爲南音，以「燕燕于飛」爲北音，以秦風爲西音，而以「破斧之歌」爲東音。傅斯年先生加以研究，在他所著詩經講義稿中予以推論曰：「論國風必以其爲四方不齊之音，然後可以感覺其間之差別，呂氏春秋音初篇，爲四方之音各造一段半神話的來源，全無一點歷史價值。然其分別四方之音，可據之以見戰國時猶感覺各方聲音異派。且所論恰和國風有若干符合。」「呂不韋時人尚知二南爲南方之音，與北風對待。」「以燕燕于飛起興之詩，今猶在邶鄘衞中，是詩之邶鄘衞爲北音。」「秦風卽西音，不知李斯所謂『擊甕叩缶，彈箏搏髀』者，卽秦風之樂否？」「今以破斧起興論周公之詩，在豳，恐豳風爲周公向東殖民以後，魯人用周舊調，采庸奄土樂之詩。」這樣說來，豳調流行於東方，到戰國時已被稱爲東音了。傅斯年先生同時推論說：「豳風雖涉周公事，然決非周公時詩之原面目，恐口頭流傳二三百年後而爲此語言。其源雖始於周公時，其文乃遞變而成於後也。不然，周頌一部分如彼之簡直，豳風如此之曉暢，若同一世，於理不允。」我們覺得傅先生說得有理，但不能完全同意他的推論，因爲豳風與周頌的詩體本來不同，民間的歌謠無有不曉暢者，不能因其曉暢，而推斷其爲流傳二三百年後遞變所成也。

【古　韻】

第一章：斨、皇、將，陽部平聲；

第二章：錡、吪、嘉，歌部平聲；

第三章：銶、遒、休，幽部平聲。

六五、黃　鳥

有人因故鄉不能安居，流寓到異邦來。不料異邦之人，難與相處，欲歸不能，困苦之極，無處可訴。因向所見黃鳥哀告，而唱出這支思鄉之歌來。

原詩

黃鳥！黃鳥！❶
無集于穀，❷
無啄我粟！
此邦之人，
不我肯穀。❸
言旋言歸，❹
復我邦族。❺

黃鳥！黃鳥！
無集于桑，
無啄我粱！❻

今譯

黃鳥啊黃鳥！
不要棲息在楮木，
不要啄食我米粟！
這兒的人們呀，
心底裏對我厭惡。
回去吧，快回去，
回到我的故鄉家族。

黃鳥啊黃鳥！
不要棲息桑樹上，
不要啄食我黃粱！

此邦之人，　　這兒的人們呀，
不可與明。❼　　教人難於信仰。（有理也沒辦法講）
言旋言歸，　　回去吧快回去，
復我諸兄。❽　　回到有我兄弟的故鄉。

黃鳥！黃鳥！　　黃鳥啊黃鳥！
無集于栩，❾　　不要棲息在櫟樹，
無啄我黍！　　不要啄食我米黍！
此邦之人，　　這兒的人們呀，
不可與處。❿　　不可和他們相處。
言旋言歸，　　回去吧快回去，
復我諸父。　　回到有我父老的故土。

【註釋】❶黃鳥：卽今之黃雀，與古稱倉庚之黃鶯有別，普賢撰有「詩經黃鳥倉庚考辨」一文載孔孟學報二十七期。❷穀：木名，卽楮樹，从木，與从禾之穀大不同。❸穀：稻實，卽有殼之米，並泛指稻、黍、稷、麥、菽等爲五穀。引伸而訓養訓善。高本漢謂訓善之義可通用，此處宜作善解。❹言：語詞。旋：回。❺復：返。邦族：謂鄉邦之本族。❻粱：粟之大者。❼鄭箋：「明，當爲盟。盟：信也。」嚴粲曰：「言以横逆加己，不可與之求明白。」亦通。❽言返於我諸兄之處。❾栩：音許ㄒㄩˇ，木名，即櫟樹。❿處：相處。

【評　解】

黃鳥是小雅鴻雁之什第七篇，朱傳改列爲祈父之什第三篇。分三章，章七句，句四字，全詩共八十四字，是一篇流寓異邦者的思鄉之歌。

詩序：「黃鳥，刺宣王也。」朱傳則曰：「民適異國，不得其所，故作此詩，託爲呼其黃鳥而告之曰：『爾無集于穀，而啄我之粟，苟此邦之人，不以善道相與，則我亦不久於此而將歸矣。』」並云：「東萊呂氏曰：『宣王之末，民有失所者，意他國之可居也，及其至彼，則又不若故鄉焉。故思而欲歸。』」今按詩文，未見其爲宣王之世。」朱說可採。

此詩毛傳標興，朱傳三章均改標爲比。但嚴粲詩緝仍從毛傳標興。而明代何楷世本古義、清代姚際恆詩經通論、傅恆詩義折中等書，皆不從朱子，三章全標爲興。今人屈萬里詩經釋義、王靜芝詩經通釋等書，亦特註明此詩每章前三句皆以黃鳥起興。蓋若以黃鳥比「此也。

邦之人」，實不相類，故朱子之言「託爲呼其黃鳥而告之」，亦以解爲託物起興之爲得當宜重返故土也。

首章前三句，託言黃鳥之無啄我粟以起興。因嘆息流寓他邦，其俗澆薄，人不相恤，亟宜重返故土也。

次章疊詠，其義無改，僅更易用韻之字詞穀、粟爲桑、粱，邦族爲諸兄。並變換「不我肯穀」句爲「不可與明」，以求換韻而已。

末章仍爲換韻疊詠，其義不改，而僅更易次章用韻之字桑、粱、明、兄爲栩、黍、處、父四字而已。其流寓他鄉，舉目無親，人情困苦之極，而心中之痛苦，無處可訴，轉向黃鳥告哀，其情可悲。三章疊詠，庶足以一洩其胸中積壓之抑鬱，而亦可使讀者泫然淚下矣。

范處義曰：「適異國之民，而所至之邦，人不能與之相善，不能與之相知，不能與之相安，於是思歸故國，復依族人與諸兄諸父也。國風曰：『豈無他人，不如我同姓。』此之謂也。」牛運震曰：「口硬心酸，愴急之調。若父兄邦族可依，何至適異國邪？故作強詞，正自可憐！」

【古　韻】

第一章：榖、粟、穀、族，侯部入聲；
第二章：桑、粱、明、兄，陽部平聲；
第三章：栩、黍、處、父，魚部上聲。

六六、緜蠻

這詩是行役者不堪長途跋涉、徒步奔跑之苦，感激主其事者予以體恤的人間溫暖之歌。

原詩	今譯
緜蠻黃鳥，❶	小不點兒的小黃鳥，
止于丘阿。❷	停止在丘陵半山坳。
道之云遠，❸	道路遙遠又遙遠，
我勞如何？	我怎樣受得了這辛勞？
飲之食之，	幸得他飲食照顧我，

教之誨之。　　一路上指點教誨我。
命彼後車，❹　　又命後面那副車，
謂之載之。❺　　叫他們順便載着我。

緜蠻黃鳥，　　小不點兒的小黃鳥，
止于丘隅。❻　　停止在丘陵一偏角。
豈敢憚行？❼　　那裏敢害怕徒步走？
畏不能趨。❽　　只擔心兩腿不能跑。
飲之食之，　　幸得他飲食照顧我，
教之誨之。　　一路上指點教誨我。
命彼後車，　　又命後面那副車，
謂之載之。　　叫他們順便載着我。

緜蠻黃鳥，　　小小鳥兒顏色黃，

止于丘側。　　停止在丘陵一旁。

豈敢憚行？　　那裏敢害怕徒步走？

畏不能極。　　只擔心目的地趕不上。

飲之食之，　　幸得他飲食照顧我，

教之誨之。　　一路上指點教誨我。

命彼後車，　　又命後面那副車，

謂之載之。　　叫他們順便載着我。

【註　釋】❶緜蠻：毛傳訓爲小鳥貌。(嬌小) 韓詩訓爲文貌。(有文采) 朱傳以爲是狀鳥聲。高本漢詩經注釋經考證，判定訓嬌小最有根據。❷阿：丘之曲處。❸云：語詞，無義。❹後車：指副車。❺謂：告。❻隅：角。❼憚：害怕。❽趨：疾行。❾極：最後目標，卽目的地。

【評　解】

緜蠻是小雅魚藻之什的第十篇，朱傳改列爲都人士之什的第六篇。分三章，章八句，句四字，全詩共九十六字。

詩序：「緜蠻，微臣刺亂也。大臣不用仁心，遺忘微賤，不肯飲食教載之，故作是詩也。」毛傳標爲興詩，朱傳改三章均爲比，並云：「此微賤勞苦，而思有所託者，爲鳥言以自比也。」詩序固以此詩在變雅之末，非解爲幽王時之刺詩不可，而朱子以全詩託爲鳥言，與作者自比，亦不貼切。細味詩文，各章前二句以黃鳥起興，三四句作者自述行役之苦，有力不勝任之感。而下半章章餘則因得主其事者之體恤，予以照顧，故作詩以美之。如此解釋，便覺上司能體恤下屬，人間有溫暖，而全詩亦平實可誦，洋溢着和易的氣氛與充實的光輝。行役者內心有無限感激之情，而也就不覺行役之苦了。

此詩三章疊詠，次章因換韻僅更易數字，末章並只換次章用韻句的各一字。各章後四句，更一字不易，照原句予以詠嘆，採用章餘形式，則其事爲小雅之政，而其格調則風詩之風格也。

歷來論詩者受朱子鳥言自比影響，對此詩少有中肯之見。徐光啓曰：「此詩比體，其初託言於鳥，下只直言己志而已。」已體味到與鴟鴞鳥言的直比到底不同。而輔廣之言曰：「微賤之臣，奔走行役，道遠而勞甚，至爲鳥言以自比，而求所託焉。固仁人君子所宜動心者也。」亦知「仁人君子所宜動心」，而未能糾正朱子之以興爲比也。

【古　韻】

第一章：阿、何，歌部平聲；

誨、載（讀昨代切），之部去聲；

第二章：隅、趨，侯部平聲；

誨、載，之部去聲；

第三章：側、極，之部入聲；

誨、載，之部去聲。

六七、采菽

這是一篇頌美諸侯來朝見天子的詩。

原詩	今譯
采菽采菽，❶	採大豆喲採呀採，
筐之筥之。❷	採了籮筐裝起來。

君子來朝，❸
何錫予之？❹
雖無予之，
路車乘馬。❺
又何予之？
玄袞及黼。❻

觱沸檻泉，❼
言采其芹。❽
君子來朝，
言觀其旂。❾
其旂淠淠，❿
鸞聲嘒嘒。⓫
載驂載駟，⓬

諸侯來到朝天子，
要用什麼作賞賜？
雖然沒有給什麼，
也有大車和駟馬。
又給什麼樣賞賜？
又給繡黼和袞衣。

泉水滾滾湧出來，
採呀採呀採芹菜。
諸侯來到朝天子，
看他旗幟多神氣。
旗幟繽紛飄蕩蕩，
鸞鈴聲音嘒嘒響。
四匹馬兒齊奔跑，

君子所屆。[13]　朝拜的諸侯就來到。

赤芾在股，[14]　赤芾下垂蓋過膝，
邪幅在下。[15]　小腿斜布纏繞起。
彼交匪紓，[16]　不敢驕傲不怠慢，
天子所予。[17]　天子所賜好榮顯。
樂只君子，　諸侯眞快樂，
天子命之；　天子賞賜多；
樂只君子，　快樂哦諸侯，
福祿申之。[18]　福祿他都有。

維柞之枝，[19]　柞樹有枝條，
其葉蓬蓬。[20]　樹葉很繁茂。
樂只君子，　諸侯眞快樂，

殿天子之邦。㉑
樂只君子，
萬福攸同。㉒
平平左右，㉓
亦是率從。㉔

汎汎楊舟，㉕
紼纚維之。㉖
樂只君子，
天子葵之。㉗
樂只君子，
福祿膍之。㉘
優哉游哉，
亦是戾矣。㉙

鎮守天子國。
快樂哦諸侯，
萬福歸他有。
左右閒雅有禮，
於是相隨而至。

飄盪盪的楊木船，
用根繩子把它拴。
快樂哦君子，
天子能知他心意。
君子眞快樂，
賞賜福祿多又多。
君子優游又閒適，
至善至美眞安逸。

【註釋】❶菽：音叔ㄕㄨˊ，大豆。❷筐筥皆盛物之竹器，方曰筐，圓曰筥。筥音莒ㄐㄩˇ，此處均作動詞用，謂裝入筐筥之中。❸君子：指來朝之諸侯。❹錫：賜。❺路車：諸侯所乘之車。乘：音剩ㄕㄥˋ，四馬曰乘。❻玄袞：繡有卷龍之裳。黼：音甫ㄈㄨˇ，黑白文。伯晨鼎銘文有「易女鬯一卣，玄袞衣，幽夫赤舄。」「幽夫」孫詒讓釋爲黝黼。『詩小雅采菽：「玄袞及黼」毛傳：「玄袞，袞龍也。白與黑謂之黼。」』全文以玄袞衣與幽黼同錫，與詩文正可互證。幽黼者，以其爲黑文也。」❼觱：音必ㄅㄧˋ，觱沸：泉湧出貌。檻泉：正湧出之泉。❽芹：水菜名，一名水英。潔白而有節，其味芬芳。❾言：語詞。旂：音旗ㄑㄧˊ，繪有交龍之旗。❿淠：音譬ㄆㄧˋ，淠淠：衆貌。⓫鸞：鈴。嘒嘒：鈴聲。⓬一車四馬，中間二馬曰服，外面二馬曰驂。駟：四馬。載驂載駟謂兩驂兩服共四馬。⓭屆：至。⓮芾：音費ㄈㄟˋ，所以蔽膝，其下至股，故云在股。⓯邪幅：以布斜纏，自足至膝，卽今之裹腿，在芾下，故云在下。⓰彼，魯詩作匪，故荀子勸學篇引此詩亦作匪，經義述聞云：「交，敖也。」紓：怠緩。二句謂玄袞赤芾等物，雖皆天子所賜予，而此諸侯亦不因受此殊榮而驕傲怠緩也。⓱謂赤芾、邪幅皆天子所賜。⓲申：重。言再予之以福祿。⓳柞：音作ㄗㄨㄛˋ櫟樹。⓴蓬蓬：盛貌。㉑殿：鎮。此四句謂以柞之榦比其先祖，枝比其子孫卽諸侯。蓬蓬喻賢才。謂今枝葉已盛，足以鎮天子之邦矣。㉒攸：所。同：聚。㉓平、便，古通。平平，韓詩作便便。左右：諸侯之臣。㉔亦是：於是。下同。率從：謂隨從而至。㉕汎汎：浮動貌。㉖紼：音弗ㄈㄨˊ，繫舟之繩。纚：音離ㄌㄧˊ，筰，卽竹繩。維：繫。㉗葵：揆度，謂揆度其心意。㉘膍：音皮ㄆㄧˊ，厚。㉙戾：至。

【評　解】

采菽是小雅魚藻之什的第二篇，朱傳列爲桑扈之什的第八篇。共五章，章八句。除第四章第四句爲五字句外，其餘均爲四字句，全詩共計一百六十一字。

這是一篇當西周盛王，諸侯來朝，天子加以錫命，草野歌詠其事以美之之詩。

首章以采菽起興，採大豆裝進籮筐以備天子饗客，故接敍君子來朝，天子一再賞賜，先是路車乘馬，再賜玄袞及黼。

二章以采芹於檻泉以備待客起興，並以滾滾湧出之泉水，以興君子來朝其儀仗聲勢之浩大，正反映出周天子威望之重。

三章謂諸侯在股之赤芾，在下之邪幅，皆天子所賜，諸侯不敢因此而稍有傲怠之態，故天子又賜之以福祿。

四章以柞樹爲比。言柞之枝其葉甚茂密。柞之榦喻諸侯之先祖，其枝喻子孫。其葉蓬蓬喻賢才。諸侯子孫有如許之賢才，可以鎭守天子之邦國，因而萬福同聚，其左右諸臣也都相隨而至。

五章以漂盪之楊舟用繩索維繫之，以興天子能揆度諸侯之心意而維繫之，因而天子賜諸侯之福祿甚多，而諸侯可謂到達至善至美之境矣。

【古　韻】

第一章：筥、予、予、馬、予、黼，魚部上聲；

第二章：芹、旂，文部平聲；

　　淠、嘒、駟、屆，微部去聲；

第三章：股、下、紓、予，魚部上聲；

　　命、申，眞部去聲；

第四章：蓬、邦、同、從，東部平聲；

第五章：維、葵、膍、戾，脂部平聲。

六八、角弓

這是一篇勸王遠小人親兄弟之詩。

原詩

騂騂角弓，❶
翩其反矣。❷
兄弟昏姻，
無胥遠矣。❸

爾之遠矣，
民胥然矣。❹
爾之教矣，
民胥傚矣。

此令兄弟，❺
綽綽有裕。❻

今譯

調好的角弓向裏彎，
不調的角弓外反轉。
兄弟親戚結婚姻，
和順親近莫疏遠。

你和親戚相疏遠，
小民都和你一般。
你若以此來示教，
小民也都會倣傚。

兄弟相處很親善，
感情融洽度量寬。

不令兄弟，
交相爲瘉。❼

民之無良，
相怨一方。❽

受爵不讓，❾
至于己斯亡。❿

老馬反爲駒，⓫
不顧其後。⓬

如食宜饇，⓭
如酌孔取。⓮

毋敎猱升木，⓯

六八、角弓

兄弟相處不友好，
互相詬病增煩惱。

人們若沒良心，
就會怨恨別人。

怨人受祿不相讓，
輪到自己就全忘。

老馬還自以爲小駒，
不顧後果實在堪虞。

吃飯吃飽爲相宜，
飲酒多飲就無益。

不要敎獮猴去爬樹，

如塗塗附。⑯　那就像泥上把泥塗。
君子有徽猷，⑰　只要君子有善道，
小人與屬。⑱　小民自然會歸附。

雨雪瀌瀌，⑲　雪花飄落紛紛舞，
見晛曰消。⑳　太陽一曬就消去。
莫肯下遺，㉑　不肯謙虛隨人意，
式居婁驕。㉒　驕傲的態度永不除。

雨雪浮浮，㉓　雪花紛紛下不休，
見晛曰流，㉔　見了太陽成水流。
如蠻如髦，㉕　像那蠻髦無禮義，
我是用憂。㉖　我眞爲此感憂戚。

【註釋】❶騂：音星ㄒㄧㄥ，騂騂：弓調好而利於用之貌。角弓：以角飾弓。❷翩：反貌。弓不用時，則卸其弦，而向外反張。❸胥：相。❹胥：皆，下同。❺令：善。❻綽綽：寬裕貌。裕：饒足，謂情感融洽。❼瘉：音愈ㄩ，病。❽一方：怨一方，謂只責別人而不責己。❾受爵：接受爵祿。❿亡：古與忘通。經義述聞云：「言但怨人之不讓己，而忘乎己之不讓人，正所謂民之無良也。」⓫駒：兒馬方壯之稱。「老馬反爲駒」謂老馬已不足任事，今反自以爲駒，而爭前爲事。⓬「不顧其後」：不顧其不堪任事之後果。⓭饇：音玉ㄩ，飽。言如食以飽爲宜。⓮酌：酌酒。孔：甚。孔取：謂取之過多無益。連上二句意謂：人之行事，應量力而爲，如食之宜飽而止，不應過分貪求，若飲酒之過多則醉也；如老馬體衰尙自以爲如駒之少壯，其任事之後果則不堪設想矣。⓯猱：音撓ㄋㄠ，獼猴，善升木不待教而能。⓰塗：上塗字名詞，泥土；下塗字動詞，塗附。謂塗泥於泥土之上。朱傳：「言小人骨肉之恩本薄，王又好讒佞以來之，是猶教猱升木；又如泥塗之上，加以泥塗附之也。」如教猱升木，泥上塗泥，豈止是多此一舉，且使其更爲惡也。⓱徽：美。猷：道。⓲屬：音囑ㄓㄨˇ，連屬，依附意。連上二句謂對小人宜教以善道，勿教以其本性之長，以免更助其爲惡；如在上者有美善之道以教之，則小人自然相與歸附矣。⓳雨：音玉ㄩ，落，下同。瀌：音標ㄅㄧㄠ，瀌瀌：盛貌。⓴晛：音現ㄒㄧㄢ，日氣。曰：語詞。㉑遺：鄭箋：「遺，讀曰隨。」謂不肯謙虛而隨他人之意。㉒式：語詞。婁：音屢ㄌㄩ，頻數。荀子非相篇引作屢。「式居婁驕」謂自居於經常驕慢而不改。㉓浮浮：猶瀌瀌。㉔流：融爲水流。㉕蠻：南蠻。髦：音毛ㄇㄠ，西夷之別名。蠻髦皆不知禮義者。㉖用：以。

【評　解】

角弓是小雅魚藻之什的第三篇。朱傳列爲桑扈之什的第九篇。計八章，章四句，其中一、二、三、七、八等五章每句四字；四章末句、五章六章之首句及六章之第三句則爲五字句，全詩共一百卅二字。

詩序云：「角弓，父兄刺幽王也，不親九族而好讒佞，骨肉相怨，故作是詩也。」刺幽王無據，詩中亦無刺讒語。味詩本義，是勸王勿疏遠兄弟而親近小人之詩。

第一章以角弓起興，言角弓調好之後，則向內彎曲而利於用，否則卽向外反轉無以爲用。以興起兄弟昏姻之間應親近和好，不宜疏遠。如疏遠則將有不利之事發生。

第二章承一章意，言爾（指在上者）今疏遠兄弟昏姻，人民必亦傚而行之。

第三章以「此令兄弟」與「不令兄弟」雙提，以見兄弟和好與否之利害情形：兄弟如和好，則感情融洽；否則卽交相詬病。

第四章承上章之「不令兄弟」，在上者不親善兄弟，則下民亦將做傚之，以致不憑良心講話，總喜怨尤對方，怨人之受爵不讓己；而當己受爵之時，則已忘却相讓之道矣。

第五章承四章之「受爵不讓」，言小人之受爵不讓如老馬之不自量力，貪負重載却不顧其不能勝任之後果。人之任事應如食之宜飽而止，如貪食則似飲酒之過多則醉。

第六章言小人之爲惡，不教而能，如猱之善爬樹然。如在上者不止其惡，反縱飽其欲，是猶教猱升木，又如泥土之上再塗以泥土，更加其惡矣。人民之一切作爲，皆以在上者之所爲爲準：如在上者行善道以教之，則小民自受影響而相與歸附矣。

第七章承上章之「君子有徽猷，小人與屬」，言落雪雖盛，而見日則消融。以喻小人雖爲惡，如在上者以善道教之，其惡可化去。彼小人若不肯謙下而聽從他人之意見，則傲慢而永不知改矣。

第八章意同上章，言落雪雖盛，見日則化爲流水；小人爲惡，如在上者以善道教之，則可變善。然彼等小人，如蠻髦之不知禮義，如令其得志，則敗壞王綱，爲害至大，我是以甚爲憂戚也。

前四章以賦體爲主，謂疏遠兄弟難保不相怨尤，且下民將做傚之。

後四章以比體爲主，謂在上者親近小人，其後果堪虞。

【古　韻】

第一章：反、遠，元部上聲；

第二章：敎、傚，宵部去聲；
第三章：裕、瘉，侯部去聲；
第四章：良、方、讓、亡，陽部平聲；
第五章：駒、後、饇、取，侯部去聲；
第六章：木、附、屬，侯部入聲；
第七章：瀌、消、驕，宵部平聲；
第八章：浮、流、憂，幽部平聲。

六九、車舝

這是一篇新郎自敍結婚親迎的詩。雖乏親友道賀，也無美酒佳餚來慶祝，而得此健碩美德新娘，一路車行山野，載歌載舞，同飲共酌，自亦欣豫歡快，寫來別具風格。

原詩	今譯
間關車之舝兮，❶	車軸轆轆滾轉路上行駒，
思孌季女逝兮。❷	思念美麗少女去親迎夠。
匪飢匪渴，	不爲飢餓不爲渴，
德音來括。❸	只爲你有好話說。
雖無好友，	雖沒好友來道賀，
式燕且喜。❹	也當燕飲以相樂。
依彼平林，❺	那片平林好繁茂，
有集維鷮。❻	野鷄成群都來到。
辰彼碩女，❼	善良的少女體格壯，
令德來教。❽	又有美德好教養。
式燕且譽，❾	共同燕飲且盡歡，

好爾無射。⑩　愛你愛得永無厭。

雖無旨酒，　雖然沒有美酒，
式飲庶幾。⑪　喝着也覺享受。
雖無嘉殽，　雖然沒有佳餚，
式食庶幾。　吃着也覺美好。
雖無德與女，　雖然沒甚好處來給你，
式歌且舞。⑫　同歌共舞在一起。

陟彼高岡，　登上那高岡高山頂，
析其柞薪。⑬　砍伐櫟樹作柴用。
析其柞薪，　砍伐櫟樹作柴用，
其葉湑兮。⑭　櫟樹的葉子好美盛。
鮮我覯爾，⑮　眞是難得見到你，

我心寫兮。⑯　　我心暢快好歡喜。

高山仰止，⑰　　高高大山我仰望，

景行行止。⑱　　寬寬大道我來往。

四牡騑騑，⑲　　四匹公馬跑得快，

六轡如琴。⑳　　六根繮繩好和諧。

覯爾新婚，㉑　　和你新婚成匹配，

以慰我心。㉒　　我的內心好欣慰。

【註　釋】❶間關：展轉，馬瑞辰有說。舝：音轄ㄒㄧㄚ，車聲。又舝爲車軸頭之鐵，行則設之，無事則脫去。此句言車行展轉。❷孌：ㄌㄩㄢ，美貌。逝：往。謂思彼美女而往成親也。❸德音：他人之語言。括：會。連同上句謂並非飢渴，而所以如飢如渴者，乃盼得親聆其聲音也。❹式：語詞。燕：同讌，謂讌飲。❺依：依、殷古同聲，盛也。馬瑞辰說。平林：林木之在平地者❻。鷮：音驕ㄐㄧㄠ，雉，即野鷄。❼辰：時，時者善也。（義見頍弁毛傳）碩：大。❽令：美。來猶是。美德是教，謂曾被教以美德。❾

譽：通豫，樂。⑩好：讀爲去聲ㄏㄠ，喜好。射：音亦ㄧ，厭。⑪庶幾：謂庶幾亦足歡樂，下同。⑫與：給。女：音義同汝。⑬柞：音昨，櫟樹。⑭湑：音胥ㄒㄩ，盛貌。⑮鮮：讀第三音ㄒㄧㄢ，少。覯：見到，亦通遘。⑯寫：舒快。⑰仰止：仰之。⑱景：大。景行：大道。行止：行之。⑲牡：雄馬。騑：音非，騑騑：行不止。⑳六轡：四馬應八轡，因二驂馬之內轡納於軜，故在手者爲六轡。如琴：言調協如琴。㉑爾：指新婦。

【評解】

車舝是小雅甫田之什的第八篇，朱傳列爲桑扈之什的第四篇。共五章，章六句。首章一、二句各爲六字，三章第五句五字，餘皆四字句，全詩共計一百二十五字。

這是一篇新郎去迎娶新娘的詩。第一章首言間關車舝，即令人想像到此行路途之遙遠。然而此行非爲飢渴，而是爲聆聽對方之「德音」，有以益己也。故次章即言及此少女既心地善良，又有好的教養。是好德重於好色之旨躍然紙上矣。蓋新婦的選擇，品貌並美，固屬上選；品美貌庸，亦可入選；貌美品庸，已伏危機；貌美品劣，則不若品美貌醜者矣。周代女子，健碩爲美。此詩新娘，高大健美，年輕漂亮，而最後之抉擇，則在其有教養之賢德也。三章乃自謙以慰新婦，更表現出新婚夫婦輕物質而重精神之快樂情趣。四章敍析薪高岡，柞葉美盛以與新婦之不同凡俗。「鮮我覯爾」更有曠世不一見之喜悅。末章仍寫當前景物，高山景行隱寓新婦品德之高尚，氣象之寬宏。而六轡如琴句，既寫手攬六根繮繩的如衆弦之在琴，排列得整齊美觀，且使人想像到車行時少轡諧和地波動得似琴弦彈奏出美妙悅耳的音韻來，喻夫婦相處和諧，正是如鼓琴瑟也。全篇要在寫新婦之德美，新郎之歡心。每章結語即表達出新郎遇到這樣一位新娘的喜悅心情。好德而不重財色，此新郎亦可說是位賢士了。唯賢士始克配淑女也。

我們主張研讀詩經要憑各篇經文本身來解經，不爲前人舊說所拘限。此詩以上解說，即爲實驗之結果。因此，我們擺脫了雅詩內容爲政治美刺的束縛，否定了詩序「車舝，大夫刺幽王也。褒姒嫉妒，無道並進，讒巧敗國，德澤不加於民，周人思得賢女以配君子，故作是詩也。」的穿鑿附會。朱熹詩集傳：「此燕樂其新昏之詩。」姚際恆詩經通論以「得賢女爲昏」補充之，其義始全。而王靜芝詩經通釋更謂：「詩中所敍，始云『間關車舝』，末云『四牡騑騑，六轡如琴』首尾皆寫親迎之事，並非主在燕樂。」體會尤爲親切。

此詩的是興是比，還是賦，歷代詩經學者，看法也不一致。漢代毛傳於首章次句下標興，認此詩爲興體。到宋代朱熹所標，僅二、四、五章爲興，首章及三章均標「賦也」因而嚴粲詩緝首章也不標，從朱傳於次章始標興。明代何楷世本古義，清朝姚際恆詩經通論，均依朱傳；但傳恆詩義折中，則除一、三章從朱傳標賦外，二、四兩章改標比，末章又改標比而賦。而依今人王靜芝所解，則全詩五章，僅次章爲興體，其餘四章都是直敍其事的賦體。其實，依朱子的解釋，與本有兼比的，比也有兼興的；而賦其事以起興，又本來只是賦體的一種。所以我們不妨說此詩只是賦體，但我們又可從賦其事中體會出有比興的意味在。以末章爲例，王靜芝以爲「高山仰止，景行行止」，只是敍路上景色，而這兩句朱子以爲是興，傳恆以爲是比，都說得通，全在我們怎樣去體會它了。

現在我們專談「高山仰止，景行行止」兩句，說是敍沿路風光的賦體，自然也很通順。但禮記表記引此二句云：「小雅曰：『高山仰止，景行行止』，子曰：『詩之好仁如此！』」則相傳孔子已從這兩句詩中有所體悟，其有比興的意味在即可知。所以也可解作賦其事以起興。但引詩不必是取原詩本義，司馬遷在孔子世家中，更活用這兩句以讚美孔子說：「『高山仰止，景行行止』雖不能至，心嚮往之。……」便表達了他衷心敬仰，無限嚮往的情懷，可說是後代引詩的最傑出者。

牛運震詩志對此詩最欣賞「六轡如琴」一句，他說：「『六轡如琴』確是新昏詩妙語，移他處不得。『如鼓瑟琴』固是夫婦妙語；『六轡如琴』更幽雅有情。」

【古韻】

第一章：舝、逝、渴、括，祭部入聲；友、喜，之部上聲；

第二章：鷮、教，宵部平聲；譽、射，魚部去聲；

第三章：酒、殽，幽部上聲；女、舞，魚部上聲；

第四章：岡、薪、陽部平聲；湑、寫，魚部上聲；

第五章：仰、行，陽部上聲；琴、心，侵部平聲。

七〇、下武

這是讚美武王的文德能繼承先人之緒而有天下，以開後嗣天祜萬年之福的詩。

原詩	今譯
下武維周，❶	繼德業者唯周室，
世有哲王。	代有哲王降於世。

三后在天，❷　　王后之靈在天上，
王配于京。❸　　我王之德配京師。

王配于京，　　我王之德配京師，
世德作求。❹　　能與世德相匹敵。
永言配命，❺　　永遠配合上天命，
成王之孚。❻　　建立王信成大功。

成王之孚，　　建立王信成大功，
下土之式。❼　　作爲天下好典型。
永言孝思，❽　　永存孝敬先人思，
孝思維則。❾　　孝敬之思是法式。

媚茲一人，❿　　萬民愛戴王一人，

應侯順德。⑪　　我王修德更謹慎。
永言孝思，　　孝敬之思永不竭，
昭哉嗣服！⑫　　光明繼承先人業！

昭茲來許，⑬　　光明王德給後人，
繩其祖武。⑭　　繼承先祖步後塵。
於萬斯年，⑮　　啊！從此之後億萬年，
受天之祜。⑯　　受天之福到永遠。

受天之祜，　　受天之福到永遠，
四方來賀。　　四方萬國都來賀。
於萬斯年，　　啊！從此之後億萬年，
不遐有佐！⑰　　不會再有疏遠國！

【註釋】①下：後。武：繼。言後人能繼德業者，維有周室。又，武：足跡，下武：後繼步武，猶言接踵，故下文言「世有哲王」也。❷三后：三君，指太王、王季、文王。三后既歿，故曰在天。❸王：武王。京：鎬京。❹世德：累世所成之德。或謂世世有德。作：則。求：當讀爲逑，配也。作求即作配。周書康誥：「我時惟殷先哲王德，用康民作求。」王國維曰：「求與逑及仇通，匹也。作求，猶作匹，作配，作對。」此謂作配於三后，言王所以配于京者，由其與世德相配合。❺永：長。言：語辭。配命：配合天命。此與文王篇第六章第三句相同。❻孚：信。謂信用。此句承上言，既能長配天命，故可成其王者之信。朱熹集傳雖云：「或疑此詩有成王字，當爲康王以後之詩」，但未採納，此句之成字，仍作動詞解。❼式：法。下土對上天言，指人間。此句謂爲天下之法式也。❽言長存孝敬先人之思。❾則：法。謂其如此之孝思可爲法則。❿媚：愛。一人：天子，指武王。謂萬民愛戴一人。⓫應：當。侯：維，語詞。此句謂武王能當此順德。魯詩順作愼，愼德者，言官民愛戴武王，武王自應愼其修德。茲從之。⓬昭：明。嗣：繼。服：事。謂光明地繼承先王大業。⓭許：進。來進，謂後之來者。言昭明武王之德於後之來者。⓮繩：繼。武：足跡。言繼承先祖之步武。⓰於：音烏ㄨ，歎詞。⓯祜：福。⓱遐：遠。佐：助。胡承珙毛詩後箋：「傳：『遠夷來佐也。』箋云：『言其輔佐之臣，亦宜蒙其餘福也。』汪氏異義曰：『傳爲反言，言豈不有遠夷來佐助之乎？箋爲順文，言不遠其輔佐之臣，與之共蒙福祿。疏引書序：武王勝殷，西旅獻獒，巢伯來朝；及魯語：通道九夷，八蠻肅愼來賀，以證傳義。箋義則引自洛誥證之，說各有本，皆得通也。』韓詩外傳述越裳氏重九譯而至獻白雉於周公，下引是詩，則意與毛同。」屈萬里先生則謂不遐卽「不啊」。又曰：「按佐字古但作左。國策魏策：『必右秦而左魏。』高註：『左，疏外也。』襄公十五年左傳：『天子所右。』疏云：『人有左右，右便而左不便，故以所助者爲右，不助者爲左。』此「不遐有佐」，承『四方來賀』言，意謂四方之民，雖千秋萬世，亦不致疏外周室也。」（見書傭論學集）亦通，兹從之。

【評解】

下武是大雅文王之什的第九篇，共六章，章四句，句四字。全篇合計九十六字。

詩序：「下武，繼文也。武王有聖德，復受天命，能昭先人之功焉。」鄭箋：「繼文者，繼文王之王業而成之。」朱傳則云：「美武王能纘大王、王季、文王之緒而有天下也。」蓋首章明言「三后在天」，非專指繼文王也。但或解序之「繼文」爲文德，謂武王雖以伐商而謚曰武，而其伐商之所以成功，仍因其能繼承先人三世之文德，始有此成果。是序說仍可遵。故姚際恆通論曰：「小序謂『繼文』，是；蓋詠武王也。」並引嚴粲詩緝之解曰：「武王之心，上文不上武。」方玉潤原始亦云：「美武王上繼文德，以昭後嗣也。」並申述之曰：「武王伐殷而有天下，謚曰武，樂亦曰武，人幾疑其以武功顯而文德或有媿乎三后，殊不知其所稱善繼述者，乃在文德，而不在武功。故詩人特表而咏之。亦可謂深知武王者。以武王之德在『永孝思』。孝思之永，在求世德，以上合乎天理而下孚乎人心。故曰：『昭哉嗣服。』不但以其變侯化國爲能闡揚光大而已。……」

朱傳於篇末，加註異說：「或疑此詩有成王字，當爲康王以後之詩，然考尋文意，恐當只如舊說。」於是近人林義光、屈萬里二氏據之，以此詩爲美成王者，故釋「成王之孚」句的成王爲康王父姬誦之謚。屈先生於詩經釋義中並解「王配於京」的王，「媚茲一人」的一人，也都指成王。而「三后在天」的三后爲太王、文王、武王。屈氏謂詩爲美成王，意者，韓詩外傳所載越裳氏重九譯而至獻白雉於周公，引詩曰：「於萬斯年，不遐有佐。」事在成王三年，則韓詩或主此詩爲美成王者矣，仍可備一說。

輔廣詩童子問述各章要旨曰：「首章言武王能纘大王、王季、文王之緒而有天下。中三章言武王善繼善述之孝。又有常永不已之誠，故能成王者之信，爲天下之法，以致天下之愛戴如此。末兩章又言武王之成效大驗如此，則其後世子孫，亦將善繼其先人之緒，而久受上天之福，多得天下之助也。」

我們曾於文王篇的評解中，說啣尾體的形式是大雅的特色，並擧此詩「王配于京」「成王之孚」「受天之祜」等句是後章首句襲前章末句的代表。方玉潤亦注意及此。他於詩經原始加以眉批說：「前後四章，皆首句跟上蟬聯而下。中兩章忽用第三句相承，格又一變。」我們要補充的，第三章「永言孝思」句，非但與第四章第三句同，其第四句「孝思維則」，以「孝思」兩字的蟬聯，改變了三章與四章的啣尾；而四章末句「昭哉嗣服」與五章首句「昭茲來許」，僅一字相同，則格又一變。

牛運震評曰：「媚字寫愛戴入微，正與順德脗合。此隱指武王伐紂定天下事也。直說嗣服，不更作斡旋語，妙！」「伐紂定天下乃武王應天順人，繼志述事之大者。篇中本此立言，而以隱括出之，氣體高渾，包舉一切。」「蟬聯過遞，雅中多此體。」

元人陳櫟曰：「此詩美武王繼三后於已往，開後嗣於方來。惟以求世德永孝思，而上合天理，下孚人心者，爲之本耳。」（見詩經傳說彙纂）

【古韻】

第一章：王、京，陽部平聲；

第二章：求、孚，幽部平聲；

第三章：式、則，之部入聲；

第四章：德、服，之部入聲；

七〇、下武

第五章：許、武、祜，魚部上聲；
第六章：賀、佐，歌部去聲。

七一、召旻

幽王任用小人，天下飢饉，人民流亡，國土日削，兢兢業業者反被貶官，因此作詩悲嗚，慨嘆文、武開國時召康公日闢地百里，今非昔比也。

原詩	今譯
旻天疾威，❶	老天嚴厲施暴虐，
天篤降喪。❷	降下喪亂多又多。
瘨我饑饉，❸	使我挨餓受折磨，
民卒流亡。❹	人都流亡逃各處，
我居圉卒荒。❺	我的境內都荒蕪。

天降罪罟，❻
蟊賊內訌。❼
昏椓靡共，❽
潰潰回遹，❾
實靖夷我邦。❿

皋皋訿訿，⓫
曾不知其玷。⓬
兢兢業業，⓭
孔填不寧，⓮
我位孔貶。⓯

如彼歲旱，

上天降下罪網來，
蟊賊內部相陷害。
昏亂造謠不敬業，
潰亂邪僻當權者，
使我邦國遭夷滅。

互相欺騙互誘訕，
却不自知他缺點。
賢人戒懼又警惕，
却受病苦不安逸，
我的職位遭貶斥。

像那大旱壞年景，

草不潰茂。⑯
如彼棲苴，⑰
我相此邦，⑱
無不潰止。⑲

維昔之富，
不如時。⑳
維今之疚，㉑
不如茲。㉒
彼疏斯粺，㉓
胡不自替？㉔
職兄斯引！㉕

池之竭矣，

草木衰萎不茂盛。
像那水草生於樹，
我看這國的前途，
無不潰亂而竭枯。

從前生活很富庶，
不似今日之貧苦。
今世雖也有病痛，
不似當前之嚴重。
壞人好人清楚分，
壞人何不自引退？
專負重責又連任！

池水枯竭池水乾，

不云自頻？㉖　　不由濱涯水源斷？
泉之竭矣，　　泉水乾涸泉不流，
不云自中？㉗　　不因泉中沒源頭？
溥斯害矣，㉘　　災害普遍災害深，
職兄斯弘！㉙　　大權重責由他任！
不烖我躬？㉚　　災害能不落我身？

昔先王受命，㉛　　昔日先王受天命，
有如召公。㉜　　有那賢臣像召公。
日辟國百里，㉝　　日闢國土上百里，
今日蹙國百里。㉞　　今則日損國土百里地。
於乎哀哉！　　嗚呼哀哉好傷痛！
維今之人，㉟　　傷痛現今在位人，
不尚有舊。㊱　　不及從前那德政。

【註釋】❶此句與小雅小旻首句相同。尙書多士篇馬融注以爲「旻」是「秋之殺氣」。故「旻天」爲嚴厲的天。高本漢有說。旻音民ㄇㄧㄣ。疾威：猶暴虐。鄭箋謂：「天斥王也。」❷篤：厚。篤降喪謂重降喪亂。❸瘨：音顚ㄉㄧㄢ，病。謂病我以饑饉。❹卒：盡。❺圉：猶域。居圉：謂居住的區域，卽境內之意。圉：音玉ㄩ。或如毛傳：「圉，垂也。」指邊陲亦通。故正義釋此章曰：「言比旻天之王者，其爲政敎乃急疾而行此威虐之法；比天之王者，又厚下與民喪亂之敎而病害我國中以饑饉。今國中之民盡流移而散亡，以此故令我所居中國至於四境邊陲，民皆逃散而盡空虛，是王暴虐所致之。」❻罟：網。❼蟊賊：喩惡人。訌：音紅ㄏㄨㄥ，爭訟誣陷。❽昏：譁亂。椓：諑之假借，造謠陷人。共：恭。馬瑞辰說。靡共謂無敬事之心，專爲惡求利。❾潰潰：亂貌。回遹：邪僻。遹：音遇ㄩ。❿毛傳：「靖，謀。夷，平也。」普賢按：夷當爲滅意。故鄭箋云：「（當權者）皆潰潰然維邪是行，皆謀夷滅王之國。」⓫皐皐：相欺。訿訿：毀謗。並馬瑞辰說。訿音子ㄗ。⓬玷：音店ㄉㄧㄢ，缺點。⓭兢兢：戒愼。業業：危懼。⓮塡：屈萬里先生謂「讀爲瘨，病也。」⓯貶：黜。此章言皐皐訿訿之人，曾不自知其失；而小心戒愼之我，却病苦不安，官位且被貶黜。⓰潰：鄭箋：「潰當作彙，茂貌。」⓱毛傳：「苴，水中浮草也。」鄭箋：「王無恩於天下，天下之人如旱歲之草，皆枯槁無潤澤如樹上之棲苴。」苴音居ㄐㄩ。⓲相：視。⓳鄭箋：「潰，亂也。」止：語詞。⓴時：是。感歎昔日之好景今已無之也。㉑疚：病。㉒茲：此。蘇轍詩傳云：「昔時富樂，未有如是之貧困；今世疲病，亦未有如是之甚者。」㉓彼：指小人。鄭箋：「疏，麤也，謂糲米也。」喻小人。粺：音敗ㄅㄞ，精米。喻君子。朱傳：「彼小人之與君子，如疏與粺，其分審矣。」㉔替：廢。㉕鄭箋：「職，主也。」經典釋文：「兄，音況。下同。」毛傳：「況，茲也。引，長也。」二句謂小人無能而任事，且長久不肯引退。㉖毛傳：「頻，厓也。」鄭箋：「頻當作濱。」㉗毛傳：「泉水從中以益者也。」朱傳釋此四句曰：「池，水之鍾也；泉，水之發也。故池之竭由外之不入；泉之竭由內之不出。言禍亂有所從起而今不云然也？」㉘鄭箋：「溥，猶徧也。」通普。謂災害已普遍。㉙職、兄：見前註㉕。弘：大。謂大權。㉚烖：災本字。我躬：我身。㉛鄭箋：「先王受命，謂文王武王時也。」㉜召公：召康公奭。㉝辟：音義同闢。㉞蹙：縮小。㉟謂今日在位之人。㊱屈萬里詩經釋義：「尙：上也，加也；有：于也。不尙有舊，言趕不上（不及）舊時也。」

【評解】

召旻是大雅蕩之什的第十一篇，也就是大雅三十一篇排在最後的一篇，共七章。四章章五句，三章章七句。除首章、次章末句，三章次句，末章首句、三句各五字，五章二、四句各三字，末章四句七字外，餘均四字。全篇合計一百七十字。

詩序：「召旻，凡伯刺幽王大壞也。旻，閔也。閔天下無如召公之臣也。」朱傳謂：「此刺幽王任用小人，以致飢饉侵削之詩也。」朱子詩序辨說云：「旻閔以下，不成文理。」

蓋朱子旻訓幽怨，不訓閔。又其解題曰：「因其首章稱旻天，卒章稱召公，故謂之召旻，以別小旻也。」至於凡伯，據毛詩正義乃周公之後封伯爵，入爲王卿士者。春秋隱七年：「天王使凡伯來聘，世在王朝。」蓋凡爲周東都畿內之國。但朱子僅謂「此刺幽王」，未云作者爲凡伯，蓋因無據而存疑也。今人多捨詩序而採朱子之說。

召旻首章言天降飢饉，人民流亡，致舉國內外空虛。

次章言小人爲禍，所以致亂。

三章言王是非不明：頑慢之徒，務爲毀謗，王乃重用；若我之兢兢業業者，反遭貶黜。

四章言衰敗之象，正如歲旱草枯，我視此邦，無非潰亂。

五章言今不如昔。昔日富樂，今已不再。今之病禍，仍無已時。精粗比較，極爲明顯，而明爲粗者，不自廢退，且主重任而久於其位！

六章言禍來有自。池之竭，由於外之不入；泉之竭，由於內之不出，事出必有因。今日之禍，爲害亦大矣，其來亦有因也。然爲禍之小人，且將更見其主大任，能不災及我身乎？

七章言今無賢臣。昔先王文武之世，受命開國，有賢臣如召公者，故能日闢百里。今則日蹙百里。嗚呼哀哉！今世之人，眞無如往昔可用者耶？

牛運震詩志評召旻曰：「悲音促節，斷續似不成聲。却自有極雋永處。」又曰：「一意反復，總在疾王任用小人。結處以舊人共政望之，靈警圓切。」

【古韻】

第一章：喪、亡、荒，陽部平聲；

第二章：訌、共、邦，東部平聲；

第三章：玷、貶，談部上聲；

第四章：茂、止，幽部去聲；

第五章：時、茲，之部平聲；

富、疚，之部去聲；

粺、替，佳（支）部去聲；

第六章：竭、竭、害，祭部入聲；

中、躬，中部平聲；

第七章：命、人，眞部去聲；

里、里、哉、舊，之部上聲。

七二、玄鳥

這是宋國祭祀其先祖殷高宗武丁所用的樂歌，而詩中並追敘其始祖契之所由生，以及商湯初有天下的光榮歷史。

原詩	今譯
天命玄鳥，❶	上天命燕遺下卵，
降而生商，❷	生了商朝的祖先，
宅殷土芒芒。❸	定居殷地好發展。
古帝命武湯，❹	古時上帝命武湯，
正域彼四方。❺	治理封域正四方。
方命厥后，❻	武湯遍告眾諸侯，
奄有九有。❼	擁有天下盡九州。

商之先后，
受命不殆，
在武丁孫子。⑧
武丁孫子，
武王靡不勝。⑨
龍旂十乘，⑩
大糦是承。⑪
邦畿千里，⑫
維民所止，⑬
肇域彼四海。⑭
四海來假，⑮
來假祁祁。⑯
景員維河，⑰
殷受命咸宜，

商朝的列祖和列宗，
受命之後不荒縱，
傳到孫子名武丁。
說起孫子名武丁，
武王所能他都能。
諸侯龍旂有十乘，
助祭的酒饌很豐盛。
王畿之地有千里，
人民居住很安逸，
四海之域也開闢。
四海諸侯都歸依，
諸侯紛紛來助祭。
幅隕廣大黃河繞，
殷商受命樣樣好，

百祿是何。⑱　　　各種福祿都來到。

【註釋】①玄鳥：鳦，（音乙ㄧˇ）即燕，相傳高辛氏妃簡狄呑燕卵而生契。②契爲堯時司徒，佐禹治水有功，封於商，賜姓子氏，是爲商之始祖，故曰：「生商。」白虎通姓名篇：「殷姓子氏，祖以元鳥子生也。」契：音泄ㄒㄧㄝˋ。③宅：居。殷：地名。芒芒：大貌。④古：昔。帝：上帝。武湯：有武德之湯。⑤正：治。域：封域。謂治彼四方之域。馬瑞辰以爲正其疆域。⑥馬瑞辰謂：「方、旁，古通用。旁，溥也，徧也。」后：君，謂諸侯。⑦九有：九州。⑧武丁：高宗。言商之先后，受天命而不怠，故其所成之福，降于武丁孫子（即武丁）。此爲「孫子武丁」之倒文以韻者。⑨武王：湯之號。二句言武丁孫子，其所行事，凡湯之所能，武丁無不能勝任者。或謂此「武王」，應爲「武丁」之誤，而前兩句「武丁孫子」應爲「武王孫子」之誤。或謂武丁伐鬼方，故亦稱武王。⑩龍旂：旗上繪交龍者，爲諸侯所建。旂：音旗ㄑㄧˊ。⑪糦：音熾ㄔˋ，饎之或體，酒食。大糦猶言盛饌。此祭祀所用之酒食，以承供奉。⑫畿：王畿，京師四周天子直轄地區。⑬止：居。⑭肇：開。言王畿之外，又開拓疆域至於四海。⑮假：音義同格。格：至，謂四海諸侯到來助祭。⑯祁祁：衆多貌。⑰景：大。員、隕通用。隕：音圓ㄩㄢˊ，指幅隕。幅謂邊幅，員謂周遭。河：指黃河。景員維河：謂其廣大之疆域，爲黃河所環繞。商境三面皆黃河，故云。或曰：景，山名，商之所都，即殷武篇「陟彼景山」之景山。⑱何：同荷。左傳引作荷。負荷百福即承受百福。

【評　解】

玄鳥是商頌五篇的第三篇。計一章二十二句。其中七個五字句，十五個四字句，共九十五字。

詩序：「玄鳥，祀高宗也。」這是宋國之君祭祀其高宗武丁所用樂歌。詩中追敍商之始祖契的所由生，以及湯王初有天下的光榮歷史。武丁修德，任用傅說爲相，殷道復興，故宋公有烝嘗之特祭。

因爲孔子不語怪力神亂，而第一個寫正史的人司馬遷，凡遇其語不雅馴的歷史遺聞，都不採進他的巨著史記裏去。所以上古以前的神話傳說，就不容易流傳下來。其流傳下來的，有些已被合理化地修改過了。而且還不斷地遭受一般嚴謹的學者所排斥。因此，簡狄呑燕卵而生契的傳說，雖被司馬遷寫進史記殷本紀中，被鄭玄寫進毛詩商頌的箋裏，而後人斥爲不經，加以否定的還是很多，也因此而引起了若干辯論。

現在讓我們對於簡狄呑燕卵生契的傳說，試加一番考察。先將史記的記載和鄭玄的箋語照錄於下：

「殷契母曰簡狄，有娀氏之女，爲帝嚳次妃，三人行浴，見玄鳥墮其卵，簡狄取呑

之，因孕生契。契長而佐禹治水有功，封於商，賜姓子氏。」（史記殷本紀）

「湯之先爲契，無父而生。契母與姊妹浴於元邱水，有燕銜卵墮之，契母得，故含之，誤吞之，卽生契。」（史記三代世表詩傳）

商頌玄鳥：「天命玄鳥，降而生商。」毛傳：「玄鳥，鳦也。春分玄鳥降，湯之先祖，有娀氏女簡狄，配高辛氏帝。帝率與之祈于郊禖而生契。故本其爲天所命，以玄鳥至而生焉。」鄭箋：「降，下也。天使鳦下而生商者，謂鳦遺卵，娀氏女簡狄吞之而生契，爲堯司徒有功，封商，堯知其後將興，又賜其姓焉。」

商頌長發：「有娀方將，帝立子生商。」毛傳：「有娀，契母也。將，大也。契生商也。」鄭箋：「帝，黑帝也。禹敷下土之時，有娀氏之國亦始廣大。有女簡狄，吞鳦卵而生契。堯封之於商，後湯王因以爲天下號，故云帝立子生商。」又「玄王桓撥」句毛傳「玄王，契也。」鄭箋：「承黑帝而立子，故謂契爲玄王。」

陳喬樅魯詩遺說考曰：「案：司馬遷贊云：『余以頌次契之事，則此本紀所敍契事，本之詩傳也。』司馬遷習魯詩，所以陳氏定殷本紀所載，採自魯詩。而三代世表的詩傳，則係褚少孫所補，與殷本紀微異。褚氏習魯詩，故亦係魯詩遺說。玄鳥、長發，毛傳均不言吞卵，蓋漢代三家詩受陰陽家學說影響極大，而毛公純正，毛傳謹嚴，對古代無父生子傳說，汰其不合情理處已略有修改，使之合理化。而鄭玄初習三家詩，其箋毛詩，又兼採三家，故除認可毛傳外，又加採史記所載魯詩遺說，且除魯詩外，又兼採齊、韓，並及詩緯，故其陰陽家色彩最濃。孔疏曰：「鄭以中侯契握云：『玄鳥翔水遺卵流，娀簡吞之生契封商。』殷本紀云：『簡狄行浴見玄鳥墮其卵，簡狄取吞之，因孕生契。』此二文及諸緯侯言吞鳦生契者多矣，故鄭據之以易傳也。」

現在我們試將史記司馬遷所說，褚少孫所引，詩經毛公所傳，鄭玄所箋四者加以考察，比較其異同，那就可以明顯地看出：第一、褚少孫所引，保留上古神話傳說的原始形態最多，可爲魯詩遺說的代表，故契母無名又無夫，明白說契是無父而生。與契母同時出現的只有她的姊妹，而燕子出現的地點是野外的元邱，時間是她們在野外水中共浴的當兒。而吞食燕卵，又是偶然的錯誤。全部呈現了神話特性；第二、司馬遷所記，雖採自魯詩，但以歷史家態度，兼採三代世系的史料拼合成文。故以有邰氏女姜嫄爲高辛氏帝嚳的元妃，則契母也就有名有夫，而爲有娀氏女簡狄配帝嚳成其次妃，不再說「無父而生」。除採取魯詩契母吞燕卵而孕外，還保留了野外姊妹共浴的影子，曰：「三人行浴」；第三、商頌毛傳所載，不經之談，已全部淘汰，只取經文「天命玄鳥」四字上着筆。其時地，則由殷本紀的「三人行浴」，變成「郊禖」祈子，最合純正儒家的條件；第四、商頌鄭箋，除認同毛傳外，採史記中與毛傳不衝突的補充進去，並加上了司馬遷、褚少孫文中所無的「帝，黑帝也」四字，更顯出了陰陽家五德終始說的色彩。

其次，我們再試查考司馬遷以前典籍所記關於契母的記載：最早的，可找到楚辭天問中的：

「簡狄在臺嚳何宜？
玄鳥致貽女何喜？」

這很明顯是詠簡狄呑燕卵的故事，而也已出現了以帝嚳來配簡狄的痕跡。較遲有呂氏春秋音初篇的始作北音的傳說。呂覽景夏紀音初篇曰：

有娀氏有二佚女，爲九成之臺，飲食必以鼓。帝令燕往視之，鳴若隘隘，二女愛而爭搏之，覆以玉筐。少選發而視之，燕遺二卵，北飛，遂不反。二女作歌，一終曰：「燕燕往飛」，實始作北音。

這又只說兩佚女在九成之臺發生的故事，有些像西王母一樣的神仙故事。但這也是今存燕遺卵給有娀氏女的最早記錄，雖未明確說娀女呑卵。

二書的註者，王逸高誘，都已是東漢人。後於司馬遷、褚少孫，而早於鄭玄。王逸註楚辭天問這兩句說：「簡狄，帝嚳之妃；玄鳥，燕也。簡狄侍帝嚳於臺上，有飛燕墮，遺其卵，喜而呑之，遂生契。」高誘註呂覽音初篇說：「帝，天也。天令燕降卵於有娀氏女，呑之生契。詩云：『天命玄鳥，降而生商。』」

這王逸、高誘兩條註文，陳喬樅、王先謙也歸之於魯詩遺說。

時代與司馬遷同時的，有劉安淮南子墬形訓載：「有娀在不周之北，長女簡狄，少女建疵。」高誘註：「有娀，國名也；不周，山名也。娀，讀如嵩高之嵩，簡翟建疵姊妹二人，在瑤臺，帝嚳之妃也。天使玄鳥降卵，簡翟呑之以生契，是爲玄王，殷之祖。詩云：『天命玄鳥，降而生商』也。」淮南修務篇高註又云：「簡翟呑燕卵而生契，愊背而生。」又多了簡狄妹名建疵，及簡狄愊背而生契兩點傳說。而「是爲玄王」句，與鄭箋黑帝，乃同本於長發篇之玄王說。文開案：孔疏云：「商是水德，黑帝之精，故云黑帝。」五德終始有二說：一爲木火土金水相生說；一爲水火金木土相勝（剋）說。或曰周火德，剋商之金德，金剋夏之木德。金德白帝，故色尙白。或曰夏金德，金生水，水生木，故商爲水德，周爲木德，水德黑帝，故商爲黑帝也。或謂高辛氏以木德王，色尙黑，故契爲黑帝子也。或謂稷契同爲帝嚳子，同於春分玄鳥至之日郊禖祈子而生，故皆得稱玄王，其說紛紜，但也無須細究。

他若劉向列女傳亦云：簡狄與其姊浴於元邱之水，玄鳥銜卵過而墜之，五色甚好，簡狄與其妹娣競往取之，簡狄得而含之，誤而吞之，遂生契。乃就三代世表詩傳略加渲染者。而白虎通姓名篇以爲殷之姓子，是因契以玄鳥子生而來。王符潛天論五德志，也說娀簡吞燕卵生子契爲堯司徒。也都是魯詩遺說。

韓詩遺說未見，齊詩遺說無甚特異者，可以含神霧爲代表。丹鉛總錄引詩含神霧曰：「契母有娀浴於元邱之水，睇玄鳥銜卵，過而墮之，契母得而吞之，遂生契。」

總之，漢代因盛行陰陽五行之說，習三家詩者，都信契母吞燕卵而生子的傳說。毛詩的鄭箋也受此感染。但所說大多已非原型，只有三代世表褚少孫所錄詩傳和呂氏春秋的音初篇還保留着神話傳說的原始面目而已。

第一個對陰陽五行思想提出猛烈的攻擊的是東漢王充。他所著論衡八十五篇，以科學的合理思想與驗證態度，一切予以重新估價，契母吞燕卵而孕的傳統，也成了他批評的對象。

他說：「使契母嚥燕卵而妊是與兎之吮毫同矣。燕卵，形也，非氣也，安能生人？燕之身不過五寸，其卵安能成七尺之形？或時契母適欲懷妊遭吞燕卵也。」其後宋儒歐陽修、蘇洵均有辯駁。歐陽氏詩本義曰：「毛氏之說，以今人情物理推之，事不爲怪，宜其有之。而鄭謂吞鳦卵而生契者，怪妄之說也。義當從毛。」蘇氏嚳妃論曰：「史記載簡狄行浴，見燕墮卵，取而吞之，因生契爲商始祖，神奇妖濫，不亦甚乎？毛傳以燕降爲祀郊禖之候，及鄭之箋而後有謂吞卵之事，遷之說出于疑詩，而鄭之說，又出於信遷也。」明儒楊愼、清儒顧炎武、王夫之、崔述、姚際恆、顧廣譽、方玉潤、陳奐等皆否定之。其中以王夫之詩經稗疏所言最爲詳盡而澈底，可爲代表，茲摘其要曰：「春分元鳥降，高辛率簡狄與之祈于郊禖而生契，故本其爲天所命以元鳥至而生焉。許愼曰：『明堂月令：元鳥至之日祠于高禖以請子。請子必以鳦至之日者，鳦春分來，秋分去，開生之候鳥也。』蔡邕月令章句曰：『元鳥感陽而生，其來主爲孚乳蕃滋，故重其至日，因以用事。契母簡狄，蓋以元鳥至日有事高禖而生契焉。』凡此諸說，文具簡明，不言吞卵也。故天問亦曰：『簡狄在臺嚳何宜？元鳥致貽女何喜？』致云者，若致之，而非燕卵之爲胎元也。褚先生曰：『鬼神不能自成，須人而生。』其說韙已。乃讖緯之學興，始有謂簡狄吞燕卵而生契者。司馬遷、王逸，迭相傳述，鄭氏惑之，因以釋經。後儒欲崇重天位，推高聖，而不知其蔽入于妖妄，有識者所不能徇也。以愚論之，凡吞物者從口達吭，從吭入胃，達于腸胃，氣所蒸，雖堅重之質亦從化，而靡精者爲榮衞，粗者爲二便。而女子之姙乃從至陰納精而上藏于帶脈之間，子室在腸胃之外，相爲隔絕，燕卵安能不隨蒸化越胃穿腸達子室而成胞胎乎？或謂禹母吞薏苡而生禹者，則薏苡能催生，今方家猶用之，禹母或時產難，因食之而生耳。若夫燕卵，既非食品，又不登于方藥，契母何爲而吞之？藉令簡狄之有童心而戲含之，誤吞之，從又何知契之生爲此卵之化邪？有人道乎？無人道乎？其怪誕不待辨而知矣。詩所云降者，言元鳥之降也。毛傳言之甚詳。鄭氏起而邪說興，朱子弗闢而從之，非愚所知也。毛公傳經于漢初，師承不詭，其後讖緯學起，誣天背聖，附以妖妄，流傳不息，亂臣賊子僞造符命如蕭衍菖花，楊堅鱗甲，董昌羅平之鳥，方臘衮冕之影，以惑衆而倡亂，皆俗儒此等之說爲之作俑，又况其云無人道而生者，猶羅睺指腹，寶誌鳥巢之妖論，彼西域者，男女無別，知母而不知父族類，原不可放，姑借怪妄之說以自文其穢而欲使堂堂中國之帝王聖賢，比而同之，奚可哉？」

其所論消化系統與生殖器官之不相涉，最爲精彩。但天問：「玄鳥致貽女何喜」句，玄改元尙係從俗，貽改胎無所根據，實關係重大，其爲天問辯護，未免牽强。至若說西域知母而不知父，故有指腹鳥巢之怪說，正可指證我們遠古時代，亦有知母不知父之情形，故有契母呑燕卵而孕之傳說也。

史記載契母呑燕卵而孕，王充雖闢之，自鄭玄箋詩採之，歷代學者卽沿用其說。至宋代歐陽修作詩本義，始主從毛傳而斥鄭箋，蘇洵響應。但朱熹撰詩集傳，仍兼採毛鄭說曰：「春分玄鳥降，高辛氏之妃有娀氏女簡狄，祈於郊禖，鳦遺卵，簡狄呑之而生契。其後世遂爲有商氏以有天下，事見史記。」故其後朱傳大行，而一般學者仍採呑卵之說。起而爲之辯護者，亦大有其人。清儒李黼平、朱芹可爲代表。

李黼平毛詩紬義曰：「按毛不信鳦卵之說，而謂本其爲天所命，則亦以契是天生，與生民傳『堯見天因郃而生稷』同以元鳥至而生，正釋經降字。正義謂天無命鳥生人之理，泥矣。箋以爲呑鳦卵者，正義據中侯及史記殷本紀，但呑鳦卵止應生鳦，何以孕而生人，孔不言也。易序卦傳云：『有天地然後有萬物；有萬物然後有男女；有男女然後有夫婦。』是古者人由物化。聖人不語怪而序卦之言如此，此其所以錄生民元鳥而不疑其誕也。」

朱芹十三經札記曰：「契之生，毛傳以爲『春分元鳥降，湯之先祖有娀氏女簡狄配高辛氏帝，帝與之祈于郊禖而生契。故本其爲天所命，以元鳥至而生焉。』孔疏：『元鳥之來，非從天至。而謂之降者，重之，若自天來者然。』鄭氏以爲降，下也。天使鳦下而生商者，謂燕遺卵，娀氏之女簡狄吞之而生契。考史記殷本紀『簡狄有娀氏之女爲帝嚳次妃，三人行浴，見元鳥墮其卵，簡狄取吞之，因孕生契。』此鄭箋之所本也。歐陽修駁之曰：『毛氏之說，以今人情物理推之，事不爲怪。而鄭謂吞鳦卵而生契者，怪妄之說也。』芹按：簡狄之吞卵與姜嫄之踐迹，事本一類，踐迹者既以爲有，卽吞卵者，不可謂無也。朱子語類『問元鳥詩吞卵事，亦有此否？曰：當時恁地說，必是有此。今不可以聞見不及定其爲必無。』則鄭氏據事言詩，朱子固信之矣。中候契握云：元鳥翔水遺卵流，娀簡吞之生契封商；苗興云：契之卵生，稷之跡乳，蓋天人感應，聖哲挺生，固有異於常人者矣。」

帝制時代，皇帝稱天子，則其皇朝之始祖，自當由天所生，非無父之人道也，特其生也必有異乎常人者，所以顯示天之所寄託耳。故簡狄之後，史載秦之先大業，亦由女修吞燕卵而生，直到最後的清朝，還說其先祖係其母食朱果而生，神話可以一再翻版。今帝制已成過去，吾人自可除此迷信。然此簡狄吞燕卵而生契之遠古所傳神話，仍值得我們重視，加以研究，實亦我國寶貴之史料也。

我們從三代世表的詩傳和呂氏春秋音初篇所載兩則較完整而原始性的神話中，除可獲文學欣賞的享受外，更可以找出我國遠古時代商族可能爲鳥圖騰的遺痕來。並與殷尙白，韓國人至今尙白，而箕子封於朝鮮，與春自北來南，秋仍北返的燕子特性，證以神話中燕仍北飛，二女作歌爲北音之始的故事，可以推知商族來自東北而殷亡後部分商族仍北返，而商族的發源地或即在朝鮮半島。而周代民謠的北方之音，可以商族居留地的邶鄘衞三風爲代表，與黃河以南，南方之音的周南召南，成爲民謠世界的南北兩代表。

由於南音北音區域的啓發，我們又體悟出兩點：第一、先秦時代的所謂南北，以黃河爲界，不以淮河爲南北分界線；第二、呂覽音初篇所顯示的我國東西南北四音的區域，也都以黃河爲界。

我們先解釋何以邶鄘衞三風爲北音的代表？有娀二女歌「燕燕往飛」，而邶風燕燕篇即以「燕燕于飛」起興，可證邶風爲北音；而邶鄘衞一體，故可以黃河北岸的邶鄘衞爲北音的代表。呂覽音初篇以周南召南爲南音的代表。二南詩中固有漢水長江的漢廣、江汜，也有淮水上游的汝墳，以及黃河南岸洛水一帶的關雎。二南區域，實包括長江流域，且北至黃河而止。一般人的觀念，我國文化，以黃河流域爲北方文化的代表，長江流域爲南方文化的代表。嚴格地說，這是魏晉南北朝以來的現象。記得張其昀先生講中國地理，就以淮河爲南北區別的分界線。這在詩經時代是不符合的，南音北音實以黃河爲分界線。戰國時代以楚文化代表南方，楚辭九歌中也有河伯篇，而「楚雖三戶，亡秦必楚」，結果劉邦亡秦，劉邦是淮河以北的楚人。他所做三候之章的大風歌，也是正統南音的代表。再說呂覽以秦風爲西音的代表，破斧爲東音的代表。傅斯年先生以爲破斧之所以爲東音，乃因周公東征後，豳調流行於東方魯國的後果。由此看來，先秦時代的東南西北四音，都以黃河爲分界。就是黃河從河套轉向南流，經龍門至潼關以西的黃河西岸涇渭一帶爲秦風的西音區域；黃河至潼關折而東流，中經洛陽，過開封再轉東北向，這一帶黃河北岸淇水及其以北地區，爲北音區域；黃河南岸洛水、汝、淮、江、漢地區爲南音區域。而黃河轉向東北流以後，東岸齊魯一帶便是東音區域。黃河自河套轉南，潼關東折，過開封再東北轉向入海，恰成一個乙字形。南北音固以乙字形的底邊分界，而東西音也顯著地以乙字形的左右爲界，即分別在黃河外圍的東與西也。

其次，從這兩則神話中，有娀氏女只是姊妹同處而又無夫生子，並證以舜妻娥皇女英，舜弟象亦以爲妻等之傳說，以及春秋時代尚盛行着娣姪羣婚及父死子烝其母等風俗，種種跡象，使人推想，我國遠古時代的社會，或爲羣婚制的母系社會所蛻化而來。

【古 韻】

不分章：

商、芒、湯、方，陽部平聲；
有、殆、子，之部上聲；
勝、乘、承，蒸部平聲；
里、止、海，之部上聲；
河、宜、何，歌部平聲。

六十八年三月十四日溥言整理修訂詩經欣賞七十二篇畢

從「此」字談到引詩公式「此之謂也」

裴普賢

中副五月二十六日所載李喬華先生「儒道兩家的科學思想」最後一段題外話小孩讀論語，却不識「此路不通」的「此」字的故事，引起了本炎先生寫了篇「論語沒有此字」的鴻論發表於六月六日的中副。

李喬華先生很有求眞的科學精神，他因聽到小孩讀論語，却不識「此」字的故事，認眞地把四書遍查一次，證實論語一書中沒有「此」字，大學有五「此」字，中庸有四「此」字，而孟子中「此」字很多，因之疑與時代或作者有關。

本炎先生根據李先生的「此」字統計，便說：「由此字的有無及多少，似可推定『四書』著作的先後，『論語』最先，『中庸』次之，『大學』又次之，『孟子』最後。」並提出他的主張說：「推廣這種考證方法，而應用於十三經及諸子，又可推測各書著作年代之先後。從而復可更進一步，由各經及各子之著作先後，而知孔子思想之如何變更，如何爲後儒所修正。當然『此』字之外，尚須再加其他考證方法。這樣，古人所未解決的問題，也許可以解答。」

讀後我發現本炎先生的主張很對，但他自己僅憑「此」字的有無與多寡來推定四書的著作先後，却是「此路不通」。因爲我們知道孔子思想經現代學者的考證與推斷，其發展的先後應該是(1)論語(2)孟子(3)中庸(4)大學。不能僅憑「此」字的統計，就把孟子排在學庸之後。而且僅憑我的已知尚書中有「此」，詩經中有很多「此」字，便可確知如果依照本炎先生之遽下推斷，是危險的。

尙書詩經的著作年代早於論語，是無可懷疑的。但尙書無逸篇就有「此厥不聽，人乃訓之」，和「此厥不聽，人乃或譸張爲幻。」一篇之中，「此」字用了兩次。詩經風雅頌中都有「此」字。周頌振鷺篇：「在彼無惡，在此無斁。」大雅桑柔篇：「維此聖人，瞻言百里；維彼愚人，覆狂以喜。」大雅鴻雁篇：「維此哲人，謂我劬勞；維彼愚人，謂我宣驕。」均以「此」與「彼」對稱。小雅十月之交：「彼月而微，此日而微。……彼月而食，則維其常；此日而食，于何不臧！」小雅大田：「彼有不穫穉，此有不斂穧；彼有遺秉，此有滯穗：伊寡婦之利。」一篇之中都連用兩「此」字。大雅大明：「大任有身，生此文王。維此文王，小心翼翼。……有命自天，命此文王。」國風黍離三章之末是相同的：「悠悠蒼天，此何人哉！」則一篇之中，都三用「此」字。大雅皇矣：「維此二國」，「維此與宅」，「維此王季」，「王此大邦」，則一篇且四用「此」字。大雅桑柔：「降此蟊賊」，「維此惠君」，「維此聖人」，及二用「維此良人」；大雅民勞，四用「惠此中國」句，一用「惠此京師」句，則一篇之中，更五見「此」字。

「此」非後起字，說文：「此，止也；从止从匕。」甲文金文从止从人之反文，均與說文相似。林義光曰：「此者，近處之稱，卽近其人所止之處也。」而詩經中「此」字均不訓「止」而與「彼」字爲對，所以爾雅釋詁疏曰：「此者彼之對。」這已是引申義。我曾檢閱十三經，其中易、書、詩、三禮、春秋三傳、孝經、爾雅、孟子，十二種都有「此」字，只有論語無「此」，這與著作時間的先後無關，而是論語用字有此特色。春秋三傳雖都有「此」字，可是孔子所撰春秋經本文，卻既無「彼」字，也無「此」字，這或者可說與春秋大綱式的體例有關，是無須用「此」字，並不像論語的要用「斯」字代「此」字。等於這裏南洋華僑不穿皮袍子，因四季炎熱不需穿，並不是用大衣來代替皮袍子。但我們也可說孔子以前以後的書都用「此」字，獨春秋經本文不用「此」字，孔子著作有此特色，春秋三傳未予保持，而論語的編撰者却把這特色繼承了。

論語無「此」字，是一個有趣而難於解釋的問題。「此之謂也」引詩公式的形成，同樣有趣，却是容易討論的問題。

我國春秋時代的貴族，有賦詩和引詩的風氣，他們都熟讀詩經三百篇。在朝會聘問時，用賦詩來酬應，談話時則引詩以對答。孔子和他的弟子，也承襲了引詩的習慣，舉例如下：

(1)子曰：「衣敝縕袍，與衣狐貉者立，而不恥者，其由也與？『不忮不求，何用不臧？』子路終身誦之。」——論語子罕（孔子引衞風雄雉篇中二句）。

(2)子貢曰：「貧而無諂，富而無驕，何如？」子曰：「可也。未若貧而樂，富而好禮者也。」子貢曰：「詩云：『如切如磋，如琢如磨』，其斯之謂與？」子曰：「賜也，始可與言詩已矣！告諸往而知來者。」——論語學而（孔子弟子子貢引衞風淇奧篇中二句）。

(3)曾子有疾，召門弟子曰：「啓予足！啓予手！詩云：『戰戰兢兢，如臨深淵，如履薄冰。』而今而後，吾知免夫？小子！」——論語泰伯（孔子弟子曾參引小雅小旻篇三句）。

到戰國時代，引詩之風大盛，孟子七篇中便有引詩的記錄三十九次，其中孟子本人引詩達三十次之多。引詩多，便有習慣用語的形成。「詩云」和「此之謂也」便是孟子引詩的習慣用語：

(1)孟子曰：「……詩云：『殷鑒不遠，在夏后之世』，此之謂也。」——孟子離婁。

(2)孟子曰：「……詩云：『其何能淑？載胥及溺。』此之謂也。」——孟子離婁。

(3)孟子曰：「……詩云：『自西自東，自南自北，無思不服。』此之謂也。」——孟子公孫丑。

(4)孟子曰：「……詩云：『永言配命，自求多福。』太甲曰：『天作孽，猶可違；自作孽，不可活。』此之謂也。」——孟子公孫丑。

後於孟子的荀子，引詩之風更盛，荀子三十二篇引詩八十二次，其中荀子本人引詩更達七十六次之多。他引詩的習慣用語，則爲「詩曰」和「此之謂也」。八十二次引詩中，「此之謂也」用了五十四次之多。「詩云」只用了十二次，「詩曰」二字的冠詞，用了七十次之多。「詩云」和「此之謂也」配合用了三次，「詩曰」和「此之謂也」配合用了五十一次。「詩曰……此之謂也」遂成爲荀子引詩顯著的一個公式。學例如下：

(1)孫卿子曰：「……故近者歌謳而樂之，遠者竭蹶而趨之；無幽閒辟陋之國，莫不趨使而安樂之；四海之內若一家，通達之屬莫不從服，夫是之謂人師。詩曰：『自西自東，自南自北，無思不服。』此之謂也。」——荀子議兵篇。

(2)荀卿子曰：「……故近者親其善，遠者慕其德。兵不血刃，遠邇來服。德盛於此，施及四極。詩曰：『淑人君子，其儀不忒。』此之謂也。」——荀子議兵篇。

(3)故仁人之用國，非特將持其有而已也，又將兼人。詩曰：『淑人君子，其儀不忒；其儀不忒，正是四國。』此之謂也。——荀子富國篇。

(4)故人無禮則不生，事無禮則不成，國家無禮則不寧。詩曰：「禮儀卒度，笑語卒獲。」此之謂也。——荀子修身篇。

這種現象的形成，是儒家極度推尊詩經的結果。戰國以來，儒家所尊奉的偶像是孔子，所尊奉的經典是詩經。因而，有所主張，有所談論，一定要以孔子或詩經為依據。所以到孟子談話，已有「子曰……詩云……此之謂也」的習慣形式出現。到荀子便將「此之謂也」成為引詩的公式。春秋貴族的賦詩引詩，已是不問原詩詩旨，但求斷章取義的表現。孟荀引詩亦往往如此。到漢儒引詩之風遂成濫調。漢儒引詩濫調的代表作應推韓詩外傳與劉向列女傳。而列女傳更是濫用這「此之謂也」引詩公式的代表。

韓詩外傳每節一故事或議論，最後必引詩作結。這是承襲孝經的方式，但韓詩外傳中也採用了孟荀以來引詩以「此之謂也」作結的方式者十二次，兩次是孟式的「詩云……此之謂也。」十次是荀式的「詩曰……此之謂也。」舉例如下：

(1)此言音樂相和，物類相感，同聲相應之義也。詩云：「鐘鼓樂之」此之謂也。——韓詩外傳卷一。

(2)故明主使賢臣輻輳並進，所以通正中而致隱居之士。詩曰：「先民有言，詢于芻蕘。」此之謂也。——韓詩外傳卷五。

劉向列女傳是引詩濫用「此之謂也」公式的代表作。全書一百二十四篇，分別記敍古來各式婦女事蹟，篇末以引詩作結。其結語採用「此之謂也」公式的凡九十七次之多。其中六十五次冠以「詩云」，三十二次冠以「詩曰」。舉例如下：

(1)君子謂孟母知婦道。詩云：「載色載笑，匪怒匪敎。」此之謂也。——卷一鄒孟軻母。

(2)仲尼謂敬姜別於男女之禮矣。詩曰：「女也不爽。」此之謂也。——卷一魯季敬姜。

可是引詩成濫調，且濫用引詩公式到達劉向列女傳這種程度，簡直把引詩的公式作爲著作的體例而組成一引詩的專書，實在太不成體統，其流弊已顯而易見，所以引詩之風也就發展到此爲止。

以上我談「此之謂也」的引詩公式也到此爲止。關於孟荀部分，係採自外子「論語與詩經」「孟子與詩經」和拙著「荀子與詩經」三文，該三文就是研究儒家論詩與引詩的發展過程的考證之作，已輯入我倆合著的詩經欣賞與研究續集之中。關於韓詩外傳與劉向列女傳部分，則是寫此文時所作的統計。可是關於「此之謂也」四字的溯源工作，我這裏還得補充一下。

子貢引詩所用「其斯之謂與」，如改爲肯定口氣，並將論語「斯」字換用「此」字，就成爲孟子的「此之謂也」。左傳引詩中也有與「此之謂也」相仿之句。而且穀梁、左傳與易經繫辭都曾用過「此之謂也」句，舉例如下：

(1)易繫辭下第四章：子曰：「……小懲而大誡，此小人之福也。易曰：『屨校滅趾无咎』此之謂也。」

(2)莊公八年春秋經「甲午治兵」，穀梁傳曰：「出曰治兵，習戰也。治兵而陳蔡不至矣。故曰：『善陳者不戰』此之謂也。」

⑶宣公十六年春秋經：「春王正月，晉人滅赤狄甲氏及留吁。」左傳曰：「於是晉國之盜，逃奔於秦。羊舌職曰：「吾聞之，『禹稱善人，不善人遠。』此之謂也。」

孟子七篇不但引詩用「此之謂也」句，不引詩而用「此之謂也」句也有五次之多。不過，引詩而用「此之謂也」句作結語，是從孟子開始罷了。

五十九年六月十五日於曼谷

附錄：李文題外話小孩不識此字故事原文。

因爲上文引用論語很多，使我想起一段有趣味的故事，故事的題目是：「此路不通」。其內容是這樣的：乾隆爲帝時，嘗微行。一日至某地，見一小孩，嬉於街頭。因問曰：「讀何書？」曰：「上下論語。」曰：「上下論語之字，皆識乎？」曰：「然。」乾隆帝乃指一橫木曰：「此何字？」曰：「此路不通。」曰：「此字何未讀？」曰：「不知，因論語無之。」乃返，乾隆遍查，上下論語，果無「此」字。次日上朝，遍問羣臣，羣臣亦皆瞠目。

（錄自五十九年四月二十二日舊金山東西報東西文摘版）

詩經和現代民謠

裴普賢

前天屈翼鵬先生在臺大中文系以「民謠與國風」爲題，擧行演講，將現代民謠和詩經中的國風，作了一次比較的硏究。像召南江有汜、摽有梅，邶風泉水，衞風伯兮，王風君子于役、采葛，陳風東門之楊等篇，在現代流行的民謠中，都可找到相似之處。因此讓我想起，詩經得孔子採用爲敎學生的敎材而被重視，漢代尊經，詩經三百篇，統統被看成是政治道德的敎訓，而以代替諫書聞。所以十五國風也都被忽略甚至掩蔽了民謠的本色，給經學家們解釋成完全是美刺政敎的工具了。現在我們要認識十五國風的本來面目，就從硏究現代民謠着手，也可獲得若干的啓示。

試擧例以證明之：現代民謠，很多採取一問一答的問答式。而十五國風中問答式却不很顯著。召南采蘩采蘋兩篇，都用「于以」兩字開頭，漢儒鄭玄箋曰：「于以，猶言往以也。」淸儒覺得不妥，便指「于以」爲無義的語詞。近人楊遇夫，始證成「于以」等於「于何」，原來這兩篇國風的句法，都是民謠的問答式。試譯采蘋篇首章如下：

原詩	今譯
于以采蘋？	在哪兒採摘白蘋？
南澗之濱。	在南澗的水濱。
于以采藻？	在哪兒撈取水藻？
于彼行潦。	在那活水溝和大池沼。

我也覺得國風中的「爰」字，也像「焉」字的可作發問詞用。經考證「爰」就是「于焉」的合聲字。焉字今譯爲「那裏」，爰字則爲「在那裏」，都可作指示詞和發問詞兩用。於是鄘風桑中篇也顯現出民謠問答式的本來面目了。試譯首章四句如下：

原詩	今譯
爰采唐矣？	(女聲問）你到哪兒去採蒙菜啊？
沬之鄉矣。	(男聲答）我到沬邦的鄉下採啊。
云誰之思？	(女聲問）你想追的是誰家姑娘啊？

美孟姜矣。　（男聲答）漂亮大姐她姓姜啊！

於是國風中有好多篇都顯現出民謠問答式的本來面目了。例如邶風擊鼓篇第三章四句，便可今譯成三問一答如下：

原詩	今譯
爰居爰處？	哪兒安身哪兒住家？
爰喪其馬？	哪兒喪失了他的馬？
于以求之？	到哪兒去找到它？
于林之下。	就在樹林林底下。

又，得到現代民謠的啓示，可以悟出國風若干篇的本義來。例如衛風芄蘭篇，漢代毛詩序說是：「芄蘭，刺惠公也。驕而無禮，大夫刺之。」宋代的朱熹便說：「此詩不知所謂，不敢强解。」我得東北民謠的啓示，便推測芄蘭篇正是歌唱小丈夫的民謠。東北民謠全文如下：

十八大姐三歲郎，

把尿把尿抱上床。
睡到半夜要奶吃，
吧答吧答兩巴掌：
「我是你的妻，
不是你的娘！」

芄蘭篇的原文及我和外子糜文開的今譯也照錄於下：

原詩	今譯
芄蘭之支，	芄蘭的枝條細又嫩，
童子佩觿。	童子佩了解錐裝大人。
雖則佩觿，	雖則佩了解錐裝大人，
能不我知！	却不知我這人是作甚！
容兮遂兮，	只見他走起路來搖晃晃，
垂帶悸兮。	帶子下垂亂擺盪。

× × ×

芄蘭之葉，　芄蘭的葉兒細又柔，
童子佩韘。　童子佩了扳指充射手。
雖則佩韘，　雖則佩了扳指充射手，
能不我狎！　却不知親暱把我摟！
容兮遂兮，　只見他走起路來搖晃晃，
垂帶悸兮。　帶子下垂亂擺盪。

此外，像顧頡剛因現代民謠的啓示，而悟詩經興體的初型，也是一例。爲篇幅所限，這裏就只提一筆。以上，欲知其詳，可參閱東大圖書公司出版的拙著詩經研讀指導，和三民書局出版的詩經欣賞與研究續集。

六十七年元月二日（原載大華晚報六七年一月二十二日副刊）

孔子以前詩經學的前奏

裴普賢

詩經是我國最早的一部詩歌總集，當然，人類之有詩歌，早於文字的應用，所以早期的詩歌，僅憑口耳相傳，不靠文字的記錄。詩經所輯錄的詩歌，只是我國周代禮樂中所應用的一部分。所以早期的詩歌，大多沒有能流傳下來，詩經三百篇以外，見於他書而沒有遺失的並不多，而且他書所載早期的詩歌，往往缺乏可靠性，甚至是後人的臆造，不如詩經的三百多篇最爲可靠，且爲有系統的輯錄，因此這三百多篇的確是可貴的瓌寶，成爲歷代學者所尊奉而研究的對象。

在孔子以前，並無詩經的名稱，孔子也只稱之爲「詩」，或舉詩篇整數曰：「詩三百」。孔子以前，這三百多篇詩已流行於貴族之間，成爲貴族子弟學習的課本，❶以備覲聘燕享時賦詩應對之用。❷例如左傳襄公二十七年載：

鄭伯享趙孟于垂隴，子展、伯有、子西、子產、子大叔、二子石從。趙孟曰：「七子從君，以寵武也，請皆賦，以卒君貺，武亦以觀七子之志。」

子展賦草蟲，趙孟曰：「善哉！民之主也！抑武也不足以當之。」

伯有賦鶉之賁賁。趙孟曰：「牀笫之言不踰閾，況在野乎！非使人之所得聞也。」

子西賦黍苗之四章，趙孟曰：「寡君在，武何能焉！」

子產賦隰桑，趙孟曰：「武請受其卒章。」

子大叔賦野有蔓草。趙孟曰：「吾子之惠也！」

印段（子石）賦蟋蟀。趙孟曰：「善哉！保家之主也！吾有望矣。」

公孫段（子石）賦桑扈。趙孟曰：「『匪交匪敖』，福將焉往？若保是言也，欲辭福祿，得乎？」

卒享，文子告叔向曰：「伯有將爲戮矣。詩以言志，志誣其上而公怨之，以爲賓榮，其能久乎！幸而後亡！」

本來，尚書堯典就說：「詩言志」，作詩所以宣洩人的情志的，而這裏「賦詩言志」，則是借別人的詩以表達自己的情志了。這裏鄭國諸臣在燕享晉國大臣趙孟的時候，各賦一詩以代言，都志在稱美趙孟，聯絡兩國邦交，只有伯有與鄭伯有怨，所以賦鄘風鶉之奔奔，借詩中「人之無良，我以爲君！」兩句來辱駡鄭伯。所以范文子說他其志在誣其君上，而公然怨之，以爲可以榮耀貴賓，要早死的。而趙孟也因伯有失禮，批評他這種話不是可以說給外人聽的。對其餘六人都表示好感。有的是回敬幾句好話，有的是表示謙不敢受。

又如昭公二年左傳載：

春，晉侯使韓宣子來聘……公享之。季武子賦緜之卒章；韓宣子賦角弓；季武子拜曰：「敢拜子之彌縫敝邑，寡君有望矣。」武子賦節之卒章。既享，宴于季氏，有嘉樹焉，宣子譽之。武子曰：「宿敢不封殖此樹以無忘角弓」，遂賦甘棠。宣子曰：「起不堪也，無以及召公。」

宣子遂如齊納幣。

以上兩例，前例僅主方賦詩，後例則賓主雙方賦詩應對者。左傳中賦詩的記載不勝枚舉。國語中亦有賦詩酬酢的記載。例如晉語四公子重耳出奔，秦穆公召公子於楚，記賓主賦詩情形如下：

秦伯將享公子，公子使子犯從。子犯曰：「吾不如衰之文也，請使衰從。」使子餘從。秦伯享公子如享國君之禮，子餘相如賓。卒事。明日宴，秦伯賦采菽。子餘使公子降拜。秦伯降辭。子餘曰：「君以天子之命服命，重耳敢有安志？敢不降拜？」

成拜卒，子餘使公子賦黍苗。子餘曰：「重耳之仰君也，若黍苗之仰陰雨也。若君實庇蔭膏澤之，使能成嘉穀，薦在宗廟，君之力也。君若昭先君之榮，東行濟河，整師以復彊周室，重耳之望也。重耳若獲集德而歸載，使主晉民成封國，其何實不從？君若恣志以用重耳，四方諸侯，其誰不惕惕以從命？」

秦伯歎曰：「是子將有焉，豈專在寡人乎？秦伯賦鳩飛（小雅小宛之首章）。公子賦河水（河當作沔）。秦伯賦六月。子餘使公子降拜。秦伯降辭。子餘曰：「君稱所以佐天子匡王國者以命重耳，重耳敢有惰心？敢不從德？」❸

像這種在外交場合上賦詩言志，左傳二例，還只是酬酢的作用；國語一例，已發揮了重耳求救的作用。像左傳文公十三年所載鄭國大夫子家和魯國當政者季文子的賦詩應對，則是以賦詩來辦成功一件外交的實例了。雷海宗在古代中國的外交一文中曾予以特別指出說：「賦詩有時也發生重大的具體作用。例如文公十三年鄭伯背晉降楚後，又欲歸服於晉，適逢魯文公由晉回魯，鄭伯在半路與魯侯相會，請他代爲向晉說情，兩方的應答全以賦詩爲媒介。鄭大夫子家賦小雅鴻雁篇，義取侯伯哀恤鰥寡，有遠行之勞，暗示鄭國孤弱，需要魯國哀恤，代爲遠行，往晉國去關說。魯季文子答賦小雅四月篇，義取行役踰時，思歸祭祀；這當然是表示拒絕，不願爲鄭國的事再往晉一行。鄭子家又賦載馳篇之第四章，義取小國有急，想求大國救助。魯季文子又答賦小雅采薇篇之第四章，取其「豈敢定居，一月三捷」之句，魯國過意不去，只得答應爲鄭奔走，不敢安居。

以上所舉賦詩實例四則，各人所賦的詩，固有賦全篇的，但也很多只賦全篇中的一章，如鄭國七子賦詩，子西賦黍苗，只賦第四章；而子產賦隰桑全篇，趙孟也只接受他的最後一章；韓宣子聘魯，季武子所賦緜篇和節南山，都只賦最後一章；秦伯享重耳，秦伯賦小宛，也只賦第一章；鄭子家向魯國季文子求助，賦載馳，季文子答賦采薇，也都只賦全篇的第四章。這叫賦詩斷章❹。蓋賦詩言志，所賦可以不管原詩本意，也可不取全篇詩意，僅截取詩中一章或其中一、二句之意以言志。這稱爲斷章取義。

可是春秋時代貴族，未必人人熟讀詩經而能運用。所以上舉秦伯享重耳時，重耳使子犯從，子犯就不從，推薦子餘爲相。而重耳也一切聽命於子餘行事。而也有糊塗的執政者像慶封之流，人家賦相鼠譏刺他，他竟木然無知的❺。所以孔子就從沒落的貴族和平民中訓練出一批知禮之士來供應給各國貴族延用。而他們熟讀詩三百的用處，主要就在外交場合的專對。

春秋時代的貴族們既熟讀詩經以應用於交際以至交涉的場合，通常在勸諫或因事與人交談時，也就會自然而然的引詩以達意，而形成一種引詩以成文的風氣了。

例如左傳僖公十九年載：「宋人圍曹，討不服也。子魚言於宋公曰：『文王聞崇德亂而伐之，軍三旬而不降，退修教而復伐之，因壘而降。詩曰：「刑于寡妻，至于兄弟，以御于家邦。」今君德無乃猶有所闕，而以伐人，若之何！蓋內省德乎！無闕而後動。』」子魚引大雅思齊三句，以勸諫宋公宜如文王先修其德，無闕而動，始克伐人也。

又如左傳文公十年載：「陳侯鄭伯會楚子于息，遂田於孟諸，宋公爲右盂，命夙駕載燧。宋公違命，文之無畏抶其僕以徇。或謂無畏曰：『國君，不可戮也。』無畏曰：『當官而行，何彊之有？詩曰：「剛亦不吐，柔亦不茹。」「毋縱詭隨，以謹罔極。」是亦非辟彊也。敢愛死以亂官乎？』」無畏所引「剛亦不吐，柔亦不茹」兩句，見大雅烝民篇；「毋縱詭隨，以謹罔極」兩句，見大雅民勞篇。他連引兩詩詩句貫串起來，以申明己意。

國語中也多引詩成文的記載，茲舉姜氏勸公子重耳的話爲例：

齊侯妻之，甚善焉，有馬二十乘，將死於齊而已矣。曰：「民生安樂，誰知其他！」桓公卒，孝公卽位，諸侯叛齊。子犯知齊之不可以動，而知文公之安齊而有終焉之志也，欲行而患之，與從者謀於桑下。蚕妾在焉，莫知其在也。妾告姜氏，姜氏殺之，而言於公子曰：「從者將以子行，其聞之者，吾以除之矣。子必從之，不可以貳；貳無成命。詩云：『上帝臨女，無貳爾心！』（見大雅大明之七章）先王知之矣，貳將可乎？子去晉難而極於此，自子之行，晉無寧歲，民無成君。天未喪晉，無異公子。有晉國者，非子而誰？子其勉之！上帝臨子，貳必有咎。」

公子曰：「吾不能矣，必死於此。」

姜曰：「不然。周詩曰：『莘莘征夫，每懷靡及。』（見小雅皇皇者華首章）夙夜征行，不遑啓處，猶懼無及，況其順身縱欲懷安，將何及矣！人不求及，其能及乎？日月不處，人誰獲安？……鄭詩云：『仲可懷也；人之多言，亦可畏也。』（見鄭風將仲子之末章）……鄭詩之言，吾其從之。……敗不可處，時不可失，忠不可棄，懷不可從，子必速行。……亂不長世，公子唯子，子必有晉，若何懷安？」

公子弗聽。姜與子犯謀，醉而載之以行。❻

以上三例，引詩者或引一詩，或引兩三詩，每詩均僅引二、三句（亦可僅引一句，間或亦有引一章的。）❼其與賦詩之至少賦一章的格調又有別，所以後人稱之爲「引詩摭句」，以別於「賦詩斷章」，並以「摭句爲證」表示比「斷章取義」更爲狹小。但賦詩風氣，僅見於春秋時代，而引詩習尙，則流行至今未絕，且據國語所載，可上溯至西周穆王時代❽。

可是無論孔子之前，賦詩引詩怎樣盛行，這只是詩三百篇的應用，不是對詩經的研究與批評，詩經學的開始，應推孔子對詩三百篇的討論；詩經學正式的成立，則應到漢儒對詩經作專門研究的時代。不過，孔子八歲時季札觀周樂，對詩經各國的國風以及雅頌，都一一予以評論，却可說是詩經學興起的前奏了。

左傳襄公二十九年載：

吳公子季札來聘，……請觀於周樂，使工爲之歌周南召南曰：「美哉！始基之矣，猶未也，然勤而不怨矣。」

爲之歌邶鄘衛，曰：「美哉！淵乎！憂而不困者也。吾聞衛康叔武公之德如是，是其衛風乎！」

爲之歌王，曰：「美哉！思而不懼，其周之東乎！」

爲之歌鄭，曰：「美哉！其細已甚，民弗堪也，是其先亡乎！」

爲之歌齊，曰：「美哉！泱泱乎，大風也哉！表東海者，其太公乎！國未可量也。」

爲之歌豳，曰：「美哉！蕩乎！其周公之東乎！」

爲之歌秦，曰：「此之謂夏聲，夫能夏則大，大之至也，其周之舊乎！」

爲之歌魏，曰：「美哉！渢渢乎！大而婉，險而易行，以德輔此，則明主也。」

爲之歌唐，曰：「思深哉！其有陶唐氏之遺民乎！不然，何憂之遠也！非令德之後，誰能若是？」

爲之歌陳，曰：「國無主，其能久乎？」

自鄶以下無譏焉。

爲之歌小雅，曰：「美哉！思而不貳，怨而不言，其周德之衰乎！猶有先王之遺民焉。」

爲之歌大雅，曰：「廣哉！熙熙乎！曲而有直，其文王之德乎！」

爲之歌頌，曰：「至矣哉！直而不倨，曲而不屈；邇而不逼，遠而不携；遷而不淫，復而不厭；哀而不愁，樂而不荒；用而不匱，廣而不宣；施而不費，取而不貪；處而不底，行而不流。五聲和，八風平；節有度，守有序，盛德之所同也。……若有他樂，吾不敢請已。」

首先我們要問，什麼叫「周樂」？答案是：「周樂是周王朝的樂章。」那末，魯國何以有周王朝的樂章？杜注：「魯以周公故，有天子之禮樂。」孔疏再加以解釋：「明堂位云：『成王以周公爲有勳勞於天下，是以封周公於曲阜，命魯公世世祀周公以天子之禮樂。』」這周樂是別國所不具備的，所以季子到了魯國，特地請求觀賞周樂。魯君就命樂工依次演唱，季子也依次給予評語。而照樂工所歌次序來看，他們所歌周樂，就是詩經三百篇的樂章，而次序與今本詩經略有參差。茲比較如下：

季子觀樂次序：⑴周南召南⑵邶鄘衛⑶王⑷鄭⑸齊⑹豳⑺秦⑻魏⑼唐⑽陳⑾鄶及以下⑿小雅⒀大雅⒁頌。

今本詩經篇目次序：⑴周南召南⑵邶鄘衛⑶王風⑷鄭風⑸齊風⑹魏風⑺唐風⑻秦風⑼陳風⑽檜、曹⑾豳風⑿小雅⒀大雅⒁三頌。

其間的豳與秦提前次於齊與魏之間。這是我們值得注意研究的第一點。

其次，魯樂工雖遍歌周樂，但據孔疏推測，每一單位，可能只演唱一兩篇以代表。正義曰：「季札此時遍觀周樂，詩篇三百不可歌盡，或每詩歌一篇兩篇以示意耳。」而季子評語，現尙有散見詩序中者。所以我們可以推測當時所歌爲那幾篇，而也知道，季子的評語對後來的詩序是有影響的，並可說當時還無詩序，否則就不成其爲季子的論評了。這是我們值得注意的第二點。

現在我們試看季子對周南召南的論評。他說：「美哉！始基之矣，猶未也，然勤而不怨矣。」而在關雎篇的序文中說：「周南召南，正道之始，王化之基。是以關雎樂得淑女以配君子，愛在進賢，不淫其色。哀窈窕，思賢才，而無傷善之心焉。是關雎之義也。」作序的人，闡述季子「始基之矣」，乃稱道二南爲「正道之始，王化之基」，並指實所歌爲關雎之詩。其下季子又說：「猶未也，然勤而不怨矣。」作序者推測季子認爲王化猶未普及，但能勤而不怨，也就不差了。並指實所歌是召南江有汜篇。所以江有汜序云：「江有汜，美媵也。勤而無怨，嫡能悔過也。文王之時，江沱之間，有嫡不以其媵備數，媵過勞而無怨，嫡亦自悔也。」

再看季子對邶鄘衞的論評，他說：「美哉！淵乎！憂而不困者也。吾聞衞康叔武公之德如是，是其衞風乎！」詩序以定之方中、淇奧等篇實之。定之方中實「憂而不困」，故序曰：「定之方中，美衞文公也。衞爲狄所滅，東徙渡河，野處漕邑，齊桓公攘夷狄而封之。

文公徙居楚丘，始建城市而營宮室，得其時利，百姓說之，國家殷富焉。」淇澳實「武公之德」，故序曰：「淇澳，美武公之德也。有文章，又能聽其規諫，以禮自防，故能入相于周。美而作是詩也。」工歌邶鄘衞時，先歌鄘風定之方中，後歌衞風淇澳，故季子之評，先說：「憂而不困」，再說「武公之德。」

其他單位中，也尙有可探索之處，不予一一指說。

就是三家詩雖久已失傳，但其遺說尙有可考者。其中也有顯露其影響的。例如季子對小雅的批評是：「美哉！思而不貳，怨而不言，其周德之衰乎？猶有先王之遺民焉。」若所歌小雅只一兩篇，則首篇鹿鳴，就成爲周德之衰的篇章了。所以三家詩的魯詩，就說：「鹿鳴是周衰之作。」習魯詩的漢代司馬遷、蔡邕的文章中就保留了魯詩的這一遺說。史記十二諸侯年表云：「仁義陵遲，鹿鳴刺焉。」御覽五七八引蔡邕琴操文云：「鹿鳴者，周大臣之所作也。王道衰，君志傾，留心聲色，內顧妃后，設酒食嘉肴，不能厚養賢者，盡禮極歡……小人在位，周道陵遲，自以是始，故彈琴以風諫，歌以感之，庶幾可復。歌曰：『呦呦鹿鳴，食野之苹。我有嘉賓，鼓瑟吹笙。吹笙鼓簧，承筐是將。人之好我，示我周行。』此言禽獸得美甘之食，尙知相呼。傷時在位之人不能，乃援琴以刺之。」宋人歐陽修，更在他的詩本義卷十四時世論中，且追溯到季札觀樂的評語來。他說：「昔吳季札聞魯人之歌小雅也，曰：『思而不貳，怨而不言，其周德之衰乎？猶有先王之遺民焉。』而太史公亦曰：『仁義陵遲，鹿鳴刺焉。』然則小雅者，亦周衰之作也。」

總之，季札觀樂的記載，不但與賦詩引詩，同樣供給了後代詩經學者的研究資料，而且更啓發了後代詩經學者對詩經研究的觀點，所以我說是詩經學的前奏。

六十七年三月溥言草於台北

【註】❶據國語楚語上，文化落後的楚國，到莊王時也已使士亹傳太子，教之詩禮樂等科目了。❷燕享之禮，本有歌詩必備之儀式。儀禮所載燕禮，就規定要工歌鹿鳴、四牡、皇皇者華；奏南陔、白華、華黍。乃間歌魚麗，笙由庚；歌南有嘉魚，笙崇丘；歌南山有臺，笙由儀。遂歌鄉樂（國風）周南關雎、葛覃、卷耳；召南鵲巢、采蘩、采蘋等詩篇，此爲例賦的正歌。燕享時雙方爲表示好感或別種意義以代應對而各以己意所賦的詩，則爲特賦，即所謂賦詩言志也。❸左傳僖公廿三年亦載此事，甚簡略。重耳與秦伯僅賦河水六月，未載賦黍苗、小宛二詩。❹左傳襄公二十八年載盧蒲癸爲慶舍臣有寵，舍以其女妻之。慶舍之士謂盧蒲癸曰：「男女辨姓，子不避宗，何也？」（注：慶氏盧蒲氏皆姜姓）曰：「宗不余避，余獨焉避之？賦詩斷章，余取所求焉，惡識宗乎？」❺左傳襄公二十七年，齊慶封來聘，其車美。孟孫謂叔孫曰：「慶季之車，不亦美乎？」叔孫曰：「豹聞之，服美不稱，必以惡終。美車何謂？」叔孫與

慶封食，不敬。爲賦相鼠，亦不知也。」鄘風相鼠曰：「相鼠有皮，人而無儀；人而無儀，不死何爲？」蓋譏慶封之不知禮儀也。❻左傳僖公廿三年亦載此事，惟極簡略，未載姜氏所引三詩。❼國語周語下叔向讚美單靖公引詩大雅既醉四句，卽爲第六章全章；所引周頌昊天有成命七句，亦爲整章，是卽引其全篇了。❽周語上載祭公謀父諫穆王引詩周頌時邁五句；芮良夫諫厲王引詩周頌思文四句、大雅文王一句。

歐陽修詩本義青蠅篇評析

裴普賢

歐陽修是宋代文壇的第一號領袖，他的古文，他的詩，固領導着有宋一代的新局面，他的經學更引發了自漢以來八百年未有的大波瀾。尤其是他的詩本義一書的評論毛鄭，影響當時的詩經學，掀起了鄭樵、朱熹推翻詩序的大革命。由朱熹的詩集傳，來代替毛詩正義的正統地位。他詩本義的內容和對朱熹集傳影響的深遠，甚至朱熹集傳最受人攻擊的淫詩新解，也導源於詩本義的評論。歐陽修詩本義對毛鄭所持態度雖仍尊敬，而其辨析却極細密而犀利。一字之訓釋，一義之得失，都很認眞。但也不免有疏忽之處。現在我拈出其卷九青蠅篇對毛鄭評析的短短二百十八字爲例，作爲小小的樣品來加以一番研究。

先抄錄其全部原文如下：

論曰：青蠅之汚黑白，不獨鄭氏之說，前世儒者亦多見於文字；然蠅之爲物，古今理無不同，不知昔人何爲有此說也？今之青蠅，所汚甚微，以黑點白，猶或有之；然其微細不能變物之色。詩人惡讒言變亂善惡，其爲害大，必不引以爲喻；至變黑爲白，則未嘗有之；乃知毛義不如鄭說也。齊詩曰：「匪鷄則鳴，蒼蠅之聲。」蓋古人取其飛聲之衆，可以亂聽，猶今謂「聚蚊成雷」也。

本義曰：青蠅之爲物甚微，至其積聚而多也，營營然往來飛聲，可以亂人之聽，故詩人引以喻讒言漸漬之多，能致惑爾。其曰：「止于樊」者，欲其遠之，當限之於藩籬之外，鄭說是也。棘榛皆所以爲藩也。

他的主旨在「本義曰」一節，而「論曰」一節，則是他評析毛傳鄭箋得失以及他論證的所在。這青蠅篇的主旨，在闡明青蠅篇以蠅聲之亂耳，喻讒言之惑人。而非蠅之變白爲黑。

我們試看詩序及毛傳鄭箋原文：

詩序：「青蠅，大夫刺幽王也。經文：『營營靑蠅，止于樊。』毛傳：『興也，營營，往來貌。樊，藩也。』鄭箋：『興者，蠅之爲蟲，汚白使黑，汚黑使白，喻佞人變亂善惡也。言『止于藩』，欲外之令遠物也。」其下經文則爲：「豈弟君子，無信讒言。」

雙方的原文已羅陳在面前，於是我們可以談本義的第一點。歐陽修針對着毛傳「營營，往來貌。」加以攻擊。說「營營」應該是「營營然往來飛聲」，非狀態詞，而係摹聲詞。因爲青蠅之所以「喻讒言」，在其「亂人之聽」。並擧齊風雞鳴篇的「匪雞則鳴，蒼蠅之聲」爲證，蓋歐陽修認爲雞鳴詩中夫婦夜眠聞蠅聲誤以爲遠處雞鳴也。他的理由十分充足，所以朱熹撰詩集傳時就捨毛傳的訓「營營」爲「往來貌」而採歐義的「往來飛聲」！並襲其說明，亦曰：「亂人聽也。」且解首章爲「詩人以王好聽讒言，故以青蠅飛聲比之，而戒王以勿聽也。」鄭箋根據毛傳的青蠅往來，只好以喻「佞人變亂善惡」，但下句經文，却說：「無信讒言」，當然又不如詩本義的以蠅聲喻讒言來得直捷而明朗。因此朱傳連將毛傳的「興也」也放棄，而改標爲「比也」了。這種小地方，朱熹詩集傳受歐陽修詩本義影響的深遠就已顯露出來。或有人問歐朱的訓營營爲往來飛聲，在文字訓詁學上，有何根據？我們可以同答：摹聲詞固常借同音字加口旁以應之，像摹蜂聲之「嗡嗡」，小雅庭燎的「鸞聲噦噦」，但也可直接借用同音字的，像「鸞聲將將」的「將將」（庭燎）「伐鼓淵淵」的「淵淵」（采芑）、「削屢馮馮」的「馮馮」（緜）都是。所以「營營」的可爲摹聲詞，是不成問題的。

本義的第二點「止于樊」者，欲其遠之，他同意鄭箋之說，我們也予認同，不必討論。

至於「論曰」的「毛義不如鄭說」，其所指極含混，若說是指毛傳「往來貌」或毛傳的「興也」不如鄭箋之說，但鄭箋的「汚白使黑，汚黑使白」，正是毛傳青蠅往來的結果，而其於「喻佞人變亂善惡」之前冠以「興者」兩字，明爲釋毛之「興也」，而非不同意毛傳的指青蠅爲興體。就連詩序「青蠅，大夫刺幽王也」句，非但毛鄭遵守，就是歐陽修本人以及後來的朱熹，也未表示一點不認同的意見。那末，歐陽修所謂「毛義不如鄭說」究竟是指什麼？我們細案他的原文，他是不讚同青蠅之喻，爲以其「汚黑白」來喻佞人，更反對青蠅有「變黑爲白」的能力。可是這裏他就疏忽了鄭箋初言蠅能「汚白使黑，汚黑使白」繼言「喻佞人變亂善惡」，終於用一「變」字，可知其「汚黑使白」意即「變黑爲白」，歐陽修的承認青蠅「汚黑白」，而否定其「變黑爲白」，怎能說是「毛義不如鄭說」呢？而且毛傳根本未提青蠅的「汚黑白」或「變黑白」，普賢按：變黑白之說，實出於早於鄭玄的王逸。

楚辭九歎：「若青蠅之僞質兮，晉驪姬之反情。」王逸注：「僞，變也。青蠅變白使黑，變黑成白，以喻讒佞。」鄭玄箋詩採之，意其變黑白，由於其汚染，故改爲「汚白使黑，汚黑使白」而下言「喻佞人變亂善惡也」。當然他的話，就較王註爲清楚。所以歐陽修只能說：「王義不如鄭說」，而不能牽涉到毛義的。若說歐陽修這句本來是「王義不如鄭說」，故前文有「青蠅之汚黑白，不獨鄭氏之說，前世儒者亦多見於文字」的話，後人疑「王」字爲「毛」字之誤，故改爲「毛」字。但他這裏以「鄭氏之說」與「前世儒者」作相等的評估，未加軒輊；且未提前儒爲王逸，那能忽然冒出「王義不如鄭說」的話？況且他的詩本義就以評論毛鄭優劣爲重點的。所以他這一節「論曰」，非但所指含混，實亦頗爲疏忽。

六十八年二月溥言於靜齋

鄭玄詩譜圖表的綜合整理

裴普賢

這是對歐陽修詩本義附錄的鄭氏詩譜補亡一卷的研究，也是鄭玄詩譜圖表的綜合整理。

鄭氏詩譜補亡，是歐公惟一澈底尊敬毛鄭的著作，包括：⑴詩圖總序⑵補亡鄭譜⑶詩譜補亡後序。其中第三部分詩譜補亡後序，亦見於歐公自編的居士集第四十一卷爲序七首之一，第一、二部份，均不見其文集，大約是最初就作爲詩本義十四卷的附錄付印，所以表示其對毛鄭的尊敬的。今存版本中，以四部叢刊影印的南宋刋本爲最雜亂，非但將詩譜圖十五篇的總序，排在最末，而現存詩圖十二篇中詩篇篇名的脫漏與重複亦最多。而四庫全書文淵閣鈔本，故宮博物院圖書館又不外借，因此圖譜部份，我只將通志堂經解本作爲對象來加以考察。然後再將清儒吳騫的後訂一卷，丁晏的改正一卷，來予以比較。

考察的工作，我先就各圖的詩篇篇名考察，發現沒有重複，而脫漏却多，達十一篇，計爲：

(1)邶鄘衞圖中脫漏四篇——鄘風定之方中、干旄，衞風河廣、木瓜。（篇名雖無重出，而有不遵體例者：莊公時詩考槃上加衞字，其左碩人上不必加衞字而仍加衞字；惠公時詩牆茨上應加鄘字而誤加衞字，以致其左之偕老上又加鄘字；而鄘詩鶉奔之左的芄蘭係衞詩，應加衞字反未加。）

(2)魏風圖缺陟岵一篇

(3)秦風圖缺車鄰、黃鳥兩篇

(4)陳風圖缺墓門一篇

(5)二雅圖缺三篇——小雅鹿鳴、魚麗，大雅皇矣。

而從詩篇篇名的考察，又證實了國風二雅的篇次，並不一定依時代先後排列。例如鄭風第五篇的清人，要改列爲最後一篇文公時詩；而褰裳一篇，前後均爲莊王之世的昭公時詩，却又要提前爲桓王之世的厲公時詩，大雅武王時詩文王、大明之後的緜、棫樸、旱麓、思齊以及靈臺等篇，也提前爲文王時詩了。

其次就各國的世次考察，這就極爲繁雜，因爲像齊風圖夷王及共和、宣王之左既均列有武公，則厲王之左，不應空白，其爲脫漏武公無疑。但細加考訂，齊獻公於周厲王二十年弒胡公代立共九年，武公於厲王二十九年立，至宣王三年共二十六年，則圖中夷王之左的胡公、獻公、武公，均應移於厲王之左。像檜鄭圖，則更繁難，考鄭國於宣王二十二年始封其庶弟友而立國，是謂鄭桓公。桓公於幽王十一年以幽王故，爲犬戎所殺。平王元年桓公子武公立，平王二十八年鄭莊公立，是以知檜鄭圖，鄭桓公列於共和與宣王之左，有誤，應列於宣王與幽王之左。武公列幽王之左，莊公列幽、平之左，亦誤，應改武公爲平王之世，莊公爲平、桓之世，於是所列武公莊公時詩亦將改移。又文公惠王五年立，共四十五年，至襄王二十四年卒，圖中漏襄王，應補列。於是鄭譜圖，細加考訂，就有極大的改動，這樣繁難，讓我整理起來，不一定有最好的成果，當然應利用前人研究的成果，讓我得事半功倍之便。

我整理出來的詩經學書目中，有關詩譜的書，清人胡元儀的毛詩譜一卷，他只列一總圖，也不提歐公詩譜補亡，主要是依據毛詩正義中有關鄭譜資料編輯而成。所以我把它和歐公的補亡詩譜同列爲鄭玄的著作，其餘尙有清人的著作四本，馬鍾山遺書的毛詩鄭譜疏證一卷，和江蘇存古堂重印不著撰者的詩譜講義一卷。我未能見其書，我所見只有丁晏的鄭氏詩譜考正一卷，和吳騫的詩譜補亡後訂一卷拾遺一卷。丁書找到兩種版本，其一爲皇清經解續編本，另一爲南河節署刊版，較皇清本多嘉慶庚辰（二十五）年丁晏自序一篇。吳書也有自序，但未署年月。吳氏爲乾隆時人，卒於嘉慶年間，則兩書約同時，吳書略早，而不相爲謀者。今將我參閱兩書對歐書之考正與訂補簡述之。

(1)對於三百篇篇名脫漏部份，丁書於邶鄘衞圖譜後云：「檢譜中不列定之方中，應由刋本脫去，今補」；又魏譜圖後云：「脫陟岵」；秦譜圖後云：「脫車鄰、黃鳥」，及大小雅圖譜後云：「小雅脫鹿鳴、魚麗，大雅脫皇矣」。共計脫漏七篇，所脫鄘風干旄，衞風河廣、木瓜，陳風墓門，共四篇均補列而未提。吳書則十一篇均補而未提。

(2)對於三百篇世次歐圖脫誤的考訂，吳書於各譜考訂改正者均不加說明，惟俞思謙卷首題辭中有「候人列襄世，國語說尤古」語，注云：「歐公以曹風候人以下三詩列于頃王之世。槎客（吳騫字）從馬氏繹史列于襄王之世。按襄王十四年，晉公子重耳在楚，楚成王引曹詩曰：『彼其之子，不遂其媾』事載國語，則此詩在襄王時無疑。」（又見曹譜注）又唐譜之注曰：「鴇羽舊列昭侯，今從范處義說繫小子侯。」及陳譜之注曰：「月出舊次宣公，今從范處義說，繫靈公。」三處則特加說明者，吳書襲歐圖以每一周王爲單位，丁書則改以每一國君爲單位，右列周王。故曹風曹共公右列惠、襄、頃三王，未明候人在三王中繫何王之世。陳譜月出仍歐公之舊，列於宣公之時，唐譜亦仍列昭侯，未改列小子侯。

丁書則圖後常有案語，於檜鄭圖後云：「案歐譜桓公繫於共和甚誤。宣王二十二年初封桓公，遠在共和之後。文公惠王五年立，襄王二十四年卒，補亡下訖惠王，亦非，今正之。於魏譜云：「案歐譜統敍爲一君違失鄭旨。」因分繫葛屨、汾沮洳、園有桃、陟岵、十畝之間五篇於平王之世，繫伐檀、碩鼠二篇於桓王之世，唐譜則刪無詩之靖侯。陳譜云：「史記幽公立當厲王二十五年，共和尚未秉政，歐譜起自共和，非也。靈公定王八年爲夏徵舒所弒，補亡訖於頃王，亦非也，今正之。」至於丁、吳二書未經以注文或案語說明而訂正者亦甚多，今不一一羅列，以免繁瑣。

歐公詩譜僅十二圖，缺三頌，丁、吳二書均為之訂補。茲據丁、吳二書，並參以胡譜，綜合十五圖為一表，以代考訂鄭玄詩譜所得三百篇世次成果，而便觀覽。

鄭玄詩譜所列三百篇世次一覽表（圖表一）

時世（合西元前）	十五國風一六〇篇（周召二五、邶鄘衛三九、檜鄭二五、齊十一、魏七、唐一二、秦一〇、陳一〇、曹四、豳七、王一〇）	二雅一一一篇（小雅八〇、大雅三一）	三頌四〇篇（周頌三一、商頌五、魯頌四）	備註
〔商代〕太甲之世（三三年）1753-1721 一篇			商頌一篇那	歐補鄭譜次序為：⑴周召⑵邶鄘衛⑶檜鄭⑷齊⑸魏⑹唐⑺秦⑻陳⑼曹⑽豳⑾王⑿二雅（小雅、大雅）加以丁、吳所補⒀周頌⒁魯頌⒂商頌，本表依之。詩序：「那，祀成湯也。」孔疏：「那祀成湯，經

太戊之世（75年）1637-1563 一篇			商頌一篇 烈祖	稱湯孫，箋以湯孫爲太甲，則那之作當太甲時也。」
武丁之世（59年）1324-1266 三篇			商頌三篇 玄鳥 長發 殷武	
〔周代〕 文王之世（50年）1184-1135 三篇	〔正風二三篇〕 周南一一篇 關雎 葛覃 卷耳	〔正雅十四篇〕 正小雅八篇 鹿鳴 四牡 皇皇者華		鄭玄詩譜序云：「文武之德，光熙前緒，以集大命厥身，遂爲天下父母，使民有政有居。其時詩風有周南、召南，雅有鹿鳴，文王之屬，

樛木
螽斯
桃夭
兎罝
芣苢
漢廣
汝墳
麟之趾
召南十二篇
鵲巢
采蘩
草蟲
采蘋
行露
羔羊
殷其雷
摽有梅
小星
江有汜

伐木
天保
采薇
出車
杕杜
正大雅六篇
棫樸
旱麓
靈臺
緜
思齊
皇矣

及成王周公致太平，制禮作樂，而有頌聲興焉，盛之至也……謂之詩之正經。」

武王之世（19年）1134-1116 六篇	成王之世（37年）1115-1079（周公攝政）六〇篇
野有死麕 騶虞 〔正風二篇〕 召南二篇 甘棠 何彼穠矣	〔變風七篇〕 豳風七篇 七月 鴟鴞 東山 破斧 伐柯 九罭 狼跋
〔正雅四篇〕 正小雅四篇 南陔 白華 華黍 魚麗	〔正雅二三篇〕 正小雅十篇 常棣 南有嘉魚 南山有臺 由庚 崇邱 由儀 蓼蕭 湛露
	周頌三一篇 清廟 維天之命 維清 烈文 天作 昊天有成命 我將 時邁

彤弓
菁菁者莪
正大雅十二篇
文王
大明
下武
文王有聲
生民
行葦
既醉
鳧鷖
假樂
公劉
泂酌
卷阿

執競
思文
臣工
噫嘻
振鷺
豐年
有瞽
潛
雝
載見
有客
武
閔予小子
訪落
敬之
小毖
載芟
良耜
絲衣

懿王之世（25年）934-910　五篇

夷王之世（16年）894-879　一篇

之厲夷）

〔變風五篇〕
齊風五篇
（齊哀公）
雞鳴
還
著
東方之日
東方未明
〔變風一篇〕
邶風一篇
（衛頃公）
柏舟
〔變風四篇〕
檜風四篇
羔裘

酌　桓　賚　般

鄭玄詩譜序云：「孔子錄懿王夷王時詩，訖於陳靈公淫亂之事，謂之變風變雅」歐陽修敍各國變風之始起曰：「諸侯之詩無正風，其變風自懿王始作。懿王時齊風始變。至夷王時，衛風始變。次厲王時陳風始變。周召共和，唐風始變。次宣王時秦風始變。至平王時，鄭風始變，惠王時曹風始變。陳最後至頃王時，猶有靈公之詩。」（詩圖總

（際 四篇	素冠 隰有萇楚 匪風			序）陳靈公詩，實止於定王，已代更正。檜、魏無世次，故不作確定語。
厲王之世（37年） 878-842 一一篇	〔變風二篇〕 陳風二篇 （陳幽公） 宛丘 東門之枌	〔變雅九篇〕 變小雅四篇 十月之交 雨無正 小旻 小宛 變大雅五篇 民勞 板 蕩 抑 桑柔		
共和行政（14年） 841-828	〔變風一篇〕 唐風一篇 （晉僖公）			

一篇

宣王(46年)827-782之世

二五篇

蟋蟀

〔變風五篇〕
鄘風一篇
(衞武公)
柏舟
秦風一篇
(秦仲)
車鄰
陳風三篇
(陳僖公)
衡門
東門之池
東門之楊

〔變雅二〇篇〕
變小雅十四篇
六月
采芑
車攻
吉日
鴻雁
庭燎
沔水
鶴鳴
祈父
白駒
黃鳥
我行其野
斯干
無羊
變大雅六篇

幽王(11年)781-771之世四二篇

雲漢
崧高
蒸民
韓奕
江漢
常武

〔變雅四二篇〕
變小雅四〇篇
節南山
正月
小弁
巧言
何人斯
巷伯
谷風
蓼莪
大東
四月

北山
無將大車
小明
鼓鐘
楚茨
信南山
甫田
大田
瞻彼洛矣
裳裳者華
桑扈
鴛鴦
頍弁
車舝
青蠅
賓之初筵
魚藻
采菽
角弓

平王之世(51年)770-720 三二篇	〔變風三二篇〕邶衛四篇(衛武公)(衛)淇奧	菀柳 都人士 采綠 黍苗 隰桑 白華 緜蠻 瓠葉 漸漸之石 苕之華 何草不黃 變大雅二篇 瞻卬 召旻		

十畝之間
唐風六篇
（晉昭公）
山有樞
揚之水
椒聊
綢繆
杕杜
羔裘
秦風四篇
（秦襄公）
駟驖
小戎
蒹葭
終南
王風六篇
黍離
君子于役
君子陽陽

揚之水
中谷有蓷
葛藟

桓王(23年)719-697之世三五篇	〔變風三五篇〕 邶鄘衛二六篇 (州吁) (邶) 燕燕 日月 終風 擊鼓 凱風 (衛宣公) (邶) 雄雉 匏有苦葉 谷風 式微

旄丘
簡兮
泉水
北門
北風
靜女
新臺
二子乘舟
（衛）
氓
竹竿
伯兮
有狐
（衛惠公）
（鄘）
牆有茨
君子偕老
桑中
鶉之奔奔

（衛）
芄蘭
鄭風二篇
（鄭昭公）
有女同車
（鄭厲公）
褰裳
魏風二篇
伐檀
碩鼠
唐風一篇
（小子侯）
鴇羽
陳風一篇
（陳厲公）
墓門
王風三篇
兔爰
采葛

大車

莊王(15年)696-682之世一五篇

〔變風十五篇〕

鄭風八篇

(鄭昭公)

山有扶蘇

蘀兮

狡童

丰

東門之墠

風雨

子衿

揚之水

齊風六篇

(齊襄公)

南山

甫田

盧令

敝笱

釐王 (5 年) 681-677 之世 四篇	惠王 (25年) 676-652 之世 九篇
載驅 猗嗟 王風一篇 丘中有麻 〔變風四篇〕 鄭風二篇 (鄭厲公) 出其東門 野有蔓草 唐風二篇 (晉武公) 無衣 有杕之杜	〔變風九篇〕 鄘風二篇 (衛戴公) 載馳

（衛文公）
定之方中
鄭風二篇
（鄭厲公）
溱洧
（鄭文公）
清人
唐風二篇
（晉獻公）
葛生
采苓
陳風二篇
（陳宣公）
防有鵲巢
月出
曹風一篇
（曹昭公）
蜉蝣

襄王之世（33年）651-619
一七篇

〔變風十三篇〕
鄘衛五篇
（衛文公）
（鄘）
蝃蝀
相鼠
干旄
（衛）
河廣
木瓜
秦風五篇
（秦穆公）
渭陽
黃鳥
（秦康公）
晨風
無衣
權輿
曹風三篇

魯頌四篇
（魯僖公）
駉
有駜
泮水
閟宮

定王之世(21年)606-586二篇

(曹共公)
候人
鳲鳩
下泉

〔變風二篇〕
陳風二篇
(陳靈公)
株林
澤陂

詩序：「株林，刺靈公也，淫乎夏姬，驅馳而往，朝夕不休息焉。」鄭箋：「夏姬，陳大夫妻，夏徵舒之母，鄭女也。」陳靈公名平國，春秋經宣公十年五月：「癸巳，陳夏徵舒弒其君平國。」魯宣公十年，即周定王八年，西元前五九九年。

歐公於序文中自述其譜圖體例云：「予之舊圖，起自諸國得封，而止於詩止之君，旁繫于周，以世相當，而詩列右方，依鄭所謂循其上而省其下，及旁行而考之之說也。然有一君之世當周數王者，則考其詩當在某王之世，隨事而列之，如鄘柏舟、衞淇奧，皆衞武公之詩。柏舟之作乃武公卽位之初年，當繫宣王之世；淇奧美其入相，當在平王之時，則繫之平王之世。其詩不可知其早晚，其君又當數世之王，則皆列於最後。如曹共公身歷惠、襄、頃三世之王，其詩四篇，頃王之世之類是也。今旣補之，鄭則第取有詩之君而略其上下不復次之，而粗述其興滅于後，以見其終始。若周之詩，失去世次者多，今爲鄭補譜，且從其說而次之。」歐公是依鄭說爲其詩譜補亡，並不依他自己的主張將關雎移後爲康王時詩卽其例。

但歐公補亡次第，未悉承鄭氏之舊。他於補亡後序云：「周南、召南、邶、鄘、衞、王、鄭、齊、豳、秦、魏、唐、陳、（檜）、曹，此孔子未删之前，周太師樂歌之次第也。周、召、邶、鄘、衞、王、檜、鄭、齊、魏、唐、秦、陳、曹、豳，（通志堂本，四部叢刊本均誤檜在陳後，又脫齊字，此據居士集卷第四一的補亡後序文）此鄭氏詩譜次第也。黜檜後陳，此今詩次比也。」而歐公補亡，又將王風改列豳後二雅前，他說：「周召王豳，同出於周。」則意謂王雖黜爲變風，實本屬雅詩，故與邠風同列雅前也。

歐公於補亡後序中自述：「凡補譜十有五，補其文字二百七，增損塗乙改正者八百八十三，而鄭氏之譜復完矣。」可是到南宋時，十五譜已失其三，周魯商三頌譜俱佚，所存十二，亦已脫誤零亂，雖經納蘭容若校訂，亦難復其舊觀，況歐公譜中原有疏漏處，於是有吳騫之後訂及丁晏之考正出焉。

歐公補亡詩譜圖，以周王的年代爲單位，一國的國君跨越了兩三個周王年代的，則此國君時代的詩，能知其作於何王時代者，即分屬其王之左旁。例如衛武公立於周宣王十六年，在位五十五年，中經幽王時代，死時已在平王十三年，身經宣、幽、平三朝。據詩序衛武公時有鄘風柏舟、衛風淇奧兩詩，柏舟是他的哥哥世子共伯餘早死，其妻共姜自誓守節的詩，而淇奧則是武公入相於平王，人家讚美他的詩，所以邶鄘衛譜圖中衛武公列於宣、幽、平三王之左，分別將柏舟列於宣王時代，淇奧列於平王時代。這樣，對於作詩年代，分別得很清楚，容易查考了。如果一個國君跨越了兩三個周王而他在位時代的詩，分別不出早晚的，歐公採取列於最後一個周王的時代。例如曹共公，身歷惠、襄、頃三王時代，那時產生的曹詩候人、鳲鳩、下泉三篇，歐公就都繫於周頃王之旁。惠王、襄王旁繫共公之名而不繫詩。

吳譜承襲了歐譜的傳統，但也發現了歐譜的缺點，他在曹譜的圖後的附注中說：「按歐補候人以下三詩列於頃王，卽序所謂其詩不知早晚，則列於最後者也。然考共公立於惠王末年，卒於頃王元年秋，其在襄王時三十餘年，不應無一詩，而在頃王時半歲，却有三詩，且如序所云，近小人侵刻下民等，亦不必定在臨卒之數月。馬氏繹史，列三詩於襄世，今從之。」於是破歐公例而將候人等三詩改列於襄王左手的共公之旁了。俞思謙更讚美他「候人列襄世，國語說尤古」（國語說已見前）原來吳譜是據戴東原的考正，再加校訂而成，頗重考證功夫，故稱「詩譜補亡後訂」。可惜他改正之處，有說明的很少。

丁譜每篇詩都有詩序及毛傳鄭箋孔疏有關資料的摘要，所以敢於改變了歐補的傳統，將每一國君所屬兩三個周王，寫在一格之中，就是放棄了歐譜周王本位主義，而建立起國君本位主義來。這樣仔細查閱起來，可知每篇詩的背境，但也失去了一目瞭然的便利。例如邶鄘衞譜的武公一欄，右旁是宣、幽、平三字，左旁是鄘柏舟、衞淇奧兩篇名，雖詳注兩詩資料，不作在何王時代的斷語，就讓我們看了仍未確切知曉。而像曹譜共公時的候人、鳲鳩、下泉三詩，歐補明白繫於頃王，吳譜明白繫於襄王，丁譜則只能知在惠、襄、頃三王的時代了。

胡元儀的毛詩譜是一個總表，上列周王年代，下分：⑴周南召南⑵邶鄘衛⑶檜鄭⑷齊⑸魏⑹唐⑺秦⑻陳⑼曹⑽豳⑾王⑿大小雅⒀周頌⒁魯頌⒂商頌十五格，將國君諡號，其時詩篇名都依周王前後向左旁行填入。這樣，我們要查考某一周王時代有些什麼詩就很方便了。例如我們要知道宣王中興時代有些什麼大雅小雅，什麼頌，什麼國風，只要一查宣王時代便知道了。我查看的結果：雅有：六月、采芑、車攻、吉日、鴻雁、庭燎、沔水、鶴鳴、祈父、白駒、黃鳥、我行其野、斯干、無羊、雲漢、崧高、蒸民、韓奕、江漢、常武共二十篇，未分大小雅，而對宣王的美刺都注明。頌有宋戴公時商頌那、烈祖、玄鳥、長發、殷武五篇，是以爲宋大夫正考父得商頌于周太師而列此。國風則有衛國武公時詩柏舟、淇奧二篇（未標明鄘與衛），秦國秦仲時的車鄰一篇，陳國僖公時的衡門、東門之池、東門之楊三篇。

我覺得吳譜的辦法很好。但是十五格橫看還是不很方便，於是我更簡化十五格爲十五國風、二雅、三頌的三欄，以定大局。周王時代，並加西元前年數的換算。每一周王時詩篇並分別風雅頌計其總數載於前，儘量向一目瞭然的方向進行設計，所以定名爲一覽表。但我覺胡氏的考證工夫是可議的，像商頌五篇，我不根據近人考證結果，列爲宋襄公時詩，但也不能因正考父是宣王時代人，便列商頌五篇爲宣王時詩。因爲此五詩得諸周太師，應解釋爲周太師所保存的商代頌詩。其次衞武公時代的二詩，歐公已分別清楚，一繫於宣王，一繫於平王，胡氏竟仍糊裏糊塗都繫於宣王時代，未免太馬虎了。所以我的一覽表中，宣王時代只有變小雅十四篇、變大雅六篇，和鄘、秦、陳三國的變風五篇，較胡譜少了商頌五篇、衞風淇奧一篇。

這是我參考丁、吳、胡三書，將歐公詩譜補亡改編成詩譜世次一覽表的經過，並略評其得失。我此表的得失，則尙待大家評定，我要特別聲明的，就是我也抱與歐公相同的態度，但求鄭譜的完整，而不以自己的主觀更改鄭氏的觀點，這只是作爲我對詩經學史上第一部詩譜的整理工作，以便將來有力時，再爲宋代、淸代以及現代學者對三百篇的新見解，也同樣作成世次一覽表以爲比較。現在從這一覽表中，我們至少可淸楚地看到十五國風起訖的年代，與我們所主有所比較。而鄭玄腦中周詩的年代，起自文王，下迄陳靈公淫亂之事，從表中，也可查出從西元前一一八四年到五九九年的五百八十多年來，若追溯到商詩太甲的西元前一七五三年，則詩經的年代，就長達一千一百餘年了。

末了，歐公在詩圖總序的結尾，提出了對孔子刪詩問題的意見。他說：

「司馬遷謂古詩三千餘篇，孔子刪之，存者三百。鄭學之徒，皆以遷說爲謬，言古詩雖多，不容十分去九。以予考之，遷說然也。何以知之？今書傳所載逸詩，何可數焉？以圖推之，有更十君而取其一篇者，又有二十餘君而取其一篇者。由是言之，何啻乎三千？詩三百一十一篇，亡者六篇，存者三百五篇云。」這是他對孔穎達爲鄭玄詩譜作疏時對史公的古詩三千之說，提出異議的反駁。

孔疏的原文是：「案書傳所引之詩，見在者多，亡逸者少，則孔子所錄，不容十分去九，馬遷言古詩三千餘篇，未可信也。」其實孔穎達也是支持刪詩之說的，只是不信孔子刪去了十分之九那末多而已。左傳正義季札觀樂的孔疏，就說：「仲尼以前，篇目先具，其所刪削，蓋亦無多。」這就說得更明白了。

歐公又詳述刪詩的細節說：「又刪詩云者，非止全篇刪去，或篇刪其章，或章刪其句，句刪其字。如『唐棣之華，偏其反而，豈不爾思？室是遠而！』此小雅常棣之詩，夫子謂其以室爲遠，害於兄弟之義，故篇刪其章也。『衣錦尙絅』文之著也，此鄘風君子偕老之詩，夫子謂其盡飾之過，恐其流而不返，故章刪其句也。『誰能秉國成？不自爲政，卒勞百姓。』此小雅節南山之詩，夫子以能字爲意之害，故句刪其字也。」

這樣，歐公成爲主張孔子刪詩陣營中的主將，爲孔子刪詩說建立了強固的基礎。由歐公掀起了刪詩問題的軒然大波，無人抵擋得住。直到淸人朱彝尊在其經義考卷九十八針對着歐公的論證，一一予以詳實的駁覆，才堵住了主張孔子刪詩者的口。於是有王崧的刪詩乃「太師所爲」的折衷之說，因此大家只說：詩經是由孔子整理編訂的了。歷代刪詩問題的論辯詳情，可參看外子文開所撰「孔子刪詩問題的論辯」一文，載詩經欣賞與研究續集中。從這刪詩問題中，我們可見歐公早年曾評「司馬遷以爲關雎係周衰之作」是史氏之失，而後來就改口說：司馬遷去周秦未遠，其爲說，必有老師宿儒之傳，吾有取焉。現在晚年，對史公的話，是篤信無疑了。

最後，爲更求簡明，我再依據世次一覽表，製成鄭玄詩譜三百篇作詩年代表一張附後：

（見下頁）

鄭玄詩譜三百篇作詩年代表（圖表二）

西元前幾世紀	天子	詩篇數	商頌	周頌	魯頌	大雅	小雅	周南	召南	豳風	齊風	邶鄘衛	檜風	陳風	唐風	秦風	鄭風	魏風	王風	曹風
		311	5	31	4	31	80	11	14	7	11	39	4	10	12	10	21	7	10	4
18	成湯	0																		
	太甲	1	1																	
17	沃丁等4君	0																		
16	大戊	1	1																	
15	仲丁等12君	0																		
14	武丁	3	3																	
13	祖庚等8君	0																		
12	文王	37				6	8	11	12											
	武王	6					4		2											
	成王	60		31		12	10			7										
11	康王	0																		
	昭王	0																		
10	穆王	0																		
	共王	0																		
	懿王	5									5									
9	孝王	0																		
	夷王	1										1								
	夷厲之際	4											4							
	厲王	11				5	4							2						
	共和	1													1					
	宣王	25				6	14					1		3		1				
8	幽王	42				2	40													
	平王	32										4			6	4	7	5	6	
7	桓王	35										26		1	1		2	2	3	
	莊王	15									6						8		1	
	釐王	4													2		2			
	惠王	9										2		2	2		2			1
	襄王	17			4							5				5				3
	頃王	0																		
	匡王	0																		
6	定王	2												2						
	簡王	0																		

製表既竟，對前二表仍覺未臻完滿境地。關於作詩時代的表達，均難一目瞭然。蓋前表明而不簡，後表簡而不明。欲使時間的距離與詩篇的多寡，有比例的呈現眼前，非斟酌情形，另行設計製圖一幅不爲功。依鄭譜商詩五篇，周詩三〇六篇，而其作詩時間，各爲六個世紀，其比例之懸殊，極難配合於一圖中表達之，故若作一圖，祗得放棄商詩五篇，只就周詩依其時代先後，按風雅頌及正變分類，篇數多寡，設計製於一小張圖中，始克便於閱覽。最後又決去其有目無詩者六篇，僅就今存周詩實數三百篇，製成作詩時代區分圖一幅於後（夷厲之際四篇權作夷王厲王各二篇計）。

鄭玄詩譜周詩三百篇作詩時代區分圖（圖表三）

周王時世（在位年數）	簡王 (14)	定王 (21)	匡王 (6)	頃王 (6)	襄王 (33)	惠王 (25)	釐王 (5)	莊王 (15)	桓王 (23)	平王 (51)	幽王 (11)	宣王 (46)	共和 (14)	厲王 (37)	夷王 (16)	孝王 (15)	懿王 (25)	共王 (12)	穆王 (55)	昭王 (51)	康王 (26)	成王 (37)	武王 (19)	文王 (50)
詩篇數	0	2	0	0	17	9	4	15	35	32	42	25	1	13	3	0	5	0	0	0	0	57	3	37
合西元前	6	世紀 7							世紀 8			世紀 9				世紀 10			世紀 11			世紀 12		

圖例：變風 正風 變小雅 變大雅 正小雅 正大雅 頌

（本文係歐陽修詩本義研究之第八章）

66年4月 裴溥言製

六十八年三月溥言修訂

（原載國立編譯館館刊六卷二期）

詩經字詞用法二則

糜文開

一　爰

內子裴溥言撰「詩經字詞用法擧例」（載東方雜誌復刊六卷五期）十四「爰」字條：「詩經爰字，多訓『於是』，作問句者則訓『於焉』。『於焉』所以問『在何處』，或略爲『何處』。爰卽『於焉』之合聲，猶旃之爲『之焉』之合聲。蓋一問一答乃國風民謠之本色。鄘風桑中曰：『爰采唐矣？沫之鄉矣。云誰之思？美孟姜矣。』四句一、三問，二、四答。『爰采』，在何處採也。『爰采麥矣？』『爰采葑矣？』兩爰字倣此。邶風凱風：『爰有寒泉？在浚之下。』亦一問一答。問：『何處有寒泉？』答：『在浚之下』。邶風擊鼓：『爰居？爰處？爰喪其馬？于以求之？于林之下。』四句前三問，後一答。問在何處住？在何處息？在何處喪失了馬匹？到那兒去找它？答以在林下找到。觀小雅四月：『爰其適歸』，家語引詩『爰其』作『奚其』。常璩華陽國志引詩亦作『奚其』，朱子詩集傳卽逕作『奚其適歸？』此句亦爲問句。問歸向何處？可證『爰』字在問句中應訓『何處』或『在處』」。

爰字新解訓「何處」，舉四月「爰其適歸」句朱傳作「奚其適歸」證成之。並追溯其所以訓「何處」之原因，得合理之解釋。因而鄘風桑中三爰字，邶風擊鼓三爰字，以及凱風一爰字，均獲圓滿的新解，自能令人心折。錢師賓四也說爰訓爲「於焉」很好，中國字往往可正反兩用。「於焉」譯成白話就是「在那裏」。可當指示詞用，也可作詢問詞用。

但她於爰字的採新解者，僅限於此一問一答之七字，不及其他，仍有商榷餘地。鄙意爰字用法，尚可補充曰：「問而不答之句，爰字亦可採新解。四月篇『爰其適歸』句，朱傳逕作『奚其適歸』？問而不答，即其例證也。」

詩經中問而不答之爰字詩句，除四月「爰其適歸」句外，尚有數處。玆舉兩例於下：

(1)豳風七月：「女執懿筐，遵彼微行，爰求柔桑？」此問何處求柔嫩桑葉，問而不答，作一懸宕，則更覺饒有韻致，令人激賞。此爰字若不訓何處，而此句僅平敍，詩也就比較平淡了。

(2)魏風碩鼠一、二兩章結尾：「逝將去女，適彼樂土！——樂土！樂土！爰得我所？」

「逝將去女，適彼樂國！——樂國！樂國！爰得我直？」

此詩共三章，三章平行，句法相同。末章結尾：「逝將去女，適彼樂郊！——樂郊！樂郊！誰之永號？」結句既係問句，問而不答，則一、二兩章結句，亦以解作問句爲長。蓋如此，則既決心離去，另找理想樂土，而一轉折間，憬悟於理想樂土之難覓，希望的夢境卽時幻滅，現實的困苦仍擺在眼前，無可奈何，是更見其處境之可悲，更顯其詩意的有深度也。

吳闓生詩義會通云：「『誰之永號？』許白雲曰：『樂郊樂郊，又將長號於誰乎？見其民窮蹙之甚，無復之也。』此解最勝，前人未有見及者。必如此，義味乃無窮也。舊評：『適彼，不必眞得所。止形容在此之不得所耳。』其說亦善，皆得詩人之指。」前人知「得我所」，「得我直」，非眞能得所得直。但不知爰字可訓「何處」，解成問句，故其體味深度，尙有一層未透耳。

日人白川靜「詩經硏究」論碩鼠篇也說：「然則離去故鄉，果能得到樂土否？是不可知也。普天之下，何處有這種樂園？」可知此詩必如此解，才算到家啊！

二　生

詩經「生」字，大多作爲動詞單用，但與友字連用，則「友生」兩字成爲一結合名詞。

小雅常棣：「喪亂既平，既安且寧；雖有兄弟，不如友生。」伐木：「相彼鳥矣，猶求友聲；矧伊人矣，不求友生？」常棣毛傳：「兄弟尚恩怡怡然，朋友以義切切然。」不釋「生」字。鄭箋：「安寧之時，以禮義相琢磨，則友生急。」則明白以「友生」代毛傳的「朋友」了。孔疏亦曰：「故兄弟不如友生也」。

竊以後代詩人，均有以「生」字作句末語助詞用者，如唐李白詩：「借問別來太瘦生」，宋歐陽修詩：「問向青州作麼生」等均是。因於漢樂府孤兒行：「孤兒生，孤兒遇生」的兩「生」字，以及詩經兩「友生」之「生」，都是句末語助詞。及閱馬瑞辰毛詩傳箋通釋，方知馬氏已先我而定友生之生爲語助詞，否認「友生」兩字爲結合名詞。其釋常棣「不如友生」曰：「瑞辰按：生，語詞也。唐人詩『太瘦生』及凡詩『何以生』『作麼生』『可憐生』之類，皆以『生』爲語助詞，實此詩及伐木友生倡之也。」惟馬氏未注意及最早襲用「生」字爲語助詞者，乃漢樂府詩。因亦附筆補充。

（原載大陸雜誌四七卷一期）
六十八年三月文開修訂

讀顏元叔「析詩經的關雎」

糜文開

詩經三百零五篇，是我國第一部詩歌總集，長期被政治教訓的包裝所封閉而失去其文學方面的本來光彩。所以我們研究詩經，尤其是十五國風，要從詩文本身和當時社會習俗的背境去玩味欣賞，俾復其本眞，而有新的認識。民國以來，國人引用西洋文學的理論與方法，來研究我國古代詩歌，常能獲致新的成就，對李義山詩的賞析，便是一個顯例，對詩經的研究也不例外。但也有人一味地標新立異，只求奇特，於是矛盾百出，終遭唾棄，像聞一多的濫用西洋人的性心理學，竟把詩經看成一本性慾描寫的隱語書，那就更走火入魔了。

我受內子普賢的感染，兩人合寫了詩經欣賞與研究二册，但近十年來，她雖繼續發表了許多論文，我却因故中輟，尤其這四年來因病醫囑勿研讀寫稿，剛於今夏恢復試寫了詩經篇名問題的一篇粗疏論文，再從事修改時，風濕病又發，只得停筆。因此對詩經的興趣雖然依舊濃厚，却無成績可言。

近年顏元叔教授倡導比較文學，兼具提高我國文學國際地位之效，功不可沒。上月二十九日中央日報副刊，欣見其發表了「析詩經的關雎」一文，析論平實，見解高妙，讀之令人欣喜。然可議之處，不是沒有，擬寫下鄙見，提供參考，而兀坐腰背卽酸痛，除臥息外，只有作戶外活動，才覺全身舒暢，拖延數日，今天沒有再痛，因起床簡單寫出兩點於下。

(1)顏敎授解窈窕爲苗條，並說：「窈窕若指身段的苗條，則和淑女恰好相配。前者指外在美，後者指內在美。如此完美的女子，才值得君子去寤寐求之。」這是可議的第一點。解窈窕爲諧音的苗條，既無所根據，並指爲外在美，又與當時之時尚不符。因爲詩經時代並不重視女子的苗條，而女子以碩大爲美。所以陳風澤陂詩說：「有美一人，碩大且卷」，小雅車舝詩也說：「辰彼碩女，令德來敎。」而衞風碩人篇，逕以碩人稱有名的大美人莊姜。在當時內在美說要「嫻靜深沉」也不錯，有邶風靜女篇「靜女其姝」爲證。所以周代的美女，體型要高大，而性情要嫻靜，訓窈窕爲苗條是不適於採用的，何況古代無此解釋。至於說以苗條的外在美，配合淑字的內在美，僅就內外的配合，也不能代替訓窈窕爲嫻靜以形容淑女的恰當。因爲既稱淑女，其內在美必表露於外，成爲相當的儀表，窈窕的嫻雅文靜就是淑女所表露於外的儀態。如果一定要爲窈窕另外找一解釋，只可採西漢揚雄所纂方言書中的「美心爲窈，美狀爲窕」，這不是正好表現了秦漢時代窈窕兩字還分別解釋爲淑女內心與外貌都美好的配合嗎？

⑵顏敎授解「參差荇菜，左右流之」、「左右采之」等三個起興爲「她的採撈行動像音樂一般富於韻律」，表現了「曲線擺動的型像」，「也影射了那君子久久痴望着那淑女，簡直忘記時間地陶醉在她的韻律行動中。」這是一個新的現在流行的動感美的解釋，當然這解釋還是植根於我國古代有韻律的音樂舞蹈的感受中。但他在談「琴瑟友之」、「鐘鼓樂之」的欣賞時，他說：「有一種意見是，那君子並未眞正得到淑女；結尾的『琴瑟友之』與『鐘鼓樂之』，只發生在他的想像中、夢境中。我的看法不同；我認爲君子得到了淑女，『琴瑟友之』、『鐘鼓樂之』是眞事。」他說：「我想以詩經的泥土氣息之重，質樸實際之高，便不太可能將希冀假託於夢境，以夢境作爲眞況，這便太像現代心理分析的小說了。」這似乎也有可議之處。「流之」「采之」可採動感美的解釋，爲什麼「友之」「樂之」便不可採夢境式的解釋呢？其實這夢境式的解釋，雖像現代心理分析的小說，但首倡者却是早在清初的陳啓源呢。他在他的毛詩稽古編中說：「關雎友樂二章，預計初得時事也。」所謂夢境，也只是有計劃地繼續追求，樂觀進取，以實現他想像中美好的結果而已。我國詩歌充分發揮想像中的夢境者，首推屈原離騷奮飛遨遊，上下窮索的描寫，而質樸的詩經中，也早有浪漫氣

氛十足的想像豐富之作，像直想奮飛遨遊的邶風柏舟，已是離騷的胚胎；而小雅大東的仰天歎息，忽發奇想，歷數天上星斗的徒具虛名，以發洩其無可告訴的怨苦，簡直比屈原的天問更爲瑰奇。所以我們解友樂二章爲預計初得時事的夢境也不嫌與現代心理分析的小說很像的，你說是嗎？

六十七年十一月五日草於台北

（原載六七年十一月十七日中央日報中央副刊）

詩經篇名考察四題

糜文開

一、從今存毛詩篇名來考察詩經篇名問題

一、引言

詩經今存三百零五篇，連同有篇名而無詩文的笙詩六篇，共爲三百十一篇。孔子時即簡稱爲三百篇。內子裴普賢爲所開臺大中文研究所詩經研究一課增加教材，蒐集詩經篇名問題資料，遍閱淸代及近人著書並檢查各期刊論文目錄，均無此項專題可得。要求我就今存詩經三百十一篇篇名來考察一下詩經篇名問題。

我略一思索，就說：「據我估計，詩經三百篇，十之七八是二字篇名，而二字篇名中，又十之七八是摘取自本篇首句的一二字或三四字的。」她說：「那末，爲證實你估計的正

確，你就從統計篇名字數入手罷！」於是因病輟筆四載的我，竟着手完成了這篇以統計爲主的萬餘字論文。

二、三百篇篇名字數統計

三百篇篇名，有自一字至五字之別，而十之七八都是二字篇名。茲先予統計，俾知其確數。

㈠一字篇名十七篇

⑴氓（衞風一篇）⑵丰（鄭風一篇）⑶還⑷著（齊風二篇）⑸緜⑹板⑺蕩⑻抑（大雅四篇）⑼潛⑽雝⑾武⑿酌⒀桓⒁賚⒂般（周頌七篇）⒃駉（魯頌一篇）⒄那（商頌一篇）。

㈡三字篇名二十篇

⑴麟之趾（周南一篇）⑵殷其靁⑶摽有梅⑷江有汜（召南三篇）⑸牆有茨（鄘風一篇）⑹揚之水（王風一篇）⑺將仲子⑻叔于田⑼遵大路⑽揚之水（鄭風四篇）⑾汾沮洳⑿園有桃（魏風二篇）⒀山有樞⒁揚之水（唐風二篇）⒂節南山⒃雨無正⒄何人斯⒅信南山⒆都人士⒇苕之華（小雅六篇）。

㈢四字篇名四二篇

⑴野有死麕⑵何彼穠矣（召南二篇）⑶匏有苦葉⑷二子乘舟（邶風二篇）⑸君子偕老⑹鶉之奔奔⑺定之方中（鄘風三篇）⑻君子于役⑼君子陽陽⑽中谷有蓷⑾丘中有麻（王風四篇）⑿大叔于田⒀女曰鷄鳴⒁有女同車⒂山有扶蘇⒃東門之墠⒄出其東門⒅野有蔓草（鄭風七篇）⒆東方之日⒇東方未明（齊風二篇）(21)十畝之間（魏風一篇）(22)有杕之杜（唐風一篇）(23)東門之枌(24)東門之池(25)東門之楊(26)防有鵲巢（陳風四篇）(27)隰有萇楚（檜風一篇）(28)皇皇者華(29)南有嘉魚(30)南山有臺(31)菁菁者莪(32)我行其野(33)十月之交(34)無將大車(35)瞻彼洛矣(36)裳裳者華(37)賓之初筵(38)漸漸之石(39)何草不黃（小雅十二篇）(40)文王有聲（大雅一篇）(41)維天之命(42)閔予小子（周頌二篇）。

㈣五字篇名一篇

⑴昊天有成命（周頌）

㈤二字篇名二三一篇

詩經三百〇五篇，連同無詞之笙詩六篇（南陔、白華、華黍、由庚、崇丘、由儀）共三一一篇，除以上一字篇名十七，三字篇名二十，四字篇名四十二，五字篇名一，合計八十篇外，其餘二百三十一篇，都是二字篇名，計爲：

(1)周南十一篇中關雎等十篇，

(2)召南十四篇中鵲巢等九篇，

(3)邶風十九篇中柏舟等十七篇，

(4)鄘風十篇中柏舟等六篇，

(5)衛風十篇中淇奧等九篇，

(6)王風十篇中黍離等五篇，

(7)鄭風廿一篇中緇衣等九篇，

(8)齊風十一篇中鷄鳴等七篇，

(9)魏風七篇中葛屨等四篇，

(10)唐風十二篇中蟋蟀等九篇，

(11)秦風十篇之車鄰等全部十篇，

(12)陳風十篇中宛丘等六篇，

(13)檜風四篇中羔裘等三篇，

(14)曹風四篇之蜉蝣等全部四篇，
(15)豳風七篇之七月等全部七篇，
以上十五國風，一百六十篇中二字篇名共計一一五篇。
(16)小雅七四篇中之鹿鳴等五六篇連同笙詩六篇，共爲六二篇。
(17)大雅卅一篇中文王等廿六篇，
(18)周頌卅一篇中清廟等廿一篇，
(19)魯頌四篇中有駜等三篇，　三頌合共二八篇
(20)商頌五篇中烈祖等四篇。
以上二字篇名二三一篇，其占三一一篇之百分比爲七四・二八，是估計占全部的十之七、八無誤也。

茲依據以上統計所得一字至五字篇名篇數，求得其各占百分比，製成三百十一篇篇名字數比較表，以見其確實之比例。

附表一　三百十一篇篇名字數比較表

類別	十五國風一六〇篇	小雅八〇篇	大雅三一篇	三頌四〇篇	全詩經三一一篇
一字篇名	四	〇	四	九	一七
所占百分比	二・五〇	〇	一二・九〇	二二・五〇	五・四七
二字篇名	一一五	六二	二六	二八	二三一
所占百分比	七一・八七	七七・五〇	八三・八七	七〇・〇〇	七四・二八
三字篇名	一四	六	〇	〇	二〇
所占百分比	八・七五	七・五〇	〇	〇	六・四二
四字篇名	二七	一二	一	二	四二
所占百分比	一六・八八	一五・〇〇	三・二三	五・〇〇	一三・五〇
五字篇名	〇	〇	〇	一	一
所占百分比	〇	〇	〇	二・五〇	〇・三二
篇數總計	一六〇	八〇	三一	四〇	三一一
百分比總計	一〇〇	一〇〇	一〇〇	一〇〇	一〇〇

三、篇名摘取的考察

篇名在詩文中的摘取，有摘句與摘字之別。摘句乃摘取詩中一整句爲篇名，而摘字則摘取一句中之一字、二字、三字或四字。其不取詩文中字，而另取篇名者則僅極少數幾篇。而詩經雖稱四言詩，亦常見長句短句，故摘取整句爲篇名者，亦有二字句、三字句、四字句與五字句四種的分別。茲詳予考察，並分別統計記錄如下：

(甲)摘句篇名考察

(一)二字句篇名一篇

(1)祈父(小雅一篇)

(二)三字句篇名十二篇

(1)麟之趾(周南一篇)(2)殷其靁(3)摽有梅(4)江有汜(召南三篇)(5)牆有茨(鄘風一篇)(6)揚之水(王風一篇)(7)叔于田(8)揚之水(鄭風二篇)(9)園有桃(魏風一篇)(10)山有樞(11)揚之水(唐風二篇)(12)苕之華(小雅一篇)。

(三)四字句篇名三十九篇

(1)野有死麕(2)何彼穠矣（召南二篇）(3)匏有苦葉(4)二子乘舟（邶風二篇）(5)君子偕老(6)鶉之奔奔(7)定之方中（鄘風三篇）(8)君子于役(9)君子陽陽(10)中谷有蓷(11)丘中有麻（王風四篇）(12)女曰鷄鳴(13)有女同車(14)山有扶蘇(15)東門之墠(16)其出東門(17)野有蔓草（鄭風六篇）(18)東方未明（齊風一篇）(19)有杕之杜（唐風一篇）(20)東門之枌(21)東門之池(22)東門之楊(23)防有鵲巢（陳風四篇）(24)隰有萇楚（檜風一篇）(25)皇皇者華(26)南有嘉魚(27)南山有臺(28)菁菁者莪(29)我行其野(30)十月之交(31)無將大車(32)瞻彼洛矣(33)裳裳者華(34)賓之初筵(35)漸漸之石(36)何草不黃（小雅十二篇）(37)文王有聲（大雅一篇）(38)維天之命(39)閔予小子（周頌二篇）。

(四)五字句篇名一篇

(1)昊天有成命（周頌一篇）

以上二字句篇名祈父一篇，三字句篇名麟之趾等十二篇，四字句篇名野有死麕等三九篇，五字句篇名昊天有成命一篇。詩經三〇五篇中共計摘取整句爲篇名者五十三篇，所摘之句，全爲篇首第一句。

（乙）摘字篇名考察

摘句篇名，所摘固都是篇首第一句，摘字篇名，所摘亦大多是篇首第一句中之字，而以摘取第一句中第一、二兩字者爲最多，三、四兩字者次之。其餘則爲句中一字、三字或一三兩字、二三兩字、二四兩字等，而亦有摘取五字句中四字爲篇名者。至於摘取第一句以外句中字爲篇名者，尤屬少見。茲予以分別統計記錄如下：

（子）篇首兩字篇名八種

㈠第一句一二兩字篇名一百〇五篇

(1)螽斯（周南一篇）(2)羔羊（召南一篇）(3)燕燕(4)終風(5)擊鼓(6)凱風(7)雄雉(8)式微(9)旄丘(10)簡兮(11)北風(12)靜女(13)新臺（邶風十一篇）(14)蝃蝀(15)相鼠(16)載馳（鄘風三篇）(17)考槃(18)碩人(19)芄蘭(20)伯兮(21)有狐（衛風五篇）(22)大車（王風一篇）(23)緇衣(24)清人(25)羔裘(26)蘀兮(27)風雨（鄭風五篇）(28)南山(29)盧令(30)敝笱(31)載驅(32)猗嗟（齊風五篇）(33)碩鼠（魏風一篇）(34)蟋蟀(35)椒聊(36)綢繆(37)羔裘(38)葛生(39)采苓（唐風六篇）(40)駟驖(41)小戎(42)蒹葭(43)終南（秦風四篇）(44)衡門(45)墓門(46)月出（陳風三篇）(47)羔裘(48)匪風（檜風二篇）(49)蜉蝣(50)鳲鳩（曹風二篇）(51)七月(52)鴟鴞(53)伐柯(54)九罭(55)狼跋（豳風五篇）(56)四牡(57)常棣(58)伐木(59)天保(60)采薇(61)魚麗(62)彤弓(63)六月(64)吉日(65)鴻雁(66)鶴鳴(67)黃鳥(68)正月(69)四月(70)鼓鍾(71)大田(72)鴛鴦(73)采菽(74)隰桑(75)白華(76)緜蠻（小雅二一篇）(77)文王(78)思齊(79)皇矣(80)下武(81)既醉(82)鳧鷖(83)假樂(84)泂酌(85)崧高(86)江漢(87)瞻

卬（大雅十一篇）⑻維清⑼烈文⑽天作⑾我將⑿時邁⒀執競⒁思文⒂噫嘻⒃振鷺⒄豐年⒅有瞽⒆載見⒇有客⑽敬之⑽載芟⑽絲衣（周頌十五篇）⑽有駜⑽閟宮（魯頌二篇）——其中僅周南螽斯、齊風盧令爲三字句摘一二兩字，餘皆四字句摘一二兩字。

㈡第一句一三兩字篇名十二篇

⑴關雎⑵葛覃⑶桃夭（周南三篇）⑷綠衣⑸日月（邶風二篇）⑹溱洧（鄭風一篇）⑺鷄鳴（齊風一篇）⑻陟岵（魏風一篇）⑼蓼蕭⑽湛露（小雅二篇）⑾民勞（大雅一篇）⑿訪落（周頌一篇）

㈢第一句一四兩字篇名四篇

⑴沔水⑵蓼莪⑶楚茨⑷魚藻（小雅四篇）

㈣第一句二三兩字篇名七篇

⑴黍離⑵兔爰⑶采葛（王風三篇）⑷狡童（鄭風一篇）⑸車鄰（秦風一篇）⑹候人（曹風一篇）⑺公劉（大雅一篇三字句）

㈤第一句二四兩字篇名十篇

⑴鵲巢（召南一篇）⑵杕杜（唐風一篇）⑶澤陂（陳風一篇）⑷破斧（豳風一篇）⑸出

車(6)杕杜(7)車攻(8)頍弁(9)菀柳（小雅四篇）(10)卷阿（大雅一篇）

（六）第一句三四兩字篇名六十一篇

(1)卷耳(2)樛木(3)兔罝(4)芣苢(5)汝墳（周南五篇）(6)采蘩(7)草蟲(8)采蘋(9)甘棠(10)行露(11)小星（召南六篇）(12)柏舟(13)谷風(14)泉水(15)北門（邶風四篇）(16)柏舟(17)干旄（鄘風二篇）(18)淇奥(19)竹竿(20)河廣（衛風三篇）(21)葛藟（王風一篇）(22)子衿（鄭風一篇）(23)甫田（齊風一篇）(24)葛屨(25)伐檀（五字句）（魏風二篇）(26)鴇羽(27)無衣（唐風二篇）(28)黃鳥(29)晨風(30)無衣（秦風三篇）(31)素冠（五字句）（檜風一篇）(32)下泉（曹風一篇）(33)東山（豳風一篇）(34)鹿鳴(35)采芑(36)白駒(37)斯干(38)谷風(39)北山(40)甫田(41)桑扈(42)青蠅(43)角弓(44)采綠(45)黍苗(46)瓠葉（小雅十三篇）(47)棫樸(48)旱麓(49)靈臺(50)生民(51)行葦(52)桑柔(53)雲漢(54)烝民（大雅八篇）(55)清廟(56)臣工(57)良耜（周頌三篇）(58)泮水（魯頌一篇）(59)烈祖(60)玄鳥(61)殷武（商頌三篇）——以上除伐檀、素冠兩字摘自五字句外，餘皆摘自四字句。

（七）第一句三五兩字篇名一篇

(1)車舝（小雅一篇）——五字句

（八）第一句四五兩字篇名三篇

⑴木瓜（衞風一篇）⑵株林（陳風一篇）⑶無羊（小雅一篇）——皆五字句。

以上摘第一句二字篇名八種共二〇三篇

（丑）篇首一字篇名三種

㈨第一句第一字一字篇名五篇

⑴氓（衞風一篇）⑵緜⑶蕩⑷抑（大雅三篇）⑸駉（魯頌一篇）

㈩第一句第三字一字篇名六篇

⑴丰（鄭風一篇）⑵還（齊風一篇）⑶板（大雅一篇）⑷雝⑸武（周頌二篇）⑹那（商頌一篇）

㈩一第一句第四字一字篇名一篇

⑴著（齊風一篇）——六字句摘取第四字

以上摘第一句一字篇名三種共十二篇

（寅）篇首三字篇名三種

㈩二第一句第一二三字三字篇名二篇

⑴將仲子⑵遵大路（鄭風二篇）

(十三)第一句第一三四字三字篇名二篇

(1)節南山(2)信南山（小雅二篇）

(十四)第一句第二三四字三字篇名三篇

(1)汾沮洳（魏風一篇）(2)何人斯(3)都人士（小雅二篇）

（卯）篇首四字篇名一種

(十五)第一句第一二三四字四字篇名二篇

(1)東方之日（齊風一篇）(2)十畝之間（魏風一篇）——皆五字句

（辰）篇首以外句中摘字篇名三種

(十六)第一章句中摘字篇名十一篇

(1)漢廣——第五句一三兩字（周南一篇）(2)騶虞——第三句之四五兩字（召南一篇）(3)桑中——第五句之四五兩字（鄘風一篇）(4)褰裳——第二句之一二兩字（鄭風一篇）(5)渭陽——第二句之三四兩字(6)權輿——第五句之三四兩字（秦風二篇）(7)宛丘——第二句之一二兩字（陳風一篇）(8)庭燎——第三句之一二兩字（小雅一篇）(9)潛——第二句之第一字(10)桓——第四句之第一字（周頌二篇）(11)長發——第二句一二兩字（商頌一篇）——除周頌二篇

爲一字篇名外，其餘九篇均爲二字篇名。

㈦第二章句中摘字篇名一篇

⑴大東——第二章第一句之三四兩字（小雅一篇）

㈧第五章句中摘字篇名一篇

⑴巧言——第五章第七句之一二兩字（小雅一篇）

以上摘非首句篇名三種共十三篇

（丙）摘句摘字加區別字篇名考察

（子）摘句篇名加區別字一種

㈠摘首句加大字篇名一篇

⑴大叔于田——此詩三章章十句，摘首句叔于田加大字以別於前篇三章章五句之叔于田（鄭風一篇）。

朱熹詩集傳註：「陸氏曰：『首章作大叔于田者誤。』蘇氏曰：『二詩皆曰「叔于田」，故加「大」以別之。不知者乃以段有大叔之號，而讀曰「泰」，又加「大」于首章，失之矣。』」

文開案：今十三經註疏本毛詩正義此詩首章即作「大叔于田」，較朱傳本多一大字。惟陸德明經典釋文釋首句即云：「叔于田，本或作大叔于田者誤。」阮元毛詩註疏校勘記亦云：「此詩三章共十言叔，不應一句獨言大叔，或名篇自異，詩文則同，如唐風杕杜、有杕之杜二篇之比，其首句有大字者，援序入經耳，當以釋文本爲長。」故知正義本首句作「大叔于田」者大字爲衍文。此詩篇名，實因經文篇幅倍於前篇叔于田，故篇名仍摘首句叔于田，而加大字以區別之，非首句原爲「大叔于田」四字也。

（丑）摘字篇名加區別字三種

㈠摘首句首字加大小一字之篇名五篇

⑴小旻⑵小宛⑶小弁⑷小明（小雅四篇）⑸大明（大雅一篇）

朱傳小旻篇末註：「蘇氏曰：小旻、小宛、小弁、小明四詩，皆以小名篇，所以別其爲小雅也。其在小雅者，謂之小，故其在大雅者，謂之召旻、大明，獨宛、弁闕焉。意者，孔子刪之矣。雖去其大，而其小蓋即用其舊也。」文開案：詩篇在孔子前已失傳甚多，大雅或舊有宛、弁兩篇而失傳，未必孔子刪之也。至毛詩正義謂：「經言旻天，天無小義。今謂小旻，明有所對也。故言所刺者，此列於十月之交、雨無正，則此篇之事爲小，故曰小旻也。」又謂：「名篇曰小明者，言幽王日小其明，損於政事，以至於亂。」又謂：「二聖相承，其明德日以廣大，故曰大明。」此皆以美刺內容大小解之。不知此均以篇首第一字爲篇名，其篇名同者，則以大小代表大小雅以別之耳。

㈡摘首句首字加人名一字之篇名二篇

⑴韓奕——奕字加韓侯之韓字⑵召旻——旻字加召公之召字（大雅二篇）

文開案：召旻與小旻篇首一句均爲「旻天疾威」，故在小雅者名篇爲小旻，在大雅者亦應似大明例名大旻，惟其前「奕奕梁山」篇，因其所述爲錫命韓侯事，故以篇首奕字爲篇一，而又加韓字其上以明其事；大旻篇則所述爲追懷召公事，故於旻上加召字明其事，另成一名篇體例，故朱傳召旻篇末固可云：「因其首章稱旻天，卒章稱召公，故謂之召旻，以別名旻也。」而吾人亦可謂韓奕，首句以「奕奕」始，四句稱「韓侯受命」故謂之韓奕，或另取一以奕奕句始之奕詩已佚失，而韓奕仍保留其舊名耳。

㈢摘非首句字加小字之篇名一篇

⑴小毖——摘第二句毖字加小字爲篇名（周頌一篇）

毛詩序：「小毖，嗣王求助也。」箋：「毖，愼也。天下之事，當愼其小，小時而不愼，後爲禍大。故成王求忠臣早輔助己爲政，以救患難。」正義曰：「毖愼釋古文。箋以經文無小字而名曰小毖，故解其意。此意出於『允彼桃蟲，翻飛維鳥』而來也。」朱傳亦引蘇氏曰：「小毖者，謹之於小也。謹之於小，則大患無由至也。」或謂周頌有二毖篇，以長短分大小，大毖已逸，而小毖名未改。

（丁）不摘詩文字篇名六篇

三〇五篇的篇名，可分爲甲、乙、丙、丁四類。甲類摘句，即摘取詩文整句爲篇名（二字至五字）者計五十三篇。乙類摘字，即摘取詩文一句中一字至四字者二三七篇。丙類摘句摘字加區別字者，即摘取詩文整句，或一句中一字，再加一大小或人名的區別字者，計得九篇。除以上三類，僅餘六篇，其不取詩中任何一句一字，而另起篇名者，爲小雅雨無正、巷伯二篇，大雅常武一篇，周頌酌、賚、般三篇。茲各算出四類所占百分比，與篇名數字在甲乙兩類中各占之百分比以及篇名之在首句或非首句之別，以製成分類統計表列下：

附表二　三百零五篇摘取篇名分類統計表

類別	首句	橫行百分比	非首句	橫行百分比	總計	直行百分比
(甲)摘句篇名	53	100	0	0	53	一七・三〇
二字	1	100	0	0	1	一・八九
三字	12	100	0	0	12	二二・六四
四字	39	100	0	0	39	七三・五八
五字	1	100	0	0	1	一・八九
(乙)摘字篇名	224	九四・五一	13	五・四九	237	七七・七二
一字	12	七五・〇〇	4	二五・〇〇	16	六・七五
二字	203	九五・七五	9	四・二五	212	八九・四五
三字	7	100	0	0	7	二・九五
四字	2	100	0	0	2	〇・八五
(丙)摘句摘字加區別字	8	八八・八九	1	一一・一一	9	二・九五
(丁)不摘字篇名	—	—	—	—	6	一・九七
(總計)	92%(285)		8%(14)		305 (100%299)	一〇〇

註：表中丙項九篇中摘句者僅首句叔于田加大字一篇，餘均爲摘字者，故摘句篇總數共五四，摘字篇總數共二四五。

由上表可知，篇名之取自首句者二八五篇，占百分之九十二；取自非首句者，僅得十四篇，占百分之八；又摘字之二字篇名多達二一二篇，占乙類篇數的百分之八九・四五。而此二一二篇中，取自首句中之二字者，又占二〇三篇，其百分比爲九五・七五，實爲全部詩經三〇五篇中最大多數篇名之所由來。即詩經篇名傳統的習慣性取自詩文第一句中的兩個字——其實，我們一眼望去，這二〇三的數字，也是表中細目數字的唯一百位數字，從三〇五篇中占去二〇三篇，其突出情形也可想而知了。

現在我們再繼續分析這詩篇首句二字取名法所取的二個字，在首句中的位置情形，也可製成一統計表以顯示之。

附表三　詩經首句摘取二字篇名位置分析表

二字位置 八種區分	篇數	占百分比
(1)第一 第二字	105	五一·七三
(2)第二 第三字	12	五·九一
(3)第一 第四字	4	一·九七
(4)第二 第三字	7	三·四五
(5)第二 第四字	10	四·九三
(6)第三 第四字	61	三〇·〇五
(7)第三 第五字	1	〇·四九
(8)第四 第五字	3	一·四八
總計	203	一〇〇

觀表，八種位置區分，以第一種首句一二兩字一〇五篇最爲突出，占全數二〇三篇的半

數以上，第七種第三五兩字最少僅一篇，占百分之一都不到。其次第六種第三四兩字也得六十一篇，占百分之三〇．〇五。換言之，第一種占十分之五以上，第六種占十分之三以上，這兩種特別多，就占了十之八以上。若就三一一篇中二字篇名占十之七八的二三一篇來看，這兩種合起來也占了二三一篇的百分之七一．八六。所以我的估計，詩經二字篇名，占十之七八，而首句一二字和三四字的篇名，又占其十之七八是不錯的了。這並非我精於估計，而是詩經的十之七八用二字篇名，詩經的二字篇名又十之七八爲摘取經文首句第一二字或三四字的現象太明顯易知了。

最後，我發現不摘字句爲篇名的六篇之中，雨無正一篇，仍應是摘字篇名。因爲韓詩篇首多「雨無其極，傷我稼穡」八字，篇名爲雨無極。屈萬里曰：「極，正也。雨無正，即雨無極。本篇既名雨無正，是毛詩祖本亦嘗有此二句，不知何時逸之。」則依屈氏之意，毛詩此篇，原亦摘取首句「雨無其正」中三字爲篇名也。這樣說來，摘字篇名應增一篇，三〇五篇中摘取詩文字句爲篇名，實在是整整三百篇，不摘取字句爲篇名的，只有五篇而已。

四、詩經相同篇名的考察

詩經篇名字數多寡及篇名從摘取詩中字句而來，「既已考察如上，其中發現有兩三個詩篇，又用相同的篇名的，也有好幾組。茲加考察如下：

（甲）十五國風中有相同篇名五組十二篇，那就是：

㈠十五國風中有三篇羔裘：

⑴鄭風羔裘——從篇首「羔裘如濡，洵直且侯」，摘取首句一二兩字爲篇名。

⑵唐風羔裘——從篇首「羔裘豹袪，自我人居居」，摘取首句一二兩字爲篇名。

⑶檜風羔裘——從篇首「羔裘逍遙，狐裘以朝」，摘取首句一二兩字爲篇名。

三篇得名情形完全相同，而鄭風次章首句「羔裘豹飾」與唐風句相仿，三章首句「羔裘晏兮」，又與檜風首句同調，與其次章首句「羔裘如膏」更爲相似。細察三詩，非但其格調相同，其內容亦如出一轍，均爲對其上華服逸樂表示不滿的詩。

㈡十五國風中又有三篇揚之水

⑴王風揚之水——從篇首「揚之水，不流束薪」，摘取全首句三字爲篇名。

⑵鄭風揚之水——從篇首「揚之水，不流束楚」，摘取全首句三字爲篇名。

⑶唐風揚之水——從篇首「揚之水，白石鑿鑿」，摘取全首句三字爲篇名。

三篇得名情形相同，而王風次章首兩句，全與鄭風篇首兩句相同，確屬相互套用。所以胡適說是同一母題所發展到三地而分化出來的三篇民謠。日人白川靜，更說是當時流行的水占民俗所得結果呈現出來的悲與喜不同情緒的發洩。（說明見內子普賢著詩經研讀指導一書中「詩經與義的歷史發展」一文）。

㈢十五國風中又有兩篇柏舟

⑴邶風柏舟——從篇首「汎彼柏舟，亦汎其流」，摘取首句三四兩字爲篇名。

⑵鄘風柏舟——從篇首「汎彼柏舟，在彼中河」，摘取首句三四兩字爲篇名。

□篇篇首格調相同，據毛傳，均爲興體。蓋同以柏舟汎流與起其强烈的情緒。朱熹詩集傳且以柏舟比堅貞，謂兩詩均寫婦女之隱痛。

㈣十五國風中又有兩篇無衣

⑴唐風無衣——從篇首「豈曰無衣七兮，不如子之衣」，摘取首句三四兩字爲篇名。

⑵秦風無衣——從篇首「豈曰無衣，與子同袍」，摘取首句三四兩字爲篇名。

兩篇首句相同，次句卽變調，可視爲同一格調，變化爲內容不同的兩詩之例。

(五)十五國風中又有兩篇叔于田

(1)鄭風第三篇叔于田——從篇首「叔于田，巷無居人」，摘取全首句三字爲名。

(2)鄭風第四篇叔于田——「從篇首「叔于田，乘乘馬」，摘取全首句三字爲名。

兩篇同爲對老二的讚美詩，後一篇較長，故於叔于田上又加一大字以與前一篇區別。

(乙)小雅八十篇有相同篇名一組二篇

(一)小雅有白華兩篇，依朱傳：

(1)白華之什的白華——無辭的笙詩六篇之一。

(2)都人士之什的白華——從篇首「白華菅兮，白茅束兮」，摘取首句一二兩字爲篇名。

依毛詩正義，笙詩六篇，其辭遭戰國及秦之世而亡，而其義，則有詩序在，白華序云：「孝子之絜白也。」而另一白華之序則曰：「周人刺幽后也。」一爲美詩，一爲刺詩。

(丙)國風與小雅有相同篇名四組九篇

(一)國風小雅谷風各一篇

(1)邶風谷風——從篇首「習習谷風，以陰以雨」，摘取首句三四兩字爲篇名。

(2)小雅谷風——從篇首「習習谷風，維風及雨」，摘取首句三四兩字爲篇名。

兩篇同調，均爲責難的怨詩。

(二)國風小雅甫田各一篇

(1)齊風甫田——從篇首「無田甫田，維莠驕驕」，摘取首句三四兩字爲篇名，

(2)小雅甫田——從篇首「倬彼甫田，歲取十千」，摘取首句三四兩字爲篇名。

小雅甫田詠農事之豐收而慶賀；而齊風甫田，則詠農事之歉收而有所感觸。兩詩由同調蛻變成兩個相反形態。

(三)國風小雅黃鳥各一篇

(1)秦風黃鳥——從篇首「交交黃鳥，止于棘」，摘取首句三四兩字爲篇名。

(2)小雅黃鳥——從篇首「黃鳥黃鳥，無集于穀」，摘取首句一二兩字爲篇名。

兩篇均爲悲歌，而其格調略變。

(四)國風小雅杕杜共三篇

(1)唐風第六篇——從篇首「有杕之杜，其葉湑湑」，摘取首句二四兩字爲篇名。

(2)唐風第十篇——從篇首「有杕之杜，生于道左」，摘取全首句四字爲篇名。

⑶小雅杕杜——從篇首「有杕之杜，有睆其實」，摘取首句二四兩字爲篇名。

唐風第十篇，本來亦應取杕杜爲篇名，因與同一國風之第六篇同名，故改採摘全句而名「有杕之杜」。此三詩同調，惟唐風第六篇與小雅杕杜均爲悲歌，而唐風第十篇變爲歡歌。

(丁) 大小雅間有相同篇名二組四篇

㈠大小雅明明各一篇

⑴小雅明明——原從篇首「明明上天，照臨下土」，摘取首句一二兩字明明爲篇名，因與大雅明明同名，加一小字省一明字改稱小明。

⑵大雅明明——原從篇首「明明在下，赫赫在上」，摘取首句一二兩字明明爲篇名，因與小雅明明同名，加一大字省一明字改稱大明。

這兩篇皆對天信仰者，指天而言以發抒其懷抱之歌。

㈡大小雅間昊天各一篇

⑴小雅昊天——應從篇首「昊天疾威，敷于下土」，摘首句一二兩字昊天爲篇名，因與大雅昊天同名，故加小字省天字稱小昊以爲區別。

⑵大雅昊天——應從篇首「昊天疾威，天篤降喪」，摘首句一二兩字昊天爲篇名，

因與小雅旻天同名，故加詩中關係人召公之召字，並省天字稱召旻，以爲區別。

這兩篇同是對天信仰者以天爲戒的諫人之歌。

以上甲乙丙丁四類同篇名詩共十二組二十七篇，可見詩經三百篇同篇名之多。而可注意之一，爲同名詩大多同調，或由同調而分化；可注意之二，爲又因同名而略改篇名，加以區分。未列入者尙有小雅緜蠻篇，其篇首「緜蠻黃鳥，止于丘阿」，與秦風黃鳥之「交交黃鳥，止于棘」，完全同調，只因小雅已有黃鳥一篇，竟爲避同名而改摘首句一二兩字緜蠻爲篇名。此均三百篇取名之有習慣性而又具機動性者也。此外，尙有類似的篇名像齊風的雞鳴與鄭風的女曰雞鳴等，均未列入考察。

又，我們考察詩經對相同篇名的處理，可得一原則，卽同一單位之有同篇名者，必加區別。不同單位者，則篇名可同。其單位，國風分爲十五，雅分爲二，頌分爲三。是以王、鄭、唐三單位各有篇名揚之水；鄭、唐、檜各有篇名羔裘；邶、鄘各有篇名柏舟；唐、秦各有篇名無衣；邶風、小雅各有篇名谷風；齊風、小雅各有篇名甫田，無妨也。而鄭風之有二叔于田，後一篇必加一大字稱大叔于田以爲區別；唐風之有二有杕之杜，其一卽摘取杕杜二字爲篇名以爲區別，而此杕杜篇名不妨與小雅杕杜同名也。秦風黃鳥與小雅黃鳥，篇名不妨相同，而小雅另有篇首緜蠻黃鳥之詩，則不可再名黃鳥，故避而名篇爲緜蠻。至於敍述同篇名之詩，自可加其單位名以爲區別，兩柏舟稱邶柏舟與鄘柏舟；兩谷風稱邶谷風、小雅谷風是也。而大明小明之名，實大雅明明與小雅明明之簡稱。周頌之有小毖，或已逸其大毖耳。小雅之有大東，則爲地名，非詩篇有大小也。

五、結語

㈠根據統計的結果，詩經篇名，確實是：十之七八是二字篇名。而二字篇名的十之七八，是摘取詩文第一句的一二兩字或三四兩字而成。

㈡詩經三百十一篇篇名，有一字篇名到五字篇名五種。五種篇名多寡的次序是：第一，關雎、鹿鳴、文王、淸廟等二字篇名二三一篇；第二，野有死麕、皇皇者華、文王有聲、維天之命等四字篇名四二篇；第三，麟之趾、節南山等三字篇名二〇篇；第四，氓、緜、潛等一字篇名一七篇；第五，昊天有成命五字篇名一篇。由這現象推斷，詩經篇名以二字篇名爲常態，竟占三一一篇的百分之七四・二八之多。其餘一字三字四字五字四種，合計只有八十篇，共占百分之二五・七二而已。

㈢詩經三百十一篇，除了無辭的笙詩六篇，三〇五篇中只有五篇另得篇名，其餘整整三百篇，篇名都摘取自本身詩文之中，或摘取整句爲篇名，或摘取幾個字爲篇名。計摘取整句爲篇名的有二字篇名如祈父，三字篇名如麟之趾，四字篇名如野有死麕，五字篇名如昊天有成命等四種，共計五十三篇，只占三〇五篇的百分之一七・三七。這五十三篇，所摘都是篇首第一句。其中四字篇名最多，計三十九篇，三字篇名次之，計十二篇，其餘二字五字都只有一篇。

㈣摘取詩文中若干字爲篇名的，有二三七篇之多，占三〇五篇的百分之七七・七一，計有摘一字如氓，摘二字如關雎，摘三字如節南山，摘四字如東方之日等四種。其中以摘取二字爲篇名的獨多，達二一二篇。其次是一字篇名十六，三字篇名七，四字篇名二。與摘取整句篇名四字名最多，三字名居中，二字名只有一篇，恰成倒轉的形勢。推究其原因，詩經多四字句，摘取整句四個字爲篇名，已嫌太長，總覺有些累贅，而一字太單薄，不如摘取一句中的兩字爲名最爲簡便。至於四字句摘取兩字，尤以一二或三四字較順口。所以詩經摘字篇名，仍以摘自首句爲最多，計二二四篇，非摘自首句的僅十三篇。而這首句摘字篇名二二四篇中，二字篇名獨多，占二〇三篇。其餘是一字篇名十二，三字篇名七，四字篇名二而已。再就二字篇名二〇三篇來分析這二字摘自句中的位置，則以第一二兩字的一〇五篇和第三四兩字的六十一篇爲最多與次多。前者占十之五以上，後者占十之三以上，兩共一六六篇，竟占了十之八以上。所以其他摘自句中第一第三字或第二第三字等都不足道了。

㈤詩經篇名，因大多係摘取詩文首句中字。而三百篇首句或全句相同，或半句相同，故其篇名相同者亦不少，總計在十組以上。處理同名問題有一原則，卽詩經十五國風、二雅、三頌之二十單位，其同一單位者，必避同名，而加以區別；其不同單位者，則可以不避同名。而詩經篇名相同，以國風爲多。蓋國風爲民間歌謠，其同一母題者，往往以相同格調歌詠之，故相同句特多，首句尤多相同，揚之水三篇，是其顯例也。

六十七年十月中旬整理（原載東方雜誌復刊十二卷十一期）

二、詩經篇名古今歧異的考察及其他

一、引　言

⑴將詩經三百篇的一字篇名至五字篇名的多少，予以統計，以確知一字篇名、二字篇

名、三字篇名、四字篇名各有若干？其比例怎樣？以確定詩經二字篇名爲常態。⑵將詩經篇名，摘取自本文中字句的各篇，予以考察，以確定摘句篇名爲五十三篇，摘字篇名爲二三七篇，摘句摘字加區別字的篇名爲九篇，而不摘字篇名僅六篇。⑶將詩經中相同篇名予以考察，以確立詩經處理相同篇名的原則爲：不同單位不避篇名相同，同一單位則避之。以上是「從今存毛詩三百篇篇名來考察詩經篇名問題」一文內容的大要。

現在要進而考察詩經篇名古今歧異的現象和不摘字六篇篇名的由來。但僅從今存三百篇篇名所呈現象來考察，還有從篇名所呈現的物性，也可試加分類，以探知詩經的特性。應先予試探。因此本文擬分四小題爲：⑴詩經篇名物性分類考察；⑵不摘字六篇篇名試釋；⑶古今異名詩篇考察；⑷四家詩異名詩篇考察。然後再繫以結語。

二、詩經篇名物性分類考察

詩經三百篇篇名，明顯地可看出物性表現的不同，試加分類，有鳥、獸、蟲、魚、草、木的動植物以及天象、地文、時令、人物、器物……等多種，這種現象，是否有何含意，也可試加分析。

玆分類彙輯於下：

㈠動物篇名五十

（甲）鳥類二十一篇

（子）鳥名十二篇

(1)燕燕(2)雄雉(3)黃鳥（秦風）(4)晨風(5)鳲鳩(6)鴟鴞(7)鴻雁(8)黃鳥（小雅）(9)桑扈(10)鴛鴦(11)鳧鷖(12)玄鳥。

（丑）涉鳥九篇

(1)關雎(2)鵲巢(3)鶉之奔奔(4)女曰雞鳴(5)雞鳴(6)鴇羽(7)防有鵲巢(8)鶴鳴(9)振鷺。

（乙）獸類二十一篇

（子）獸名四篇

(1)羔羊(2)騶虞(3)碩鼠(4)白駒。

（丑）涉獸十七篇

(1)兎罝(2)麟之趾(3)野有死麕(4)相鼠(5)有狐(6)兎爰(7)羔裘（鄭）(8)盧令(9)羔裘（唐）(10)駟驖(11)羔裘（檜）(12)狼跋(13)鹿鳴(14)四牡(15)無羊(16)駉(17)有駜。

（丙）蟲類（蟲名）五篇

(1)螽斯(2)草蟲(3)蟋蟀(4)蜉蝣(5)青蠅。

（丁）魚類（涉魚）三篇

(1)魚麗(2)南有嘉魚(3)魚藻。

(二)植物篇名六〇

（甲）草類三十二篇

（子）草名九篇

(1)卷耳(2)芣苢(3)芄蘭(4)木瓜(5)蒹葭(6)蓼蕭(7)蓼莪(8)楚茨(9)白華。

（丑）涉草二十三篇

(1)葛覃(2)采蘩(3)采蘋(4)匏有苦葉(5)牆有茨(6)黍離(7)中谷有蓷(8)葛藟(9)采葛(10)丘中有麻(11)野有蔓草(12)葛生(13)采苓(14)采薇(15)菁菁者莪(16)采芑(17)采菽(18)采綠(19)黍苗(20)瓠葉(21)苕之華(22)何草不黃(23)行葦。

（乙）木類二十八篇

（子）木名九篇

(1)樛木(2)甘棠(3)椒聊(4)杕杜（唐）(5)常棣(6)杕杜（小雅）(7)菀柳(8)隰桑(9)棫樸。

（丑）涉木十九篇

(1)桃夭(2)摽有梅(3)何彼襛矣(4)桑中(5)竹竿(6)山有扶蘇(7)蘀兮(8)園有桃(9)伐檀(10)山有樞(11)有杕之杜(12)東門之枌(13)東門之楊(14)隰有萇楚(15)伐柯(16)皇皇者華(17)伐木(18)裳裳者華(19)桑柔。

㈢天象篇名十八

(1)行露(2)殷其靁(3)小星(4)日月(5)終風(6)凱風(7)谷風（邶）(8)北風(9)蝃蝀(10)風雨(11)東方之日(12)東方未明(13)月出(14)匪風(15)湛露(16)雨無正(17)谷風（小雅）(18)雲漢。

㈣地文篇名五十

(1)漢廣(2)汝墳(3)江有汜(4)旄丘(5)泉水(6)北門(7)新臺(8)淇奧(9)河廣(10)揚之水（王）(11)遵大路(12)揚之水（鄭）(13)東門之墠(14)出其東門(15)溱洧(16)南山(17)甫田（齊）(18)汾沮洳(19)陟岵(20)十畝之間(21)揚之水（唐）(22)終南(23)渭陽(24)宛丘(25)衡門(26)東門之池(27)墓門(28)株林(29)澤陂(30)下泉(31)東山(32)南山有臺(33)沔水(34)斯干(35)節南山(36)大東(37)北山(38)信南山(39)甫田（小雅）(40)大田(41)瞻彼洛矣(42)漸漸之石(43)旱麓(44)靈臺(45)卷阿(46)崧高(47)江漢(48)清廟(49)泮水(50)閟宮。

(五)時令篇名六

(1)七月(2)六月(3)吉日(4)正月(5)十月之交(6)四月。

(六)人物篇名三十六

(1)靜女(2)二子乘舟(3)君子偕老(4)碩人(5)氓(6)伯兮(7)君子于役(8)君子陽陽(9)將仲子(10)叔于田(11)大叔于田(12)清人(13)有女同車(14)狡童(15)候人(16)祈父(17)我行其野(18)何人斯(19)巷伯(20)賓之初筵(21)都人士(22)文王(23)文王有聲(24)公劉(25)民勞(26)烝民(27)韓奕(28)召旻(29)臣工(30)有瞽(31)有客(32)武(33)我將(34)閔予小子(35)烈祖(36)殷武。

(七)器物篇名二十九

(1)柏舟（邶）(2)綠衣(3)擊鼓(4)柏舟（鄘）(5)干旄(6)考槃(7)大車(8)緇衣(9)褰裳(10)子衿(11)敝笱(12)葛屨(13)無衣（唐）(14)車鄰(15)小戎(16)無衣（秦）(17)素冠(18)破斧(19)九罭(20)出車(21)彤弓(22)車攻(23)無將大車(24)鼓鐘(25)頍弁(26)車舝(27)角弓(28)良耜(29)絲衣。

(八)其他篇名五十六

(1)式微(2)簡兮(3)定之方中(4)載馳(5)丰(6)還(7)著(8)載驅(9)猗嗟(10)綢繆(11)權輿(12)天保(13)庭燎(14)小旻(15)小宛(16)小弁(17)巧言(18)小明(19)緜蠻(20)大明(21)緜(22)思齊(23)皇矣(24)下武(25)生民(26)既醉(27)假

樂(28)泂酌(29)板(30)蕩(31)抑(32)常武(33)瞻卬(34)維天之命(35)維淸(36)烈文(37)天作(38)昊天有成命(39)時邁(40)執競(41)思文(42)噫嘻(43)豐年(44)潛(45)雝(46)載見(47)訪落(48)敬之(49)小毖(50)載芟(51)酌(52)桓(53)賚(54)般(55)那(56)長發。

以上八種篇名，依照多寡排列名次爲：

第一植物　六〇篇
第二其他　五六篇
第三地文　五〇篇
第四動物　五十篇
第五人物　三十六篇
第六器物　二十九篇
第七天象　一八篇
第八時令　六篇

共計三〇五篇

這三〇五篇篇名中，以植物動物地文爲最多。這顯示周代詩人接觸最多者爲山河大地一片綠野中所遍佈的草木鳥獸。而其所歌詠，卽以此等景觀爲其起點。吾人觀察篇名的物性，亦卽可知詩經此一特性。蓋詩經興詩，多以草木鳥獸起興，其詩文首句卽爲興句，而篇名亦大多卽摘取首句中兩字爲之。試以周南十一篇中毛傳興詩爲例：(1)關雎摘自篇首興句「關關雎鳩」，(2)葛覃摘自篇首興句「葛之覃兮」，(3)卷耳摘自篇首興句「采采卷耳」，(4)樛木摘自篇首興句「南有樛木」，(5)桃夭摘自篇首興句「桃之夭夭」，(6)漢廣摘自第五句「漢之廣矣」，(7)麟之趾摘自篇首興句「麟之趾」，十一篇中興詩七篇，其物性草木鳥獸卽占六篇，計爲草類葛覃、卷耳兩篇，木類樛木、桃夭兩篇，鳥類關雎一篇，獸類麟之趾一篇，其篇名均摘自篇首興句，僅摘自第五句的漢廣一篇爲地文漢水。此篇若摘篇首興句「南有喬木」爲篇名，則仍爲木類（召南江有汜摘自篇首興句「江有汜」則爲以地文與詩首句爲篇名之例。）。故興詩與篇名物性關係極爲密切，而詩經興詩以外篇名物性也以動植物的草木鳥獸及地文爲多。周南其他賦比四篇篇名：螽斯摘首句「螽斯羽」，爲蟲類；兔罝摘自首句「肅肅兔罝」，爲獸類；芣苢摘自首句「采采芣苢」，爲草類；汝墳摘自首句「遵彼汝墳」，爲地文汝水，是亦皆爲地文與動植物。是以詩經特性，可以地文山河大地所構成綠野中遍佈之草木鳥獸等大自然景色爲起點也。詩經這一特性的表現，尤以十五國風最爲顯明，以三頌最爲淡薄。這現象只以毛傳與詩一一六篇，國風占七十二，而三頌僅一兩篇。反之，篇名物性之其他雜類五十六篇中，三頌占廿三篇，國風僅十一篇，即可推測而知。

三、不摘字六篇篇名試釋

我的估計：三百篇篇名，十之七八，都是二字篇名；而二字篇名，又十之七八，是摘取詩文第一句的一二兩字或三四兩字而成。經過詳細的統計，這主觀的估計，進而得到了客觀的證實。並將三百零五篇中剩下來不從詩文中摘取字句爲篇名的極少幾篇，也找了出來。那是小雅的雨無正、巷伯，大雅的常武，和周頌的酌、賚、般。一共只有六篇。宋歐陽修在所著詩本義中只說：「古之人於詩多不命題，而篇名往往無義例，其或有命名者，則必述詩之意，如巷伯常武之類是也。」稍後范處義在他的逸齋詩補傳中，才有較明確的交代。他在卷十八雨無正毛序下補傳說：「凡詩之命名，皆摘取詩中之語，獨雨無正、巷伯、常武、酌、賚、般六篇，特出詩人之意，非有序以發之，雖孔子亦不能知其爲何詩也。然則詩之有序，庸可少哉？」他已認定三百〇五篇中，僅有這六篇是特別的命題，其餘二百九十九篇，都是「摘取詩中之語」以爲篇名，只是他還沒有分別所摘之語，是整句或幾個字，說得仍嫌籠統罷了。他又指出，這六篇命題之意，可從詩中去發掘，現在我把這六篇篇名命題之意，綜述各家之說，試予解釋。

㈠小雅雨無正

歷來雨無正篇名的解釋，極爲紛歧，歸納起來，可得七種，分述如下：

⑴毛詩正義作者爲之立名說

詩序：「雨無正，大夫刺幽王也。雨自上下者也，衆多如雨，而非所以爲政也。」箋：「亦當爲刺厲王，王所下教令甚多，而無正也。」正義曰：「經無此雨無正之字，作者爲之立名。敍又說名篇及所刺之意，雨是自上下者也，雨從上下於地，猶教令從王而下於民。而王之教令衆多如雨，然事皆苛虐，情不恤民，而非所以爲政之道，故作此詩以刺之，既成而名之曰雨無正也。」嚴粲詩緝、范處義補傳等從之。

⑵韓詩篇名雨無極，摘取首句雨無其極中三字說

嚴粲詩緝載劉諫議安世見韓詩作雨無極，比毛詩篇首多「雨無其極，傷我稼穡」八字。

⑶齊詩篇名昊天，摘取首句浩浩昊天中兩字說

易林乾之臨云：「南山昊天，刺政閔身」。蒙之革、謙之復、恒之艮同，陳喬樅云：

『據此說知齊家卽以昊天爲篇名，取首句浩浩昊天之語。焦氏以南山昊天二詩對擧，南山卽指節彼南山之詩，下句刺政閔身，刺政承南山言，謂赫赫師尹，不平謂何也；閔身承昊天言，謂若此無罪，薰胥以舖也。』

(4)歐陽修主闕疑

歐陽修詩本義卷七對雨無正篇之毛鄭義論曰：「其曰雨無正，則吾不得不疑而闕。古之人於詩多不命題，而篇名往往無義例，其或有命名者，則必述詩之意如巷伯、常武之類是也。今雨無正之名，據序曰：『雨自上下者也，言衆多如雨而非正也。』此篇中所刺厲王下敎令繁多如雨而非正爾。今考詩七章都無此義，與序絕異……是以闕其所疑焉。」朱熹詩集傳、王先謙詩三家義集疏等從之。

(5)方玉潤雨字或係國字之誤說

方玉潤詩經原始卷十雨無正篇曰：「雨無正，周暬御痛匡國無人也。此篇名多不可解，朱子集傳引歐陽公之言，闕其所疑。又引元城劉氏言曰：嘗讀韓詩，有雨無極篇，序云雨無極，正大夫刺幽王也。至其詩之文，則比毛詩篇首多雨無其極，傷我稼穡八字，始以劉說有理。繼疑詩之長短不齊，以爲非例，且疑其非幽王詩。姚（際恆）氏亦云：此篇不可考，或誤，不必强論。然愚案此篇大旨乃暬御近臣傷國無正人以匡正王失也。故雨字或誤，正字上下或有脫漏，亦未可知。魯魚帝虎，古簡之常，但須細審，未可以無考忽之，夫以赫赫宗周，匡國無人，而憂而望之者，乃僅僅出於近侍微臣，則謂之國無正也，亦奚不可……」

(6)林義光雨字疑周字之誤說

林義光詩經通解卷十九節南山之什雨無正篇義曰：「詩名雨無正者，無正，即正大夫離居之謂。雨疑周字之誤，古金文周字作𠗫形與雨近，故誤認爲雨字。周無正，謂周無大臣耳，詩序說旣謬迂，亦非此詩之意。」

(7)屈萬里篇首逸雨無其正二句說

屈萬里詩經釋義雨無正篇曰：「此當是東遷之際，詩人傷時之作，朱傳述元城劉氏曰：『嘗讀韓詩，有雨無極篇……比毛詩篇首多「雨無其極，傷我稼穡」八字。』按：極，正也。雨無正，卽雨無極，本篇旣名雨無正，是毛詩祖本亦嘗有此二句，不知何時逸之。」依屈氏之意，則毛詩此篇，原亦摘取篇首第一句「雨無其正」中三字爲篇名，後逸去篇首二句，致篇名不可解。至於「正」與「極」之歧，乃三家詩之異文耳。

文開細閱以上七說，歐陽修闕疑，當然無問題。但試解毛詩篇名，則後來居上，淸人方氏、民初林氏之說，本諸詩之本旨，已勝唐人正義，而尤以當代屈氏之說爲長，方氏改「雨」爲「國」，缺乏依據。林改「雨」爲「周」，仍屬疑似。屈氏因韓詩推及毛詩，其理自順。惟歷來對劉諫議韓詩之說，少有認同者。朱子以篇首增兩句，則第一章「長短不齊，非詩之例」及「此詩實正大夫離居之後暬御之臣所作，其曰刺幽者，亦非是。」不予採納。而呂祖謙讀詩記載董氏（逌）引韓詩，則作雨無政。清儒臧庸韓詩訂譌且以爲劉董之說，並是僞撰（見清儒詩經彙解）。考劉董均北宋時人，而韓詩北宋尚存，見於太平御覽，劉董親見韓詩，是以南宋朱呂，信而引之，何得指爲僞撰。漢儒之於三百篇，均視作諫書，其所傳詩序，往往與詩文本義不符。四家多異文，其篇名亦不齊，故韓詩之雨無極，或作雨無政，毛詩則作雨無正。極也，正也，政也，其義相通。至於詩之章句不齊者多矣，即小雅之首章與次章不齊者，亦有斯干次章五句，首章多兩句成七句之例。朱子之疑，亦未足證也。是以屈氏雨無正篇名摘取首句三字之說可以成立。文開且以爲所逸篇首「雨無其正，傷我稼穡」二句爲興，故其下詩文內容，不必與首二句切合，更不必與篇名有關，以爲屈說補充。

㈡小雅巷伯

此詩既自述爲寺人孟子所作，自無可疑。惟篇名巷伯，王先謙謂「古無正解」。鄭箋謂：「讒人譖寺人，寺人又傷其將及巷伯，故以名篇。」說得很牽强。朱子詩集傳謂：「巷伯主宮內道官之長，卽寺人也，故以名篇。」但王氏以爲若使巷伯卽寺人官名，說寺人孟子者，可云卽巷伯，而經師訖無此說，亦難定。文開案：此詩篇名非作者自定，乃旁人所加。寺人爲內侍之微者，巷伯亦寺人，而乃永巷之長，寺人孟子或官巷伯，而僅謙稱寺人，以自示卑微。但旁人仍稱此爲巷伯之詩，故得巷伯篇名。或寺人孟子未官巷伯，但人則尊稱其爲巷伯耳。蓋詩中自稱寺人孟子，而自定篇名爲巷伯，決無此理。知篇名非作者自命，卽迎刄而解矣。

㈢大雅常武

毛詩序：「常武，召穆公美宣王也，有常德以立武事，因以爲戒焉。」正義曰：「經無常武之字，故又解之云美其有常德之故，以立此武功征伐之事，故名爲常武。」朱子謂召穆公特名其篇，蓋有二義，有常德以立武則可，以武爲常則不可，此所以有美而有戒也。方玉潤以爲常武乃宣王中興之樂名，王靜芝以四章首句「王奮厥武」，擬題之人，以此爲全詩之旨，故取武字。至於何以又冠常字，其義未詳，不必强求。愚按：武王革殷命而有天下，此乃周室非常大武功，故有大武舞曲之製作。宣王中興，其征徐等擧，實守常之武功，故摘其詩中「王奮厥武」之武字，另加守常之常字名其篇，以別於武王之大武，而代表其中興之業績。

㈣周頌酌

毛序與三家均解酌為斟酌義，毛序：「酌，告成大武也。言能酌先祖之道，以養天下也。」正義曰：「又說名酌之意，言武王能酌取先祖之道，以養天下之民，故名篇為酌。」魯說曰：「酌一章九句，告成大武，言能酌先祖之道，以養天下之所歌也。」（蔡邕獨斷文）齊詩酌作勺，齊說曰：「周公作勺，勺言能勺先祖之道也。」（漢書禮樂志）風俗通義六釋之云：「勺言斟酌先祖之道也。」朱子集傳則以「此詩與賚、般皆不用詩中字名篇，疑取樂節之名，如曰武宿夜云爾。」

㈤周頌賚

毛序曰：「賚，大封于廟也。賚，予也。言所以賜予善人也。」正義曰：「經無賚字，序又說其名篇之意。賚，予也，言所以賜予善德之人，故名篇曰賚。」魯說亦曰：「賚一章六句，大封于廟，賜有德之所歌也。」（蔡邕獨斷文）朱子說見前。

㈥周頌般

毛序：「般，巡守而祀四嶽河海也。」鄭箋：「般，樂也。」正義曰：「經無般字，序又說其名篇之意。般，樂也。爲天下所美樂。定本『般樂』二字爲鄭注，未知孰是？」正義既以般以樂名篇，則朱子以爲酌、賚、般均以樂名名篇之說應爲勝義。至於蘇轍以般爲遊，曹粹中以般爲旋，取盤旋之義，皆臆說。

以上不摘字名篇六篇，其命篇之意，經彙述歷來各家之說，加以硏判，周頌三篇，似均以樂節爲名；小雅兩篇，雨無極仍爲摘取詩文首句三字爲篇名，巷伯則以作詩之人爲篇名。發掘其命篇之意於詩序者，僅大雅常武一篇耳。是以定雨無正爲摘字篇名，則三〇五篇詩中僅五篇另起名，整整三百篇，皆係摘字摘句爲篇名者。而巷伯一篇之名，可斷爲旁人所加，非作者自命也。

四、古今異名詩篇考察

毛詩正義錄陸德明經典釋文謂：「舊解云三百一十一篇詩，並是作者自爲名。」然讀左傳國語論語諸書，所載古人引詩之條，往往其篇名與今本詩經不同，是其篇名後代有更改。吾人縱使承認陸說，知今傳三百一十一篇詩名，往往已非作者所自命，而係後人所定者矣。

茲摘錄若干則，以見一斑。

㈠小雅沔水古名河水

春秋僖公二十三年左傳：「晉公子重耳出奔及楚，楚子饗之，送之秦。秦伯納女五人。他日公享之，公子賦河水，公賦六月。」竹添光鴻箋曰：「韋昭國語注云：『河當作沔，字相似誤也。』」是重耳所賦河水，即今小雅之沔水，沔水篇名古稱河水。然左傳國語，均稱河水，似非河沔相似而誤。竊意此詩首句「沔彼流水」，古時或作「沔彼河水」，故篇名河水也。

㈡小雅小宛古名鳩飛

國語晉語四載楚子厚幣以送公子于秦。秦伯歸女五人。他日秦伯享公子，秦伯賦采菽，子餘使公子降拜。秦伯降辭，子餘曰：「君以天子之命服命重耳，敢有安志？敢不降拜？」成拜，卒登，子餘使公子賦黍苗，秦伯賦鳩飛；公子賦河水，秦伯賦六月。子餘使公子降拜，秦伯降辭。子餘曰：「君稱所以佐天子匡王國者以命重耳，重耳敢有惰心？敢不從德？」韋昭注：「鳩飛小雅小宛之首章，曰：『宛彼鳴鳩，翰飛戾天。』河當作沔，字相似誤也，其詩曰：『沔彼流水，朝宗于海，言己反國當朝事秦。』」王先謙詩三家義集疏：「左昭元年傳趙孟賦小宛之二章，又稱小宛，不稱鳩飛，蓋當時篇有二名故也。」

㈢大雅假樂古名嘉樂

春秋襄公二十六年左傳：「秋七月，齊侯鄭伯為衛侯故如晉，晉侯兼享之，晉侯賦嘉樂。」杜預注：「嘉樂詩大雅。取其嘉樂君子，顯顯令德。宜民宜人，受祿于天也。」今毛詩大雅有假樂篇，首句亦作「假樂君子。」毛傳訓假為嘉，是今之假樂，古名嘉樂也。中庸引詩，亦作嘉樂，故朱子二十卷詩集傳此詩首句假字下亦注云：「中庸春秋傳皆作嘉，今當作嘉。」王先謙以為齊詩亦作嘉樂。

㈣小雅節南山古名節

春秋昭公二年左傳：「晉侯使韓宣子來聘，且告為政而未見，禮也。公享之。季武子賦緜之卒章，韓子賦角弓，季武子拜曰：『敢拜子之彌縫敝邑，寡君有望矣。』武子賦節之卒章」杜預注：「節詩小雅也，卒章取『式訛爾心，以畜萬邦』，以言晉德可以畜萬邦也。」今小雅節南山卒章有此二句，是今節南山古稱節，僅摘取首句「節彼南山」之第一字為篇名也。其後三家詩仍以節為篇名，僅毛詩用節南山三字。

㈤衛風淇奥古名淇澳

春秋昭公二年左傳：「宣子自齊聘於衛，衛侯享之，北宮文子賦淇澳，宣子賦木瓜。」

杜預注：「淇澳，詩衞風，美武公也。言宣子有衞武公之德也。」今本詩經衞風有淇澳，與字無水旁。考齊詩奧亦作澳，魯詩則作隩，其音義相同。

(六)小雅采菽古名采叔

春秋昭公十七年左傳：「春，小邾公來朝，公與之燕，季平子賦采叔，穆公賦菁菁者莪。」杜預注：「采叔，詩小雅也。取其『君子來朝，何錫與之？』以穆公喻君子。」今小雅采菽篇有此兩句，則今之采菽，古名采叔也。案菽，國語晉語以及釋文本皆作叔，可爲古本篇名采叔之證。

(七)小雅車舝古名車轄

春秋昭公二十五年左傳：「叔孫婼聘于宋，宋公享昭子，賦新宮，昭子賦車轄。」杜預注：「詩小雅也。」竹添光鴻箋：「轄本又作舝，胡瞎反。」案舝乃車軸頭鐵，即軸端之鍵，無事則脫，行則設之。轄乃車聲，亦通借訓軸鍵。是此詩古名車轄，其首句爲「間關車之轄兮」，後人以舝字爲正，遂改轄爲舝，而篇名亦更定爲車舝也。

(八)鄘風干旄古名竿旄

春秋定公九年左傳：「竿旄何以告之？取其忠也。」杜預注：「詩鄘風也。錄竿旄詩者，取其中心願告人以善道也。」毛詩干旄序：「衞文公臣子多好善，賢者樂告以善道也。」是竿旄即毛詩鄘風之干旄。考三家詩亦作竿旄，蓋篇名取自首句「孑孑竿旄」，國風憑口耳相傳，非作者自寫定，係後人所筆錄。古本竿字，而毛詩用借字，故篇名亦不同，而詩之古義尚存也。

㈨大雅抑篇古亦名懿

國語楚語上載衞武公作懿戒以自儆。韋昭注：「懿，詩大雅抑之篇也。」是抑篇古亦名爲懿也。

㈩周頌雝古名雍又名徹

論語八佾載：「三家者，以雍徹。子曰：『相維辟公，天子穆穆』，奚取於三家之堂？」朱子注：「雍，周頌篇名。徹，祭畢而收其俎，天子宗廟之祭，則歌雍以徹。是時三家僭而用之。孔子譏其無知妄作。」案「相維辟公，天子穆穆」句在今毛詩雝篇內。是孔子所定周頌雍篇，即今毛詩雝篇。故漢書引詩亦作「有來雍雍」而不作「有來雝雝」也。又朱子詩集傳周頌雝篇注曰：「周禮樂師及徹師學士而歌徹說者，以爲即此詩，論語亦曰：『以雍徹』，然則此蓋徹祭所歌，而亦名爲徹也。」

（十一）大雅烝民古名蒸民

毛詩烝民篇，古名蒸民者，孟子告子篇：「詩云：『天生蒸民，有物有則；民之秉夷，好是懿德。』孔子曰：『爲此詩者，其知道乎！』故有物必有則；民之秉夷也，故好是懿德。」烝加草頭作蒸。而韓詩外傳六引詩亦作「天生蒸民」，烝作蒸，蓋兩字通用。

（十二）大雅大明古名明明

馬瑞辰毛詩傳箋通釋卷二十四大明篇云：「箋：『二聖相承，其明德日以廣大，故曰大明。』瑞辰按：大明蓋對小雅有小明篇而言。逸周書世俘解，籥人奏武王入進萬獻明明三終。孔晁注：明明，詩篇名，當卽此詩。是此篇又以明明名篇，卽取首句爲篇名耳。」大明首句「明明在下」。文開案：是此詩本取首句一二兩字爲篇名，情形與邶風「燕燕于飛」之篇名爲燕燕相同，而小雅首句「明明上天」之詩，亦取明明爲篇名，其後編詩者，遂以小雅之明明爲小明，而此大雅之明明名爲大明，以爲區別耳。

以上擧例十二則，引用左傳、國語、論語、孟子及逸周書中所出現的詩經篇名，來指出先秦時詩經篇名，與漢代所傳有異，而且像小宛一篇，先秦時代，已有鳩飛與小宛的二名並用的記錄。

五、四家異名詩篇考察

詩經詩篇之異名，除有篇名古今不同外，毛詩與魯齊韓三家之篇名，亦不一致，頗有紛歧。茲僅以陸德明經典釋文、陳喬樅三家詩遺說考及王先謙詩三家義集疏三書爲主，摘錄若干則，以爲舉例。

㈠周南葛覃魯詩名葛蕈

毛詩葛覃，魯詩名葛蕈者，古文苑蔡邕協和婚賦云：「葛蕈恐其失時。」覃加草頭，蔡邕習魯詩，是魯詩篇名爲葛蕈，覃字與毛不同字也。

㈡周南樛木韓詩名朻木

毛詩樛木，韓詩名朻木者，經典釋文：「木下曲曰樛。馬融韓詩本並作朻，音同。說文以朻爲木高。」是韓詩篇名爲朻木，樛朻音同義不同也。胡承珙以馬融習魯詩，並疑魯詩作朻木與韓同。

㈢召南何彼襛矣韓詩襛作茙

毛詩何彼襛矣韓詩名何彼茙矣者，經典釋文：「襛，如容反，猶戎戎也。韓詩作茙。茙音戎，說文云：衣厚貌。」是韓詩篇名何彼茙矣。襛茙音同，義亦相似。惟高本漢詩經注釋，謂應以穊爲正字，太平御覽、白帖和文選注引毛傳都作穊字。今本毛詩作襛是錯字，朱熹集傳已採用穊字。

㈣鄘風牆有茨齊韓茨作薺

毛詩牆有茨，齊韓茨作薺者，王先謙詩三家義集疏云：「說文薺，蒺蔾也。从草齊聲，詩曰牆有薺。蓋齊韓本如此，茨薺古通。故禮玉藻鄭注引詩楚楚者茨，作楚薺。毛傳郭注不以茨爲蓋屋之茅，而訓爲蒺蔾，與說文薺注合，明薺正字，茨借字。」（注：小雅楚茨篇齊詩名楚薺，魯詩名楚賚）

㈤齊風還齊詩名營韓作嫙

毛詩還，齊詩名營者，漢書地理志：「臨淄名營邱，故齊詩曰：『子之營兮，遭我虖嶩之間兮。』」顏注：「齊國風營詩之詞也。毛作還，齊作營。之，往也。嶩，山名也。言往適營邱而相逢於嶩山也。毛詩還訓便捷之貌。則此詩毛齊非但篇名不同，詩義亦異也。而此篇韓詩又名嫙，訓好貌。則字有三異，義亦三異矣。」

㈥秦風駟驖齊詩名四戴

毛詩駟驖齊詩名四戴者，漢書引詩作四戴，是齊詩篇名四戴也。戴乃戴之誤。戴即驖，亦作鐵，赤黑色之馬。陳奐云：「駟當作四，四馬曰駟，若下一字爲馬名，則上一字作四，不作駟。四驖孔阜，猶云：四牡孔阜耳。凡碩人、小戎、四牡、采薇、杕杜、六月、車攻、吉日、節南山、北山、車舝、桑柔、崧高、烝民、韓奕，皆曰四牡。此詩曰四驖，載驅、六月曰四驪、四牡，裳裳者華曰四駱，采芑曰四騏，車攻曰四黃，大明曰四騵，皆謂四馬也。說文漢志引詩作四，可證駟字之誤。」則毛詩駟字誤，齊詩載字誤，毛齊篇名各誤一字。

(七)小雅常棣韓詩名夫栘魯詩名棠棣

毛詩常棣，韓詩名夫栘者，呂祖謙讀詩記十七引韓序曰：「夫栘，燕兄弟也，閔管蔡之失道也。」夫栘卽常棣，韓序與毛序義同。魯詩名棠棣者，蔡邕姜伯淮碑有「棠棣之華，萼韡之度」句，邕習魯詩，知魯名棠棣，可以推知。

(八)小雅菁菁者莪韓詩名蓁蓁者莪

毛詩菁菁者莪，韓詩名蓁蓁者莪者，文選東都賦靈臺詩李注引韓詩作蓁蓁者莪，薛君曰：「蓁蓁盛貌」。毛傳：「菁菁盛貌」，其義同。馬瑞辰毛詩傳箋通釋云：「菁蓁以聲近而轉，當以蓁蓁爲正字。毛詩作菁菁，假借字也。」

(九)小雅節南山三家單名節

毛詩節南山篇三家詩單名節者，王先謙主之，且將毛詩節南山之什，亦改稱節之什。王先謙曰：「三家皆止以節標目，大戴禮引『式夷式已』二句，盧辯注云：『此小雅節之四章。』盧蓋據三家文也。左昭二年傳，季武子賦節之卒章，亦祇稱節，惟毛連南山爲文。」王又解題云：「韓說曰：『節，視也。』疏：「節，視也者，釋文引韓詩文。陳喬樅云：韓訓節爲視者，節有省義，渻節爲省，省視亦爲省，故節得訓視。」」案毛傳訓節爲高峻貌。則此詩首句「節彼南山」，毛取一、三、四三字爲篇名，三家僅取句首一字，而其釋詩旨與句義亦不同也。（註：毛序節南山家父刺幽王也。齊詩義則爲詩人刺卿大夫爭田敗俗。）」

(十)小雅采綠魯詩名采菉

毛詩采綠魯詩名采菉者，王逸楚辭離騷注：「菉，王芻也。詩曰：『終朝采菉。』」明魯詩綠作菉。毛詩鄭箋：「綠，王芻也。」則菉綠義同。惟菉爲正字，綠爲借字耳。

(十一)小雅緜蠻齊詩篇名緡蠻

毛詩緜蠻，齊詩篇名緡蠻者，禮記大學引詩云：「『緡蠻黃鳥，止于丘隅』子曰：『於止知其所止，可以人而不如鳥乎？』」緜緡字通，說見王先謙詩三家義集疏卷二十。

(十二)大雅崧高三家名嵩高

毛詩崧高，三家名嵩高者，王先謙謂三家此篇首二句爲「嵩高維嶽，峻極于天……四方于宣。」何休公羊莊四年解詁引詩「嵩高惟嶽，峻極于天。」易林大壯之兌：「嵩高岱宗，峻直且神」，是齊詩崧作嵩，駿作峻。爾雅釋山：「山大而高曰崧。」釋文：「崧本作嵩」，郭注：「今中嶽嵩高山，蓋依此立名。」邢疏引李巡云：「高大曰嵩。」李郭二說，皆據爲嵩，釋文又云，足證經文本作嵩。揚雄河東賦：「瞰帝唐之嵩高兮」，漢書雄傳顏注：「嵩，亦高也。嵩高者，謂唯天爲大，唯堯則之也。」應劭風俗通義十：「中央曰嵩高，詩云：嵩高惟嶽，峻極于天。」是魯詩崧作嵩，駿作峻。王應麟詩考，據韓詩外傳五引詩云：「『嵩高維嶽，峻極于天……四方于宣。』此文武之德也。」是韓詩亦崧作嵩，駿作峻。文選游天臺山賦李注、初學記五、藝文類聚七、白帖五、御覽三十九及八百八十一引詩首二句皆作嵩、峻。毛據釋文無異本，則諸書所引亦皆韓詩。今外傳五嵩仍作崧，此如爾雅之崧，皆後人順毛改字，其餘三家說有作崧者，即誤字矣。三家詩篇名作嵩高，次句駿作峻，可確定無疑也。

(十三)周頌維天之命韓詩名惟天之命

毛詩維天之命韓詩名惟天之命者，文選歐陽堅石臨終詩「惟此如循環」句，李注引薛君韓詩章句曰：「惟念也。」王先謙曰：「韓全詩無作維者。維天之命經典釋文曰：「韓詩云：『維念也。』」此乃順毛詩之文而誤。周邵蓮詩考異字箋餘：禮記引詩亦作惟天之命。

㈩周頌潛魯韓並名涔

毛詩潛篇魯韓並名涔者，王先謙三家詩義集疏注云：「韓魯潛作涔。韓說曰：『涔，魚池也。』」疏云：「涔，魚池也者，文選長笛賦李注引薛君韓詩章句文、釋文引同。案此知韓潛作涔。魯作涔者，釋器：槮謂之涔。御覽八百三十四引舍人注：以米投水中養魚爲涔。孔疏引孫炎曰：積柴養魚曰槮。陳喬樅云：孔疏涔潛古今字。釋文：潛，爾雅作涔。郭音潛。韓詩云：涔，魚池也。小雅作橬。據此，則魯詩潛亦當作涔，與韓同。蔡邕獨斷文作潛，此後人順毛所改也。」

以上舉例十四則，僅四家詩篇名分歧現象的一部分，其他可考見者，如周南卷耳之魯稱菤耳，芣苢之韓稱芣苡，螽斯之三家稱螽蟴，桃夭之魯韓稱桃枖，麟之趾之韓詩簡稱麟趾，召南摽有梅之韓稱芰楳，鄘風牆有茨齊稱牆薺，鶉之奔奔，魯齊稱鶉之賁賁，衞風考槃之三家稱考盤，齊風盧令之三家稱盧鏻，又名盧獜，一名盧泠，秦風車鄰之魯齊稱車轔……難於盡書。即一家之篇名，亦有異名並傳者，例如毛詩何彼襛矣，又稱何彼穠矣，三家盧鏻，又稱盧獜，亦稱盧泠是也。

六、結　語

㈠從詩經三百篇的篇名上，明顯地可看出物性表現的不同。試加分類考察，可得鳥、獸、蟲、魚等動物篇名五十，草、木等植物篇名六十，日、月、風、雲等天象篇名十八，江、漢、南山等地文篇名五十，正月、六月等時令篇名六，祈父、文王等人物篇名三十六，柏舟、綠衣等器物篇名二十九，以及其他不屬於以上七類之篇名五十六。其中以植物動物地文篇名最多，人物器物次之。天象時令較少。其他如大明小明瞻卬噫嘻等不歸屬上述七類之篇名，亦有五十六。此顯示周代詩人接觸最多者爲山河大地一片綠野中所遍佈之草木鳥獸，而其所歌詠，即以此等景觀爲起點。蓋詩經篇名多摘自首句，其首句所歌詠，多此等景觀也。與詩固多如此，賦比亦少他求。是以察篇名，即可見詩經特性也。詩經所以有天籟之稱，與此特性，也有關聯。

㈡南宋范處義逸齋詩補傳卷十八云：「凡詩之命名，皆摘取詩中之語，獨雨無正、巷伯、常武、酌、賚、般六篇，特出詩人之意，非有序以發之，不能知其爲何詩也。」是古人明言詩經篇名摘自詩文，不摘者僅六篇。朱熹詩集傳於小雅雨無正篇末，引北宋歐陽修詩本義之言曰：「古之人於詩多不命題，而篇名往往無義例，其或有命名者，則必述詩之意，如巷伯、常武之類是也。今雨無正之名，據序所言，與詩絕異。當闕其所疑。」又謂北宋劉安世嘗讀韓詩有雨無極篇，其詩文比毛詩篇首多「雨無其極，傷我稼穡」八字。當代屈萬里撰詩經釋義，則以爲毛詩祖本，篇首亦多二句，不知何時逸去。文開予以補充，證成毛之雨無正，韓之雨無極，其篇名亦均爲摘取首句第一第二第四三字而來。故三〇五篇摘取詩文爲篇名者共三百，而不摘取詩文爲篇名者，實僅五篇而已。至於五篇之名，應本朱子之說者四篇，即周頌三篇酌、賚、般，以樂節名篇者。巷伯即寺人，故寺人孟子之詩，人稱巷伯也。毛序之可參考者，僅餘大雅常武一篇，而余意宣王常武，乃對武王大武而言。蓋武王革命而有天下，乃周室非常之大武功，故製有大武之樂；今宣王中興，其征徐等擧，僅周室守常之武功，故摘詩中一武字，另加一常字以名其篇，以與大武比美。是以范氏所提六篇，不摘字者實僅四篇，而六篇則分屬四類。以樂節酌、賚、般爲篇名者第一類，以作者巷伯爲篇名者第二類，以首句摘字雨無正爲篇名者第三類，以摘字兼具詩義之常武爲第四類。

㈢讀左傳國語論語孟子等先秦古籍，其所稱三百篇篇名，往往與漢儒所傳今本詩經不同。此詩經多篇古今異名問題，何以釋之？吾人將答曰：漢書有之，經秦火而書禮等殘缺，詩經得以獨全者，三百篇易於背誦，師生口耳相傳，漢儒重行筆錄，是以其字往往異體。故衛淇澳，毛詩作淇奧，奧字無水旁；鄘風竿旄，毛詩作干旄，竿字缺竹頭；而小雅車舝，古稱車轄；大雅假樂，古作嘉樂；周頌雝篇，孔子曰雍，大雅烝民，孟子作蒸民，其字亦不全同。小雅節南山，春秋時單稱節，或係簡稱；小雅小宛，春秋時既名鳩飛，又名小宛，則先秦亦有一篇兩名者矣。至於大雅大明，周書稱明明，此可推知，當初大明小明，皆名明明，編詩者爲避免重名，故大雅明明稱之曰大明，小雅明明，稱之曰小明。大小明之名，乃後起者，非詩篇原名也。

㈣詩經篇名，非但古今有異，漢代所傳毛詩，與其同時代之魯齊韓三家詩，篇名亦多分歧者，其紛亂情形，更有甚於古今異名也。此固由於秦火後漢代四家，各自從口傳重行筆錄之故，而毛詩多古字，又愛用假借字，亦有以致之。況四家又各有誤字，各有異名，各有異義耶！舉例言之：毛詩齊風還，齊詩名營，毛詩還，訓便捷之貌。馬瑞辰以還字爲嬛之假借。齊詩營乃地名，即營邱。是篇名字義兩異。而韓詩篇名作嫙，訓好貌。則此篇名，字有三異，而義亦三異也。又如秦風駟驖，齊詩篇名四臷，兩字皆不同。驖即鐵，鐵色之馬。四馬曰駟，四匹鐵色馬，應作四驖，故毛詩駟爲四字之誤。而齊詩載亦爲載字之誤。是二家篇名不同，而又各有誤字也。他如召南何彼襛矣，毛詩亦名何彼穠矣。齊風盧令，魯齊韓三家有盧鏻、盧獜、盧泠三異名，則同一詩篇，而四家有四篇名矣。四例已足，他不俱舉。

六十七年十月下旬整理

三、詩經篇名問題初探總述

一、引　言

此文原名詩經篇名問題初探，開始執筆於今年六月下旬，因係病後試寫，每天只寫兩三小時，並隨時停筆休息一兩天或三四天，經兩月而完成三萬八千餘字，因三女敏麗、四女詠麗都帶了她們的夫婿和子女來臺省親，大女婿吳賡瑜亦適因公來臺，一時忙於招待他們，即於九月一日結束全文。到十月中旬，才決定將全文拆開成三篇，以便投寄雜誌發表。第一篇就現有三百十一篇篇名來考察，題名「從今存三百篇篇名來考察詩經篇名問題」。第二篇就篇名古今歧異來考察，題名「詩經篇名古今歧異的考察及其他」。分別於該月中旬及下旬整理完畢。第三篇就是這篇總述，重心在篇名問題的歷史發展，一面檢閱歷代名著來充實資料，一面提出新問題來探討，並對已得資料再加思考來研判。這樣就馬上腰背酸痛得難以支持，只好又停筆休養了十多天，才繼續當消遣一樣整理撰寫，雖又花時二十多天才修正完成，奈力不從心，仍有零亂疏漏及不够嚴整之處，只有請讀者原諒了。

二、詩經篇名問題的歷史發展

詩經今存三百十一篇，係漢代毛詩所傳。其篇名與左傳國語論語孟子等先秦古籍所載者略有出入，而與同代所傳魯齊韓三家詩遺文亦頗多歧異，但當時尚無人予以討論。今所見毛詩各篇，其篇名皆於詩後另一行標之。例如：第一篇後標曰：「關雎五章，章四句。故言三章，其一章四句，二章章八句。」第二篇後標曰：「葛覃三章章六句」。第三篇後標曰：「卷耳四章章四句。」或以爲各篇篇名，先載篇端詩序之首，其篇後重出，爲標明章句故耳。然考之小雅鹿鳴之什魚麗篇後附南陔、白華、華黍三篇笙詩之小序鄭玄所加箋語曰：「此三篇者，鄉飲酒燕禮用焉。曰：『笙入，立于縣中，奏南陔、白華、華黍』是也。孔子論詩，雅頌各得其所時俱在耳。篇第當在於此，遭戰國及秦之世而亡之，其義則與衆篇篇義合編故存。至毛公爲詁訓傳，乃分衆篇之義，各置於其篇端云。」是以知各篇篇名原僅標於篇後，所謂篇義之詩序，乃毛公分置於各篇篇首，於是開卷即先見各篇篇名及篇義如「關雎，后妃之德也……」「葛覃，后妃之本也……」「卷耳，后妃之志也……」等，然後遂見詩文耳。

論及詩經篇名問題之文字留存於今者，最早見於孔穎達毛詩正義的有二條。其一，在詩序：「關雎后妃之德也」句下注有：「關雎舊解云三百一十一篇詩並是作者自爲名」一句。查係錄自陸德明經典釋文。而陸德明雖唐初猶健在，其經典釋文著成年代，却在陳後主至德元年的癸卯之歲（公元五八二年）。既云「舊解」，則應是六朝人的見解。

其二，在詩序前所標「周南關雎詁訓傳第一」的疏文中有云：

正義曰：「關雎者，詩篇之名，……金縢云：『公乃爲詩以貽王，名之曰鴟鴞。』」然則篇名皆作者所自名。旣言『爲詩』，乃云『名之』，則先作詩，後爲名也。

「名篇之例，義無定準，多不過五，少纔取一。或偏擧兩字，或全取一句。偏擧則或上或下，全取則或盡或餘，亦有捨其篇首，撮章中之一言，或復都遺見文，假外理以定稱。

「黃鳥歌緜蠻之貌；草蟲棄喓喓之聲；瓜瓞取緜緜之形；瓠葉捨番番之狀；夭夭與桃名而俱舉；蚩蚩從氓狀而見遺；召旻、韓奕，則采合上下；騶虞、權輿，則幷舉篇末。其中蹐駮，不可勝論。豈古人之無常，何立名之異與？以作非一人，故名無定目。」

這是唐初孔穎達等撰毛詩正義時在疏文中對篇名問題提出了正式的討論。其要點有三：(1)對舊解三百十一篇篇名皆作者所自名，舉尙書金縢所載周公作鴟鴞篇爲證。並斷定先作詩，後取名。(2)篇名字數，最少只一字，最多是五字。(3)論詩篇取名無一定法則，或偏舉詩中兩字，或採取整句幾個字，所取字句，或在篇首，或在章中，或在篇末，或上下湊合，甚或不摘字句另假外理以定名。因爲三百篇非一人所作，故極爲複雜。

唐代著作涉及詩經篇名問題者，僅見成伯璵毛詩指說中解說篇，有對篇章之名的解說曰：「篇章之名久矣。篇言編也。古者無紙籍，書於簡，亦謂之編。簡策重大，則分之雅頌。章數亦謂之什。大略蓋以十章爲一別耳。詩是歌辭，皆有曲音，故章字音下加十，亦是其義。軍法十人爲什，因言成句，亦謂之言，『思無邪』三字之句，故謂『一言以蔽之』。續有後語以繼之，如途巷之有委曲，乃謂之句。故學記云：『離經絕句』是也。頌中無十篇，亦謂之什者，後人因加之。」

其實這篇名的解說，所指不是各篇的命名問題，只是何謂篇何謂章的解說，並及於句與什的解說而已。故終唐之世，詩經篇名問題，皆遵奉孔疏的解說，未有發展。至宋代歐陽修撰詩本義，始有異議提出予以修正。

宋朝是詩經學蓬勃發展的新時代，朱熹附和猛烈攻擊詩序的鄭樵，其所撰詩集傳，斷然廢棄篇端的詩序，主張玩味詩文以體會詩義的讀詩法來解詩，各詩時世，因亦多更改。到元明時代，他的詩集傳，竟能取代毛傳鄭箋孔疏的毛詩正義而成爲詩經學的權威。追溯宋代詩經學的革新，實由歐陽修的詩本義開其端。蓋詩本義本詩序以評毛鄭得失，爲宋人評毛鄭之始，而書中間亦有議詩序處，遂引起鄭樵朱熹進一步對詩序的攻擊。宋代詩經篇名問題的新發展，也由歐陽修的詩本義所推動。他在卷七雨無正篇中說：

使毛於詩序但云：「浩浩昊天，刺幽王」則吾從之矣。其曰「雨無正」，則吾不得不疑而闕。古之人於詩多不命題，而篇名往往無義例，其或有命名者，則必述詩之意如巷伯常武之類是也。

這話前段已議詩序之不妥，後段則對孔疏「篇名皆作者所自名」提出了異議，他看出三百篇作者大多作詩而不加篇名，篇名只是摘取詩文中字句以爲識別，故無義例可言。只有巷伯常武一類的詩，是以詩義命名的。經他一加指點，宋朝的詩經學者，對篇名問題，就紛紛提出討論了。

於是在北宋時蘇轍在他的潁濱詩集傳中，提出了小明大明等篇名的大小問題。劉安世、董逌分別對雨無正篇名提出了他們所見韓詩作雨無極和雨無政的歧異。南宋時范處義在他的逸齋詩補傳中，提出不摘取詩中語的篇名，只有雨無正、巷伯、常武、酌、賚、般六篇的實數。朱熹詩集傳就採取歐蘇劉三人語入雨無正小旻兩篇中。嚴粲詩緝則引歐劉范三人語入雨無正篇。呂祖謙讀詩記亦引董逌所見韓詩作雨無政之說。而朱傳於周頌酌賚般三詩篇義，又主樂節說。

玆錄朱傳中語以爲代表：

詩集傳卷五雨無正篇末傳文云：「歐陽公曰：古之人於詩多不命題，而篇名往往無義例，其或有命名者，則必述詩之意，如巷伯常武之類是也。今雨無正之名，據序所言，與詩絕異，當闕其所疑。元城劉氏曰：嘗讀韓詩，有雨無極篇，序云：雨無極，正大夫刺幽王也。至其詩之文，則比毛詩篇首多「雨無其極，傷我稼穡」八字。愚按劉說似有理，然第一二章本皆十句，今遽增之，則長短不齊，非詩之例。又此詩實正大夫離居之後，暬御之臣所作，其曰正大夫刺幽王者亦非是。且其爲幽王詩，亦未有所考也。」小旻篇末傳文云：「蘇氏曰：小旻、小宛、小弁、小明四詩皆以小名篇，所以別其爲小雅也。其在小雅者謂之小，故其在大雅者謂之召旻、大明，獨宛弁闕焉。意者孔子刪之矣。雖去其大，而其小者猶謂之小，蓋即用其舊也。」

詩集傳卷八酌篇末傳文云：「酌即勺也，內則十三舞勺，即以此詩爲節而舞也。然此詩與賚、般皆不用詩中字名篇，疑取樂節之名，如曰武宿夜云爾。」

但朱熹在篇名問題上，像六笙詩篇名正式列入小雅八什之中，表面看來，是對毛詩篇次的改進，實質上却是讓六詩的篇名正式列入小雅，由毛詩的小雅七什七十四篇，加上六笙詩己成八十篇了。

詩經相同篇名的討論也始於南宋，南宋末年宗室趙悳詩辨說一卷列載詩篇重名者九篇：(1)邶鄘重柏舟，(2)邶風小雅重谷風，(3)鄭風重叔于田，(4)王、鄭、唐重揚之水，(5)鄭、唐、檜重羔裘，(6)齊風小雅重甫田，(7)唐小雅重杕杜，(8)唐秦重無衣，(9)小雅重白華，而漏列秦風小雅之黃鳥。其言曰：「其篇名之同者，其詩之義類皆相似。」問何以相似？答案引項氏說詩云：「作詩者多用舊題而自述己意，如樂府家飲馬長城窟，日出東南隅之類，非眞有取於馬與日也，特取其音節而爲詩耳。楊柳枝曲每句皆足以楊柳，竹枝詞每句皆和以竹枝，初不於柳與竹取興也。王國風以揚之水不流束薪賦戍申之勞，鄭國風以揚之水不流束薪賦兄弟之鮮，作者本此二句，以爲逐章之引，而說詩者乃欲即二句以釋戍役之情，見兄弟之義，不亦陋乎？審是則篇題之重複者間有謂而然也。」並註曰：「如邶谷風之棄妻，小弁之放子，皆有毋逝我梁以下四語，此亦古之遺言。」

至於羅璧詩疏云：「詩名之說，或謂國史，或謂子夏毛萇。而書金縢云：『公乃爲詩以遺王，名之曰鴟鴞』，則詩名乃作者自定。」則宋人已多不信毛詩正義篇名皆作詩者自命之說，而各抒己見。但羅璧仍持此鴟鴞一篇之孤證，維護舊說也。

元明兩代詩經著作，甚少新發展，涉及篇名問題者，僅得雨無正異名一條。明人豐坊所撰子貢詩傳及申培詩說兩書所載此篇，均於「浩浩昊天」句前多「雨無其極，傷我稼穡」八字，成十二句，分爲兩章。而篇名則皆標爲「雨無其極」，此則顯然豐坊據元城劉諫議安世所見韓詩，又易其摘字篇名「雨無極」爲摘句篇名「雨無其極」耳。非古有此說也。

至清代，考證之風極盛，而輯逸成績亦斐然，是以篇名問題亦有新發展。例如馬瑞辰毛詩傳箋通釋卷二十四大明篇據逸周書世俘解，以證大明古名明明，蓋取首句「明明在下」二字爲篇名者。而陳喬樅三家詩遺說考十八卷，對三家詩之輯逸，厥功尤偉。檢其書，可得三家與毛詩篇名不同者甚多，而魯齊韓三家篇名亦多不同，甚至同一家亦有一詩兩名者，例如齊風毛詩還篇，齊詩篇名作營，而韓詩作璇，又作嫙也。王先謙詩三家義集疏，是查考四家詩各篇異同最方便的一部著作。

但是清儒也無討論篇名問題的專文，我只在魏源詩古微的「齊魯韓毛異同下」，找到了四家篇名異同一節，頗爲扼要。玆照錄於下：

問曰：歐陽氏修、蘇氏轍謂小雅小明小旻之篇，以別於大雅之大明召旻，則知亦必有大宛大弁之名，在大雅而佚之矣。視鄭箋之說爲善。而郝氏敬、陳氏啓源則謂三百篇並是作者自名，舉金縢鴟鴞公所自名爲證。因謂詩之篇目，或太史所記，或太師所目，不應先有小大雅，而後以詩從之。且詩篇重名甚多，風之杕杜、黃鳥、谷風、甫田，名與雅同。白華兩見小雅，柏舟、無衣，兩見國風，羔裘、揚之水則三見。何以不爲記別？然則當何從？

曰：風區各國，本無小大之殊；風雅異部，不嫌名篇之複；笙詩佚目，何勞記別之文？若夫樂章掌於太師，固可審音而別其爲小爲大矣。篇目雖標，間有更正，如毛詩題邶柏舟、鄘柏舟、叔于田、大叔于田，所以施於同國之風也。矧詩之篇名，有三家詩異於毛者，有古書所引，異於毛者，如韓詩常棣作夫移，齊詩還作營，則安知頌之小毖，不別有以毖名篇？大東之詩，不本名小東耶？節南山之篇，季武子賦之，但作節；維清之詩，禮記下管則曰象。至國語秦穆享重耳賦鳩飛，左傳趙孟賦河水，韋昭謂鳩飛卽小宛，河水卽沔水。則古人名篇且有不同，若皆作者自名，則異名何從生耶？

這也是反駁三百篇皆作者自名最周詳有力的理論，他先答覆主張篇名皆作者自命提出的問題：詩經篇名大多非作者自命，而係太史所記，太師所目。故小雅之有小明小旻，所以別於大雅之大明召旻。那末三百篇中篇名相同的很多，何以不似小明小旻等篇一樣加以記別？他的答覆是：(1)風雅異部，不嫌篇名重複，所以杕杜、黃鳥、谷風、甫田，不用記別。(2)小雅之兩白華，一篇已佚，故亦不用記別。(3)同國之風，其篇名重者，則加以記別，兩叔于田，一篇加大字以別之。答覆問題之外，更提出(1)三家詩篇名有異於毛者，韓詩常棣作夫移，齊詩還作營是也。(2)古書所引，篇名有異於毛者節南山但作節，維清之詩曰象是也。若篇名皆作者自命，則異名何來？豈非其中必有他人所名者耶？

但他的觀察分析，還不夠精細，編詩者對篇名相同，自有一個處理的原則。風雅異部，固不嫌重名，邶鄘同國，而不同一單位，兩柏舟實亦同名。故同一單位則避同名，鄭風兩叔于田，其一加大字以爲記別，唐風兩有杕之杜，其一摘取句中杕杜兩字爲篇名，另一則改摘全句有杕之杜以避之。其單位之劃分，國風分十五，雅分二，頌則三，爲二十單位。同一單位之詩，皆避同名，而不同單位則不避。故秦風小雅皆有黃鳥可不避，小雅另一黃鳥，則避而稱緜蠻也。二雅之有大明小明，原爲大雅明明篇與小雅明明篇，亦猶柏舟之稱邶柏舟與鄘柏舟，其後簡稱爲大明小明，遂取原名而代之耳。至於小雅之大東，本爲地名，摘自「小東大東」之句，小東猶今稱近東，大東則爲遠東，譚國在遠東，詩詠遠東之事，故篇名取大東，而不可以小東易之也。

此外尙有姚際恆在他的詩經通論中，主張詩經只有三〇五篇，並非三一一篇，故笙詩六篇篇名應予刪除。

民國以來，詩經學又有新發展，但篇名問題，甚少注意者，不見有系統的專文討論。即胡樸安徐澄宇皆撰有詩經學，各有二十餘項目，采詩、刪詩、詩樂、詩譜都列爲一項，而篇名篇次則不談。我費了好久工夫，蒐集資料，除王靜芝在常武篇談了幾句篇名的話外，最後只在蔣善國不分章不編目的三百篇演論一書中，自一四八面起，共三頁六面，約二千六百字的一段專談篇名問題的文字，已是我所見最有系統的討論了。

茲將王蔣二氏的原文錄下：

王靜芝通釋常武篇涉及篇名問題的話：

常武二字，用以名篇，後儒以詩中並無此兩字，因之紛紛疑議，莫有定解。三百篇本無篇名，關雎葛覃全無用意。常武爲西周時作，如已先立題目，則株林波澤，更宜設以有用意之標題矣。詩經之標題，固非作詩之人所書，後人采詩中字句而標識之者耳。若韓奕則由「奕奕梁山」句取一字，間二句，由「韓侯受命」句取一字，又置韓於奕之上，不能謂之有何義，有何法也。常武者，四章首句曰「王奮厥武」，擬題之人，或以爲此卽全詩之旨也。而後冠以常字。至於何以冠常字，則議者雖多，愚意皆未敢信。作標題之人既未注識，則臆度之辭，實浪費筆墨而已。蓋三百篇標題概屬識別之用，無關詩中要旨，則常武卽爲常武，不必求其義也。

他說：「三百篇本無篇名，詩經之標題，固非作詩之人所書，後人采詩中字句而標識之者耳。」所論極是。他以「王奮厥武」卽全詩之旨，故武字與詩義有關。但又不求常字之義，以三百篇篇名概屬識別之用，其言未免矛盾耳。

蔣善國演論中篇名問題專論：

＊　＊　＊

現存的詩共三百十一篇，中有六篇，只存篇名。對于這三百十一篇的篇名及次序，也當說一說。篇名即後世所說的題目。古人的詩，有詩纔有題；今人的詩，有題纔有詩。有詩纔有題的詩，多本着情；有題纔有詩的詩，多徇于物。所以古人篇名繫篇後；後人篇名冠篇前。郝敬以爲古人也先有題而後有詩，他說：「古人作詩，先有題而後有詩，未有詩成後，以題彊肖者。箴銘記贊之類，題闕或可據辭標補。至于詩義微婉，雖事有所本，而常記興象外，據辭撰題，決無此理。朱子改序，皆先有詩而後有題也。」毛詩原解序他說詩義微婉，常託興象外，固然很是；但三百篇的篇名，是否與詩的內容有關係？以我們研究結果看，三百篇的名篇，本無一定的義例，我們現在可以看出來的，約有下列三樣：

一、取通章之義和字而成的，如召旻、韓奕等類。

二、取字句的，三百篇的篇名，以這類爲最多。約分六種：

1. 取首章首句二字的，如關雎、葛覃等類。

2. 取各章末句二字的，如騶虞、權輿等類。

3. 取首章首句一字的，如氓、抑等類。

4. 取章中一字的，如丰、板等類。

5. 取首章首一句的，如維天之命，昊天有成命等類。

6. 取篇中字的，如漢廣、桑中等類。

三、無所取義的，這類是舍篇中句字，而別立一名的；如雨無正、巷伯、常武、酌、賚、般等。但雨無正據韓詩，篇有「雨無其極，傷我稼穡」八字，那麼也係取篇首字的，不能算完全無所取義。巷伯他人所名，酌、賚、般取樂節爲名，皆無深意。常武一篇，特立篇名，應自有義，實爲三百篇裏面特見的。

統看所有的篇名，皆不足以發詩內之蘊微，如只看題目，誰能知道他的內容呢？故亦不得爲「據辭撰題」。三百篇都是先有詩而後有篇名的。名篇的人，說來也不一樣：有說是國史名的；有說是子夏名的；有說是毛萇題的；又有說是采詩太史題的。鄭樵說：「命篇大序，蓋出于當時太史之所題……是以取發端之二字以命題。」然考之周禮，太史之屬，掌書而不掌詩，其誦詩以諫，乃大師之屬，瞽矇之職，故春秋傳說：「史爲書，瞽爲詩。」又有說詩人自名的。羅璧說：「詩名之說，或謂國史，或謂子夏毛萇。而書金滕云：『公乃爲詩以遺王，名之曰鴟鴞。』則詩名乃作者自定。」（詩疏）我以爲詩的篇名，有樂官定的，也有詩人定的，也有詩人沿用舊調名的。樂官所定的篇名，皆係原詩無篇名的。凡原詩由詩人自己已定好篇名的，樂官卽仍存原名。怎見得呢？如「緜緜瓜瓞」和「緜緜葛藟」，同一「緜緜」，一取「緜緜」之義，一取「葛藟」爲名。「緜蠻黃鳥」和「交交黃鳥」同一「黃鳥」，一取「緜蠻」爲名，一取「黃鳥」爲名。像這一類的篇名，都是樂官隨意定的，以免篇名重複的弊病。如二谷風，（邶風谷風小雅谷風）三羔裘（鄭風羔裘唐風羔裘檜風羔裘）二甫田（齊風甫田小雅甫田）二無衣（唐風無衣秦風無衣）二白華（小雅白華之什白華小雅都人士之什白華）三揚之水（王揚之水鄭揚之水唐揚之水）二柏舟（邶柏舟鄘柏舟）等均是詩人自定的，或原來卽有某調名而詩人沿用的，故樂官仍存其舊。如盡爲樂官所定，一定改個旁的名字，那能取些重複的篇名以亂其篇次呢！通志堂本詩經疑問附編引項氏詩說，說篇名重複是因：

「作詩者多用舊題而自述己意，如樂府家飲馬長城窟、日出東南隅之類，非其有取於馬與日也，特取其音節而爲詩耳。（原注晦翁所謂變風變雅者變用其腔調卽此意也）楊柳枝曲每句皆足以楊柳枝，竹枝詞每句皆和以竹枝，初不于柳與竹取興也。王國風「以揚之水不流束薪」，賦戌申之勞；鄭國風以「揚之水不流束薪」，賦兄弟之鮮。作者本此二句，以爲逐章之引。……審是則篇題之重複者，間有爲而然也。」

這話很對。凡這些重複的篇名，除了大部分爲詩人自製外，必有一小部分是沿用舊題舊調的。其篇名同的，其詩的義類多相同。如邶柏舟朱熹以爲婦人不得于夫者之作，鄘柏舟則婦人喪夫而守義者所作。王風揚之水、鄭風揚之水皆曰：「不流束楚」「不流束薪」。邶風谷風則夫婦失道，小雅谷風則朋友道絕。羔裘三篇皆言君大夫之辭。今把揚之水兩篇對抄下來看一看：

「揚之水，不流束薪。
彼其之子，
不與我戍申。
懷哉！懷哉！
曷月予還歸哉！

揚之水，不流束楚。

「揚之水，不流束楚。
終鮮兄弟，
維予與女。
無信人之言！
人實迋女。

揚之水，不流束薪。

彼其之子，　　終鮮兄弟，

不與我戍甫。　　維予二人。

懷哉！懷哉！　　無信人之言！

曷月予還歸哉！　　人實不信。」鄭風

揚之水，不流束蒲。

彼其之子，

不與我戍許。

懷哉！懷哉！

曷月予還歸哉！」王風

現在的時調裏面，如四季相思調，其內容皆寫女思男之情，而又分四季思之。起首不是：

「春季裏相思艷陽天，百草呀！回芽遍地鮮，柳含煙。我郎呀！一身爲客在外邊。」

就是：

「春季裏相思，春歸在客先，傷心呀！人兒悶坐小樓前，恨難言。伊人一去經歲又經年。」

等，正與此相同。

篇名的長短，則由一字至五字；以二三字的爲多，五字的僅昊天有成命一篇。後世詩的篇名，竟漸有繁至十數句的；這是因爲他們不知古人篇名自篇名，序自序，把篇名和序混了，或把序當做篇名的原故。

＊　＊　＊

蔣氏所論，雖忽略了篇名問題的歷史發展，例如陸德明釋文的以三百十一篇都是作者自名，孔穎達正義更舉金縢所載鴟鴞篇名由來，以推論篇名皆作者所自定，這是隋唐時代提出篇名問題的第一階段；而歐陽修詩本義提出古人作詩多不命題，蘇轍主張因大小雅之別而有大明小明之篇名，朱子主張酌、賚、般篇名皆取自樂節之名，這是兩宋時代提出異議的第二階段。蔣氏六面篇名問題，對陸孔歐蘇，一字不提（他文中轉引前人主張的話，可考者最早是宋人鄭樵羅璧，其次是明人郝敬。），其所論便遺漏太多了。但在我所知，這還是唯一有系統討論篇名問題的文字。其意見雖不與本人盡同，亦多可爲本文參考者。其必須指正者僅三點：⑴取字句爲篇名的第四種「取章中一字的」擧丰、板爲例。而丰、板實爲與氓、抑相同，乃取首句一字者，應改擧潛、桓二篇爲例。這是他的疏忽。⑵他在文尾說：「篇名的長短，則由一字至五字；以二、三字爲多，五字的僅昊天有成命一篇。」其實篇名以二字篇名二三一爲最多，四字篇名四二次多，三字篇名僅二十篇，並不算多，只與一字篇名十七相仿。這是他不作實際統計所生弊端。⑶他說「緜」和「葛藟」句中都有「緜緜」，而篇名取義不一，「交交黃鳥」和「緜蠻黃鳥」也是如此。這一類篇名，都是樂官隨意定的。不知詩經時代的詩歌，作者多不命名，大多在流傳歌唱途中，人們已隨便摘取詩中字句來稱呼。樂官或編詩者，就附錄於詩文之後，遂成篇名，很少更改。三百〇五篇中相同的篇名很多，只有其中是同一單位的才予更定，以免混淆。不同單位的相同篇名則不改，因爲稱呼時，可加單位名來區分的。詩經有三羔裘，左傳昭公十六年載「子產賦鄭之羔裘」卽其例。蔣氏所擧，「緜」是大雅，「葛藟」是王風，不同單位，如果兩篇都名「緜」或「緜緜」，樂官採用時不會改名的。而兩篇「黃鳥」，一在秦風，一在小雅，也不必改名，一篇所以要改名爲「緜蠻」，只爲小雅另有「黃鳥黃鳥」也名「黃鳥」，所以這「緜蠻黃鳥」只好改稱「緜蠻」了。

另外，我對於蔣氏主張詩經相同篇名，或爲「原來卽有某調名而詩人沿用的」並引項氏詩說爲證的話，持不同的看法。詩經篇名何以多相同？那是詩經時代的詩人，不避套取現成詩句入詩的關係。而與詩首句相同者尤多。「汎彼柏舟」、「習習谷風」、「有杕之杜」即其例。其內容有相同母題，如王、鄭、唐三篇揚之水的水占風俗者，且往往呈同一風格現象。由此現象，演變而爲後世以首句爲曲調名，供人襲其首句，以撰寫同一曲調之風。並非詩經時代，即以揚之水專爲一曲調也。蓋依朱子腔調之說，王風有王風的腔調，鄭風有鄭風的腔調，唐風又是另一腔調，三篇揚之水，就不可能是同一腔調，而成爲一個曲調名。這是應加細辨的。

三、詩經篇名問題總探討

現在我試依歷史發展的先後，將詩經篇名問題試作一次總的探討。

一、首先我們依現存漢代傳下來的毛詩形式，就篇名附在詩文之後，而詩序係毛公置於篇端的現象來研判，最保守的推定，是詩經時代的詩歌，是先有詩文，然後附加篇名的。甚或可能當時只有詩歌口唱流傳而並無篇名，後人筆錄時才隨便將詩文首句或首句中容易記憶的一二三字另行附書，以爲識別，而成爲篇名。

二、從陸德明經典釋文中有：「舊解云：三百一十一篇詩，並是作者自爲名」一句，可知六朝時已有詩經三百十一篇篇名，都是作詩者自己所命之說。

三、到唐初孔穎達等撰毛詩正義，對篇名問題提出了三項討論：

(1)對這篇名皆作詩者自命的舊解，加以較詳的說明。他提出的論證，是尙書金縢所載鴟鴞詩命名經過作範例，並加進一步的推斷，先述周公作詩，再說「名之曰鴟鴞」，所以是先作詩，後加篇名的。

(2)篇名字數至少一字，至多五字。

(3)詩篇取名，無一定法則，大別有摘取詩中字句和不摘字句兩種，因三百篇非一人所作，故詩篇取名情形，極爲複雜。

以上三項，逐一加以探討。

第一項前段，陸氏釋文「三百十一篇詩並是作者自爲名」的舊解，孔疏擧金縢載「周公爲詩以貽王，名之曰鴟鴞」爲例證：此事史記亦有記載，鴟鴞篇毛序也採用之。文字詳略各有不同，一併作爲資料抄錄於下：

(1)尙書金縢：「武王既喪，管叔及其群弟乃流言於國曰：『公將不利於孺子。』周公乃告二公曰：『我之弗辟，我無以告我先王。』周公居東二年，則罪人斯得。于後，公乃爲詩以貽王，名之曰鴟鴞。王亦未敢誚公。」

⑵史記魯世家：「武王崩，周公當國，管蔡武庚等率淮夷而反，周公乃奉成王命興師東伐，遂誅管叔蔡叔甯淮夷東土，二年而畢定。周公歸報成王，乃爲詩貽王，命之曰鴟鴞。」

⑶毛詩序：「鴟鴞，周公救亂也。成王未知周公之志，公乃爲詩以遺王，名之曰鴟鴞焉。」

三種資料，雖都說：「爲詩以遺王，名（命）之曰鴟鴞。」但這終究只是一篇詩的命題記載。所謂孤證不立，難於以一概全，根據一篇詩的記載，就推論說詩經三百十一篇都是如此。所以孔疏的理論根據太薄弱了。難怪到北宋，歐陽修便要提出：「古之人於詩多不命題」的異議來了。可是他語焉不詳，未提反證。接着只說了一句：「而篇名往往無義例。」來暗示這是詩人大多不自命題，篇名由他人隨便從詩中摘取以爲識別所呈現象。接下去又說了兩句：「其或有命名者，則必述詩之意如巷伯常武之類是也。」這似乎是承認巷伯常武兩篇是詩人自命名者，但這也可解爲這兩篇是正式命題，故其篇名點出了詩意。還有，歐陽氏不提鴟鴞，那麼，鴟鴞亦非述詩之意的正式命題，或且懷疑並非周公自爲名了。

以上歐陽修話中的含義，我們都可以認同。但他所學「述詩之意」兩篇巷伯與常武的篇名，是否能代表詩義，也有問題。可以認同和不能認同的理由，分別申述於下：

篇名多係由他人自詩文中隨便摘取字句而成，所以三家詩所傳篇名往往不同，而先秦典籍所記，有與今傳篇名不同者，甚至自古即有一詩兩名如小宛之又名鳩飛者。而相同篇名如大雅明明與小雅明明，以簡稱的大明小明篇名出現在今本詩經中，當更係編詩者所定，而非作者所自命了。

我們知道現在流行的民歌，還是大多沒有歌名的。所以編輯民歌的人，只就歌中首句，或句中突出的字取作識別。但首句類同的歌太多了，所以類同的歌題下還要加其一、其二等字的區別。或者全書民歌都不加字句識別，只用編號來代替歌名。可見詩經三百多篇篇名附於篇末，而篇名也只是編詩者摘取詩文篇首字句或章中章末字來識別而已。也有許多篇在流傳時已有人用摘取字句法以爲稱呼的。像尙書史記等所記周公鴟鴞的命名情形就是這樣。尙書金縢云：「于後，公乃爲詩以貽王，名之曰鴟鴞。」史記魯世家曰：「周公歸報成王，乃爲詩以貽王，命之曰鴟鴞。」毛序曰：「公乃爲詩以遺王，名之曰鴟鴞焉。」古文簡略，末句可作兩解，一解爲「自名之曰鴟鴞」，亦可一解爲「人名之曰鴟鴞。」蓋當時周公之獻詩，非直接呈獻，亦採傳唱方式。故鴟鴞之得名，應在傳唱之時，取首句鴟鴞以爲名。或王得詩以後，人名之曰鴟鴞。毛詩正義孔疏：「公劉序云：『而獻是詩。』此云遺者。獻者，臣奉於尊之辭；遺者，流傳致達之稱。彼召公作詩，奉以戒成王。此周公自述己意，欲使遺傳至王，非奉獻之故，與彼異也。」孔疏解遺爲流傳，與獻有別，其辨甚細密。

歐陽修稱爲「述詩之志」的巷伯與常武兩篇篇名，我們認爲巷伯是官名，爲宮中永巷的長官，而詩中自述：「寺人孟子，作爲此詩」，寺人是宮中奄人的通稱，今稱太監，而巷伯則是太監的頭兒。作者自稱寺人，而篇名爲巷伯，較寺人爲尊。則非自命而係他人所名可知。作者旣自謙稱寺人，決不自命其詩爲巷伯，只有他人尊之，故名其篇爲巷伯也。

至於大雅常武篇，毛詩正義曰：「經無常武之字，故又解之美其有常德之政，以立此武功征伐之事，故名爲常武。」朱熹辨說僅云：「所解名篇之意，未知其果然否？然於理亦通。」但方玉潤詩經原始，則以常武爲樂名之名詩者，他說：「周之世，武功最著者二：曰武王，曰宣王。武王克商，樂曰大武；宣王中興，詩曰常武，蓋詩卽樂也。此常武者，其宣王之樂歟？殆將以示後世子孫，不可以武爲常，而又不可暫忘武備，必如宣王之武而後爲武之常然，變而不失其正焉者耳。而豈以武爲常哉？又豈如序所云，有常德以立武事之謂哉？」其實大武之樂的第一章周頌武篇，旣摘首句「於皇武王」的武字爲篇名，此詩之稱常武，詩中亦有武字，即第四章首句「王奮厥武」，或亦摘此武字以爲篇名。但以頌武王非常的武功革殷命之樂既曰大武，則此美宣王中興之樂章，乃美守常之武功者，故以常武爲篇名耳。如此說來，常武篇名，是摘字而兼述詩之意者。

篇名問題孔疏第二項說，篇名字數至少一字，至多五字。我們再加分析，篇名大多是兩字，而摘字篇名是至少一字，至多四字，無五字篇名。摘句篇名則至少兩字，至多五字，無一字篇名，兩字篇名僅祈父一篇，五字篇名也僅昊天有成命一篇。

篇名問題孔疏第三項表示，詩篇取名，無一定法則，大別有摘取詩中字句和不摘字句兩種，因三百篇非一人所作，所以取名情形，極爲複雜。例如摘取字句的，「或偏舉兩字，或全取一句。偏舉則或上或下，全取則或盡或餘。亦有捨其篇首，撮章中之一言。」「召旻、韓奕，則采合上下；騶虞、權輿則並舉篇末。」或如草蟲之取物名而棄其聲，或如緜蠻的捨物名而取其貌，或如桃夭的物名狀貌並舉。分析極細，但亦僅舉數例，我們儘可補充，或如關雎的聲物兼取，或如卷耳芣苢的捨棄動作，或如采蘩褰裳的動作又及物，或如白駒玄鳥的物色並舉，或如蒹葭的遺其蒼蒼，或如南山北門的僅述地名，或如我行其野的人地動作俱全。形形色色，難於盡舉。對其「全取一句」又分「或盡或餘」我們不能同意。蓋既稱全取，則當盡取而無餘。所以像齊風「東方之日兮」，魏風「十畝之間兮」兩篇篇名都餘一兮字不取，我們就認爲不是摘句篇名，而列入摘四字篇名之中。

不摘字句的「都遣見文，假外理以定稱」之篇名，小雅巷伯的以官職爲篇名，周頌酌以樂節爲篇名，而詩文中無巷伯與酌字卽其例。

至於說篇名複雜是因三百篇名都係作者自定之故，我們知道三百篇名既大多非作者自定，則其理論當然已不能成立。但爲什麼這樣複雜呢？我們的硏判，是因爲民歌流傳之初，本無篇名，大多只由傳唱者便於識別，隨意擧其首句或摘取詩中兩三字以爲標記，而編詩者就附記於詩後，遂被視作篇名，所以看來詩篇的定名方法，就很複雜了。

四、成伯璵對篇章之名的解說，只談到什麼叫篇，而不涉篇名的種種。他說篇卽編，書於竹簡而編之意，章亦謂之什，以十章爲一別。這和詩經篇什的實際情形略有出入。現存詩經，乃集若干章爲篇，集十篇爲一什，而成氏則章與篇什之分不清。朱駿聲說文通訓定聲：「篇謂書於簡册可編者也。其書於帛可捲者謂之卷。」後人計詩，則以首代篇，但云詩若干首，而不再言若干篇。但律絕詩之一首，往往只等於詩經的一章而已。

五、北宋歐陽修的話，前面在探討孔疏時已一併硏判過。要補充的是，兩無正的篇名問題。經過歷代探討，據我研判，也是摘字篇名。

六、蘇轍認爲詩有大明小明等篇名，係大小雅之別。我們同意篇名中的大指大雅，小指小雅。但我們認爲詩經十五國風二雅三頌各爲一單位，共二十單位，只有同一單位的相同篇名加大小等字區分之，不同單位則不加區分，於敍述必要時才冠單位名以免混淆，如邶風柏舟，鄘風柏舟，不同單位，篇名不妨相同。只有在行文稱述時，才稱邶柏舟鄘柏舟以免混淆。羔裘有三，左傳昭公十六年記子產賦詩，就說：「子產賦鄭之羔裘。」大雅有明明篇，小雅也有明明篇，篇名本不妨相同，但文章中提到明明篇時，爲免混淆，就分別稱爲大雅明明和小雅明明，後又簡稱大明小明，習慣了簡稱，編詩者竟將大明小明等作爲正式篇名附於詩後了。所以像大明小明等篇名，就決非作詩者所自名，而係經過一番演變後爲編詩者所採用。篇首「節彼南山」古摘一字名節，「宛彼鳴鳩」「弁彼鸞斯」則名宛名弁，因小雅另有相同篇名，故此宛弁遂名小宛小弁，小宛且改名鳩飛以避之。另一宛與弁詩或在大雅，則分別稱大雅宛大雅弁，小雅宛小雅弁。而簡稱小宛小弁。其後另一宛弁雖逸，而小字仍存也。

七、南宋范處義明確提出不摘取詩中語的篇名，只有雨無正、巷伯、常武、酌、賚、般六篇。經過歷代的探討，周頌酌、賚、般三篇，大家採取朱子以樂節爲篇名之說。其他三篇，我以爲兩無正係摘首句三字爲篇名，巷伯是別人尊作者寺人孟子之稱，意卽巷伯之詩。常武則是摘字而又表義的篇名，所摘爲詩中一武字，又加常字以合詩義，其義爲宣王守常的武功之樂章，以別於武王實現革命非常武功的大武之樂。常武是三百零五篇中篇名的特例。

八、南宋朱熹詩集傳因笙詩六篇依儀禮的應用，魚麗應在南陔、白華、華黍三詩之後，毛詩不該將此三詩附於魚麗之後，魚麗後應是由庚、南有嘉魚、崇丘、南山有臺、由儀。毛詩不該將三笙詩一併附於南山有臺之後。爲小雅各得其所，就爲重排篇次，並將七什改爲八什，後七什的什名都改了，這樣附入小雅的六笙詩，正式的成爲小雅的篇名。不知小雅原只七四篇，詩經原只三〇五篇，所以連兩白華都不必區分的。現在笙詩白華婢作夫人，竟以充什名，要到清朝才由姚際恆來指出其不當。

九、南宋末年趙悳對相同篇名的見解，他說：「其篇名之同者，其詩之義類皆相似」，可予同意。這與胡適指出題材相似的民謠，往往由同一母題所產生的理論相通。日本白川靜對詩經不同地域的三篇揚之水，也主張同出於水占風俗的產品。但趙氏引項氏語，以爲國風王鄭兩篇揚之水的所以相似，乃因「作詩者多用舊題而自述己意，如樂府家飲馬長城窟、日出東南隅之類，非眞有取於馬與日也，特取其音節而爲詩耳。」這以後世的樂府詩製作方式，推測詩經時代的情況，是似是而非的。只因詩經時代，有套用別人詩句的習尙，故三百篇多相同句。王鄭唐三地都有水占風俗，所以三地的人都可套用「揚之水，不流束薪」等句入詩，來描寫他自己水占的情景。但依朱子腔調之說，王鄭唐三地各用其當地的腔調來歌唱他們的詩，三篇揚之水，並非同一曲調。由相同的首句，演變而爲一個曲調，供人襲其首句，以撰寫同一曲調之事，已是遲至漢魏以來樂府詩的現象。這是不可不細辨的。近人蔣善國又引項氏之說來發揮，那就更顯得粗心了。

十、明人豐坊僞撰子貢詩傳、申培詩說兩書中篇名問題，僅將雨無正篇名，襲韓詩雨無極之說，再改爲「雨無其極」而已，以及郝敬等的主張，均無特別提出討論的必要。

十一、清儒的考證，對篇名問題，確實有些新的貢獻。像馬瑞辰考出大明古名明明，我們就可知小明亦名明明，大明小明篇名的由來，實爲大雅明明與小雅明明的簡稱的採用，編爲三百篇篇名的。陳喬樅三家詩遺說中涉及三家篇名問題的很多，例如毛詩節南山古名節，三家亦單名節，與古傳篇名同。毛詩還，齊詩名營，韓詩名璇，又作嫙，均爲考證所得。王先謙所撰詩三家義集疏，更據以改節南山之什爲節之什，則更因篇名的考證，而涉及詩經的什名。這是自朱子集傳因篇次問題而更改詩經什名以後的又一新發展。

十二、至於魏源的主張，前已提出討論過，此地不再重述。姚際恆主張笙詩六篇篇名從詩經中刪除，以訂正詩經僅三〇五篇之數，則應在此談論一番。

關於小雅笙詩南陔、白華、華黍、由庚、崇丘、由儀六篇，毛傳謂「有其義而亡其辭」，鄭玄謂「辭義皆亡」，劉原父以亡作無，謂「本有聲無詞。」鄭樵主其說，而朱熹亦從之。其討論重心在何以無詩文一點上。毛傳之所以謂「有其義」者，以六篇的詩序，如：「白華，孝子之絜白也。」亦即篇名的解釋。故攻序之朱熹，於其詩序辯說中即曰：「所謂有其義者，非眞有。」到清代姚際恆，則更主張將這六篇的篇名都從詩經中刪去。他在詩經通論卷十二附論儀禮六笙詩中說：「六笙詩係作序者所妄入。既無其詩，第存其篇名于詩中，今愚概從刪去。」蓋作序者「既不見笙詩之辭，第據其名妄解其義，以示序存而詩亡。于南陔、白華皆言孝子，因前後諸詩爲忠，故以孝廁其間，用意甚稚。夫諸詩既爲朝廟所用，言臣之忠，可也。何由及于家庭之孝子乎？于華黍爲宜黍稷，此不必言矣。于由庚、崇丘、由儀，則難揣摹其義，第泛言萬物得所之意，以合乎國家治平景象而已。其彷彿杜撰，昭然可見。由是傳之于世，詩三百十一篇矣。古所傳詩唯三百五篇。史記言：「古詩三千餘篇，及至孔子，去其重，取可施于禮義者三百五篇。」龔遂謂昌邑王曰：「大王誦詩三百五篇。」王式曰：「臣以三百五篇諫。」以及漢之讖緯諸書，亦無不言三百五篇者，皆歷歷可證，漢世從無三百十一篇之說。」

由以上可見詩經本只三零五篇，南陔等笙詩六篇篇名，應予剔除。六篇詩序只是依照篇名篇次等而杜撰，白華的表「孝子之絜白」，華黍的「宜黍稷」，崇丘的「得極其高大」，均由篇名加以想像而來。由庚、由儀，則更從一由字發揮了。姚說之可以補充者爲毛詩雖將六笙詩篇名厠於詩經，尙僅附於魚麗、南山有臺之末，未正式列入小雅之中，七什次序仍舊，兩白華亦未及加以區分，其攙入痕跡，尙遺留可見。

十三、民國以來提出篇名問題討論的蔣善國、王靜芝二氏的主張，我於前面已加以研判。這次我自己作專題研究，因病後體弱，無力潛心細檢衆多舊籍，就先將毛詩三百十一篇篇名從不同角度予以分類統計，加以考察，再進一步從古籍及三家詩中蒐輯詩經篇名古今歧異等的資料來研究，分別撰寫萬餘字的篇名問題各一篇，其中較前人有所進展的，略述其要點如下：

(1)從各篇篇名字數來估計，三百篇篇名十之七八是二字篇名，而二字篇名之中，又十之七八爲摘取本篇首句的一二字或三四字而成。統計結果，我的估計無誤。三百十一篇中二字篇名二三一篇，其百分比爲七四・二八。若笙詩六篇不計，則爲二字篇名二二五篇，占三〇五篇的百分比爲七三・五七。而此二二五篇中，摘取首句第一二字而成者一〇五篇，摘取首句第三四字而成者六十一篇，兩共一六六篇，占二二五篇的百分比爲七三・七八，若仍以二三一篇計，亦占其百分比七一・八六。

(2)詩經三一一篇篇名中，一字篇名一七篇，占百分之五・四七，二字篇名二三一篇，占百分之七四・二八，三字篇名二十篇，占百分之六・四二，四字篇名四二篇，占百分之一三・五〇，五字篇名一篇，占百分之〇・三二。

(3)詩經有詩文的詩篇三〇五篇中，其摘取本篇詩中字句爲篇名的共二九九篇，只有六篇不摘取詩中字句爲篇名。二九九篇中摘句篇名五十三篇，所摘之句，全爲篇首第一句。計二字句篇名祈父一篇，三字句篇名麟之趾等十二篇，四字句篇名野有死麕等三十九篇，五字句篇名昊天有成命一篇。而無一字句篇名。另外大叔于田一篇，則只指首句全三字，加一大字與前篇爲區別的。故摘句篇名總數應爲五十四篇。

(4)摘取詩文首句中字爲篇名的共二二四篇，摘字一字至四字，無五字者。其中摘取篇首兩字爲篇名的二〇三篇，摘取篇首一字爲篇名的十二篇，摘取篇首三字爲篇名的七篇，摘取篇首四字爲篇名的二篇，摘取首句以外字爲篇名的共十三篇。摘取首句一字另加篇中人名字的有韓奕、召旻兩篇。其他六篇，則是摘取詩中一字，另加大小區別字的。故摘字篇名總數應爲二四五篇。

(5)詩經不避相同句，首句相同者尤多，故摘取字句爲篇名者亦多相同。詩經以十五國風二雅三頌各爲一單位，不同單位，不避篇名相同。故邶鄘各有柏舟，王、鄭、唐均見揚之水。國風小雅之篇名皆稱谷風、黃鳥、杕杜、甫田。但同一單位，應加區別，或予避免，例如鄭風兩叔于田，較長一篇加大字稱大叔于田；唐風有兩篇首句「有杕之杜」，則一稱杕杜，一稱有杕之杜。小雅首句「緜蠻黃鳥」之詩，本應摘黃鳥兩字爲篇名，因已另有黃鳥一篇，故避而摘緜蠻爲篇名。大小雅各有明明一篇，本不避同名，所以改稱爲大明小明者，乃大雅明明小雅明明之簡稱，後竟習用簡稱，遂使本名不彰耳。

(6)統計詩經篇名所顯示的物性，以探知詩經所表現的性向。經分類統計結果，三零五篇中以有關動植物的篇名爲最多，計一一〇篇，其次爲地文五〇篇。是以詩經特性，可以地文山河大地所構成綠野中遍佈之草木鳥獸等大自然景色爲起點。詩經所以有天籟之稱，與此特性也有關聯。

(7)自宋范處義在他的逸齋詩補傳中提出不摘字句爲篇名的詩僅六篇以來，未見異議。文開試將這六篇篇名加以研判，除肯定周頌酌、賚、般三篇從朱子之說爲以樂節名篇者外，其餘小雅雨無正應該也是摘字篇名，巷伯係官名，乃他人尊寺人孟子而以之名篇者，大雅之常武，則對武王革命的非常大武功之有大武曲而來。蓋宣王中興，其征徐等擧，對革命的大武而言，僅爲守常之武功，而非非常之武功，故摘詩中「王奮厥武」句之一武字，另加一常字以爲篇名也。如此，三〇五篇中，不摘字句篇名實僅酌、賚、般與巷伯四篇而已。

(8)左傳國語論語孟子等書中賦詩引詩所擧篇名，往往與毛詩不同，而小雅小宛，春秋時既名鳩飛，又稱小宛，則先秦時已有一篇兩名者矣。余試加蒐輯，得十二則以爲詩篇古今異名擧例。此可證詩經篇名多非作者自定，縱有作者自定，他人亦有另起篇名者，故古今篇名有異，而春秋時即有篇名紛歧者也。另輯漢代四家詩篇異名考察十四則，以爲詩經篇名多他人所定之佐證。

(9)詩經三零五篇的篇名由來，經我探討研判，大概十五國風本來無篇名，在流傳中經流傳者摘詩中字句以稱之，所以會有一篇兩名等現象發生。同一單位遇有同篇名之詩，則篇名上有加區別字如鄭風兩篇叔于田，較長一篇就加一大字以識別之，而唐風兩篇杕杜，一篇就改採摘句篇名爲有杕之杜。官府採集以後，樂官配樂時便將流行的篇名加以審定而有一番抉擇。其詩產生經過史官記錄的，其篇名就又存於官府的檔案中。左傳閔公二年記「許穆夫人賦載馳」便是其例。最後的寫定者，則是三百篇的編輯人。這編輯人可能就是官府儲備樂歌的樂官。而儲備樂歌的官府，大約王室與好多大國都有。至遲於周景王元年卽公元前五四四年孔子八歲時，吳季札到魯國觀賞周樂，魯國儲備本詩篇的完整，已與今本詩經差不多了。

大小雅詩之直接獻呈王室的，大約就由樂官及史官給予篇名。其先流傳在外的則或如衞武公的自名其詩爲懿戒，或如寺人孟子的詩由「敬而聽之」的「凡百君子」給他起名爲巷伯，但大多數雅詩，仍像國風般被人給予摘取詩中字句爲篇名了。像衞武公的懿戒，最後還是被定爲摘字篇名抑。也有篇名加區別字的，如大明、小明；也有篇首一字加篇中特殊字的，如韓奕、召旻。而常武篇則摘詩中特殊一字另加詩外特殊一字，以代表特殊詩義的。

至於三頌，都是由指定的大臣或宮庭詩人，以及樂官所作。大多也與風雅相似，隨便由人摘取詩中字句爲篇名。也有卽以其樂節爲名，如周頌的酌。在詩篇已有定本後，詩句和篇名仍有微小的變動：頌詩如雝篇，孔子時原名雍，雅詩如「天生烝民」，孟子所引爲「天生蒸民」；風詩如齊詩的今文作「子之營兮」的齊詩營篇，在古文的毛詩定本却是「子之還兮」的還篇。

其他糾正與補充前人之說者，俱見本篇，不另重述。

⑽爲證蘇氏大明小明小旻小宛等篇名之大小所以標大雅小雅之區別，余檢左傳國語所載賦詩引詩年代，以吳季札聘魯觀周樂之歲（魯襄公二九年，即周景王元年，公元前五四四年），爲分界線，是否此等大小之稱出現於此分界線之後，以明此等大小字之採用，是否與魯國詩經完備本之編成有關。結果查出大明小旻小宛三詩之名，出現於左傳者均在昭公元年（周景王四年，公元前五四一年），所記爲「令尹享趙孟，賦大明之首章，趙孟賦小宛之二章。」「晉樂王鮒曰小旻之卒章善矣，吾從之。」前此則無此等大小篇名之詩。而國語所記，魯語下有「叔孫穆子（豹）聘於晉，晉悼公饗之。對曰……夫歌文王、大明、緜，則兩君相見之樂也。」又左傳僖公二四年（周襄王十六年，公元前六三六年），記晉公子重耳入秦見穆公之賦詩，僅記「公子賦河水，公賦六月。」而國語晉語，更有「秦伯賦鳩飛」之記載。而鳩飛即小宛之古稱。則季札觀樂前九十餘年，秦穆公賦小宛尚稱鳩飛；而觀樂後四年，趙孟賦之已改稱小宛矣。小宛之名，魯樂編定時採之也。又查叔孫豹聘晉在晉悼公四年，即魯襄公四年，周靈王三年，公元前五六九年，前於季札觀樂二十五年，叔孫已稱大明

而不稱大雅明明，則此時魯國儲備之三百篇已編成。而更前六十餘年，則小宛尚稱鳩飛，此大小區分之採用，卽在此六十餘年之中，蘇氏之說，驗之古籍，可通。可說是編詩者採以分大小雅者，而大明小宛亦均大雅明明小雅宛之簡稱而成篇名者也。又考詩經三零五篇作成可考的最晚年代，舊說爲公元前五九九年的陳風株林，（此詩作於陳靈公死前，故可能作於死前一年之公元前六〇〇年）新說爲公元前五一六年的曹風下泉。則此魯國詩經編成年代，應在公元前六〇〇至五六九這三十年中，而編成以後，再加入之詩，僅下泉一篇耳。

四、後　語

初探三萬八千餘字的寫成，只花了我兩個月的工夫。不料爲分成三篇來發表，這第三篇總述，一經整理修訂，略增資料，寫完後一算，字數又加多了萬餘字，其中複述之處，又隨時發揮，難於删削。只得交由內子普賢來處理。她細讀一遍後說，此文雖不免嚕囌了些，但最後整理成三十四則答案，除已多方探討詩經篇名本身諸問題外，又能旁及篇名影響什名，以及從篇名來探索詩經特性與詩經編成年代等的嘗試，創見頗多，應可得很高的評價，並作爲一個小題大做的樣品。寫此文前後經時半年，若再鍥而不捨的修改，一定會再度病倒。現在只有先行發表，等讀者有所指正以後，將來有力時再加修正吧！又，答案三十四則，可獨立成一文，我聽取她的話，先行發表，請求高明讀者的指正！

六十七年十二月十二日於台北

四、詩經篇名問題答案三十四則

茲依據前面所提資料，將詩經篇名各項有關問題，加以整理，作成答案三十四則以結束本文。

㈠詩經篇名，以字數多少來分別，共有那幾種？

答：共有五種，爲：氓等一字篇名，關雎等二字篇名，麟之趾等三字篇名，野有死麕等四字篇名，和昊天有成命五字篇名。這五種篇名，大多係摘取詩中字句而來。

㈡詩經一字至五字篇名中，以那一種爲最多？那一種最少？

答：詩經有詩文的篇名三百零五篇，連同無詩文的笙詩六篇，共三百十一篇名中，計一字者十七篇，二字者二三一篇，三字者二十篇，四字者四二篇，五字者一篇，所以最多的是二字篇名，最少的是五字篇名。

㈢詩經中那幾篇有篇名而無詩文？何以無詩文？

答：詩經中有笙詩南陔、白華、華黍、由庚、崇丘、由儀等六篇有篇名而無詩文。毛氏謂：「有其義而亡其辭。」箋云：「遭戰國及秦之世而亡之，其義則與衆篇之義合編故存。」意即序存而詩逸。朱熹詩集傳則解亡爲無，故「有聲無辭」，並以儀禮載此六篇篇名爲證，其言曰：「鄉飲酒禮歌鹿鳴、四牡、皇皇者華，然後笙入堂下，磬南北面立，樂南陔、白華、華黍。燕禮亦鼓瑟而歌鹿鳴、四牡、皇皇者華。然後笙入立于縣中，奏南陔、白華、華黍。南陔以下，今無以考其名篇之義。然曰笙、曰樂、曰奏，而不言歌，則有聲而無辭明矣。」又云：「儀禮鄉飲酒及燕禮，前樂既畢，皆間歌魚麗，笙由庚，歌南有嘉魚，笙崇丘，歌南山有臺，笙由儀。間，代也，言一歌一吹也。蓋一時之詩，而皆爲燕饗賓客上下通用之樂。」今當從朱傳。

㈣姚際恆主張將笙詩六篇篇名從詩經中刪除，有何理由？

答：他以爲笙詩南陔、白華、華黍、由庚、崇丘、由儀六篇，出自儀禮。而儀禮之書作於周末，去詩經時代已遠，孔子說「詩三百」，只指詩經三零五篇，六笙詩不在其中。所以史記載孔子刪詩，「取其可施于禮義者三百五篇」，王式說：「臣以三百五篇諫」，漢世從無三百十一篇之說。六笙詩係作序者所妄入，觀六篇詩序，第據其名妄解其義，既無其詩，不必徒存篇名。故概從其所著詩經通論中刪去。

(五)詩經篇名，爲何附於篇末？

答：這可體驗出詩經時代作詩，是先有詩而後隨便採取一些詩中字句以爲識別，故編詩者僅附記於篇末，而亦遂成篇名。

(六)詩經篇名既多係採取詩中字句而來，是否可分摘句與摘字的兩種類別？孔疏說：「多不過五，少才取一，或偏舉兩字，或全取一句。偏舉則或上或下，全取則或盡或餘」，其言確當否？

答：摘取詩中字句爲篇名者，可分摘句與摘字兩種。不過要補充說：「摘句篇名無一字者，只有二字三字四字五字四種。摘字篇名則無五字者，而有一字二字三字四字四種。」還有要糾正的是：「全取一句」，則不應「有餘」。所以像齊風首句「東方之日兮」摘篇名爲「東方之日」不應餘一兮字。餘一兮字，則已非摘句，而是摘取四字的篇名了。

(七)詩經篇名既係採取一些詩中可以識別的字句而來，何以又有許多相同的篇名？

答：因三零五篇既非一人所作，亦非一時之作，更非一地之作，各自摘取字句以爲篇名。而詩經時代，流行套取現成詩句入詩，各詩相同句特別多，所以難免篇名的相同了。

(八)詩經三零五篇中，有多少相同的篇名？怎樣避免混淆不清？

答：共八組十八篇。計：十五國風中有四組十篇，那是：(1)揚之水三篇——王、鄭、唐各一篇。(2)羔裘三篇——鄭、唐、檜各一篇。(3)柏舟二篇——邶、鄘各一篇。(4)無衣二篇——唐、秦各一篇。

國風與小雅之間有四組八篇，那是：(1)谷風二篇。(2)甫田二篇。(3)黃鳥兩篇。(4)杕杜二篇。

詩經共有十五國風二雅三頌等二十單位。以上十八篇相同的篇名，都不屬於同一單位，故可用邶柏舟、鄘柏舟，國風秦黃鳥、小雅黃鳥等名稱以爲區分。其同一單位諸詩，則相同的篇名，都已設法避免。例如鄭風有兩叔于田，則其一較長者，加一大字稱大叔于田以爲區別。唐風有兩有杕之杜，則其一稱杕杜以爲區別。小雅有兩黃鳥，則其首句緜蠻黃鳥者改稱緜蠻以避之。依此類推：周頌之小毖，必另有毖篇已逸，故僅存小毖一篇了。

(九)詩經篇名的物性表現有何特色？

答：詩經三〇五篇篇名，以物性分類，其統計結果爲動植物篇名及地文篇名爲最多。這顯示周代詩人接觸最多者爲山河大地一片綠野中所遍佈之草木鳥獸的大自然景色。是以察篇名物性，即可見詩經特性。詩經所以有天籟之稱，與此特性，也有關聯。

㈩詩經篇名物性表現的特色與興與興體有無關係？

答：有。詩經篇名，大多摘取自詩篇首句。而詩經興體，亦以篇首爲興句。三零五篇中，興詩占三分之一以上，故篇名所呈現的物性特色，幾乎即由興詩的特色所形成。詩經篇名所表現的特色，可說是興詩髮型的投影。

㈩㈠蘇轍說小明大明等篇名所以別其在小雅大雅，那不是不同單位的相同篇名，也要加區別字了嗎？

答：在原則上大雅小雅爲不同單位，相同篇名，可不必加區別字。據馬瑞辰考證，大明古名明明，係取首句「明明在下」爲篇名。稱大明者，對小雅小明篇而言。蓋小明首句「明明上天」，亦摘明明二字以爲篇名。但後來改稱爲小明大明，本非篇名，只是小雅明明、大雅明明的簡稱。編詩者因時人習慣用簡稱，遂沿用而成篇名的。而小雅小旻首句「旻天疾威」與大雅召旻首句同，則兩篇篇名古時原名應均爲旻天。應用時則稱小雅旻天和大雅旻天，而簡稱爲小旻大旻。後大旻又採韓奕摘首句奕奕梁山的奕字加詩中主角韓侯的韓字合成篇名的方式，改採詩中主角召公的召字加於旻字上而被稱爲召旻。編詩者雖採小旻爲篇名，而大雅的旻天，則又放棄大旻的簡稱，改採召旻篇名了。我們看小雅首句「宛彼鳴鳩，翰飛戾天」的詩篇，古時卽有小宛與鳩飛二名並用，後來編詩者放棄一名，可以推知小雅小宛詩中末尾雖有小字，小字應爲區別字，故另有鳩飛之名以代之。小弁之小字則爲區別字無疑。也都是小雅宛、小雅弁的簡稱，而大雅的宛弁已逸。

(十二)詩經國風王、鄭、唐各有揚之水一篇，篇名相同，三詩有何關聯？

答：國風係民歌，民歌之開頭相同者，往往由同一母題分化而成。白川靜推斷國風三篇揚之水，乃水占風俗的表現，因水占得吉凶互異，故三詩有悲歡不同的歌唱。項氏詩說等主張「作詩者多用舊題而自述己意，如樂府家特取其音節爲詩耳。王風以『揚之水，不流束薪』賦戍申之勞；鄭風以『揚之水，不流束薪』賦兄弟之鮮。作者本此二句以爲逐章之引。」蔣善國亦擧爲詩經中原來卽有某調名，而作者沿用舊題舊調之例。這是似是而非之論。因爲詩經時代，只是大家喜歡套用現成詩句，故多相同句，尤其篇首爲甚。但其篇名雖相同，而其曲調則不同。依朱子腔調之說，王風有王風的腔調，鄭風有鄭風的腔調，唐風有唐風的腔調，而其腔調相同者，則不得有相同篇名的出現，與由此演變而來的樂府詩的以同題爲同調有異。而揚之水三篇亦非但以揚之水爲引，以各述己意，實有水占風俗爲其相同之主題也。

㈦魏源對小雅大東篇，疑其本名小東，何以有此疑問？其疑可解否？

答：魏氏僅言「安知大東之詩，不本名小東耶？」其所以有此疑問，似因朱傳解詩中「小東大東」之句爲「東方小大之國」，謂爲小國，故謂大夫之詩，應稱小東也。案，馬瑞辰毛詩傳箋通釋卷二一大東篇考證，大東小東言東國之遠近，以極東爲大東。故大東小東爲地域名，猶今日稱亞洲東部爲遠東，西部爲中東。傅斯年更確定漢之東郡今山東濮縣一帶爲小東，魯東一帶譚齊所在地爲大東。故大東之譚大夫作此詩，篇名本爲大東無疑也。

㈧詩經篇名中，共有摘句篇名多少？摘字篇名多少？

答：摘句篇名共有麟之趾、野有死麕等五十四篇，包括大叔于田，摘三字句又加一區別字大字的一篇在內。摘字篇名共有氓、關雎等二四五篇，包括小弁等摘詩中一字又加一大小區別字的六篇在內。

㈨摘句篇名所摘是否均爲篇首第一句？其中二字、三字、四字、五字各有多少篇？

答：摘句篇名所摘均爲篇首第一句。可細分爲二字、三字、四字、五字四種。計二字篇名祈父一篇，三字篇名麟之趾等十二篇，四字篇名野有死麕等三九篇，五字篇名昊天有成命一篇。另外大叔于田是摘整個首句三字又加區別字大字的可另成一類。

㈥摘字篇名可細分爲那幾種？各有多少篇？

答：摘字篇名有摘首句中字與其他句摘字之分，又有摘一字二字三字四字之分。其中摘一字篇名共十六，首句者十二，非首句者四。摘二字篇者二一二，首句者二〇三，非首句者九。摘三字者七，摘四字者二，均爲首句中字。共計摘字篇名二三七篇，中含首句字二二四篇，非首句字十三篇。另加摘首句一字及非首句一字之韓奕、召旻二篇，摘首句一字加區別字大小一字之大明、小明、小旻、小宛、小弁等五篇，摘非首句字加區別字小字的小毖一篇，各種摘字篇名合計共得二四五篇。

㈦據估計，詩經篇名，二字篇名占十之七八，摘首句中一二兩字與三四兩字者又占二字篇名中十之七八，其言可信否？

答：經詳細統計，詩經三百十一篇，有二字篇名二三一篇，占其百分比七四・二八，（若依姚際恆除笙詩南陔、白華、華黍、由庚、崇丘、由儀等六篇以三〇五篇計，則有二字篇名二二五篇，占其百分比七三・五七）而此二字篇名二三一篇中，摘取首句中一二兩字如螽斯者一〇五篇，摘取首句中三四兩字如卷耳者六十一篇，兩共一六六篇，占其百分比七一・八六。（若除笙詩六篇計，則爲二字篇名二二五篇之一六六篇，占其百分比爲七三・七八）其百分比均在十之七與八之間，故此項估計，經統計研判無誤，可以採信。

㈥詩經何以摘字摘句篇名特別多？而又何以摘首句字句爲最多？

答：因詩經諸詩，原皆有詩無題，爲便於識別起見，大家隨便採取詩中字句爲記以稱之，如此不必動腦筋特別爲定題目，極爲方便，後遂成篇名，所以三〇五篇大多是摘字句篇名。而摘取首句或首句中字最爲方便而容易記憶，所以又以摘取首句字句爲篇名者最多。

㈦摘取首句字篇名中，又何以第一二兩字及三四兩字篇名爲特別多？

答：因詩經是四言詩，四字句多一二兩字及三四兩字之二音節者，以爲篇名，最爲順口之故。

㈧詩經摘非首句字篇名有何特色？

答：漢廣、騶虞、桑中、權輿等篇，均摘自該篇各章章尾相同之疊詠句中，而騶虞、權輿兩篇，均爲末句之末兩字，其特色最爲顯著。

㈡范處義說詩經三百零五篇中，只有六篇篇名不摘詩中字，此說可信否？

答：應加修正爲只有四篇篇名不摘詩中字句，所以摘字句篇名二九九篇，也得修正爲三〇一篇。因爲經研判，他所舉六篇中小雅雨無正是已逸首句「雨無其正」的摘字篇名，大雅常武是摘詩中一武字，另加一與大武樂區別的常字爲篇名。只剩小雅巷伯、周頌酌、賚、般等共四篇爲不摘字句篇名。這不摘字句篇名，可分兩類，一爲以樂節爲名的酌、賚、般三篇，一爲以官銜爲名的巷伯篇。前一類篇名大概是樂官所加，後一類則是旁人尊作者寺人孟子者所加。

㈢詩經摘字篇名另加區別字的有那幾篇？區別字有那幾種？

答：共有大明、小明、小旻、小宛、小弁、小毖、常武等摘一字另加一區別字的七篇，大叔于田的摘整個首句另加一區別字的只有一篇。以上八篇中的區別字都只一字，這一區別字七篇都是大小之分，只有常字是常與非常之分。其中大明篇詩中雖有「大任有身」「大邦有子」「燮伐大商」等句的四個大字，小宛篇詩中雖有「惴惴小心」句的一個小字，但並非摘字爲篇名，篇名中的大小確是區別字。

㈣詩經若干篇名，何以知有古今之不同？其意義若何？

答：因先秦古籍引詩，其篇名往往與今本毛詩不同，故知若干篇名有古今之歧異，例如論語載：「三家者以雍徹。子曰：『相維辟公，天子穆穆』，奚取於三家之堂？」孔子所引詩二句，在今周頌雝篇，而孔稱此詩爲雍，則此詩古名雍，今名雝也。左傳國語孟子等書引詩，其篇名亦往往與今本不同，而國語稱小雅小宛爲鳩飛，左傳則稱小宛，是先秦已有一篇兩名現象。此可知詩經篇名古今有變異，即先秦亦已有異名。是乃詩篇篇名在流傳中變異之跡。即此，可證三百篇篇名大多在流傳中所定，即或有作詩者自定其篇名，後人亦未必採用。國語載衞武公作懿戒以自儆，而此詩即今大雅之抑篇，則衞武公自命其詩爲懿戒，而流傳者仍摘其首句第一字抑爲篇名也。至於「明明在下」之詩，古稱明明篇，編入詩經則稱大明，此蓋編詩者取大雅明明之簡稱作篇名。而秦穆公賦詩，尙稱小宛爲鳩飛，至昭公二年，趙孟賦小宛之二章，不用古名之鳩飛，改用小雅宛篇之簡稱，則此時似已有三百篇之編寫本。但孔子時周頌雝篇尙稱雍，則今本詩經又非全與孔子時之本子相同了。

㈣三家詩與毛詩何以篇名往往不同？其意義若何？

答：漢代魯齊韓毛四家詩均各有其師承，其篇名之不同，乃由傳承之不同而來。故齊詩還名營，而韓詩作嫙。韓詩常棣名夫栘，而魯詩作棠棣。此可證詩篇名在流傳中有變異，而四家各有所取。且中經秦火，四家從口傳重行筆錄，遂有古今字之不同，本字與假借字等之異，故更呈紛歧現象。而同一傳承，亦有紛歧者，如毛詩何彼襛矣，韓詩襛作茙，固爲傳承之不同；而毛詩又作何彼穠矣，其或毛詩傳承中亦生歧異，或係傳寫有誤，如秦風毛詩駟驖，齊詩名四載，毛駟係四之誤，而齊載則載字之誤也。

㈤詩經三百十一篇並是作者爲名之說，起於何時？

答：此爲毛詩正義錄陸德明經典釋文中語，考經典釋文序云：「余少愛墳典，留意藝文，雖志懷物外，而情存著述，粵以癸卯之歲，承乏上庠，循省舊音，……合爲三袟三十卷，號曰經典釋文。」案此撰書年代癸卯，爲陳後主至德元年，而文中又稱此說爲舊解，則其說更早於陳代，或在六朝前期，至遲不晚於宋齊時代也。

㈥毛詩孔疏謂「篇名皆作者所自名」，有何根據？其說可信否？

答：孔疏依據尙書金縢篇所載：「公乃爲詩以貽王，名之曰鴟鴞」之語，以斷鴟鴞之篇名乃作詩者周公所自命，而推論篇名皆作者作詩後所自名。這是以一槪全的論斷，所謂孤證難立，故其說不可信。況據鴟鴞篇孔疏，公劉是召公的獻詩，鴟鴞則周公作詩後使流傳致達於成王，則照一般民歌命名情況，作詩者但有歌辭而無歌名，其歌名乃在流傳時由流傳者隨意摘取歌中字句以相稱而得。古文簡略，所以金縢中「名之曰鴟鴞」，亦可解爲「人名之曰鴟鴞」，不一定是周公自名。證之詩經三零五篇，有三零一篇是爲方便起見，都是隨意摘取詩中字句爲篇名的，鴟鴞亦不例外。只有巷伯、酌、賚、般四篇，不取詩中字句，是另起篇名的。明確地說，詩人自取篇名的，可能只有國語所載衞武公作詩以自儆的抑篇，他曾自命之曰懿戒，但流傳時人們還是照習慣法，摘其首句中字，稱之爲抑。再證之以三百篇篇名往往古今不同，四家詩更爲紛歧。這是因爲詩在流傳中也會產生新篇名，以取代舊名，或成新舊篇名同時流傳者。而編詩者對篇名的抉擇，也有一定的原則，例如不同單位的相同篇名，可以並存；而同一單位則應避免。所以鄭風兩叔于田，其中之一加大字成爲大叔于田；小雅兩黃鳥篇，首句「緜蠻黃鳥」的被改名爲緜蠻篇。如此種種情形看來，詩經現存三百零五篇篇名，絕對不能都是作者所自命，而大多數應是他人所定。

㈦詩經篇名，那一篇可確認其爲作者自名者？那一篇可確認其爲他人所定者？

答：大雅抑篇之名懿戒，可確認其爲作者衞武公所自定，但他人則名之曰抑。小雅巷伯，作者自稱寺人孟子，而篇名則尊之曰巷伯，可確認爲他人所定。

㈧詩經篇名，那幾篇可能爲樂官所定？那幾篇可能爲編詩者所定？

答：周頌酌、賚、般等篇，以樂節之名名篇，可能爲樂官所定。大雅大明、小雅小明，古均名明明，然因分別在大小雅而稱大明小明。今詩經篇名不稱明明，而稱大明小明，可能係編詩者所定。小雅小宛亦然，故未用鳩飛之名也。而編詩者，可能就是樂官。

(二九)是否有因所傳詩篇首句不同而篇名不同者？那幾篇是其例？

答：毛詩齊風首句「子之還兮」，齊詩作「子之營兮」，故毛詩名其篇曰還，而齊詩名其篇曰營。毛詩小雅首句「常棣之華」，魯詩作「棠棣之華」，韓詩作「夫栘之華」，故毛詩篇名曰常棣，魯詩名「棠棣」，韓詩名「夫栘」。毛詩召南首句「何彼襛矣」，朱傳本作「何彼穠矣」，故亦各以首句爲篇名而有「襛」「穠」一字之異。

(三〇)是否有因所傳篇名不同，而其詩之什名亦各異者？有實例否？

答：毛詩以小雅節南山至巷伯等十篇爲節南山之什，而三家詩節南山篇無南山二字，僅以節字名篇，故王先謙詩三家義集疏此十篇因第一篇篇名不同，其什名亦稱節之什。

(三一)孔疏說除摘取詩中字句爲篇名外，「或復都遺見文，假外理以定格」，歐陽修說：「古之人於詩多不命題，而篇名往往無義例。其或有命名者，則必述詩之意如巷伯常武之類是也。」那末巷伯常武兩篇篇名，是否即孔疏所謂假外理以定格者？究竟是述詩之什意？

答：巷伯篇名確可舉爲詩人不自命題，都遺見文，假外理以定格之代表，但未述詩之意，不過是他人對作者寺人孟子尊稱爲巷伯，意爲巷伯之詩而已。至於常武篇名，沒有完全放棄現成詩文中字，但確可作爲篇名述詩之意的代表。試看常武的武字，係取自詩中第四章首句「王奮厥武」的武字，以代表宣王的威武，另加詩文以外的常字，以表其武爲守常的武功，以別於表揚武王革命取商而代之的非常大武功的大武之樂。

㈢誰將笙詩六篇篇名正式列入小雅，改小雅七什爲八什？是否有當？

答：朱子在其所撰詩集傳中，將毛詩原附於小雅七什之中的笙詩六篇篇名，依儀禮應用次序，正式與小雅七十四篇並列，改成八什八十篇。不知此原爲無歌辭的樂曲，不在三百篇之內，漢人都只說詩三零五篇，不說三百十一篇。毛詩已不該將六詩名附入，朱子更不該使其婢作夫人也。

㈢詩經篇名有無史官所定？有何例證？

答：在歷史重要事件中所產生的風詩，尚未流傳開來，已被史官記爲史事者，其篇名應爲史官所定。其例如左傳所載公元前六六〇年狄入衞，宋桓公立戴公以廬于曹，許穆夫人馳赴祖國時所作的詩，史官不等此詩流傳開來，便記下「許穆夫人賦載馳」一句，此載馳篇名，大約是史官所定。此詩配以音樂，在宴會中歌唱的記錄，要隔四十五年才出現。那是左傳文公十三年所載「鄭伯與公宴于棐，子家賦鴻雁，文子賦四月，子家賦載馳之四章。」還有左傳文公六年載秦穆公死了，以子車氏三子殉葬，當時史官就記其事曰：「國人哀之，爲賦黃鳥。」這黃鳥詩的篇名，應該也是史官所定。

問何以從左傳國語等書的賦詩篇名等記載中，可以推算詩經編成的年代？

答：因爲詩經時代詩歌的篇名，往往有所演變的，像大雅篇首「明明在下」句的詩，本名明明，因小雅篇首「明明上天」句的詩，也名明明，人們就以大雅明明小雅明明稱之，而簡稱爲大明小明，後來編詩者竟把大明小明作爲篇名編在詩經裏了。所以古書中以明明稱其詩的較早，以大明小明篇名出現則較晚，已在詩經編輯的年代了。同例，小雅的小宛，本名鳩飛，小旻本名旻天。小宛小旻出現，也應在詩經編成的年代了。今查國語晉語載公子重耳流亡入秦，秦伯享之，秦伯賦鳩飛，公子賦河水。那是公元前六三六年的事。而左傳昭公元年載令尹享趙孟賦大明之首章，趙孟賦小宛之二章，又晉樂王鮒曰：「小旻之卒章善矣，吾從之。」魯昭公元年，卽公元前五四一年。則詩經的編成，必在秦穆公賦鳩飛與趙孟賦小宛相隔的九十多年之中。查左傳季札聘魯觀周樂時，魯國所歌詩篇，十五國風大小雅及頌詩都已完備。那年是公元前五四四年，較趙孟賦小宛早四年，則至遲那年詩經已編成。所以大明小宛小旻等篇名都出現了。再考大明最早出現在國語魯語下載叔孫穆子聘於晉，晉悼公饗之，對曰：「夫歌文王、大明、緜，則兩君相見之樂也。」查這是晉悼公四年的事，在公元前五六九年。則詩經編成的年代更可推早二十五年，並延遲三十多年，和舊說以公元前六〇〇年詠陳靈公通於夏姬的株林篇爲詩經最遲的一篇相配合，則我們可以推算出詩經的編成，大約在公元前六〇〇至前五七〇年的三十年間。當然，以後還經過增訂的，所以篇次也和漢代傳下來的毛詩略有不同，而新說曹風下泉作於公元前五一六年，是續增的詩篇，也是合理的。春秋時各大國雖都由樂官們蒐儲樂章，以備燕享之用，士大夫們也因交際知禮之用，都修習三百篇，而樂章的蒐儲，以魯爲最完備，孔子也取之以爲教學生的教材。但孔子時賦詩風氣漸絕，所以不再有新詩加入。

六十七年十二月十二日於台北（原載東方雜誌復刊十二卷十二期）

詩經朱傳本經文異字研究

—為錢賓四先生八秩壽慶作—

糜文開

一、前言

宋王應麟詩考自序曰：『諸儒說詩，壹以毛鄭爲宗，未有參考三家者，獨朱文公集傳閎意眇指，卓然千載之上。言關雎，則取康（匡）衡；柏舟婦人之詩，則取劉向；笙詩有聲無辭，則取儀禮；上天甚神，則取戰國策；何以恤我，則取左氏傳；抑戒自儆、昊天有成命，道成王之德，則取國語；陟降庭止，則取漢書註；賓之初筵，飲酒悔過，則取韓詩序；不可休思，是用不就，彼岨者岐，皆從韓詩；禹敷下土方，又證諸楚辭。一洗末師專己守殘之陋，學者諷詠涵濡而自得之，躍如也。』其對朱子之博採兼攝，涵濡自得，可謂推崇備至，而其詩考之作，亦本之朱子遺意，故曰：『文公語門人：「文選註多韓詩章句，嘗欲寫出。」應麟竊觀傳記所述三家緒言，尚多有之。罔羅遺軼，傅以說文爾雅諸書，粹爲一編，以扶微學廣異義，亦文公之意云爾。讀集傳者或有考於斯。』

查詩考自序所舉朱子詩集傳博學兼攝諸例，或爲異義，或爲異字。詩考內容，除輯錄三家詩遺說等外，並有異字之彙輯。故王氏詩考一書，既爲我國輯錄三家遺說權輿之書，亦爲輯錄詩經異字之創始，而皆啓發於朱子者也。清代周邵蓮之詩考異字箋餘一書，固爲繼王氏異字之專著，他如馮登府三家詩異文疏證，陳喬樅四家詩異文考，江瀚詩經四家異文考補，陳玉樹毛詩異文箋，蔣日豫詩經異文，李富孫詩經異文釋，以及民國張愼儀詩經異文補釋等書，亦均詩考異字一線之研究。而清代夏炘之詩經集傳校勘記一書，又類似專就朱子詩集傳異字加以研究者矣。

惟查詩考所舉朱子異字諸條：(1)上天甚神，(2)何以恤我，(3)不可休思，(4)是用不就，(5)彼岨者岐，今存朱傳本經文均未照改，僅二十卷本於經文下予以註明。八卷本並經文下亦未加註。故詩考異字箋餘作者予以推斷，今本休思仍作休息，者岐仍作矣岐，已非朱子之舊。陳啓源毛詩稽古編，又斷奚其適歸等六詩經文，確是朱子自改。而夏炘、馮嗣宗又堅持朱子實未嘗改易經字，定是傳寫之誤。各持己說，莫衷一是，此首須研判者也。

清初陳啓源毛詩稽古編，列舉集傳所載經文異字共二十六條，而道光年間夏炘加以覆案，又得二十四條，共應五十條。惟夏炘謂陳校二十六條，其中十一條今本皆不誤，故其校爲除傳文四十九條外，經文祗三十九條。是以知板本有異，則其異字亦有多寡，因而涉及集傳板本問題。

宋史藝文志，載朱熹詩集傳二十卷，今存宋本詩集傳及類似集傳義疏之元代劉瑾之詩傳通釋，朱公遷之詩經疏義，明代胡廣等之詩傳大全，清代王鴻緒等之詩經傳說彙纂諸書，均爲二十卷，而四庫全書總目提要，又載朱子詩集傳爲八卷。今存五經讀本四書五經讀本中之朱子詩集傳諸書，以及朱子門人輔廣所撰詩童子問，亦均爲八卷。則二十卷本八卷本各有所據。然而⑴朱子所定，究爲二十卷本乎？抑爲八卷本乎？⑵陳啓源所據是何板本？夏炘所據，又是何板本？⑶二十卷本經文下所夾註異字究若干條？此外未註而經文異字者又若干字？⑷各種板本其組織異同若何？經文異字不同情形若何？以及⑸集傳經文異字究共若干？其來歷若何？此諸問題，又均須加以研討解答者也。

文開幼失怙恃，曾一度失學，長得親受業於錢穆賓四先生，涉獵經史，始稍具國學根柢。其後混迹政界，學殖荒廢。三十一年外交部派赴印度工作，暇時以賓四先生自修精神，研習印度文史，始陸續有介紹印度文化之譯著問世。三十九年，我與印度斷絕邦交，賓四先生允文開參加其在香港創辦之新亞書院工作，以家累至四十一年才離印赴港，一面任教，一面隨堂再度親炙於賓四先生。並試寫詩文舉隅小册。惜自四十二年七月奉召回外交部工作以來，未能再潛心經史，愧對恩師。今年七月二十七日（夏曆六月初九）欣逢恩師八秩大慶，擬撰有關經史研究一篇，爲恩師祝壽，竟難於下筆。近正恭讀恩師巨著朱子新學案，因思文開曾協助內子裴普賢女士撰有詩經欣賞與研究兩册，對朱子詩經學，略有心得，亟先分析上述諸問題，成此易寫之詩集傳經文異字研究一篇，以了心願。

文開生平，於賓四先生受恩最多，感恩至深，難以圖報。賓四先生之學，博大精深，比肩朱子，文開幸入其門牆，師法其治學爲人，而無所成就。這裏，只能表達我的：「高山仰止，景行行止；雖不能至，心嚮往之。」並祝其「壽比南山」的微忱而已。

附註一　清代馮登府三家詩異文疏證及三家詩異文疏證補遺各一卷，見皇清經解；陳喬樅四家詩異文考五卷，李富孫詩經異文釋十五卷，均見皇清經解續編；江瀚詩經四家異文考補一卷，有沈氏晨風閣叢書本；夏炘朱子詩經集傳校勘記一卷，有景紫堂全集本；周邵蓮詩考異字箋餘十四卷，有木犀軒叢書本；蔣日豫詩經異文四卷，陳玉樹毛詩異文箋十卷，均見南菁書院叢書中；民國張慎儀詩經異文補釋十六卷有箋園叢書本。

二、朱子撰詩集傳時會否更改毛詩經文問題的研判

漢代傳授詩經者，有今文學魯、齊、韓三家，古文學毛詩一家。自東漢末鄭玄爲毛詩故訓傳作箋，三家詩失勢，相繼亡佚，毛詩獨存。而自唐以來，考試經義，採孔穎達等奉詔撰之五經正義，毛詩正義（卽毛傳鄭箋孔疏之詩經注疏本）卽成爲詩學正統。宋朱熹撰詩集傳，廢毛詩小序，並放棄毛傳鄭箋孔疏而博採古今，斷以己見，另作傳注。此爲詩學之一大革命。但其經文，固仍以毛詩爲藍本也。自元代延佑科舉，詩經依朱子，而詩集傳遂爲士子必讀之書，取代了毛詩正義的地位。

朱子詩集傳地位旣高，勢力日大，書坊刋版亦多，而經傳文字，錯誤亦日甚。清代學者予以校訂，而經文與毛詩不同者，究竟那些字是朱子自改，那些字是傳寫之誤，甚至朱子詩集傳曾否更改毛詩經文問題，也提出來討論了。清代校訂朱子詩集傳的馮嗣宗、陳啓源、夏炘三家，對集傳經文何以有異字這問題的答案，是不一致的。

馮嗣宗校訂朱傳本經文十二條，其言曰：『朱子作傳時三家詩已亡，所據止毛詩本耳，不應有同異，此定是傳寫之誤。』

夏炘校訂朱傳本經文三十九條，在他的詩經集傳校勘記的緒言中說：『昔朱子作集傳，一仍注疏舊本，雖其上下古今，博取諸家，閎思眇恉，卓然千載之上，而實未嘗改易經字。』

陳啓源校訂朱傳本經文十四條，在他的毛詩稽古編中駁馮氏的主張說：『余謂傳寫之誤固有之，至如不能晨夜、家伯冢宰、昊天泰憮、奚其適歸、天降慆德、降于卿士，此六條確是朱子自改，觀注語可見也。』

此外，周邵蓮的詩考異字箋餘中，也有主張朱子曾改定經字之言。漢廣篇不可休思條云：『邵蓮案詩考序謂朱子從韓詩作休思，一洗末師專己守殘之陋。今集傳本仍作休息，則又非朱子之舊矣。』天作篇彼岨者岐條云：『岐字屬下句讀，三家與說苑同。伯厚詩考序謂朱文公集傳彼岨者岐，則從韓詩，今集傳仍以岐字屬上句讀。又韓作徂訓往，朱作岨，訓險，說亦不同。然則伯厚所謂從韓詩者，作者不作矣耳。乃今行之本，仍作矣，不作者，是亦非朱子之舊矣。』

以上四家，馮、陳爲清朝初葉的人，周、夏清朝中葉人。周氏略前，夏氏略後。其著作一成於嘉慶六年，一成於道光十二年。四家之言，馮、夏二人主張朱子未改經文；陳、周二人則主張曾改經文。

這四人的主張，我們加以研析，南宋時三家詩雖亡，然其遺說與異文，尚散見歷代其他書籍中。朱子集傳中，引據古籍所引詩句以證經文的異字者甚夥，王應麟且因此作詩考，所以馮氏之言，與事實不符，不能成立。

陳氏之言，夏炘有詳密的辯駁，他說：『四庫書提要，亦謂五經之中，惟詩易讀，習者十恆七八，故書坊刊版亦最夥，其輾轉傳譌亦爲最甚，皆至當不易之論。惟陳啓源謂：「傳寫之誤固有之，至如不能晨夜，家伯冢宰，昊天泰憮，奚其適歸，天降滔德，降于卿士，此六條確是朱子自改，觀注語可見也。」炘按朱子集傳有明知經文之誤而不敢改者，如不可休息，毛傳本作思，朱子從毛訓「思」在「漢有游女」上，又引吳氏曰韓詩作思而不擅改經文自作思也。有從他說訓經而不敢改經文者，如上帝甚蹈，國語作神（文開案：集傳原文所引爲戰國策，夏氏誤爲國語），假以溢我，依左傳作何以恤我，而未嘗改經文蹈作神，假溢作何恤也。何獨至此六詩而改之？且就此六詩之中，以冢宰訓宰，以甚訓太，以慢訓慆，一仍傳箋之舊，何以知爲朱子之自改？降于卿士之于，朱子無訓，不能晨夜之辰，毛傳依爾雅訓時，朱子曰：「以比辰夜之限甚明。」推朱子之意，蓋訓辰爲日（成九年左傳浹辰之間，杜

注：辰，日也。）謂日夜之限甚明也。豈改經文辰爲晨乎？惟爰其適歸傳云：奚，何也。似改爰爲奚。不知朱子此注，原文有「爰，家語作奚」五字，見嚴粲詩緝。啓源號博古者，詩緝非僻書，竟未之見耶？大抵啓源必欲駁斥朱子，無在不與之爲難，其妄誕之說，本不足與辨，恐初學之士，不能無疑，是以考其厓略如此，而書之于後云。』

文開案：夏氏駁陳氏朱子未改東方未明篇「不能辰夜」爲「不能晨夜」，十月之交篇之「家伯維宰」爲「家伯冢宰」，巧言篇之「昊天大憮」爲「昊天泰憮」，蕩篇之「天降滔德」爲「天降慆德」，長發篇之「降予卿士」爲「降于卿士」，大多言之成理。像說明朱子訓辰爲日，文開即可指出，朱子「辰夜之限甚明」句，即用程子「晝夜之限非不明」之意，所以劉瑾、朱公遷都引程子語以爲朱子傳文之疏。輔廣童子問也闡釋其親聞於朱子之言曰：『且晝夜昏明之限，乃天造地設，人所當知，所當守也。』惟四月篇「爰其適歸」之爰改爲奚，確係朱子自改，其傳文不曰：「爰，何；適，之」，而曰：「奚，何；適，之也。」可爲證。至於嚴粲詩緝爰其適歸句下注有「朱氏曰爰家語作奚」八字，乃指朱子於經文中之夾注，非如夏氏以爲傳文奚字上脫「爰，家語作奚」五字也（夏氏集傳校勘記傳文「奚何適之也」條如此）。蓋朱子詩集傳元明以來，流傳最廣，亥豕之誤亦多。但如爰之爲奚，經文中既有「家語作奚」之夾註，傳文中又有「奚何」之證，則爲朱子自改明甚。不如夏氏之想像，全是傳寫之誤「未嘗改易經字」也。故宋代王應麟作詩考，已擧其不可休思等改字之例，稱其「一洗末師專己守殘之陋」。而略前於夏炘之周邵蓮作詩考異字箋餘，得以指證今本集傳，仍作休息，又非朱子之舊矣。

陳啓源氏爲必欲駁斥朱子，而指責朱子擅改經文，固屬偏見；馮嗣宗、夏炘二氏爲尊信朱子而想像朱子未嘗改易經字，亦係一味迴護之失實。尊朱子，反置朱子於守殘之行列矣。文開試擧大家都知道，而不加注意的一例，以支持周邵蓮之言。

鄭風大叔于田首章第一句，所有毛詩正義本，以至於唐石經、小字本、相臺本，都作「大叔于田」四字，只有朱熹詩集傳本刪去一大字，改成「叔于田」三字。並於篇末「三章章十句」下，繫以傳文說：「陸氏曰：首章作大叔于田者誤。蘇氏曰：二詩皆曰叔于田，故加大以別之。不知者乃以段有大叔之號，而讀曰泰，又加大于首章，失之矣。」這很簡單，朱子根據陸德明的經典釋文，這句只有「叔于田」三字，而且釋文云：「本或作大叔于田者誤」，於是朱子採蘇氏推斷致誤之由，而斷然將第一句自唐以來各本都作「大叔于田」的「大」字刪去，以恢復詩經的本來面目。這是所有二十卷本八卷本詩集傳都一致，而集傳的義疏本元代的劉瑾通釋、朱公遷疏義、明代的胡廣大全、淸代的王鴻緒彙纂，也無不相同。這是朱子自改經文，毫無可疑，也從無人起疑的例證。馮嗣宗、陳啓源、夏炘等何以不據毛傳而加校正？何以都一字不提？馮嗣宗怎能說：『朱子作傳所據止毛詩本，不應有同異』？夏炘更怎能說：『朱子作集傳，一仍注疏舊本，實未嘗改易經字』？

凡此，文開已明確指證，朱子撰詩集傳時，曾將毛詩經文改定若干字。至於他究竟改定了那些字，以後再加討論。

附註一　阮元作毛詩注疏校勘記，於大叔于田條下，只說：『此詩三章共十言叔，不應一句獨言大叔。或名篇自異，詩文則同，如唐風杕杜、有杕之杜二篇之比。其首句有大字者，援序入經耳。』這明明是因朱傳之刪大字而列此條，探朱傳之意而更換其辭，而一字不提朱傳者。

附註二　馮、陳、夏三氏，不論主張朱子(1)不會改經字，(2)不該改經字，(3)不曾改經字，其主張的結果，是朱傳本經文與毛詩不同的異字，都該依毛詩校正。

三、詩集傳二十卷本與八卷本的檢討與其源流的推斷

要清楚解答有關朱子詩集傳異字的種種問題，我們得先將詩集傳的各種版本檢討一下，

並將朱子撰寫詩集傳有關資料予以研閱，細心求證，才能得到比較圓滿的結果。

朱子詩集傳版本流行到現在的，一般說來，只有八卷五經本和二十卷宋本兩種。因爲現在國內看得到的都是這兩種版本的影印或重印。八卷的五經本，除世界書局四書五經讀本中的詩經集傳，啓明書局五經讀本中的詩經集傳都是根據粹芬閣藏本所影印，另外有臺南綜合出版社的詩經讀本，則是根據掃葉山房藏本所重印。臺北新陸書局的銅版詩經集註，則是銅版五經讀本中朱子詩集傳的照相翻印單行本。二十卷的宋本，則有商務印書館四部叢刊中根據上海涵芬樓影印日本東京岩崎氏靜嘉文庫藏宋本的詩集傳；藝文印書館和臺灣學生書局的詩集傳，也是這同一宋本的影印。另外有中華書局的詩集傳，則是這宋本的重排版。

明清時代，普遍流行的是四書五經讀本中的八卷詩集傳，八卷本「它山之石」作「他山之石」，「鍾鼓樂之」作「鐘鼓樂之」。因此一般文人筆下所見，都是「他山之石」「鐘鼓樂之」等成語，無作「它山之石」「鍾鼓樂之」的，影響所及，至今還是如此。但自從商務印書館借照日本宋本二十卷詩集傳影印出版以來，現在市上反而八卷本詩集傳少見了。因爲一般人心理，總覺宋本比較可靠。但依朱子「簡約易讀」的主張來衡量，或者八卷本反而是朱子晚年所刪定，而這宋本却是廢序後集傳的初稿。所以四庫全書所採朱子詩集傳就是八卷本。當然，現存的八卷本和二十卷本又都有若干處已非朱子原來的面目了。

二十卷本與八卷本最大的不同，在經文中夾註的部分，和經文異字的多寡；傳文部分，差不多完全相同。只有少數經文異字的傳文也跟着更改，例如關雎鍾鼓樂之八卷本改鍾作鐘，傳文：「鍾，金屬」，亦改爲「鐘，金屬」。

八卷本經文中夾註的有兩種性質的文字，一種是經文註音，另一種是經文協韻。二十卷本則除這兩種文字外，又夾註有經文異字的說明，和特殊絕句（斷句）的所在。而註音的文字，八卷本與二十卷本又略異。八卷本多用直音，二十卷本多用反切。例如關雎篇首章經文有雎、窈、窕、逑四字註音；八卷本所註爲雎音疽，窈音杳，窕徒了反，逑音求，計三直音，一反切。二十卷本則多寡相反，計三反切一直音，所註爲雎七余反，窈烏了反，窕徒了反，逑音求。所以夾註部分，只有協韻一種是相同的。

朱子詩集傳較毛詩注疏大爲簡約，而八卷本又較二十卷本更爲簡約。

我們試先查看清儒王懋竑的朱子年譜，根據詩集傳序朱子所記年月爲淳熙四年丁酉多十月，所以年譜將「詩集傳成」四字，繫在宋孝宗淳熙四年（西元一一七七年）朱子四十八歲那年上，但這四字只指朱子所成尊序的詩集傳初稿。因爲宋本二十卷詩集傳前未載此自序，序文只留存在文集之中，而文公之孫朱鑑詩傳遺說注云：「詩傳舊序」。所以年譜加以說明云：「此乃先生丁酉歲用小序解經時所作，後乃盡去小序，故附見於辨呂氏詩說之前。」蓋初時朱子與呂祖謙共研詩經，同尊小序，後來分道揚鑣，遂辨呂說之非，然朱子廢序集傳，仍有引呂氏語留存，而呂氏家塾讀詩記中亦有載朱子未廢序前語也。

那末，廢序本的詩集傳究竟成於何時呢？據朱子年譜考異云：(1)『按朱子明(鑑字子明)詩傳遺說，集傳序乃舊序，此時仍用小序，後來改定，遂除此序不用。今考序言：「自邶而下，國之治亂，人之賢否，有是非邪正之不齊。」又云：「善者師之，而惡者改焉。」則亦不純用小序。但不斥言小序之非，而雅鄭之辨，亦略而未及。以讀詩記後序，及讀桑中篇考之，其爲舊序無疑，編文集者，既不注明，而大全遂冠此序於綱領之前，坊刻並除綱領，而祇載舊序，其失朱子之意益遠矣。今考遺說而附正之。』(2)『按乙未與呂伯恭書，朱子年四十六矣，又二年丁酉作詩傳序，則必有改正。然讀詩記皆載朱子舊說，而丁酉舊序，亦後來所不用。至壬寅書讀詩紀後，乃致其疑。甲辰作桑中後記，則盡斥小序之非是。今本蓋自甲辰之後所修正也。壬寅，朱子年五十三，甲辰年五十五。語類李煇錄云：「某自二十歲時讀詩，便覺小序無意義，其後斷然知小序之出於漢儒所作。」(3)『又按庚子與呂伯恭書，已力辨小序之非，書讀詩記後及記桑中篇，皆本於此，而以答潘文叔、潘恭叔書考之，則今本必修於甲辰後。而丁未與呂子約書言詩說久已成書，則其成在丁未以前也。又考與李公晦書，則甲寅以後更有修改。而葉彥忠書，又有新本舊本之異，此書不詳其時，然當在甲寅後也，馬氏文獻通考云：「南康本出胡泳伯量家，更定幾十之一，不知卽此新本否？」今所更定不同處，皆不可得而見，詩傳中亦間有一二可疑處，亦無從考矣。」

據此則知朱子於孝宗淳熙四年丁酉四十八歲時尊序詩集傳初稿成，撰詩傳序。及淳熙十一年甲辰五十五歲，而重寫廢序詩集傳，至淳熙十四年丁未五十八歲時早已完成。但到光宗紹熙五年甲寅六十五歲以後又有修改。所以元人馬端臨尚見有南康本與通行本有十分之一歧異。

現在我們的推斷，朱子甲辰年五十五歲廢小序的集傳是二十卷本，甲寅年六十五歲以後的更定本，則是八卷本。其理由爲朱子一向主張詩經要簡約易讀，而其所以自元代延祐定科舉，用朱書以取士，與朱書簡約易讀，也有關係。所以五經讀本中的詩經，就是採其最後更定較二十卷本更爲簡約的八卷本。甲辰年朱子答潘文叔書云：『詩亦再看舊說，多所未安，見加刪改，別作一小書，庶幾簡約易讀，若詳考卽自有伯恭之書矣。』這刪改所成，就是廢小序的二十卷詩集傳。也就是庚戌年朱子六十一歲時刻四經四子書于郡中所刻的詩經。書臨漳所刊詩經後云：『熹嘗病今之讀詩者，知有序而不知有詩也。故因其說而更定此本，以復於其初，猶懼覽者之惑也，又備論於其後云。』甲寅以後朱子又與李公晦書云：『詩說近修得國風數卷，舊本且未須出。』又與葉彥忠書云：『詩傳兩本，煩爲以新本校舊本，其不同者，依新本改正。有紙卅副在內，恐要帖換也。』這新本就是更爲簡約的八卷本詩集傳，其更定又幾十之一。原來朱子生於高宗建炎四年庚戌歲（西元一一三〇年），十八歲即中進士，二十歲時讀詩便覺小序無意義。但到五十五歲才開始撰寫廢序詩傳，庚戌六十一歲時才正式刻印。到甲寅六十五歲以後，又更定幾十之一，改爲新本。他卒於寧宗慶元六年庚申歲（西元一二〇〇年），享年七十有一。這詩傳新本，也是他晚年所改定。

毛詩正義，確實繁冗難讀，所以朱子撰廢序詩傳。二十卷的已簡約易讀，而八卷本詩旨內容雖無改變，文字却更爲簡省。二十卷的讀音多用反切，而八卷本則改爲多用直音。所以朱子逝世後門人所遵守的是八卷本（輔廣詩童子問，即用八卷本），延祐以來明清士子所誦習的是八卷本，四庫全書所收也是八卷本。可是元明以來研究朱子詩傳，却要依據二十卷本詩集傳，才可探索朱子詩傳綱領所在，異文所據。所以朱子門人輔廣，記下他親聞於朱子的詩說，逐篇逐章加以闡述，撰成詩童子問一書，雖依八卷本分爲八卷，（另加卷首詩傳綱領，卷末協韻考異，四庫全書提要遂稱其書爲十卷。）而元人劉瑾撰詩傳通釋，朱公遷撰詩經疏義，便都改用二十卷本集傳了。明朝永樂年間，翰林學士胡廣等奉敕撰詩經大全，即以劉瑾書爲藍本，因此詩經大全也是二十卷本。而清朝康熙六十年戶部尚書王鴻緒等奉敕撰詩經傳說彙纂，也沿用詩傳二十卷本。元人劉瑾朱公遷的書，已經等於毛詩有了毛傳鄭箋，等到詩經傳說彙纂出來，朱子的詩集傳便也等於毛詩有了正義本了。這是推斷朱子詩集傳二十卷本與八卷本流傳情形的概述。

現在我們再要探索的是詩集傳二十卷本和八卷本原書版本的失眞經過，及這舊本與新本更定文字幾十之一的考察。

前曾提及王懋竑朱子年譜考異有云：『按朱子明詩傳遺說，集傳序乃舊序，此時仍用小序，後來改定，遂除此序不用。編文集者，既不注明，而大全遂冠於此序於綱領之前，坊刻並除綱領，而祇載舊序，其失朱子之意益遠矣。』則朱子廢序詩集傳卷首，原有綱領而無自序。今坊本胡廣詩經大全卷首已無綱領（綱領移置卷末）而先載詩傳大全序，即淳熙四年丁酉冬十月朱子所作尊序詩傳舊序。王鴻緒詩經傳說彙纂，則卷首分上下。卷首上，仿大全載凡例，引用先儒姓氏、詩傳圖、諸國世次圖、作詩時世圖等；卷首下，則載綱領、大序、詩傳舊序。但其綱領中列引者爲：虞書、班固、鄭玄、孔穎達、黃櫄、禮記、論語、司馬遷、王通、歐陽修、邵子、程子、陸德明，以至數度自稱朱子曰，並及朱子以後諸儒王柏、黃震、宋濂、何楷諸人諸書語。則此綱領決非朱子之舊。惟朱公遷詩經疏義，劉瑾通釋卷首所載詩傳綱領，則依次引大序、舜典、周禮、禮記、論語、孟子、程子、張子語，至上蔡謝氏而止，並各爲之註。所引相同，無朱子曰及朱子以後人語，而所註各別。其爲朱子詩集傳原有綱領無疑。劉書詩傳綱領後又有「詩傳通釋外綱領」，則載有朱子曰數條，已明示爲劉氏所增列，故名曰「通釋外綱領」。書前並載有淳熙四年朱子舊傳自序，標題爲詩傳通釋序。則引此舊序加於新詩傳之前者，蓋始於劉瑾，詩經大全，則承襲之耳。

朱傳二十卷本之有綱領，觀朱子語類卷八十問時擧看文字如何等條「詩傳今日方看得綱領」等句，即可證實，而朱子明詩傳遺說亦首載綱領僅舜典、論語、孟子三者，其下若干條，乃子明所加朱子語類中語等。而所載論語亦僅七條，較朱公遷疏義劉瑾通釋之均載十條者少三條。蓋當時詩傳二十卷本卷首綱領未失，人人可讀，此詩傳遺說之所以載此綱領一項者，乃輯朱子於詩傳以外之所述，以爲補充者。故其於舜典條下則採文集書說，而註云：「

今見詩傳而此註說爲誤。」於論語七條，則採四書集註，而註云：「今見詩傳而註說小不同，故備載之」。於孟子條下則採四書集註，而註云：「今詩傳經文同而註闕。」而朱子詩傳綱領各條下，除所引經文外，尚有朱子詮釋闡發語，此則不載，例如詩傳綱領論語：「吾自衞返魯，然後樂正」一條下，原有「前漢禮樂志云……其言如此」，及「史記云古者詩三千餘篇，……以爲鑒戒耳」，兩段，而遺說綱領此條下改用四書集註：「魯哀公十一年多，孔子自衞反魯，……故歸而正之」一段，輔廣童子問詩傳綱領所列大序、舜典、周禮、禮記等次序全同，論語十條亦全，惟其下朱子詮釋闡發語亦不載，而改用己意作註。例如反魯正樂條下，輔氏此自註云：「此一節孔子自言其正詩之事，……未深考爾」。蓋子明與輔廣均宋人，當時詩傳綱領俱在，故無須全引。而元代集傳八卷本流行，故綱領全引。余所據通釋疏義童子問皆四庫本，遺說則通志堂本，王懋竑所見坊刻大全，與余所見者不同，四庫大全，則載綱領於卷首，一如通釋。通釋疏義綱領下，均有朱子詮釋闡發語，其下又各加註，而大全之註，較通釋義疏，累積更多。此朱子詩傳綱領，宋元明清書所載逐漸增繁之大概也。

我們的推斷，朱子廢小序的新傳舊本即二十卷本詩集傳，是卷首只有綱領而無自序。而新傳新本，卽八卷本詩集傳，是卷首非但無自序，連綱領也省掉的。但是後來元劉瑾首先把爲尊小序舊傳所寫的自序，從晦庵文集中找出，加在他所撰詩傳通釋的最前面。於是詩經大全承襲通釋，詩經傳說彙纂，也把此舊序置於卷首下綱領大序之後，集傳正文之前。延祐以來四書五經讀本的詩經讀本前面的詩集傳序，也是這新書舊序的風氣下所形成。所以現在八卷本詩集傳前面的序，非朱子原本所有，輔廣詩童子問八卷前面的綱領已經是借用二十卷詩集傳卷首所有，缺朱子詮釋，但又加註，以述朱子說詩之詳。現存宋本二十卷詩集傳前無序文是對的，但連綱領也去了，那大約又是翻刻者錯誤的賣弄。

查現存商務、藝文、學生三家所印宋本二十卷詩集傳，是清季所發現中有殘缺加以影鈔的古本，也非全然是臨漳所刻之原來面目，前面雖無序文，却也無綱領。商務版書後附有道光戊申（二十八年）秋七月海寧吳之璦跋文，說「或爲宋本而元時翻雕者。」商務此書係上海涵芬樓影印中華學藝社借照日本東岩崎氏靜嘉文庫藏宋本再加影印。那末，此書原本，道光以後，又已流落日本。其中文開特別注意到的一點，是何彼穠矣的穠字，是現存宋輔廣童子問、元劉瑾詩傳通釋，明胡廣詩經大全，清王鴻緒詩經傳說彙纂等書以及五經本均作穠者，而此宋本獨作襛字，而又字體不正，其示旁，似爲禾旁刻損之殘形，與其他福神等字示旁完全不同。篇名一襛字，經文中二襛字，傳文中一襛字，一篇之中所有四襛字完全如此。

這是有人將藏板加以改造的痕跡。推斷其所以如此改造，是元人梁益詩傳旁通卷一何彼穠矣篇中有穠字一條云：「古註本皆作襛，音戎，而中切；音濃，則尼容切。」因而作假之人，就將書中穠字改造成襛，以示此書爲宋本。卷首所刻綱領，或亦有意除去，以證其古。另外麟趾首章的傳文「振振」下闕「仁厚貌于嗟歎辭」七字，而其空隙補上了「九曰黻皆繡於裳」七字。而且此地又漏了一個圓圈，未與以下詩柄隔開。其版本之不完善，可知一斑。即此兩點，文開已不信其爲原來的宋本，更非朱子之原刻。吳之瑗以爲「宋本而元時翻雕者」可信。

至於詩集傳臨漳所刻舊本，與甲寅以後新本，更定幾乎十之一，這是朱子更求簡易，以供初學誦讀之故。以今考之，二十卷舊本，經文中夾註，凡有四類：一爲讀音，二爲叶韻，三爲異字，四爲絕句。八卷新本，爲求簡易，將異字絕句夾註，悉數刪去，讀音儘量改反切爲直音，而經文中僻字，也往往逕改爲當時通行之字。如改「取彼狐貍」的貍爲狸，「婁豐年」的婁爲屢，「鍾鼓樂之」的鍾爲鐘，卷首的綱領也省掉了。而只有經文中夾註的叶韻和全部傳文，保留原樣，未加改動。因此將舊本簡省爲新本，更定幾乎有十分之一。

現在中華書局的二十卷詩集傳，是宋本的校改重排本，雖也前有舊序，而非依據劉瑾胡廣王鴻緒等書中集傳部分編印。這也有明顯的證據。例如大雅文王篇第四章「假哉天命」句，假字下，劉胡王等書的夾註都是「古雅反」三字，獨此宋本集傳，却漏掉「反」字，只註「古雅」兩字，中華重排本也是「古雅」兩字，未將反字補上。宋本麟趾篇首章傳文錯七字，中華重排本是根據他本改正了。但又因襲宋本，此處又漏了一個隔開前後文的圓圈。所以文開判定這中華重排本，所依據的是宋本而加以校改若干字的。其中更改的經文，文開曾略加校對，有宋本襛字校改爲襛，總字校改爲總，聰字校改爲聰等。但宋本沔水篇特有的鴪字却照舊，未改作鴥。

最後，我們試將朱子詩集傳二十卷本與八卷本分卷情形列表於下，以見其異同之所在。

朱子詩集傳分卷異同表

二十卷本	八卷本
卷一國風　周南　召南	卷一同

卷二 邶
卷三 鄘
卷四 衛 }卷二（異）——二卷半合爲一卷
王
卷五 鄭
卷六 齊
卷七 魏
唐
秦 }卷三（異）——四卷半合爲一卷
陳
檜
曹
卷八 豳
卷九小雅鹿鳴之什
白華之什 }卷四（同）

卷十　彤弓之什
卷十一　祈父之什
卷十二　小旻之什
卷十三　北山之什
卷十四　桑扈之什
卷十五　都人士之什
}卷五（異）——六卷合爲一卷

卷十六大雅文王之什
卷十七　生民之什
}卷六（異）——二卷合爲一卷

卷十八　蕩之什——卷七（同）

卷十九頌周頌清廟之什
周頌臣工之什
周頌閔予小子之什
卷二十　魯頌
商頌
}卷八（異）——二卷合爲一卷

附註一　二十卷本分卷情形，劉瑾詩傳通釋、朱公遷詩經疏義、胡廣詩經大全、王鴻緒詩經傳說彙纂、商務、藝文、學生、中華詩集傳均相同。僅鐘鼎文化出版公司印行詩經傳說彙纂與四庫全書小異，卷一周南召南分成兩卷，因此成爲二十一卷本。流傳八卷本分卷情形均相同。惟宋輔廣詩童子問，未載朱傳原文，其分卷所標爲：卷首：詩傳綱領，卷一：國風周南、召南、邶，卷二：鄘、衞、王、鄭、齊、魏，卷三：唐、秦、陳、檜、曹、豳，卷四：小雅鹿鳴之什，白華之什，彤弓之什，祈父之什，卷五：小旻之什，北山之什，桑扈之什，都人士之什，卷六：大雅文王之什，生民之什，卷七：蕩之什，卷八：周頌三什，魯頌，商頌，卷末：協韻考異。僅六七八三卷與流行八卷本同，此或朱子原分八卷情形。

附註二　八卷本詩集傳前本無綱領，輔廣將二十卷本綱領擴充之，置於詩童子問卷首，非朱子綱領本來面目。劉瑾通釋所據爲二十卷本詩集傳，故先載其原有詩傳綱領，而又自撰外綱領附入，眉目極清。朱公遷二十卷疏義所載綱領完全與通釋同，惟二人所加註釋有異，足證此確爲朱子二十卷集傳前原有朱子所撰之綱領。

附註三　文開所據詩童子問、詩傳通釋、詩經疏義，均爲商務書館影印四庫全書珍本，詩傳大全則爲古吳菊僊書屋藏板本，扉頁大字又爲詩經大全。詩經傳說彙纂則爲臺北鐘鼎文化出版公司影印國立臺灣大學藏本。

附註四　八卷的埽葉本集傳，經文與粹芬閣五經本亦略有歧異，例如穠作襛，岨作徂，豋作登等。其最大不同，埽葉本爲便初學，更於上方眉批處加印傳文注音，例如關雎首章傳文：「興也」，「列女傳以爲人未嘗見其乘居而匹處者。」眉批處卽加印傳文注音：「與，去聲，後倣此。」「傳去聲，下同。乘去聲，處上聲。」有時亦補印經文注音，例如：「螽斯羽，薨薨兮」，眉批處補注：「薨音烘。」

附註五 八卷的銅板本集傳，經文與粹芬閣五經本亦略有歧異。例如：巧言「悠悠昊天」，昊作旻；召旻「旻天疾威」，旻作昊；殷武「采入其阻」，采作罙等。

附註六 集傳八卷本係就二十卷本刪除經文異字夾註，今存各種八卷本於月出篇經文末句「勞心慘兮」，慘字下兮字上，仍有「當作懆，七弔反」的異字夾註，是刪除未淨所留痕跡。

附註七 最近又蒐購得新出版的八卷本詩集傳兩種本子，其一爲臺北縣大方出版社印行的詩經讀本，標明朱熹集傳，可推斷爲自五經讀本中抽出單行者。其二爲台南市北一出版社發行的仿古字版詩經集註，標爲朱熹集註，但卷首朱子序文，仍標題爲詩經傳序。二者爲同一仿宋體汲本的影印，經與粹芬閣本校對，可知原版爲五經讀本之較佳者。蓋異字甚少，字亦清晰悅目，非新陸銅版影印的模糊而多錯字，不可同日而語。其異字除椒聊篇實大且篤，實字改正爲碩；鴇羽篇父母何嘗，嘗字改爲常用之嘗；其餘蓼蕭篇沖沖，泮水篇茷茷，均依二十卷本作沖沖茷茷。

四、陳啓源所校詩傳係大全本、夏炘所校係五經本考

毛詩稽古編中陳啓源所校詩集傳經文異字二十六條，爲馮嗣宗所校十二條，加上陳氏自

校之十四條。但據夏炘詩經集傳校勘記，馮校十二條中下列六條：

⑴王風君子于役篇「羊牛下括」羊牛誤作牛羊，

⑵齊風東方未明篇「不能辰夜」辰誤作晨，

⑶小雅我行其野篇「求爾新特」爾誤作我，

⑷小雅正月篇「胡然厲矣」然誤作爲，

⑸小雅小旻篇「如彼泉流」誤泉流爲流泉，

⑹大雅抑篇「如彼泉流」亦誤爲流泉。

以及陳校十四條中下列五條：

⑺召南野有死麕篇「無使尨也吠」尨誤作厖。

⑻小雅楚茨篇「以享以祀」享誤作饗，

⑼小雅采菽篇「福祿膍之」膍誤作媲，

⑽小雅緜蠻篇「畏不能趨」趨誤作趍，

⑾周頌我將篇「旣右饗之」饗誤作享。

兩共十一條今本皆不誤。陳啓源係康熙時諸生，夏炘書成於道光十二年，相隔百餘年，百餘年前的詩集傳經文與百餘年後的經文，二十六條中竟有十一條的差異，所據定是兩種版本，因爲如果是依據陳校而將陳所據版本改正過的改正本，則二十六條應該全部改正，不會只改不重要的十一條的。

於是文開試將現存五經本、宋本以及劉瑾詩傳通釋、朱公遷詩經疏義、胡廣詩傳大全、王鴻緒詩經傳說彙纂四書，查對這十一字的經文，列成一表，就顯露出夏炘所據爲五經本，而陳啓源所據爲詩傳大全。

詩集傳經文夏炘覆校陳啓源十一條版本檢驗表：

板本	羊牛下括	不能辰夜	求爾新特	胡然厲矣	如彼流（小旻）	如彼泉流（抑）	無使尨也吠	以享以祀	福祿膍之	畏不能趨	既右饗之
五經本	√	√	√	√	√	√	√	√	√	√	√
宋本	√	√	√	√	√	√	√	饗	√	√	享
通釋本	√	晨	√	√	√	√	√	饗	√	√	享
疏義本	牛羊	晨	√	爲	√	流泉	√	饗	√	√	享
大全本	牛羊	晨	√	爲	流泉	流泉	厖	饗	√	趍	享
彙纂本	√	√	√	√	√	√	√	饗	√	√	√

觀前表，夏炘所據爲八卷五經本，十一字均不誤，完全正確。陳啓源所據爲二十卷大全本，則羊牛誤牛羊，辰誤晨，然誤爲，兩泉流均誤流泉，尨誤厖，享誤饗，趨誤趍，饗誤享，均符合；僅爾未誤我，臉未誤媿二條不符。文開所據詩傳大全爲徐九一先生訂古吳菊僊書屋藏版本，則陳氏所據又係另一大全本，或徐九一未校訂前的這一版本。至於四庫大全本，則九處誤刻，已校正六處，而表中大全獨有之小旻死靨兩篇錯字依舊（餘一未改者爲楚茨之饗字）足證陳氏所據者爲大全本也。

中華本掃葉本銅版本亦曾查對，查對結果，中華本同宋本，掃葉本銅版本同五經本。

五、夏炘三十九條異字的覆案

前已言夏炘校勘記自述共校正經文爲三十九條，現既知其校勘，僅爲朱傳八卷五經本之經文，不符於毛詩注疏者，而夏書中所校經文，實際又共計四十一條，何以其數又與緒言所述不符，此一問題亦可摸索出牠的答案來。蓋夏炘校勘朱子詩集傳，其體例完全模仿阮元毛詩注疏校勘記，遂受阮書影響，而於無意中越出毛詩注疏本範圍，又將阮氏校出毛詩注疏本經文錯字二條，一併來校正朱傳五經本經文，所以成爲共校經文四十一條與緒言自述三十九條之不符現象。這越出緒言的兩條，其一為「七月鳴鵙」（豳風七月），鵙字為朱傳五經本與毛詩注疏本所同，但阮氏校勘記校正鵙字為鶪字之誤。阮校云：『唐石經作鶪，是也。五經文字云，鶪，伯勞也，與說文合可證。』夏氏案語曰：『炘案宋明各注疏，俱作鵙，嚴氏詩緝亦作鵙，則此字之誤已久矣。』另一條為：「旻天疾威」（小雅雨無正）旻字為朱傳五經本與毛詩注疏本所同，但阮氏校勘記云：『唐石經相臺本旻作昊。案此從釋文作旻者誤。』夏氏案語曰：『炘案此詩「浩浩昊天」，下章「如何昊天」，無緣此處忽變言旻天，集傳昊，亦廣大之意，更不見旻字之注，則朱子必從石經作昊天無疑，寫者以形相似亂之。』文開案，此因受下一篇小旻首句「旻天疾威」之影響，致誤昊為旻。

其餘三十九條，則夏炘均為將朱傳八卷五經本與毛詩注疏本校勘而得，玆列其條目對照如下，並作簡單案語。

編號	朱傳五經本	毛詩注疏本	案語
(1)周南關雎	鐘鼓樂之（鐘）	鍾鼓樂之（鍾）	炘案說文鍾酒器，鐘樂器，雖分別不紊，然經傳相承，多借鍾為鐘。文開案：經傳鐘鍾兩字混用，朱子據說文定此句為鐘，嚴粲詩緝，毛詩明監本從之，是也。

(2)周南葛覃　薄汚我私（汚）薄汙我私（汙）文開案：玉篇：从亐者古文，从于者今文。

(3)召南何穠　何彼穠矣（穠）何彼襛矣（襛）文開案：襛爲衣厚，穠乃植物之濃盛。五經文字云：『穠見詩風』，高本漢詩經注釋：『穠字御覽、白帖與文選注引毛傳如此。今本毛詩作襛是錯字』。文開試檢太平御覽第一五二卷。公主上第三條引詩三稱「何彼穠矣」，五四〇卷婚姻上第三條引詩二稱「何彼穠矣」，七七二卷車部第十二條一引「何彼穠矣」，果均作穠不作襛，惟八三四卷釣第一條一稱「何彼襛矣」，从衣不从禾。

(4)鄘風定中　終焉允臧（焉）終然允臧（然）。焉然古通，孟子離婁篇眸子瞭焉眊焉，白帖引作瞭然眊然。夏校曰：『馮校焉當作然，阮氏校勘記自閩本以上皆作然，明監本以下始誤然爲焉。』文開案：集傳除八卷五經本作焉外，其他宋本通釋本疏義本彙纂本等均作然，然則毛詩明監本之作焉，應是從集傳五經本所改。

(5)衞風竹竿　遠父母兄弟（弟韻）遠兄弟父母（母韻）毛詩注疏本遠兄弟父母，母古音米，右古音以，固相爲韻。而相臺本以弟與右爲韻，亦無不可。但考集傳八卷本弟字下仍有叶滿彼反四字，此正母字古音，而今存宋本集傳經文亦仍作兄弟父母，可證朱子未改毛詩，五經本乃後人以朱子重倫理，不宜書父母于兄弟之下，故以意改之耳。

(6)魏風園桃

不知我者（知我）不我知者（我知）毛詩阮元校勘記以相臺本等作「不知我」爲非。文開案：不我知固合於先秦文法，但作不知我亦可，王風黍離即其例。夏炘擧宋高宗御書石經殘本作「不知我者謂我士也驕」「不知我者謂我士也罔極。」以證南宋最初即流行爲「不知我」，則朱子集傳原文作「不知我」乃異文，非譌誤。證之蘇氏詩傳，王氏總聞，嚴氏詩緝均作「不知我」可知。今存宋本作「不我知」，諒係明代重刻時依毛詩校改者。

(7)唐風揚水

白石粼粼（粼）白石粼粼（粼）夏校曰：『粼粼當作粼粼。阮氏校勘記唐石經宋小字本十行本相臺本俱作粼，閩本明監本毛本始誤作粼粼。炘按：說文巛部無粼字，巜部粼，水生厓石間。』集傳宋本作粼粼，彙纂本掃葉本同。朱子時詩經此句無作粼者，五經本作粼，係傳寫之誤。

(8)唐風椒聊　實大且篤（實）碩大且篤（碩）夏校曰：『前章碩大無朋，不誤，此實字係傳寫之誤。』夏校是也。依文理應作碩。五經本以外宋本、通釋本、疏義本、彙纂本、掃葉本均作碩未誤。

(9)陳風東楊　明星晳晳（晳）明星晢晢（晢）文開案：晳晳誤。蓋晳音析，清晳義；晢音制，毛傳：晢晢，猶煌煌也。朱傳襲之。宋本作晢不誤。五經本雖作晳，仍音制，可證係傳寫之誤，非朱子異字。

(10)豳風七月　取彼狐狸（狸）取彼狐貍（貍）文開案：廣韻雖定狸爲貍俗字，但古籍已多用之。禮內則「狸去正脊」，襄十四年左傳「狐狸所居」，莊子逍遙遊「子獨不見狸狌乎?」均其例。朱子集傳主簡省，此五經本狸字諒非傳寫之誤。

(11)豳風東山　亦可畏也（亦）不可畏也（不）文開案：觀傳文：『室廬荒廢至於如此，亦可畏矣。』則五經本作亦，當係朱子有所根據而改定。當時王氏詩總聞亦作「亦可畏也」。

(12)豳風伐柯　我遘之子（遘）我覯之子（覯）文開案：觀五經本下一篇九罭仍作「我覯

之子」，則此遘乃覯字傳寫之誤。

(13)小雅鶴鳴　他山之石（他）它山之石（它）文開案：它古他字。正韻、正字通，他同佗它，三字相通。詩經他它兩字均用。集傳通釋本、疏義本、大全本均作他，則可能朱子自二十卷本已改它爲他矣。毛詩明監本毛本亦作他，或係從朱子。

(14)小雅鶴鳴　其下維穀（穀）其下維榖（榖）此榖係樹名，从木不从禾。五經本、宋本均誤。通釋本、疏義本、大全本、彙纂本均不誤。

(15)小雅祈父　靡所底止（底）靡所厎止（厎）毛詩自相臺本以上作厎，閩本明監本以下作底。文開案：嚴粲詩緝亦作底，則南宋此字已流行作底，朱傳各本均作底，乃經文異字，蓋底厎兩字互通。

(16)小雅我行　言歸思復（思）言歸斯復（斯）文開案：思斯均爲語助詞。此處集傳各本均作思，則爲集傳之異文也。張愼儀詩經異文補釋謂集傳改斯爲思，本諸易林。

(17)小雅我行　亦秖以異（秖）亦祇以異（祇）文開案：毛詩注疏本作祇，毛傳祇，適也。阮校稱：唐石經作衹，从衣从氏，宋以後俗本又多作祇，非古，至各體从氏，尤繆極。而未提秖字。考正韻秖，旨而切，並音支，適也。則集傳作秖，可通，乃經文異字，故疏義本、大全本均作秖。

(18)小雅斯干　無父母貽罹（貽）無父母詒罹（詒）文開案：陸德明經典釋文：『詒，本又作貽，以之反，遺也。』山井鼎考文本，即作無父母貽罹，集傳八卷本作貽，異字也。

(19)小雅十月　朔日辛卯（日）朔月辛卯（月）鄭箋：周之十月，夏之八月也，八月朔日，日月交會而日食。』日食在「朔日」，作「朔月」而以月朔釋之，不如逕作「朔日」之爲明順。據阮元毛詩校勘記，毛本作日。文開案：此字汲古閣本，毛本均作日，唐石經已損缺，其字爲日爲月，均有可能。集傳八卷本作日，二十卷本通釋、疏義、大全、彙纂亦均作日，則日爲經文異字，朱子所定，宋本作月，則明代重刻者依毛詩注疏本所改矣。

(20)小雅十月　家伯冢宰（冢）家伯維宰（維）文開案：毛詩鄭箋孔疏均釋宰爲冢宰。集傳各本，或作冢，或作爲，或作維，作冢作爲者，其傳寫之誤歟。

(21)小雅小弁　鞠爲茂草（鞠）鞫爲茂草（鞫）毛傳：鞫，窮也。陸德明經典釋文作鞠，九六反，窮也。蔡邕述行賦亦作鞠。宋人嚴粲詩緝，李迂仲黃實夫毛詩集解等均作鞠。集傳八卷本及二十卷通釋本、疏義本、大全本皆作鞠，則鞠爲鞫之異文。

(22)小雅巧言　亂如此憮（憮）亂如此幠（幠）文開案：集韻：憮，荒乎切，音呼，大也。毛詩閩本作憮，嚴粲詩緝亦作憮，可證南宋流行作憮。集傳所有八卷本二十卷本皆作憮，朱子所定異文也。

(23)小雅巧言　昊天泰憮（泰憮）昊天大幠（大幠）夏炘曰：『阮氏校勘記、宋十字本、相臺本、閩本、明監本、毛本俱作大。唐石經小字本作泰。按釋文云：大音泰，本或作泰。正義云：而泰憮言甚大，是其本作泰字。炘按：从大者釋文本也；从泰者，正義本也。詩緝亦作泰。』文開案：集傳各本均作泰，係經文異字。幠作憮見前條。

(24)小雅何斯　俾我祗也（祗）俾我祇也（祇）毛傳：祇，病也。鄭箋：祇安也。朱傳從鄭箋訓安。文開案：正字通：祗與祇通。郝敬曰：祗从氏下一，韻書別出，其實同。集傳通釋本、疏義本、大全本均作祇，則非傳寫之誤，係異字。蓋解經有同字異訓者，此祇訓病訓安是也，有異字同訓者，此祇祗均訓安是也。

(25)小雅四月　奚其適歸（奚）爰其適歸（爰）文開案：集傳八卷本、二十卷疏義本、大全本經文均作奚。疏義本經文奚字下夾註云：「家語作奚」，而傳文亦逕云：「奚，何；適，之也。」則朱子係認爰為奚之形誤，既改經文爰為奚，又加夾註，以明其出處者。今存宋本經文仍作爰，乃明代重刻時依毛詩校改者。

(26)小雅楚茨　既匡既敕（敕）既匡既勑（勑）儀禮少牢饋食禮疏引詩作「既匡既敕」，玉篇云：『敕，今作勑。』集韻、正韻：勑，蓄力切，音敕，誠也。又正韻：誠也、正也、固也。又通作敕。集傳各本此字皆作敕，朱子所定異文也。

(27)小雅漸石　不遑朝矣（遑）不皇朝矣（皇）鄭箋：皇，王也。朱傳異訓，釋不皇為不暇。故逕改經文為不遑，以求明順。集傳各本均作遑。文開案：山井鼎考文古本皇亦作遑。

(28)大雅棫樸　奉璋峩峩（峩峩）奉璋峨峨（峨峨）文開案：峨爲从山我聲形聲字，山字在上在左，本無區別，不能算異字，也非傳寫之譌誤。而清儒重考證，必細加校勘，視爲譌誤。但我們觀察，唐石經宋小字相臺等俱作峨，而閩本以下已作峩，則集傳之作峩，或朱子當時所定，仍當作異文視之。

(29)大雅棫樸　渒彼涇舟（渒）淠彼涇舟（淠）文開案：正字通：渒，淠字之譌。今集傳各本，除作淠外，作滭作渒者皆誤。

(30)大雅皇矣　以篤周祜（無于字）以篤于周祜（有于字）陳校篤下脫于字。文開案：今存宋本、通釋本、大全本、彙纂本，皆不脫于字。

(31)大雅生民　于豆于登（登）于豆于登（登）毛詩相臺本作登其他皆作登。毛居正六經正誤云：作登誤，登降之登从癶，豆登之登从肉，从又。又說文有𢍜字，卽其古字。或作登，見集韻。文開案：集傳登八卷本十二卷本皆作登，乃經文異字。

(32)大雅卷阿　鳳凰于飛（凰）鳳皇于飛（皇）文開案：皇爲古文，凰爲今字。朱子從俗，故詩經鳳皇均作鳳凰，非傳寫之誤。

(33)大雅蕩　天降慆德（慆）天降滔德（滔）毛傳：滔，慢也。朱傳：慆，慢也。文開案：滔爲慆之同音假借，故朱子集傳二十卷本八卷本均用慆字，以求明順。

(34)周頌天作　彼岨矣岐（岨）彼徂矣（徂）文開案：毛詩注疏本作徂，且係三字句，而集傳作岨，改從沈括夢溪筆談引後漢書朱輔疏作「彼岨者岐」，岐字絕句，成四字句。徂岨異字。據周邵蓮詩考異字箋餘，集傳原本必矣作者，亦異字。今存集傳各本，除五經本作岨外，二十卷本中大全本彙纂本亦作岨。

(35)周頌桓　屢豐年（屢）婁豐年（婁）文開案：屢爲婁之通用字，但左傳宣十二年引詩亦作屢。毛詩閩本亦作屢，八卷本集傳朱子從俗用屢字。二十卷本疏義、大全、彙纂遂亦從八卷本改婁爲屢。

(36)魯頌泮水　其旂伐伐（伐）其旂茷茷（茷）經典釋文『伐伐，蒲害反。又普貝反，言有法度也。本又作茷』毛傳即訓茷茷爲有法度。朱傳伐，音旆，訓伐伐爲飛揚。則經文本作伐，毛詩注疏本加艸作茷，朱傳本加竹作筏，均可視爲異文。惟集傳疏義本大全本作筏筏，則傳寫之譌誤矣。

(37)商頌玄鳥　來假祈祈（祈）來假祁祁（祁）鄭箋：祁祁，衆多也，集傳八卷本作祈祈。傳文亦云：祈祈，衆多貌，而二十卷本經傳均作祁祁。通釋本、大全本、宋本均如此。則八卷本聲似形近而譌誤也。

(38)商頌長發　降于卿士（于）降予卿士（予）張慎儀詩經異文補釋云：『莊述祖云：正義本作予，石經作予，李黃集解本亦作予，是南宋時諸家本尚不誤。朱子集傳云：降言天賜之也。是集傳本亦作予。自坊本有作于者，以譌傳譌。如歐陽永叔詩本義亦有寫作于者矣。』李富孫詩經異文釋云：『臧氏鏞堂嘗見元人所刻集傳亦作予。』夏炘云：『臧氏親見元刊集傳本作予，見十駕齋養新錄。』是集傳本作予。今惟彙纂本作予，而各本已譌成于。宋本之作于，明代重刻時所改也。

(39)商頌殷武　采入其阻（采）罙入其阻（罙）毛傳訓罙爲深，朱傳從鄭箋訓冒。張慎儀云：『閩本明監本毛本罙作采。釋文罙，說文作冞。今本說文网部引詩作冞，或作采。』則經文作罙作采乃異字。集傳各本作采，非傳寫之誤。

以上夏校三十九條，逐一覆案訖。夏氏曰：『朱子作集傳，一仍注疏舊本，實未嘗改易經字，訓詁多用毛鄭，鳥獸草木多用陸璣疏及爾雅注疏，是以皆得取而正之。』他不認集傳經文有異字，今所見異字都是傳寫之誤。文開前已舉大叔于田篇首句刪一「大」字以證朱子勇於改定經文。今覆案此三十九條，知朱子自定之異文多，而傳刻之誤少，還不到三分之一。那就是5號父母兄弟，7號鄰，8號實，9號皙，12號遄，14號轂，20號豕，29號漙，30號于，37號祈，38號于，共計十一條。

詩集傳的特點之一，是簡約易讀，因此力求明順，甚至不避俗字，二十卷本已用鳳凰代鳳皇，不遑代不皇，八卷本更將貍字婁字改定爲狸字屢字。而他所改定的經文異字，向不爲清代考證學家所重視認可，現在我們見到瑞典漢學家高本漢考證的結果，却定禮是錯字，改採穠字，也該知道集傳的異字，是值得研究的了。

六、詩集傳二十卷本經文夾註異字二十一條考釋

詩集傳二十卷本，無論是宋本，或是劉瑾詩傳通釋本，或是朱公遷詩經疏義會通本，或是胡廣詩傳大全本，或是王鴻緒詩經傳說彙纂本，在經文部分，經文中都有經文異字的夾註，加以彙輯，共得二十一條。這是研究朱子詩集傳經文異字的重要資料，也可說是基本資

料。文開已就王應麟詩考，周邵蓮詩考異字箋餘（以下簡稱箋餘），馮登府三家詩異文疏證（以下簡稱疏證）陳喬樅四家詩異文考（以下簡稱異文考）江瀚詩經四家異文考補（以下簡稱考補）李富孫詩經異文釋（以下簡稱異文釋）張慎儀詩經異文補釋（以下簡稱補釋）等書中有關這二十一條的文字，以及其他可資參考的材料一併彙輯成帙，逐一附加本人案語。

茲爲節省篇幅，删繁就簡，摘錄於下：

一、周南漢廣篇　不可休息　息下注：吳氏曰：韓詩作思。

(1)詩考：(一)〔序文〕朱文公集傳「不可休思」從韓詩。(二)〔韓詩〕不可休思（外傳）

(2)箋餘：邵蓮案：詩考序謂：「朱子從韓詩作休思，一洗末師專己守殘之陋。」今集傳本仍作休息，則又非朱子之舊矣。

(3)異文疏證〔韓詩〕：案息字是思字之誤。詩考序云：朱子從韓詩作「不可休思」，今集傳本仍作息，非王氏所見之本矣。顧氏炎武詩本音曰：疑是朱子未定之本也。余考宋本集傳經文原作息，下注云：「吳氏曰：韓詩作思。」今本（指八卷本—文開）删去是注，大失朱子意矣。

(4)異文考〔韓詩〕：韓詩外傳一，詩曰：「南有喬木，不可休思。」案歐陽詢藝文類聚八十八引詩亦作「不可休思」。

(5)異文釋：正義曰：詩之大體，韻在辭上，疑休求爲韻，二字俱作思。毛傳云：思，辭也。卽繫喬木之下，則正作思字，以休爲韻。

(6)異文補釋：戚學標云：吳棫从韓詩作思，以休求取叶。

(7)阮氏毛詩注疏校勘記：不可休息條：唐石經、小字本、相臺本同。案釋文云：舊本皆爾，本或休思，此以意改耳。正義云：詩之大體韻在辭上，疑休求字爲韻，二字俱作思。但未見如此之本，不敢改耳。正義之說是也。此爲字之誤，惠棟九經古義以爲思息通，非。

文開案：朱傳協韻，採吳棫毛詩叶韻補音。王應麟宋人，其詩考謂朱文公集傳從韓詩作「不可休思」，一洗末師專己守殘之陋，則其所見集傳經文乃從吳棫採韓詩作休思，故周邵蓮、馮登府皆謂今集傳本仍作休息，非朱子之舊。今集傳二十卷本，於經文仍作休息，但息字下有「吳氏曰韓詩作思」七字，八卷本，則併此七字夾注刪去，但無論二十卷、八卷，傳文：「思語辭也」均在傳「漢水」之上，則此係傳休思之思明甚。實朱傳經文原作「休思」之證。劉瑾詩傳通釋亦論及之。阮元論毛詩正義明知經文應作休思，而未敢改定，此朱子之勇於穎達也。戴震毛鄭詩考正，以息爲思字轉寫之譌，可信。惠棟九經古義，以爲息古文，思今文，非。

二、唐風有杕之杜篇　噬肯適我　噬下注：韓詩作逝。

(1)詩考：〔韓詩〕逝肯適我，逝，及也。（釋文）

(2)箋餘：逝肯適我（釋文、韓詩）釋文：噬：韓詩作逝。逝，及也。

(3)疏證：案噬即爾疋之遾。傳：噬，逮也，正援釋訓文，逮，及也，與韓訓合。說文有逝無噬，然則逝本字，噬通字，遾俗字也。

(4)異文考：毛詩釋文：噬，韓詩作逝。逝，及也。案毛傳云：噬，逮也，與韓文異而義同。說詳韓詩考。〔附韓詩考〕噬字即逝之假借。

(5)異文釋：案日月，逝不古處。傳云：逝，逮也。此亦訓爲逮。釋言曰：逮，及也。逝與噬音義同。噬，借字。

(6)補釋：韓詩作逝，爾雅釋詁作遾，按毛訓噬爲逮，韓訓逝爲及。噬逝音通，逮及音同。「噬肯適我」，言可及時適我也。說文無遾。

文開案：噬爲逝之假借字，朱子採用本字。毛詩相臺本，有杕之杜末章「噬肯來遊」句，噬字亦作逝。

三、陳風月出篇　勞心慘慘　慘下注：當作懆。

又小雅正月篇　憂心慘慘。慘下注：七感反，當作懆，七各反。又大雅抑篇我心慘慘，慘下注：當作懆，七到反，叶七各反。

⑴詩考：抑　我心懆懆（五經文字）。

⑵箋餘：月出　五經文字作懆，千到反，宜从之。抑　我心懆懆（五經文字）。

⑶異文考　月出　五經文字勞心懆兮。案陳第毛詩古音考云：慘當作懆，說文：懆，愁不安也。戴震云懆與照、燎、紹爲韵。

⑷異文釋：勞心慘兮　五經文字作懆，（北山慘慘劬勞，釋文作懆），案月出、正月、白華、抑、皆當作懆入韻。唐石經、宋本、岳本、並作慘，非。今詩中正月篇憂心慘慘，北山篇或慘慘劬勞，抑篇我心慘慘，皆懆懆之譌。

⑸補釋：我心慘慘　按阮文達云：此以韻求之，當作懆懆。

⑹阮元校勘記：月出　勞心慘兮　毛鄭詩考正云：蓋懆字轉寫譌爲慘耳。毛晃、陳第、

顧炎武諸人論之詳矣。又白華篇　念子懆懆　正義云：慘慘然欲諫正之，是正義本作慘慘也。考釋文於正月、北山、抑，皆云慘慘，七感反。北山又云：字亦作懆。五經文字云：懆，千到反，見詩。乃依此釋文而定其字當作懆也。月出、正月、抑三篇皆作懆，乃得韻。又抑篇我心慘慘，此以韻求之，當作懆，見白華。

文開案：朱子以月出、正月、抑三篇之慘當作懆，完全正確。惟云「當作」，則集傳經文未改也。宋儒王應麟已代為標示，係出張參五經文字，清代諸儒考證的結果，也正與朱子主張符合。

四、小雅四牡篇　翩翩者鵻　鵻下注：當作隹。

(1)箋餘：釋文：鵻，本又作隹。

(2)異文攷：案左傳昭十九年正義引正作隹字。爾雅「隹其鳺鴀」，釋文云：隹如字，旁或加鳥，非也。段玉裁曰：釋文誤也。說文鳥部鵻，祝鳩也。从鳥隹聲。祝鳩即爾雅鵻其鳺鴀之鳥。說文繫傳隹部，鍇曰：鳥名也。詩曰「翩翩者隹」，隹為鳥短尾，亦總名也。

(3)補釋：釋文：鵻音隹，本又作隹。左昭十九年傳正義引詩作隹。說文繫傳引詩同。按左傳祝鳩氏，杜注祝鳩，鵻也。詩疏引舍人注：鵻名夫不。李巡注：夫不，一名鵻。方言：鳩，其小者。梁宋之間謂之鵻。陸璣義疏：鵻，梁宋之間謂之隹，揚州人亦然。鵻爲鵻之別體，隹則鵻之假借。

文開案：朱子云：「當作」者，經文未改也。考之傳文，亦云：「鵻，夫不也。今鵓鳩也。」（史榮校鵓爲鵓）凡鳥之短尾者皆隹屬。」釋鵻而不釋隹。隹爲短尾鳥總名，鵻則兩用，亦專指鵓鴣，南有嘉魚篇「翩翩者鵻」釋文：「音隹，本亦作隹。」則詩經鵻隹兩用矣。

五、小雅常棣篇　外禦其務　務下注：春秋傳作侮，罔甫反。

(1)詩考：外禦其侮（國語周文公之詩曰）

(2)箋餘：釋文：牆，或作廧，務如字。爾雅云侮也。又音侮，此从左傳及外傳之文。

(3)異文釋：左傳僖廿四年傳，務引作侮。周語御覽五百十四引同。案釋言，務，侮也。毛傳同。墨子非命曰：毋僇其務，僞泰誓作罔懲其侮。務、侮以聲爲義，字通。熊氏朋來曰：此詩當以左傳侮字爲據。毛亦訓務爲侮，即讀如侮矣。

(4)補釋：左僖二十四年傳引詩「外禦其侮」，國語周語引周文公之詩，爾雅釋詁郭注，白帖十九，太平御覽五百十四各引詩同。按爾雅務，侮也。二字雙聲，借務爲侮。

文開案：毛詩務爲侮之假借，與戎字爲韻。

朱子改務爲侮，侮罔甫反，戎叶而主反，侮戎爲韻。吳棫務音蒙，不可從。集傳經文改務爲侮，故傳文中無務字，逕曰：「然有外侮，則同心禦之矣。」

六、小雅小旻篇　是用不集　集下注：韓詩作就。

(1)詩考：(一)〔序文〕謂朱傳是用不就，從韓詩。(二)〔韓詩〕是用不就（外傳）

(2)箋餘：熊朋來五經說曰：是用不集，當从是用不就，以韻爲證。顧炎武毛詩本音曰：集字非韻。王應麟言朱子從韓詩作「是用不就」。惠棟曰：毛傳云：集，就也。韓詩作就。尚書顧命曰：克達殷集大命。蔡邕石經達作通，集作就。是集讀爲就，與咎協韻也。

(3)疏證：案傳：集就也。大明：有命既集，亦云：集就也。廣疋釋詁：集，就也，即本韓詩。集本有就訓。大戴禮：衆則集，寡則謬。吳越春秋河上歌，集協流，集亦有就音。

(4)異文考：韓毛文異而義同。

⑸異文釋：是用不集，韓詩外傳六作不就。董氏引崔集注同。詩考序言：朱子从韓詩作就，今本仍作集，是爲後人所改。熊氏朋來曰：詩音有九家，陸德明始以己見定爲一家之學。釋文猶字具數音，及孫氏直音出，而挾莬園册者并釋文不復考矣。錢氏曰：毛公傳每寓聲於義，雖不破字，未嘗不轉音，訓集爲就，即轉從就音。

⑹補釋：按集就雙聲。錢大昕云：兩隹爲雔，三隹爲雥，雔雥音近。集又从隹聲，故與就相近也。

文開案：證之漢石經尚書顧命，集作就，是古集就相通。毛傳訓集爲就，即轉從就音。李富孫曰：詩考序言，朱子以韓詩作就，今本仍作集，是爲後人所改。朱子改定經文集作就，就與咎爲韻，更勝毛傳矣。

七、小雅四月篇　爰其適歸　爰下注：家語作奚。

⑴詩考：奚其適歸（家語）

⑵箋餘：奚左傳作爰。詩本音云：朱子依家語作奚。

⑶異文考：家語辨政篇：詩曰：「亂離瘼矣，奚其適歸？」此傷離散以爲亂者也。案盧文弨云：朱子詩經集傳：「奚，何也」，即本此爲釋。又考華陽國志引詩亦作「奚其

適歸」。

(4)異文釋：錢氏曰：集傳依家語訓奚爲何，未嘗輕改經文，今俗本直改作奚，此明代村學究所爲，非朱傳元本也。殷氏曰：華陽國志引亂離瘼矣，奚其適歸，疑三家詩有作奚者。

(5)補釋：家語辨政，華陽國志各引詩「奚其適歸」。文選任彥昇爲范尙書讓吏部作「欲以安歸」，中說述史作「吾誰適歸」。按唐石經作爰，左宣十二年傳引作爰。文選潘岳詩，任昉表各注引韓詩作爰，又引毛詩作爰。疑毛、韓作爰，齊、魯作奚，任表王說，恐是誤記耳。

文開案：詩經中爰字本爲「於焉」義，內子普賢已詳論之。此「爰其適歸」句，可作「奚其適歸」解。孔子家語華陽國志則逕引作「奚其適歸」。張愼儀疑四家詩毛韓作爰，齊魯作奚。朱子集傳既於傳文中逕云：「奚，何；適，之也」。而不曰：「爰，何；適，之也。」可見其經文已改定爲「奚其適歸」。今存集傳八卷本經文均作奚，二十卷本中元朱公遷詩經疏義，明胡廣詩傳大全經文亦均作奚。

八、小雅無將大車篇　祇自疷兮　祇下注：劉氏曰：當作疧，與痻同，眉貧反。

⑴箋餘：祇俗作秖。疷詩本音云：宋劉彝曰：當作疧，唐人避諱改疷，後仍其誤。邵蓮按：劉說是。六書故疷本作疧，亦作痻，毛詩祇自疧兮，叶上塵，譌从疷。然竟謂諸書無疷字，則非也。說文疷，病也。从疒，氐聲。疷與疧義同而音別，如俾我疷兮，則从疷。祇自疧兮，則从疧，二字並存，不可偏廢。

⑵補釋：祇自疷兮，唐石經、毛詩、集傳、詩傳通釋，疷皆作疷。

文開案：祇自疷兮，朱子從宋劉彝以疷當作疧，既云「當作」，則經文未改，而讀音則注爲眉貧反，與上塵字爲韻耳。今存八卷本二十卷本集傳均仍作疷。詩傳通釋、詩經疏義、詩傳大全、詩經傳說彙纂同。

九、小雅角弓篇　見晛曰消　曰下注：音越，韓詩劉向作聿，下章放此。

⑴詩考：雨雪瀌瀌，見晛聿消。（漢書、荀子同）

⑵箋餘。曣晛聿消，曣晛，日出也。（韓詩釋文）雨雪瀌瀌，見晛聿消（漢書荀子同）。釋文見，韓詩作曣，曰消之曰，韓詩作聿，劉向同。

⑶異文考：漢書劉向傳，詩曰：「雨雪瀌瀌，見晛聿消。」

⑷異文疏證：漢書荀子曰作聿。釋文云：「劉向曰作聿。劉傳魯詩者，劉韓魯同也。」

穆天子傳注：聿猶曰也。古曰字通聿。邠「曰爲改歲」，漢書食貨志作聿。大雅「予曰有疏附，予曰有先後」，王逸楚辭章句引作聿，是也。

(5)馮登府三家詩異文疏證補遺：案孟子告子章指引同。向爲元王孫，元王受詩于浮丘伯，荀卿門人，此詩說之所本也。

(6)異文釋：荀子非相引作「宴然聿消。」

(7)補釋：曰，韓詩作聿。

文開案：曰聿相通，皆語辭，今存集傳各本仍均作曰。

十、小雅角弓篇　式居婁驕　婁下注：力住反，荀子作屢。

(1)詩考：莫肯下隧，式居屢驕。（荀子注隧讀隨）

(2)箋餘：同詩考。

(3)異文考：荀子非相篇詩曰：莫肯下隧，式居屢驕。案隧毛詩作遺，屢毛詩作婁，皆古今文之異。

(4)補釋：按婁字無傳。釋文，婁，王（肅）數也。馬瑞辰謂荀子上言人有三不祥，人有三必窮，末引此詩，以證小人婁驕之禍。此即以婁爲數也。鄭（玄）音摟訓斂，楊注因之，胥失其恉。

文開案：婁作屢，乃古今文之異。朱子採荀書，是捨鄭箋訓斂，改訓數也。今存集傳各本仍作婁，此字無傳。惟朱公遷詩經疏義，於此章傳文下疏曰：「式居屢驕，使小人以驕慢自處者不一也。」逕作屢驕。並證以桓篇經文「婁豐年」，改婁爲屢，則此婁字，朱子亦已改屢矣。

十一、小雅菀柳篇　上帝甚蹈　句下注：戰國策作「上天甚神」。

(1)詩考(2)箋餘：上天甚神。（戰國策）

(3)異文考：戰國策楚策，荀卿書，詩曰：「上天甚神，無自瘵也。」

(4)異文釋：朱傳據荀卿子蹈作神，言威靈可畏也。然古本相傳，未可强改以就它書也。

(5)補釋：鄭箋：蹈讀曰悼，韓詩外傳引詩作慆。釋元應一切經音義五引韓詩作陶，國策楚策引詩作上天甚神。按毛借蹈爲悼，鄭讀从本字，謂悼幽王之暴虐也。慆與蹈同聲，因又借爲慆，舀匋疊韻，因又借爲陶也。王念孫云：國策引上帝作上天，殆與上文嗚呼上天相涉而誤。神者，慆之壞字。

文開案：王應麟詩考序曰：「上天甚神，則取戰國策。」則王氏所見，朱子已改經文也。

十二、小雅菀柳篇　無自瘵焉　焉下注：戰國策作也。

(1)詩考(2)箋餘：無自瘵也。（戰國策）

(3)補釋：戰國策楚策引詩焉作也。按助語之詞，首章全用焉字，此章上下文如之，不應此句獨用也字。

文開案：焉也均語助詞，可以更換應用。惟也字語氣較肯定。今存集傳各本仍作焉。

十三、小雅何草不黃篇　何人不矜　矜下注：古頑反，韓詩作鰥。

(1)詩考：〔韓詩〕何人不鰥。（董氏云）

(2)箋餘：何人不鰥。（韓詩、董氏云）

(3)疏證：案：足利本正作鰥。矜與鰥通。鰥，矜之本文。經文中多作矜。論衡引亦作何人不鰥，七經考文載古本毛詩同。然以爲韓詩則未見所本。

(4)異文考：王氏詩考引董氏云：「韓詩作何人不鰥」案詩經考文云：「古本矜作鰥。」

(5)補釋：山井鼎考文古本作何人不鰥。按：何人不矜，猶言何人不病耳。

文開案：鰥乃矜之本文，朱傳訓無妻，不訓病。今存集傳各本仍作矜，傳文亦云：「無妻曰矜」，則朱子未改經文作鰥。

十四、大雅假樂篇　假樂君子　假下注：中庸春秋傳皆作嘉，今當作嘉。

⑴詩考⑵箋餘：嘉樂（左傳公賦嘉樂）嘉樂君子，憲憲令德（禮記正義云：案詩本文憲憲爲顯顯，與此不同者，齊魯韓與毛詩不同也。）

⑶異文考：左氏文四年傳：公賦嘉樂。案左傳襄二十六年又云：晉侯賦嘉樂。毛詩作假，乃古文之假借，故傳卽訓假爲嘉。案釋文云：嘉詩作假，音同。

⑷異文釋：朱傳假作嘉，非音嘉，俗本直音嘉，誤矣。臧氏曰：集傳云，中庸春秋傳皆作嘉，今當作嘉，俗本但作音嘉。段氏曰：假者，嘉之假借字也。

⑸補釋：禮記中庸引詩嘉樂君子。洪适隸釋綏民校尉熊君碑同。

文開案：假嘉雙聲，詩當作嘉樂，毛詩作假乃假借字。朱子云：「當作嘉」者，經文未改也。故八卷本夾注曰「音嘉」。惟傳文中已採用嘉字，故曰：「嘉，美也。」朱公遷詩經疏義亦逕用嘉字云：「嘉樂君子，猶言樂只君子也。」

十五、大雅民勞篇　是用大諫　諫下注：春秋傳荀子書並作簡，音簡。

⑴詩考⑵箋餘：板：是用大諫。（左傳）

⑶異文考：板：是用大簡，左氏成八年傳詩曰：「猶之未遠，是用大簡。」案大簡詩作大諫，杜預左傳注云：簡，諫也。則簡卽諫之古文假借字。

⑷異文釋：案簡諫聲近，故字可通。韻補云：荀子、魏志高堂隆傳並作簡。今本皆作諫，或後人所改。吳氏棫曰：古簡讀如蹇。

⑸補釋：按白虎通，諫者間也。穆天子傳注，顏氏家訓，並音諫爲間，是簡爲諫之假字也。

文開案：「是用大諫」爲民勞與板篇之相同句。民勞在前，故朱子夾注於民勞經文下。惟於諫字下民勞夾注音簡，板篇夾註叶音簡，則經文未改也。

十六、大雅崧高篇　往近王舅　近下注：鄭音記。按說文從辵從丌，今從斤誤。

⑴箋餘：邵蓮按：往近，近本作䢋。觀釋文音注自明。唐石經亦作近，皆傳寫之誤。

⑵異文考：往䢋王舅　毛詩箋：䢋，辭也。聲如彼記之子之記。案孔氏正義本䢋作近，毛居正六經正誤云：近，說文作䢋，从丌从辵。今作䢋，音記，譌作近。喬樅考釋文云：䢋音記，是陸本當作䢋字，今釋文䢋亦作近，後人傳寫之誤耳。

文開案：經文䢋誤爲近，應行改正。集傳朱子既指出其誤，自已改正經文。今仍作近，又非朱子之舊矣。

十七、大雅召旻篇　草不潰茂　潰下注：集注作遂。

(1)異文釋：鄭箋：潰茂之潰，當作彙，茂貌。崔集注本作遂茂。案正義云：傳以潰爲遂，於義不安，故言當作彙，是茂盛之貌。毛傳訓遂，此假潰爲遂，集注本作遂，即从毛義。段氏曰：潰毛傳與「是用不潰于成」同，鄭云：當作彙，非也。

(2)補釋：鄭箋潰茂之潰當作彙，崔集注本作「草不遂茂」，韓詩外傳引詩「莫不潰茂」。按：馬瑞辰云：莫，草之譌，毛傳：潰，遂也。潰、遂疊韻，潰之通遂，猶燧或作㸂，遺風通作隧風也。戚學標云：潰，彙之假。又按：箋云：彙茂貌，潰、彙亦疊韻，故可假潰爲彙也。

文開案：毛傳假潰爲遂，鄭箋假潰爲彙，梁崔靈恩毛詩集注，陸德明稱其集衆義以注毛，兼採三家之本。此遂字非三家異文，李富孫斷崔之作遂，即从毛義。段玉裁是毛非鄭，則朱子採崔本，固自有卓識也。

十八、周頌清廟篇　無射於人斯　射下注：音亦，與斁同。

(1)詩考(2)箋餘：無斁於人斯。（禮記）

⑶異文考：禮記大傳注：詩云：不顯不承，無斁於人斯。案斁毛詩作射。

⑷補釋：禮記大傳鄭注引詩射作斁，文選左太沖魏都賦注引毛詩同。

文開案：射爲斁之假借字，射訓厭義，古與斁通用，故朱子夾注與斁同。葛覃篇「服之無斁」，禮記緇衣作無射。振鷺篇「在此無斁」，中庸後漢班昭傳引作射，是其證也。然朱子云：「音亦，與斁同」，則經文未改。

十九、周頌維天之命篇　假以溢我　假下注：春秋傳作何。溢下注：春秋傳作恤。

⑴詩考：何以恤我，我其收之。（左傳注云逸詩）

⑵箋餘：惠棟曰：「假以溢我」，說文引云：「誐以溢我」，誐，嘉，譱也。廣韻引云：「誐以謐我。」左傳又云：「何以恤我。」毛傳云：假，嘉；溢，愼。案：誐與何音相近，故譌爲何；溢與謐字相與類，故譌爲溢。謐又與恤通，皆訓爲愼。古文虞書云：惟刑之恤哉，伏生尚書恤作謐，此其證也。

⑶異文考：案杜預注云：逸詩。段玉裁曰：何者，誐之聲誤，恤與謐同部，堯典惟刑之謐我，古文亦作恤。杜注不以爲此篇異文，朱子集傳合爲一，是也。

⑷異文釋：段氏曰：左氏何以恤我，何者誐之聲誤，恤與謐同部，溢蓋恤之譌體。又

曰：毛傳假嘉溢愼，與誐謐字異義同。然謐溢並見釋詁，可知同時已有二本之殊矣。而謐溢恤皆是愼意，誐何假乃是異文。

(5)補釋：說文言部引詩「誐以溢我」，廣韻七歌引說文「誐以謐我」。左襄二十七年傳引詩「何以恤我」。按：毛傳：假，嘉；溢，愼也。郝懿行云：假本讀如古，轉爲遐，又轉爲何，爲誐。陳奐云：誐者本字，假何皆同聲假借字；謐者本字，溢恤皆同聲假借字。

文開案：左傳引詩「何以恤我」，杜注以爲逸詩，不以爲維天之命篇異文，朱子集傳合爲一，是也。集傳傳文曰：「何之爲假，聲之轉也；恤之爲溢，字之訛也。」是朱子以傳文傳經文何恤二字，足證集傳經文已改定爲何爲恤。宋王應麟詩考序曰：「何以恤我」，則取左氏傳。輔廣詩童子問亦曰：「何以恤我，不敢自必之辭也。」則王應麟輔廣所見集傳經文，確爲「何以恤我」也。

二十：周頌天作篇　彼徂矣岐　句下注：沈括曰：後漢書西南夷傳作「彼岨者岐」。今按彼書，岨但作徂，而引韓詩薛君章句，亦但訓爲往，獨「矣」字正作「者」，如沈氏說。然其注末復云：「岐雖阻僻」，則似又有岨意。韓子亦云：「彼岐有岨」，疑或別有所據，故今從之，而定讀岐字絕句。

(1)詩考一、〔序文〕朱文公集傳「彼岨者岐」，從韓詩。二、〔韓詩〕彼徂者，岐有夷之行。徂，往也。夷，易也。行，道也。彼百姓歸文王者，皆曰岐有易道，可往歸矣。易道，謂仁義之道而易行。故岐道險阻，而人不難。（薛君傳，後漢書注，傳曰：岐道雖僻，而人不遠）彼岨者岐（沈括引後漢書）。三、〔詩異字異義〕岐有夷之行，子孫其保之。（說苑）

(2)箋餘：王應麟曰：筆談云：「彼岨矣，岐有夷之行。」朱浮傳作：「彼岨者岐，有夷之行。」今按：後漢書朱浮傳無此語，西南夷傳朱輔上疏曰：詩云：「彼徂者，岐有夷之行。」注引韓詩薛君傳曰：徂，往也。蓋誤以朱輔爲朱浮，亦無岨字。邵蓮按：岐字屬下句讀，三家與說苑並同。伯厚詩考序，謂朱文公集傳「彼岨者岐」，則從韓詩。今集傳仍以岐字屬上句讀，又韓作徂，訓往；朱作岨，訓險，說亦不同。然則伯厚所謂從韓詩者，作「者」不作「矣」耳。乃今行之本，仍作矣，不作者，是亦非朱子之舊矣。

(3)疏證：案困學紀聞曰：筆談云：「彼徂矣……亦無岨字異文。」故此列薛君傳于前，列沈夢溪所引于後，以證其誤也。

(4)異文考：彼徂者，岐有夷之行。案：者」，毛詩作矣。沈括筆談引後漢書作「彼岨者岐」，此括之誤也，韓詩實作徂字，薛君傳曰：徂，往也。見後漢書章懷注。

(5)異文釋：陳氏曰：韓惟矣字作者，不同於毛，其訓徂爲往，行爲道，岐字屬下句讀，並無異於毛。朱子改徂爲岨，是从沈括之誤引，岐字絕句，又出擬說。戴氏曰：韓毛所授經無異，不知何時轉寫譌「者」作「矣」。朱子博擇衆言以訂古，猶憑譌文改經。

(6)補釋：馬瑞辰云：毛詩以「彼徂矣」爲句，與上「彼作矣」相對成文。韓詩則作「彼徂者」。陳奐云：矣者通用。盧文弨云：集傳彼岨者岐，乃沿沈氏之誤。

文開案：沈括夢溪筆談引後漢書作「彼岨者岐」，朱子知徂作岨有誤。但韓詩似有岨意，更證以韓子亦云：「彼岐有岨」，則或別有所據，故從之，改經文爲「彼岨者岐有夷之行」，而定岐字屬上句。今存各本集傳，傳文中均有「岨，險僻之意也。」以傳經文中岨字，則可斷集傳經文確已改徂爲岨，故詩考序稱「彼岨者岐」從韓詩也。而今存各本經文，或作「彼岨矣岐」，（八卷五經本及二十卷本中之疏義本、彙纂本）或作「彼徂矣岐」（宋本及通釋本大全本）則又傳寫有誤了。試觀朱子及門弟子輔廣所撰詩童子問云：「故一定徂作岨，而以岐屬上句，如韓文公所謂彼岐有岨云爾」，則今本之作徂者，又爲傳刻之誤無疑。而並知朱子夾注中所稱韓子，爲韓文公韓愈，且韓文公僅云：「彼岐有岨」，四字中無者字，所以朱子所改定的「者」字，也又誤刻爲「矣」字了。周邵蓮曰：天作「彼岨者岐」，今行之本，仍作矣，不作者，是亦非朱子之舊。（毛詩「彼作矣」「彼徂矣」兩三字句成對，「岐有夷之行」又爲五字句。朱子改定「彼岨者岐」爲句，則全篇七句，僅一句三字，六句爲四字句，比較古樸，近周頌本來面目）

二十一、周頌烈祖篇　鬷假無言　鬷下注：中庸作「奏」今從之。

(1)詩考：奏假無言。（禮記）

(2)箋餘：奏假無言。（禮記）釋文：假，鄭作格。

(3)異文考：禮記中庸詩曰：「奏假無言」。案禮家用齊詩，此引與申鑒文同。

(4)補釋：左昭二十年傳引詩：「鬷嘏無言」，禮記中庸引詩「奏假無言」。申鑒雜言引詩同，晏子春秋外篇引詩「奏鬷無言」。按：鬷奏雙聲，晏引誤也。

文開案：集傳異字夾注朱子云：「今從之」，則經文「鬷」字已改爲「奏」，今本仍作鬷，則又非朱子之舊矣。

以上二十一條係朱子詩集傳二十卷本經文中夾注異字的彙輯考釋。凡夾注中言「當作」者，經文未改。第三條月出、正月、抑三篇慘「當作懆」，第四條四牡篇雛「當作隹」，第八條無將大車篇疧「當作疷」，第十四條假樂篇，假「當作嘉」，這四條經文均未改。凡夾注中言「今從之」者，則集傳經文已改，第二十條天作篇彼岨者岐「今從之」，第二十一條烈祖篇鬷作奏，「今從之」，這兩條經文已改。凡有宋人證明朱子改定該經文者，則集傳經文已改，王應麟詩考序云：『「上天甚神」，則取戰國策，「何以恤我」則取左氏傳，「不可休思」「是用不就」「彼岨者岐」皆從韓詩。』輔廣詩童子問云：「故一定徂作岨」「何以恤我，不敢自必之辭也」。那末第一條漢廣篇「不可休思」，第六條小旻篇「是用不就」，第十一條菀柳篇「上天甚神」，第十九條維天之命篇「何以恤我」，第二十條天作篇「彼岨者岐」，這五條經文，朱子曾予改定。凡集傳傳文與經文夾注異字相應者，亦可證朱子已改經文。第一條漢廣篇傳「思」之文在傳「漢」之文上，第五條常棣篇，傳文以「然有外侮」應經文「務」已改「侮」，第七條四月篇傳文：「奚，何；適，之也」。應經文「爰」已改「奚」，第十九條維天之命篇傳文「何之爲假，聲之轉也；恤之爲溢，字之訛也。」以應經文假溢改爲何恤，第二十條天作篇傳文「岨，險僻之意」以應經文徂之改岨，這五條經文，可以傳文證經文之已改。以上用三種證據，證實朱子改定經文十二條中，第二十條三證俱全，第一條、十九條，俱備兩證，所以十二條中重複了三條，我們可確定朱子改定經文者至少有八條（第一、第五、第六、第七、第十一、第十九、第二十、第廿一條）而我們可用其他方法推斷朱子改定經文者，尚有第十條角弓篇的改婁爲屢，第十六條崧高篇的改近爲迒，則朱子夾注異字廿一條，共改經文十條。可確定未改者僅前述四條及其他三條，未能定其已改未改者亦三四條，其改定者固多於未改經文而僅加夾注者矣。

朱子詩集傳改定經文，在經文中不加夾注，僅在傳文中予以說明，像鄭風大叔于田首句「大」字，前已論及，其餘傳文中涉及經文異字而不改經文的，亦時有出現，在此也順便略加提示如下：

(1)鄭風山有扶蘇篇章末傳文：「興也。上竦無枝曰橋，亦作喬。」這是朱子對「山有橋松」句橋字的異文，不在經文中加夾注，而在傳文中提及之例。

(2)鄭風溱洧篇末章傳文：「賦而興也。瀏，深貌。殷，衆也。將，當作相，聲之誤。」這是經文「伊其將謔」句將字，應與前一章相同，爲「伊其相謔」。朱子判斷這章所以將作相，是聲近之誤。

⑶小雅隰桑末章傳文：「賦也，遐，與何同，表記作瑕。」鄭氏註曰：「瑕之言胡也。」這是朱子將經文「遐不謂矣」句遐字的異文，不在經文中加上夾注，而在傳文中提及的又一例。

七、朱子改定經文異字研判簡表

現在我們已知道朱子詩集傳經文所出現與毛詩阮校本之間的異字，決非如夏炘所想像的：朱子未改經文，都是傳寫之誤。朱子刪去鄭風大叔于田篇首句一個「大」字，就是朱子改定經文的明顯例證。夏炘所提三十九條，經覆案，其中只有十一條是傳寫重刻之誤，而二十八條都是朱子改定的異字。我們又將二十卷本詩集傳經文中的異字夾注二十一條，加以彙釋考證，則知其中至少有經文十條，朱子曾予改定過的。那末，以上所述，我們可確定，詩集傳朱子所改定經文，共計三十九條，其中四月奚其適歸、天作彼徂者岐兩條重複，則至少有異字三十七條。

茲將此經文異字三十七條，依照篇名先後，列成一簡表於下，俾便觀覽。（見表一）

詩集傳朱子改定經文異字三十七條簡表（附表一）

編號	篇名	毛詩注疏本經文	（異字所在）	朱子改定經文	（異字所在）	簡單案語
1	周南關雎	鍾鼓樂之	（鍾）	鐘鼓樂之	（鐘）	鍾假借字，以鐘爲長
2	周南葛覃	薄汙我私	（汙）	薄污我私	（污）	污古文　汙今文
3	周南漢廣	不可休息	（息）	不可休思	（思）	息爲思之誤
4	召南何穠	何彼襛矣	（襛）	何彼穠矣	（穠）	穠爲毛詩本字，襛是假借字
5	鄘風定中	終然允臧	（然）	終焉允臧	（焉）	焉然古通
6	鄭風大叔	大叔于田	（大）	叔于田	（刪大）	大字應刪
7	魏風園桃	不我知者	（我知）	不知我者	（知我）	宜兩存
8	豳風七月	取彼狐貍	（貍）	取彼狐狸	（狸）	狸俗字但古籍多用之。
9	豳風七月	不可畏也	（不）	亦可畏也	（亦）	亦字合情理但不知所據
10	小雅常棣	外禦其務	（務）	外禦其侮	（侮）	務爲侮之假借
11	小雅鶴鳴	它山之石	（它）	他山之石	（他）	它古他字
12	小雅祈父	靡所底止	（底）	靡所底止	（底）	底底互通。

13	小雅我行	言歸斯復	（斯）	言歸思復	（思）	思斯均語詞朱改思本諸易林
14	小雅我行	亦祗以異	（祗）	亦秖以異	（秖）	唐石經作秖，祗秖均從俗
15	小雅斯干	無父母詒罹	（詒）	無父母貽罹	（貽）	釋文詒本又作貽山井鼎考文本卽作貽
16	小雅十月	朔月辛卯	（月）	朔日辛卯	（日）	汲古閣本作日
17	小雅小旻	是用不集	（集）	是用不就	（就）	朱子從韓詩作就
18	小雅小弁	鞫爲茂草	（鞫）	鞠爲茂草	（鞠）	釋文鞫作鞠
19	小雅巧言	亂如此幠	（幠）	亂如此憮	（憮）	幠閩本作憮，以下同。
20	小巧雅言	昊天大幠	（大幠）	昊天泰憮	（泰憮）	大唐石經小字本作泰釋文大音泰或作泰
21	小雅何斯	俾我祇也	（祇）	俾我祗也	（祗）	祇與祗通
22	小雅四月	爰其適歸	（爰）	奚其適歸	（奚）	孔子家語華陽國志引詩爰作奚
23	小雅楚茨	旣匡旣勑	（勑）	旣匡旣敕	（敕）	玉篇云：勑今作勑儀禮疏引詩作敕
24	小雅角弓	式居婁驕	（婁）	式居屢驕	（屢）	荀子引詩婁作屢婁屢爲古今文
25	小雅菀柳	上帝甚蹈	（蹈）	上天甚神	（神）	國策荀子引詩作上天甚神
26	小雅漸石	不皇朝矣	（皇）	不遑朝矣	（遑）	山井鼎考文本皇作遑
27	大雅棫樸	奉璋峨峨	（峨）	奉璋峩峩	（峩）	毛傳閩本峨作峩

28	大雅生民	于豆于登	(登)	于豆于豋	(豋)	毛詩相臺本作豋
29	大雅卷阿	鳳皇于飛	(皇)	鳳凰于飛	(凰)	皇爲凰之古文
30	大雅蕩	天降滔德	(滔)	天降慆德	(慆)	滔爲慆之同音假借字
31	大雅崧高	往近王舅	(近)	往迈王舅	(迈)	迈音記，毛詩誤作近
32	周頌維天	假以溢我	(假溢)	何以恤我	(何恤)	左傳襄十七年引詩作何以恤我
33	周頌天作	彼徂矣岐有夷之行	(徂矣)	彼岨者岐有夷之行	(岨者)	韓詩作徂者沈括引從漢書誤作「彼岨者岐」朱子疑岨字別有所據，故從之
34	周頌桓	婁豐年	(婁)	屢豐年	(屢)	左傳宣十二年引詩婁作屢
35	魯頌泮水	其旂茷茷	(茷)	其旂筏筏	(筏)	經典釋文作伐伐加艸作茷加竹作筏均異文
36	商頌烈祖	鬷假無言	(鬷)	奏假無言	(奏)	禮記中庸引詩奏假無言
37	商頌殷武	罙入其阻	(罙)	采入其阻	(采)	說文引詩作䍘，省作采，毛詩閩本即作采

朱子改定經文異字研判所得僅列三十七條，其餘尚應加以研究或說明者亦屬不少。例如(1)丘中有麻，唐石經相臺本等均作丘，朱子詩集傳同，而阮校毛詩注疏本，獨作乒，且不加校勘。此則孔子名丘，清人避諱省筆之故，是故詩經傳說彙纂雖本朱子集傳，而詩中丘字亦均作乒，丘中有麻經文中三乒字均省筆避諱，與阮校本同，而篇名則改爲邱中有麻。又如(2)

雨無正，首章「降喪饑饉」，三章「飢成不遂」，一篇之中，一句作饑，一句作飢，殊不劃一。唐石經相臺本阮校本皆如此，朱子詩集傳早將第三章飢字改定爲饑，而阮氏校勘記，亦不加校勘，略而不提。又如(3)大田篇「興雨祁祁」句，唐石經相臺本等均作祁祁。阮校毛詩注疏本作祈祈，乃傳寫之誤。朱子集傳已予糾正改作祁祁，此條阮氏校勘記已指出祈祈之誤，獨不提朱子糾正耳。其餘如(4)板篇「及爾同僚」句，毛詩注疏本僚作寮。集傳依唐石經相臺本等改作僚。(5)雲漢篇「旱既大甚」句，毛詩注疏本三四五六七章，改大作太，則與次章作「大」不一致，朱傳各章均作「大」。以及(6)毛詩注疏本豳字均作豳，朱傳均作豳。這些，文開均不予詳論，僅在此略提，以後當納入異字對照一覽表。

八、詩集傳各本間異字之考察與研討

此下，我們要考察的，是朱子詩集傳各本間經文的不一致。這在前面已敍述朱子廢序集傳有新舊本之別，舊本即二十卷本，新本即八卷本。新本較舊本更爲簡約易讀，而二十卷舊本，已將毛詩注疏本經文更定了若干條，八卷新本，則另又更定了若干條。這是二十卷本與八卷本間經文有異字之故。而二十卷本又有宋本與通釋本疏義本大全本彙纂本的不同。其間亦異字紛出，或爲各本編撰者的校改，或爲傳寫刻印之誤。當然二十卷的宋本實際已非宋刻之舊，今存八卷的各本，也多傳刻之誤。所以今存詩集傳經文各本間異字之多，一時也難予一一校訂，下手爬梳，並爲節省篇幅起見，特先製成今存集傳各本異字一覽表，同時改變重見異字以符號代之，以求簡化，而便對照，然後再加研討。（見表二）

詩集傳各本異字對照一覽表（附表二）

編號	篇名	八卷本經文（粹芬閣本）	二十卷宋本異字	詩傳通釋異字	詩經疏義異字	詩傳大全異字	詩經傳說彙纂異字	阮校毛詩注疏本經文
1	周南關雎	鐘√鼓樂之（鐘）	+（鍾）	+（鍾）	√（鐘）	+（鍾）	√（鐘）	鍾+鼓樂之（鍾）
2	周南葛覃	薄汚√我私（汚）	√	√	√	√	+	薄汙+我私（汙）
3	召南甘棠	召伯所憩√（憩）	√	憇	√	√	√	召伯所憇+（憇）
4	召南羔羊	素絲五總√（總）	+	√	+	√	√	素絲五緫+（緫）
5	召南何穠	何彼穠√矣（穠）	襛	√	√	√	√	何彼襛矣+（襛）
6	邶風匏葉	濟盈不濡軏√（軏）	+	√	√	√	√	濟盈不濡軌+（軌）
7	邶風谷風	宴爾新昏√（昏）	+	√	√	√	√	宴爾新昬+（昬）

8同　右	昔育恐育鞫（鞫）	+	√	√	√	√	昔育恐育鞫（鞫）
9邶風泉水	載脂載舝（舝）	+	+	+	√	√	載脂載舝（舝）
10鄘風定中	終焉允臧（焉）	+	+	+	+	+	終然允臧（然）
11衛風淇奧	猗重較兮（猗）	√	√	√	√	√	倚重較兮（倚）
12衛風碩人	美目盼兮（盼）	√	+	+	√	√	美目盻兮（盻）
13衛風氓	其黃而隕（隕）	√	√	+	√	√	其黃而隕（隕）
14王風兎爰	尙寐無聰（聰）	+	√	√	√	√	尙寐無聰（聰）
15王風丘麻	丘中有麻（丘）	√	√	√	√	+	丘中有麻（丘）
16鄭風大叔	叔于田（無大字）（第一章）	√	√	√	√	√	大叔于田（大）
17鄭風扶蘇	山有橋松（橋）	√	√	√	√	√	山有喬松（喬）
18鄭風出東	聊樂我員（員）	√	√	+	√	√	聊樂我貟（貟）
19魏風園桃	不知我者（知我）	+	√	√	√	√	不我知者（我知）
20唐風鴇羽	父母何甞（甞）	+	+	嘗	+	+	父母何嘗（嘗）
21秦風蒹葭	蒹葭淒淒（淒）	凄	凄	凄	凄	√	蒹葭萋萋（萋）
22秦風晨風	鴥彼晨風（鴥）	√	√	√	駃	√	鴥彼晨風（鴥）

23 陳風澤陂	中心悁悁（悁）	+	√	√	√	√	中心愪愪（愪）
24 曹風下泉	冽彼下泉（冽）	√	√	√	√	√	洌彼下泉（洌）
25 豳風七月	取彼狐狸（狸）	+	+	+	+	√	取彼狐貍（貍）
26 豳風東山	亦可畏也（亦）	+	√	+	+	+	不可畏也（不）
27 小雅出車	胡不斾斾（斾）	+	+	+	+	√	胡不旆旆（旆）
28 小雅蓼蕭	鞗革冲冲（冲）	沖	沖	沖	沖	沖	鞗革忡忡（忡）
29 小雅采芑	簟笰魚服（簟笰）	簟笰	√	√	√	√	簟茀魚服（簟茀）
30 同　右	鉤膺鞗革（鞗）	√	√	√	√	√	鉤膺鞗革（鞗）
31 小雅采芑	有瑲蔥珩（蔥）	+	+	+	√	+	有瑲葱珩（葱）
32 小雅車攻	選徒囂囂（囂）	√	√	√	√	√	選徒嚻嚻（嚻）
33 同　右	决拾既佽（决）	√	决	√	√	√	没拾既佽（没）
34 小雅鴻雁	哀鳴嗷嗷（嗷）	+	+	+	+	√	哀鳴嗸嗸（嗸）
35 小雅鶴鳴	他山之石（他）	+	√	√	√	+	它山之石（它）
36 小雅祈父	靡所底止（底）	√	√	底	√	√	靡所厎止（厎）
37 小雅黃鳥	不我肯穀（穀）	+	+	√	√	√	不我肯糓（糓）

			1	2	3	4	5	
38	小雅我行	言歸思復（思）	√	√	√	√	√	言歸斯復（斯）
39	同　右	亦秖以異（秖）	+	秪	√	√	祇	亦祇以異（祇）
40	小雅斯干	無父母貽罹（貽）	+	+	+	+	+	無父母詒罹（詒）
41	小雅十月	朔日辛卯（日）	+	√	√	√	√	朔月辛卯（月）
42	小雅雨無	饑成不遂（饑）	+	√	√	+	√	飢成不遂（飢）
43	同　右	曾我暬御（暬）	暬	+	+	+	暬	曾我暬御（暬）
44	同　右	維曰于仕（于）	√	√	√	√	√	維曰予仕（予）
45	小雅小旻	亦孔之邛（邛）	+	√	√	√	√	亦孔之卭（卭）
46	同　右	伊于胡底（底）	√	√	√	√	√	伊于胡厎（厎）
47	小雅小宛	無忝爾所生（無）	√	√	√	√	√	毋忝爾所生（毋）
48	小雅小弁	鞫爲茂草（鞫）	+	√	√	√	√	鞫爲茂草（鞫）
49	同　右	不離于裏（離）	√	√	√	√	√	不罹于裏（罹）
50	同　右	析薪杝矣（杝）	√	√	√	√	√	析薪扡矣（扡）
51	小雅巧言	亂如此憮（憮）	√	√	√	√	√	亂如此幠（幠）
52	同　右	昊天泰憮（泰憮）	√	√	√	√	√	昊天大幠（大幠）

53小雅何斯	維暴之云（維）	√	√	√	√	√	誰暴之云（誰）
54同　右	祇攪我心（祇）	＋	√	√	秖	＋	衹攪我心（衹）
55同　右	俾我祇也（祇）	＋	√	√	√	＋	俾我衹也（衹）
56小雅大東	鞙鞙佩璲（鞙）	√	√	＋	√	√	鞘鞘佩璲（鞘）
57小雅四月	奚其適歸（奚）	＋	＋	√	√	＋	爰其適歸（爰）
58小雅無將	祇自疧兮（祇疧）	√	√	√	秖疧	√	衹自疷兮（衹疷）
59同　右	維塵雝兮（雝）	√	√	√	√	√	維塵雍兮（雍）
60小雅楚茨	既匡既敕（敕）	√	√	√	√	√	既匡既勑（勑）
61小雅大田	興雨祁祁（祁）	√	√	√	√	√	興雨祈祈（祈）
62小雅緜蠻	止于丘阿（于丘）	√	√	√	√	于丘	止於丘阿（於丘）
63小雅漸石	不遑朝矣（遑）	√	√	√	√	√	不皇朝矣（皇）
64大雅棫樸	奉璋峩峩（峩）	√	√	√	＋	√	奉璋峨峨（峨）
65大雅生民	不拆不副（拆）	√	√	√	√	√	不拆不副（拆）
66同　右	于豆于登（登）	＋	√	√	√	√	于豆于登（登）
67大雅公劉	迺場迺疆（迺）	√	√	迺	√	＋	迺場迺疆（迺）

68 同　右	豳居允荒（豳）	√	+	√	+	√	豳居允荒（豳）
69 大雅卷阿	鳳凰于飛（凰）	凰	√	√	凰	√	鳳皇于飛（皇）
70 大雅板	及爾同僚（僚）	√	√	√	√	√	及爾同寮（寮）
71 大雅蕩	天降慆德（慆）	√	√	√	√	+	天降滔德（滔）
72 大雅抑	於乎小子（乎）（第十三章）	√	√	√	√	√	於呼小子（呼）
73 大雅桑柔	多我覯痻（痻）	+	√	√	√	√	多我覯瘏（瘏）
74 大雅雲漢	旱既大甚（大）（三四五六七章）	√	√	√	√	√	旱既太甚（太）
75 同　右	憂心如熏（熏）	√	√	√	√	√	憂心如薰（薰）
76 大雅韓奕	實畝實籍（籍）	√	√	√	√	√	實畝實藉（藉）
77 周頌天作	彼岨矣岐 有夷之行（岨）	+	+	√	+	√	彼徂矣岐 有夷之行（徂）
78 周頌桓	屢豐年（屢）	+	+	√	√	√	婁豐年（婁）
79 魯頌駉	以車祛祛（祛）	+	√	√	√	+	以車祛祛（祛）
80 魯頌泮水	其旂筏筏（筏）	+	+	茷	茷	+	其旂茷茷（茷）
81 魯頌閟宮	魯邦是常（常）	√	√	√	√	√	魯邦是嘗（嘗）
82 商頌殷武	采入其阻（采）	+	√	√	√	√	罙入其阻（罙）

首先加以說明的是此表第一層對照，爲代表八卷本詩集傳的粹芬閣本經文與代表毛詩注疏本的阮校本經文的上下對照，並在括弧中標明其異字，又以√與＋爲其記號。第二層對照，爲五種代表詩集傳二十卷本的⑴宋本⑵元劉瑾詩傳通釋本，⑶元朱公遷詩經疏義本，⑷明胡廣詩傳大全本，⑸清詩經傳說彙纂本，各與八卷本及阮校本對照，其異字與八卷本同的作√符號，與阮校本同的作＋符號，兩者均不相同，另爲異字者，則逕將異字塡寫出來，例如五十四號八卷本小雅何人斯篇「祇攪我心」句的異字祗，通釋本疏義本與之同，故各作√符號，宋本彙纂本與阮校本的祇字同，故各作＋符號，大全本另成異字秖，則逕將秖字塡寫出來。如此憑表對照，一覽瞭然。

其次要說明的，文開所憑各本，除阮校毛詩注疏本係藝文印書館影印，八卷本粹芬閣本係啓明書局影印，詩傳大全係吳菊僊書屋藏校本，詩經傳說彙纂係鐘鼎文化出版公司影印國立臺灣大學藏本，八卷宋本係商務印書館四部叢刊本外，其餘詩傳通釋、詩經疏義兩種均係商務印書館影印的四庫全書珍本。遺憾的是未能借得四庫全書中的詩集傳八卷本。

接着，我們參考這各本異字對照一覽表，便可推斷詩集傳中經文異字的發生有不同的三種程序，第一種是從舊本就與毛詩注疏者不同的，第二種是舊本與毛詩注疏本同，從新本才發生異字的，第三種是舊本與毛詩注疏本不同，而新本又與舊本不同。

第一種凡表中五種二十卷本的符號都是「√」的，表示二十卷舊本經文與八卷新本，完全一致，僅與毛詩注疏本不同。那末，可以推斷，朱子從舊本經文就改定了如此，新本不再更動的。例如十一號衞風淇奧篇「猗重較兮」，朱子撰詩集傳二十卷舊本時卽從毛詩注疏本的「倚」字改定爲「猗」，以後八卷新本也未更動。這倚改猗，朱子是據唐石經相臺本等作猗而改。阮氏校勘記也說：「案猗字是也。」但阮氏只校勘其誤，而知誤不改的，所以阮校毛詩注疏本經文，仍作倚。

第二種凡表中五種二十卷本的符號都是「+」的，表示二十卷舊本經文，完全與毛詩注疏本相同，要到朱子刪定八卷新本時，重加更訂，而才有異文的。例如四十號小雅斯干篇「無父母貽罹」句，集傳舊本，尙與毛詩注疏本一致，到改定新本時，才將「詒」字改作「貽」的。此字經典釋文云：詒，本又作貽。此本卽指考文古本。集傳新本卽從考文古本作貽。

第三種是表中五種二十卷本異字與八卷新本毛詩注疏本都不相同。例如廿八號小雅蓼蕭篇「鞗革冲冲」句，毛詩注疏本冲冲作忡忡，而五種二十卷本都作沖沖，這就可推斷集傳二十卷新本改忡忡爲沖沖，而八卷新本又更改爲沖沖。但沖本同沖，此字朱子爲什麽一改再改，此地暫時置而不論。

廿一號秦風蒹葭篇的「蒹葭淒淒」的淒淒，也是第三種的異字。毛詩注疏本經文爲萋萋，集傳舊本改作凄凄，而新本又改作淒淒。其中彙纂本不作淒淒而作凄凄，大約是編撰人王鴻緒等有意改從八卷新本之故。我們看表中廿五「取彼狐狸」句，彙纂本獨從新本，而二號「薄汚我私」句，則彙纂本又獨從注疏本，可以推知王氏等往往不依照其他二十卷本而獨持己見，改定異字的。

這樣表中五種二十卷本異字的不一致，我們可推斷或由於傳寫之誤，或由於編撰者的校改，其異字太紛歧的十月之交篇「家伯冢宰」句，這八卷本的冢字，彙纂本與毛詩注疏本同作維，宋本與通釋本又同作爲，只有疏義本與大全本也作冢。二十卷的五本，就有三種不同的異字，只見一片混亂。我們只能暫定其都是傳寫之誤，前已論及。像卅九號的秖字，八十號的筏字，四三號的瞀字，也只能暫置不論。但像三號的惄字，通釋本獨作惄；五號的穠字，宋本獨作襛；二十號的嘗字，義疏本獨作甞；廿九號的簞字，宋本獨作簞；廿二號的歕字，大全本獨作歕；卅六號的底字，疏義本獨作底；卅三號的決字，通釋本獨作决；六七號的廼字，疏義本獨作迺，都是傳寫之誤，並非朱子之舊。

於是我們依照異字符號之所顯示，可以推斷出朱子刪定八卷新本時，重新改定經文異字的有(1)斯干篇的詒作貽，(2)七月篇的貍作狸，(3)出車篇的旆作旆，(4)定之方中篇的然作焉，(5)黃鳥篇的肯穀作肯穀，(6)鴻雁篇的嗸作嗷，(7)采芑篇的葱作蔥，(8)泉水篇的犖作犛。(9)桓篇的婁作屢，(10)鴇羽篇的嘗作甞，(11)關雎篇的鍾字作鐘，以及(12)蒹葭篇的萋字舊本改作淒，新本又改作淒，(13)蓼蕭篇的忡字舊本改作沖，新本又改作沖，共約十餘條。而朱子於二十卷舊本改定經文異字，八卷新本從之的，除前已詳論的大叔于田首句刪一「大」字，及經文中夾注異字二十一條中「奚其適歸」「彼岨者岐」等十條外，這表中異字五本符號都作「√」者，像(1)淇奧的猗字，(2)山有扶蘇的橋字，(3)下泉的洌字，(4)采芑的倬字，(5)車攻的囂字，(6)我行其野的思字，(7)雨無正的于字，(8)小旻的底字，(9)小宛的無字，(10)小弁的離字，(11)小弁的杝字，(12)巧言的憮字，(13)巧言的泰憮，(14)何人斯的維字，(15)無將大車的雝字，(16)楚茨的敕字，(17)大田的祁祁，(18)漸漸之石的遑字，(19)生民的坼字，(20)板篇的僚字，(21)抑篇十三章的乎字，(22)雲漢三四五六七章的大字，(23)雲漢的熏字，(24)韓奕的籍字，(25)閟宮的常字等，以及五個符號不全是「√」的，像(1)葛覃的汚字，(2)匏有苦葉的軌字，(3)邶谷風的昏字，⑷邶谷風的鞠字，⑸氓篇的隕字，⑹鶴鳴篇的他字，⑺出其東門的員字，⑻園有桃的知我，⑼澤陂的悁悁，⑽十月之交的日字，⑾小旻的邛字，⑿小弁的鞠字，⒀棫樸的峩峩，⒁生民的登字，⒂公劉的豳字，⒃卷阿的凰字，⒄蕩篇的慆字，⒅桑柔的瘏字，⒆殷武的罙字，⒇何彼穠矣的穠字，(21)甘棠的憩字，(22)車攻的決字，(23)祈父的底字，(24)無將大車的疷疷，(25)何人斯的祗字，(26)大東的鞙字等共計有六七十條。其中大都前已研討過，有些以前還未論及，本應略加申論，爲篇幅所限，只得從略了。

至於集傳八卷本（包括粹芬閣本、掃葉本、銅版本）二十卷宋本與毛詩注疏本間無異字，而與其他各本間有異字的情形，也有若干條，例如小雅正月篇「胡然厲矣」句，此句通釋本大全本然字均作爲，則一望而知爲形似之訛。又如小雅沔水篇「鴥彼飛隼」句，八卷本與毛傳注疏本同，彙纂本疏義本亦作鴥，但宋本中華本作鳩，通釋本大全本則作鴥。這些，大多也只是傳寫刻印之誤，可免予研討。

〔附註一〕此表八十二條，其中各條之異字，往往包括同一篇內之他章，或他篇之相同字者。例如63號漸漸之石篇「不遑朝矣」，實兼指次章「不遑出矣」，末章「不遑他矣」二遑字。9號泉水篇「載脂載舝」，實亦兼指車舝篇的舝字。

表中未能一一說明。

九、總　結

專爲此文蒐集應用材料與參考資料，已達一年之久，決定撰寫此文爲賓四師祝壽，正式起草，也已經歷半年，直到賓四師八十華誕來臨之日，日夜趕工兩星期，才得完稿。雖仍不免有草率之處，與未及親見若干參考書的遺憾，但所得結論，大體已可靠，只有若干細節，容有可以商酌之處。

朱子撰詩集傳的「上下古今，博取諸家，闓思眇指，卓然千載之上」，王應麟夏炘之言，不爲過譽；即就其求眞的精神，勇於改定經文異字的態度一點來說，實亦今日我們從事復興中華文化工作者所宜服膺。朱子的改定經文，並非魯莽從事，都是有所根據，再經衡量得失，才予定奪的。試看七月篇「取彼狐狸」句的狸字，爲求簡省易讀，他才於八卷新本，捨貍而取此俗字之狸。但他也先求之古籍，多已用之，才作此決定。這可爲他改定經文異字態度的愼重作證。這同樣是我們該效法的。

只因朱子詩集傳力求簡省，其所改定異文，大多沒有將考證經過，細加說明，所以到後來亥豕魚魯，譌誤特多，這一點，我們今日就得小心加以研討，儘可能考證出朱書的本來面目，推斷其何者爲傳寫刻印之誤，何者爲朱子所改定的異字。

朱子爲毛詩改定經文異字，流傳極爲普遍，深入人心，影響極大。成語像「鐘鼓樂之」「他山之石」「伊于胡底」等，無人再作鍾作它作厎者。像鳳皇之寫作鳳凰，狐貍之寫作狐狸，同寮之寫作同僚，也都受朱子改定異文的影響。但清儒阮元撰毛詩校勘記，無視於朱子的改定經文異字，像何彼穠矣的穠字，也是毛詩的異文，校勘記便不予校勘；大叔于田首句應刪大字，校勘記列此一條，而避免談及朱子。這固可解釋爲阮氏擡高朱子詩集傳，已視同三家詩之爲詩經的另一家，但實際上詩集傳之與毛詩，是血濃於水，骨肉之親的同爲一家，無論如何是難於分割的。

另外像夏炘的因推尊朱子，而誤斷「朱子作集傳，一仍注疏舊本，實未嘗改易經字」，甚至確定朱子集傳「訓詁多用毛鄭，鳥獸草木多用陸璣及爾雅注疏，是以皆得取而正之。」因此校訂集傳經文三十九條，悉從毛詩注疏本，這尤爲朱子的罪人，完全是違背了朱子的求眞精神，勇於改定經文異字的態度了。

因爲考察朱子詩集傳八卷本的異字，更多於二十卷本，所以得將詩集傳撰寫的經過以及版本的問題，先予研討。研討的結果，我們知道朱子的撰寫詩集傳，求其「簡約易讀」，是他努力的目標之一。而考證詩集傳的撰寫經過，他於淳熙四年四十八歲那年所撰自序，是爲未主張廢小序時所撰詩傳而寫，此書未曾問世。現存廢序的詩集傳又有新本舊本之分。新舊本內容一致，而新本更爲簡約，並又改定了若干異字。舊本撰寫於淳熙十一年他五十五歲時，新本則爲紹熙五年他六十五歲以後所刪改。舊本卽現存二十卷本集傳，新本卽現存八卷本集傳。

集傳版本問題解決以後，於是研討淸人陳啓源與夏炘所見集傳異字不同的原因，將現存八卷本一種，及二十卷本五種，逐字檢驗，製檢驗表，而確定夏炘所據爲八卷本，陳啓源所據爲二十卷的大全本。

其次就夏炘朱子詩經集傳校勘記所列詩經異字三十九條，逐一予以覆案，覆案的結果，三十九條異文中，大多是朱子所改定，只有十一條是後來傳寫刻印之誤。

再其次就二十卷集傳經文中夾注異字逐一予以考釋研判，研判的結果，其中可以斷定朱子原本曾予改定經文者共有十條，可以斷定僅夾注異字，而經文未改者，只有七條。

最後，將詩集傳各本異字製成對照一覽表，核對出集傳二十卷本朱子改定了經文異字，有何彼穠矣篇穠字，淇奧篇的猗字，四月篇奚字，十月之交篇日字，漸漸之石篇邉字，卷阿篇凰字，鶴鳴篇他字等六七十條，而八卷本集傳又改動了經文異字也有七月篇的狸字，桓篇的屢字，關雎篇的鍾字，斯干篇的貽字，鴻雁篇的嗷字等十餘條。朱子詩集傳改定經文異字，共計不下八九十條。而這八九十條中業經文開詳加研判，確定是朱子所自改者，亦在三十七條以上。

六十三年七月完稿於北投致遠新村，六十八年三月修訂於台北舟山路靜齋

（原載東方雜誌復刊八卷四期至六期）

中國謝邑所在地的研判

糜文開

詩經大雅崧高、小雅黍苗，詠宣王時申國徙封於謝事，王風揚之水則詠東周初年戍申事，三詩可補史籍記載之不足。惟歷代學者對申國之爵位，申之舊封地及謝邑所在地，均有歧見。異說紛紜，莫衷一是。茲披覽舊籍，加以梳耙，撰寫短文，試作研判。

查申國自周宣王徙封申伯於謝，其後卽以謝爲申。故詩王風揚之水「不與我戍申」，卽指徙都後之申。左傳隱公元年：「鄭武公娶于申。」杜注：「申國，今南陽宛縣。」孔疏：「申之始封，亦在周初，其後中絕，至宣王之時，宣王以王舅改封於謝。宛縣者，謂宣王改封之後也。以前則不知其地。」漢書地理志亦云：「南陽宛縣，申伯國。」查漢南陽郡宛縣，至隋改爲南陽縣，卽今河南省南陽縣。清朱右曾詩地理徵卷二申：「地理志曰：『南陽郡宛縣，故申伯國。』括地志曰：『故申城在鄧州南陽縣北三十里。』右曾案：楚滅申在春秋魯莊公之六年，上距平王元年凡八十三歲。南陽縣今爲南陽府治。」卷四謝：「右曾案：王逸楚辭章句引詩曰：『申伯番番，既入于徐。』王符潛夫論曰：「申在宛北序山之下，故詩曰：『于邑于序。』徐、序、謝俱聲近字易。國語言齊、許、申、呂由太姜，然則申之始封，其在周興之初。其後中絕，宣王改封之謝，以纘先祀。故曰：『亹亹申伯，王纘之事。』又曰：『我圖爾居，莫如南土。』申城在今南陽府南陽縣北二十里。」並述其論證云：「申國在宛，班固、王符、馬彪說並同。（博物記亦云宛有申亭。）而劉昭注續志引荆州記曰：『棘陽縣東北百里有謝城。』水經注曰：『謝水出謝城周廻側水，申伯之都也。世祖封樊重少子爲謝陽侯卽此，棘陽縣治在西。』此別謝城。世本云：『任姓之謝城。』或在此。道元以爲申伯之都，非是。方輿紀要曰：『羅山縣西北六十里有謝城，申伯所都。』羅山漢鄳縣地，總與左傳以申呂並言者不合。」今人陳槃春秋篇云：「申，姜姓，伯夷後。爵號或曰侯，或曰伯，國于謝。今河南南陽縣北二十里有申城是。莊六年，滅于楚，爲申邑。」張其昀中華五千年史西周篇也說：「謝就是今河南省南陽縣。」

以上是歷代史地學家對申國謝邑所在地的重要考察，以下試檢討歷代詩經注釋之紛歧。

毛詩正義王風揚之水：「不與我戍申。」毛傳：「申，姜姓之國，平王之舅。」而孔疏於詩序曾引左傳注曰：「杜預云：『申今南陽宛縣是也。』」小雅黍苗：「肅肅謝功。」毛傳：「謝，邑也。」大雅崧高：「亹亹申伯，王纘之事。于邑于謝，南國是式。」毛傳：

「謝，周之南國也。」鄭箋：「申伯以賢人爲王之卿士，佐王有功。王又欲使繼其故諸侯之事，往作邑於謝，南方之國皆統理，施其法度。時改大其邑，使爲侯伯，故云然。」孔疏推衍其說曰：「申伯以賢入爲王之卿士，則申伯先封於申，來仕王朝。又言王欲使繼其故諸侯之事。往作邑於謝者，蓋申伯本國近謝，今命爲州牧，故改邑於謝，取其便宜。若申伯不先爲諸侯，不得云入爲卿士。……言申伯，當是伯爵。云南國是式，則爲一州之牧。故知改大其邑，不同舊時。此言侯伯亦謂爲州牧。申伯舊是伯爵，今改封之後或進爵爲侯。史記周本紀云：申侯與西戎共攻幽王，彼申侯者，不過是此申伯子之與孫耳。」孔疏始推定申爲伯爵，至此進爵爲侯，又云申伯本國近謝。傳、箋、疏之於申、謝，雖未指其所在地，惟孔氏於揚之水毛序之疏中已確指東周之申爲南陽宛縣，即今河南省南陽縣。

詩經注釋於申謝地點，至宋朱熹詩集傳雜採異說而兩歧。彼於崧高曰：「謝在今鄧州南陽縣。」但於揚之水「不與我戍申」及黍苗「肅肅謝功」，均謂「在今鄧州信陽軍。」查宋鄧州之南陽縣及信陽軍，即今之河南省南陽縣及信陽縣。

至清代，御製詩經傳說彙纂更就朱子集傳加注他人意見。如梁益之以申之在信陽，乃楚靈王所遷。曹粹中以申伯國在南陽宛縣，而謝城在棘陽縣東北百里。方玉潤詩經原始即襲朱子之說並兼舉曹粹中等說。他如陳奐之詩毛氏傳疏亦謂：「漢南陽郡宛縣爲申故都，自宣王徙諸謝邑，申乃在宛縣之南。」又舉河南唐縣、羅山縣、棘陽縣等地各有謝城，而否定之。三家詩之陳喬樅、王先謙則以王符潛夫論爲魯詩，其所論申城在南陽宛北序山之下，序卽謝，與地理志南陽郡宛縣故申伯有屈申城相合。馬瑞辰毛詩傳箋通釋則主謝在信陽，其言曰：「瑞辰按：漢書地理志：『南陽宛縣申伯國。』卽今南陽府南陽縣也。水經注：『比水又西南流，謝水注之。水出謝城北周廻側水，申伯之都邑。』又云：『其城之西舊棘陽治，故亦曰棘陽城。』荆州記：『棘陽東北百里有謝城。』續漢書地理志：『謝城在南陽棘陽縣東北百里。』並與水經注合。今在汝寧府信陽州境。明一統志：『今汝寧府信陽州在南陽府城北二百七十里州境內有古謝城是也。』申與謝相去不遠，申爲舊封，謝爲新作之都邑。」當代屈萬里先生詩經釋義採馬瑞辰之說，以謝城在信陽州，卽今河南省之信陽縣。王靜芝詩經通釋、馬持盈詩經今註今譯均從之。惟查馬（瑞辰）說信陽州之謝城與棘陽東北之謝城，其地理位置不符，似非同一謝城。而信陽州屬汝寧府，則信陽州之謝城，卽不應另在南陽府。故馬說不能採，而屈先生註謝城所在地之宋代信陽軍、清代信陽州爲今信陽縣，亦屬疏忽也。

考南陽府城在西，卽今河南省南陽縣；汝寧府城在東，卽今河南省汝南縣，相距約四百里之遙。信陽州今改爲信陽縣，更在汝南縣南約二百里。古謝城又在南陽縣北二百七十里。則古謝城已在今信陽縣西北約八百里之外，而信陽州既屬汝寧府，古謝城且在不屬汝寧府之南陽府城之北，則此古謝城決不在信陽州境內也。又考棘陽古址在今河南新野縣東北，謝城既在棘陽東北百里，今新野在南陽西南約百餘里，則此謝城已近今南陽縣境，固與今信陽縣無關，而與南陽府城北二百七十里之古謝城，相距亦有二百餘里之遙，應是另一謝城。馬氏所擧二謝城，既不在今信陽縣境內，則屈先生註謝城在今信陽縣，又屬疏忽矣。況馬氏所擧二謝城：棘陽之謝，朱右曾指爲任姓之謝城，明一統志南陽府北二百七十里之謝城，其里數與前代典籍所記無一近似，也不足依據。馬氏之說，實不可採納也。

清儒詩說對謝邑有詳密考察者，當擧顧廣譽學詩詳說爲代表，其說戍申戍甫（呂）曰：

「箋申在陳鄭之南。疏引左傳杜注：申，今南陽宛縣是也。集傳謂在今鄧州信陽軍之地。…………漢書地理志：南陽宛縣申伯國。詩書及左氏注不言呂國所在。史記正義引括地志云：故呂城在鄧州南陽縣西。徐廣云：呂在宛縣。水經注亦謂宛西呂城，四嶽受封。然則申呂，漢之宛縣也。案一統志：南陽府南縣附郭，周初申國。申城在縣北二十里，呂城在縣西三十里。元統志：今南陽縣西有董呂村，即古城。又案括地志：故申城在鄧州南陽縣北三十里。故呂城在鄧州南陽縣西四十里。不同者，古今里數之贏縮也。集傳信陽軍之說，誤本通典。梁氏益云：是楚靈王所遷在信陽州之方城內，今屬河南汝寧府，非平王時之申也。」（錄自清儒詩經彙解）文開案顧祖禹方輿紀要謂河南信陽州羅山縣西北六十里有謝城，故申伯所都。清一統志糾正其說云：「朱子詩集傳揚之水、黍苗以謝爲信陽，崧高以謝爲南陽。故今羅山縣亦有謝城，蓋因詩集傳而傅會。」然則朱子所指信陽軍之謝，馬瑞辰所指信陽州之謝，固在今信陽縣之鄰縣羅山縣境內也。

顧氏學詩詳說又謂：「疏以申伯本國近謝，今命爲州牧，改邑於謝，取其便宜。今以『我圖爾居』詳之，疑未必如孔說，及讀史記秦本紀云：『周孝王欲以非子爲大駱適嗣，申侯之女爲大駱妻，生子成爲適。申侯乃言孝王曰：「昔我先酈山之女，爲戎胥軒妻，生中潏，以親故歸周，保西垂。西垂以其故和睦，今我復與大駱妻，生適子成，申駱重昏，西戎皆服。」』案此則舊申國雖不能指實何地，其爲周京西方諸侯則確有明證矣。」（錄自清儒詩經彙解）由此證申國世爲侯爵，史記所載周孝王、幽王時均稱申侯。則詩崧高稱申伯，以其爲方伯，即一方之州牧也。日人竹添光鴻毛詩會箋亦以顧說作定案。

朱子詩集傳的地位是崇高的，馬瑞辰、屈萬里二氏的考證，是可信賴的，但都難免有疏失之處。就詩經地理而言，內子普賢與我合撰的詩經欣賞，邶風谷風篇「涇以渭濁」句，應解「涇清渭濁」，一時不察，採朱、屈「涇濁渭清」說以爲解，普賢已撰「涇清渭濁辨」以自改正。王風揚之水，我們又據朱、馬、屈三書之說，以申爲在今河南信陽縣境。現在寫詩經欣賞三集爲崧高作註，始發現朱子詩集傳註申有南陽、信陽的兩歧。於是文開檢閱藏書與借書，試作研判，左圖右史地摸索了好幾天，才整理出一個頭緒來。本擬簡要地寫在註釋欄內，不料一寫就寫了一兩千字，於是移置於評解項下。而稍加補充，又已得四千餘字。且評解中已有詩經伯字考察一大段，於是普賢提議加一標題，成爲一篇獨立的短文。雖考證部分，各家的論證已刪節太多；但却也免除了嚴肅冗長的考證給讀者的負擔。於是我加上了一個簡單的題目，並在此略作說明，將研判的結果宣佈於下：

(1)申國係侯爵，據史記秦本紀，周孝王時已稱申侯。詩稱申伯，非伯爵，乃尊其爲一方之伯也。

(2)據史記秦本紀申侯之言可知：中國故都在鎬京西方。

(3)申國謝邑在今河南省南陽縣境，不在今信陽縣。而羅山縣等之謝城，均係傅會之說。

六十八年一月二十日撰於靜齋

跋

齊益壽

詩經是我國最古老的歌謠總集。由於年荒代遠，其中難字難句、古聲古韻，以及所涉及的歷史背景、風俗習慣、名物制度等等，在在皆非深入研究，難有定奪。因此要對詩經作深澈的了解，勢非具備經學、小學、史學的豐厚素養不可。然而詩經究竟是一部文學作品，其令人感發賞愛、傾心動魄之處，又勢非具有文學的靈犀善感、悲憫情懷，不能發其風致。歷代有關詩經的著作，雖多如牛毛；所研究的總成績，雖斐然可觀；然而研究有得者，不一定能兼顧文學欣賞的一面。是以欲求一部研究與欣賞兼美並茂之作，却不可多得。

糜文開先生往昔研究印度文學，早已蜚聲文壇；所譯印度詩哲泰戈爾的詩集，風行一時。近二十年，復與夫人裴普賢教授專治中國古典文學。琴瑟和鳴，相得益彰。二位先生以學者之博覽精勤，兼具文學家之靈犀善感，合力撰寫「詩經欣賞與研究」，使詩經在欣賞與研究兩方面，花開並蒂，各放異彩，無怪乎自初集問世之後，佳評如湧，倍受矚目。

如今二位先生繼初集、二集之後，積十年之辛勤，復成此三集，計收欣賞七十二篇，研究十篇。我拜讀校樣，卽不忍釋手。而最為激賞者，當推該書解詩體例之完備精當。該書解詩體例，係略變清代方玉潤「詩經原始」的體例而成的。「詩經原始」的體例為五部式：㈠小序；㈡原詩（並加眉評與旁批）；㈢主文；㈣註釋；㈤標韻。本書則略變而為：㈠小序（兼採戈提斯 Dr. Robert Gordis 英譯雅歌集題後詩前的開場白式）；㈡原詩；㈢今譯；㈣註釋；㈤評解。而評解之後，本集復增列古韻部一項。小序主要是一首詩詩旨的扼要說明，而所以定此詩旨的理由，則詳述於評解之中。今譯置於原詩底下，一句對一句，既便對照，兼以譯筆生動傳神，對欣賞的幫助甚大。而譯意的根據，皆在註釋之中。至於評解，除了將有關詩旨的各種舊說一一加以檢討，或取或捨，或別創新解之外，尚兼顧詩的結構技巧、字句神韻等欣賞層面，有時還有相關的專題論述，實在是最見學識功力的一項。

看到這樣的體例，我便想到此間的出版界，對中國古籍——尤其是先秦古籍，雖有今註今譯一類的撰述，使讀者獲益不鮮，但如能擴而充之，參照本書解詩的體例，則讀者對古籍的了解，將不僅僅如今註今譯之使人但知其然而已，更可以知其所以然，以收誘導啓發之功，使讀者步步深入，與味盎然。

其次，從詩經中相同詞句的歸納，以推斷該詞句的意義，此研究法雖以清人崔述等最為擅場，二位先生亦可謂善於使用斯法，如釋「于以」及「爰」為「何處」，凡引十五例證，發前人所未發，使詩義因之而頓覺生動靈活，功不可沒。此外，對詩經篇名問題的總探討，以完整的統計資料為基礎，條分縷析，亦是一篇詳贍精到的力作。

其次，二位先生主張「研讀詩經要憑各篇經文本身解經，不為前人舊說所拘限。」這種主張雖發端於宋代朱熹，然而朱熹在認知上雖富革命性，在實踐上仍不免時受毛序舊說所左右。二位先生則卽知卽行，凡前人舊說對經文本身難以圓通，卽不稍假借，故能時有新解，如定「二子乘舟」（邶風）為送別詩，定「我行其野」（小雅）為贅婿之歌，凡此皆極富參考價值。

常言道：隔行如隔山。然而在今天講求分工崇尚專精的時代，殊不知雖在同一行裡，亦不免有隔江隔河之嘆！何況中國文學，歷史悠長，其間文體，代有興革，作者輩出，既多如滿天星斗，卷帙浩繁，又豈止於汗牛充棟？我於詩經，既乏研究，安敢置喙？所以當糜、裴二位先生以合著「詩經欣賞與研究」三集，囑我跋尾，不禁大為惶恐。既辭不獲，只得以一個普通讀者的淺見，略述讀後的一點感想而已。稱跋，實愧不敢當。

六十八年五月卅日

糜文開 裴溥言 教授譯著書目

(甲) 編著部分

糜教授：

(1) 印度歷史故事　商務印書館
(2) 聖雄甘地傳　同右
(3) 印度文化十八篇　東大圖書公司
(4) 文開隨筆　同右
(5) 印度文學欣賞　三民書局
(6) 詩文學隅　同右

裴教授：

(1) 經學概述　開明書店
(2) 中印文學研究　商務印書館
(3) 詩經研讀指導　東大圖書公司
(4) 詩經相同句及其影響　三民書局
(5) 詩詞曲疊句欣賞研究　同右
(6) 集句詩研究　學生書局
(7) 集句詩研究續集　同右

糜裴合著：

(1) 詩經欣賞與研究初集　三民書局
(2) 詩經欣賞與研究續集　三民書局
(3) 詩經欣賞與研究三集　同右
(4) 中國文學欣賞　同右

(乙) 編譯部分

糜教授：

(1) 印度三大聖典　華岡出版部
(2) 印度兩大史詩　商務印書館
(3) 莎昆妲羅（印度戲曲）　同右
(4) 奈都夫人詩全集　三民書局
(5) 黛瑪鶯蒂（印度神話）　同右
(6) 普雷姜德小說集　同右
(7) 泰戈爾詩集　同右

裴教授：

(1) 横渡集（泰戈爾詩）　三民書局

糜裴合譯：

(1) 泰戈爾小說戲劇集　三民書局
(2) 園丁集（泰戈爾詩）　同右
(3) 鬥雞的故事　文壇社